Peter James

Doodskus

De Fontein

Van Peter James verschenen eveneens bij De Fontein:
Doodsimpel (2005)
De dood voor ogen (2006)
Op dood spoor (2007)
Op sterven na dood (2008)
Ten dode opgeschreven (2009)

© 2010 Peter James / Really Scary Books
© 2010 voor deze uitgave: Uitgeverij De Fontein, een imprint van
De Fontein|Tirion bv, Postbus 1, 3740 AA Baarn

Oorspronkelijke uitgever: Macmillan Publishers
Oorspronkelijke titel: Dead Like You
Uit het Engels vertaald door: Sonja van Wierst en Lia Belt
Omslag: Wil Immink Design
Omslagfoto: Susan Sandérus
Auteursfoto: Jörg Steinmetz
Zetwerk: Zetspiegel, Best
ISBN 978 90 261 6618 1
NUR 332

Voor Anna-Lisa Lindeblad-Davies

I

Donderdag 25 december 1997

We maken allemaal fouten, de hele tijd. Meestal onbelangrijke dingen, zoals vergeten terug te bellen, geld in de parkeermeter te gooien of melk mee te brengen van de supermarkt. Maar soms – gelukkig heel soms – maken we een grote fout.

Het soort fout dat je je leven kan kosten.

Zoals de fout die Rachael Ryan maakte.

En ze had heel lang de tijd om erover na te denken.

Als... ze maar niet zo dronken was geweest. Als... het maar niet zo stervenskoud was geweest. Als... het maar niet was gaan regenen. Als... er maar niet om twee uur in de nacht voor kerst een hele rij dronken mensen bij de taxistandplaats in Brightons East Street had gestaan. Als... haar flat maar niet op loopafstand was geweest, anders dan die van haar al even dronken metgezellen, Tracey en Jade, die aan de andere kant van de stad woonden.

Als... ze maar naar Tracey en Jade had geluisterd, die nog zeiden dat ze niet zo stom moest doen. Dat er meer dan genoeg taxi's waren. Dat ze echt niet lang zouden hoeven wachten.

Zijn hele lichaam stond stijf van opwinding. Na twee uur kwam eindelijk de vrouw op wie hij wachtte de hoek om. Te voet en alleen. Perfect!

Ze droeg een minirokje en had een sjaal om haar schouders geslagen, en ze leek een beetje onvast op haar benen, door de drank en misschien door de hoogte van haar hakken. Ze had mooie benen. Maar waar hij vooral naar keek, waren haar schoenen. Zijn soort schoenen. Met hoge hakken en enkelbandjes. Hij hield van enkelbandjes. Toen ze dichter naar zijn achterruit kwam, onder de natriumgloed van de straatlantaarns, kon hij door zijn verrekijker zien dat ze glansden, zoals hij had gehoopt.

Heel sexy schoenen!

Ze was helemaal zijn type!

Goh, wat was ze blij dat ze had besloten te gaan lopen! Wat een rij! En iedere taxi die sindsdien was langsgekomen, was bezet. Met een fris motregentje in haar gezicht wankelde Rachael langs de winkels in St James's Street, voorbij het Royal Sussex County Hospital, en sloeg toen rechts af naar Paston Place, waar de wind harder werd en haar lange bruine haar om haar gezicht sloeg. Ze liep in de richting van de boulevard en ging linksaf haar straat met victoriaanse huizen in, waar de wind en regen nog funester waren voor haar kapsel. Niet dat het haar vannacht nog veel kon schelen. In de verte hoorde ze de gillende sirene van een ambulance of politiewagen.

Ze liep langs een kleine auto met beslagen ruiten. Erdoorheen zag ze het silhouet van een vrijend paartje, en ze voelde een steek van verdriet en een plotseling verlangen naar Liam, die ze ongeveer een halfjaar geleden had gedumpt. Die klootzak was vreemdgegaan. Hij had haar gesmeekt hem te vergeven, maar ze wist best dat hij haar nog eens zo'n streek zou leveren, en nog eens – zo was hij. Toch miste ze hem bij vlagen, en ze vroeg zich af waar hij nu was. Wat hij vanavond deed. Bij wie hij was. Vast bij een meisje.

Terwijl zij alleen was.

Zij en Tracey en Jade. *De drie sneue singles*, zoals ze zichzelf voor de grap noemden. Maar onder de humor schuurde het een beetje. Na een relatie van tweeënhalf jaar met een man van wie ze echt had geloofd dat hij degene was met wie ze zou trouwen, was het moeilijk weer alleen te zijn. Vooral rond kerst, met al die herinneringen.

Jemig, wat was het een rotjaar geweest. In augustus was prinses Diana verongelukt. Daarna was haar eigen leven een puinhoop geworden.

Ze keek op haar horloge. Het was vijf over halfdrie. Ze haalde haar mobieltje uit haar tas en belde Jades nummer. Jade vertelde dat ze nog in de rij stonden te wachten. Rachael zei dat ze bijna thuis was. Ze wenste haar een vrolijk kerstfeest, zei dat ze Tracey ook een vrolijk kerstfeest moest wensen en dat ze hen op oudejaarsavond weer zou zien.

'Ik hoop dat de Kerstman ook aan jou denkt, Rachael!' zei Jade. 'En zeg tegen hem dat hij de batterijen niet vergeet als hij je een vibrator geeft.'

Op de achtergrond hoorde ze Tracey giechelen.

'Hoepel op!' zei ze grijnzend.

Toen liet ze de telefoon weer in haar tas glijden en strompelde verder. Ze maakte bijna een smak toen ze met de hak van haar ongelooflijk dure Kurt Geigers, die ze vorige week in de uitverkoop had gekocht, tussen twee stoeptegels bleef hangen. Even overwoog ze om ze uit te trekken, maar ze was nu bijna thuis, dus ze strompelde verder.

De wandeling en de regen hadden haar een beetje ontnuchterd, maar ze was nog steeds te dronken en stoned om te beseffen hoe eigenaardig het was dat een man met een honkbalpetje op om een uur of drie 's nachts een koelkast uit een bestelbus probeerde te trekken.

Hij had hem half in en half uit de auto toen ze naderbij kwam. Ze zag hem worstelen met het gewicht ervan, en opeens gilde hij het uit van de pijn.

'Mijn rug! Mijn wervels! Mijn wervels zijn naar de haaien! O, allemachtig!'

'Kan ik helpen?'

Het was het laatste wat ze zich herinnerde te hebben gezegd.

Ze werd naar voren gesleurd. Iets nats sloeg in haar gezicht. Ze rook een scherpe, bijtende geur.

Toen werd alles zwart voor haar ogen.

2

Woensdag 31 december 2008

Yac sprak in het metalen ding in de hoge stenen muur. 'Taxi!' zei hij.

De hekken gingen open; protserige ijzeren hekken, zwartgeschilderd, met gouden punten bovenop. Hij stapte weer in zijn wit-met-turquoise Peugeot stationcar en reed een korte, bochtige oprit op. Er stonden struiken aan weerskanten, maar hij had geen idee van wat voor soort. Hij had nog niets over struiken geleerd, alleen over bomen.

Yac was tweeënveertig. Hij droeg een pak met een keurig gestreken over-hemd en een zorgvuldig uitgekozen stropdas. Hij hield ervan om goed ge-kleed op zijn werk te verschijnen. Hij schoor zich altijd, kamde zijn korte donkere haar in een strakke punt naar voren en rolde deodorant onder zijn oksels. Het was belangrijk om niet te stinken. Hij controleerde altijd zijn vinger- en teennagels voordat hij van huis ging. Hij wond altijd zijn horloge op. Hij controleerde altijd zijn telefoon op berichten. Maar hij had maar vier nummers in zijn toestel opgeslagen, en niet meer dan drie mensen hadden zijn nummer, dus zo vaak ontving hij geen berichten.

Hij keek naar het klokje op zijn dashboard: halfzeven 's avonds. Mooi. Nog een halfuur voor hij thee moest hebben. Tijd genoeg. Zijn thermoskan lag op de stoel naast hem.

Het uiteinde van de oprit was een cirkel, met een laag muurtje om een groenverlichte fontein in het midden. Yac stuurde er zorgvuldig omheen, passeerde een garage voor vier auto's en een muur van het enorme huis, en stopte voor het trapje naar de voordeur. Het was een grote, imponerende deur en hij zat dicht.

Hij raakte geïrriteerd. Hij hield er niet van als passagiers nog niet buiten stonden, omdat hij dan nooit wist hoelang hij moest wachten. En omdat hij dan zo veel beslissingen moest nemen.

Of hij de motor af moest zetten. En als hij de motor afzette, moest hij dan ook de koplampen doven? Maar voordat hij de motor afzette moest hij eerst het een en ander checken. *Benzine.* Driekwart vol. *Oliedruk.* Normaal. *Temperatuur.* De temperatuur was goed. Zo veel om te onthouden in deze taxi. Inclusief het aanzetten van de meter als ze niet binnen vijf minuten naar buiten kwamen. Maar het belangrijkste van alles was thee drinken, om het uur, ieder uur. Hij controleerde of de thermoskan er nog was. Die was er.

Dit was eigenlijk niet zíjn taxi, maar hij was van iemand die hij kende. Yac was invalchauffeur. Hij reed de uren die de eigenaar niet wilde rijden. Meestal 's nachts. Sommige nachten langer dan andere. Vanavond was het oudjaar. Het zou heel laat worden, en hij was al vroeg begonnen. Maar dat vond Yac niet erg. De nacht was prima; voor hem vaak hetzelfde als de dag, maar dan donkerder.

De voordeur van het huis ging open. Hij bereidde zich voor door diep adem te halen, zoals zijn therapeut hem had geleerd. Eigenlijk hield hij er niet van als klanten in zijn taxi stapten en zijn ruimte binnendrongen, behalve als ze mooie schoenen aanhadden. Maar hij moest het met hen uithouden tot ze op hun bestemming waren en uitstapten, en hij weer vrij was.

Ze kwamen eraan. De man was lang en slank, had naar achteren gekamd haar, droeg een smoking en een strikje en hield zijn jas over zijn arm. Zij droeg een pluizig jasje en had golvend rood haar in een mooi kapsel. Ze zag er prachtig uit, als zo'n beroemde actrice van wie hij wel eens foto's zag in de kranten die mensen in zijn taxi lieten liggen, of op televisie wanneer sterren arriveerden bij premières.

Maar hij keek niet echt naar haar; hij keek naar haar schoenen. Zwart suède, drie enkelbandjes, hoge hakken met fonkelend metaal rond de zolen.

'Goedenavond,' zei de man, terwijl hij het portier van de taxi voor de vrouw openhield. 'Hotel Metropole, alstublieft.'

'Mooie schoenen,' zei Yac bij wijze van antwoord tegen de vrouw. 'Jimmy Choo, hè?'

Ze kirde van trotse verrukking. 'Ja, klopt! Jimmy Choo.'

Hij herkende haar bedwelmende geur eveneens, maar daar zei hij niets over. *Intrusion* van Oscar de la Renta. Daar hield hij van.

Hij startte de motor en liep in gedachten snel zijn controles na. *Meter aan. Gordel om. Deuren dicht. Versnelling. Handrem eraf.* Hij had de banden sinds hij zijn laatste vrachtje afzette niet meer gecontroleerd, maar dat was pas een halfuur geleden, dus die zouden nog wel in orde zijn. *In de spiegel kijken.* Toen hij dat deed, ving hij weer een glimp op van het gezicht van de vrouw. Absoluut beeldschoon. Hij wou dat hij haar schoenen nog een keer kon zien.

'De hoofdingang,' zei de man.

Yac hoofdrekende terwijl hij de laan af reed: 4,05 kilometer. Hij onthield afstanden. Hij kende de meeste reisafstanden binnen de stad, omdat hij de straten uit zijn hoofd had geleerd. Het was 4049 meter naar het Hilton Brighton Metropole, rekende hij opnieuw uit; of 2,186 zeemijl, of 0,404847 Zweedse mijl, 4,428 yards of 2,516 mijl. De ritprijs zou door de drukte uitkomen op ongeveer negen pond twintig.

'Hebt u in uw huis wc's met een hoge of een lage stortbak?' vroeg hij.

Na een korte stilte, waarin Yac de weg op reed, keek de man even naar de vrouw en zei: 'Lage. Hoezo?'

'Hoeveel wc's hebt u thuis? Ik gok heel wat, klopt dat? Nou?'

'Een paar.'

'Ik zal u vertellen waar een goed voorbeeld te zien is van een wc met een hoge stortbak: in Worthing. Ik zou u erheen kunnen brengen als u die wilt zien.' Er klonk hoop door in Yacs stem. 'Het is echt een goed voorbeeld. In de openbare toiletten, vlak bij de pier.'

'Nee, dank u. Ik ben niet geïnteresseerd.'

Het stel achterin zweeg.

Yac reed door. In het lantaarnschijnsel kon hij hun gezichten zien in de achteruitkijkspiegel.

'Als u lage stortbakken hebt, dan gok ik dat er een paar met drukknop bij zitten,' zei hij.

'Dat klopt,' zei de man. Toen zette hij zijn mobiele telefoon tegen zijn oor en nam een telefoontje aan.

Yac keek naar hem in de spiegel voordat hij de blik van de vrouw ving. 'U hebt maat achtendertig, hè? Uw schoenmaat, bedoel ik.'

'Ja! Hoe weet u dat?'

'Dat kan ik zien. Ik zie het altijd meteen. Uh-huh.'

'Wat knap!' zei ze.

Yac zweeg. Hij praatte waarschijnlijk te veel. De eigenaar van de taxi had hem verteld dat er klachten waren gekomen omdat hij te veel praatte. De man zei dat mensen niet altijd zin hadden om te praten. Yac wilde zijn baantje niet kwijt, daarom deed hij er verder het zwijgen toe. Hij dacht aan de schoenen van de vrouw toen hij naar de kust van Brighton reed en daar links afsloeg. Onmiddellijk teisterde de wind de taxi. Het was druk en het verkeer reed langzaam. Maar hij had gelijk gehad over de ritprijs.

Toen hij voor de ingang van het Metropole stopte, gaf de meter negen pond twintig aan.

De man gaf hem een tientje en zei dat hij de rest mocht houden.

Yac keek hen na toen ze het hotel in liepen. Keek hoe het haar van de vrouw danste in de wind. Keek naar de Jimmy Choo-schoenen, die door de draaideur verdwenen. Mooie schoenen. Hij was opgewonden.

Opgewonden over de avond die voor hem lag.

Er zouden nog veel meer schoenen langskomen. Bijzondere schoenen voor een bijzondere avond.

3

Woensdag 31 december 2008

Inspecteur Roy Grace keek uit het raam van zijn kantoor naar de donkere leegte van de avond, de lichten van de parkeergarage bij de ASDA-supermarkt aan de overkant en de lichtjes van de stad Brighton & Hove verderop, en luisterde naar het huilen van de wind. Hij voelde de koude tocht die van de ruit op zijn wangen afstraalde.

Oudejaarsavond. Hij keek op zijn horloge: kwart over zes. Tijd om te gaan. Tijd om zijn hopeloze poging om zijn bureau op te ruimen te staken en naar huis te gaan.

Het was iedere oudejaarsavond hetzelfde, dacht hij. Altijd nam hij zich voor om op te ruimen, al zijn papierwerk af te handelen en het nieuwe jaar met een schone lei te beginnen. En ieder jaar mislukte dat. Morgen zou hij terugkomen en weer een hopeloze rotzooi aantreffen. Nog groter dan die van vorig jaar. En die was weer groter geweest dan die van het jaar daarvoor. Alle dossiers van de procureur-generaal die hij het afgelopen jaar had behandeld, lagen op stapels op de grond. Daarnaast stonden wankele stapels blauwe kartonnen dozen en groene plastic kratten volgestouwd met onopgeloste zaken, zoals ze cold cases tegenwoordig noemden, maar hij gaf de voorkeur aan de oude benaming.

Hoewel zijn werk nu vooral werd gedomineerd door actuele moordzaken en andere zware misdrijven, gaf Roy Grace erg veel om zijn cold cases en voelde hij met elk van de slachtoffers een persoonlijke band. Maar hij had dit jaar niet veel tijd aan deze dossiers kunnen besteden, omdat het een bijzonder druk jaar was geweest. Om te beginnen was een man op zijn vrijgezellenavond levend begraven in een doodskist. Vervolgens was er een groep verspreiders van snuffmovies opgerold. Dit was gevolgd door een ingewikkelde zaak omtrent een moorddadige identiteitsdief, en daarna had hij een dubbele moordenaar opgepakt die zogenaamd was verdwenen. Maar hij kreeg nauwelijks erkenning voor deze resultaten van zijn oudsuperieur, adjunct-hoofdcommissaris Alison Vosper.

Misschien zou het nieuwe jaar beter worden. Het was zeker vol belofte. Een nieuwe adjunct-hoofdcommissaris, Peter Rigg, zou maandag beginnen; nog vijf dagen. Maandag zou er onder Grace' leiding ook een gloednieuw cold case-team starten, gevormd door drie voormalige rechercheurs, wat zijn werkdruk enorm zou verlichten.

Maar het belangrijkste van alles: zijn geliefde Cleo zou in juni bevallen van hun kind. En een tijdje daarvoor, op een datum die nog moest worden vastgesteld, zouden ze gaan trouwen, zodra het enige obstakel daarvoor uit de weg kon worden geruimd.

Zijn vrouw, Sandy.

Ze was negenenhalf jaar geleden verdwenen, op zijn dertigste verjaardag, en ondanks al zijn inspanningen had hij nooit meer iets van haar gehoord. Hij wist niet of ze was ontvoerd of vermoord, of ze er met een minnaar vandoor was gegaan, of ze een ongeluk had gehad of alleen maar zorgvuldig haar verdwijning in scène had gezet.

De afgelopen negen jaar, totdat hij een relatie met Cleo Morey kreeg, had

Roy bijna al zijn vrije tijd besteed aan een vruchteloze zoektocht naar Sandy. Nu liet hij haar eindelijk achter zich. Hij had een notaris in de arm genomen om haar officieel dood te laten verklaren. Hij hoopte dat het proces snel kon worden afgewikkeld, zodat Cleo en hij konden trouwen voordat de baby kwam. Zelfs als Sandy plotseling zou terugkeren, zou hij niet meer met haar verder willen, had hij besloten. Hij was doorgegaan met zijn leven, geloofde hij althans.

Hij verplaatste wat dossiers op zijn bureau. Als hij de ene stapel op de andere legde zag het bureau er wat opgeruimder uit, ook al bleef de hoeveelheid werk hetzelfde.

Het leven kan raar lopen, dacht hij. Sandy had een hekel aan oud en nieuw gehad. Het was zo gekunsteld, zei ze altijd. Ze brachten die avond altijd door met een ander stel, een collega-politieman, Dick Pope, en zijn vrouw Leslie. Altijd in een chic restaurant. Achteraf analyseerde Sandy dan de hele avond en liet er niets van heel.

Met Sandy had hij oudejaarsavond met steeds minder enthousiasme tegemoetgezien. Maar nu, met Cleo, keek hij er enorm naar uit. Ze zouden lekker thuisblijven, met z'n tweeën, en oud en nieuw vieren met hun lievelingshapjes. Super! De enige domper was dat hij deze week de rechercheur van dienst was, wat betekende dat hij vierentwintig uur per dag kon worden gebeld; en dat betekende dat hij niet kon drinken. Maar hij had zichzelf beloofd dat hij om middernacht een paar slokjes champagne mocht nemen.

Hij popelde om naar huis te gaan. Hij was zo verliefd op Cleo dat er elke dag wel een paar momenten waren waarop hij werd overvallen door een diep verlangen om haar te zien, vast te houden, aan te raken, haar stem te horen en haar lach te zien. Dat gevoel had hij nu ook, en hij wilde niets liever dan het kantoor verlaten en naar haar huis gaan, dat inmiddels ook zo goed als zíjn thuis was geworden.

Maar één ding hield hem tegen.

Die verrekte blauwe dozen en groene kratten op de grond. Hij moest alles op orde hebben voor het cold case-team dat maandag begon, op de eerste officiële werkdag van het nieuwe jaar. Dat betekende dat hij nog een paar uur werk voor de boeg had.

Dus in plaats van naar huis te gaan, stuurde hij Cleo een sms met een reeks kusjes.

Een tijdje geleden, dit afgelopen jaar, had hij al die cold cases aan een collega overgedragen. Dat had echter niets opgeleverd, en daarom had hij ze allemaal weer teruggekregen. Vijf onopgeloste ernstige misdaden tussen in totaal vijfentwintig gevallen die opnieuw moesten worden onderzocht. Waar moest hij in hemelsnaam beginnen?

De woorden van Lewis Carroll uit *Alice in Wonderland* kwamen opeens in zijn hoofd op: 'Begin bij het begin, ga door tot je aan het eind bent en stop dan.'

Daarom begon hij bij het begin. Vijf minuutjes maar, dacht hij, dan zou hij er voor dit jaar mee stoppen en naar huis gaan, naar Cleo. Op dat moment hoorde hij het signaal van zijn telefoon dat hij een sms had ontvangen. Het was een nog langere rij kusjes.

Met een glimlach opende hij het eerste dossier en bekeek het activiteitenrapport. Elke zes maanden voerden de DNA-laboratoria waarvan ze gebruikmaakten een paar testen uit op het DNA van de cold case-slachtoffers. Je kon nooit weten. En er waren meerdere misdadigers die lange tijd hadden geloofd dat ze ongestraft zouden blijven, maar die dankzij de vooruitgang in DNA-onderzoek en matchtechnieken met succes waren aangeklaagd en nu achter de tralies zaten.

Het tweede dossier was van een zaak die Roy Grace altijd diep raakte. De kleine Tommy Lytle. Zevenentwintig jaar geleden op een middag in februari was de toen elfjarige Tommy op weg van school naar huis vermoord. Het enige houvast in deze zaak was een Morris Minor bestelwagen, die vlak bij de plaats delict was gezien en die later werd doorzocht. Uit het dossier bleek dat de toenmalige dienstdoende rechercheur ervan overtuigd was dat de eigenaar van de bestelwagen de dader was, maar ze hadden het cruciale forensische bewijs om de jongen met de auto in verband te brengen nooit kunnen vinden. De man, een eenzame excentriekeling met een achtergrond van zedenmisdrijven, werd vrijgelaten en was, wist Grace, nog altijd springlevend.

Hij bekeek het volgende dossier: *Operatie Houdini.*

De Schoenenman.

De namen van operaties werden willekeurig door de computer toegekend. Soms waren ze toepasselijk, zoals deze. Als een boeienkoning had deze bijzondere dader tot nu toe uit handen van de politie weten te blijven.

De Schoenenman had gedurende een korte periode in 1997 ten minste vijf vrouwen in de regio Brighton verkracht of pogingen daartoe gedaan, en naar alle waarschijnlijkheid had hij een zesde slachtoffer verkracht en vermoord, wier lichaam nooit was gevonden. En het konden er best veel meer zijn, want een heleboel vrouwen waren te beschaamd of getraumatiseerd om een verkrachting aan te geven. Toen leek het plotseling alsof de dader ermee was opgehouden. Er was geen DNA-bewijs gevonden bij de slachtoffers uit die tijd, al waren de technieken om het te verkrijgen toen ook minder effectief.

Alles wat ze hadden was de werkwijze van de dader. Bijna iedere crimineel had een specifieke aanpak. De manier waarop hij dingen deed. Zijn of haar eigen 'handtekening'. En de Schoenenman had een heel eigenaardige: hij nam de slip en een van de schoenen van het slachtoffer mee. Maar alleen als het dure schoenen waren.

Grace haatte verkrachters. Hij wist dat iedereen die het slachtoffer van een misdaad werd op de een of andere manier getraumatiseerd raakte. Maar slachtoffers van inbraken of straatovervallen konden het meestal uiteindelijk wel achter zich laten en doorgaan met hun leven. Slachtoffers van seksueel misbruik of aanranding, vooral kinderen en slachtoffers van een verkrachting, konden dat eigenlijk nooit. Hun leven was voor altijd veranderd. Zij zouden tot in lengte van dagen met het gebeurde moeten leven, knokken om ermee om te gaan en hun walging, hun boosheid en hun angst in bedwang moeten houden.

Het was een wrang feit dat de meeste mensen werden verkracht door iemand die ze kenden. Een verkrachting door een volslagen vreemde was uitzonderlijk, maar ook dat kwam voor. En het was niet ongebruikelijk dat deze zogenoemde 'vreemde verkrachter' een souvenir meenam: een trofee. Zoals de Schoenenman deed.

Grace sloeg een paar bladzijden van het dikke dossier om, vluchtig kijkend naar vergelijkingen met andere verkrachtingen in het land. In het bijzonder was er een zaak verder naar het noorden, uit dezelfde tijdsperiode, die er frappante overeenkomsten mee vertoonde. Maar die verdachte was geschrapt toen bewijs had aangetoond dat hij definitief niet de gezochte persoon kon zijn.

Zo, Schoenenman, leef je nog? vroeg Grace in gedachten. *En zo ja, waar ben je dan nu?*

4

Nicola Taylor vroeg zich af wanneer deze helse avond afgelopen zou zijn, niet wetend dat de hel nog niet eens was begonnen. 'De hel, dat zijn de anderen,' schreef Jean-Paul Sartre ooit, en dat was ze helemaal met hem eens. Op dit moment bestond de hel uit de dronken man met het slappe vlinderdasje rechts van haar, die elk botje in haar hand verbrijzelde, en de nog dronkener man in een groen smokingjasje aan haar linkerkant, wiens zweterige hand zo klef aanvoelde als voorverpakte bacon. En de driehonderdvijftig andere lawaaiige, dronken mensen om haar heen.

Beide mannen rukten haar armen op en neer en trokken ze haast uit de kom, toen om klokslag middernacht de band in de feestzaal van Hotel Metropole 'Auld Lang Syne' inzette. De man rechts had een plastic Groucho Marx-snor aan de binnenkant van zijn neusgaten geklemd en de kerel links van haar, wiens kleffe hand een groot deel van de avond had geprobeerd langs haar bovenbeen omhoog te kruipen, bleef maar op een fluitje blazen dat klonk als een eend die scheten liet.

Ze wilde hier helemaal niet zijn. Ze had voet bij stuk moeten houden en thuis moeten blijven, waar ze zich op haar gemak voelde. Met een fles wijn voor de televisie, zoals ze de meeste avonden had doorgebracht in het jaar sinds haar man haar had gedumpt voor zijn vierentwintigjarige secretaresse.

Maar o nee, haar vriendinnen Olivia, Becky en Deanne hadden er niet over gepéínsd haar op oudejaarsavond alleen thuis te laten kniezen. Nigel kwam niet meer terug, verzekerden ze haar. Die slet was zwanger. Vergeet hem, meid. Geen handvol maar een landvol. Tijd om te beginnen met leven.

Dus dit was leven?

Haar beide armen kregen tegelijkertijd een ruk omhoog. Ze werd naar voren gesleept tussen een lange sliert van mensen, waardoor haar voeten bijna uit haar peperdure hooggehakte Marc Jacobs schoten. Even later werd ze struikelend weer naar achteren gesleurd.

Should auld acquaintance be forgot... speelde de band.

Ja, inderdaad! Vergeet oude kennissen. En nieuwe ook!

Alleen kón ze niet vergeten. Al die oudejaarsavonden dat ze om middernacht in Nigels ogen had gekeken en had gezegd hoeveel ze van hem hield, waarna hij dan zei dat hij ook van haar hield. Haar hart was zwaar, zo zwaar. Ze was hier niet klaar voor. Niet nu, nog niet.

Het lied was afgelopen en meneer Voorverpakte Bacon spuwde zijn fluitje uit, greep haar beide wangen en plantte een langdurige, natte kus op haar lippen. 'Gelukkig Nieuwjaar!' snaterde hij.

Toen kwamen er ballonnen van het plafond. Het regende papieren serpentines. Vrolijk lachende gezichten om haar heen. Ze werd omhelsd, gekust en bepoteld vanuit alle richtingen. Er kwam geen eind aan.

Niemand zou het merken, dacht ze, als ze er nu vandoor ging.

Ze drong zich door de zaal heen, zigzagde door de zee van mensen en glipte de gang op. Ze voelde een koude tochtvlaag en rook zoete sigarettenlucht. Mijn hemel, wat had ze nu trek in een peuk!

Ze koerste door de gang, die bijna verlaten was, sloeg rechts af en liep door de hotelfoyer, die ze overstak naar de liften. Toen de lift kwam, stapte ze naar binnen en drukte op het knopje voor de vijfde verdieping.

Hopelijk waren ze allemaal te dronken om haar afwezigheid op te merken. Misschien had ze zelf ook meer moeten drinken, zou ze dan in een feestelijker stemming zijn gekomen. Ze voelde zich broodnuchter en had gemakkelijk naar huis kunnen rijden, maar ze had de kamer voor vannacht al betaald en haar spullen er al neergezet. Misschien moest ze roomservice bellen voor een fles champagne, een film kijken en rustig in haar eentje dronken worden.

Terwijl ze uit de lift stapte, haalde ze haar plastic sleutelkaart uit haar zilver lamé avondtasje van Chanel – een kopie die ze in Dubai had gekocht toen ze daar twee jaar geleden met Nigel was – en vervolgde haar weg door de gang.

Verderop zag ze een slanke blonde vrouw van een jaar of veertig, gekleed in een hooggesloten, enkellange avondjurk met lange mouwen, die blijkbaar moeite had om haar deur te openen. Toen Nicola op gelijke hoogte met haar was, draaide de vrouw, die extreem dronken was, zich naar haar toe en mompelde met dubbele tong: 'Ik kan dat stomme ding er niet in krijgen. Weet jij hoe het moet?' Ze stak haar sleutelkaart uit.

'Ik denk dat je hem erin moet steken en hem er dan snel weer uit moet halen,' zei Nicola.

'Dat heb ik al geprobeerd.'

'Laat mij maar even.'

Hulpvaardig pakte Nicola het kaartje aan en stak het in het slot. Toen ze het er weer uit trok, zag ze een groen lampje en hoorde een klik.

Bijna op hetzelfde moment voelde ze dat er iets vochtigs in haar gezicht werd geduwd. Er drong een zoete lucht in haar neus, en haar ogen voelden aan alsof ze in brand stonden. Ze kreeg een klap in haar nek en duikelde voorover. Toen sloeg ze met haar gezicht tegen de vloerbedekking.

5

Donderdag 25 december 1997

Rachael Ryan hoorde de gesp van zijn broekriem openklikken. Een metaalgerinkel. Het ruisen van kleren. Het geluid van zijn ademhaling – snel, dierlijk. Ze had een stekende hoofdpijn.

'Doe me geen pijn,' smeekte ze. 'Alstublieft.'

Het busje schommelde in de wind. Af en toe reed er een auto langs, waardoor fel wit licht van koplampen door het interieur flitste, en dan schoot de angst door haar heen. Het was op die momenten dat ze hem het duidelijkst kon zien. Het zwarte masker strak over zijn hoofd, met spleetjes voor zijn ogen, neusgaten en mond. De slobberende spijkerbroek en het jasje van een trainingspak. Het kleine, gebogen mes dat hij in zijn gehandschoende linkerhand had, het mes waarvan hij zei dat hij haar er blind mee zou maken als ze schreeuwde of probeerde te vluchten.

Een muffe stank, als van oude zakken, steeg op van het dunne matje waar ze op lag. Het vermengde zich met de vage lucht van oude plastic bekleding en de scherpere geur van lekkende dieselolie.

Ze zag zijn broek naar beneden gaan. Zag zijn witte onderbroek, zijn magere, gladde benen. Hij duwde zijn broek omlaag. Ze zag zijn kleine penis, dun en stomp als de kop van een slang. Zag hem met zijn rechterhand in zijn zak rommelen en er iets glimmends uit halen. Een vierkant foliepakje. Hij ritste het open met zijn mes, hijgde nog harder en perste er iets uit. Een condoom.

Haar hersens draaiden op volle toeren. Een condoom? Was dat ten behoeve van haar? En als hij zo zorgzaam was om een condoom om te doen, zou hij dan echt zijn mes gebruiken?

'Nu doen we het rubbertje om,' zei hij hijgend. 'Ze kunnen tegenwoordig DNA vinden. En dan kunnen ze je pakken, via dat DNA. Ik laat geen cadeautje voor de politie bij je achter. Maak me hard.'

Ze rilde van walging toen de kop van de slang dichter bij haar lippen kwam en zag zijn gezicht plotseling oplichten toen er weer een auto passeerde. Er waren mensen buiten. Ze hoorde stemmen op straat. Gelach. Als ze maar geluid kon maken – op de deur van het busje bonzen, schreeuwen – dan zou er iemand komen, iemand zou hem tegenhouden.

Ze vroeg zich even af of ze gewoon moest proberen hem op te winden, zorgen dat hij klaarkwam. Misschien dat hij haar dan liet gaan en zou verdwijnen. Maar ze voelde te veel afkeer, te veel woede, en te veel twijfel.

Hij begon nog harder te hijgen. Ze hoorde hem grommen. Zag dat hij zichzelf betastte. Hij was gewoon een viezerik, gewoon een enge, smerige viezerik, en ze zou hier niet aan meewerken!

En plotseling, moedig van de alcohol die ze had gedronken, greep ze zijn zweterige, haarloze scrotum en kneep met beide handen zo hard ze kon in zijn ballen. Toen hij achteruitweek, naar adem snakkend van de pijn, trok ze de kap van zijn hoofd, drukte haar vingers in zijn ogen, beide ogen, en probeerde die met haar nagels uit te krabben terwijl ze schreeuwde zo hard ze kon.

Alleen bracht ze door haar angst, net als in een nachtmerrie, alleen maar een ijl, krakend geluid voort.

Toen voelde ze een harde klap tegen haar slaap.

'Kreng!'

Hij stompte haar opnieuw. Zijn gezicht, een masker van pijn en woede, werd vaag en was centimeters bij het hare vandaan. Ze voelde zijn vuist nog een keer, en nog een keer.

Alles begon om haar heen te draaien.

Plotseling voelde ze dat haar slip werd uitgetrokken, en toen kwam hij bij haar binnen. Ze probeerde terug te deinzen, hem weg te duwen, maar hij had haar vastgepind.

Dit ben ik niet. Dit is niet mijn lichaam.

Ze voelde zich volkomen los van zichzelf. Een ogenblik vroeg ze zich af of dit een nachtmerrie was waaruit ze niet wakker kon worden. In haar hersenpan flitsten lichtjes. Toen niets meer.

6

Vandaag was het nieuwjaarsdag. En het was hoogwater!
Yac vond hoogwater het fijnst. Hij wist dat het hoogwater was omdat hij zijn huis voelde bewegen, omhooggaan, zachtjes schommelen. Zijn huis was een Humber-kolenschuit die de *Tom Newbound* heette en blauw met wit was geschilderd. Hij wist niet waarom de boot die naam had gekregen, maar hij was van een wijkverpleegster die Jo heette en haar man, Howard, die timmerman was. Yac had hen op een avond met zijn taxi naar huis gebracht en ze waren aardig voor hem geweest. Daarna waren ze zijn beste vrienden geworden. Hij was dol op de boot, vond het heerlijk om er rond te hangen en Howard te helpen met schilderen, lakken of de boel opknappen.

Op een dag vertelden ze hem dat ze een tijdje in Goa in India gingen wonen, maar ze wisten nog niet hoelang. Yac was ontsteld omdat hij zijn vrienden kwijt zou raken en geen bezoekjes meer zou kunnen brengen aan de boot. Maar vervolgens zeiden ze dat ze iemand zochten die voor hen op de woonboot en de kat kon passen.

Yac was hier nu twee jaar. Vlak voor kerst had hij een telefoontje van hen gekregen waarin ze zeiden dat ze nog zeker een jaar weg zouden blijven.

Dat betekende dat hij hier nog minstens een jaar kon blijven, en dat maakte hem erg blij. Bovendien had hij een trofee van gisteravond, een nieuw paar schoenen, en dat maakte hem ook erg blij...

Rode leren schoenen. Prachtig van vorm, met zes bandjes, een gespje en twaalf centimeter hoge hakken.

Ze lagen op de grond naast zijn *kooi*. Hij had nautische termen geleerd. Het was een bed, natuurlijk, maar op een boot heette dat een kooi. Net zoals de wc geen wc werd genoemd, maar de *plee*.

Hij zou van hier naar elke willekeurige haven in het Verenigd Koninkrijk kunnen navigeren, want hij had alle nautische kaarten uit zijn hoofd geleerd, maar de boot had geen motor. Ooit wilde hij zelf een boot hebben, met een motor, en dan zou hij naar al die plaatsen varen die hij in zijn hoofd had opgeslagen. Uh-huh.

Bosun snuffelde aan zijn hand, die over de zijkant van zijn kooi hing. Bosun, de grote, gluiperige rode kater, was hier de baas. De echte meester van deze boot. Yac wist dat de kat hem als zijn bediende beschouwde, maar dat kon hem niet schelen. De kat had nooit in zijn taxi gekotst.

De geur van duur, nieuw leer drong in Yacs neus. O ja. Hemels! Wakker worden met een paar nieuwe schoenen.

Terwijl het hoogwater werd!

Dat was het allermooiste van wonen op het water. Je hoorde nooit voetstappen. Yac had geprobeerd in de stad te wonen, maar dat was niets voor hem. Hij kon het verleidelijke geklak van al die schoenen als hij probeerde te slapen niet uitstaan. Hier op de ligplaats in de Adur bij Shoreham Beach hoorde je geen schoenen. Alleen maar het gekabbel van water of de stilte van de slikken. Het gekrijs van meeuwen. Soms het gehuil van de acht maanden oude baby op de boot naast die van hem.

Op een dag zou het kind hopelijk in de modder vallen en stikken.

Maar nu verheugde Yac zich op de dag die voor hem lag. Opstaan, zijn nieuwe schoenen bekijken en die dan catalogiseren. En daarna misschien een kijkje in zijn verzameling nemen, opgeborgen in de geheime bergplaatsen die hij op de boot had gevonden en zich had toegeëigend. Daar bewaarde hij onder andere zijn verzameling bedradingsschema's. Daarna zou hij naar zijn kantoortje boven in de boeg gaan en een tijdje achter zijn laptop gaan zitten, online.

Hoe kon hij het nieuwe jaar beter beginnen?

Hij moest alleen niet vergeten de kat eten te geven.

Maar voor hij dat deed, moest hij zijn tanden poetsen.

En eerst moest hij naar de plee.

Daarna moest hij alle controles op de boot uitvoeren en afvinken op de lijst die de eigenaren hem hadden gegeven. Boven aan de lijst stond de controle van zijn vislijnen. Daarna moest hij kijken of het nergens lekte. Lekkage was niet goed. Dan moest hij de meerkabels controleren. Het was een lange lijst, en het afwerken ervan gaf hem een goed gevoel. Het was fijn om nodig te zijn.

Meneer Raj Dibdoon, de eigenaar van de taxi, had hem nodig.

De verpleegster en de timmerman, de eigenaren van zijn huis, hadden hem nodig.

De kat had hem nodig.

En vanochtend had hij een nieuw paar schoenen!

Dit was een goed begin van het nieuwe jaar.

Uh-huh.

7

Carlo Diomei was moe. En als hij moe was, voelde hij zich down, zoals nu. Hij hield niet van die lange, vochtige Engelse winters. Hij miste de frisse, droge kou van Courmayeur, zijn geboorteplaats hoog in de Italiaanse Alpen. Hij miste de winterse sneeuw en de zomerse zonneschijn. Hij miste het zijn ski's onder te binden op zijn vrije dagen en een paar kostbare uren in zijn eentje door te brengen, ver van de drommen toeristen op de drukke pisten, en zijn stille sporen te trekken als hij de bergen afdaalde over paden die alleen hij en een paar lokale gidsen kenden.

Zijn contract duurde nog één jaar en dan, hoopte hij, zou hij terugkeren naar de bergen, met een beetje geluk een baan als hotelmanager vinden en weer onder zijn vrienden zijn.

Voorlopig verdiende hij hier goed, en de ervaring die hij opdeed in dit beroemde hotel zou hem een grote stap op zijn carrièreladder opleveren. Maar shit, wat een armzalig begin van het nieuwe jaar was dit!

Normaal gesproken werkte hij als manager van het Brighton Metropole in de dagdienst, waardoor hij zijn kostbare avonden thuis in zijn gehuurde appartement met zeezicht kon doorbrengen met zijn vrouw en kinderen, een zoon van twee en een dochter van vier. Maar de nachtmanager had uitgerekend gisteren, op oudjaar nota bene, griep gekregen. Daarom had Carlo terug moeten komen om zijn dienst over te nemen. Hij had twee uur pauze gehad, waarin hij naar huis was geracet, zijn kinderen naar bed had gebracht, met zijn vrouw op het nieuwe jaar had getoost – met mineraalwater in plaats van champagne zoals ze van plan waren geweest – en vervolgens op een holletje terug was gegaan naar zijn werk om alle nieuwjaarsfeesten die in het hotel werden gevierd te overzien.

Hij was nu achttien uur aan één stuk in touw en was doodop. Over een halfuur zou hij het overdragen aan zijn aflossing en eindelijk naar huis gaan. Hij hunkerde naar een broodnodige sigaret, en daarna zou hij zich in bed laten vallen voor een beetje nog broodnodiger slaap.

De telefoon in zijn kleine, benauwde kantoortje achter de receptie ging. Hij nam op. 'Met Carlo.'

Het was Daniela de Rosa, de manager Huishoudelijke Dienst, ook een Italiaanse, maar dan uit Milaan. Een kamermeisje was bezorgd over kamer 547. Het was halféén, een halfuur na uitchecktijd, maar er hing nog steeds een bordje met NIET STOREN op de kamerdeur. Er was geen reactie gekomen toen ze een paar keer had aangeklopt, en ook niet toen ze naar de kamer had gebeld.

Hij gaapte. Misschien was iemand zijn roes aan het uitslapen. Mazzelaar. In zijn computer zocht hij op wie de kamer gebruikte. De naam was Marsha Morris. Hij belde het kamernummer zelf en hoorde de telefoon overgaan, maar er werd niet opgenomen. Toen belde hij Daniela de Rosa terug.

'Oké,' zei hij vermoeid. 'Ik kom naar boven.'

Vijf minuten later stapte hij uit de lift op de vijfde verdieping, liep de gang door naar de deur waar de manager Huishoudelijke Dienst voor stond en klopte luid aan. Er kwam geen reactie. Hij klopte nog eens. Wachtte. Toen opende hij met zijn eigen sleutelkaart de deur en ging naar binnen.

'Hallo?' zei hij zacht.

De zware gordijnen waren nog dicht, maar in het halfdonker zag hij de omtrekken van iemand in het grote bed.

'Hallo!' zei hij nogmaals. 'Goedemorgen!'

Hij zag enige beweging in het bed. 'Hallo!' herhaalde hij. 'Goedemorgen, mevrouw Morris! Hallo! Gelukkig Nieuwjaar!'

Er kwam geen antwoord. Alleen nog wat meer beweging.

Hij zocht op de tast naar de lichtknoppen en drukte er een in. Een paar lampen gingen tegelijk aan. Ze onthulden een slanke, naakte vrouw met grote borsten, lang rood haar en een dichte driehoek van bruin schaamhaar, die met gespreide armen en benen op het bed lag. Haar polsen en enkels waren met wit touw vastgebonden. De reden waarom er geen antwoord van haar kwam, werd duidelijk toen hij dichterbij kwam en de brok van onbehaaglijkheid in zijn keel steeds dikker werd. Een deel van een handdoek was in haar mond geprop en aan beide kanten stevig met plakband vastgezet.

'Mijn hemel!' gilde de manager Huishoudelijke Dienst.

Carlo Diomei rende naar het bed. Zijn vermoeide hersens probeerden te begrijpen wat hij zag, maar slaagden daar niet in. Was dit een vreemd seksspelletje? Had haar man, haar vriendje, of wie dan ook zich in de badkamer verstopt? De ogen van de vrouw keken hem wanhopig aan.

Hij draafde naar de badkamer en rukte de deur open, maar er was niemand. Hij had al veel vreemde dingen in hotelkamers gezien en heel wat rare situaties meegemaakt, maar nu, voor het eerst in zijn carrière, wist hij even niet wat hij moest doen. Hadden ze een kinky seksspel verstoord? Of was er iets anders aan de hand?

De vrouw keek naar hem met grote, angstige ogen. Hij werd in verlegenheid gebracht door haar naaktheid. Toen hij zich daar overheen had gezet, probeerde hij het plakband los te maken, maar al bij het eerste zachte rukje begon de vrouw wild met haar hoofd heen en weer te rollen. Blijkbaar deed het pijn. Maar hij moest het eraf krijgen, dat wist hij zeker. Hij moest met haar praten. Dus trok hij het zo voorzichtig als hij kon van haar huid af, net zo lang tot hij de handdoek uit haar mond kon halen.

Onmiddellijk begon de vrouw onsamenhangend te bazelen en te huilen.

8

Donderdag 1 januari 2009

Het was al een hele tijd geleden, dacht Roy Grace, dat hij zich op nieuwjaarsdag zo goed had gevoeld. Zo lang als hij zich kon herinneren, behalve de keren dat hij gewerkt had, begon het nieuwe jaar met een stekende hoofdpijn en hetzelfde verdovende, brakke gevoel waarmee zijn katers gepaard gingen.

Hij was nog meer gaan drinken op de eerste oudejaarsavonden na Sandy's verdwijning, toen hun beste vrienden Dick en Leslie Pope er niets van wilden horen dat hij alleen wilde zijn en erop stonden dat hij het met hen vierde. En toen was hij, haast alsof het een erfenis van Sandy was, die feestdag net zo gaan haten als zij.

Maar déze oudejaarsavond was heel anders geweest. Gisteravond was het de nuchterste – en de fijnste – van zijn leven geweest.

Om te beginnen hield Cleo van het hele idee van de oud-en-nieuwviering. Dat maakte het des te wranger dat ze in verwachting was en niet zo veel kon drinken. Maar hij had het niet erg gevonden; hij vond het fijn om bij haar te zijn en niet alleen het nieuwe jaar te vieren, maar hun hele toekomst samen.

En stiekem vierde hij het feit dat zijn opvliegende baas, Alison Vosper, hier niet langer zou zijn om bijna dagelijks zijn stemming te bederven. Hij verheugde zich erop zijn nieuwe baas, adjunct-hoofdcommissaris Peter Rigg, maandag te leren kennen.

Alles wat hij tot nog toe over deze man te weten was gekomen, was dat hij een pietje-precies was, graag betrokken wilde worden en weinig geduld met idioten had.

Tot zijn opluchting was het een rustige ochtend geweest op het hoofdbureau van de recherche in Sussex House. Hij had zijn tijd kunnen besteden aan het bijwerken van zijn papierwinkel en was flink opgeschoten, tussendoor met een half oog kijkend naar de rij gegevens – het logboek van alle gerapporteerde incidenten in de stad Brighton & Hove – op de computer.

Zoals verwacht waren er een paar incidenten in bars, pubs en clubs geweest, voornamelijk vechtpartijen en een paar tasjesroven. Hij zag een paar kleine verkeersongevallen, een geval van huiselijk geweld – een stel dat op de vuist was gegaan – een klacht over het lawaai van een feestje, een weggelopen hond, een gestolen bromfiets en een naakte man die over Western Road rende. Maar nu was er een ernstige melding verschenen. Het ging om een verkrachting in Brightons luxe Hotel Metropole, die een paar minuten geleden was gemeld, om vijf voor één 's middags.

Daders van verkrachtingen konden in vier categorieën worden ingedeeld: *vreemde, bekende, afspraakje* en *partner*. Op dit moment was er geen vermelding van de categorie waarin deze viel. Op oudejaarsavond werden mannen soms stomdronken en drongen zich dan op aan hun afspraakje of partner, en hoogstwaarschijnlijk was dit incident in een van die categorieën onder te brengen. Ernstig genoeg, maar niet iets om de afdeling Zware Criminaliteit voor in te schakelen.

Twintig minuten later stond hij op het punt om een broodje voor de lunch te gaan halen bij de ASDA-supermarkt aan de overkant, die dienstdeed als kantine voor het hoofdbureau, toen de telefoon op zijn bureau ging.

Het was David Alcorn, een rechercheur die hij graag mocht. Alcorn werkte op het drukke hoofdbureau van politie in John Street, waar Grace zelf een groot deel van zijn vroegere loopbaan had doorgebracht voordat hij naar het recherchehoofdkwartier in Sussex House was overgeplaatst.

'Gelukkig Nieuwjaar, Roy,' zei Alcorn met zijn gebruikelijke barse, sardonische stem. Naar de toon te oordelen, was 'gelukkig' niet helemaal het juiste woord.

'Insgelijks, David. Heb je een gezellige avond gehad?'

'Ja. Dat wil zeggen, het gaat wel. Ik moest me een beetje inhouden met de drank om hier vanmorgen voor zevenen te kunnen zijn. En jij?'

'Rustig maar gezellig, dank je.'

'Ik dacht dat ik je maar beter even kon waarschuwen, Roy. Het lijkt erop dat we een onbekende verkrachter in het Metropole hebben rondlopen.'

Hij voorzag Grace van de globale details. Een geüniformeerd team was naar het hotel gegaan en had de recherche erbij geroepen. Een SOLO, een speciaal getrainde rechercheur voor zedenmisdrijven, was nu onderweg. Zij zou het slachtoffer vergezellen naar de SARC, de onlangs geopende speciale verkrachtingseenheid in Crawley, een naoorlogse stad in het geografische midden van Sussex.

Grace noteerde de weinige details die Alcorn hem kon geven op een kladblok. 'Bedankt David,' zei hij. 'En hou me op de hoogte. Zeg het maar als je hulp van mijn mensen nodig hebt.'

Het bleef even stil en hij merkte de aarzeling bij de rechercheur op. 'Roy, er is iets wat dit een beetje politiek gevoelig maakt.'

'O?'

'Het slachtoffer was gisteravond op een liefdadigheidsbal in het Metropole. Ik weet dat er bij hetzelfde evenement ook een paar hoge officieren aan een tafeltje zaten.'

'Namen?'

'Om te beginnen de korpschef en zijn vrouw.'

Shit, dacht Grace, maar hij zei niets.

'En wie nog meer?'

'De plaatsvervangend korpschef en iemand van de korpsleiding. Snap je wat ik bedoel?'

Grace snapte wat hij bedoelde.

'Misschien moet ik iemand van Zware Criminaliteit met de SOLO meesturen. Wat denk jij? Als formaliteit.'

'Dat lijkt me een goed idee.'

Grace liep snel de mogelijkheden na. Hij maakte zich vooral zorgen over zijn nieuwe baas. Als adjunct-hoofdcommissaris Peter Rigg inderdaad een pietje-precies was, dan moest Grace donders goed oppassen dat hij de ver-

27

standhouding niet meteen al verstoorde – en zichzelf zo goed mogelijk presenteren.

'Oké. Bedankt, David. Ik zal er iemand op afsturen. Kun jij me intussen een lijst van alle aanwezigen bij dat bal bezorgen?'

'Daar wordt al aan gewerkt.'

'En alle gasten die daar hebben gelogeerd plus al het personeel – ik maak me sterk dat er voor gisteravond extra personeel was ingeroosterd.'

'Daar ben ik allemaal al mee bezig.' Alcorn klonk een beetje geërgerd, alsof Grace zijn capaciteiten in twijfel trok.

'Natuurlijk. Sorry.'

Onmiddellijk nadat hij het gesprek had beëindigd, belde hij agent Emma-Jane Boutwood, een van de weinige leden van zijn team die vandaag dienst had. Ze was tevens een van de rechercheurs die hij had belast met het vele papierwerk dat door het parket werd verlangd voor Operatie Neptunus, een groot en schokkend mensenhandelonderzoek dat in de weken voor Kerstmis had gespeeld.

Even later kwam ze al van haar bureau in de grote kantoortuin naar zijn deur lopen. Hij zag dat ze een beetje hinkte toen ze zijn kantoor binnenkwam. Ze was nog steeds niet volledig hersteld van de ernstige verwondingen die ze afgelopen zomer had opgelopen, toen ze door een busje tegen een muur was gedrukt. Ondanks diverse fracturen en hoewel ze haar milt was kwijtgeraakt, had ze haar herstelperiode zo kort mogelijk willen houden en zo snel als het kon weer aan het werk willen gaan.

'Hoi, E-J,' zei hij. 'Ga zitten.'

Grace was net begonnen de weinige details die David Alcorn hem had gegeven over te brengen en de delicate politieke situatie uit te leggen, toen zijn diensttelefoon weer ging.

'Roy Grace,' meldde hij zich, terwijl hij een vinger naar E-J opstak om aan te geven dat ze even moest wachten.

'Inspecteur Grace,' hoorde hij een vrolijke, vriendelijke stem met een bekakt kostschoolaccent zeggen. 'Hoe gaat het? Met Peter Rigg.'

Shit, dacht Grace nog een keer.

'Hallo, meneer,' antwoordde hij. 'Prettig om eh... van u te horen. Ik dacht eigenlijk dat u pas maandag zou beginnen.'

'Vind je dat vervelend?'

O jee, dacht Roy Grace, terwijl de moed hem in de schoenen zonk. Het nieuwe jaar was nog geen twaalf uur oud, en ze hadden hun eerste ernstige misdrijf al. De nieuwe adjunct-hoofdcommissaris was nog niet eens officieel begonnen, en nu al had Grace het klaargespeeld om hem tegen zich in te nemen.

Hij was zich bewust van E-J's ogen die op hem waren gericht en haar oren die dit allemaal opvingen.

'Nee, meneer, absoluut niet. Dit is eigenlijk een gelukkig moment, want het ziet ernaar uit dat we ons eerste ernstige incident van het jaar hebben. Het is nog te vroeg om er iets over te zeggen, maar het lijkt erop dat er een heleboel ongewenste publiciteit mee gemoeid zou kunnen zijn.'

Grace gebaarde naar E-J dat hij privacy wenste, waarop ze de kamer uit liep en de deur achter zich sloot.

De volgende minuten vertelde hij zijn nieuwe baas wat er aan de hand was. Gelukkig bleef de adjunct-hoofdcommissaris in een vriendelijke stemming.

Toen Grace klaar was zei Rigg: 'Je gaat er zelf heen, neem ik aan?'

Roy aarzelde. Met het zeer gespecialiseerde en hooggekwalificeerde team in Crawley was het in dit stadium eigenlijk niet nodig dat hij er zelf heen ging. Hij kon zijn tijd veel beter hier op kantoor besteden aan papierwerk, en via de telefoon kon hij alsnog een vinger aan de pols houden. Maar hij vermoedde dat dat niet was wat de nieuwe adjunct-hoofdcommissaris wilde horen.

'Ja, meneer. Ik ga zo,' antwoordde hij.

'Mooi. Hou me op de hoogte.'

Grace verzekerde hem dat hij dat zou doen.

Toen hij ophing en hard nadacht, ging zijn deur open en verschenen het stuurse gezicht en de kale kop van rechercheur Glenn Branson. Zijn ogen zagen er tegen zijn bruine huid vermoeid en mat uit. Ze deden Grace denken aan de ogen van een vis die al te lang dood was, het soort waarvan Cleo hem had gezegd dat hij die bij de visboer altijd moest laten liggen.

'Hé, ouwe,' begon Branson. 'Denk je dat dit een minder rottig jaar wordt dan het vorige?'

'Nee hoor!' antwoordde Grace. De jaren worden nooit minder rottig. Het enige wat wij kunnen doen is leren met dat feit om te gaan.'

'Nou nou, wat ben jij vanmorgen opgewekt,' zei Branson, terwijl hij zijn enorme lichaam in de stoel die E-J zojuist had vrijgemaakt liet vallen.

Zelfs zijn bruine pak, opzichtige stropdas en beige overhemd leken vermoeid en verkreukeld, alsof die ook te lang hadden gelegen, wat Grace verontrustte. Glenn Branson was normaal gesproken piekfijn gekleed, maar de laatste maanden was hij door zijn scheiding in een neerwaartse spiraal beland.

'Het was niet zo'n best jaar voor mij, hè? Halverwege ben ik neergeschoten, en een paar maanden later heeft mijn vrouw me eruit gegooid.'

'Bekijk het van de zonnige kant. Je leeft nog en je hebt mijn platencollectie kunnen vernielen.'

'Je wordt bedankt.'

'Ga je mee een eindje rijden?' vroeg Grace.

Branson haalde zijn schouders op. 'Een eindje rijden? Ja, waarom niet? Waarheen?'

Grace werd onderbroken doordat zijn telefoon begon te rinkelen. Het was David Alcorn, die nog een keer belde om hem bij te praten.

'Iets wat belangrijk zou kunnen zijn, Roy. Blijkbaar worden er kleren van het slachtoffer vermist. Het lijkt erop dat de dader die heeft meegenomen. In het bijzonder haar schoenen.' Hij aarzelde even. 'Ik meen me te herinneren dat iemand dat een paar jaar geleden ook deed, of niet?'

'Ja, maar die nam maar één schoen en het ondergoed mee,' antwoordde Grace met een plotseling rustige stem. 'Wat is er nog meer weg?'

'We hebben nog niet veel uit haar gekregen. Ik heb begrepen dat ze totaal in shock is.'

Verbaast me niets, dacht hij grimmig. Zijn ogen gleden naar een van de blauwe dozen op de grond – die met het cold case-dossier van de Schoenenman erin. Hij dacht even na.

Dat was twaalf jaar geleden. Hopelijk was het toeval.

Maar op hetzelfde moment liep er een koude rilling over zijn rug.

9

Donderdag 25 december 1997

Ze reden ergens heen. Rachael Ryan hoorde het monotone gedreun van de uitlaat en ademde uitlaatgassen in. Ze hoorde het geluid van banden op de natte weg. Voelde elke hobbel, waardoor ze op de jutezakken waarop ze gekneveld lag heen en weer schudde, met haar armen op haar rug en niet in staat te bewegen of te praten. Het enige wat ze zag was de bovenkant van zijn honkbalpet in de chauffeurscabine voorin en zijn flaporen.

Ze had het koud en was doodsbang. Haar mond en keel waren kurkdroog en ze had een enorme hoofdpijn sinds hij haar had geslagen. Haar hele lichaam deed pijn. Ze was misselijk van walging – vuil, smerig. Ze verlangde naar een douche, warm water, zeep, shampoo. Ze wilde zichzelf vanbinnen en vanbuiten wassen.

Het busje ging een hoek om. Ze zag daglicht. Grijs daglicht. Kerstochtend. Ze hoorde nu in haar flat te zijn om het cadeautje open te maken dat haar moeder haar had gestuurd. Sinds haar kindertijd kreeg ze elk jaar, nu op haar tweeëntwintigste nog steeds, een kerstcadeautje.

Ze begon te huilen. Ze hoorde de ruitenwissers heen en weer gaan. Ineens klonk Elton Johns 'Candle in the Wind' luid en krakerig uit de radio. De man bewoog zijn hoofd op de maat van de muziek.

Elton John had dat nummer gezongen op de begrafenis van prinses Diana, met een aangepaste tekst. Rachael kon zich die dag nog levendig herinneren. Ze had tussen het rouwende publiek bij Westminster Abbey gestaan, naar dat nummer geluisterd en op de enorme tv-schermen naar de begrafenis gekeken. Ze had de voorgaande nacht op de stoep doorgebracht, en de dag ervoor had ze een groot deel van een weeksalaris van haar baan bij de klantenservice van American Express gespendeerd aan een boeket bloemen, dat ze tussen duizenden andere voor Kensington Palace had neergelegd.

Ze had de prinses aanbeden. Iets in haar was gestorven op de dag dat Diana verongelukte.

Nu was er een nieuwe nachtmerrie begonnen.

Het busje remde abrupt en ze gleed een paar centimeter naar voren. Ze probeerde nogmaals haar handen en benen te bewegen, die verschrikkelijk veel pijn deden, maar alles zat te strak vastgebonden.

Het was kerstochtend en haar ouders verwachtten haar voor een glas champagne, de kerstlunch en daarna de toespraak van de koningin. Een traditie, elk jaar, net als het cadeautje.

Ze probeerde opnieuw iets te zeggen, te smeken, maar haar mond was dichtgeplakt. Ze moest weer plassen, al had ze het een poosje eerder al in haar broek gedaan. Dat kon ze niet nog eens doen. Er rinkelde iets. Haar mobiele telefoon; ze herkende de ringtone. De man draaide zijn hoofd even om en keek toen weer voor zich uit. Het busje trok op. Door haar betraande ogen en de vuile voorruit zag ze een groen verkeerslicht voorbij-komen. Daarna zag ze links van haar gebouwen die ze herkende. Gamley's, de speelgoedwinkel. Ze waren op Church Road, in Hove. En ze reden naar het westen.

Haar telefoon zweeg. Even later hoorde ze een harde bliep, die aangaf dat er een berichtje was.

Van wie?

Tracey en Jade?

Of haar ouders die haar fijne kerstdagen wilden wensen? Haar moeder die benieuwd was of ze blij was met haar cadeau?

Hoelang zou het duren voor ze zich zorgen over haar gingen maken?

O, lieve help. Wie is die man in hemelsnaam?

Ze rolde naar links toen het busje een scherpe bocht naar rechts maakte. Toen een bocht naar links. Daarna weer een bocht. En ze stopten.

Het lied was afgelopen. Een opgewekte mannenstem begon te vertellen waar Elton John de kerstdagen doorbracht.

De man stapte uit en liet de motor draaien. De uitlaatgassen en haar angst maakten haar steeds misselijker. Ze snakte naar water.

Plotseling stapte hij weer in. Ze reden verder en het werd steeds donker-der. Toen werd de motor afgezet en het was even volkomen stil toen ook de radio uitging. De man verdween.

Er klonk iets metaligs toen het portier aan de bestuurderskant sloot.

Daarna nog een metalen geluid, waarop al het licht verdween.

Ze lag stil te huilen van angst, in volkomen duisternis.

10

Vrijdag 26 december 1997

Gehuld in een pak en laarzen en met trots de chique rode paisley stropdas dragend die Sandy hem gisteren voor kerst had gegeven, passeerde Roy links de blauwe deur met het bordje INSPECTEUR en rechts die waarop het bordje HOOFDINSPECTEUR prijkte. Roy vroeg zich vaak af of hij het ooit tot hoofdinspecteur zou schoppen.

Het hele gebouw maakte deze tweede kerstdag net zo'n verlaten indruk als de *Mary Celeste*, afgezien van een paar leden van het Operatie Houdiniteam in het coördinatiecentrum op de bovenste verdieping. Ze waren vierentwintig uur per dag aan het werk om de serieverkrachter die bekendstond als de Schoenenman op te pakken.

Terwijl hij wachtte tot het water kookte, dacht hij even aan de hoofdinspecteurspet, die met zijn zilveren band om hem te onderscheiden van de lagere rangen zonder meer erg begerenswaardig was. Maar hij vroeg zich af of hij wel slim genoeg was om tot een dergelijke rang op te klimmen – en hij betwijfelde dat.

Eén ding dat Roy Grace tijdens hun huwelijk over Sandy had ontdekt, was dat ze af en toe een perfectionistisch beeld had van hoe haar wereld eruit moest zien, en een heel kort lontje als het een of ander niet aan haar verwachtingen voldeed. Al heel wat keren had een plotselinge uitval van haar tegen een onbeholpen ober of winkelbediende hem verbijsterd. Maar dat temperament maakte deel uit van wat hem ooit in haar had aangetrokken. Ze had alles in zich om succes te hebben, groot of klein, maar hij moest onthouden dat falen voor Sandy geen optie was.

Dat verklaarde deels haar diepe wrevel en soms woede-uitbarstingen, omdat ze na jaren van allerlei vruchtbaarheidsbehandelingen nog steeds niet de baby kon krijgen waar ze allebei zo vreselijk naar verlangden.

Terwijl hij Eric Claptons 'Change the World' neuriede, dat hij om de een of andere reden in zijn hoofd had zitten, nam Roy Grace zijn beker koffie mee naar zijn bureau in de verlaten kantoortuin op de tweede verdieping van het politiebureau John Street in Brighton. Het was gevuld met rijen afgescheiden bureaus, er lag groezelige blauwe vloerbedekking, de postvakjes zaten propvol, en aan de oostkant boden de ramen uitzicht op de witte muren en glimmende blauwe vensters van het hoofdkantoor van American Express. Hij meldde zich aan op het logge, trage computersysteem om te kijken wat er 's nachts was gebeurd. Terwijl hij wachtte tot het ding was opgestart nam hij een slok koffie en verlangde naar een sigaret, en in stilte vervloekte hij het rookverbod dat onlangs op politiebureaus was ingevoerd.

Zoals elk jaar was er een poging gedaan om het kantoor een beetje in kerstsfeer te brengen. Er hingen papieren slingers aan het plafond. Hier en daar was wat engelenhaar over de schotten gedrapeerd. Op diverse bureaus stonden kerstkaarten.

Sandy was er bepaald niet mee ingenomen dat dit al de tweede keer in drie jaar was dat hij dienst had met kerst. En, zoals ze terecht opmerkte, het was een rotweek om te moeten werken. Zelfs de meeste plaatselijke boeven, stomdronken of knetterstoned, bleven thuis of in hun hol.

Kerstmis was het hoogseizoen voor onverwachte sterfgevallen en zelfmoorden. Het mochten dan een paar prettige dagen zijn voor wie vrienden en familie had, maar het was een nare, ellendige periode voor wie eenzaam was, vooral voor eenzame ouderen die niet eens genoeg geld hadden om hun huis fatsoenlijk te verwarmen. Maar het was een rustige tijd voor de zware criminaliteit – zaken waarmee een ambitieuze jonge brigadier zoals hij zich in de kijker kon spelen bij zijn collega's en waarbij hij de kans kreeg om te laten zien wat hij kon.

Maar dat zou gauw veranderen.

Anders dan anders waren er niet veel telefoontjes geweest. Normaal gesproken rinkelden ze onophoudelijk in de hele zaal.

Toen de eerste gegevens verschenen, ging opeens zijn mobiele telefoon.

'Met de recherche,' meldde hij zich.

Het was een telefoniste van de meldkamer, waar alle informatie werd verwerkt.

'Hallo, Roy, gelukkig kerstfeest.'

'Insgelijks, Doreen,' zei hij.

'We hebben een mogelijke vermiste,' zei ze. 'Rachael Ryan, tweeëntwintig, liet haar vriendinnen vroeg op kerstochtend bij de taxistandplaats in East Street achter en zou naar huis lopen. Ze is niet verschenen voor de kerstlunch bij haar ouders, neemt thuis de telefoon niet op en ook haar mobieltje niet. Haar ouders zijn gistermiddag om drie uur naar haar flat aan Eastern Terrace in Kemp Town gereden, maar daar werd niet opengedaan. Ze hebben ons op de hoogte gesteld omdat dit niets voor haar is en ze zich zorgen maken.'

Grace noteerde de adressen van Rachael Ryan en haar ouders en zei dat hij erachteraan zou gaan.

De huidige politiestrategie was een paar dagen af te wachten of de vermiste persoon weer zou opduiken voordat hulpmiddelen werden ingezet, tenzij het ging om een minderjarige, een bejaarde of iemand die op een andere manier kwetsbaar was. Maar omdat dit een rustige dag beloofde te worden, besloot hij dat hij liever iets ging doen dan hier op zijn achterste te blijven zitten.

De negenentwintigjarige brigadier stond op en liep langs een paar rijen bureaus naar een van zijn collega's toe. Brigadier Norman Potting was een jaar of vijftien ouder dan hij. Hij was een beroepsspeurder die nooit was gepromoveerd, deels vanwege zijn politiek incorrecte houding, deels vanwege zijn chaotische privéleven en deels omdat Potting, zoals zoveel politieagenten, inclusief wijlen Grace' vader, liever in de vuurlinie zat dan de bureaucratische verantwoordelijkheden die met een promotie gepaard gingen op zich te nemen. Grace was een van de weinigen hier die de man eigenlijk best mocht en graag naar zijn 'oorlogsverhalen' luisterde, wat politiejargon was voor gebeurtenissen uit het verleden. Hij dacht dat hij iets van die verhalen kon leren, en bovendien had hij een beetje medelijden met de man.

De brigadier zat driftig met zijn rechterwijsvinger op zijn toetsenbord te rammen. 'Stomme nieuwe technologie,' bromde hij met zijn vette Devon-accent toen Grace' schaduw over hem heen viel. Er steeg een tabakslucht van hem op. 'Ik heb twee lessen gehad, maar ik kan er nog steeds geen chocola van maken. Wat was er mis met het oude systeem dat we allemaal kenden?'

'Dat heet vooruitgang,' zei Grace.

'Grrrr. Vooruitgang in de zin van iedereen maar bij de politie aannemen?'

Grace negeerde dat laatste en zei: 'We hebben een verdwijningszaak waar ik geen goed gevoel bij heb. Heb je het druk? Heb je tijd om mee te komen voor onderzoek?'

Potting hees zich overeind. 'Alles om de sleur te doorbreken, zoals mijn oude tante zou zeggen,' antwoordde hij. 'Heb je een fijne kerst gehad, Roy?'

'Kort, maar wel goed. Alle zes uur die ik thuis ben geweest, eigenlijk.'

'Jij hébt tenminste een thuis,' zei Potting somber.

'Hoezo?'

'Ik woon in een pension. Ze heeft me eruit geschopt. Het is niet bepaald leuk om je kinderen gelukkig kerstfeest te wensen via de munttelefoon in de gang. En voor de televisie een eenpersoons ASDA-kerstdiner naar binnen te werken.'

'Wat lullig voor je,' antwoordde Grace, en hij meende het.

'Weet je waarom een vrouw net een orkaan is, Roy?'

Grace schudde zijn hoofd.

'Als ze aankomt, is ze nat en wild. Als ze weggaat, neemt ze je huis en je auto mee.'

Grace reageerde met een flauw, vreugdeloos glimlachje.

'Bij jou zit het wel goed, jij bent gelukkig getrouwd. Gefeliciteerd. Maar pas maar op,' vervolgde Potting. 'Pas maar op voor als ze zich bedenkt. Geloof me, dit is voor mij al de tweede ramp. Ik had mijn lesje de eerste keer al moeten leren. Vrouwen vinden politiemannen ontzettend sexy, totdat ze ermee getrouwd zijn. Dan komen ze erachter dat we niet zijn wat ze dachten. Je hebt geluk als de jouwe anders is.'

Grace knikte maar zei niets. Pottings woorden lagen akelig dicht bij de waarheid. Hij was nooit in welke musical dan ook geïnteresseerd geweest, maar onlangs had Sandy hem meegesleept naar een amateurvoorstelling van *The Pirates of Penzance*. Ze had hem steeds aangestoten tijdens het liedje 'A Policeman's Lot Is Not a Happy One'.

Na afloop had ze hem plagend gevraagd of hij dacht dat die woorden onwaar waren.

Hij had geantwoord dat ze inderdaad onwaar waren. Hij was erg gelukkig met zijn lot.

Later, in bed, had ze tegen hem gefluisterd dat de tekst misschien veranderd moest worden. Dat die zou moeten luiden: 'A Policeman's *Wife's* Lot Is Not a Happy One'.

II

Donderdag 1 januari 2009

Diverse huizen in de deftige straat waar het ziekenhuis stond hadden kerstlichtjes voor de ramen en kransen op de voordeur. Ze zouden binnenkort worden opgeruimd voor volgend jaar, dacht Grace een beetje teleurgesteld, terwijl hij het gas losliet toen ze de ingang naar het vierkante blok beton en de met opzichtige gordijnen getooide ramen van het Crawley-ziekenhuis naderden. Hij hield van de sprookjesachtige sfeer van de kerstdagen, zelfs als hij moest werken.

Het gebouw had er ongetwijfeld een stuk indrukwekkender uitgezien onder de blauwe hemel van de ontwerptekening dan op een natte ochtend in januari. Grace dacht dat de architect wellicht geen rekening had gehouden met de jaloezieën die de helft van de ramen aan het zicht onttrokken, de tientallen auto's die kriskras buiten stonden geparkeerd, de overvloed aan wegwijzers en de verweerde plekken op de muren.

Glenn Branson had er normaal gesproken plezier in om hem angst aan te jagen met zijn rijstijl, maar vandaag had hij zijn collega laten rijden, zodat hij zich kon concentreren op het verslag van zijn waardeloze kerstweek dat hij over Roy uitstortte. Glenns huwelijk, dat nieuwe dieptepunten had bereikt in de dagen voor kerst, was op eerste kerstdag verder verslechterd.

Hij was al razend omdat zijn vrouw Ari de huissloten had vervangen, en toen hij op kerstochtend beladen met cadeaus voor zijn twee kleine kinderen voor de deur had gestaan en ze hem er niet in had gelaten, was hij helemaal door het lint gegaan. Glenn, een sterke kerel die vroeger uitsmijter bij een nachtclub was geweest, had de deur ingetrapt en binnen, zoals hij al verwacht had, de nieuwe minnaar van zijn vrouw aangetroffen, in zíjn huis, spelend met zíjn kinderen onder zíjn kerstboom, godbetert!

Ze had de politie gebeld en het had niet veel gescheeld of hij was gearresteerd door het patrouilleteam dat uit East-Brighton was komen opdraven, wat het einde van zijn carrière zou hebben betekend.

'Wat zou jij dan gedaan hebben?' vroeg Glenn.

'Waarschijnlijk hetzelfde. Maar dat maakt het nog niet goed.'

'Nee.' Hij zweeg even. Daarna zei hij: 'Je hebt gelijk. Maar toen ik die eikel van een personal trainer met míjn kinderen op de Xbox zag spelen, had ik zin om zijn kop eraf te rukken en ermee te basketballen.'

'Je zult het op de een of andere manier moeten indammen, vriend. Ik wil niet dat dit je je carrière kost.'

Branson keek uit het raam naar de regen buiten. Toen zei hij somber: 'Wat maakt het uit? Niets maakt meer uit.'

Roy Grace was dol op deze man, deze grote, goed bedoelende, vriendelijke lobbes. Hij had hem een paar jaar geleden voor het eerst ontmoet, toen Glenn pas tot rechercheur was gepromoveerd. Hij had zo veel van zichzelf in hem herkend: gedrevenheid, ambitie. En Glenn had de belangrijkste eigenschap van een goede politieman: een grote emotionele intelligentie. Sindsdien had Grace hem begeleid. Maar nu, met zijn instortende huwelijk en zijn onvermogen om zijn geduld te bewaren, dreigde Glenn gevaarlijk het overzicht te verliezen.

Hij kwam ook gevaarlijk dicht bij het punt om hun innige vriendschap kapot te maken. De afgelopen maanden was Branson zijn onderhuurder geweest, in zijn huis vlak bij de boulevard van Hove. Grace vond dat niet zo erg, want hij woonde nu eigenlijk bij Cleo in haar stadswoning in het North Laine-district in het centrum van Brighton. Maar wat hem irriteerde was dat

Branson steeds aan zijn kostbare platencollectie zat en voortdurend kritiek leverde op zijn muzieksmaak.

Zoals nu.

Bij afwezigheid van zijn eigen auto – zijn geliefde Alfa Romeo, die een paar maanden eerder total loss was geraakt bij een achtervolging en nog steeds de inzet was van een verzekeringsstrijd – moest Grace gebruikmaken van poolauto's, allemaal Fordjes of Hyundai Getzen. Hij had net zijn nieuwe iPod onder de knie gekregen, die Cleo hem voor kerst had gegeven en waarmee hij zijn muziek via elke autoradio kon afspelen. Hij pronkte er al de hele weg mee.

'Wie is dit?' vroeg Branson, wiens aandacht plotseling werd getrokken toen de muziek veranderde.

'Laura Marling.'

Hij luisterde een ogenblik. 'Wat een jatwerk.'

'Van wie dan?'

Branson haalde zijn schouders op.

'Ik vind het wel mooi,' zei Grace uitdagend.

Ze luisterden een tijdje zwijgend, tot hij een gaatje ontdekte en eropaf koerste. 'Je hebt een zwak voor zangeressen,' zei Branson. 'Dat is je probleem.'

'Ik vind haar best goed. Oké?'

'Je bent sneu.'

'Cleo vindt haar ook goed,' kaatste hij terug. 'Zij heeft me dat ding voor kerst gegeven. Of moet ik soms tegen haar zeggen dat je haar sneu vindt?'

Branson stak zijn grote, gladde handen in de lucht. 'Ho even!'

'Ja. Ho even!'

'Alle respect!' zei Branson. Maar zijn stem was bijna geluidloos en zonder humor.

Alle drie de parkeerplaatsen die voor de politie waren gereserveerd waren bezet, maar omdat het vandaag een officiële feestdag was, waren er volop lege plekken. Grace parkeerde de auto en draaide het contactsleuteltje om, en ze stapten uit. Toen haastten ze zich door de regen langs de zijkant van het ziekenhuis.

'Had je met Ari wel eens ruzie over muziek?'

'Hoezo?' vroeg Branson.

'Ik vroeg het me alleen maar af.'

De meeste bezoekers van dit complex zouden het witte bordje met in blauwe letters de tekst SATURN CENTRE niet eens opmerken, want het stond langs een onopvallend pad dat aan één kant werd begrensd door de ziekenhuismuur en aan de andere kant door struiken. Het zag eruit alsof het de weg naar de vuilnisbakken was.

In werkelijkheid leidde het pad naar het eerste Sexual Assault Referral Centre van Sussex. Een speciale eenheid, onlangs geopend door de korpschef, die net als andere in Engeland aangaf dat er iets was veranderd in de manier waarop met verkrachtingsslachtoffers werd omgegaan. Grace kon zich de tijd herinneren, niet eens zo lang geleden, dat getraumatiseerde verkrachtingsslachtoffers door een politiebureau moesten lopen en vaak door cynische politiemannen werden ondervraagd. Dat was nu allemaal veranderd, en dit centrum was de nieuwste ontwikkeling.

Hier konden de totaal ontredderde slachtoffers praten met speciaal getrainde politiemensen en psychologen van hetzelfde geslacht – professionals die hun uiterste best deden om hen te troosten en op hun gemak te stellen, en die tegelijkertijd de wrede taak hadden om de waarheid te achterhalen.

Een van de moeilijkste dingen waarmee de zedenpolitie te maken had, was het feit dat de slachtoffers zelf als plaats delict behandeld moesten worden, omdat hun kleren en lichaam mogelijk essentieel bewijs bevatten. De tijd was cruciaal, zoals in alle onderzoeken. Veel verkrachtingsslachtoffers gingen dagen, weken of zelfs jaren later pas naar de politie, en sommige meldden nooit dat ze waren aangevallen, omdat ze hun meest kwellende ervaring niet nog eens wilden beleven.

Branson en Grace haastten zich langs een zwarte rolcontainer en een stuk of wat rommelig opgestapelde pylonen en kwamen bij de deur. Grace drukte op de bel en even later werd er opengedaan. Ze werden binnengelaten door een vrouwelijk staflid dat hij kende, maar van wie hij even de naam kwijt was.

'Gelukkig Nieuwjaar, Roy!' zei ze.

'Insgelijks!'

Hij zag haar naar Glenn kijken en pijnigde wanhopig zijn hersens om op haar naam te komen... en toen wist hij het weer.

'Glenn, dit is Brenda Keys. Brenda, dit is hoofdagent Glenn Branson, een van mijn collega's op de afdeling Zware Criminaliteit.'

'Aangenaam kennis te maken, rechercheur,' zei ze.

Brenda Keys was een getrainde interviewster die al met slachtoffers in Brighton en andere delen van het land werkte voordat deze faciliteit bestond. Ze was een vriendelijke, intelligente vrouw met kort bruin haar en een grote bril, en ze ging altijd onopvallend en conservatief gekleed. Vandaag droeg ze een lange zwarte broek en een grijze V-halspullover met een blouse eronder.

Zelfs met je ogen dicht zou je weten dat je in een moderne interviewruimte was, dacht Grace. Ze roken allemaal naar nieuwe vloerbedekking en verf en er hing een doodse, geluiddichte atmosfeer.

Dit was een doolhof van kamers achter gesloten grenen deuren, met een centrale ontvangstruimte met beige vloerbedekking. Aan de roomkleurige muren hingen ingelijste, kunstzinnige kleurenfoto's van bekende plaatsen in Sussex – strandhuisjes aan de boulevard van Hove, de Jack en Jill-molens in Clayton, de pier van Brighton. Met de beste bedoelingen, maar het voelde alsof iemand iets te erg zijn best had gedaan om de slachtoffers die hier kwamen hun horrorervaring te laten vergeten.

Ze zetten hun naam op de bezoekerslijst en Brenda Keys bracht hen op de hoogte. Intussen ging er verderop langs de gang een deur open, en een stevig gebouwde vrouwelijke agent in uniform, met rechtopstaande zwarte stekeltjes alsof ze haar vingers in het stopcontact had gestoken, kwam hun met een brede glimlach tegemoet.

'Agent Rowland, meneer,' zei ze. 'Inspecteur Grace?'

'Ja, en dit is hoofdagent Branson.'

'Ze zijn in spreekkamer één – nog maar net begonnen. De SOLO, rechercheur Westmore, praat met het slachtoffer en brigadier Robertson observeert. Wilt u naar de observatiekamer?'

'Is daar ruimte voor ons allebei?'

'Ik zal er een stoel bij zetten. Kan ik iets te drinken voor u halen?'

'Ik zou een moord doen voor een kop koffie,' zei Grace. 'Met een beetje melk, geen suiker.'

Branson wilde een cola light.

Ze liepen met de agente mee door de gang en passeerden deuren met daarop MEDISCHE ONDERZOEKSRUIMTE, VERGADERRUIMTE, en tot slot SPREEKRUIMTE.

Een stukje verderop opende ze een deur waarop geen bordje hing en ze gingen naar binnen. De observatieruimte was een klein kamertje met een smalle witte werkbank waarop een rij computers stond. Tegen de muur hing een platte monitor waarop beelden uit de aangrenzende spreekkamer te zien waren. De brigadier die als eerste naar Hotel Metropole was gegaan, een jongensachtige man van achter in de twintig met heel kort geschoren blond haar, zat aan het bureau met een laptop en een geopend flesje water voor zich. Hij droeg een slecht zittend grijs pak en een paarse stropdas met een grote knoop, en hij had de klamme, bleke huid van iemand die tegen een flinke kater vecht.

Grace stelde Glenn en zichzelf voor en ze gingen zitten, Grace op een harde draaistoel die de agente zojuist binnen had gereden.

Op het scherm was een stilstaand beeld te zien van een kamertje zonder ramen, gemeubileerd met een blauwe bank, een blauwe fauteuil en een rond tafeltje met daarop een grote doos Kleenex. Er lag vreugdeloze grijze vloerbedekking en de muren waren kil gebroken wit geverfd. Een tweede camera en een microfoon hingen tegen het plafond.

Het slachtoffer, een angstig uitziende vrouw van tussen de dertig en veertig, in een witte badjas met de letters MH op de borst geborduurd, zat ineengedoken op de bank, met haar armen om haar middenrif geslagen. Ze was tenger, met een aantrekkelijk maar bleek gezicht en uitgelopen mascara. Haar lange rode haar zat in de war.

Aan de andere kant van het tafeltje zat rechercheur Claire Westmore van de zedenpolitie. Ze spiegelde zich aan het slachtoffer door in dezelfde houding te zitten, met haar armen eveneens om haar middenrif geslagen.

De politie had in de loop der jaren geleerd hoe ze op de meest effectieve manier informatie van slachtoffers en getuigen kon krijgen. Het eerste principe was de kledingcode. Nooit iets dragen wat de ondervraagde kon afleiden, zoals strepen of felle kleuren. Rechercheur Westmore was gepast gekleed, in een effen blauwe blouse met open boord onder een marineblauwe trui met V-hals, een zwarte broek en effen zwarte schoenen. Haar schouderlange blonde haar was uit haar gezicht gekamd en met een elastiekje bijeengebonden. Een eenvoudig zilveren kettinkje was het enige sieraad dat ze droeg.

Het tweede principe was dat het slachtoffer of de getuige in de beste positie moest worden geplaatst om hem of haar te ontspannen, en daarom zat de ondervraagde – Nicola Taylor – op de bank, terwijl de rechercheur op een gewone stoel zat.

Spiegelen was een klassieke interviewtechniek. Als je alles wat de ondervraagde deed spiegelde, kon die zich daardoor zodanig op zijn gemak gaan

voelen dat ze zich aan de ondervrager begon te spiegelen. Zodra dat gebeurde, had de ondervrager de controle, onderwierp het slachtoffer zich
aan de ondervrager en begon – in interviewtermen – met 'ophoesten'.

Grace maakte een paar aantekeningen toen Westmore, met haar bemin-
nelijke Scouse-accent, langzaam en vakkundig een antwoord probeerde
te ontlokken aan de getraumatiseerde, stille vrouw. Een hoog percentage
verkrachtingsslachtoffers belandt onmiddellijk in een posttraumatische
stressstoornis, en hun geagiteerde toestand beperkt de tijd dat ze zich
kunnen concentreren en hun aandacht erbij kunnen houden. Westmore
maakte hier op een intelligente manier gebruik van door volgens de richt-
lijnen eerst de meest recente gebeurtenis te bespreken en daarna terug te
werken.

Sinds hij rechercheur was, had Grace in talloze interviewtrainingen iets
geleerd wat hij graag aan zijn teamleden vertelde: slechte getuigen bestaan
niet, alleen slechte ondervragers.

Maar deze vrouw leek precies te weten wat ze deed.

'Ik weet dat het heel moeilijk voor je moet zijn om hierover te praten,
Nicola,' zei ze. 'Maar het zou me helpen om te begrijpen wat er is gebeurd
en erachter te komen wie jou dit heeft aangedaan. En het hoeft niet per se
vandaag als je dat niet wilt.'

De vrouw keek zwijgend voor zich uit, handenwringend en trillend.

Grace had verschrikkelijk met haar te doen.

De SOLO begon ook haar handen te wringen. Na een tijdje vroeg ze: 'Je
was dus met een paar vriendinnen naar een oudejaarsdiner in het Metropole, klopt dat?'

Stilte.

Er biggelden tranen over de wangen van de vrouw.

'Is er iets wat je me wel vandaag kunt vertellen?'

Ze schudde haar hoofd.

'Oké, geen punt,' zei Claire Westmore. Een tijdlang bleef ze zwijgend zitten, en toen vroeg ze: 'Had je veel gedronken tijdens dat diner?'

De vrouw schudde haar hoofd.

'Dus je was niet dronken?'

'Waarom denkt u dat ik dronken was?' snauwde ze opeens terug.

De SOLO glimlachte. 'Het is zo'n avond waarop we allemaal de teugels
een beetje laten vieren. Ik drink nooit zo veel, maar met oud en nieuw heb
ik de neiging om me te laten gaan. De enige keer in het jaar!'

Nicola Taylor keek naar haar handen. 'Is dat wat u denkt?' vroeg ze zacht.

'Dat ik straalbezopen was?'

'Ik ben hier om je te helpen. Ik veronderstel niets, Nicola.'

'Ik was broodnuchter,' zei ze bitter.

'Oké.'

Het deed Grace plezier de vrouw te zien reageren. Dat was een goed teken.

'Ik veroordeel je niet, Nicola. Ik wil alleen maar weten wat er is gebeurd. Ik begrijp echt wel hoe moeilijk het is om te praten over wat je hebt meegemaakt, en ik wil je op alle mogelijke manieren helpen. Maar dat kan alleen als ik precies weet wat er met je is gebeurd.'

Een lange stilte.

Branson dronk van zijn cola. Grace nam een slokje koffie.

'We kunnen dit gesprek stoppen wanneer jij dat wilt, Nicola. Als je liever morgen verder wilt gaan, is dat prima. Of overmorgen. Wat jij wilt. Ik wil je alleen maar helpen. Daar ben ik voor.'

Weer een lange stilte.

Toen gooide Nicola Taylor opeens het woord 'Schoenen!' eruit.

'Schoenen?'

Ze zweeg opnieuw.

'Hou je van schoenen, Nicola?' probeerde de SOLO. Toen er geen antwoord kwam, zei ze op een babbeltoon: 'Schoenen zijn mijn zwakke plek. Ik ben een paar weken geleden nog met mijn man naar New York geweest. En daar heb ik bijna een paar laarzen van Fendi gekocht, van achthonderdvijftig dollar!'

'De mijne waren van Marc Jacobs,' zei Nicola Taylor, bijna fluisterend.

'Marc Jacobs? Ik ben dol op dat merk schoenen!' antwoordde ze. 'Zijn ze samen met je kleren meegenomen?'

Weer een lange stilte.

Toen zei de vrouw: 'Hij liet me er dingen mee doen.'

'Wat voor dingen? Probeer het... Probeer het me te vertellen.'

Nicola Taylor begon weer te huilen. Tussen de snikken door begon ze te praten, een gedetailleerd verslag, maar langzaam, met lange stilten ertussen waarin ze probeerde tot bedaren te komen, en af en toe liet ze zich gewoon gaan en kokhalsde ze van walging.

In de observatieruimte draaide Glenn Branson zich naar zijn collega toe en huiverde.

Grace kon het zich goed indenken, want hij voelde zich ook slecht op zijn gemak. Maar terwijl hij luisterde, dacht hij hard na. Hij dacht aan het cold case-dossier op de vloer van zijn kantoor, dat hij kortgeleden nog had doorgebladerd. Hij dacht terug aan 1997. Herinnerde zich data, een patroon, een werkwijze. Hij herinnerde zich verklaringen van slachtoffers uit die tijd, waarvan hij er een paar nog niet zo lang geleden had herlezen.

Dezelfde rilling die hij eerder had gevoeld liep weer over zijn rug.

12

Vrijdag 26 december 1997

'Volgens de thermometer is het vandáág!' zei Sandy, met die twinkeling in haar stralende blauwe ogen waar Roy Grace elke keer weer voor viel.

Ze zaten voor de televisie. *Christmas Vacation* met Chevy Chase was een soort ritueel geworden, een film die ze altijd op 26 december keken. De pure stommiteit van de rampen maakte Roy normaal gesproken altijd hardop aan het lachen. Maar deze keer was hij stil.

'Hallo?' zei Sandy. 'Hallo, meneer de brigadier. Is daar iemand?'

Hij knikte en maakte zijn sigaret uit in de asbak. 'Sorry.'

'Je denkt toch niet aan je werk, of wel, schat? Niet vanavond. We hadden al geen behoorlijke kerst, dus laten we in elk geval genieten van wat er van tweede kerstdag over is. Laten we er iets bijzonders van maken.'

'Ik weet het,' zei Roy. 'Maar...'

'Er is altijd een maar,' zei ze.

'Sorry. Ik had te maken met een gezin dat helemaal geen kerst heeft gehad, snap je? Hun dochter ging op kerstochtend vroeg bij haar vriendinnen weg en is nooit thuis aangekomen. Haar ouders worden gek. Ik... Ik moet voor hen doen wat ik kan. Voor haar.'

'O? Misschien ligt ze alleen maar te neuken met een vent die ze in een club heeft opgeduikeld.'

'Nee. Niks voor haar.'

'O kom op, brigadier Grace! Je hebt me zelf verteld hoeveel mensen er elk jaar door hun familie als vermist worden opgegeven. Alleen al in het Verenigd Koninkrijk zo'n tweehonderddertigduizend, zei je, en de meesten duiken binnen een maand weer op!'

'En elfduizendvijfhonderd niet.'

'Dus?'

'Het zit me niet lekker deze keer.'

'Je politieneus?'

'Ja.'

Sandy aaide over zijn neus. 'Ik hou van de jouwe, agentje!' Ze gaf er een kus op. 'We moeten vanavond vrijen. Ik heb mijn temperatuur opgenomen en het lijkt erop dat ik een eisprong heb.'

Roy Grace grijnsde en keek in haar ogen. Als collega's zich buiten diensttijd volgoten in de bar boven in het politiebureau van Brighton of in een pub, dan kwam het gesprek, zoals altijd onder mannen, uit op voetbal, iets waarin hij niet zo geïnteresseerd was, of op meiden. Vrouwen werden in twee categorieën verdeeld: mannen vielen op de ene helft vanwege hun borsten en op de andere helft vanwege hun benen. Maar Roy Grace kon in alle eerlijkheid zeggen dat hij op Sandy was gevallen vanwege haar fascinerende blauwe ogen.

Hij dacht terug aan de eerste keer dat ze elkaar ontmoetten. Het was een paar dagen na Pasen en zijn vader was een maand eerder gestorven aan darmkanker. Bij zijn moeder was kort daarvoor borstkanker met uitzaaiingen vastgesteld. Hij zat nog in zijn proeftijd bij de politie en was zo somber als maar kon. Een paar collega's hadden hem aangespoord om een avondje mee te gaan naar de hondenrennen.

Met weinig enthousiasme was hij in het windhondenstadion van Brighton & Hove verschenen, waar hij tegenover een mooie, sprankelende jonge vrouw kwam te zitten, van wie hij de naam niet had onthouden. Na enkele minuten druk met een kerel naast haar te hebben gepraat, had ze zich over tafel naar Grace gebogen en gezegd: 'Ik heb een tip gekregen! Je moet altijd wedden op een hond die voor de race zijn behoefte doet!'

'Je bedoelt: opletten of hij een drol legt?'

'Heel scherp,' had ze gezegd. 'Jij bent vast rechercheur!'

'Nee,' had hij geantwoord. 'Nog niet. Maar ooit hoop ik er een te worden.'

Dus terwijl hij zijn garnalencocktail at, had hij goed opgelet toen de honden voor de eerste race naar de start werden gebracht. Nummer 5 was gestopt voor een flinke drol. Toen de vrouw van de toto was langsgekomen, had het meisje vijf pond ingezet en had hij om indruk te maken een tientje ingezet, dat hij eigenlijk niet kon missen. De hond was twaalfde geworden.

Op hun eerste afspraakje, drie dagen later, had hij haar in het donker bij het geluid van de bulderende zee naast de Palace Pier van Brighton gekust. 'Ik krijg nog tien pond van je,' had hij toen gezegd.

'Dat lijkt me een koopje!' antwoordde ze, terwijl ze rommelde in haar tas, er een bankbiljet uit haalde en het in zijn overhemd liet vallen.

Hij keek nu naar Sandy, die voor de televisie zat. Ze was nog mooier dan toen ze elkaar hadden leren kennen. Hij hield van haar gezicht, de geur van haar lichaam en haren; hij hield van haar humor, haar intelligentie. En hij hield van de manier waarop ze het leven de baas was. Zeker, ze was boos geweest omdat hij dienst had met kerst, maar ze begreep het wel, omdat ze wilde dat hij zou slagen.

Dat was zijn droom. Hun droom.

Toen ging de telefoon.

Sandy nam op, zei kil: 'Ja, hij is thuis, ' en gaf de hoorn aan Roy.

Hij luisterde, noteerde een adres achter op een kerstkaart en zei: 'Ik ben er over tien minuten.'

Sandy keek hem woedend aan en schudde een sigaret uit het pakje. Op het scherm ging Chevy Chase door met zijn fratsen.

'Het is kerst, verdorie!' zei ze terwijl ze naar de aansteker reikte. 'Je maakt het me niet makkelijk om te stoppen, hè?'

'Ik kom zo snel ik kan terug. Ik moet erheen en die getuige spreken – hij zegt dat hij een man heeft gezien die een vrouw in een busje duwde.'

'En waarom kan dat morgen niet?' zei ze kregelig.

'Omdat het leven van dat meisje misschien wel in gevaar is, snap je?'

Ze schonk hem een zure glimlach. 'Ga dan maar, brigadier Grace. Ga de hele wereld maar weer redden.'

13

Donderdag 1 januari 2009

'Je lijkt nogal afwezig vanavond. Alles goed, lieveling?' vroeg Cleo.

Roy Grace zat op een van de enorme rode banken in de woonkamer van hun appartement in een omgebouwd pakhuis. Humphrey, de zwarte pup die iedere dag groter en zwaarder werd, lag lekker op zijn schoot en trok stiekem aan de eindjes wol van zijn slobbertrui, alsof hij van plan was die uit elkaar te trekken voor zijn baas er erg in had. Het plannetje werkte omdat Roy zo opging in het dossier van Operatie Houdini dat hij aan het lezen was.

Het eerst bekende zedenmisdrijf dat onder Operatie Houdini viel, was op 15 oktober 1997 gepleegd. Het was een mislukte aanval op een jonge vrouw 's avonds laat in een steegje in het North Laine-district van Brighton. Een man die zijn hond uitliet redde haar voordat haar belager haar slipje kon uittrekken, maar hij was wel met een van haar schoenen weggerend. De volgende keer had hij helaas meer succes gehad. Een vrouw die eind oktober van een halloweenfeest in het Grand Hotel kwam, was in de gang van het hotel gegrepen door een man in vrouwenkleding en werd pas de volgende ochtend, vastgebonden en gekneveld, aangetroffen door het hotelpersoneel.

Cleo, die met opgetrokken benen op de bank tegenover hem zat, gehuld in een camelkleurige poncho over een zwarte wollen legging, las een dik boek over de oude Grieken voor haar filosofiestudie aan The Open University. Vellen vol getypte en geschreven aantekeningen, allemaal beplakt met gele Post-its, lagen om haar heen. Haar lange blonde haar viel in haar gezicht en om de paar minuten streek ze het naar achteren. Grace vond het altijd heerlijk om haar dat te zien doen.

Er speelde een cd van Ruarri Joseph en op tv, met het geluid uit, hield Sean Connery in Thunderball een mooie vrouw in een stevige omhelzing. De hele week sinds kerst was Cleo al verslaafd aan gambacurry's, en ze zaten te wachten tot de maaltijd van vandaag zou worden bezorgd; hun vierde curry in vijf dagen. Het kon Grace niet schelen, maar vanavond gaf hij zijn spijsvertering een beetje rust met een heel gewone kip tandoori.

Eveneens op de tafel stond een van Grace' kerstcadeaus aan Cleo: een grote nieuwe goudvissenkom ter vervanging van de kom die eerder dat jaar door een inbreker kapot was gegooid. De bewoner ervan, die ze Vis-2 had genoemd, verkende met snelle, zenuwachtige uitvallen zijn omgeving van waterplantjes en een Griekse minitempel. Daarnaast lagen drie boeken die hij voor kerst van Glenn Branson had gekregen: 100 tips voor de man om de zwangerschap te overleven, Vader in verwachting en Jij bent ook zwanger, jongen!

'Ja hoor, ik voel me prima,' zei hij glimlachend.

Cleo lachte terug, en hij voelde opeens zo veel intens geluk en kalmte dat hij wilde dat hij de klok nu stil kon zetten en de tijd bevriezen. Dit moment eeuwig laten duren.

'*And I'd rather share your company,*' zong Ruarri Joseph begeleid door zijn akoestische gitaar, en Grace dacht: ja, ik ben liever in jouw gezelschap, lieve Cleo, dan bij wie dan ook.

Hij wilde hier blijven, op deze bank, in deze kamer, vol verlangen kijkend naar de vrouw van wie hij zo veel hield en die hun kind verwachtte, en nooit meer weggaan.

'Het is nieuwjaarsdag,' zei Cleo, terwijl ze haar glas water pakte en een slokje nam. 'Ik vind dat je maar eens moet ophouden met werken en gaan ontspannen! Maandag werpen we ons allemaal weer terug in de strijd.'

'Oké, maar jij werkt aan je proefschrift. Noem je dat ontspannen?'

'Ja, zeker wel! Ik vind het heerlijk om hiermee bezig te zijn. Voor mij is het geen werk. Wat jij doet wel.'

'Iemand moet die criminelen eens vertellen dat ze op feestdagen niks mogen uithalen,' zei hij grijnzend.

'Ja, en iemand moet eens tegen oude mensen zeggen dat ze niet in de kerstvakantie mogen doodgaan. Dat is heel asociaal! Pathologen hebben ook recht op feestdagen!'

'Hoeveel vandaag?'

'Vijf,' zei ze. 'Arme drommels. Nou ja, eigenlijk waren er drie bij van gisteren.'

'Dus die waren zo fatsoenlijk om tot kerst te wachten.'

'Maar konden het vooruitzicht van nog een heel jaar niet aan.'

'Ik hoop dat mij dat nooit overkomt,' zei hij. 'Dat ik het vooruitzicht van nog een jaar niet aankan.'

'Heb je Ernest Hemingway wel eens gelezen?' vroeg ze.

Grace schudde zijn hoofd en voelde zich een onbenul vergeleken bij Cleo. Hij had zo weinig gelezen in zijn leven.

'Hij is een van mijn favoriete schrijvers. Ik krijg jou nog wel zover dat jij hem ook gaat lezen. Hij schreef: *Het leven breekt iedereen, maar sommigen zijn juist sterk op de plaatsen die gebroken zijn.* Dat slaat op jou. Jij bent sterker, toch?'

'Ik hoop het. Maar ik vraag het me wel eens af.'

'Je moet nu sterker dan ooit zijn, meneer de inspecteur.' Ze klopte op haar buik. 'Er zijn er nu twee die je nodig hebben.'

'En al die dode mensen die jou nodig hebben!' antwoordde hij.

'En de doden die jou ook nodig hebben.'

Dat was waar, dacht hij somber, terwijl hij weer een blik op het dossier wierp. Al die blauwe dozen en groene kratten op de vloer in zijn kantoor. De meeste vertegenwoordigden slachtoffers die aan gene zijde wachtten tot hij hun moordenaar voor de rechter zou brengen.

Zou het verkrachtingsslachtoffer van vandaag, Nicola Taylor, meemaken dat de dader voor de rechter geleid zou worden? Of zou ze op een dag eindigen als niet meer dan een naam op een cold case-dossier?

'Ik lees hier over een Griekse staatsman, Perikles,' zei ze. 'Hij was niet echt een filosoof, maar hij zei wel goeie dingen. *Wat je achterlaat is niet wat in steen is gebeiteld, maar wat is geweven in de levens van anderen.* Dat is een van de vele redenen waarom ik van je hou, inspecteur Grace. Jij laat straks goede dingen in de levens van andere mensen na.'

'Ik doe mijn best,' zei hij, en hij keek weer in het dossier van de Schoenenman.

'Arme schat, je bent vanavond echt heel ver weg met je gedachten.'

Hij haalde zijn schouders op. 'Het spijt me. Ik haat verkrachters. Het was nogal aangrijpend vandaag in Crawley.'

'Je hebt er niet echt over gepraat.'

'Wil je erover horen?'

'Ja, inderdaad. Ik wil alles horen. Ik wil alles weten wat je ontdekt over de wereld waarin ons kind straks wordt geboren. Wat heeft die man met haar gedaan?'

Grace pakte zijn flesje Peroni van de vloer, dronk het met grote slokken leeg en zou er nog wel een lusten. Maar in plaats daarvan zette hij het flesje neer en dacht terug aan de ochtend.

'Hij liet haar masturberen met de hak van haar schoen. Het was een of andere dure designerschoen. Marc Joseph of zo.'

'Marc Jacobs?' vroeg ze.

Hij knikte. 'Ja, dat was de naam. Zijn die duur?'

'Een topontwerper. Hij liet haar masturberen? Bedoel je dat ze de hak als dildo moest gebruiken?'

'Ja. Zo, dus je weet veel van schoenen?' vroeg hij enigszins verbaasd.

Hij hield van de manier waarop Cleo zich kleedde, maar als ze ergens samen liepen keek ze nauwelijks in de etalages van schoenen- of mode-winkels. Dat deed Sandy altijd wel, wat hem af en toe razend had gemaakt.

'Roy, lieverd, álle vrouwen hebben verstand van schoenen! Ze maken deel uit van de vrouwelijkheid. Als een vrouw een paar mooie schoenen aantrekt, voelt ze zich sexy! Maar hij keek dus gewoon toe terwijl ze dat met zichzelf moest doen?'

'Naaldhakken van twaalf centimeter, zei ze,' antwoordde hij. 'Ze moest de hak telkens helemaal inbrengen, terwijl hij met zichzelf bezig was.'

'Afgrijselijk. Wat een smeerlap.'

'Het wordt nog erger.'

'Vertel.'

'Hij draaide haar op haar buik en duwde toen de hak in haar achterwerk. Snap je? Genoeg?'

'Dus hij heeft haar niet echt verkracht? In de betekenis die ik eronder versta?'

'Jawel, maar dat kwam pas later. Hij had moeite om een erectie te krijgen.'

Na een poosje zwijgend te hebben gepeinsd, vroeg ze: 'Waarom, Roy? Hoe komt het dat iemand zoiets doet?'

Hij haalde zijn schouders op. 'Ik heb vanmiddag met een psycholoog gesproken, maar hij vertelde me niks nieuws. Verkrachting door een onbekende – zoals in dit geval – gaat zelden om seks. Het gaat vaker om vrouwenhaat en macht over hen.'

'Denk je dat er een verband is tussen degene die dit heeft gedaan en je dossier over de Schoenenman?'

'Daarom ben ik het aan het herlezen. Het zou toeval kunnen zijn. Of een na-aper. Maar ook de oorspronkelijke verkrachter die weer toeslaat.'

'Wat denk jij?'

'De Schoenenman deed dezelfde dingen met sommige slachtoffers. Hij had ook moeite met een erectie krijgen. En hij nam altijd een schoen van het slachtoffer mee.'

'Die vrouw van vandaag – heeft hij een schoen van haar meegenomen?'

'Allebei, en al haar kleren. En uit wat het slachtoffer tot nu toe heeft verteld blijkt dat hij een travestiet geweest kan zijn.'

'Dus er is wel een klein verschil.'

'Ja.'

'Wat zegt je gevoel? Wat zegt je speurneus?'

'Dat ik niet te snel conclusies moet trekken. Maar...' Hij zweeg.

'Maar?'

Hij staarde naar het dossier.

14

Zaterdag 3 januari 2009

Vraag mensen of ze nog weten waar ze waren en wat ze deden op het moment – het exacte moment – waarop ze hoorden dat er vliegtuigen in de Twin Towers waren gevlogen, dat prinses Diana was verongelukt of dat John Lennon was doodgeschoten, of, wanneer ze oud genoeg zijn, dat John F. Kennedy was vermoord, en de meesten zullen het je precies kunnen vertellen.

Roxy Pearce was anders. De mijlpalen in haar leven waren de keren dat ze eindelijk de schoenen kocht waar ze haar zinnen op had gezet. Ze kon je precies vertellen wat er in de wereld gebeurde op de dag dat ze haar eerste Christian Louboutins aanschafte. Haar eerste Ferragamo's. Haar eerste Manolo Blahniks.

Maar al die glimmende leren schatten die in haar kast stonden te kwijnen verbleekten tot bijzaken nu ze over de grijze vloerbedekking van Ritzy Shoes in Brighton paradeerde.

'O ja! O god, ja!'

Ze keek naar haar enkels. Bleek, lichtblauw door de aderen onder de huid, te dun en knokig. Ze waren nooit haar grootste pluspunt geweest, maar vandaag was dat anders. Nu had ze, moest ze toegeven, een paar beeldschone enkels. De dunne zwarte bandjes wonden zich als sensuele, levende, gepassioneerde krulvarens rond de witte huid aan beide kanten van de uitstekende botten.

Ze was seks op twee benen!

Ze keek in de spiegel. Seks op twee benen keek terug. Met haar sluike zwarte haar en een prachtig figuur zag ze er bij lange na niet uit als een vrouw die over drie maanden haar zevenendertigste verjaardag zou vieren.

'Wat vindt u?' vroeg ze de verkoopster terwijl ze nog eens naar haar spiegelbeeld keek. Naar de hoge hakken, de gewelfde zool, de magische zwarte glans van het leer.

'Ze zijn voor u gemaakt!' zei de overtuigde dertigjarige verkoopster. 'Ze zijn absoluut voor u gemaakt!'

'Precies wat ik dacht!' gilde Roxy. 'Dus u vindt dat ook?'

Ze was zo opgewonden dat diverse mensen in de winkel omkeken. Het was druk in Brighton op deze eerste zaterdagochtend in het nieuwe jaar. De koopjesjagers waren massaal op pad omdat de kerstuitverkoop zijn tweede week in ging en sommige prijzen nog verder werden verlaagd.

Eén klant in de winkel keek niet om. Ze zag eruit als een elegant geklede vrouw van middelbare leeftijd, met een lange donkere jas, een coltrui en duur ogende laarzen met hoge hakken. Alleen als je de bovenkant van de col terugrolde, zou je de adamsappel zien.

De man in vrouwenkleren keek niet om, omdat hij Roxy al die tijd al in de gaten hield. Hij had haar discreet gadegeslagen vanaf het moment waarop ze vroeg of ze de schoenen mocht passen.

'Jimmy Choo heeft het helemaal!' zei de verkoopster. 'Hij weet wat werkt.'

'En u vindt echt dat deze me goed staan? Ze lopen niet erg gemakkelijk.'

Roxy was nerveus. Vierhonderdvijfentachtig pond was een hoop geld, vooral nu het softwarebedrijf van haar man op instorten stond en haar eigen pr-bedrijfje nauwelijks iets opleverde.

Maar ze móést ze hebben!

Oké, voor vierhonderdvijfentachtig pond kon je heel veel andere dingen kopen, maar niets daarvan zou haar hetzelfde geluksgevoel geven als deze schoenen!

Ze wilde ze aan haar vriendinnen showen. Maar liever dan wat ook wilde ze ze dragen voor Iannis, sinds zes weken haar waanzinnig sexy minnaar. Goed, hij was niet de eerste minnaar die ze in twaalf jaar huwelijk had gehad, maar wel de beste. Ja!

Alleen al de gedachte aan hem toverde een brede grijns op haar gezicht. En vervolgens een pijnscheut in haar hart. Ze had het allemaal al twee keer meegemaakt en wist dat ze had moeten leren van die ervaring. De kerst was de ergste tijd voor mensen met een buitenechtelijke affaire. Het was de tijd dat bedrijven en kantoren hun deuren sloten en de meeste mensen zich met familiegedoe bezighielden. Hoewel ze zelf geen kinderen had – zij noch Dermot had er ooit naar verlangd – had ze haar man met de kerst vier hele dagen lang moeten vergezellen naar zijn familie in Londonderry en meteen daarna nog eens vier dagen naar haar ouders – de ouwetjes, zoals Dermot ze noemde – in het afgelegen, ruige Norfolk.

Op de dag dat ze hadden afgesproken, nog voor het eind van het jaar, moest Iannis, die twee Griekse restaurants in Brighton en nog een paar in Worthing en Eastbourne bezat, onverwacht naar Athene vliegen om zijn vader op te zoeken, die een hartaanval had gehad.

Vanmiddag zouden ze elkaar voor het eerst sinds de dag voor kerst weer zien, en het voelde als een maand. Twee maanden. Een jaar. Eeuwig! Ze verlangde naar hem. Smachtte naar hem. Hunkerde naar hem.

En, had ze nu besloten, ze wilde deze schoenen voor hem dragen!

Iannis had iets met voeten. Hij vond het heerlijk om haar schoenen uit te trekken, de geur ervan op te snuiven, ze helemaal te besnuffelen en vervolgens diep in te ademen, alsof hij een goede wijn keurde voor een trotse sommelier. Misschien wilde hij wel dat ze haar Jimmy Choos vandaag aanhield! Die gedachte wond haar zo op dat ze er gevaarlijk vochtig van werd.

'Weet u, het geweldige aan deze schoenen is dat u ze zowel bij chic als bij casual kunt dragen,' vervolgde de verkoopster. 'Ze staan fantastisch onder uw spijkerbroek.'

'Vindt u?'

Het was een stomme vraag. Natúúrlijk vond de verkoopster dat. Ze zou nog zeggen dat ze haar goed stonden als ze binnenkwam in een vuilniszak vol vissenkoppen.

Roxy droeg een strakke, gescheurde DKNY-broek, omdat Iannis zei dat ze een geweldige kont voor een spijkerbroek had. En hij hield ervan de rits te openen en hem langzaam uit te trekken, en in dat rijke, donkere accent van hem te zeggen dat het net was of hij mooi rijp fruit afpelde. Ze was dol op alle romantische onzin die hij vertelde. Dermot deed tegenwoordig nooit meer zo sexy. Zijn idee van voorspel was op zijn sokken en in zijn onderbroek door de slaapkamer lopen en twee keer een wind laten.

'O ja!' zei de verkoopster serieus.

'Er zit zeker niet toevallig korting op? Ze zijn niet in de uitverkoop of zo?'

'Helaas niet, nee. Het spijt me. Ze zijn van de nieuwe collectie, we hebben ze net binnen.'

'Bof ik even.'

'Wilt u de bijpassende handtas ook nog zien?'

'Beter van niet,' zei ze. 'Ik durf niet.'

Maar de verkoopster liet hem toch zien. En hij was adembenemend. Roxy trok snel de conclusie dat nu ze ze bij elkaar had gezien, de schoenen er nogal naakt uitzagen zonder de tas. Als ze die tas niet kocht, zou ze er later spijt van krijgen, wist ze.

Omdat het in de winkel zo druk was en omdat ze in gedachten bezig was met de vraag hoe ze de bon voor Dermot kon verstoppen, sloeg ze totaal geen acht op de andere klanten, inclusief de vrouw met de coltrui, die vlak achter haar een paar schoenen bekeek. Roxy bedacht dat ze haar volgende creditcardoverzicht uit de brievenbus moest halen en verbranden. En bovendien, het was haar eigen geld, toch?

'Staat u op onze mailinglijst, mevrouw?' vroeg de verkoopster.

'Ja.'

'Als u me uw postcode geeft, kan ik uw gegevens erbij pakken.'

Ze somde haar postcode op en de verkoopster voerde hem in de computer naast de kassa in.

De verklede man achter Roxy noteerde haastig iets in een zakcomputertje. Even later verscheen haar adres. Maar de man hoefde het scherm niet te lezen.

'Mevrouw Pearce, Droveway nummer 76?'

'Dat klopt,' zei Roxy.

'Prima. Dat maakt dan bij elkaar elfhonderd en drieëntwintig pond. Hoe wilt u betalen?'

Roxy overhandigde haar creditcard.

De man in vrouwenkleren liep heupwiegend de winkel uit. Hij had dankzij het vele oefenen eigenlijk best een sexy loopje ontwikkeld, vond hij zelf. Binnen enkele momenten ging hij op in de krioelende menigte winkelend publiek in de straten van Brighton, met hakken die klikklakten op het droge, koude trottoir.

15

Zaterdag 3 januari 2009

De anticlimactische dagen na de jaarwisseling waren altijd rustig. De feestdagen waren voorbij, de mensen gingen weer aan het werk en hadden dit jaar nog minder geld over dan anders. Het was niet zo gek, dacht agent Ian Upperton van de verkeerspolitie in Brighton & Hove, dat er op deze ijskoude zaterdagmiddag in januari maar weinig mensen op straat waren, ook al was de uitverkoop in volle gang.

Zijn collega, agent Tony Omotoso, bestuurde de BMW stationcar. Ze reden naar het zuiden, langs het meer bij Rottingdean en verder door naar de kust, waar ze bij de verkeerslichten rechts afsloegen. De zuidwestenwind, die van recht over het Kanaal aankwam, duwde tegen de auto. Het was halfvijf in de middag en het schemerde. Ze zouden nog een laatste stukje over de weg boven de rotsen rijden, langs het Sint-Dunstan's tehuis voor blinde militairen en de chique Roedean-meisjesschool, en dan langs de boulevard terugrijden naar het bureau om een kop thee te drinken en de rest van hun dienst bij de mobilofoon te blijven wachten.

Er waren van die dagen, dacht Upperton, dat je de lucht haast kon voelen tintelen en wist dat er iets zou gebeuren. Maar vanmiddag voelde hij niets. Hij verheugde zich erop naar huis te gaan, zijn vrouw en kinderen weer te zien, de honden uit te laten en daarna een rustige avond voor de tv door te brengen. En op zijn drie vrije dagen daarna.

Toen ze de heuvel op reden, waar de maximumsnelheid van vijftig kilometer overging naar tachtig kilometer, werden ze voorbij gescheurd door een Mazda MX-2.

'Is die bestuurder soms stekeblind?' vroeg Tony Omotoso.

Automobilisten gingen meestal langzamer rijden als ze een surveillance-auto zagen, en de meesten durfden een politiewagen niet in te halen, zelfs niet als die een paar kilometer onder de limiet reed. Ofwel de bestuurder van de Mazda had het sportwagentje gestolen, of hij was een halvegare, of hij had hen gewoon niet gezien. Ze waren eigenlijk nogal moeilijk over het hoofd te zien, zelfs in de schemering, dankzij de reflecterende kleurenblokken op de zijkanten en in duidelijke letters het woord POLITIE op alle panelen van de auto.

De achterlichten schoten er in de verte vandoor.

Omotoso trapte het gaspedaal helemaal in. Upperton boog zich naar voren en zette de zwaailichten, de sirene en de boordcamera aan. Vervolgens gaf hij een ruk aan zijn veiligheidsgordel zodat die zich aanspande. Hij werd altijd zenuwachtig van de achtervolgingsrijstijl van zijn collega.

Ze hadden de Mazda snel ingehaald en klokten hem op honderdtwintig kilometer per uur voordat hij vaart minderde om de rotonde op te rijden. Tot hun verbazing stoof hij daarna meteen weer hard weg. De ANPR op het dashboard, die automatisch alle nummerborden van passerende auto's las en de informatie verifieerde bij de kentekencomputer, bleef stil, wat betekende dat de auto niet als gestolen was opgegeven en dat de papieren in orde waren.

Inmiddels constateerde de snelheidscamera dat de Mazda honderddertig reed.

'Tijd voor een praatje,' zei Upperton.

Omotoso ging vlak achter de Mazda rijden en knipperde met zijn koplampen. Op dit moment was het altijd de vraag of een bestuurder ervandoor zou proberen te gaan of gehoorzaam zou stoppen.

Er lichtten remlichten op. De linker richtingaanwijzer begon te knipperen en de auto ging aan de kant. Aan het silhouet door de achterruit te zien, zat er een vrouw alleen in de auto. Ze keek angstvallig over haar schouder naar hen.

Upperton zette de sirene af, liet het blauwe zwaailicht aan en schakelde de rode waarschuwingslichten in. Toen stapte hij uit de auto en worstelde zich tegen de wind in naar het bestuurdersportier toe, terwijl hij in de gaten hield of er geen auto's achter hen aan kwamen.

De vrouw draaide het raampje een stukje omlaag en keek hem nerveus aan. Ze was begin veertig, vermoedde hij, met een enorme bos krullen rond een nogal ernstig, maar niet onaantrekkelijk gezicht. Haar lippenstift leek slordig aangebracht en haar mascara was uitgelopen, alsof ze had gehuild.

'Het spijt me, agent,' mompelde ze zenuwachtig en met dubbele tong. 'Ik geloof dat ik een beetje hard heb gereden.'

Upperton knielde zo dicht mogelijk bij haar gezicht om haar adem te ruiken. Maar dat had hij niet hoeven doen. Als hij op dit moment een lucifer afstreek, zouden de vlammen waarschijnlijk uit haar mond slaan. Er hing ook een stevige geur van sigarettenrook in de auto.

'U ziet niet zo best, of wel, mevrouw?'

'Eh, jawel hoor. Ik ben pas nog bij de opticien geweest. Ik heb uitstekende ogen.'

'Dus u haalt altijd op hoge snelheid politieauto's in?'

'O, verdorie, heb ik dat gedaan? Ik had u helemaal niet gezien! Het spijt me. Ik heb net ruzie gehad met mijn ex – we hebben samen een bedrijf, weet u. En ik...'

'Hebt u gedronken, mevrouw?'

'Alleen een glas wijn, bij de lunch. Een klein glaasje maar.'

Het rook meer alsof ze een hele fles cognac ophad.

'Kunt u de motor afzetten en uitstappen, mevrouw? Ik ga u vragen een blaastest te doen.'

'Ik krijg toch geen bekeuring, agent?' Ze kwam nu nog amper uit haar woorden. 'Weet u, ik heb de auto voor mijn werk nodig. En ik heb al een paar punten op mijn rijbewijs.'

Verbaast me niets, dacht hij.

Ze klikte haar gordel los en stapte uit. Upperton moest zijn arm uitsteken om te voorkomen dat ze de weg op zou wankelen. Het was niet nodig om haar in het apparaat te laten blazen, dacht hij. Als hij dat ding twintig meter van haar af hield zou het metertje al op tilt slaan.

16

Zondag 11 maart 1979

'Johnny!' schreeuwde zijn moeder vanuit haar slaapkamer. 'Hou op! Hou op met die herrie! Heb je me gehoord?'

Hij stond op een stoel in zijn slaapkamer, haalde een van de spijkers die hij tussen zijn lippen had geklemd ertussenuit, zette hem tegen de muur en sloeg er met zijn hamer op. *Bam! Bam! Bam!*

'JOHNNY! WIL JE NU ONMIDDELLIJK OPHOUDEN MET DIE HERRIE! HOU OP!'

Op de vloer, netjes op regelmatige afstand gerangschikt, lagen zijn gekoesterde stortbakkettingen. Alle vijftien. Hij had ze gevonden in de afvalcontainers in Brighton en omstreken; nou ja, op twee na, die hij van toiletten had gestolen.

Hij nam weer een spijker uit zijn mond. Zette hem op zijn plaats. Begon te timmeren.

Zijn moeder kwam met een wolk Shalimar-parfum om zich heen zijn kamer in rennen. Ze was gekleed in een zwartzijden negligé en netkousen waarvan de jarretels nog loszaten, en ze had harde make-up op en een pruik van blonde krulletjes die nogal scheef zat. Ze droeg één zwarte naaldhak, en de andere hield ze als een wapen omhoog.

'HOOR JE ME NIET?'

Hij negeerde haar en timmerde verder.

'BEN JE DOOF OF ZO? JOHNNY!'

'Ik heet geen Johnny,' mompelde hij tussen de spijkers door. 'Ik heet Yac. En ik moet mijn kettingen ophangen.'

Terwijl ze de schoen bij de neus vasthield, sloeg ze de hoge hak in zijn bovenbeen. Jankend als een geslagen hond viel hij opzij en kwam op de grond terecht. Onmiddellijk knielde ze bij hem neer en liet met de scherpe punt van de hak een regen van slagen op hem neerdalen.

'Je heet geen Yac, je bent Johnny! Begrepen? Johnny Kerridge.'

Ze sloeg hem opnieuw, en opnieuw. En nog een keer.

'Ik ben Yac! Dat heeft de dokter gezegd!'

'Idioot! Eerst jaag je je vader weg, en nu maak je mij gek. Dat hééft de dokter niet gezegd!'

'Hij heeft het wel opgeschreven: Yac.'

'Ja, hij schreef YAC – *young autistic child* – in zijn aantekeningen, verdorie! Dat is wat jij bent. Een jong, áchterlijk, zielig autistisch kind! En je heet Johnny Kerridge, begrepen?'

'Ik heet Yac!'

Hij sloeg zijn armen beschermend om zich heen toen ze met de schoen zwaaide. Zijn wang bloedde waar ze hem had geraakt. Hij ademde haar zware, bedwelmende parfum in. Ze had er een grote fles van op haar toilet-tafel staan. Ze had hem ooit verteld dat het het chicste parfum was dat een vrouw kon hebben, en dat hij blij moest zijn met zo'n stijlvolle moeder. Op dit moment was ze echter niet zo stijlvol.

Toen ze hem nogmaals wilde slaan, werd er aangebeld.

'O, shit!' vloekte ze. 'Zie je nu wat je doet? Door jou ben ik te laat, stom joch!' Ze sloeg hem weer op zijn bovenbeen, zo hard dat er een gaatje in zijn dunne spijkerbroek kwam. 'Shit, shit, shit!'

Terwijl ze de kamer uit rende, schreeuwde ze hem toe: 'Ga opendoen. Laat hem beneden wachten!'

Ze gooide de slaapkamerdeur achter zich dicht.

Yac krabbelde moeizaam van de grond op en strompelde zijn kamer uit. Hij liep langzaam, behoedzaam en ongehaast de trap af van hun rijtjeshuis aan de rand van de woonwijk Whitehawk. Toen hij beneden was, werd er opnieuw aangebeld.

Zijn moeder schreeuwde: 'Doe de deur open! Laat hem binnen! Ik wil niet dat hij weggaat. We hebben het geld nodig!'

Terwijl het bloed langs zijn gezicht omlaag liep en op een aantal plaatsen zijn T-shirt en zijn broek doorweekte, sleepte Yac zich humeurig naar de voordeur en trok die open.

Daar stond een logge, zwetende man in een slecht zittend grijs pak en met een opgelaten gezicht. Yac keek hem aan. De man keek terug en werd rood. Yac herkende hem. Hij was hier al een paar keer eerder geweest.

Hij draaide zich om en schreeuwde naar boven: 'Ma! Die stinkende kerel waar je zo de pest aan hebt is hier om je te neuken!'

17

Zaterdag 27 december 1997

Rachael rilde. Een diepe, donkere angst kolkte in haar. Ze had het zo koud dat ze niet goed kon nadenken. Haar mond was kurkdroog en ze had honger. Ze had geen idee hoe laat het was. Het was hierbinnen pikkedonker, dus ze zag niets op haar horloge en wist niet eens of het dag of nacht was.

Was hij van plan om haar hier dood te laten gaan, of zou hij terugkomen? Ze moest hier weg. Hoe dan ook.

Ze luisterde aandachtig of er verkeersgeluiden te horen waren, waardoor ze enig idee van de tijd zou hebben. Of het gekrijs van meeuwen, wat zou betekenen dat ze zich dicht bij de zee bevond. Maar het enige wat ze hoorde was af en toe het ijle gejank van een sirene. Elke keer vlamde de hoop in haar op. Was de politie naar haar op zoek?

Dat zou toch wel?

Haar ouders zouden haar toch wel als vermist hebben opgegeven? Ze hadden vast bij de politie gemeld dat ze niet was verschenen voor de kerstlunch. Ze waren beslist ongerust. Ze kende hen en wist dat ze naar haar flat moesten zijn geweest om haar te zoeken. Ze wist niet eens welke dag het vandaag was. Tweede kerstdag? De dag na kerst?

Ze ging steeds harder rillen, de kou kroop diep in haar botten. Toch zat het wel goed, wist ze, zolang ze nog kon rillen. Vier jaar geleden, toen ze net van school kwam, had ze een seizoen als afwashulp in een skiresort in Frankrijk gewerkt. Een Japanse skister had op een middag in een sneeuwstorm de laatste stoeltjeslift omhoog genomen. Er was een misverstand bij de liftbedienden, die dachten dat de laatste al boven was en de lift uitzetten. Toen ze hem de volgende morgen weer aanzetten kwam de Japanse vrouw boven aan, volledig berijpt, spiernaakt en met een brede grijns op haar gezicht.

Niemand begreep waarom ze naakt was of grijnsde. Tot een ski-instructeur met wie ze een korte affaire had gehad haar uitlegde dat mensen in de laatste stadia van onderkoeling hallucineerden dat ze het te warm hadden en hun kleren begonnen uit te trekken.

Rachael wist dat ze op de een of andere manier moest zien warm te blijven, zodat ze niet onderkoeld zou raken. De enige bewegingsmogelijkheid die ze had was rollen, van links naar rechts op de jutezakken. Rollen. Rollen. Ze was totaal gedesoriënteerd in het donker en haar bewegingen waren willekeurig. Soms lag ze op haar zij en sloeg ze ineens met haar gezicht tegen de grond, en soms belandde ze op haar rug.

Ze moest hier op de een of andere manier weg zien te komen. Maar hoe? O help, hoe dan?

Ze kon haar handen en voeten niet bewegen. Ze kon niet schreeuwen. Haar naakte lichaam was overdekt met kippenvel, zo hevig dat het leek of er miljoenen spelden in haar vlees prikten.

O God, help me alstublieft.

Ze rolde weer om en knalde tegen de zijkant van het busje. Er viel iets om, met een luid, galmend KLENG!

Toen hoorde ze een gorgelend geluid.

Ze rook iets smerigs, iets ranzigs. Dieselolie, besefte ze. Een klokkend geluid. *Klok... klok... klok.*

Ze rolde weer om. En nog eens. En haar gezicht kwam erin terecht, in dat kleverige, stinkende spul dat in haar ogen prikte, waardoor ze nog meer gingen tranen.

Maar, bedacht ze, het moest uit een jerrycan komen!

En als het eruit liep, moest de dop eraf zijn. De hals van een jerrycan was rond en smal! Toen ze nogmaals omrolde, bewoog er iets in het stinkende, natte, slijmerige spul, met een kletterend, schrapend geluid.

Kleng... kleng... kedeng!

Ze duwde het ding tegen de zijkant van het busje. Kronkelde zich erom-heen, voelde het bewegen, draaide het om, wurmde net zo lang tot het recht voor haar lag, met de tuit van haar af. Toen duwde ze haar polsen tegen de scherpe hals. Voelde de ruwe buitenrand in haar vlees snijden. Ze wrong haar lichaam ertegenaan, op en neer, langzaam, krachtig, en voelde toen dat de jerrycan wegdraaide.

Doe me dit niet aan!

Ze wriemelde en draaide tot de jerrycan weer bewoog en ze de ruwe hals van de tuit weer voelde, toen drukte ze ertegen, eerst licht, daarna steeds harder, tot ze hem stevig klem had gezet. Nu bewoog ze langzaam, schuurde met de boeien om haar polsen naar rechts, links, rechts, links, een eeuwig-heid lang. Opeens gingen ze een beetje losser zitten.

Voldoende om haar hoop te geven.

Ze ging door met schuren, draaien, schuren. Ademde in en uit door haar neus. Ze ademde de giftige, bedwelmende stank van de dieselolie in. Haar gezicht, haar haar, haar hele lichaam droop van het spul.

De greep op haar polsen werd nog een heel klein beetje losser.

Toen hoorde ze plotseling een harde metalen klap, en ze verstarde. *Nee, alsjeblieft niet!* Het klonk alsof de garagedeur werd geopend. Ze rolde weer op haar rug en hield haar adem in. Even later gingen de achterdeuren van het busje open. Een felle lichtbundel van een zaklantaarn verblindde haar. Ze knipperde ertegen. Voelde zijn blik. Ze bleef in doodsangst liggen wachten op wat hij zou gaan doen.

Hij leek alleen maar stil te staan. Ze hoorde een zware ademhaling. Niet die van haar. Ze probeerde te schreeuwen, maar er kwam geen geluid.

Toen ging het licht uit.

Ze hoorde de deuren van het busje dichtslaan. Nog een harde klap, alsof de garagedeur werd dichtgegooid.

Daarna was het stil.

Ze luisterde, niet zeker of hij nog binnen was. Ze bleef een hele tijd luiste-rend liggen voor ze weer langs de tuit begon te schuren. De scherpe rand sneed in haar vlees, maar dat kon haar niet schelen. Elke keer dat ze nu schuurde, wist ze zeker dat de tape waarmee haar polsen waren vastgebon-den steeds slapper werd.

18

Zaterdag 3 januari 2009

Garry Starling en zijn vrouw Denise gingen al twaalf jaar bijna elke zaterdagavond naar het China Garden-restaurant. Het liefst zaten ze aan het tafeltje net boven aan de trap, rechts van het hoofdgedeelte van het restaurant, hetzelfde tafeltje waar Garry bijna twaalf jaar geleden zijn vrouw ten huwelijk had gevraagd.

Doordat deze plek van de rest van het restaurant werd afgescheiden door een balustrade, hadden ze er een beetje privacy. Denise was in de loop der jaren steeds meer gaan drinken, maar hier konden ze zitten zonder dat de andere gasten veel merkten van haar scheldkanonnades, meestal tegen hem gericht.

Ze was vaak al dronken voor ze zelfs maar de deur uit gingen, vooral sinds er niet meer mocht worden gerookt in de horeca. Thuis maakte ze met stevige slokken het grootste deel van een fles witte wijn soldaat en rookte een aantal sigaretten, ondanks zijn jarenlange gezeur dat ze moest stoppen, voordat ze naar de wachtende taxi buiten wankelde. Daarna, in het restaurant, werkte Denise aan de bar een of liever twee cocktails naar binnen voordat ze naar hun tafeltje gingen.

Op dat moment ging ze meestal los en begon te klagen over de tekortkomingen die ze in haar man had waargenomen. De ene keer haalde ze oude koeien uit de sloot, de andere keer verzon ze weer heel nieuwe dingen. Garry liet het allemaal van zich af glijden en bleef kalm en onaangedaan, wat haar meestal nog bozer maakte. Hij was een controlfreak, zei ze tegen haar vriendinnen. En bovendien een stomme fitnessfreak.

Het stel waarmee ze hier normaal gesproken kwamen, Maurice en Ulla Stein, waren ook van die zware drinkers. Ze waren allang gewend aan Denises gevit en lieten haar meestal maar tieren. Bovendien waren er volop verborgen gevoelens in hun eigen relatie.

Vanavond, de eerste zaterdag van het nieuwe jaar, waren Denise, Maurice en Ulla in de stemming om te drinken. Hun katers van oud en nieuw, dat ze samen in het Metropole hadden gevierd, waren vage herinneringen. Maar ze waren ook een beetje moe, en Denise had een uitzonderlijk milde bui. Ze dronk zelfs een beetje water, wat ze normaal gesproken amper aanraakte. De derde fles sauvignon blanc was net uitgeschonken. Denise pakte haar glas en keek naar Garry, die was weggelopen om een telefoontje aan te nemen en nu naar hen terugkwam en zijn telefoon in zijn borstzak liet glijden.

Hij had een slank postuur, een sluw, bedachtzaam gezicht en keurig kortgeknipt zwart haar dat al begon uit te vallen en grijs werd. Zijn grote ronde ogen en gewelfde wenkbrauwen hadden hem op school de bijnaam Uil opgeleverd. Nu, op middelbare leeftijd, met zijn randloze brilletje, een net pak, een gestreken overhemd en een stemmige stropdas, leek hij wel een wetenschapper die rustig en met geamuseerde minachting de wereld observeerde, alsof het een experiment was dat hij in zijn laboratorium had uitgevoerd maar waarmee hij niet helemaal gelukkig was.

In tegenstelling tot haar man was Denise, die toen ze elkaar leerden kennen een slanke blondine met een figuurtje als een zandloper was geweest, de laatste tijd behoorlijk uitgedijd. Ze was nog steeds blond, dankzij haar kapper, maar het vele drinken in de afgelopen jaren had zijn tol geëist. Garry vond dat ze er zonder kleren uitzag als een vadsig varken, maar dat had hij nooit hardop durven zeggen.

'Lizzie, mijn zus,' meldde Garry verontschuldigend toen hij weer ging zitten. 'Ze is een paar uur op het politiebureau vastgehouden omdat ze dronken achter het stuur zat. Ik wilde even controleren of ze een advocaat heeft gesproken en een lift naar huis krijgt.'

'Lizzie? Stom mens, waarom heeft ze dát nou gedaan?' bitste Denise.

'O ja,' zei Garry, 'ze heeft het expres gedaan, nou goed? Laat haar toch! Ze heeft een rothuwelijk met die klootzak achter de rug, en nu maakt ze een rotscheiding door.'

'Arme meid,' zei Ulla.

'Ze is nog steeds ver boven haar taks. Ze willen haar niet naar huis laten rijden. Zal ik erheen gaan en...'

'Waag het niet!' zei Denise. 'Jij hebt ook gedronken.'

'Je moet tegenwoordig zo verrekte goed oppassen als je met een slok op achter het stuur stapt,' mompelde Maurice. 'Ik doe dat nooit. Ik vrees dat ik geen medelijden heb met mensen die worden gesnapt.' Toen hij het gezicht van zijn vriend zag betrekken, voegde hij er snel aan toe: 'Behalve met Lizzie, natuurlijk.' Hij grijnsde onbeholpen.

Maurice had kapitalen verdiend met de bouw van aanleunwoningen voor senioren. Zijn Zweedse vrouw Ulla was de laatste jaren zeer betrokken geraakt bij de strijd voor dierenrechten en had niet lang geleden een blokkade georganiseerd in Shoreham Harbour, de belangrijkste haven van Brighton, om een eind te maken aan wat ze beschouwde als de onmenselijke manier waarop schapen werden vervoerd. Het leek Garry, vooral de laatste paar jaar, dat het stel steeds minder met elkaar gemeen had.

Garry was Maurice' getuige geweest bij hun huwelijk. Hij was in die tijd stiekem zelf een beetje verliefd op Ulla. Ze was het prototype van een vlasblonde Zweedse met lange benen. Eigenlijk was hij tot voor kort verliefd op haar gebleven, tot ze haar uiterlijk begon te verwaarlozen. Ze was ook zwaarder geworden en was zich gaan kleden als een aardmoeder, in vormeloze kielen, sandalen en hippiesieraden. Haar haar zat altijd warrig en ze leek haar make-up aan te brengen alsof het oorlogsverf was.

'Heb je wel eens van het Coolidge-effect gehoord?' vroeg Garry.

'Wat is dat?' zei Maurice.

'Toen Calvin Coolidge president van de Verenigde Staten was, werden hij en zijn vrouw een keer rondgeleid op een kippenboerderij. De boer wist niet waar hij het zoeken moest toen een haan recht voor de ogen van mevrouw Coolidge een nummertje begon te maken met een kip. Toen de boer zijn excuses maakte, vroeg de presidentsvrouw hoe vaak de haan dit deed, en de boer antwoordde dat het tientallen keren per dag gebeurde. Ze keek hem aan en fluisterde: "Zou u mijn man dat ook willen vertellen?"'

Garry wachtte tot Maurice en Ulla uitgelachen waren. Denise, die de grap al vaker had gehoord, vertrok geen spier.

Hij ging verder: 'Even later vroeg Coolidge de boer meer over de haan: "Zeg, neukt hij iedere keer dezelfde kip?" De boer antwoordde: "Nee, meneer de president, steeds een andere." Coolidge fluisterde tegen de man: "Zou u mijn vrouw dat ook willen vertellen?"'

Maurice en Ulla lachten nog steeds toen de pekingeend en flensjes werden geserveerd.

'Die is goed!' zei Maurice, maar hij kermde toen Ulla hem onder tafel een schop gaf.

'Een beetje te toepasselijk op jou,' zei ze zuur.

Maurice had Garry in de loop der jaren een hele reeks affaires opgebiecht. Ulla was er meer dan eens achter gekomen.

'Die haan had in ieder geval nog behoorlijke seks,' zei Denise tegen haar man. 'Niet dat rare gedoe waar jij op kickt.'

Garry glimlachte onverstoorbaar en toegeeflijk naar haar. Ze zwegen onbehaaglijk toen de lente-uitjes en hoisinsaus op tafel werden gezet en de ober de eend in stukjes sneed alvorens zich terug te trekken.

Maurice voorzag zichzelf van een flensje en veranderde snel van onderwerp. 'En hoe staan de zaken ervoor in het nieuwe jaar, Garry? Denk je dat de mensen minder gaan uitgeven?'

'Hoe moet hij dat nou weten?' wierp Denise tegen. 'Hij zit altijd op die stomme golfbaan.'

'Natuurlijk, lieveling!' antwoordde Garry. 'Daar doe ik mijn nieuwe contacten op. Zo heb ik mijn zaak opgebouwd. Ik heb de politie als klant binnengehaald door een keer met een politieman te golfen.'

Garry Starling was begonnen als elektricien bij Chubb Alarms, waar hij installaties verzorgde. Nadat hij daar was weggegaan, had hij de gok genomen zijn eigen bedrijf te starten, in het begin vanuit een klein kantoortje in het centrum van Brighton. Zijn timing bleek perfect, want op dat moment begon de beveiligingsbranche een hoge vlucht te nemen.

Het was een gouden formule. Hij gebruikte zijn lidmaatschap van de golfclub, van de Tafelronde en vervolgens de Rotary Club om op iedereen die hij tegenkwam in te praten. Binnen een paar jaar nadat hij zijn deuren had geopend, had hij Sussex Security Systems en de zustermaatschappij Sussex Remote Monitoring Services opgebouwd tot een van de voornaamste beveiligingsbedrijven voor particulieren en bedrijven in Brighton en omstreken.

Hij wendde zich weer tot Maurice. 'Eerlijk gezegd gaan de zaken best goed. We houden ons staande. En jij?'

'Als een tierelier!' zei Maurice. 'Ongelooflijk, maar waar!' Hij hief zijn glas. 'Nou, proost allemaal! Op een geweldig jaar. We hebben eigenlijk nog niet samen op het nieuwe jaar gedronken, of wel, Denise?'

'Nee, sorry. Ik weet niet wat er met me aan de hand was. Het moet de fles champagne zijn geweest die we tijdens het omkleden op onze kamer hebben leeggedronken!'

'Die jíj hebt leeggedronken,' verbeterde Garry haar.

'Arme meid!' zei Ulla.

'Maar toch,' zei Maurice, 'Garry heeft zijn best gedaan om het weer goed te maken door ook zijn aandeel naar binnen te slaan, nietwaar, ouwe jongen?'

Garry glimlachte. 'Ik heb vreselijk mijn best gedaan.'

'Inderdaad,' zei Ulla. 'Hij was behoorlijk ver heen.'

'Hé, hebben jullie De *Argus* van vandaag gezien?' vroeg Maurice met een plotselinge verandering van toon.

'Nee,' zei Garry. 'Die heb ik nog niet gelezen. Hoezo?'

'Er is een vrouw verkracht in het hotel! Terwijl wij aan het feestvieren waren! Ongelooflijk!'

'In het Metropole?' vroeg Denise.

'Ja! In een kamer boven, geloof het of niet.'

'Geweldig,' zei ze. 'Fijn om te weten dat de zorgzame echtgenoot straalbezopen wordt terwijl zijn vrouw alleen in bed ligt, en dat terwijl er een verkrachter rondloopt.'

'Wat stond er in de krant?' vroeg Garry, het commentaar negerend.

'Niet veel – een paar regeltjes maar.'

'Kijk niet zo schuldig, schat,' zei Denise. 'Jij kunt hem nog niet lang genoeg overeind houden om een vlo te verkrachten.'

Maurice was druk in de weer met zijn eetstokjes en schepte stukjes eend op zijn flensje.

'Behalve natuurlijk als ze hoge – au!' schreeuwde ze uit.

Garry had haar onder tafel een harde trap gegeven. Om haar de mond te snoeren.

19

Zaterdag 27 december 1997

Rachael maalde er niet meer om hoeveel pijn ze had. Achter haar rug waren haar polsen gevoelloos van de kou terwijl ze wanhopig heen en weer zaagde langs de scherpe rand van de jerrycantuit. Haar achterwerk voelde verdoofd en elke paar seconden schoot er een scherpe, krampachtige pijn door haar rechterbeen. Maar ze negeerde het allemaal. Bleef gewoon zagen. Zagen. Zagen in uiterste wanhoop.

Het was uiterste wanhoop die haar gaande hield. Een wanhopige behoefte om zichzelf te bevrijden voordat hij terugkwam. Een wanhopige behoefte aan water. Een wanhopige behoefte aan voedsel. Een wanhopig verlangen om haar ouders te spreken, hun stem te horen, hun te kunnen zeggen dat het goed met haar ging. De tranen liepen over haar wangen terwijl ze zaagde, kronkelde, worstelde, vocht.

Toen, plotseling en tot haar grote vreugde, werd de spleet tussen haar polsen een fractie breder. Ze voelde de boeien slapper worden. Ze zaagde nog harder, en nu werden ze met de seconde losser.

Toen waren haar handen vrij.

Bijna ongelovig deed Rachael ze verder en verder uit elkaar in het donker, alsof ze plotseling weer naar elkaar toe konden schieten, waarop ze wakker zou worden en zou ontdekken dat het allemaal een illusie was geweest.

Haar armen deden verschrikkelijk pijn, maar daar gaf ze niet om. De gedachten galoppeerden door haar hoofd.

Ik ben vrij.

Hij komt zo terug.

Mijn telefoon. Waar is mijn telefoon?

Ze moest iemand bellen. Alleen, besefte ze, wist ze niet waar ze was. Konden ze je vinden door te traceren waar je telefoon was? Ze dacht van niet. En dat betekende dat ze hun, tot ze buiten kwam en zich kon oriënteren, alleen kon vertellen dat ze in een busje zat, in een garage ergens in Brighton of misschien Hove.

Hij kon ieder moment terugkomen. Ze moest haar benen losmaken. In het donker tastte ze om zich heen naar haar telefoon, haar tas, wat dan ook. Maar er lag alleen glibberige, stinkende dieselolie. Ze reikte naar voren, naar haar enkels, en voelde pvc-tape, zo stevig eromheen gewonden dat het hard als gips was. Toen reikte ze naar haar gezicht, om te kijken of ze haar mond kon bevrijden en in ieder geval om hulp kon roepen.

Maar zou dat slim zijn?

De tape zat net zo stevig over haar mond.

Verspil geen tijd. Bevrijd je benen. En dan ervandoor.

Ze probeerde grip te krijgen op een rand van de tape om haar benen, maar haar vingers waren zo glibberig van de dieselolie dat het vrijwel onmogelijk was.

De paniek sloeg toe.

Ik moet ontsnappen.

Ze probeerde op te staan, maar doordat haar benen aan elkaar waren gebonden viel ze bij de eerste poging opzij en stootte ergens hard haar voorhoofd tegen. Even later voelde ze iets in haar oog druppelen. Bloed, vermoedde ze. Snuivend rolde ze om, ging tegen de zijwand van het busje zitten en begon zich, met haar blote voeten naar houvast zoekend op de vloer, tegen de zijkant omhoog te duwen. Maar haar voeten bleven wegglijden in die verrekte dieselolie, waardoor de bodem van het busje net een ijsbaan leek.

Ze graaide om zich heen tot ze het matje vond waar ze op had gelegen, zette haar voeten daarop en probeerde het opnieuw. Deze keer had ze meer grip. Geleidelijk kwam ze omhoog. Ze wist helemaal overeind te komen, met haar hoofd tegen het dak van het busje. Toen, volkomen gedesoriënteerd door de pikzwarte duisternis, viel ze met een bons om. Iets raakte haar oog met de kracht van een hamer.

20

Zaterdag 3 januari 2009

Er klonk een pingeltje van de gegevenseenheid op het dashboard. Yac, die geparkeerd had op een taxistandplaats aan de winderige boulevard dicht bij Brighton Pier om zijn thee van elf uur te drinken, schrok ervan. Hij was eigenlijk al tien minuten te laat geweest met zijn thee, omdat hij zo was opgegaan in het lezen van de krant.

Hij keek op het schermpje. Het was een oproep van de centralist:

Rest China Garden. Preston St. 2 Pass. Starling. Best. Roedean Cresc.

Restaurant China Garden was vlakbij. En hij kende de bestemming. Hij zag die nu voor zich, zoals hij zich elke straat en elk huis in Brighton & Hove voor de geest kon halen. Roedean Crescent lag hoog boven de kliffen ten oosten van de stad. Alle huizen daar waren groot en vrijstaand, stuk voor stuk verschillend, met uitzicht op de jachthaven en het Kanaal. De huizen van rijke mensen.

Het soort mensen dat zich mooie schoenen kan veroorloven.

Hij drukte op de bevestigingsknop om aan te geven dat hij de passagiers zou oppikken, en bleef vervolgens thee drinken en de krant lezen die in zijn taxi was achtergelaten.

Ze zouden nog wel aan tafel zitten. Als mensen in een restaurant een taxi lieten bellen, dan verwachtten ze dat ze een tijdje moesten wachten; op een zaterdagavond in het centrum van Brighton zeker een kwartier of zo. En bovendien kon hij niet ophouden met lezen en herlezen van het artikel over de verkrachting van de vrouw in Hotel Metropole op oudejaarsavond. Hij was gefascineerd.

In zijn spiegels zag hij de twinkelende lichtjes van de pier. Hij wist alles van die lichtjes. Hij had als monteur op de pier gewerkt, als lid van het team dat de attracties onderhield en repareerde. Maar hij was ontslagen. Dat was om dezelfde reden geweest waarom hij meestal werd ontslagen, omdat hij zijn geduld had verloren met iemand. Hij had zijn geduld nog niet verloren bij iemand in zijn taxi, maar hij was wel een keer uitgestapt om te schreeuwen tegen een andere taxichauffeur, die was voorgedrongen.

Hij dronk zijn thee op, legde met tegenzin de krant neer en stopte de mok terug in de plastic tas met zijn thermosfles, waarna hij de tas op de voorstoel legde.

'Checklist!' zei hij hardop, en toen begon hij zijn controles.

Eerst de banden. Dan de motor starten, en pas dan de verlichting inschakelen. Nooit andersom, want als het vermogen in de accu laag was, dan konden de koplampen net de energie opslorpen die de startmotor nodig had. De eigenaar van de taxi had hem dat geleerd. En dat gold vooral in de winter, als de accu het zwaar te verduren had. Het was nu winter.

Terwijl de motor stationair draaide, controleerde hij het brandstofpeil. Driekwart vol. Toen de oliedruk. Daarna de temperatuurmeter. De binnentemperatuur had hij afgesteld op twintig graden, zoals hem was opgedragen. Buiten, vertelde een digitaal schermpje hem, was het twee graden. Koude avond.

Uh-huh.

Hij keek in de spiegel, controleerde of hij zijn veiligheidsgordel om had, gaf richting aan, draaide de straat op en reed naar de kruising, waar het licht op rood stond. Toen het groen werd, ging hij rechtsaf Preston Street in en stopte bijna meteen langs de stoeprand, voor de deur van het restaurant.

Twee heel dronken mensen wankelden de heuvel af, kwamen naar hem toe en klopten op zijn raampje om te vragen of hij vrij was en hen naar Coldean kon brengen. Hij was niet vrij, hij wachtte op passagiers, zei hij. Terwijl ze wegliepen, vroeg hij zich af of ze thuis een hoge of een lage stortbak hadden. Ineens werd het heel belangrijk voor hem om dat te weten. Hij stond op het punt uit te stappen en achter hen aan te draven om het te vragen, toen de deur van het restaurant eindelijk openging.

Er kwamen twee mensen naar buiten. Een slanke man in een donkere jas en met een sjaal om, en een vrouw die zich wankelend op haar hakken aan hem vastklampte; ze zag eruit alsof ze zou vallen als ze losliet. En te oordelen naar de hoogte van de naaldhakken die ze droeg, zou het een lange val worden.

Het waren mooie hakken. Mooie schoenen.

En hij had hun adres! Hij wilde altijd graag weten waar vrouwen met mooie schoenen woonden.

Uh-huh.

Yac draaide zijn raampje open om te voorkomen dat de man erop zou kloppen. Hij hield er niet van als mensen aan zijn ruiten zaten.

'Taxi voor Starling?' vroeg de man.

'Roedean Crescent?' antwoordde Yac.

'Klopt!'

Ze stapten achter in.

'Roedean Crescent nummer zevenenzestig,' zei de man.

'Roedean Crescent nummer zevenenzestig,' herhaalde Yac. Er was hem verteld dat hij het adres altijd duidelijk moest herhalen.

De auto vulde zich met de geur van alcohol en parfum. Shalimar, herkende hij meteen. Het parfum uit zijn jeugd. Dat zijn moeder altijd droeg. Toen wendde hij zich tot de vrouw.

'Mooie schoenen,' zei hij. 'Bruno Magli.'

'Ja,' zei ze met dubbele tong.

'Maat zevenendertig,' voegde hij eraan toe.

'Schoenenexpert, zeker?' vroeg de vrouw hem zuur.

Yac keek in de spiegel naar het gezicht van de vrouw. Ze was helemaal gespannen. Ze had niet het gezicht van een vrouw die een leuke avond had gehad. Of heel aardig was. De man had zijn ogen gesloten.

'Schoenen,' zei Yac. 'Uh-huh.'

21

Zaterdag 27 december 1997

Rachael schrok wakker. Haar hoofd bonsde. Gedesoriënteerd dacht ze een wreed, vluchtig moment lang dat ze met een enorme kater thuis in bed lag.

Toen voelde ze de harde metalen vloer. De mat. Ademde de stank van diesel-olie in. En de realiteit denderde over haar bewustzijn heen, schopte haar klaarwakker en doordrong haar van een diepe angst.

Haar rechteroog deed vreselijk veel pijn. Allemachtig, het was hels. Hoe-lang lag ze hier al? Hij kon ieder moment terugkomen, en dan zou hij zien dat ze haar polsen los had gekregen. Hij zou ze weer vastbinden en haar waarschijnlijk straffen. Ze moest haar benen bevrijden en ervandoor gaan nu ze een kans had.

O God, help me alsjeblieft.

Haar lippen waren zo uitgedroogd dat ze pijnlijk barstten toen ze ze pro-beerde te bewegen. Haar tong voelde als een wattenbolletje in haar mond. Ze luisterde even om zich ervan te vergewissen dat ze nog steeds alleen was. Ze hoorde slechts een sirene in de verte en vroeg zich nogmaals af, met een heel klein sprankje hoop, of dat misschien de politie was, op zoek naar haar.

Maar hoe moesten ze haar hierbinnen vinden?

Ze rolde om totdat ze de zijwand van het busje voelde, sleurde zichzelf overeind en begon met haar nagels aan de tape om haar enkels te peuteren. Zoekend naar een uiteinde van het glibberige, met diesel besmeurde pvc, zodat ze er vat op kon krijgen.

Eindelijk vond ze er een en werkte het langzaam, voorzichtig los tot ze een brede reep te pakken had. Ze begon die in rukken en met scherpe, scheurende geluiden af te wikkelen. Ze grimaste van pijn toen de laatste tape losliet van de huid van haar enkels.

Ze greep de drijfnatte mat vast en kwam overeind, strekte zich en wreef over haar benen om er weer gevoel in te krijgen, en wankelde zwakjes naar de achterkant van het busje. Ze slaakte een kreet van pijn toen ze met haar blote voet op iets scherps ging staan; een schroef of moer. Toen tastte ze over de achterportieren op zoek naar een klink. Ze vond een verticale meta-len stang en streek erlangs tot ze een klink vond. Die probeerde ze omlaag te duwen. Er gebeurde niets. Ze probeerde hem omhoog te bewegen, maar dat ging niet.

Hij zat op slot, besefte ze moedeloos.

Nee. Alsjeblieft. Alsjeblieft, nee.

Ze draaide zich om en liep terug naar voren terwijl haar snelle, raspende ademhaling door de metalen grot van het busje weerkaatste. Ze kwam bij de achterkant van de passagiersstoel, klom er onhandig overheen en streek met haar vinger langs de onderkant van de ruit tot ze de slotpen vond. Ze greep die met haar glibberige vingers zo stevig mogelijk vast en trok eraan.

Tot haar opluchting ging hij gemakkelijk omhoog.

Toen graaide ze naar de klink, trok eraan en duwde zo hard mogelijk tegen het portier, en ze viel bijna naar buiten toen hij opensprong en tegelijkertijd de interieurverlichting van het busje aanging.

In de gedempte gloed van de verlichting zag ze de binnenkant van haar gevangenis. Maar er was niet veel te zien. Alleen maar wat gereedschap aan haken langs de kale muur. Een autoband. Ze greep de mat en haastte zich met een hart dat bonsde van angst langs de zijkant van het busje naar de garagedeur. Plotseling bleef de mat ergens achter haken, en toen ze eraan trok klonk er een luide metalen knal en vielen er verschillende voorwerpen op de grond. Ze kromp ineen, maar liep door tot aan de roldeur.

In het midden zat een klink die via kabels met het mechanisme boven aan de deur was verbonden. Ze probeerde de knop te draaien, eerst naar rechts en toen naar links, maar er zat geen beweging in. Hij moest van buitenaf zijn afgesloten, besefte ze. Met stijgende paniek greep ze de kabel en trok eraan. Maar haar vingers gleden erlangs en kregen geen grip.

Wanhopig beukte Rachael met haar schouder tegen de deur, zonder zich iets aan te trekken van de pijn. Maar er gebeurde niets. Jammerend van angst en radeloosheid probeerde ze het nog eens. Er klonk een luid, galmend, metalig *boemmmm*.

Toen nog een.

En nog een.

Alsjeblieft, God, iemand moet dit horen. Alsjeblieft, God. Alsjeblieft.

Toen rolde plotseling de deur omhoog. Ze schrok zo dat ze bijna achterovoerviel.

In het felle schijnsel van de straatverlichting stond hij daar, en hij keek haar onderzoekend aan.

Ze staarde in volkomen doodsangst terug. Haar blik schoot heen en weer, vurig hopend op een voorbijganger, en ze vroeg zich af of ze de kracht zou kunnen verzamelen om langs hem heen te schieten en weg te rennen.

Maar voordat ze daar de kans voor kreeg sloeg hij haar, met zijn vuist van onderaf tegen haar kin, en klapte haar hoofd zo hard achterover dat ze het met een luide knal tegen de achterbumper van het busje stootte.

22

Brigadier Roy Grace stond te kijken van het aantal mensen dat op deze decemberochtend opeengepakt in de vergaderkamer op de bovenste verdieping van het politiebureau John Street in Brighton zat. Ondanks de kou buiten voelde het hierbinnen benauwd.

Vermiste personen trokken doorgaans nooit zo veel aandacht, maar het was komkommertijd voor de media. Tussen de kerstvieringen en de komende nieuwjaarsfeesten door was een vogelgriepepidemie in Hongkong een van de weinige grote verhalen die de krantenkoppenschrijvers als aandachtstrekker konden gebruiken.

Maar het verhaal over de vermiste jonge vrouw, Rachael Ryan, na de reeks van verkrachtingen die in de afgelopen maanden in de stad was gepleegd, had de verbeelding van de pers en media gegrepen, niet alleen hier ter plaatse, maar ook landelijk. En De *Argus* had natuurlijk een buitenkansje nu Brighton het nieuwe jaar in ging terwijl de Schoenenman nog op vrije voeten was.

Verslaggevers van kranten, radio en televisie bezetten alle stoelen en ook de staplaatsen in de kleine, vensterloze ruimte. Grace zat in pak en laarzen achter een tafel op het platform tegenover hen, samen met commissaris Jack Skerritt, in volledig gala-uniform en stinkend naar pijptabak, en persofficier Tony Long. Achter hen stond een blauw bord met het logo van de politie van Sussex erop, met daarnaast een vergrote foto van Rachael Ryan, en de tafel was vol gezet met microfoons en taperecorders. Kabels leidden via de vloer naar de televisiecamera's van BBC's *South Today* en Meridian.

Terwijl de camera's klikten en er doorlopend werd geflitst, stelde Skerritt eerst zijn collega's aan tafel voor en las toen met vlakke stem zijn voorbereide verklaring voor. 'Een tweeëntwintigjarige inwoonster van Brighton, mejuffrouw Rachael Ryan, is door haar familie als vermist opgegeven toen ze op vijfentwintig december jongstleden niet verscheen voor de lunch. Sindsdien is er niets meer van haar vernomen. Haar ouders hebben ons laten weten dat dit volkomen onkarakteristiek gedrag is. We maken ons zorgen over deze jonge vrouw en willen haar, of iedereen die informatie over haar heeft, verzoeken dringend contact op te nemen met het coördinatie-centrum op het politiebureau van Brighton.'

Een vasthoudende, kalende misdaadverslaggever van De *Argus*, Phil Mills, bebrild, gekleed in een donker pak en over zijn notitieblok gebogen, stelde de eerste vraag. 'Commissaris, vermoedt de politie van Brighton dat de verdwijning van deze jonge vrouw verband kan houden met Operatie Houdini en de verkrachter die jullie de bijnaam "de Schoenenman" heb-ben gegeven?'

Skerritt en Grace reageerden hier allebei met zwijgende woede op. Hoe-wel de politie hem kende als de Schoenenman, was zijn methode zoals ge-bruikelijk geheimgehouden voor het publiek. Dit had tot doel tijdverspillers uit te kunnen wieden die onterecht de misdaad bekenden of opbelden en beweerden informatie over de dader te hebben. Grace zag Skerritt worste-len met de vraag of hij die bijnaam wel of niet moest ontkennen. Maar hij besloot kennelijk dat hij nu toch al bekend was en dat ze eraan vastzaten.

'Daar hebben we geen bewijzen voor,' antwoordde hij kort en afwijzend.

Jack Skerritt was een populair en hardwerkend lid van de recherche. Een taaie, botte, nuchtere agent met bijna twintig jaar ervaring, met een slank militair postuur, een ruig gezicht en kort, dik bruin haar. Grace mocht hem, hoewel Skerritt hem een beetje zenuwachtig maakte omdat hij ontzettend hoge eisen stelde aan zijn staf en fouten niet licht vergat. Maar hij had veel geleerd terwijl hij onder die man werkte. Skerritt was het soort politieman dat hij zelf op een dag wilde zijn.

Onmiddellijk stak een verslaggeefster haar hand op. 'Commissaris, kunt u wat meer toelichting geven over de Schoenenman?'

'Wij geloven dat de dader die het al enkele maanden op vrouwen in de omgeving van Brighton voorzien heeft, een abnormale belangstelling heeft voor vrouwenschoenen. Het is een van de verschillende richtingen die we onderzoeken.'

'Maar dit hebt u niet eerder bekendgemaakt.'

'Nee, dat klopt,' antwoordde Skerritt. 'Zoals ik al zei, het is één onder-zoeksrichting.'

Mills wierp zich meteen weer op hem. 'De twee vriendinnen met wie Rachael op kerstavond uit was, zeiden dat ze nogal geobsedeerd was door schoenen en daar een groot deel van haar inkomen aan besteedde. Ik heb begrepen dat de Schoenenman zich specifiek richt op vrouwen die zoge-naamde designerschoenen dragen.'

'Op een avond zoals kerstavond zal elke jongedame in Brighton & Hove zijn uitgegaan in haar mooiste kleding,' kaatste Skerritt terug. 'Nogmaals, in dit stadium van het onderzoek hebben we geen bewijs dat suggereert dat er enig verband is met de verkrachtingen die door de zogenoemde Schoenenman in deze omgeving zijn gepleegd.'

Een verslaggeefster die Grace niet herkende stak haar hand op. Skerritt knikte naar haar.

'U hebt de naam Operatie Zonsondergang aan Rachael Ryans verdwijning toegewezen. Door er een formele operatie van te maken, geeft u aan dat u deze zaak serieuzer opvat dan een doorsnee onderzoek naar een vermiste persoon. Is dat juist?'

'We nemen alle zaken omtrent vermiste personen serieus. Maar we hebben de status van dit specifieke onderzoek verhoogd naar een groot incident.'

Een journalist van een plaatselijke radiozender stak zijn hand op. 'Commissaris, hebt u aanwijzingen in uw zoektocht naar de Schoenenman?'

'In dit stadium, zoals ik al zei, volgen we diverse onderzoeksrichtingen. Er is aanzienlijk wat respons vanuit het publiek gekomen, en alle telefoontjes naar ons coördinatiecentrum worden nagegaan door mijn team.'

'Maar u staat nog niet op het punt een arrestatie te doen?'

'In dit stadium is dat juist.'

Toen stak een verslaggever die Grace herkende als correspondent van verschillende landelijke kranten zijn hand op. 'Welke stappen onderneemt de politie van Brighton op het ogenblik om Rachael Ryan op te sporen?'

'Er zijn tweeënveertig agenten ingezet om haar te zoeken. Ze gaan alle huizen langs in haar eigen buurt en langs de route waarvan wij denken dat ze die naar huis heeft genomen. We doorzoeken alle garages, pakhuizen en leegstaande gebouwen in de omgeving. We hebben goede informatie gekregen van een getuige die in de buurt van juffrouw Ryans woning in Kemp Town woont, die denkt in de vroege uurtjes van kerstochtend te hebben gezien dat er een jonge vrouw in een wit busje geduwd werd,' zei Skerritt, en toen keek hij de verslaggever een tijdje aan, alsof hij hem beoordeelde als verdachte, voordat hij zich weer tot alle aanwezigen richtte.

'Helaas hebben we slechts een deel van het kenteken van dat busje, en daar werken we aan, maar we verzoeken iedereen die denkt op kerstavond of vroeg op kerstochtend een wit busje in de buurt van Eastern Terrace te hebben gezien om contact met ons op te nemen. Ik zal aan het eind van deze briefing het telefoonnummer van het coördinatiecentrum doorgeven.

We willen ook graag horen van iedereen die deze jonge vrouw mogelijk op haar weg naar huis nog heeft gezien.' Hij wees naar de wand achter hem, waar een reeks foto's van Rachael Ryan hing, verschaft door haar ouders.

Hij zweeg even en klopte op zijn zak, alsof hij controleerde of zijn pijp erin zat, voor hij doorging. 'Rachael droeg een halflange zwarte jas en een minirok, en zwarte lakleren schoenen met hoge hakken. We proberen haar exacte route naar huis na te gaan vanaf het moment waarop ze voor het laatst is gezien, even na twee uur 's nachts bij de taxistandplaats in East Street.'

Een kleine, mollige man, zijn gezicht grotendeels verborgen achter een warrige baard, stak een dik vingertje met een afgekloven nagel op. 'Commissaris, hebt u al wel verdachten in uw onderzoek naar de Schoenenman?'

'Alles wat ik in dit stadium kan zeggen, is dat we enkele goede aanwijzingen opvolgen en dat we het publiek dankbaar zijn voor hun respons.'

De mollige man vuurde snel een tweede vraag af. 'Uw onderzoek naar Rachael Ryan schijnt af te wijken van het politiebeleid,' zei hij. 'Normaal reageert u niet zo snel bij vermiste personen. Heb ik het bij het juiste eind als ik aanneem dat er mogelijk een verband is met de Schoenenman – Operatie Houdini – zelfs als u dat niet publiekelijk bekendmaakt?'

'Nee, dat zou niet juist zijn,' reageerde Skerritt bot.

Een verslaggeefster stak haar hand op. 'Kunt u ons iets vertellen over de andere aanwijzingen wat betreft Rachael Ryan die u opvolgt, commissaris?'

Skerritt wendde zich tot Roy Grace. 'Mijn collega brigadier Grace organiseert een reconstructie van de delen van Rachaels tocht naar huis waar we redelijk zeker van kunnen zijn. Dit zal plaatsvinden op woensdag, om zeven uur 's avonds.'

'Wil dat zeggen dat u niet verwacht haar voor die tijd gevonden te hebben?' vroeg Phil Mills.

'Het wil zeggen wat ik zeg,' kaatste Skerritt terug, die in het verleden al diverse aanvaringen met deze verslaggever had gehad. Toen knikte hij naar zijn collega.

Roy Grace had nog nooit op een persconferentie gesproken en was ontzettend zenuwachtig. 'We hebben een vrouwelijke agent met een gelijke lengte en postuur als Rachael Ryan, die in gelijksoortige kleding de route zal volgen waarvan we denken dat Rachael die in de nacht – of eigenlijk vroege ochtend – van haar verdwijning heeft genomen. Ik wil iedereen die rond die tijd op pad was verzoeken nog eens terug te denken en te kijken of hun misschien iets te binnen schiet.'

Hij zweette toen hij klaar was. Jack Skerritt gaf hem een goedkeurend knikje.

Die verslaggevers aasden op een verhaal dat ze aan hun kranten konden verkopen, of dat luisteraars naar hun radio-omroep of kijkers naar hun televiesiezenders zou trekken. Hij en Skerritt hadden een andere agenda: de straten van Brighton & Hove veilig houden. Of althans de burgers het gevoel te geven dat ze veilig waren in een wereld die nooit veilig was geweest en dat ook nooit zou worden. Niet met de menselijke aard die hij als politieagent had leren kennen.

Er liep een roofdier door de straten van deze stad. Door de terreur van de Schoenenman voelde geen vrouw in Brighton zich nu op haar gemak. Geen vrouw die niet achteromkeek, niet het nachtslot op de deur draaide, zich niet afvroeg of zij misschien de volgende was.

Roy Grace was niet betrokken bij het onderzoek naar de Schoenenman. Maar hij begon er steeds meer van overtuigd te raken dat Operatie Houdini en de zoektocht naar Rachael Ryan één en dezelfde zaak waren.

We krijgen je wel, Schoenenman, beloofde hij zwijgend.

Koste wat het kost.

23

Maandag 29 december 1997

Rachael zat in een helikopter met Liam. Met zijn lange, piekerige haar en zijn nukkige, jongensachtige gezicht leek hij ontzettend veel op Liam Gallagher van Oasis, haar lievelingsband. Ze suisden laag door de Grand Canyon. De rode rotsen van de klifwanden gingen aan weerszijden voorbij, heel dichtbij, gevaarlijk dichtbij. Beneden hen, heel, heel diep beneden hen, kronkelde het metalig blauwe water door kartelige grijsbruine contouren.

Ze greep Liams hand vast. Hij kneep in die van haar. Ze konden niet met elkaar praten omdat ze allebei koptelefoons ophadden en luisterden naar het commentaar van de piloot. Ze draaide zich naar hem toe en vormde met haar mond de woorden 'Ik hou van jou.' Hij grijnsde, wat er grappig uitzag met de microfoon deels voor zijn lippen, en deed het terug.

Gisteren waren ze langs een trouwkapel gelopen. Voor de grap had hij haar ineens mee naar binnen gesleurd, het kleine, goudkleurige interieur in. Er stonden rijen bankjes aan weerskanten van het gangpad en twee hoge vazen met bloemen die dienstdeden als een soort goedkoop, onkerkelijk altaar. Aan de muur erachter hing een glazen kastje met op de ene plank een fles champagne en een witte handtas met een bloemenhengsel, en op de andere een lege wijnmand en grote witte kaarsen.

'We kunnen trouwen,' zei hij. 'Nu meteen. Vandaag!'

'Doe niet zo raar,' antwoordde zij.

'Ik doe niet raar. Ik meen het! Laten we het doen! Dan gaan we terug naar Engeland als meneer en mevrouw Hopkirk!'

Ze vroeg zich af wat haar ouders daarvan zouden vinden. Ze zouden overstuur zijn. Maar het was verleidelijk. Rachael voelde zich zo intens gelukkig. Dit was de man met wie ze de rest van haar leven wilde doorbrengen.

'Meneer Liam Hopkirk, is dit een aanzoek?'

'Nou, niet precies, maar ik dacht... Je weet wel. Weg met al dat gesodemieter van bruidsmeisjes en alle toestanden van een bruiloft. Het zou toch leuk zijn? Om ze allemaal te verrassen?'

Hij meende het, en dat schokte haar. Hij meende het! Haar ouders zouden er kapot van zijn. Ze herinnerde zich nog hoe ze als kind op haar vaders knie had gezeten. Haar vader die zei hoe mooi ze was. Hoe trots hij op een dag zou zijn om met haar naar het altaar te lopen als ze ging trouwen.

'Dat kan ik mijn ouders niet aandoen.'

'Hou je meer van hen dan van mij?'

'Nee, maar...'

Zijn gezicht betrok.

De hemel betrok ook. Plotseling ging de helikopter omlaag. De rotswanden werden donker en suisden langs de grote, gebogen ruit. De rivier beneden raasde op hen af.

Ze gilde.

Volkomen duisternis.

O, God.

Haar hart ging tekeer. Toen floepte er een lichtje aan. De gedempte gloed van de interieurverlichting van het busje. Ze hoorde een stem. Niet Liam maar de man, die boos op haar neerblikte.

'Je stinkt,' zei hij. 'En nu stinkt mijn bus ook.'

De realiteit stortte zich over haar heen. De angst verspreidde zich door elke cel van haar lichaam. *Water. Alsjeblieft, water.* Ze staarde uitgedroogd, zwak en duizelig naar hem op. Ze probeerde te praten, maar kon alleen een zwak gejammer diep in haar keel voortbrengen.

'Ik kan zo geen seks met je hebben. Ik walg van je. Snap je?'

Een klein straaltje hoop. Misschien liet hij haar wel gaan. Ze probeerde nog eens een samenhangend geluid te maken, maar haar stem was niet meer dan een hol, rommelend gemompel.

'Misschien kan ik je beter laten gaan.'

Ze knikte. *Ja. Ja, alsjeblieft. Alsjeblieft. Alsjeblieft.*

'Maar ik kán je niet laten gaan, want je hebt mijn gezicht gezien,' zei hij toen.

Ze smeekte met haar ogen. *Ik zal het niemand vertellen. Laat me alsjeblieft gaan. Ik zeg het tegen niemand.*

'Je zou me voor de rest van mijn leven achter de tralies kunnen laten stoppen. Weet je wel wat ze in gevangenissen met mijn soort mensen doen? Daar word je niet vrolijk van. Dat risico kan ik niet nemen.'

De kluwen angst in haar maag verspreidde zich als gif door haar bloed. Ze trilde, beefde, jammerde.

'Sorry,' zei hij, en hij klonk echt alsof hij het meende. Oprecht verontschuldigend, alsof hij in een drukke bar per ongeluk op haar tenen had getrapt. 'Je staat in de kranten. Je staat op de voorpagina van De *Argus*. Er staat een foto van je bij. *Rachael Ryan.* Mooie naam wel.'

Hij staarde haar aan. Hij zag er boos uit. En nukkig. En echt verontschuldigend. 'Jammer dat je mijn gezicht hebt gezien,' zei hij. 'Dat had je niet moeten doen. Dat was niet slim, Rachael. Het had allemaal zo anders kunnen gaan. Snap je?'

24

Maandag 5 januari 2009

Het pas gevormde cold case-team behoorde tot de verantwoordelijkheden van de divisie Zware Criminaliteit onder Roy Grace. Het was ondergebracht in een te klein kantoor in het coördinatiecentrum op de eerste verdieping van Sussex House, met uitzicht over een achtertuin vol containers, kasten van noodgeneratoren en recherchevoertuigen. Daarachter stond het cellenblok, dat het grootste deel van de lichtinval blokkeerde.

Er waren niet veel dingen, dacht Roy Grace altijd, die zo veel papierwerk konden genereren als een onderzoek van de afdeling Zware Criminaliteit. De grijze vloerbedekking stond vol stapels grote groene kratten en blauwe kartonnen dozen, allemaal voorzien van operatienamen. Daarnaast lagen er naslagwerken, trainingshandboeken en een pil van een boek dat er solitair bij lag: *Practical Homicide Investigation*.

Bijna elke centimeter ruimte op de tafels van de drie werkstations was bedekt met computers, toetsenborden, telefoons, dossiers in postbakjes, adresklappers, mokken en persoonlijke eigendommen. Op zo ongeveer alles zaten Post-its geplakt. Twee vrijstaande tafels zakten zichtbaar door onder het gewicht van alle dossiers die erop lagen.

De muren hingen vol met krantenknipsels over verschillende zaken, foto's en oude posters van nog altijd gezochte verdachten. Er hing een poster bij met een glimlachende, donkerharige tiener erop, met de tekst:

HEBT U DEZE VROUW GEZIEN?

£500 BELONING

Er hing ook een zwart-witte poster van de politie in Sussex, met daarop een vriendelijk uitziende man met een brede glimlach en een bos warrig haar. Daarbij stond:

POLITIE SUSSEX
MOORD OP JACK (JOHN) BAKER
MENEER BAKER WERD OP 8/9 JANUARI 1990
VERMOORD IN WORTHING, SUSSEX.
HEBT U HEM GEKEND? HEBT U HEM EERDER GEZIEN?
ALS U INFORMATIE HEBT, NEEM DAN S.V.P.
CONTACT OP MET DE AFDELING MOORDZAKEN.
TELEFOON 0903-30821
OF MET DE POLITIE IN UW WOONPLAATS.

Er hingen handgetekende schetsen van slachtoffers en verdachten, met de computer gegenereerde compositietekeningen, onder andere van een mogelijke verkrachter afgebeeld met verschillende hoofddeksels en met en zonder bril.

De persoon die de leiding had over het gehele cold case-initiatief en verantwoording aflegde aan Roy Grace, was Jim Doyle, een voormalig inspecteur met wie Grace vele jaren geleden had samengewerkt. Doyle was een lange, intellectueel uitziende man, maar zijn uiterlijk logenstrafte zijn mentale – en fysieke – taaiheid. Hij had eerder de beleefde uitstraling van een vooraanstaande academicus dan van een politieagent. Maar met zijn ferme, onverstoorbare houding, zijn onderzoekende geest en de grondigheid waarmee hij alles aanpakte, was hij een verschrikkelijk effectieve rechercheur geweest, die in zijn dertigjarige carrière betrokken was geweest bij het oplossen van enkele van de ernstigste geweldsmisdaden. Zijn bijnaam bij de politie was Popeye geweest, naar zijn naamgenoot Jimmy 'Popeye' Doyle in de film The French Connection.

Doyles twee collega's waren al even ervaren. Eamon Greene, een rustige en serieuze man, was vroeger jeugdschaakkampioen van Sussex geweest en was nu een grootmeester die nog altijd toernooien speelde en won. Voordat hij er al op zijn negenenveertigste mee was gestopt en vervolgens als burger was teruggekeerd bij de politie, had hij bij de afdeling Zware Criminaliteit van de recherche van Sussex de rang van hoofdinspecteur bereikt. Brian Foster, een voormalige hoofdrechercheur die Fossy werd genoemd, was een slanke man van drieënzestig met kort haar en nog altijd, ondanks zijn leeftijd, een jongensachtig knap gezicht. Vorig jaar had hij in vier opeenvolgende weken en in vier verschillende landen marathons gelopen. Sinds hij op zijn tweeënvijftigste bij de politie was weggegaan, had hij de afgelopen tien jaar gewerkt voor het hof van de aanklager van het oorlogstribunaal in Den Haag, en nu was hij naar huis teruggekeerd en wilde graag beginnen aan een nieuwe fase in zijn carrière.

Roy Grace, die een pak en stropdas droeg voor zijn eerste ontmoeting met de nieuwe adjunct-hoofdcommissaris later die ochtend, maakte wat ruimte vrij op een van de werkbladen en ging erop zitten, met zijn tweede mok koffie van die dag in de hand. Het was kwart voor negen.

'Oké,' zei hij, zwaaiend met zijn benen. 'Blij dat jullie drie er zijn. Wacht, dat kan beter. Het is geweldig dat jullie er zijn!'

Ze grijnsden allemaal.

'Popeye, jij hebt me zo ongeveer alles geleerd wat ik weet, dus ik zal niet proberen jou nog streken bij te brengen. De chef,' daarmee bedoelde hij korpschef Tom Martinson, 'heeft ons een gul budget gegeven, maar we zullen wel moeten presteren als we volgend jaar hetzelfde willen krijgen. Waarmee ik eigenlijk bedoel: als jullie volgend jaar ook nog een baan willen hebben.'

Hij wendde zich tot de anderen. 'Ik zal jullie iets vertellen wat Popeye tegen mij zei toen ik pas met hem samenwerkte, en hij in de jaren negentig de verantwoordelijkheid kreeg over de cold cases, of hoe ze die destijds ook noemden!'

Dat veroorzaakte wat gelach. Alle drie de gepensioneerde agenten wisten hoe lastig het was om de steeds veranderende politieterminologie bij te benen.

Grace haalde een vel papier uit zijn zak en las voor. 'Hij zei, en ik citeer: "Bij onderzoeken naar cold cases gebruik je de forensische technologie van vandaag om misdaden uit het verleden op te lossen, met als doel om misdaden in de toekomst te voorkomen."'

'Blij dat al die jaren met jou niet verspild waren, Roy,' zei Jim Doyle. 'Je hebt tenminste iets onthouden!'

'Ja. Indrukwekkend dat je iets hebt geleerd van een oude rot!' grapte Foster.

Doyle hapte niet.

Roy Grace vervolgde: 'Jullie hebben waarschijnlijk op het journaal wel gezien of in De *Argus* gelezen dat er op oudejaarsavond een vrouw is verkracht.'

'In Hotel Metropole?' vroeg Eamon Greene.

'Die, ja. Ik ben afgelopen donderdag, nieuwjaarsdag, bij het eerste gesprek met het slachtoffer geweest,' vertelde Grace. 'De dader, kennelijk vermomd in vrouwenkleding, schijnt het slachtoffer een hotelkamer in gesleurd te hebben na zogenaamd om hulp te hebben gevraagd. Toen, met een masker op, heeft hij haar vastgebonden en haar vaginaal en anaal verkracht met haar eigen naaldhak. Vervolgens heeft hij geprobeerd haar zelf te penetreren, maar slechts deels met succes. Dit heeft overeenkomsten met de werkwijze van de Schoenenman, uit 1997. Die maakte destijds gebruik van verschillende vermommingen en smoesjes om hulp te vragen en zijn slachtoffers te lokken. Toen stopte hij ermee – in ieder geval in Sussex – en hij is nooit opgepakt. Ik heb hier een samenvatting van het zaakdossier, en ik wil graag dat jullie dat allemaal als eerste lezen. Jullie krijgen elk je eigen zaken om te behandelen, maar voorlopig wil ik dat jullie allemaal aan deze werken, want ik denk dat het kan helpen bij een zaak die ik nu in behandeling heb.'

'Waren er DNA-bewijzen, Roy?' vroeg Jim Doyle.

'Er is bij geen van de vrouwen sperma gevonden, maar drie slachtoffers zeiden dat hij een condoom gebruikte. Er zijn wel kledingvezels gevonden, maar die hebben niet tot iets geleid. Geen schraapsels onder de nagels, geen speeksel. Een paar slachtoffers meldden dat hij geen schaamhaar had. Die man was overduidelijk zelfs toen al goed op de hoogte van forensische technieken. Er is nooit DNA gevonden. Er was maar één vaste overeenkomst: elk van de slachtoffers was een echte schoenengek.'

'Daarmee heb je vijfennegentig procent van de vrouwelijke bevolking te pakken, als ik op mijn vrouw af kan gaan,' zei Jim Doyle.

'Precies.' Grace knikte.

'En signalementen?' vroeg Brian Foster.

'Dankzij de manier waarop slachtoffers van verkrachting in die tijd werden benaderd, niet veel. Hij was een tengere man met weinig lichaamsbeharing, geen specifiek accent en een klein pikkie. Ik heb van het weekend de dossiers over die slachtoffers doorgelezen, en die van alle andere ernstige delicten die in diezelfde periode zijn gepleegd,' vervolgde Grace. 'Er is nog één persoon van wie ik vermoed dat ze een slachtoffer kan zijn geweest van de Schoenenman; mogelijk zijn laatste. Ze heette Rachael Ryan. Ze verdween aan het eind van kerstavond, of eigenlijk kerstochtend, in 1997. Wat haar onder mijn aandacht bracht, was dat ik brigadier was toen ze als vermist werd opgegeven en ik haar ouders heb gesproken. Respectabele mensen, volkomen onthutst dat ze niet voor de kerstlunch was verschenen. Volgens alle verklaringen was ze een fatsoenlijke, verstandige jonge vrouw van tweeëntwintig, hoewel ze wat depri was omdat het uit was met haar vriend.'

Hij voegde er bijna aan toe, maar slikte het in, dat ze spoorloos was verdwenen, net zoals zijn eigen vrouw Sandy.

'Heb je theorieën?' vroeg Foster.

'Niet van de familie,' zei Grace. 'Maar ik heb de twee vriendinnen gesproken met wie ze op kerstavond uit was. Een van hen zei dat ze een beetje geobsedeerd was door schoenen. Dat ze schoenen kocht die ze eigenlijk niet kon betalen; designerschoenen van zeker een paar honderd pond. Alle slachtoffers van de Schoenenman droegen dure schoenen.' Hij haalde zijn schouders op.

'Daar kun je niet veel mee, Roy,' zei Foster. 'Als het uit was met haar vriendje, kan ze ook zelfmoord hebben gepleegd. Weet je, met kerst voelen mensen dat soort verdriet extra. Mijn ex ging er drie weken voor de kerst vandoor. Ik heb mezelf toen ook bijna van kant gemaakt; dat was in 1992. Zat met kerst in mijn eentje bij een steakhouse te eten.'

Grace glimlachte. 'Het is mogelijk, maar door alles wat ik destijds over haar heb gehoord, denk ik van niet. Wat wel belangrijk is, is dat een van haar buren toevallig om drie uur 's nachts uit het raam keek – de tijd klopt precies – en een man zag die een vrouw in een wit busje duwde.'

'Had hij het kenteken opgeschreven?'

'Hij was zat. Hij had er maar een deel van.'

'Genoeg om het voertuig op te sporen?'

'Nee.'

'Geloofde je hem?'

'Ja. Nog steeds.'

'Dat is allemaal niet veel, hè, Roy?' zei Jim Doyle.

'Nee, maar er is iets vreemds. Ik ben vanmorgen vroeg binnengekomen om voor deze bespreking dat specifieke dossier op te zoeken, en wat dacht je?' Hij keek hen om beurten aan.

Ze schudden allemaal hun hoofd.

'De bladzijden die ik zocht waren weg.'

'Wie zou die er nou uit halen?' vroeg Brian Foster. 'Ik bedoel, wie zou er toegang toe hebben?'

'Jij bent ook agent geweest,' zei Grace. 'Zeg jij het maar. En vertel dan maar waarom.'

25

Maandag 5 januari 2009

Misschien werd het tijd om te stoppen.

Je werd ouder in de gevangenis. Het voegde tien jaar aan je leven toe, of bekortte het met tien jaar, afhankelijk van hoe je ernaar keek. En op dit moment was Darren Spicer niet zo blij, ongeacht hoe hij ernaar keek.

Al sinds zijn zestiende zat Spicer het grootste deel van zijn leven in de bak. Een bajesklant. Een draaideurcrimineel noemden ze hem. Een carrière-misdadiger. Maar geen erg succesvolle. Slechts één keer had hij als volwassene twee achtereenvolgende jaren kerst gevierd als vrij man, en dat was in de beginjaren van zijn huwelijk geweest. Volgens zijn geboorteakte – zijn echte – was hij eenenveertig. Volgens de badkamerspiegel was hij minstens vijfenvijftig. Vanbinnen voelde hij zich tachtig. Hij voelde zich dood. Hij voelde...

Niets.

Hij zeepte zich in en staarde met matte ogen in de spiegel, grimassend om de gerimpelde ouwe zak die naar hem terugkeek. Hij was naakt en zijn slungelige, magere lichaam – dat hij liever pezig noemde – was gespierd door het dagelijks trainen in de fitnessruimte van de gevangenis.

Hij ging zijn harde stoppels te lijf met hetzelfde botte scheermesje dat hij vóór zijn vrijlating al weken in de gevangenis had gebruikt en had meegenomen. Toen hij klaar was, was zijn gezicht even haarloos als de rest van zijn lichaam, dat hij vorige week had geschoren. Hij deed dat altijd als hij uit de gevangenis kwam, als manier om zichzelf te reinigen. Eén keer, in de begintijd van zijn inmiddels lang geleden ter ziele gegane huwelijk, was hij thuisgekomen met luizen in zijn schaam- en borsthaar.

Hij had twee kleine tatoeages op zijn bovenarmen, maar verder niet. Er waren meer dan genoeg medegevangenen die helemaal onder die dingen zaten en daar trots op waren. Machotrots was stom, vond hij. Waarom zou je het mensen gemakkelijk maken je te identificeren? Bovendien had hij al genoeg opvallende kenmerken: vijf littekens op zijn rug, van toen hij in de gevangenis met messen was bewerkt door vriendjes van een drugsdealer die hij een paar jaar eerder had afgetuigd.

Deze laatste straf was zijn langste geweest: zes jaar. Hij was nu eindelijk na drie jaar voorwaardelijk vrij. Tijd om te stoppen, dacht hij. Ja, maar.

De grote maar.

Je zou je eigenlijk vrij moeten voelen als je uit de gevangenis kwam. Maar hij moest zich nog steeds melden bij zijn reclasseringsambtenaar. Hij moest meewerken aan zijn heropvoeding. Hij moest zich houden aan de regels van de hostels waar hij sliep.

Als je werd vrijgelaten, moest je eigenlijk naar huis gaan. Maar hij had geen huis.

Zijn vader was allang dood en met zijn moeder had hij in vijfentwintig jaar tijd amper tien woorden gewisseld, en dat waren er nog tien te veel. Zijn enige zus, Mags, was vijf jaar geleden overleden door een overdosis heroïne. Zijn ex woonde in Australië met zijn zoon, die hij al tien jaar niet meer had gezien.

Zijn huis was dus overal waar hij een plek kon vinden om te pitten. Vandaag was het een kamer in een reclasseringscentrum vlak bij de Old Steine in Brighton. Die hij deelde met vier sneue, stinkende alcoholisten. Hij was hier eerder geweest. Vandaag zou hij proberen een beter onderkomen te krijgen: St Patrick's nachtopvang. Ze hadden daar fatsoenlijk eten, een plek waar je je spullen kon bewaren. Je moest wel op een grote zaal slapen, maar het was er schoon.

Het was de bedoeling dat je na je gevangenisstraf werd geholpen terug te keren in de maatschappij. Maar in feite zat de samenleving helemaal niet op je te wachten. Rehabilitatie was een mythe. Hoewel hij wel meespeelde met het spel, met het bedrog.

Heropvoeding!

Ha! Hij had geen belangstelling voor heropvoeding, maar hij had zich de laatste zes maanden voor zijn vrijlating in de Ford Open-gevangenis bereidwillig opgesteld, want dat had hem in staat gesteld dagen buiten de gevangenis door te brengen in hun werkprogramma. Werkcontacten noemden ze dat. Hij had de cursus hotelklusjesman gekozen, waardoor hij in een paar verschillende hotels in Brighton kon komen. Achter de schermen. Inzicht in de indeling. Toegang tot de kamersleutels en de elektronische kamersleutelsoftware. Heel nuttig.

Ja.

Zijn vaste gevangenisbezoekster in Lewes, een aardige, moederlijke vrouw, had hem gevraagd of hij een droom had. Als hij zich een leven buiten de gevangenis kon voorstellen, hoe zou dat er dan uitzien?

Ja, tuurlijk, had hij tegen haar gezegd. Natuurlijk had hij een droom. Weer getrouwd zijn. Kinderen hebben. In een leuk huis wonen – zo'n huis waar hij bijvoorbeeld inbrak – en in een mooie auto rijden. Een vaste baan vinden. Jazeker. In de weekenden gaan vissen. Dat was zijn droom. 'Maar,' zei hij tegen haar, 'dat gaat nooit gebeuren.'

'Waarom niet?' had ze gevraagd.

'Dat zal ik je vertellen,' had Darren geantwoord. 'Omdat ik honderdtweeënzeventig veroordelingen op mijn naam heb staan, hè? Wie zal me een baan geven als ze dat ontdekken? En ze komen er altijd achter.' Hij had er nog aan toegevoegd: 'Maar het is hier wel oké. Ik heb mijn vrienden. Het eten is goed. Het gas en licht worden betaald. Ik heb televisie.'

Ja, het was best oké. Behalve...

Geen vrouwen. Dat miste hij. Vrouwen en cocaïne, daar hield hij van. De drugs kon je in de gevangenis wel krijgen, maar de vrouwen niet. Niet heel vaak, in ieder geval.

De gevangenisdirecteur had hem met kerst nog binnen laten blijven, maar hij was twee dagen erna vrijgelaten. Naar wat?

Shit.

Morgen zou hij hopelijk verhuizen. Als je je bij St Patrick's achtentwintig dagen lang netjes aan de regels hield, kon je een MiPod bemachtigen. Ze hadden daar van die vreemde plastic capsules, een soort ruimtecapsules; een idee van een of ander Japans hotel. Je kon dan nog tien weken in een MiPod slapen. Ze waren klein, maar je had er wel privacy en je kon je spullen veilig opbergen.

En hij had spullen die hij veilig wilde opbergen.

Zijn maat Terry Biglow – als je die achterbakse wezel althans een maat kon noemen – paste op de enige aardse bezittingen die hij had. Ze zaten in een koffer, met drie kettingen met hangsloten eromheen om de inhoud geheim te houden; die kettingen en sloten waren bewijs van hoeveel vertrouwen hij erin had dat Biglow de koffer niet zou openmaken. En het leek Darren geen goed idee als hij die openmaakte. Er zaten privéspullen in.

Heel privé.

Hij knipoogde naar zijn spiegelbeeld. Maar die ouwe zak knipoogde niet terug.

Misschien kon hij deze keer uit de gevangenis blijven. Genoeg geld verdienen met inbraken en drugs dealen om een flatje te kopen. En dan? Een vrouw? Een gezin? Het ene moment leek hem dat aantrekkelijk, het volgende leek het hem allemaal te veel. Te veel gedoe. In feite was hij gewend geraakt aan zijn manier van leven. Zijn eigen gezelschap. Zijn eigen geheime kicks.

Zijn pa was dakdekker geweest, en als kind had Darren hem vaak geholpen. Hij had een paar van die chique huizen in Brighton & Hove gezien waar zijn vader werkte, en de lekkere wijven met hun mooie kleren en flitsende auto's die daar woonden. Hij zag zo'n leventje wel zitten. Zag een chic huis en een duur uitziende vrouw wel zitten.

Op een dag viel zijn vader door een dak, brak zijn rug en kon nooit meer werken. In plaats daarvan zoop hij dag en nacht zijn uitkeringsgeld op.

Darren zag niets in dakdekken, want hij dacht niet dat je daar ooit rijk mee zou worden. Studeren misschien wel. Hij vond school leuk, was goed in wiskunde en natuurkunde en mechanische vakken, was er dol op. Maar hij had problemen thuis. Zijn moeder dronk ook. Ergens rond zijn dertiende verjaardag was ze bij hem in bed gestapt, dronken en naakt, had gezegd dat zijn vader haar niet meer kon bevredigen en dat dat zijn taak was nu hij de man in huis was.

Darren ging elke dag naar school, beschaamd en steeds meer teruggetrokken van zijn vrienden. Hij was volkomen in de war en kon zich niet meer concentreren. Hij had het gevoel dat hij nergens deel van uitmaakte en bleef steeds meer op zichzelf. Hij ging vaak vissen of, als het heel slecht weer was, naar de slotenmakerswerkplaats van zijn oom, toekijkend terwijl hij sleutels maakte, of dingen halen, en soms achter de kassa terwijl zijn oom even naar de wedmakelaar ging. Alles om niet thuis te hoeven zitten. Alles om bij zijn moeder weg te zijn.

Hij was dol op de machines van zijn oom, op de geur, op het mysterie van sloten. Het waren eigenlijk gewoon puzzels. Simpele puzzels.

Toen hij vijftien was, zei zijn moeder dat het tijd werd dat hij haar en zijn vader ging onderhouden, dat hij een vak moest leren en een baan moest zoeken. Zijn oom, die niemand had om het bedrijf over te nemen als hij met pensioen ging, bood hem een leerlingschap aan.

Binnen een paar maanden kon Darren elk probleem oplossen dat iemand met een slot had. Zijn oom zei dat hij een genie was!

Er was niets aan, vond Darren. Alles wat door mensen was gemaakt, kon een ander mens oplossen. Je hoefde alleen maar ín het slot te denken, je de veertjes en tuimelaars in te beelden – de binnenkant van het slot voor je zien, je te verplaatsen in de man die het had bedacht. Er waren in feite immers maar twee soorten huissloten: een Yale met een platte sleutel, en een Chubb met een cilindrische sleutel. Pen-en-gatsloten en ronde sloten. Als je een probleem had, kon je met een simpel medisch ding, een proctoscoop, bij de meeste sloten naar binnen kijken.

Toen ging hij door naar kluizen. Zijn oom was een beetje in een gat in de markt gestapt door kluizen te openen voor de politie. Als Darren wat tijd had, was er geen enkele mechanische kluis die hij niet open kon krijgen. Of een deurslot.

Hij had zijn eerste inbraak gepleegd in Hollingdean, toen hij zestien was. Hij werd gepakt en moest twee jaar naar een heropvoedingsschool. Daar kwam hij voor het eerst in aanraking met drugs. En daar leerde hij zijn eerste waardevolle les. Het risico bleef hetzelfde, of je nu bij een armoedig klein rothuisje voor een stereo-installatie ging, of naar een kast van een huis waar misschien juwelen en geld lagen.

Toen hij eruit kwam, wilde zijn oom hem niet meer terug, en hij had geen zin om een laagbetaald baantje te zoeken – wat zijn enige keus was. In plaats daarvan brak hij in bij een huis aan de afgelegen Withdean Road in Brighton. Haalde zevenduizend pond uit een kluis. Drieduizend gaf hij uit aan cocaïne, maar de rest investeerde hij in heroïne, die hij weer verkocht en waar hij twintigduizend pond winst op maakte.

Daarna deed hij een reeks grote huizen en verdiende bijna honderdduizend pond. Lekker. Toen leerde hij Rose kennen, in een club. Trouwde met haar. Kocht een flatje in Portslade. Rose wilde niet dat hij inbraken pleegde, dus probeerde hij op het rechte pad te blijven. Via een kerel die hij kende regelde hij een nieuw legitimatiebewijs en kreeg een baan bij Sussex Security Systems, een bedrijf dat alarmsystemen installeerde.

Ze zaten in het bovenste marktsegment. Grote huizen overal in de stad. Daar voelde hij zich als een kind in een snoepwinkel. Het duurde niet lang voor hij de spanning van het inbreken begon te missen. Vooral de kick die hij ervan kreeg. Maar bovenal het geld dat hij ermee kon verdienen.

Het beste van alles was wanneer hij alleen was in een chique slaapkamer. De geur van een rijke vrouw opsnoof. Haar parfum, de transpiratie op haar ondergoed in de wasmand, haar dure kleren in de kast, haar zijde, katoen, bont, leer. Hij vond het leuk om door haar spullen te snuffelen. Vooral haar ondergoed en schoenen. Iets aan die plekken wond hem op.

Die vrouwen leefden in een andere wereld dan die hij kende. Vrouwen waar hij het geld niet voor had. Vrouwen waar hij de sociale vaardigheden niet voor had.

Vrouwen met hun saaie mannen.

Dat soort vrouwen snakte ernaar.

Soms deed de geur van eau de toilette of een zure geur aan een vuil kledingstuk hem aan zijn moeder denken, en soms vlamde er dan even een erotisch gevoel in hem op voordat hij dat woedend weer onderdrukte.

Een tijdje had hij Rose om de tuin kunnen leiden door te zeggen dat hij ging vissen; meestal 's avonds. Rose vroeg waarom hij hun zoon nooit meenam als hij ging vissen. Darren zei dat hij dat zou doen als die jongen wat ouder was. En dat zou hij ook hebben gedaan, echt waar.

Maar op een avond in februari, toen hij inbrak bij een huis in Tongdean, kwam onverwacht de bewoner thuis. Hij rende de achterdeur uit, door de tuin, en duikelde verdorie halsoverkop in het diepe van een leeg zwembad, waarbij hij zijn rechterbeen, zijn kaak en zijn neus brak en bewusteloos raakte.

Rose kwam hem maar één keer bezoeken in de gevangenis. Dat was om hem te vertellen dat ze zijn zoon meenam naar Australië en hem nooit meer wilde zien.

Nu was hij weer op vrije voeten, en hij had niets. Niets behalve zijn koffer bij Terry Biglow thuis; als Terry daar tenminste nog was, en niet dood was of weer in de bak zat. En niets anders dan zijn harde lichaam vol littekens en de verlangens van drie jaar in het smalle gevangenisbed, dromend over wat hij zou doen als hij vrijkwam...

26

Maandag 29 december 1997

'Ik kan vergeten dat ik je gezicht heb gezien,' zei Rachael, die naar hem opstaarde.

In de gele gloed van de interieurverlichting zag hij eruit alsof hij geelzucht had. Ze probeerde oogcontact te maken, want ergens in de vage, verre, van doodsangst verlamde hoekjes van haar geest herinnerde ze zich ergens te hebben gelezen dat je dat moest proberen. Dat mensen je minder snel kwaad zouden doen als je een band wist te scheppen.

Ze probeerde met haar uitgedroogde stem een band te scheppen met die man, dat monster, dat ding.

'Ja, tuurlijk, Rachael. Denk je dat ik van gisteren ben? Van afgelopen kerst? Ik laat je lopen, ja, en een uur later zit je op een politiebureau bij zo'n compositietekenaar mijn signalement te geven. Had je dat ongeveer in gedachten?'

Ze schudde heftig haar hoofd. 'Ik beloof het,' kraste ze.

'Op het leven van je moeder?'

'Op het leven van mijn moeder. Mag ik alsjeblieft een beetje water? Alsjeblieft, iets te drinken.'

'Dus ik kan je laten gaan, en als je me belazert en naar de politie gaat, dan is het goed als ik naar het huis van je moeder ga, in Surrenden Close, en haar vermoord?'

Verstrooid vroeg Rachael zich af hoe hij wist waar haar moeder woonde. Misschien had hij het in de krant gelezen? Dat gaf haar een sprankje hoop. Als hij het in de krant had gelezen, dan betekende dat dat ze nieuws was. Dat mensen naar haar op zoek waren. De politie.

'Ik weet alles over je, Rachael.'

'Je kunt me laten gaan. Ik zal haar leven niet op het spel zetten.'

'O ja?'

'Ja.'

'Droom maar lekker verder.'

27

Donderdag 8 januari 2009

Hij was graag in mooie, grote huizen. Of eigenlijk in het binnenste van zulke huizen.

Soms, in een kleine ruimte geperst, voelde het alsof hij het huis droeg als een tweede huid! Of als hij in een kast stond, omringd door hangende jurken en de heerlijke geuren van de mooie vrouw die ze bezat, en van het leer van haar schoenen, voelde hij zich geweldig, alsof hij die vrouw bezat.

Zoals de vrouw die de jurken bezat die nu allemaal om hem heen hingen. En die de eigenaresse was van al die rekken vol met zijn favoriete designerschoenen.

En over een tijdje, heel snel, zou hij haar bezitten! Heel snel.

Hij wist al een heleboel over haar, veel meer dan haar man wist, daar was hij van overtuigd. Het was donderdag. Hij keek al drie avonden naar haar. Hij wist hoe laat ze thuiskwam en wegging. En hij kende de geheimen op haar laptop; wat vriendelijk van haar om die niet met een wachtwoord te beveiligen! Hij had de e-mails aan en van de Griekse man met wie ze sliep gelezen. De foto's die ze van hem had gemaakt, sommige daarvan heel pikant.

Maar straks, als hij geluk had, zou hij haar minnaar zijn. Niet meneertje Harige Designerstoppel met zijn enorme, onfatsoenlijk grote paal.

Hij zou voorzichtig zijn en zich niet moeten bewegen als ze thuiskwam. De hangers rammelden ontzettend; grotendeels van die dunne van de stomerij. Hij had er een paar weggehaald, die het hardst rammelden, en ze op de vloer in de kast gelegd, en hij had tissues om de hangers vlak naast hem gewikkeld. Nu hoefde hij alleen nog maar te wachten. En te hopen.

Het was net vissen. Je had er een hoop geduld voor nodig. Het duurde misschien nog een hele tijd voordat ze thuiskwam, maar er bestond in ieder geval geen gevaar dat haar man vanavond thuis zou komen.

Het mannetje was in een vliegtuig gestapt en ver, ver weg gevlogen. Naar een softwarecongres in Helsinki. Het lag allemaal op de keukentafel, het briefje van hem waarin stond dat hij haar zaterdag weer zou zien, met Ik hou van je xxx, en de naam en het telefoonnummer van het hotel erop.

Gewoon voor de zekerheid, en omdat hij wat tijd te doden had, had hij met de keukentelefoon het hotel gebeld en gevraagd of hij Dermot Pearce kon spreken. Er werd hem ietwat zangerig verteld dat meneer Pearce niet opnam en gevraagd of hij een boodschap op zijn voicemail wilde inspreken.

Ja, ik ga straks seks hebben met je vrouw, kwam hij in de verleiding te zeggen, meegesleept in de spanning van het moment, de vreugde over hoe dit alles hem in de schoot viel. Maar hij was zo verstandig om op te hangen.

De foto's van twee kinderen van tienerleeftijd, een jongen en een meisje, die beneden in de woonkamer stonden, waren enigszins zorgwekkend. Maar de slaapkamers waren allebei onberispelijk. Niet de slaapkamers van kinderen die hier woonden. Hij concludeerde dat ze kinderen van de man waren, uit een vorig huwelijk.

Er liep een kat rond, zo'n akelig Burmees beest dat naar hem had geloerd in de keuken. Hij had het beest een trap gegeven, en toen was het door het kattenluik verdwenen. Alles was rustig. Hij was blij en opgewonden.

Hij voelde sommige huizen om hem heen leven en ademen. Vooral wanneer de verwarmingsketel rommelend tot leven kwam en de muren trilden. Het huis ademde! Ja, zoals hij nu, zo hijgend van opwinding dat hij het zelf hoorde, en het bonzen van zijn hart, het ruisen van het bloed door zijn aderen alsof hij aan een of andere race meedeed.

O, hemel, dit was zo lekker!

28

Roxy Pearce had de hele week naar deze avond uitgekeken. Dermot was op zakenreis en ze had Iannis uitgenodigd voor het eten. Ze wilde met hem vrijen in haar eigen huis. Het was zo'n heerlijk slechte gedachte!

Ze had hem niet meer gezien sinds zaterdagmiddag, toen ze naakt in zijn appartement had rondgelopen met haar splinternieuwe Jimmy Choos, en ze hadden geneukt terwijl zij die schoenen nog aanhad, waar hij wild van was geworden.

Ze had ergens gelezen dat een vrouwtjesmug zo razend naar bloed verlangt dat ze alles zal doen, ook als ze weet dat ze er het leven bij zal laten, om dat bloed te krijgen.

Zo voelde zij zich over Iannis. Ze moest hem zien. Moest hem hebben, wat het ook kostte. En hoe meer ze van hem kreeg, hoe meer ze hem nodig had.

Ik ben slecht, dacht ze schuldbewust terwijl ze naar huis reed, met haar zilveren Boxster scheurend over de met lantaarns verlichte elegante Shirley Drive en langs het recreatieterrein van Hove. Ze ging rechtsaf Droveway in, toen weer rechtsaf hun oprit op naar het grote, moderne vierkante huis dat ze hadden laten bouwen. Het was een afgelegen paradijsje binnen de stad, met een achtertuin die grensde aan de sportvelden van een particuliere school. De buitenverlichting floepte aan toen ze over de korte oprit reed.

Ik ben zo slecht.

Dit was zoiets waar je voor naar de hel kon gaan. Ze was opgevoed als braaf katholiek meisje. Opgevoed met geloof in de zonde en eeuwige verdoemenis. En ze had zichzelf echt naar de verdoemenis geholpen met Dermot.

Hij was nog getrouwd toen ze elkaar leerden kennen. Na een intense, hartstochtelijke verhouding die in de loop van twee jaar almaar sterker was geworden, had ze hem weggelokt bij zijn vrouw en de kinderen die hij aanbad. Ze waren dolverliefd geweest. Maar toen ze eenmaal samen waren, was de magie tussen hen geleidelijk aan verdwenen.

Nu waren diezelfde diepe hartstochten weer helemaal opnieuw in haar ontwaakt met Iannis. Net als Dermot was hij getrouwd en had hij twee veel jongere kinderen. Haar beste vriendin, Viv Daniels, had het afgekeurd en haar gewaarschuwd dat ze een reputatie als huwelijksbreker zou krijgen. Maar ze kon er niets aan doen, kon die gevoelens niet uitschakelen.

Ze drukte op de afstandsbediening voor de garagedeur, een apparaatje aan haar zonneklep, wachtte tot de deur omhoogging, reed de garage in, die enorm leek zonder Dermots BMW, en zette de motor af. Toen pakte ze haar tassen van Waitrose van de passagiersstoel en stapte uit.

Ze had Iannis voor het eerst ontmoet toen Dermot haar mee uit eten nam bij Thessalonica in Brighton. Iannis was aan hun tafeltje bijgeschoven toen ze klaar waren met eten, had hen getrakteerd op ouzo van het huis en had voortdurend naar haar gestaard.

Het was zijn stem waar ze als eerste voor was gevallen. De gepassioneerde manier waarop hij in gebroken Engels over eten en zijn leven sprak. Zijn knappe, ongeschoren gezicht. Zijn harige borst, zichtbaar doordat zijn witte overhemd bijna tot aan zijn navel openstond. Zijn ruigheid. Hij leek een man die zich nergens zorgen om maakte, ontspannen was en goed in zijn vel zat.

En zo ontzettend sexy!

Terwijl ze de binnendeur opende en op het toetsenpaneel de code invoerde om de piepende alarmwaarschuwing het zwijgen op te leggen, zag ze niet dat er een ander lampje op het paneel brandde dan normaal. Het was de nachtstand voor alleen de benedenverdieping. Maar ze was met haar hoofd bij heel andere dingen. Zou Iannis het eten lekker vinden dat ze wilde klaarmaken?

Ze had gekozen voor iets eenvoudigs: verschillende Italiaanse hapjes, dan een ribeye en een salade. En een fles – of twee – uit Dermots gekoesterde wijnkelder.

Ze deed de deur achter zich dicht en riep de kat. 'Sushi! Hé, Sushi! Mama is thuis!'

De stomme naam van de kat was Dermots idee geweest, naar het restaurant in Londen waar ze op hun eerste afspraakje naartoe waren gegaan.

Ze werd begroet met stilte, en dat was ongebruikelijk.

Normaal kwam de kat haar altijd begroeten, kopjes geven tegen haar been en verwachtingsvol opkijken, wachtend op zijn eten. Maar hij was er niet. Waarschijnlijk in de tuin, dacht ze. Best.

Ze keek op haar horloge en toen op de keukenklok: vijf over zes. Binnen een uur zou Iannis hier zijn.

94

Het was weer een rotdag geweest op haar werk, met een zwijgende telefoon en een roodstand op haar bankrekening die snel de limiet naderde. Maar vanavond, een paar uur lang, zou ze zich er niet druk om maken. Niets was belangrijk, behalve haar tijd met Iannis. Ze zou genieten van elke minuut, elke seconde, elke nanoseconde!

Ze verplaatste de inhoud van de tassen naar de keukentafel, pakte een fles van Dermots geliefde Château de Meursault en legde die in de koelkast, en opende toen een fles Gevrey Chambertin 2000 om die te laten chambreren. Vervolgens wipte ze het deksel van een blikje kattenvoer, schepte de inhoud in het bakje van de kat en zette het op de vloer. 'Sushi!' riep ze nog eens. 'Hé, Sushi. Eten!'

Toen haastte ze zich naar boven, van plan om te douchen, haar benen te scheren, een beetje Jo Malone op te spuiten en dan weer naar beneden te gaan om het eten klaar te maken.

In de slaapkamerkast hoorde hij haar roepen, en hij trok zijn masker over zijn hoofd. Toen luisterde hij naar haar voetstappen terwijl ze de trap op kwam. Alles in hem verstrakte van opwinding. Van voorpret.

Hij was omgeven door een rood waas van opwinding. En keihard! Hij probeerde zijn ademhaling rustig te krijgen. Keek naar haar van achter de zijden jurken, door de glazen kastfronten met gordijntjes. Ze zag er mooi uit. Steil zwart haar. De achteloze manier waarop ze haar zwarte pumps uitschopte. Toen wulps uit haar marineblauwe mantelpak stapte. Alsof ze het voor hém deed!

Bedankt!

Ze trok haar witte blouse en beha uit. Haar borsten waren kleiner dan hij zich had voorgesteld, maar dat vond hij niet erg. Ze waren best mooi. Stevig, met kleine tepels. Het maakte niet uit. Borsten waren niet zijn ding.

Nu haar ondergoed!

Ze schoor zich! Kaal en bleek, op een dun streepje na! Heel hygiënisch.

Bedankt!

Hij was zo opgewonden dat de transpiratie van hem af droop.

Toen liep ze naakt naar de badkamer. Hij luisterde naar het sissen van de douche. Dit zou een goed moment zijn, wist hij, maar hij wilde niet dat ze nat en glibberig was van de zeep. Hij vond het wel een fijn idee als ze zich voor hem afdroogde en misschien een beetje parfum voor hem opdeed.

Na een paar minuten kwam ze weer de slaapkamer in, gehuld in een grote handdoek en met een kleinere witte handdoek om haar hoofd gedraaid. Toen ineens, alsof ze een privéoptreden voor hem gaf, liet ze de handdoek van haar lichaam vallen, deed een kast open en haalde er een paar sierlijke, glanzende zwarte schoenen met hoge naaldhakken uit.

Jimmy Choos!

Hij kon zijn opwinding amper bedwingen toen ze ze aantrok, eerst haar ene voet en toen de andere op het stoeltje naast het bed zette en de riempjes dichtdeed, vier aan elke schoen! Toen paradeerde ze door de kamer en bekeek zichzelf, naakt, stilstaand om zichzelf van alle kanten te bekijken in de grote spiegel aan de muur.

O ja, schatje. O ja! O ja! Bedankt!

Hij staarde naar het smalle streepje zwart schaamhaar onder haar platte buik. Hij hield van kort haar. Hij hield van vrouwen die zichzelf goed verzorgden, die op details letten.

Alleen voor hem!

Ze kwam nu naar de kast toe, met de handdoek nog om haar hoofd. Ze stak haar hand uit. Haar gezicht was vlak bij het zijne, aan de andere kant van het gordijn en het glas.

Hij was er klaar voor.

Ze trok de deur open.

Zijn hand met operatiehandschoen schoot naar voren en drukte de prop met chloroform tegen haar neus.

Als een aanvallende haai schoot hij tussen de jurken door naar voren, greep met zijn vrije hand haar achterhoofd vast en hield de druk op haar neus een paar seconden in stand, totdat ze slap werd in zijn armen.

29

Dinsdag 30 december 1997

Rachael Ryan lag roerloos op de grond. Zijn vuist deed pijn door de klap die hij tegen haar hoofd had gegeven. Het deed zo verrekt veel pijn dat hij zich afvroeg of hij zijn duim en wijsvinger had gebroken. Hij kon ze amper bewegen.

'Shit,' zei hij, schuddend met zijn hand. 'Shit, fuck, shit. Trut!'

Hij pelde zijn handschoen af zodat hij zijn vingers kon bekijken, maar hij zag niet veel in de zwakke gloed van de interieurverlichting.

Toen knielde hij naast haar neer. Haar hoofd was met een harde knal achterovergeslagen. Hij wist niet of er een botje was gebroken in zijn hand, of in haar kaak. Ze leek niet meer te ademen.

Ongerust legde hij zijn hoofd op haar borst. Hij voelde beweging, maar wist niet zeker of het van haar of van hemzelf kwam.

'Alles goed?' vroeg hij in een plotselinge aanval van paniek. 'Rachael? Is alles goed? Rachael?'

Hij trok zijn handschoen weer aan, greep haar bij de schouders en schudde haar door elkaar. 'Rachael? Rachael? Rachael?'

Toen haalde hij een zaklantaarntje uit zijn zak en scheen ermee in haar ogen. Haar ogen waren gesloten. Hij trok haar ooglid omhoog, maar het zakte weer dicht toen hij losliet.

Zijn paniek nam toe. 'Niet doodgaan, Rachael! Niet doodgaan, hoor je me? Hoor je me, verdorie?'

Er sijpelde bloed uit haar mond.

'Rachael? Wil je iets drinken? Moet ik wat te eten voor je gaan halen? Wil je iets van McDonald's? Een Big Mac? Een cheeseburger? Of misschien een broodje? Ik kan een broodje voor je halen. Ja? Zeg maar wat je erop wilt. Pittige worst? Iets met gesmolten kaas? Die zijn heel lekker. Tonijn? Ham?'

30

Donderdag 8 januari 2009

Yac had honger. Het broodje kip met gesmolten kaas kwelde hem al twee uur. Elke keer als hij remde of een hoek om ging, rolde de zak samen met zijn thermosfles heen en weer op de passagiersstoel.

Hij was van plan geweest te stoppen en het broodje op te eten tijdens zijn theepauze op het hele uur, maar er waren te veel mensen. Te veel ritjes. Hij had zijn thee van elf uur moeten opdrinken tijdens het rijden. Donderdagavond was altijd druk, maar dit was de eerste donderdagavond van het nieuwe jaar. Hij had verwacht dat het rustiger zou zijn. Maar sommige mensen hadden zich hersteld en gingen weer uit. Namen taxi's. Droegen mooie schoenen.

Uh-huh.

Dat vond hij best. Iedereen had zijn eigen manier om zich uit te leven. Hij was blij voor hen allemaal. Zolang ze maar betaalden wat de meter aangaf en niet probeerden ervandoor te gaan, zoals nu en dan iemand deed. Nog beter als hij een fooi kreeg! Alle fooien hielpen. Hielpen zijn spaargeld aanvullen. Hielpen bij het opbouwen van zijn verzameling.

Die gestaag groeide. Heel gestaag. O ja!

Er loeide een sirene.

Hij voelde een plotselinge tinteling van schrik. Hield zijn adem in.

Blauwe zwaailichten vulden zijn spiegels, en toen schoot er een politiewagen langs. Even later nog een politiewagen, alsof die de andere volgde. Interessant, dacht hij. Hij was de meeste avonden op pad, en je zag niet vaak twee politieauto's samen. Er moest iets ergs zijn gebeurd.

Hij naderde zijn vaste plek langs de boulevard van Brighton, waar hij 's avonds graag elk uur op het hele uur stopte om thee te drinken en nu ook om de krant te lezen. Sinds de verkrachting in Hotel Metropole van afgelopen donderdag was hij elke avond de krant gaan lezen. Het verhaal wond hem op. De kleren van de vrouw waren meegenomen. Maar wat hem nog het meest opwond, was om te lezen dat haar schoenen waren meegenomen.

Uh-huh!

Hij parkeerde de taxi, zette de motor af en pakte de zak met het broodje erin, maar toen legde hij hem weer neer. Het rook niet meer lekker. Hij werd misselijk van de geur.

Zijn honger was over.

Hij vroeg zich af waar die politiewagens naartoe gingen.

Toen dacht hij aan het paar schoenen in de kofferbak van zijn taxi en voelde zich weer goed.

Echt goed!

Hij smeet het broodje uit het raam.

Straatvervuiler, berispte hij zichzelf. Jij stoute straatvervuiler!

31

Eén voordeel, of eigenlijk een van de vele voordelen van het feit dat Cleo zwanger was, dacht Grace, was dat hij een stuk minder dronk. Behalve af en toe een glas gekoelde witte wijn was Cleo plichtsgetrouw van de drank afgebleven, en dus had hij ook geminderd. Het nadeel was dat ze steeds zin had in Indiaas eten! Hij wist niet zeker hoeveel curry's zijn lichaam nog aankon. Het hele huis begon te stinken als een afhaaltoko.

Hij verlangde naar iets simpels. Humphrey was ook niet onder de indruk. Na één likje had de hond besloten dat Indiaas eten hem geen smakelijke restjes in zijn voerbak zou opleveren.

Roy onderging het omdat hij zich verplicht voelde om Cleo gezelschap te houden. Bovendien had hij in zo'n zwangerschap-voor-mannenboek, dat hij van Glenn Branson had gekregen, een uitgebreid stuk gelezen over het tegemoetkomen aan en delen in de vreemde verlangens van je partner. Het zou je partner gelukkig maken. En als je partner gelukkig was, dan zou dat worden opgepikt door je ongeboren kind, dat dan gelukkig zou worden geboren en niet zou uitgroeien tot een seriemoordenaar.

Normaal dronk hij graag bier bij Indiaas eten, bij voorkeur Grolsch of zijn favoriete Duitse bier, Bitburger, of het witbier dat hij had leren drinken in de tijd dat hij met een Duitse politieman samenwerkte, Marcel Kullen, en bij zijn bezoek aan München vorig jaar. Maar deze week had hij dienst als hoogste rechercheur van de afdeling Zware Criminaliteit, wat betekende dat hij dag en nacht gebeld kon worden, en dus moest hij het bij fris houden.

Wat verklaarde waarom hij zich zo alert voelde terwijl hij deze vrijdag om tien voor halftien 's ochtends op zijn kantoor zat, aan zijn tweede kop koffie, en zijn aandacht verplaatste van de krant naar de e-mails die binnenstroomden alsof er een kraan openstond, en vervolgens naar de berg papieren op zijn bureau.

Nog maar iets meer dan twee dagen te gaan tot aan middernacht zondag, wanneer de volgende agent op de lijst de mantel van zaakleider zou overnemen en het zes weken duurde voor Grace weer aan de beurt was. Hij had zo veel werk te doen, zaken voor te bereiden voor de rechtszaal en het overzien van het cold case-team, dat hij echt geen behoefte had aan nieuwe zaken die tijd zouden kosten.

Maar hij had pech.

Zijn telefoon ging, en toen hij opnam herkende hij meteen de botte, nuchtere stem van David Alcorn van de recherche in Brighton.

'Sorry, Roy, maar het lijkt erop dat we weer een verkrachting hebben.'

Tot nog toe had het bureau van Brighton de verkrachting in Hotel Metropole behandeld, hoewel ze Roy wel op de hoogte hielden. Maar nu klonk het alsof de afdeling Zware Criminaliteit het zou moeten overnemen. En dat was hij dus.

En het was vrijdag, verdorie. Waarom altijd vrijdag? Wat was dat toch met vrijdagen?

'Wat heb je, David?'

Alcorn somde het kort en bondig op: 'Ernstig getraumatiseerd slachtoffer. Voor zover de agenten ter plaatse hebben kunnen achterhalen, kwam ze gisteravond alleen thuis – haar man is op zakenreis – en is ze daar aangevallen. Ze heeft een vriendin gebeld, die vanochtend langsging, en zij is degene die de politie heeft gebeld. Het slachtoffer is onderzocht door ambulanceverpleegkundigen, maar ze had geen medische behandeling nodig. Ze is naar het verkrachtingscentrum in Crawley gebracht, onder begeleiding van een SOLO en een agent van de recherche.'

'Wat weet je nog meer?'

'Heel weinig, Roy. Zoals ik al zei, ik heb gehoord dat ze ernstig getraumatiseerd is. Het lijkt erop dat er weer een schoen bij betrokken was.'

Grace fronste zijn voorhoofd. 'In welk opzicht?'

'Ze is verkracht met haar eigen schoen.'

Shit, dacht Grace, die tussen de puinhoop van papieren op zijn bureau zocht naar een pen en kladblok. 'Hoe heet ze?'

'Roxanna – Roxy – Pearce.' Alcorn spelde de achternaam voluit. 'Het adres is Droveway nummer 76 in Hove. Ze heeft een pr-bedrijfje in Brighton, en haar man zit in de IT. Dat is op dit moment eigenlijk alles wat ik weet. Ik heb contact gehad met de technische recherche en ga nu naar het huis. Moet ik je onderweg even oppikken?'

Zijn kantoor lag niet bepaald op de route naar het bureau van Brighton, dacht Roy, maar hij protesteerde niet. Hij kon de tijd in de auto gebruiken om meer informatie te vergaren die misschien over de verkrachting in het

Metropole was bovengekomen, en om de overdracht van alle informatie aan de afdeling Zware Criminaliteit te bespreken.

'Graag, bedankt.'

Toen hij had opgehangen, bleef hij even stil zitten om zijn gedachten op een rijtje te zetten.

Die gedachten gingen met name terug naar de Schoenenman. Deze hele week had het cold case-team zich voornamelijk op hem gericht om te kijken of ze eventueel verbanden konden vinden in de werkwijzen tussen de bekende gevallen uit 1997 en de aanval op Nicola Taylor in het Metropole van afgelopen oudejaarsavond.

Haar schoenen waren meegenomen. Dat was het eerste mogelijke verband. Hoewel de Schoenenman in 1997 steeds maar één schoen en de slip van de vrouw meenam. Beide schoenen van Nicola Taylor waren verdwenen, samen met al haar kleren.

Ergens onder deze berg papieren lag het enorm dikke dossier met het profiel van de dader, of zoals het tegenwoordig werd genoemd, het rapport van de gedragsonderzoeker. Het was opgesteld door een bijzonder excentrieke forensisch psycholoog, dokter Julius Proudfoot.

Grace was sceptisch over de man geweest toen hij hem in 1997 tijdens zijn onderzoek naar de verdwijning van Rachael Ryan voor het eerst ontmoette, maar had hem sindsdien bij een aantal andere zaken weer in de arm genomen.

Hij ging zo op in het rapport dat hij de klik van zijn deur die opende en de voetstappen op het tapijt niet hoorde.

'Hé, ouwe!'

Grace keek geschrokken op, zag Glenn Branson voor zijn bureau staan en vroeg: 'Waar heb jij last van?'

'Van het leven. Ik overweeg er een einde aan te maken.'

'Goed idee. Doe het alleen niet hier. Ik heb al genoeg gelazer.'

Branson liep om zijn bureau heen en keek over zijn schouder, en hij las even mee voordat hij zei: 'Je weet toch wel dat Julius Proudfoot behoorlijk gestoord is? Zijn reputatie, hè?'

'Nou en? Je moet wel behoorlijk gestoord zijn om bij de politie te gaan.'

'En te trouwen.'

'Dat ook.' Grace grijnsde. 'Wat voor pareltjes van wijsheid heb je nog meer voor me?'

Branson haalde zijn schouders op. 'Ik probeer alleen maar te helpen.'

Wat echt zou helpen, dacht Grace zonder het uit te spreken, is als jij nu duizend kilometer ver weg was. Ophield mijn huis te mollen, en niet te vergeten mijn cd- en platenverzameling. Dat zou pas écht helpen.

In plaats daarvan keek hij op naar de man om wie hij ontzettend veel gaf, en hij zei: 'Sodemieter je op, of wil je me echt helpen?'

'Hoe kan ik je weerstaan als je het zo lief vraagt?'

'Mooi.' Grace gaf hem het verslag van dokter Julius Proudfoot over de Schoenenman. 'Hier wil ik graag een samenvatting van voor de briefing van vanavond, van ongeveer tweehonderdvijftig woorden, in een vorm die onze nieuwe adjunct-hoofdcommissaris kan begrijpen.'

Branson pakte het dossier aan en bladerde het door.

'Shit, tweehonderdtweeëntachtig bladzijden. Wat een vet kreng.'

'Ik had het zelf niet beter kunnen verwoorden.'

32

Vrijdag 9 januari 2009

De vader van Roy Grace was een echte politieman geweest. Jack Grace zei altijd dat je als politieman anders naar de wereld keek dan alle andere mensen. Je maakte deel uit van een 'gezonde cultuur van argwaan', zoals hij het had genoemd.

Roy was dat nooit vergeten. Zo keek hij altijd naar de wereld. Zo keek hij op deze mooie, frisse, zonnige januariochtend naar de chique huizen langs Shirley Drive. Deze straat was een van de ruggengraten van het heuvelachtige Brighton & Hove. Hij liep bijna helemaal door tot aan het open platteland aan de rand van de stad, en er stonden mooie vrijstaande huizen die de meeste politieagenten nooit konden betalen. Hier woonden rijke mensen: tandartsen, bankiers, autodealers, advocaten, zakenlui van hier en uit Londen, en uiteraard, zoals altijd in de duurste wijken, een aantal succesvolle criminelen. Het was een van de populairste buurten van de stad. Als je aan Shirley Drive woonde – of een van de zijstraten ervan – dan had je het gemaakt.

Althans, je had het gemaakt in de ogen van iedereen die langsreed en niet de vooringenomen blik van een politieman had.

Roy Grace had geen vooringenomen blik. Maar hij had wel een goed, bijna fotografisch geheugen. Toen David Alcorn, in een mooi grijs pak, de kleine Ford langs het recreatieterrein reed, bekeek Grace de huizen een voor een. Het was routine voor hem. Daar stond het huis van de grootste afperser in Londen. En het huis van de bordeelkoning van Brighton. En het huis van de cocaïnekoning lag maar één straat verderop.

David Alcorn, achter in de veertig, met kort bruin haar en altijd de geur van sigarettenrook om zich heen, zag er vanbuiten hard en overgedienstig uit, maar vanbinnen was hij een goedmoedig man.

Toen ze rechtsaf gingen en Droveway in reden, zei hij: 'Dit is een straat waar vrouwlief graag zou willen wonen.'

'Nou,' zei Grace, 'ga hier dan wonen.'

'Ik mis net een paar honderdduizend van de paar honderdduizend voor de aanbetaling,' antwoordde hij. 'En dan nog een beetje.' Hij aarzelde even. 'Weet je wat ik denk?'

'Nou?'

Grace keek naar de vrijstaande huizen die langsgleden. Rechts passeerden ze een supermarkt. Links een zuivelhandel met een ouderwetse muur van keien.

'Jouw Cleo zou zich hier wel thuis voelen. Past bij een klassevrouw zoals zij, deze buurt.'

Ze minderden vaart. Toen remde Alcorn abrupt. 'Daar rechts is het.'

Grace keek of hij ergens camera's zag toen ze de korte oprit tussen laurierhagen op reden, maar die zag hij niet. Wel merkte hij de buitenverlichting met bewegingssensors op.

'Niet gek, hè?' vroeg David Alcorn.

Het was meer dan niet gek, het was schitterend. Als hij het geld had om zijn droomhuis te ontwerpen en bouwen, besloot Grace, dan zou hij dit misschien als voorbeeld nemen.

Het leek wel een stralend witte sculptuur. Een mengeling van frisse, rechte lijnen en zachte rondingen, sommige tegen elkaar afstekend in gedurfde geometrische hoeken. Het huis leek op verschillende verdiepingen te zijn gebouwd, de ramen waren reusachtig en op het dak zaten zonnepanelen. Zelfs de planten die strategisch langs de muren stonden, zagen eruit alsof ze genetisch waren gemanipuleerd voor dit huis. Het was niet enorm groot, maar wel leefbaar. Het moest geweldig zijn om hier elke avond thuis te komen, dacht hij.

Toen richtte hij zich op wat hij van deze plaats delict wilde hebben en ging een mentale checklist langs terwijl ze achter een onopvallende politieauto tot stilstand kwamen. Een agent in uniform, een stevige man van in de veertig, stond ernaast. Achter hem sloot een geruit blauw met wit politielint de rest van de oprit af, die leidde naar een grote, inpandige garage.

Ze stapten uit en de agent, een respectvolle, ouderwetse brigadier, bracht hen als een schoolmeester op de hoogte van wat hij eerder die ochtend had aangetroffen, en hij liet hun weten dat de technische recherche onderweg was. Hij kon niet veel meer toevoegen aan de details die Grace al van Alcorn had gekregen, behalve het feit dat de vrouw thuis was gekomen en kennelijk bij binnenkomst het inbraakalarm had uitgeschakeld.

Terwijl ze stonden te praten, stopte er een wit busje en stapte er een hooggeplaatst lid van de technische recherche uit. Het was Joe Tindall, een beheerder van plaatsen delict met wie Grace vele keren had samengewerkt en die hij een beetje opvliegend vond.

'Vrijdag,' mompelde de man bij wijze van begroeting. 'Wat heb jij toch altijd met het weekend, Roy?' Hij wierp Grace een glimlach toe die bijna een vuile blik was.

'Ik vraag die misdadigers steeds om het op maandagen te houden, maar ze werken niet zo mee.'

'Ik heb kaartjes voor Stevie Wonder in de O_2 Arena vanavond. Als ik dat mis, is mijn relatie kaput.'

'Jij hebt altijd wel ergens kaartjes voor, Joe.'

'Ja. Ik wil graag ook een leven hebben buiten het werk, in tegenstelling tot de helft van mijn collega's.'

Hij keek de inspecteur nadrukkelijk aan, haalde een handvol witte pakken en blauwe overschoenen uit het busje en deelde ze uit.

Roy Grace ging op de rand van de laadvloer zitten en werkte zich langzaam in het pak. Telkens wanneer hij dit deed, vervloekte hij de ontwerper ervan als hij zijn voeten door de pijpen probeerde te wurmen zonder ze te scheuren en zich vervolgens in de mouwen perste. Hij was blij dat hij niet op een openbare plek was, want het pak was bijna onmogelijk aan te trekken zonder voor joker te staan. Eindelijk bukte hij zich met een grom en trok de beschermende overschoenen aan. Toen pakte hij nog een paar latexhandschoenen.

De brigadier leidde hen naar binnen, en Grace was ervan onder de indruk dat hij zo verstandig was geweest om met tape op de grond één enkele in- en uitgang af te zetten.

Cleo zou de open hal, met een gewreven parketvloer, elegante metalen sculpturen, abstracte schilderijen en hoge, weelderige planten, prachtig vinden, dacht hij. Er hing een sterke, aangename dennengeur en een iets zoetere, muskusachtiger lucht, waarschijnlijk van potpourri. Het was wel eens verfrissend om een huis binnen te stappen waar het niet naar curry rook.

De brigadier zei dat hij mee naar boven zou gaan om eventuele vragen te beantwoorden, maar dat hij de slaapkamer niet zou betreden, om daar zo min mogelijk te verstoren.

Grace hoopte dat de agent, die zo forensisch bewust leek te zijn, niet al over alles heen gestampt had toen hij eerder op de noodoproep had gereageerd. Hij liep achter Alcorn en Tindall een glazen wenteltrap op, over een korte overloop naar een enorme slaapkamer, waar een sterke parfumgeur hing.

De ramen waren voorzien van fijne witgazen gordijnen en langs de muren stonden op maat gemaakte kasten met ruiten en gordijntjes. De dubbele deuren van een ervan stonden open en enkele jurken waren met hangers en al op de vloerbedekking gevallen.

Het middelpunt van de kamer werd gevormd door een reusachtig bed met vier taps toelopende houten bedpalen. Een ceintuur van een badjas lag om een ervan, en een gestreepte stropdas die aan een effen stropdas was geknoopt lag om een andere. Nog vier dassen, in paren van twee aan elkaar geknoopt, lagen op de vloer. Het roomkleurige satijnen dekbed was erg gekreukeld.

'Mevrouw Pearce is met een mondprop en aan enkels en polsen aan die palen vastgebonden achtergelaten,' zei de brigadier vanuit de deuropening. 'Ze heeft zich om ongeveer halfzeven vanochtend weten te bevrijden en meteen haar vriendin gebeld.' Hij keek in zijn notitieblokje. 'Zij heet Amanda Baldwin. Ik heb haar nummer.'

Grace knikte. Hij stond te kijken naar een foto op een glazen tafeltje. Er stond een aantrekkelijke vrouw op met sluik zwart, opgestoken haar en gekleed in een lange avondjapon, naast een knappe man in pak.

Hij wees ernaar en zei: 'Ik neem aan dat dit haar is?'

'Ja, chef.'

David Alcorn bekeek de foto ook.

'Hoe was ze eraan toe?' vroeg Grace aan de brigadier.

'Vrij ernstige shock,' antwoordde hij, 'maar behoorlijk samenhangend, gezien wat ze had doorstaan, als u begrijpt wat ik bedoel.'

'Wat weten we over haar man?'

'Hij is gisteren vertrokken voor een zakenreis naar Helsinki.'

Grace dacht even na en keek David Alcorn aan. 'Interessante timing,' zei hij. 'Misschien is het belangrijk. Ik wil graag weten hoe vaak hij weggaat. Het kan iemand zijn die haar kent, of die haar stalkt.'

Hij wendde zich tot de brigadier. 'Hij droeg een masker, toch?'

'Ja meneer, dat klopt. Een soort bivakmuts.'

Grace knikte. 'Is er al contact geweest met haar echtgenoot?'

'Hij probeert vandaag een vlucht terug te krijgen.'

Alcorn ging in de andere kamers kijken.

Joe Tindall hield een kleine camera voor zijn oog. Hij maakte video-beelden van de hele ruimte en zoomde toen in op het bed.

'Was u hier als enige?' vroeg Grace aan de brigadier.

Hij keek om zich heen. Op de vloer lagen een roomkleurige slip, een witte blouse, een marineblauw mantelpakje, een panty en een beha. Ze waren niet door de kamer gestrooid alsof ze van de vrouw af waren gescheurd; ze zagen eruit alsof ze er achteloos uit was gestapt en de kleren had laten liggen.

'Nee meneer, samen met brigadier Porritt. Hij is met haar en de SOLO mee naar het Saturn Centre.'

Grace maakte snel een schetsje van de kamer, met de deuren – een naar de gang, een naar de naastgelegen badkamer – en de ramen als mogelijke in- en uitgangen. Hij zou de kamer zorgvuldig laten uitkammen op vinger-afdrukken, haren, vezels, huidcellen, speeksel, sperma, mogelijk glijmiddel-sporen van een condoom als dat was gebruikt, en voetsporen. De buiten-kant van het huis zou ook zorgvuldig moeten worden onderzocht, vooral op voetafdrukken, op kledingvezels die mogelijk aan een muur of venster-kozijn waren blijven hangen, en op sigarettenpeuken.

Hij zou voor Tindall een lijstje moeten maken van wat hij moest verza-melen en hoeveel ervan uit de kamer, het huis en de omgeving moest wor-den verzameld om te worden getest in het lab. De bedovertrekken zeker. Handdoeken uit de badkamer voor het geval de dader zijn handen of een ander lichaamsdeel ermee had afgedroogd. De zeep.

Terwijl hij door de kamer liep maakte hij aantekeningen, zoekend naar alles wat ongewoon was. Er hing een enorme spiegel achter het bed, onge-twijfeld voor sexy doeleinden, wat hij niet afkeurde. Op het ene nachtkastje lag een romannetje, en op het andere een stapel computertijdschriften. Hij opende de kastdeuren om de beurt. Er hingen daar meer jurken dan hij ooit in zijn leven bij elkaar had gezien.

Toen opende hij een volgende kast, waar de luxe, rijke geur van leer uit wasemde, en trof daar een Aladdinsgrot vol schoenen aan. Ze stonden van de vloer tot het plafond op uitschuifbare planken. Grace was geen expert in damesschoenen, maar hij zag in één oogopslag dat dit dure schoenen waren. Er stonden minstens vijftig paar. De volgende deur die hij opende onthulde nog eens vijftig paar schoenen. En hetzelfde trof hij achter de derde deur aan.

'Duur vrouwtje, zo te zien,' merkte hij op.

'Ik heb begrepen dat ze een eigen zaak heeft, Roy,' zei David Alcorn.

Grace berispte zichzelf. Dat was een stomme opmerking geweest, het soort seksistische aanname dat hij van iemand als Norman Potting zou hebben verwacht.

'Juist.'

Hij liep naar het raam en keek naar de achtertuin, een prachtig aangelegd terrein met een ovaal zwembad voorzien van een winterdek in het midden.

Achter de tuin, zichtbaar tussen dichte struiken en jonge bomen door, lagen de sportvelden van een school. Er stonden rugbypalen en voetbaldoelen. Dit zou een mogelijke toegangsroute kunnen zijn geweest, dacht hij.

Wie ben jij?

De Schoenenman?

Of gewoon een engerd?

33

Vrijdag 9 januari 2009

'Je had wel even kunnen aankloppen, verdorie,' jammerde Terry Biglow.

Aankloppen was nooit Darren Spicers stijl geweest. Hij stond in de kleine woonkamer, in het halfduister doordat het rolgordijn voor het raam gesloten was, met zijn tas in zijn handen terwijl hij probeerde zo min mogelijk van de ranzige lucht in te ademen. Het stonk in de kamer naar verschaalde sigarettenrook, oud hout, stoffige vloerbedekking en zure melk.

'Ik dacht dat je nog zat.' De stem van de oude misdadiger klonk ijl en hoog. Hij lag op zijn rug en keek knipperend op in het licht van de zaklantaarn in Spicers hand. 'Wat doe je hier trouwens op dit uur?'

'Ik heb genaaid,' antwoordde Spicer. 'Kreeg het idee om bij je langs te gaan en je er alles over te vertellen, en dan meteen mijn spullen op te halen.'

'Alsof ik dat hoef te horen. De dagen dat ik nog naaide liggen achter me. Ik kan amper pissen. Wat moet je? Richt dat stomme ding eens niet op mijn gezicht.'

Spicer liet de lichtbundel langs de muren gaan, zag een schakelaar en drukte erop. Een vuil peertje in een donkere lampenkap met kwastjes ging aan. Hij vertrok walgend zijn gezicht terwijl hij om zich heen keek.

'Ben je weer over de muur geklommen?' vroeg Biglow, nog steeds knipperend met zijn ogen.

Hij zag er verschrikkelijk uit, vond Spicer. Hij leek wel negentig.

'Goed gedrag, maat. Ik ben vervroegd vrijgelaten.' Hij gooide een horloge op Biglows borst. 'Cadeautje voor je.'

Biglow greep het horloge met zijn vergroeide handen vast en tuurde er gretig naar. 'Wa's dat? Koreaans?'

'Hij is echt. Gisteravond gejat.'

Biglow werkte zich een stukje overeind in zijn bed, graaide op het tafeltje naast hem en zette een ouderwets kolossale leesbril op. Toen bekeek hij het horloge. 'Tag Heuer Aquaracer,' meldde hij. 'Mooi ding. Gejat en genaaid?'

'Andersom.'

Biglow glimlachte kleintjes en onthulde een rij scherpe kleine tanden met de kleur van roestig tin. Hij droeg een smerig T-shirt dat misschien ooit wit was geweest. Eronder was hij vel over been. Hij rook naar oude aardappelzakken.

'Mooi,' zei hij. 'Heel fraai. Wat moet je ervoor hebben?'

'Duizend.'

'Je loopt met me te dollen. Misschien vijfhonderd als ik een koper kan vinden, en als het koosjer is en geen namaak. Anders nu honderd. Ik kan je nu meteen honderd geven.'

'Het is een horloge van tweeduizend pond,' protesteerde Spicer.

'Ja, maar we zitten in een recessie.' Biglow keek nog eens naar het horloge. 'Je hebt geluk dat je niet nog veel later bent vrijgekomen.' Hij zweeg even, maar toen Spicer niets zei, ging hij door. 'Ik heb niet lang meer, weet je.' Hij hoestte; een langdurig, luid, verscheurend geluid waarbij zijn ogen traanden, en toen spoog hij wat bloed in een vuile zakdoek. 'Een halfjaar geven ze me.'

'Klote.'

Darren Spicer keek om zich heen in de zit-slaapkamer in de kelder. Het pand beefde toen er vlakbij een trein langsdenderde, begeleid door een spookachtig toetergeluid. Een koude windvlaag blies door het huis. Het was hier een vuilnisbelt, net zoals de vorige keer dat hij hier was, meer dan drie jaar geleden. Een sleets tapijt lag over enkele vloerplanken. Kleren aan hangers hingen aan de bovenrand van de lambrisering. Volgens een oude houten klok op een schap was het kwart voor negen 's morgens. Aan de muur boven het bed hing een crucifix, en op het tafeltje naast Biglow lag een bijbel en stonden een paar potjes met medicijnen.

Dit ben ik over dertig jaar, als ik dat haal.

Toen schudde hij zijn hoofd. 'Is dit het dan, Terry? Is dit waar je je laatste dagen slijt?'

'Het gaat wel. Het is handig.'

'Handig? Handig waarvoor? Lekker dicht bij het uitvaartcentrum?'

Biglow zei niets. Op korte afstand, aan de overkant van Lewes Road, naast de begraafplaats en de aula, was een hele rij begrafenisondernemers.

'Heb je geen stromend water?'

'Tuurlijk wel,' protesteerde Biglow terwijl hij nog een hoestbui kreeg. Hij wees naar de wastafel aan de andere kant van de kamer.

'Was je je nooit? Het stinkt hier als in een plee.'

'Wil je thee? Koffie?'

Spicer keek naar een schap in de hoek, waar een waterkoker en een paar gebarsten mokken op stonden. 'Nee, bedankt. Geen dorst.'

Hij schudde zijn hoofd terwijl hij naar de oude crimineel keek.

Jij was ooit een grote speler in deze stad. Zelfs ik was als jongen doodsbang voor je. De naam Biglow joeg de meeste mensen angst aan. En moet je nou eens kijken.

De familie Biglow was een misdaadfamilie geweest waar je rekening mee moest houden. Ze leidden een van de grootste afpersoperaties in de stad, hadden de helft van de drugshandel in Brighton & Hove in handen, en Terry was een van de belangrijkste geweest. Je moest niet met hem sollen, als je tenminste geen litteken van een scheermes of zuur in je gezicht wilde hebben. Hij kleedde zich altijd goed, met grote ringen en horloges, en reed in dure auto's. Nu was hij verpest door de drank, zijn gezicht bleek en verschrompeld. Zijn haar, dat vroeger altijd keurig gekapt was, zelfs midden in de nacht, zag er nu sleetser uit dan het tapijt en had door een of andere haarverf van de drogist de kleur van nicotine gekregen.

'Zat je in de verkrachtersvleugel in Lewes, Darren?'

'Val dood. Ik ben nooit een verkrachter geweest.'

'Ik heb wat anders gehoord.'

Spicer keek hem defensief aan. 'Ik heb je dit toch allemaal al een keer verteld? Ze snakte ernaar. Je kunt het zien als een vrouw ernaar snakt. Stortte zich zelf op me, hè? Ik moest haar wegduwen.'

'Grappig dat de jury je niet geloofde.'

Biglow haalde een pakje sigaretten uit een la, tikte er een uit en stak hem in zijn mond.

Spicer schudde zijn hoofd. 'Longkanker en toch roken?'

'Zal nu niet meer veel uitmaken, verkrachter.'

'Val dood.'

'Altijd leuk om je te zien, Darren.'

Hij stak zijn sigaret op met een plastic aansteker, inhaleerde en kreeg weer een hoestbui.

Spicer knielde neer, rolde het tapijt op, verwijderde een paar vloerplanken en haalde de oude, vierkante leren koffer met drie kettingen eromheen tevoorschijn, elk vastgemaakt met een zwaar hangslot.

Biglow stak het horloge omhoog. 'Luister. Ik ben altijd een eerlijk man geweest, en ik wil niet dat je slecht over me denkt als ik er niet meer ben. We hebben het over drie jaar opslagtarief van bagage en zo. Dus ik zal je dertig pond geven voor het horloge. Eerlijker kan niet, lijkt me.'

In een vlaag van woede greep Spicer met zijn linkerhand Terry Biglows haar vast, rukte hem van het bed omhoog en hield hem voor zijn gezicht, waar hij hem liet bungelen als een buikspreekpop. Hij stond ervan te kijken hoe weinig de man woog. Toen sloeg hij hem met zijn rechterhand zo hard mogelijk onder zijn kin. Zo hard dat het verrekt veel pijn deed en hij bang was dat hij zijn duim had gebroken.

Terry Biglow hing slap. Spicer liet hem los en de man viel in een hoopje op de vloer. Hij zette een paar stappen naar voren en trapte op de brandende sigaret. Toen keek hij nog eens naar zijn duim en controleerde of iets in dit verlopen hok de moeite van het meenemen waard was. Maar behalve het horloge lag er niets. Helemaal niets.

Met de zware koffer onder zijn arm en zijn tas met al zijn basisbenodigd-heden in zijn hand liet hij zichzelf uit, aarzelde even en draaide zich om naar de man op de grond.

'Ik zie je bij je begrafenis, vriend.'

Hij sloot de deur achter zich, ging de trap op en de ijskoude, winderige vrijdagochtend in Brighton in.

34

Vrijdag 9 januari 2009

Voor de tweede keer in iets meer dan een week was de rechercheur voor zedenmisdrijven, Claire Westmore, weer in het Saturn Centre, de verkrach-tingseenheid verbonden aan het Crawley-ziekenhuis.

Ze wist uit ervaring dat slachtoffers allemaal verschillend reageerden en dat hun toestand ook nooit statisch bleef. Een van de lastige taken die haar nu wachtte, was bij te blijven met de wijzigende gemoedstoestand van het huidige slachtoffer. Maar terwijl ze die vrouw delicaat en met medeleven be-jegende, en probeerde te zorgen dat ze zich zo veilig mogelijk voelde, moest ze ook in gedachten houden dat Roxy Pearce, of het haar nu aanstond of niet, een plaats delict was en dat elk mogelijk spoortje forensisch bewijs van haar lichaam moest worden verzameld.

Als dat achter de rug was zou ze de vrouw laten rusten – veilig hier in deze suite – en met behulp van medicijnen wat laten slapen. Morgen zou ze er hopelijk beter aan toe zijn, en dan konden de interviews beginnen. Voor Roxy Pearce betekende dat waarschijnlijk, zoals voor de meeste slachtoffers, drie slopende dagen van herleven wat er was gebeurd terwijl Westmore een aangrijpend relaas optekende dat uiteindelijk dertig pagina's van haar A4-blok zou beslaan.

Op dit ogenblik gingen ze door het meest kwellende gedeelte voor het slachtoffer, en voor haarzelf. Ze waren met een vrouwelijke politiearts in de steriele forensische ruimte. Roxy Pearce droeg alleen de witte badjas en roze sloffen waarmee ze was aangekomen. In de politieauto had ze een deken om zich heen gekregen voor de warmte, maar nu was die verwijderd.

Ze zat ineengedoken, zwijgend en verloren op de blauwe onderzoekstafel, met haar hoofd gebogen terwijl ze naar niets staarde, haar lange zwarte haar in de war en gedeeltelijk voor haar gezicht. Ze was een spraakwaterval geweest toen de politie bij haar huis was aangekomen, maar nu was ze bijna catatonisch.

Claire Westmore had slachtoffers horen verklaren dat verkracht worden net zoiets was als wanneer je ziel werd vermoord. Net als bij moord was er geen weg meer terug. Zelfs na eindeloos veel therapie zou Roxy Pearce nooit meer de oude worden. Ja, in de loop der tijd zou ze zich een beetje herstellen, voldoende om te functioneren en een schijnbaar normaal leven te leiden. Maar het zou een leven zijn dat voortdurend werd overschaduwd door angst. Een leven waarin ze moeite zou hebben om wie of wat ook te vertrouwen.

'Je bent hier veilig, Roxy,' zei Claire met een stralende glimlach tegen haar. 'Je bent op de veiligst mogelijke plek. Hij kan je hier niets doen.'

Ze glimlachte opnieuw, maar er kwam geen reactie. Het was net alsof ze tegen een wassen beeld praatte.

'Je vriendin Amanda is er ook,' zei ze. 'Ze is alleen even naar buiten gegaan voor een peukie. Ze blijft de hele dag bij je.' Opnieuw glimlachte ze.

Weer die nietszeggende uitdrukking. Die doodse ogen. Leeg. Zo leeg als alles hierbinnen. Even leeg en verdoofd als haar binnenkant.

Roxy Pearce' ogen registreerden de magnoliakleurige wanden van de kleine kamer. Pas geschilderd. De ronde, functionele klok die aangaf dat het halfeen was. Een rij dozen met blauwe latexhandschoenen. Nog een rek met blauwe en rode kratjes vol spuiten, wattenstaafjes en flesjes, allemaal in steriele verpakking. Een roze stoel. Een weegschaal. Een wasbak met een handcrèmepompje aan de ene kant en steriele handzeep aan de andere. Een telefoon op een kaal wit werkoppervlak, als een ongebruikte hulplijn bij een televisiequiz. Een opvouwbaar kamerscherm op zwenkwieltjes.

Tranen welden op in haar ogen. Ze wenste dat Dermot hier was. Ze wenste in haar verwarde hoofd dat ze hem niet ontrouw was geweest, die stomme affaire met Iannis niet had gehad.

Toen liet ze zich plotseling ontvallen: 'Het is allemaal mijn schuld, hè?'

'Waarom denk je dat, Roxy?' vroeg de SOLO, die haar opmerking noteerde in het logboek dat ze bijhield. 'Je moet jezelf echt niet de schuld geven. Dat is onterecht.'

Maar de vrouw verviel weer in stilzwijgen.

'Oké lieverd, maak je geen zorgen. Je hoeft niks te zeggen. We hoeven vandaag niet te praten als je niet wilt, maar ik moet wel forensisch bewijs van je verzamelen, zodat we de man kunnen pakken die je dit heeft aangedaan. Is dat goed?'

Na een korte stilte zei Roxy: 'Ik voel me vies. Ik wil douchen, mag dat?'

'Natuurlijk, Roxy,' antwoordde de forensisch onderzoekster. 'Maar nog niet meteen. We willen niet dat alle bewijs wegspoelt, hè?' Ze had een enigszins bazig toontje, vond Claire Westmore, een beetje te officieel voor de fragiele toestand van het slachtoffer.

Weer stilte. Roxy's gedachten schoten alle kanten op. Ze had twee uitstekende flessen wijn van Dermot gepakt. Die ergens neergezet. De ene op de keukentafel, de andere in de koelkast. Ze zou naar huis moeten gaan voordat Dermot terugkwam en ze in de kelder moeten terugleggen. Anders zou hij door het lint gaan.

De onderzoekster trok een paar latexhandschoenen aan, liep naar de plastic kratjes en haalde het eerste voorwerp uit de steriele verpakking. Een klein, scherp hulpmiddeltje om onder de vingernagels van het slachtoffer te schrapen. Het was mogelijk dat de vrouw haar aanvaller had gekrabd en dat er huidcellen met zijn DNA onder haar nagels vastzaten.

Dit was nog maar het begin van een langdurige beproeving voor Roxy Pearce in deze kamer. Voordat ze mocht douchen, zou de onderzoekster met wattenstaafjes monsters nemen van elk deel van haar lichaam waarmee ze mogelijk in contact was gekomen met haar aanvaller, op zoek naar speeksel, sperma en huidcellen. Ze zou haar schaamhaar doorkammen, haar bloedalcoholgehalte meten en een urinemonster nemen voor toxicologisch onderzoek, en vervolgens zou ze eventuele schade rondom de geslachtsdelen optekenen.

Terwijl de onderzoekster de nagels van de vrouw stuk voor stuk naging en alle schraapseltjes in aparte zakjes deed, probeerde Claire om Roxy op haar gemak te stellen.

'We krijgen die kerel wel, Roxy. Daarom doen we dit. Met jouw medewerking kunnen we voorkomen dat hij dit nog bij iemand anders doet. Ik weet dat het moeilijk voor je is, maar probeer je daaraan vast te houden.'

'Ik snap niet waarom jullie de moeite nemen,' zei Roxy ineens. 'Maar vier procent van alle verkrachters wordt uiteindelijk veroordeeld, toch?'

Claire Westmore aarzelde. Ze had gehoord dat het landelijk zelfs maar twee procent was, omdat slechts zes procent van alle verkrachtingen werd aangegeven. Maar ze wilde het niet nog erger maken voor die arme vrouw.

'Nou, dat is niet helemaal waar,' antwoordde ze. 'Maar de cijfers zijn laag, ja. Dat komt doordat maar zo weinig slachtoffers zo veel lef hebben als jij, Roxy. Ze hebben niet de moed om aangifte te doen zoals jij.'

'Lef?' kaatste ze bitter terug. 'Ik heb geen lef.'

'Jawel. Je hebt echt lef.'

Roxy Pearce schudde somber haar hoofd. 'Het is mijn schuld. Als ik lef had gehad, had ik hem tegengehouden. Iedereen zal denken dat ik dit moet hebben gewild, dat ik hem op de een of andere manier heb aangemoedigd. Ieder ander had hem kunnen tegenhouden, hem een knietje in zijn ballen gegeven of zoiets, maar dat heb ik niet gedaan, hè? Ik lag er maar gewoon bij.'

35

Vrijdag 9 januari 2009

Darren Spicers ochtend begon er beter uit te zien. Hij had zijn spullen opgehaald bij Terry Biglow en had nu een plek om ze te bewaren, in een hoge, beige metalen kast met een eigen sleutel bij de nachtopvang van St Patrick's. En hij hoopte dat hij hier over een paar weken een MiPod zou krijgen.

De grote kerk uit de gotische renaissance, aan het eind van een rustige woonstraat in Hove, had zich aangepast aan de veranderende wereld. Met een krimpende congregatie was een groot deel van het reusachtige interieur van St Patrick's van scheidingswanden voorzien en in handen gegeven van een liefdadigheidsinstelling voor daklozen. Een deel ervan was een slaapzaal met veertien bedden waar mensen maximaal drie maanden konden pitten. Een ander deel, de MiPod-zaal, was een toevluchtsoord. Het was een aparte ruimte met zes plastic capsules, een keukengedeelte en een woonkamer met televisie. Elk van de capsules was groot genoeg om in te slapen en er een paar koffers in te bewaren.

Om voor zo'n capsule in aanmerking te komen, moest Spicer het management hier er eerst van overtuigen dat hij een modelbewoner was. Hij had niet verder gedacht dan die tien weken in de capsule, maar tegen die tijd zou hij met een beetje geluk geld genoeg hebben om weer een flat of huis te huren.

Een modelbewoner hield zich aan de regels, zoals dat je om halfnegen 's morgens de deur uit moest zijn en pas met het eten om halfacht 's avonds terug mocht komen. In de uren daartussen was het de bedoeling dat hij rehabiliteerde. Ja, nou, dat was wat ze allemaal zouden denken. Hij zou zich melden bij het heropvoedingscentrum en zich registreren, en hopelijk een baantje krijgen in het onderhoudsteam van een van de chique hotels in Brighton. Daar zou hij dan gemakkelijk uit de kamers kunnen jatten. Dat zou een leuk bedragje aan spaargeld moeten opleveren. En misschien struikelde hij af en toe nog eens over een gewillige vrouw, zoals gisteravond.

Kort na het middaguur, gekleed in een windjack en trui, een spijkerbroek en gymschoenen, verliet hij het heropvoedingscentrum. Het gesprek was prima verlopen en hij had nu een formulier met een stempel erop en het adres van het dure Grand Hotel aan het strand, waar hij maandag kon beginnen. Hij had de rest van de dag voor zichzelf.

Terwijl hij over Western Road slenterde, de brede winkelstraat tussen Brighton & Hove, hield hij zijn handen diep in zijn zakken tegen de kou. Hij had maar zeven pond in zijn zak; alles wat hij overhad van de zesenveertig pond zakgeld die hij had meegekregen toen hij uit de gevangenis werd vrijgelaten en het kleine beetje geld dat hij nog had toen hij de laatste keer was gearresteerd. En hij had zijn noodvoorraad in de koffer die hij bij Terry Biglow had opgehaald.

In zijn hoofd maakte hij een boodschappenlijstje van dingen die hij nodig had. Hij kreeg hier de basisbenodigdheden, zoals nieuwe scheermesjes, scheerzeep en tandpasta, maar hij had een paar lekkere dingen nodig. Hij passeerde een boekhandel die City Books heette, bleef staan, liep terug en keek in de etalage. Tientallen boeken, sommige van auteurs die hij kende, andere van schrijvers van wie hij nog nooit had gehoord.

Het was nog steeds een nieuwigheidje om vrij rond te lopen. De zilte zeelucht te ruiken. Zich vrijelijk tussen vrouwen te kunnen bewegen. Het zoemen en trillen en brullen te horen van auto's, en af en toe een flard muziek. Maar hoewel hij zich vrij voelde, voelde hij zich ook kwetsbaar en bloot. Het leven bínnen, besefte hij, was zijn vertrouwde omgeving geworden. Hij kende deze andere wereld niet meer zo goed.

En deze straat leek in de afgelopen drie jaar te zijn veranderd. Het was veel drukker dan hij zich herinnerde. Alsof de wereld, drie jaar verder, een feestje was waar hij niet voor was uitgenodigd.

Het was lunchtijd en de restaurants begonnen het druk te krijgen. Zich te vullen met vreemden.

Zo ongeveer iedereen was een vreemde voor hem.

Natuurlijk waren er vrienden met wie hij contact kon opnemen, en dat zou hij uiteindelijk ook wel doen. Maar hij had ze op het ogenblik niet zo veel te zeggen. Hetzelfde als altijd, ja. Hij zou ze wel bellen als hij coke nodig had. Of wanneer hij wat bruin te verkopen had.

Een politieauto reed langs hem heen de andere kant op en automatisch draaide hij zich om en tuurde bij een makelaar naar binnen alsof hij belangstelling had voor een woning.

De meeste politieagenten in deze stad kenden zijn gezicht. De helft had hem wel eens opgepakt. Hij moest zichzelf eraan herinneren dat hij nu door deze straat mocht lopen. Dat hij geen voortvluchtige was. Hij was een burger van Brighton & Hove. Hij was net als ieder ander!

Hij staarde naar enkele huizen waarmee werd geadverteerd. Een mooie tegenover Hove Park ving zijn blik. Het zag er bekend uit, en hij had het idee dat hij daar een paar jaar geleden eens had ingebroken. Vier slaapkamers, serre, dubbele garage. Mooie prijs ook: zevenhonderdvijftigduizend pond. Ietsje te hoog gegrepen.

De enorme Tesco-supermarkt was nu nog maar een klein stukje verderop. Hij stak over en liep langs de rij wachtende auto's voor de slagbomen van de parkeerplaats. Meer dan genoeg mooie auto's. Een BMW cabrio, een leuke Mercedes sportwagen en een paar reusachtige, opvallende terreinwagens; dames uit Brighton & Hove die boodschappen kwamen doen. Lekkere mama's met kleintjes stevig in de kinderzitjes achterin gegespt.

Mensen met papiergeld, met creditcards, bankpassen, Tesco Club-kaarten. En ze waren soms zo hoffelijk!

Hij bleef voor de ingang staan en bekeek de stroom mensen die met tassen of volle winkelwagentjes naar buiten kwam. Hij negeerde de mensen die maar een paar tassen hadden; die waren voor hem niet interessant. Het waren de volle wagentjes waar hij zich op richtte. De mama's en papa's en eigenaars van bejaardentehuizen die hun grote inkopen deden voor het komende weekend. Degenen die minstens tweehonderd pond hadden betaald met hun MasterCards, Barclay-kaarten, of Visa.

Sommigen hadden kleine kinderen in het kinderzitje van de boodschappenkar zitten, maar daar had hij geen belangstelling voor. Wie vrat er nou babyvoedsel?

Toen zag hij haar naar buiten komen.

O ja, perfect!

Ze zag er rijk uit. Ze zag er arrogant uit. Ze had het soort figuur waar hij in zijn cel drie jaar lang over had gedroomd. Ze had haar winkelwagentje zo vol zitten dat de bovenste laag de zwaartekracht tartte. En ze had heel mooie laarzen aan. Van slangenleer, met hakken van tien centimeter, schatte hij.

Maar op dit ogenblik waren de schoenen niet waar zijn belangstelling naar uitging. Het was het feit dat ze langs de vuilnisbak liep, een prop maakte van haar bonnetje en het erin smeet. Hij wandelde nonchalant naar de vuilnisbak en hield een oogje op haar terwijl zij de kar naar een zwarte Range Rover Sport duwde.

Toen stak hij zijn hand in de gleuf van de afvalbak en haalde er een paar bonnetjes uit. Hij had die van haar zo gevonden: hij was dertig centimeter lang, en het tijdstip van afrekenen was net twee minuten geleden.

Nou, nou, honderdvijfentachtig pond! En, een echte bonus, het was een contante betaling geweest, wat betekende dat hij geen creditcard hoefde te laten zien om zich te legitimeren. Hij las wat er allemaal op het bonnetje stond: wijn, whisky, garnalencocktail, moussaka, appels, brood, yoghurt. Zo veel dingen. Scheermesjes! Sommige van die dingen hoefde hij niet te hebben, maar hallo, dit was niet het moment om kieskeurig te zijn... Fantastisch! Hij wuifde haar na, wat ze niet zag. Tegelijkertijd onthield hij het kenteken van haar auto; ze was immers een stuk met mooie schoenen, dus je wist nooit! Toen pakte hij een winkelwagentje en ging de winkel binnen.

Het kostte Spicer een halfuur om artikel voor artikel de lijst af te werken. Hij was zich bewust van de tijd van afrekenen die onderaan vermeld stond, maar hij had zijn smoesje klaar, dat er een ei was gebroken en dat hij het doosje wilde ruilen, maar dat hij even koffie had gedronken.

Er waren een paar dingen bij, zoals tien blikjes kattenvoer, die hij echt niet nodig had, en twee blikjes gerookte oesters die hij niet zo nodig hoefde te hebben, maar hij besloot dat het beter was om te zorgen dat alle boodschappen precies klopten, voor het geval ze moeilijk deden. Zes biefstukken uit de diepvries en quiche, daar was hij echt verheugd over. Zijn soort eten!

En zes blikken witte bonen in tomatensaus. Hij hield niet van chic voedsel. Hij keurde haar keus van Jameson Irish Whiskey goed, maar wenste dat ze iets beters had uitgekozen dan Baileys. Ze hield kennelijk van biologische eieren en fruit. Daar kon hij wel mee leven.

Hij zou zijn boodschappen mee naar huis nemen en de spullen die hij niet wilde hebben dan wel weggooien of ruilen voor sigaretten. En daarna zou hij op jacht gaan.

Het leven zag er goed uit. Slechts één ding kon voor hem op het ogenblik beter. Een vrouw.

36

Vrijdag 2 januari 1998

Het was inmiddels acht dagen geleden dat Rachael Ryan door haar ouders als vermist was opgegeven.

Acht dagen waarin geen teken van leven was vernomen.

Roy Grace had sinds eerste kerstdag hardnekkig aan de zaak gewerkt, er steeds meer van overtuigd dat er iets niet in orde was, totdat commissaris Skerritt erop had gestaan dat de brigadier nieuwjaarsdag vrij nam om bij zijn vrouw te zijn.

Grace had dat met tegenzin gedaan, verscheurd tussen zijn behoefte om Rachael te vinden en zijn behoefte om thuis bij Sandy de lieve vrede te bewaren. Nu, na een afwezigheid van twee dagen, keerde hij op deze vrijdagochtend terug voor een briefing van Skerritt. De commissaris vertelde zijn kleine team van rechercheurs over zijn besluit, genomen in overleg met de adjunct-hoofdcommissaris, om Operatie Zonsondergang te verplaatsen naar een coördinatiecentrum. Er was een onderzoeksteam van Zware Criminaliteit van het hoofdkantoor ingeschakeld, en zes extra rechercheurs uit andere delen van het land waren erbij gehaald.

Het coördinatiecentrum werd ingericht op de vierde verdieping van het politiebureau John Street, naast de afdeling Camerabeelden en tegenover het drukke coördinatiecentrum van Operatie Houdini, waar het onderzoek naar de Schoenenman doorging.

Grace, die ervan overtuigd was dat de twee operaties moesten samengaan, kreeg zijn huidige bureau toegewezen, waar hij gestationeerd zou zijn voor de duur van het onderzoek. Het stond bij het tochtige raam en bood uitzicht over de parkeerplaats en de grijze, natte daken in de richting van Brighton Station en het viaduct.

Aan het volgende bureau zat rechercheur Tingley, een intelligente, jongensachtig uitziende politieman van zesentwintig die hij graag mocht. Hij had bovenal bewondering voor de energie van de man. Jason Tingley zat aan de telefoon, met zijn mouwen opgestroopt en een pen in de hand, en handelde een van de tientallen telefoontjes af die waren binnengekomen na de reconstructie van drie dagen eerder, waarin Rachaels tocht van de taxistandplaats in East Street naar huis was gereconstrueerd.

Grace had een dik dossier over Rachael Ryan op zijn bureau. Nu al, ondanks de feestdagen, had hij haar bank- en creditcardgegevens. Er waren geen transacties geweest in de afgelopen week, wat betekende dat hij er wel van uit kon gaan dat ze niet was overvallen om de inhoud van haar tas. Er was sinds vijf over halfdrie op kerstochtend niet meer met haar mobiele telefoon gebeld.

Maar hij had wel iets nuttigs gehoord van de mobieletelefoonprovider. Er stonden basisstations, minimasten, op diverse plekken in Brighton & Hove. Elk kwartier stuurde een toestel, zelfs als het in de standby-modus stond, een signaal naar de dichtstbijzijnde mast, als een vliegtuig dat zijn huidige positie doorgeeft, en kreeg het een signaal terug.

Hoewel er niet meer was gebeld met Rachael Ryans telefoon, was het toestel nog drie dagen ingeschakeld gebleven; totdat de accu leeg was, vermoedde hij. Volgens de gegevens die hij van de telefoonmaatschappij had gekregen was ze kort na haar laatste telefoontje ineens vijf kilometer oostwaarts vanaf haar huis gegaan; in een voertuig, gezien de snelheid waarmee het was gebeurd.

Ze was daar de rest van de nacht gebleven, tot tien uur 's ochtends op eerste kerstdag. Daarna was ze ongeveer zes kilometer naar het westen gegaan, naar Hove. Wederom wees de snelheid waarmee ze reisde erop dat ze in een voertuig zat. Toen was ze gestopt en op dezelfde plek gebleven totdat het laatste signaal was binnengekomen, even na elf uur zaterdagavond.

Op een grote kaart van Brighton & Hove aan de muur in het coördinatiecentrum had Grace een rode cirkel getekend rondom het maximale gebied dat werd gedekt door deze mast. Dat omvatte een groot deel van Hove en een deel van Brighton, Southwick en Portslade. Meer dan honderdtwintigduizend mensen woonden binnen die radius; een bijna onmogelijk aantal om langs de deuren te gaan.

Bovendien was de informatie slechts beperkt van waarde, besefte hij. Rachael en haar telefoon hoefden niet per se op dezelfde plek te zijn. Het was alleen maar een indicatie van waar ze kón zijn, meer niet. Tot dusverre was het echter alles wat ze hadden. Eén aanpak die hij zou proberen, besloot hij, was te kijken of er iets was opgepikt door camera's langs de routes die overeenkwamen met de signaalgegevens. Maar camera's hingen alleen langs de hoofdwegen.

Rachael had geen computer, en op haar werkcomputer bij American Express was geen enkele aanwijzing te vinden over waarom ze mogelijk was verdwenen.

Op het moment leek het wel alsof ze in rook was opgegaan.

Tingley legde de hoorn op de haak en trok een streep door de naam die hij een paar minuten geleden op zijn notitieblok had geschreven. 'Rukker!' schold hij. 'Tijdverspiller.' Toen wendde hij zich tot Roy. 'Goed oudjaar gehad, maat?'

'Jawel hoor. We zijn met Dick en Leslie Pope naar Donatello's geweest. Jij?'

'Naar Londen geweest met de wederhelft. Trafalgar Square. Het was schitterend, totdat het begon te zeiken van de regen.' Hij haalde zijn schouders op. 'Wat denk jij? Leeft ze nog?'

'Het ziet er niet goed uit,' antwoordde Grace. 'Ze is een huismus. Nog steeds van slag omdat het uit is met haar ex. Gek op schoenen.' Hij keek zijn collega aan en haalde zijn schouders op. 'Dat is het detail waar ik steeds weer bij terugkom.'

Grace had eerder die dag een uur doorgebracht bij dokter Julius Proudfoot, de gedragsanalist die bij het team van Operatie Houdini was betrokken. Proudfoot had gezegd dat Rachael Ryans verdwijning naar zijn mening niets te maken kon hebben met de Schoenenman. Grace begreep nog steeds niet hoe de arrogante psycholoog tot die conclusie was gekomen, aangezien er zo weinig bewijzen waren.

'Proudfoot houdt vol dat dit niet de stijl van de Schoenenman is. Hij zegt dat de Schoenenman zijn slachtoffers aanvalt en vervolgens achterlaat. Omdat hij bij vijf slachtoffers dezelfde methode heeft gebruikt, wil het er bij

Proudfoot niet in dat hij daar plotseling van af kan zijn gestapt en er een heeft gehouden.'

'Gelijke methode, Roy,' zei Jason Tingley. 'Maar hij pakt ze op verschillende plekken, hè? Die eerste probeerde hij in een steegje. Een in een hotelkamer. Een bij haar thuis. Een onder de pier. Een in een parkeergarage. Slim, als je er zo naar kunt kijken, want het maakt hem onvoorspelbaar.'

Grace bekeek zijn aantekeningen en dacht na. Alle slachtoffers van de Schoenenman hadden één ding gemeen: ze hielden allemaal van designerschoenen. Ze hadden allemaal een nieuw paar schoenen gekocht, in verschillende winkels in Brighton, kort voordat ze werden aangevallen. Maar tot nu toe was er uit gesprekken met winkelpersoneel niets nuttigs naar voren gekomen.

Rachael Ryan had ook een nieuw paar schoenen gekocht. Drie dagen voor kerst. Duur voor een meisje met haar inkomen: honderdzeventig pond. Ze had ze gedragen op de avond dat ze verdween.

Maar dat had Proudfoot van de hand gewezen.

Grace wendde zich tot Tingley en vertelde hem dit.

Tingley knikte peinzend. 'Dus als het de Schoenenman niet is, wie heeft haar dan meegenomen? Waar is ze? Als ze in orde is, waarom heeft ze dan geen contact opgenomen met haar ouders? Ze moet de oproep in De *Argus* hebben gezien of op de radio hebben gehoord.'

'Het is niet logisch. Normaal gesproken belt ze haar ouders elke dag om even bij te kletsen. Acht dagen radiostilte? En dat in deze tijd van het jaar, met kerst en oud en nieuw? Geen belletje om ze een fijne kerst of gelukkig Nieuwjaar te wensen? Ik weet zeker dat er iets met haar is gebeurd.'

Tingley knikte. 'Ontvoerd door buitenaardse wezens?'

Grace keek weer in zijn aantekeningen. 'De Schoenenman greep zijn slachtoffers telkens op een andere plek, maar hij deed altijd hetzelfde met ze. En belangrijker nog is wat hij met het leven van zijn slachtoffers heeft gedaan. Hij hoefde ze niet te vermoorden. Ze waren vanbinnen al dood toen hij klaar met ze was.'

Ben je slachtoffer geworden van de Schoenenman, Rachael? Of heeft een ander monster je gegrepen?

37

Coördinatiecentrum 1, het grootste van de twee coördinatiecentra in Sussex House, had een sfeer en doelgerichtheid waar Roy Grace altijd energie van kreeg.

In het hart van de afdeling Zware Criminaliteit op het hoofdkwartier van de recherche, Sussex House, zou het er voor een buitenstaander uitzien als in elk ander groot overheidskantoor. De wanden waren beige, er lag functionele grijze vloerbedekking, er stonden rode stoelen, moderne houten werkplekken, dossierkasten en een waterkoeler, en er hingen enkele grote whiteboards aan de muren. De vensters zaten hoog, met permanent gesloten zonwering, alsof gebruikers van de ruimte werden ontmoedigd tijd te verspillen met naar buiten kijken.

Maar voor Roy Grace was dit veel meer dan een kantoor. Coördinatiecentrum 1 was het zenuwcentrum van zijn huidige onderzoek, net als bij de vorige die hij van hieruit had geleid, en voor hem hing er een bijna heilige sfeer. Veel van de zwaarste misdaden die in de afgelopen tien jaar in Sussex waren gepleegd, waren opgelost, en de overtreders opgesloten, dankzij het recherchewerk dat in deze ruimte was uitgevoerd.

De rode, blauwe en groene krabbels op de whiteboards zouden in elk ander kantoor in de commerciële wereld prestatiegetallen, verkooptargets en marktcijfers zijn geweest. Hier waren het tijdslijnen van misdaden, relatieoverzichten van slachtoffers en verdachten, foto's en andere belangrijke informatie. Als ze een compositietekening van de dader kregen, hopelijk binnenkort, dan zou die er ook bij worden gehangen.

Deze ruimte vervulde iedereen van doelgerichtheid, van racen tegen de klok, en er werd hier, behalve tijdens briefings, weinig gedold en gekletst zoals gebruikelijk op politiebureaus.

De enige frivoliteit was een tekenfilmfiguur, een dikke blauwe vis uit de film *Finding Nemo*, die Glenn Branson aan de binnenkant van de deur had geplakt. Het was bij de recherche van Sussex traditie geworden dat elke operatie een grappige figuur als mascotte had, om een beetje verlichting te bieden te midden van de verschrikkingen waarmee het team te maken had, en dit was een bijdrage van de filmgekke rechercheur aan Operatie Zwaardvis.

Er waren nog drie andere speciale afdelingen Zware Criminaliteit in de gemeente, met gelijksoortige kantoren, en het meest recente was specifiek voor dat doel gebouwd in Eastbourne. Maar deze locatie was handiger voor Roy Grace, en gunstig gesitueerd, omdat de twee misdaden waar hij nu onderzoek naar deed slechts op een paar kilometer afstand waren gepleegd.

Er waren allerlei herhaalde patronen in het leven, had hij gemerkt, en het leek erop dat hij de laatste tijd vooral bezig was met misdaden die plaatsvonden – of werden ontdekt – op vrijdagen, waardoor zijn weekend en dat van alle anderen er elke keer aan ging.

Hij had morgenavond met Cleo bij een van haar oudste vriendinnen zullen gaan eten; Cleo wilde met hem pochen, zoals ze hem grijnzend had verteld. Hij had ernaar uitgekeken om nog meer te weten te komen over het leven van de vrouw op wie hij zo verliefd was en over wie hij nog maar zo weinig wist. Maar dat ging nu mooi niet door.

Gelukkig voor hem had Cleo, anders dan Sandy, die zijn belachelijke werktijden nooit had begrepen en er ook nooit aan gewend was geraakt, zelf regelmatig oproepdiensten, omdat ze op de vreemdste momenten de deur uit moest om lichamen op te halen. En dat gaf haar veel meer begrip voor zijn situatie, hoewel ze hem niet altijd vergaf.

In de beginfase van elk groot onderzoek was het zo dat je al het andere meteen uit je handen moest laten vallen. De eerste taak van de assistente van de hoogste onderzoeksrechercheur was te zorgen dat zijn agenda werd vrijgemaakt.

De vierentwintig uur meteen na de ontdekking van een misdaad waren het meest doorslaggevend. Je moest de plaats delict afschermen om zo veel mogelijk forensisch bewijs veilig te stellen. De dader was dan nog het meest opgefokt; het rode waas waar mensen doorgaans in verkeerden na het plegen van een ernstige misdaad, waarin ze zich misschien grillig gedroegen, grillig autoreden. Er waren mogelijk ooggetuigen bij wie het allemaal nog vers in het geheugen lag, een kans om hen snel te bereiken via de plaatselijke pers en media. En alle bewakingscamera's binnen een redelijke omtrek bevatten nog beelden van de afgelopen vierentwintig uur.

Grace keek naar de aantekeningen die zijn assistente had uitgetypt, die naast zijn nieuwe beleidsboek voor deze zaak lagen.

'Het is halfzeven 's avonds, vrijdag 9 januari,' las hij op. 'Dit is de eerste briefing van Operatie Zwaardvis.'

De meeste namen die de politiecomputer willekeurig koos voor operaties hadden helemaal niets te maken met de zaak waar ze aan werkten, maar hier, dacht hij droogjes, was het wel een beetje toepasselijk, aangezien vissen glibberige wezens waren.

Grace was blij dat op één na alle vertrouwde leden van de recherche die hij voor dit kernteam had willen hebben, beschikbaar waren. Om hem heen zaten rechercheur Nick Nicholl, die nog wat vermoeid leek omdat hij pas vader was geworden, rechercheur Emma-Jane Boutwood, de zeer efficiënte brigadier Bella Moy met zoals altijd een open doosje Maltesers voor zich op tafel, de strijdlustige brigadier Norman Potting, en Grace' kameraad en protegé rechercheur Glenn Branson. Afwezig was rechercheur Guy Batchelor, die op vakantie was. In plaats daarvan had Grace een rechercheur met wie hij enige tijd geleden had samengewerkt en van wie hij erg onder de indruk was geweest. Michael Foreman was een slanke, rustige, gezagvolle man met donker haar, die een air van kalmte had waardoor mensen zich automatisch tot hem wendden, zelfs wanneer hij niet de hoogste agent ter plaatse was. In het afgelopen jaar was Foreman, met een tijdelijke promotie tot waarnemend hoofdagent, uitgeleend aan het team bij het regionale inlichtingenkantoor. Nu was hij terug in Sussex House, in zijn oude rang, maar Grace vermoedde dat het niet lang zou duren voordat de man een volle hoofdagent zou worden. En daarna zou hij ongetwijfeld doorgroeien naar veel hogere dingen.

Ook onder de vaste teamleden van Grace was analist John Black van het onderzoeksteam Zware Criminaliteit van het hoofdkantoor. Een rustige, grijsharige man die evengoed accountant had kunnen zijn. Daarnaast was er rechercheur Don Trotman, een agent die de taak zou hebben na te gaan of er eventueel recent vrijgelaten veroordeelden van seksmisdrijven waren die dezelfde werkwijze hadden gehanteerd als de huidige dader.

Nieuw in het team was een analist, Ellen Zoratti, die nauw zou samenwerken met John Black en met de divisie in Brighton om nieuwe inlichtingen te verwerken, de politiedatabase en de analyseafdeling te raadplegen en instructies van Roy Grace uit te voeren.

Ook nieuw was een vrouwelijke persofficier uit het vernieuwde pr-team van de politie. De roodharige Sue Fleet was tweeëndertig, en ze was een vriendelijk, betrouwbaar en populair lid van het John Street-team in Brighton geweest. Ze had Dennis Ponds vervangen, de vorige politiewoordvoerder. Hij was een oud-verslaggever, die met vele leden van zijn team, onder wie Grace zelf, nooit een gemakkelijke verstandhouding had gehad.

Grace wilde Sue Fleet erbij hebben om onmiddellijk een mediastrategie te bepalen. Hij had een snelle respons van het publiek nodig om te helpen bij het vinden van de dader en om de vrouwelijke bevolking te waarschuwen voor de mogelijk gevaarlijke situatie, maar tegelijkertijd wilde hij de stad niet in de paniek storten. Het was een delicaat pr-evenwicht en het zou een uitdagende taak voor haar zijn.

'Voordat ik begin,' zei Grace, 'wil ik jullie aan een paar statistieken herinneren. In Sussex hebben we een goed oplossingspercentage van moorden; achtennegentig procent van alle moorden in de afgelopen tien jaar is opgelost. Maar bij verkrachtingen zijn we achtergebleven op het nationale gemiddelde van vier procent, tot net boven de twee procent. Dat is niet acceptabel.'

'Denk je dat het komt door de houding van sommige politieagenten?' vroeg Norman Potting, gekleed in een van zijn sleetse oude tweedjasjes die naar pijprook stonken en die hij altijd scheen te dragen. In Grace' ogen leek hij eerder een oude aardrijkskundeleraar dan een rechercheur. 'Of doordat sommige slachtoffers gewoon geen betrouwbare getuigen zijn, vanwege andere agenda's?'

'Andere agenda's, Norman? Zoals de houding die de politie vroeger had, dat vrouwen die verkracht werden erom vroegen? Bedoel je dat?'

Potting gromde nietszeggend.

'Op wat voor planeet woon jij in vredesnaam?' Bella Moy, die hem nooit had gemogen, viel woedend tegen hem uit. 'Het lijkt wel alsof je van Mars komt.'

De brigadier haalde defensief zijn schouders op en mompelde amper hoorbaar, alsof hij niet overtuigd genoeg was om luider uit te spreken wat hij dacht: 'We weten toch dat sommige vrouwen uit schuldgevoel roepen dat ze verkracht zijn? Je gaat er wel over nadenken.'

'In welk opzicht?' wilde Bella weten.

Grace loerde naar Potting en kon zijn oren amper geloven. Hij was zo boos dat hij in de verleiding kwam om de man nu meteen van de zaak te schoppen. Hij begon te denken dat hij een vergissing had begaan door zo'n tactloze kerel bij zo'n gevoelige zaak te halen. Norman Potting was een goede agent, met recherchevaardigheden waar zijn sociale vaardigheden helaas niet aan konden tippen. Emotionele intelligentie was een van de belangrijkste eigenschappen van een goede rechercheur. Op een schaal van één tot honderd zou Potting daarin bijna nul scoren. Maar hij kon verrekt effectief zijn, vooral bij externe onderzoeken. Soms.

'Wil je op deze zaak blijven, Norman?' vroeg Grace aan hem.

'Ja chef, ik denk dat ik er een bijdrage aan kan leveren.'

'O ja?' kaatste Grace terug. 'Laten we dan één ding meteen duidelijk stellen.' Hij keek naar de aanwezigen. 'Ik haat verkrachters even erg als moordenaars. Een verkrachter verwoest het leven van zijn slachtoffers, of hij nu een vreemde is, een afspraakje, of iemand die het slachtoffer kende en dacht te kunnen vertrouwen. En het maakt geen verschil of het slachtoffer een man of een vrouw is, oké? Maar op het ogenblik hebben we te maken met aanvallen op vrouwen, die meer voorkomen.'

Hij staarde nadrukkelijk naar Norman Potting en vervolgde toen: 'Verkracht worden is net een ernstig auto-ongeluk waardoor je voor de rest van je leven gehandicapt bent. Het ene moment doet een vrouw gewoon haar ding, op haar gemak, en het volgende ligt ze gebroken en gemangeld in het autowrak. Ze heeft jaren van therapie, angst, nachtmerries en wantrouwen voor de boeg. Hoeveel hulp ze ook krijgt, ze zal nooit meer de oude worden. Ze zal nooit meer een normaal leven leiden. Begrijp je wat ik bedoel, Norman? Sommige vrouwen die worden verkracht gaan uiteindelijk zichzelf verminken. Ze schrobben hun vagina met schuursponsjes en bleekmiddel omdat ze zo ontzettend de behoefte voelen om van het gebeurde af te komen. Dat is nog maar een klein deel van wat een verkrachting bij iemand kan aanrichten. Begrijp je?' Hij keek om zich heen. 'Begrijpen jullie dat allemaal?'

'Ja chef,' mompelde Potting met dikke stem. 'Sorry. Ik had niet zo bot moeten zijn.'

'Kent een man met vier mislukte huwelijken achter de rug het woord "bot" überhaupt?' vroeg Bella Moy terwijl ze woedend een Malteser uit het doosje greep, die in haar mond stak en fijnkauwde.

'Oké Bella, dank je,' zei Grace. 'Ik denk dat Norman wel snapt wat ik bedoel.'

Potting staarde met een vuurrood gezicht naar zijn notitieblok en knikte terechtgewezen.

Grace keek weer in zijn aantekeningen. 'We hebben nog een ietwat gevoelige kwestie. De korpschef, de plaatsvervangend korpschef en twee van onze vier leden van de korpsleiding waren allemaal bij het diner dansant in Hotel Metropole op oudejaarsavond waar ook Nicola Taylor, het eerste verkrachtingsslachtoffer, naartoe was.'

Er viel een stilte terwijl de aanwezigen dit verwerkten.

'Bedoel je dat ze verdachten zijn, baas?' vroeg rechercheur Michael Foreman.

'Iedereen die in het hotel was is een potentiële verdachte, maar ik denk dat ik ze op dit moment liever zou aanmerken als "belangrijke getuigen die uit ons onderzoek moeten worden geëlimineerd",' antwoordde Grace. 'Ze zullen net als alle anderen moeten worden gehoord. Vrijwilligers?'

Niemand stak zijn hand op.

Grace grijnsde. 'Zo te zien moet ik dan maar een vrijwilliger aanwijzen. Het zou een goede kans kunnen zijn om opgemerkt te worden voor een promotie, of om je carrière permanent om zeep te helpen.'

Er werd wat ongemakkelijk gelachen.

'Misschien kan ik onze meester van de tact aanbevelen: Norman Potting,' zei Bella Moy.

Dat leverde wat meer gelach op.

'Ja, ik wil het wel doen,' zei Potting.

Grace, die besloot dat Potting wel de laatste was aan wie hij die taak zou willen toewijzen, krabbelde een notitie in zijn beleidsboek en bekeek zijn aantekeningen nog even.

'We hebben twee verkrachtingen door vreemden in acht dagen tijd, en voldoende overeenkomsten in de werkwijze om voor het moment aan te nemen dat we met dezelfde dader te maken hebben,' vervolgde hij. 'Die charmante kerel heeft beide slachtoffers laten masturberen met hun schoenen, hen vervolgens anaal gepenetreerd met de hak van die schoenen, en ze daarna zelf verkracht. Voor zover we hebben kunnen vaststellen – en het tweede slachtoffer heeft ons tot nu toe slechts een beetje informatie gegeven – kon hij geen erectie in stand houden. Dit kan zijn gekomen door voortijdige ejaculatie, of omdat hij een seksuele stoornis heeft. Er is ook een belangrijk verschil in zijn aanpak. In 1997 nam de Schoenenman maar één schoen en de slip van zijn slachtoffer mee. Bij de verkrachting van Nicola Taylor nam hij al haar kleren mee, en beide schoenen. Bij Roxy Pearce heeft hij alleen de schoenen meegenomen.'

Hij zweeg even om zijn aantekeningen te raadplegen, en enkele teamleden maakten eigen aantekeningen.

'Onze dader schijnt iets van de forensische wetenschap te weten. Bij elke daad droeg hij een soort zwarte bivakmuts en operatiehandschoenen en gebruikte hij een condoom. Hij scheert zijn lichaamsbeharing af of heeft die van nature niet. Hij wordt omschreven als van gemiddelde lengte tot klein, mager en met een zachte stem, zonder specifiek accent.'

Potting stak zijn hand op, en Grace knikte.

'Chef, jij en ik waren allebei betrokken bij Operatie Zonsondergang, de verdwijning van een vrouw in 1997, die mogelijk verband hield met een gelijksoortige zaak uit die tijd. Die van de Schoenenman; Operatie Houdini. Denk je dat er een verband is?'

'Behalve de verschillen in de meegenomen trofeeën lijkt de methode van de Schoenenman opmerkelijk veel op die van de huidige dader.' Grace knikte naar de analist. 'Dat is een van de redenen waarom ik Ellen erbij heb gehaald.'

Bij de recherche van Sussex werkten veertig analisten. Op twee na waren dat allemaal vrouwen, de meesten met een achtergrond in de sociale wetenschappen. Mannelijke analisten waren zo zeldzaam dat ze de bijnaam *manalisten* kregen. Ellen Zoratti was een zeer intelligente vrouw van achtentwintig, met donker haar in een scherpe, moderne stijl tot net boven de schouders, en ze was elegant gekleed in een witte blouse, een zwarte rok en een panty met zebrastrepen.

Ze zou ploegendiensten van twaalf uur afwisselen met een andere analist en de komende dagen een cruciale rol spelen. Samen zouden ze daderprofielen loslaten op de twee slachtoffers en het team informatie verschaffen over hun achtergrond, hun levensstijl en hun vrienden. Ze zouden onderzoek naar hen doen met dezelfde nauwkeurigheid alsof het daders waren.

Aanvullende en mogelijk doorslaggevende informatie zou worden geleverd door de technische recherche op de benedenverdieping, die was begonnen met het analyseren van de mobiele telefoons en computers van de twee slachtoffers. Ze zouden alle telefoontjes die waren gepleegd en ontvangen door de twee vrouwen, informatie op hun toestellen en van hun telefoonmaatschappijen nagaan. Ze zouden naar hun e-mails kijken en naar eventuele chatrooms die de vrouwen bezochten. Hun adresbestanden. De websites die ze bekeken. Als ze elektronische geheimen hadden, dan zou het onderzoeksteam van Grace daar snel van op de hoogte zijn.

Daarnaast had de technische recherche een internetrechercheur ingeschakeld om zich aan te melden bij chatrooms voor schoen- en voetfetisjisten en relaties op te bouwen met andere bezoekers, in de hoop er enkele met extreme opvattingen te vinden.

'Denk je dat het een na-aper zou kunnen zijn, Ellen?' vroeg Michael Foreman. 'Of is het weer dezelfde dader als in 1997?'

'Ik ben begonnen aan een vergelijkende analyse,' antwoordde ze. 'Een van de cruciale dingen die tijdens Operatie Houdini voor de pers en het publiek zijn achtergehouden, was de methode van de dader. Het is nog te vroeg om met iets definitiefs te komen, maar door wat ik tot nu toe heb – en het is nog heel vroeg – lijkt het mogelijk dat het dezelfde dader is.'

'Hebben we enig idee waarom de Schoenenman destijds is opgehouden?' vroeg Emma-Jane Boutwood.

'Alles wat we uit Operatie Houdini weten,' zei Grace, 'is dat hij ophield tegelijkertijd met de verdwijning van Rachael Ryan, mogelijk zijn zesde slachtoffer. Ik was bij die zaak betrokken, en hij is nog steeds open. We hebben geen bewijs – of zelfs maar aanwijzingen – dat ze een slachtoffer van hem was, maar ze paste wel in een van zijn patronen.'

'En dat was?' vroeg Michael Foreman.

'Ze had ongeveer een week voor haar verdwijning een duur paar schoenen gekocht in een winkel in Brighton. Elk van de slachtoffers van de Schoenenman had nieuwe, dure schoenen gekocht vlak voordat ze werd aangevallen. Een van de dingen die we bij Operatie Houdini in die tijd deden, was het horen van klanten in schoenenwinkels in Brighton & Hove. Maar daar is niets uit gekomen.'

'Waren er toen al camerabeelden?' vroeg Bella Moy.

'Ja,' antwoordde Grace. 'Maar de kwaliteit was niet zo best, en er hingen lang niet zo veel camera's in de stad als nu.'

'Wat zijn dan de theorieën over waarom de Schoenenman is gestopt?' vroeg Michael Foreman.

'Dat weten we niet. De profielschetser – gedragsanalist – destijds, Julius Proudfoot, zei dat hij misschien verhuisd was naar een andere gemeente of naar het vasteland. Of dat hij misschien in de gevangenis zat voor iets anders. Of dat hij dood was. Of dat hij misschien een relatie had waarin zijn behoeften werden bevredigd.'

'Als het dezelfde man is, waarom zou hij dan twaalf jaar stoppen en daarna weer opnieuw beginnen?' vroeg Bella Moy. 'En met een iets afwijkende methode?'

'Proudfoot hecht niet veel belang aan het verschil tussen de trofeeën van

1997 en die van nu. Hij vindt het belangrijker dat de algemene werkwijze overeenkomt. Zijn idee is dat er verschillende verklaringen zijn voor waarom iemand weer misdrijven gaat plegen. Als het de Schoenenman is, kan hij gewoon terug zijn verhuisd naar deze regio en denken dat er wel voldoende tijd is verstreken. Of de relatie die hij had is veranderd en bevredigt zijn behoeften niet langer. Of hij is vrijgelaten uit de gevangenis waar hij in zat voor een andere overtreding.'

'Dat moet dan wel een vrij ernstige zijn geweest, als hij twaalf jaar heeft gezeten,' zei Glenn Branson.

'En gemakkelijk na te gaan,' vulde Grace aan. Hij wendde zich tot Ellen Zoratti. 'Ellen, heb jij in het land andere verkrachtingen gevonden met dezelfde werkwijze? Of waarna iemand tot twaalf jaar is veroordeeld?'

'Niets wat overeenkomt met de Schoenenman, behalve een figuur in Leicester genaamd James Lloyd, die vrouwen verkrachtte en hun schoenen meenam. Hij heeft momenteel levenslang. Ik ben al zijn overtredingen en gangen nagegaan en heb hem uitgesloten. Hij was in Leicester toen de misdrijven in Brighton werden gepleegd en ik heb bevestiging gekregen dat hij nog steeds in de gevangenis zit.' Ze zweeg en bekeek haar aantekeningen. 'Ik heb een lijst gemaakt van alle zedenovertreders die vanaf januari 1998 de gevangenis in zijn gegaan en vóór afgelopen oudejaarsavond zijn vrijgelaten.'

'Bedankt Ellen, dat is handig,' zei Grace. Toen richtte hij zich tot zijn hele team. 'Het is een feit dat een groot percentage verkrachters begint met kleinere overtredingen. Potloodventen, frotteren – tegen vrouwen aan rijden – masturberen in het openbaar, dat soort dingen. Het is heel goed mogelijk dat onze dader op vrij jonge leeftijd is gearresteerd voor een klein vergrijp. Ik heb Ellen gevraagd om in de plaatselijke en landelijke politiedatabases te zoeken naar daders en overtredingen die zouden kunnen kloppen met de tijdslijn voor zijn eerste verkrachtingen in 1997 en de tussenliggende periode. Diefstallen of vreemd gedrag met vrouwenschoenen, bijvoorbeeld. Ik wil ook dat elke prostituee en sm-madam in de omgeving wordt gehoord over eventuele klanten met een voet- of schoenfetisj.'

Hij gebaarde naar Glenn Branson. 'In relatie hiermee heeft brigadier Branson het rapport van dokter Proudfoot over de Schoenenman bestudeerd. Wat heb jij voor ons, Glenn?'

'Reuze spannend!' Glenn tilde een zwaar ogend document op. 'Tweehonderdtweeëntachtig pagina's met gedragsanalyses. Ik heb het alleen nog maar vluchtig kunnen lezen, aangezien de chef me deze taak pas vanochtend heeft gegeven, maar ik heb iets heel interessants gevonden. Er zijn vijf delicten gemeld die rechtstreeks te maken hadden met de Schoenenman, maar Proudfoot denkt dat hij er misschien nog veel meer heeft gepleegd die niet zijn gemeld.'

Hij zweeg even. 'Veel verkrachtingsslachtoffers zijn zo getraumatiseerd dat ze het niet aankunnen om aangifte te doen. Maar dit is pas echt interessant: de eerste gemelde verkrachting door de Schoenenman, in 1997, vond plaats in het Grand Hotel na een Halloweenfeest daar. Hij lokte een vrouw een kamer in. Klinkt dat bekend?'

Er viel een onbehaaglijke stilte. Het Grand Hotel stond naast het Metropole.

'En dat is nog niet alles,' vervolgde Branson. 'De kamer bij het Grand was gereserveerd door een vrouw met de naam Marsha Morris. Ze betaalde contant en alle pogingen om haar na te speuren zijn destijds op niets uitgelopen.'

Grace nam die informatie in stilte in zich op en dacht na. De kamer bij het Metropole, waar Nicola Taylor op oudejaarsavond was verkracht, was volgens de manager gereserveerd door een vrouw. Zij heette ook Marsha Morris. Ze had contant betaald. Het adres dat ze had opgegeven was vals.

'Iemand dolt met ons,' zei Nick Nicholl.

'Dus hebben we dan te maken met dezelfde dader,' zei Emma-Jane Boutwood, 'of een na-aper met een gestoord gevoel voor humor?'

'Is die informatie ooit vrijgegeven?' vroeg Michael Foreman.

Grace schudde zijn hoofd. 'Nee. De naam Marsha Morris is nooit bekendgemaakt.'

'Zelfs niet aan De Argus?'

'Voorál niet aan De Argus.' Grace knikte dat Branson kon doorgaan.

'Hier wordt het nog interessanter,' zei de rechercheur. 'Een ander slachtoffer werd precies twee weken later thuis verkracht, aan Hove Park Road.'

'Dat is een chic adres,' zei Michael Foreman.

'Zeker,' beaamde Grace.

Branson vervolgde: 'Toen ze thuiskwam was het inbraakalarm ingeschakeld. Ze zette het af, ging naar haar slaapkamer en de dader sloeg toe. Hij sprong uit de kast.'

'Net zoals bij de aanval op Roxy Pearce gisteravond,' zei Grace. 'Voor zover we tot nu toe weten.'

Het bleef enige tijd stil.

Toen zei Branson: 'Het volgende slachtoffer van de Schoenenman werd verkracht op het strand, onder de Palace Pier. De volgende in de parkeergarage van Churchill Square. Zijn laatste – als de aanname van de chef klopt – is ontvoerd toen ze na een avondje stappen met vriendinnen naar huis liep.'

'Dus wat jij zegt, Glenn,' zei Bella, 'is dat we over een week parkeergarages in de gaten moeten houden.'

'Nee Bella,' zei Grace. 'Zo ver laten we het niet komen.'

Hij glimlachte dapper en vol zelfvertrouwen, maar vanbinnen voelde hij zich een stuk minder zelfverzekerd.

38

Dinsdag 6 januari 1998

'Doet hij het?' vroeg hij.

'Ja, natuurlijk doet hij het. Anders zou ik hem toch niet verkopen?' Hij loerde naar de slanke man in de bruine overall alsof die zojuist zijn integriteit had beledigd. 'Alles hier doet het, oké, vriend? Als je troep wilt, ken ik nog wel een adresje verderop in de straat. Hier heb ik alleen kwaliteit. Alles doet het.'

'Ik hoop het voor je.' Hij staarde naar de witte vrieskist die weggestopt stond tussen de omgekiepte tafels, bureaustoelen en op elkaar gestapelde banken achter in de enorme tweedehands meubelzaak aan Lewes Road in Brighton.

'Geldteruggarantie, oké? Dertig dagen. Als je problemen hebt, breng je hem terug. Geen gelazer.'

'Vijftig pond vraag je ervoor?'

'Ja.'

'Wat is je kostprijs?'

'Alles hier gaat tegen kostprijs.'

'Ik geef je veertig.'

'Cash?'

'Uh-huh.'

'Neem je hem mee? Voor die prijs bezorg ik niet.'

'Help je me even slepen?'

'Is dat jouw bus, buiten?'

'Ja.'

'Nou, opschieten dan. Er komt een verkeersagent aan.'

Vijf minuten later sprong hij in de cabine van de Transit, een paar seconden voordat de verkeersagent eraan kwam, startte de motor en reed met een bons van de stoep en weg bij de dubbele gele streep. Hij hoorde gerammel van zijn nieuwe aankoop, die op en neer stuiterde op de mat over de verder kale laadvloer achter hem. Even later, toen hij hard remde omdat hij in de drukte van het verkeer terechtkwam, hoorde hij de vrieskist schuiven.

Hij kroop langs Sainsbury's, ging linksaf bij de verkeerslichten, onder het viaduct door, en toen verder in de richting van Hove, naar zijn garage, waar de jonge vrouw lag.

De jonge vrouw wier gezicht hem bij elke krantenkiosk aanstaarde vanaf de voorpagina van De Argus, onder de kop HEBT U DEZE VROUW GEZIEN? gevolgd door haar naam: Rachael Ryan.

Hij knikte in zichzelf. 'Ja. Ja, die heb ik gezien!'

Ik weet waar ze is!

Ze wacht op mij!

39

1998

Schoenen zijn jullie wapens, hè, dames? Jullie gebruiken ze om mannen op zo veel verschillende manieren te raken, hè?

Weet je wat ik bedoel? Ik heb het niet over het fysieke, over de blauwe plekken en snijwonden die je een man toebrengt door hem ermee te slaan. Ik heb het over het geluid dat je ermee maakt. Het klik-klak van je hakken op vloerplanken, op stoeptegels, op plavuizen, op betonnen paadjes.

Je draagt die dure schoenen. Dat betekent dat je ergens heen gaat, en mij achterlaat. Ik hoor dat klik-klak zachter worden. Het is het laatste wat ik van je hoor. Het is het eerste wat ik van je hoor als je terugkomt. Uren later. Soms een hele dag later. Je vertelt me niet waar je bent geweest. Je lacht me uit, sneert naar me.

Eén keer toen je terugkwam en ik overstuur was, liep je naar me toe. Ik dacht dat je me een kus kwam geven. Maar dat deed je niet, hè? Je stampte alleen maar met je naaldhak keihard op mijn blote voet. Dwars door het vlees en bot en in de vloer.

40

Hij was vergeten hoe lekker het was. Hoe verslavend het was! Hij had gedacht: misschien eentje, om het af te leren. Maar die ene had hem meteen zin gegeven in een volgende. En nu stond hij te trappelen om weer van start te gaan.

O ja!

Die wintermaanden moest hij ten volle benutten, want dan kon hij een jas en sjaal dragen en zijn adamsappel verbergen, vrij rondlopen net als elke andere elegante dame in Brighton! Hij was blij met de jurk die hij had gekozen, van Karen Millen, en de camelkleurige Prada-jas, de Cornelia James-sjaal om zijn hals, de grote glimmende schoudertas en de strakke zwartleren handschoenen! Maar bovenal was hij blij met de wetlook laarzen die hij droeg. Jazeker. Hij voelde zich vandaag zooo goed! Bijna – hij durfde het nauwelijks te zeggen – sexy!

Hij liep in de lichte motregen door de Lanes. Hij was helemaal ingepakt en warm gekleed tegen de regen en wind en, ja, zooo sexy! Hij keek voortdurend opzij naar zichzelf in de etalages. Twee mannen van middelbare leeftijd kwamen hem tegemoet, en een van hen keek bewonderend naar hem toen ze passeerden. Hij glimlachte verlegen terug en zocht zich een weg door de mensenmenigte in de smalle straten. Hij kwam langs een winkel met moderne sieraden en vervolgens een antiekwinkel die de reputatie had goede prijzen te betalen voor gestolen voorwerpen.

Hij liep langs de Druid's Head pub, de Pump Rooms en English's restaurant, stak East Street over en ging rechtsaf naar de zee, op weg naar de Pool

Valley. Toen ging hij linksaf voor het restaurant dat ooit de ABC-bioscoop was geweest en kwam bij zijn bestemming aan.

Schoenenwinkel Last.

Het was een winkel die zich specialiseerde in designerschoenen en die een hele reeks merken voerde waar hij een voorkeur voor had: Eska, Thomas Murphy, Hettie Rose. Hij staarde in de etalage. Naar mooie, kwetsbare Amia-kimono's met Japanse dessins. Een paar petrolkleurige Genesis-schoenen van Thomas Murphy met zilveren hakken. Bruinsuède Eska Loops.

In de winkel lag een parketvloer, er stonden een bloemetjesbank en een kruk, en aan haken hingen handtassen. Op dat moment was er één klant. Een elegante, mooie vrouw van in de veertig met lang, luchtig blond haar en met slangenleren laarzen van Fendi aan. Maat achtendertig. Een bijpassende schoudertas van Fendi. Ze was gekleed om door een ringetje te halen, of... om te winkelen!

Ze droeg een lange zwarte jas met een hoge, rechtopstaande kraag en een pluizige witte sjaal om haar hals. Een brutaal wipneusje. Roze lippen. Geen handschoenen. Hij zag haar trouwring en de grote steen op haar verlovingsring. Ze was misschien nog getrouwd, maar ze kon ook gescheiden zijn. Van alles was mogelijk. Moeilijk te bepalen van deze afstand. Maar hij wist één ding.

Ze was zijn type. Jazeker!

Ze hield een Tracy Neuls TN29 Homage-schoen omhoog. Hij was van wit geperforeerd leer met een taupekleurig randje. Iets wat Janet Leigh op kantoor had kunnen dragen voordat ze het geld stal in de oorspronkelijke versie van *Psycho*. Maar die waren niet sexy! Ze waren een soortement retro Miss America-bekakt, vond hij. Niet kopen, spoorde hij haar in gedachten aan. Nee, nee!

Er stonden zo veel andere, veel sexyer schoenen en laarzen. Hij liet zijn blik rondgaan, keek waarderend naar de vormen, de rondingen, de riempjes, de stiksels, de hakken. Hij stelde zich deze vrouw naakt voor, met alleen zulke schoenen aan. Terwijl ze deed wat hij zei dat ze ermee moest doen.

Niet kopen!

Gelukkig zette ze de schoen weer neer. Toen draaide ze zich om en liep de winkel uit.

Hij rook de dichte wolk Armani Code die om haar heen hing, als een soort persoonlijke ozonlaag, toen ze langs hem heen liep. Toen bleef ze staan, haalde een zwart parapluutje uit haar tas, stak het uit en vouwde het open. Ze had stijl, die dame. Zelfvertrouwen. Ze kon echt, heel beslist, zijn type zijn. En ze hield haar paraplu omhoog als een toeristische gids, alleen voor hem, zodat hij haar gemakkelijker kon zien in de drukte!

O ja, mijn type!

Zo attent!

Hij volgde haar toen ze met vastberaden passen wegliep. Er straalde iets roofdierachtigs uit van de manier waarop ze liep. Ze was op jacht naar schoenen. Zeker weten. En dat kwam goed uit.

Hij was ook op jacht!

Ze stopte even in East Street om in de etalage van Russell & Bromley te kijken. Toen stak ze over naar L.K. Bennett.

Een tel later voelde hij een harde dreun, hoorde een luide vloek en viel met een kreet op de natte stoep, met een scherpe pijn in zijn gezicht alsof hij door honderd bijen tegelijk was gestoken. Een dampende piepschuim-beker van Starbucks waar donkerbruine vloeistof uit vloeide, rolde langs hem heen. Hij voelde een vlaag koude lucht om zijn hoofd en besefte in paniek dat zijn pruik was losgeraakt.

Hij greep de pruik en drukte hem weer op zijn hoofd, er geen moment om gevend hoe het eruitzag, en staarde op naar een reus van een kerel met tatoeages en een geschoren hoofd.

'Vuile flikker! Waarom kijk je verdorie niet uit waar je loopt?'

'Val dood,' schreeuwde hij terug, totaal vergetend zijn stem te verdraaien. Hij krabbelde met één hand op zijn blonde pruik overeind en strompelde verder, zich bewust van de geur van hete koffie en het onaangename gevoel van warme vloeistof die in zijn nek liep.

'Smerige nicht!' riep de stem hem na toen hij het op een holletje zette, tussen een groep Japanse toeristen door, zijn blik gefixeerd op de deinende paraplu van de vrouw in de verte. Tot zijn verbazing ging ze niet bij L.K. Bennett naar binnen, maar liep ze meteen de Lanes in.

Ze ging links en hij volgde haar. Langs een pub en toen nog een juwelier. Hij groef in zijn handtas, pakte er een tissue uit en depte de koffie van zijn pijnlijke gezicht, hopend dat zijn make-up er niet door verpest was.

Blondie stak de drukke Ship Street over en ging rechtsaf, waarna ze meteen linksaf ging naar het voetgangersgebied vol dure winkels: Duke Street.

Brave meid!

Ze ging naar binnen bij Profile, de eerste winkel aan de rechterkant.

Hij tuurde door het raam. Alleen keek hij niet naar de rij schoenen en laarzen op de schappen, maar naar zijn eigen spiegelbeeld. Zo subtiel als hij kon verschof hij zijn pruik. Toen keek hij wat beter naar zijn gezicht, maar dat leek in orde; geen grote, rare vlekken.

Vervolgens keek hij naar Blondie. Ze zat op een stoel, ineengedoken over haar BlackBerry, tikkend op de toetsen. Een winkelbediende verscheen met een schoenendoos, opende die zoals een trotse ober het deksel van een terrine zou tillen en presenteerde de inhoud zodat ze die kon inspecteren.

Blondie knikte goedkeurend.

De winkelbediende haalde een blauwsatijnen Manolo Blahnik met een hoge hak en een vierkante glittergesp tevoorschijn.

Hij keek toe terwijl Blondie de schoen aantrok. Ze stond op en liep over de vloerbedekking, kijkend naar haar spiegelbeeld. Het scheen haar wel te bevallen.

Hij ging de winkel in, keek wat rond en snoof de bedwelmende cocktail van leer en Armani Code op. Hij gluurde vanuit zijn ooghoeken naar Blondie, keek toe en luisterde.

De winkelbediende vroeg of ze de linkerschoen ook wilde passen. Blondie zei ja.

Terwijl ze rondparadeerde over de hoogpolige vloerbedekking, werd hij benaderd door een andere winkelbediende, een jong, slank meisje met kort donker haar en een Iers accent, die vroeg of ze haar kon helpen. Hij zei met zijn zachtste stem dat hij 'alleen maar even rondkeek, dank je'.

'Ik moet volgende week een belangrijke toespraak houden,' zei Blondie met een Amerikaans accent, merkte hij op. 'Een lunchgebeuren. Ik heb een goddelijke blauwe jurk gekocht. Blauw lijkt me goed voor overdag, denk je ook niet?'

'Blauw staat u heel goed, mevrouw. Dat kan ik aan de schoenen zien. Blauw is een heel goede kleur voor overdag.'

'Ja, eh, ik denk het ook. Eh-hmm. Ik had die jurk mee moeten nemen, maar ik weet zeker dat ze erbij passen.'

'Deze passen bij verschillende tinten blauw.'

'Eh-hmm.'

Blondie staarde enige tijd naar de schoenen in de spiegel en tikte met haar nagel tegen haar tanden. Toen zei ze de magische woorden: 'Ik neem ze!'

Goed zo! Manolo's waren cool. Ze waren mooi. Ze waren gewoon klasse. Belangrijker nog, er zaten hakken van twaalf centimeter onder.

Perfect!

En haar accent vond hij ook leuk. Was het Californisch?

Hij schuifelde naar de kassa terwijl zij afrekende, aandachtig luisterend terwijl hij deed alsof hij naar een paar bruine muiltjes keek.

'Staat u op onze mailinglijst, mevrouw?'

'Ik denk van niet, nee.'

'Vindt u het goed als ik u erop zet? Dan kunnen we u van tevoren op de hoogte stellen van de uitverkoop en krijgt u voorrang.'

Ze haalde haar schouders op. 'Ja hoor, waarom niet.'

'Mag ik uw naam?'

'Dee Burchmore.'

'En uw adres?'

'Sussex Square nummer drieënvijftig.'

Sussex Square. In Kemp Town, dacht hij. Een van de mooiste pleinen in de stad. De meeste huizen daar waren opgedeeld in appartementen. Je moest rijk zijn om daar een heel huis te hebben. Je moest rijk zijn om die Manolo's te kopen. En de handtas die erbij paste, waar ze nu over streelde. Net zoals hij haar binnenkort zou strelen.

Kemp Town, dacht hij. Dat was bekend terrein!

Mooie herinneringen.

41

Zaterdag 10 januari 2009

Elke keer als ze een paar schoenen kocht, voelde Dee Burchmore zich een klein beetje schuldig. Dat was natuurlijk nergens voor nodig. Rudy moedigde haar aan om zich mooi te kleden, er geweldig uit te zien! Haar man was een hooggeplaatste manager bij American & Oriental Banking hier in het luxe nieuwe hoofdkwartier in Brighton, met als doel om in vijf jaar tijd een Europese afzetmarkt voor het bedrijf te verschaffen, en geld was voor hem geen enkel beletsel.

Ze was trots op Rudy en hield van hem. Ze hield van zijn ambitie om de wereld te laten zien dat je best zorgzaam kon zijn, ondanks de financiële schandalen waar de Amerikaanse banken in de afgelopen jaren last van hadden gehad. Rudy viel enthousiast de Engelse hypotheekmarkt aan, en hij bood starters op de woningmarkt offertes die geen van de Britse hypotheekverstrekkers, die nog pijn leden van de financiële crisis, zelfs maar overwoog. En zij had daarbij een belangrijke rol, in de pr.

In de tijd die Dee had tussen het naar school brengen en ophalen van haar twee kinderen, Josh van acht en Chase van zes, had Rudy haar verzocht zo veel mogelijk in de stad te netwerken. Hij wilde dat ze op zoek ging naar goede doelen waaraan American & Oriental belangrijke bijdragen kon leveren; en waarbij ze uiteraard goede publiciteit konden opdoen als weldoeners in de stad. Het was een rol waar ze van genoot.

Ze was een aardig golfster en had zich bij de damesafdeling van de duurste golfclub in de stad aangesloten, North Brighton. Ze was lid geworden van wat naar verluidt de meest invloedrijke van de talloze Rotaryclubs in Brighton was en ze had zich als vrijwilligster gemeld bij de commissies van enkele van de grootste liefdadigheidsinstellingen in de stad, waaronder het Martlet-ziekenhuis. Haar meest recente aanstelling was bij de commissie Fondsenwerving van het belangrijkste opvanghuis voor daklozen in Brighton & Hove, St Patrick's, waar ze een unieke faciliteit hadden. Ze boden Japanse capsules aan daklozen aan, onder wie gedetineerden die voorwaardelijk vrij waren en die actief werden gerehabiliteerd.

Ze stond in het winkeltje en wachtte terwijl de winkelbediende haar mooie blauwe Manolo's in vloeipapier wikkelde en ze voorzichtig in de doos legde. Ze stond te popelen om naar huis te gaan en haar jurk aan te passen met deze schoenen en tas. Ze wist nu al dat ze er verpletterend uit zou zien. Precies wat ze volgende week nodig had voor haar zelfvertrouwen.

Toen keek ze op haar horloge. Halfvier. Shit! Het had langer geduurd dan ze had gedacht. Ze was laat voor haar afspraak bij de nagelstudio in Hove, aan de andere kant van de stad. Ze haastte zich de winkel uit, waarbij ze amper de vreemd uitziende vrouw met scheef blond haar opmerkte die naar iets in de etalage stond te kijken.

Onderweg naar de parkeergarage keek ze geen moment achterom.

Als ze dat wel had gedaan, dan had ze misschien gezien dat diezelfde vrouw haar schaduwde.

42

Het was kort na tien uur 's avonds toen Roy Grace richting aangaf naar rechts. Hij reed sneller dan verstandig was in de harde regen, omdat hij zo laat was. De auto slipte bijna op het gladde asfalt terwijl hij de brede, rustige New Church Road verliet en de nog stillere staat in reed die naar de kust van Hove leidde, waar hij en Sandy woonden.

De oude BMW 3-serie kraakte en kreunde, en de remmen maakten een protesterend, schrapend geluid. De auto had al maanden geleden een beurt moeten krijgen, maar Grace was blutter dan ooit, deels dankzij een belachelijk dure armband met briljanten die hij Sandy voor kerst had gegeven, en de beurt zou nog een paar maanden moeten wachten.

Uit gewoonte merkte hij alle voertuigen op de opritten en langs de stoepranden op, maar er viel hem niets ongewoons op. Toen hij zijn huis naderde keek hij zorgvuldig naar de vlakken van duisternis waar de oranje gloed van de straatlantaarns niet helemaal doordrong.

Er was één nadeel aan agent zijn, als je boeven arresteerde en ze meestal een paar maanden later bij de rechtbank weer zag, en dat was dat je nooit wist wie er mogelijk een appeltje met je te schillen had. Wraakaanvallen kwamen zelden voor, maar Grace kende een paar collega's die anonieme dreigbrieven hadden gekregen, en een van wie de vrouw een doodsbedreiging aan haar adres had gevonden, ingekerfd in een boom in een park in de buurt. Het was niet iets waar je wakker van lag, maar het was een beroepsrisico. Je probeerde je adres geheim te houden, maar boeven hadden zo hun methoden om dergelijke dingen te achterhalen. Je moest eigenlijk voortdurend een beetje op je hoede zijn, en dat was iets wat Sandy hem kwalijk nam.

Het zat haar vooral dwars dat Roy in een pub of restaurant altijd een tafel koos waar hij het best mogelijke uitzicht had op de ruimte en de deur, en dat hij altijd probeerde een plek te vinden waar hij met zijn rug naar de muur zat.

Hij glimlachte toen hij zag dat het licht beneden brandde, wat betekende dat Sandy nog op was, hoewel hij een beetje droevig constateerde dat de kerstlampjes weg waren. Hij stuurde de oprit op en stopte voor de deur van de inpandige garage. Sandy's nog gammeler Renault stond ongetwijfeld binnen, uit de regen.

Dit huis was Sandy's droom. Kort voordat ze het had gevonden, was ze over tijd geweest en was de hoop opgevlamd, maar die was een paar weken later alweer de grond in geboord. Ze was in een diepe depressie beland; zozeer dat hij zich zorgen over haar was gaan maken. Toen belde ze hem op het werk om te zeggen dat ze een huis had gevonden. Het was te duur voor hen, had ze gezegd, maar het had zo veel potentieel. Hij zou het prachtig vinden!

Ze hadden de halfvrijstaande woning met vier slaapkamers iets meer dan een jaar geleden gekocht. Het was een grote sprong voorwaarts vanuit het flatje in Hangleton waar ze na hun huwelijk waren gaan wonen, en voor hen allebei een financiële aderlating. Maar Sandy had haar zinnen op het huis gezet en had Roy ervan overtuigd dat ze het moesten doen. Hij was er tegen beter weten in mee akkoord gegaan, en hij wist waarom hij eigenlijk ja had gezegd. Het was omdat hij zag hoe wanhopig ongelukkig Sandy was omdat ze niet zwanger werd, en omdat hij haar hoe dan ook een plezier wilde doen.

Nu zette hij de motor af en stapte uit in de ijskoude, kletterende regen. Hij was doodop. Hij boog zich weer naar binnen, pakte zijn uitpuilende koffertje met een berg dossiers die hij vanavond nog moest doorlezen van de passagiersstoel, haastte zich naar de voordeur en ging naar binnen.

'Hoi schat!' riep hij toen hij de gang in stapte. Het zag er kaal uit zonder de kerstversieringen.

Hij hoorde de televisie. Er hing een heerlijke geur van gebraden vlees. Uitgehongerd werkte hij zich uit zijn jas, hing die aan de antieke kapstok die ze op de markt in Kensington Street hadden gekocht, liet zijn koffertje vallen en liep de woonkamer in.

Sandy lag gehuld in een dikke ochtendjas en met een deken over haar heen op de bank, terwijl ze met een glas rode wijn in de hand naar het journaal keek. Er stond een verslaggever met een microfoon in een uitgebrand dorp.

'Sorry lieverd,' zei hij.

Hij glimlachte naar haar. Ze zag er mooi uit met haar vochtige haar nonchalant om haar gezicht en zonder make-up. Dat was een van de dingen die hij het leukst vond aan haar, dat ze er net zo goed uitzag zonder make-up als met. Hij was altijd vroeg wakker, en soms bleef hij 's ochtends nog even in bed liggen om gewoon naar haar te kijken.

'Sorry om wat er in Kosovo gebeurt?' kaatste ze terug.

Hij bukte zich en kuste haar. Ze rook naar zeep en shampoo.

'Nee, omdat ik zo laat ben. Ik had je willen helpen met de versieringen.'

'Waarom vind je het niet erg wat er in Kosovo gebeurt?'

'Ik vind het wel erg wat er in Kosovo gebeurt,' zei hij. 'Ik vind het ook erg van Rachael Ryan, die nog steeds vermist wordt, en ik vind het erg voor haar ouders en haar zus.'

'Zijn zij belangrijker voor je dan Kosovo?'

'Ik heb behoefte aan een borrel,' zei hij. 'En ik ben uitgehongerd.'

'Ik heb al gegeten. Ik kon niet langer wachten.'

'Sorry. Sorry dat ik zo laat ben. Sorry van Kosovo. Sorry voor elk probleem in de wereld dat ik niet kan oplossen.'

Hij knielde neer en trok een fles Glenfiddich uit de drankkast. Toen hij daarmee naar de keuken liep, riep ze hem na: 'Ik heb een bord lasagne voor je in de magnetron gezet, en er staat sla in de koelkast.'

'Bedankt,' riep hij terug.

In de keuken schonk hij vier vingers whisky in. Hij gooide er een paar ijsklontjes bij, pakte zijn favoriete glazen asbak uit de vaatwasser en liep terug naar de woonkamer. Hij deed zijn jasje uit, maakte zijn stropdas los en liet zich in de leunstoel vallen, aangezien zij de hele bank bezet hield. Hij stak een sigaret op.

Bijna meteen, als in een pavloviaanse reactie, wapperde Sandy denkbeeldige rook weg.

'En hoe was jouw dag?' vroeg hij. Hij plukte een gevallen dennennaald van de vloer.

Een jonge, aantrekkelijke vrouw met piekerig zwart haar en gekleed in een militaire overall verscheen op het scherm, tegen een achtergrond van uitgebrande gebouwen. Ze hield een microfoon vast en praatte in de camera over de verschrikkelijke menselijke tol die de oorlog in Bosnië vergde.

'Dat is de Engel van Mostar,' zei Sandy, die met haar hoofd naar het scherm knikte. 'Sally Becker. Ze komt uit Brighton. Ze doet iets aan de oorlog daar. Wat doe jij eraan, brigadier-Grace-die-hoopt-binnenkort-rechercheur-te-zijn?'

'Ik zal me bekommeren om de oorlog in Bosnië en alle andere problemen in de wereld zodra we de oorlog in Brighton hebben gewonnen, die waarvoor ik betaald word om er iets tegen te doen.' Hij gooide de dennennaald in de asbak.

Sandy schudde haar hoofd. 'Je snapt het niet, hè lieverd? Die jonge vrouw, Sally Becker, is een heldin.'

Hij knikte. 'Dat klopt, ja. De wereld heeft behoefte aan mensen zoals zij. Maar...'

'Maar wat?'

Hij nam een haal van zijn sigaret en toen een slokje whisky, en voelde het brandende, verwarmende gevoel diep in zijn keel.

'Je kunt in je eentje niet alle problemen van de wereld oplossen.'

Ze keek hem aan. 'Oké, praat me dan maar eens door één probleem heen dat jij oplost.' Ze zette het geluid van de televisie zachter.

Hij haalde zijn schouders op.

'Kom op, ik wil het horen. Je vertelt nooit iets over je werk. Je vraagt altijd hoe mijn dag was, en ik vertel je alles over de rare lui die ik in het medisch centrum tegenkom. Maar elke keer als ik jou iets vraag, krijg ik dat gelul over geheimhouding. Dus, aankomend rechercheur, vertel me voor de verandering eens over jóuw dag. Vertel me eens waarom ik al tien avonden aan één stuk in mijn eentje zit te eten. Vertel eens. Denk aan onze huwelijksgeloften. Was daar niet iets bij over geen geheimen voor elkaar hebben?'

'Sandy,' zei hij. 'Kom op! Ik heb hier geen zin in!'

'Nee, kom jij maar een keer op. Vertel me over je dag. Vertel hoe de zoektocht naar Rachael Ryan gaat.'

Hij nam nog een lange haal van zijn sigaret. 'Die gaat verdorie helemaal nergens naartoe,' zei hij.

Sandy glimlachte. 'Zo, dat is eens wat nieuws! Ik geloof dat ik je in alle jaren dat we getrouwd zijn nog nooit zo eerlijk heb gehoord. Dank je, aanstaand rechercheur!'

Hij grijnsde. 'Kappen daarmee. Misschien haal ik het niet.'

'Jawel. Jij bent de veelbelovende jonge ster op het bureau. Je krijgt die promotie wel. Weet je waarom?'

'Nou?'

'Omdat die belangrijker voor je is dan je huwelijk.'

'Sandy! Kom op nou, dat is...'

Hij legde zijn sigaret in de asbak, sprong uit zijn stoel, ging op de rand van de bank zitten en probeerde zijn arm om haar heen te slaan, maar ze verzette zich.

'Toe maar. Vertel me over je dag,' zei ze. 'Ik wil alle details horen. Als je echt van me houdt, tenminste. Ik heb nog nooit een verslag van minuut tot minuut gehoord over je werk. Nog nooit.'

Hij stond op om zijn sigaret uit te drukken, zette de asbak op het bijzettafeltje bij de bank en ging weer zitten.

'Ik heb de hele dag gezocht naar die jonge vrouw, oké? Zoals ik al de hele week doe.'

'Ja, prima, maar wat kwam daarbij kijken?'

'Wil je echt alle details weten?'

'Ja, ik wil echt alle details weten. Heb je daar problemen mee?'

Hij stak nog een sigaret op en inhaleerde. Toen, terwijl de rook uit zijn mond kringelde, zei hij: 'Ik ben samen met een rechercheur – Norman Potting, niet de meest tactvolle agent die we hebben – weer naar de ouders van de vermiste vrouw gegaan. Ze zijn verschrikkelijk overstuur, zoals je je kunt voorstellen. We hebben geprobeerd ze gerust te stellen door te vertellen wat we allemaal doen, en ik heb alle details over hun dochter genoteerd die ze nog konden geven. Potting kreeg het voor elkaar om ze allebei kwaad te maken.'

'Hoezo?'

'Hij stelde een hoop lastige vragen over haar seksleven. Ze moesten worden gesteld, maar dat kan ook op een andere manier...'

Hij nam nog een slok en nog een trekje, en legde de sigaret toen in de asbak. Ze keek hem vragend aan.

'En toen?'

'Wil je echt al het andere ook horen?'

'Ik wil echt al het andere ook horen.'

'Oké, dus we proberen alles uit ze te peuteren over Rachaels leven. Had ze vrienden of goede collega's die we nog niet hebben gesproken? Was er al eens eerder zoiets gebeurd? We proberen ons een beeld te vormen van haar gewoonten.'

'Wat waren haar gewoonten?'

'Elke dag naar haar ouders bellen, zonder mankeren. Dat is de belangrijkste.'

'En nu heeft ze al tien dagen niet gebeld?'

'Nee.'

'Is ze dood, denk je?'

'We hebben haar bankrekeningen gecontroleerd om te kijken of er geld af is gehaald, en dat is niet zo. Ze heeft een creditcard, maar sinds de dag voor kerst zijn er geen betalingen meer mee gedaan.'

Hij wilde nog een slok whisky nemen en merkte dat hij het glas had geleegd. IJsklontjes raakten zijn lippen toen hij de laatste druppels opdronk.

'Ze wordt ofwel ergens tegen haar wil vastgehouden, of ze is dood,' zei Sandy vlak. 'Mensen verdwijnen niet zomaar van de aardbodem.'

'O jawel,' zei hij. 'Elke dag. Duizenden mensen per jaar.'

'Maar als ze zo hecht was met haar ouders, dan zou ze ze toch vast niet op deze manier opzettelijk verdriet willen doen?'

Hij haalde zijn schouders op.

'Wat zegt je speurneus?'

'Dat dit zaakje stinkt.'

'Wat gaan jullie nu doen?'

'We breiden het zoekgebied uit, gaan in een groter gebied langs de deuren, halen er meer agenten bij. We zoeken in de parken, de vuilnisbelten, het platteland in de buurt. Er worden beelden van veiligheidscamera's bekeken. Er wordt naar haar uitgekeken bij alle stations, havens en luchthavens. Haar vrienden en haar ex-verloofde worden gehoord. En we hebben een crimineel psycholoog – een profielschetser – in de arm genomen.'

Na een tijdje vroeg Sandy: 'Is dit die schoenverkrachter weer, denk je? De Schoenenman?'

'Ze is kennelijk gek op schoenen. Maar dit is niet zijn methode. Hij heeft nog nooit een slachtoffer gekidnapt.'

'Heb je niet een keer verteld dat misdadigers na verloop van tijd brutaler en gewelddadiger worden, dat het vaak escaleert?'

'Dat klopt. Een kerel die begint als onschadelijke potloodventer kan veranderen in een gewelddadige verkrachter. Dat geldt ook voor inbrekers, naarmate ze brutaler worden.'

Sandy nam een slokje wijn. 'Ik hoop dat je haar snel vindt en dat alles goed met haar is.'

Grace knikte. 'Ja,' zei hij zachtjes, 'dat hoop ik ook.'

'Gaat het je lukken?'

Hij had geen antwoord. Niet het antwoord dat ze wilde horen in ieder geval.

43

Hij hield niet van dronken mensen, vooral niet van dronken sloeries, en al helemaal niet van dronken sloeries in zijn taxi. Zeker niet zo vroeg op een zaterdagavond, terwijl hij druk was met het lezen van het laatste nieuws over de Schoenenman in De *Argus*.

Het waren vijf dronken meisjes, allemaal zonder jas, allemaal in flodder-jurkjes, een en al benen en vlees, die hun borsten en tatoeages en gepiercete navels tentoonspreidden. Het was januari! Hadden ze dan geen last van de kou?

Hij mocht eigenlijk maar vier personen vervoeren. Dat had hij tegen ze gezegd, maar ze waren te dronken om te luisteren en hadden zich naar bin-nen geperst op de standplaats aan East Street, gillend, kletsend, giechelend, en gezegd dat ze naar de pier wilden.

De taxi werd gevuld met hun geuren: Rock 'n Rose, Fuel for Life, Red Jeans, Sweetheart, Shalimar. Hij herkende ze allemaal. Uh-huh. En vooral de Shalimar herkende hij.

Het luchtje van zijn moeder.

Hij zei dat het maar een klein stukje lopen was, dat het in het drukke zaterdagavondverkeer sneller zou zijn als ze gingen lopen. Maar ze stonden erop dat hij ze erheen bracht.

'Jesses man, het is teringkoud!' zei een van hen.

Ze was een mollig klein ding, die met de Shalimar op, met een bos blond haar en half ontblote borsten die eruitzagen alsof ze waren opgepompt met een fietspomp. Ze deed hem een beetje aan zijn moeder denken. Iets in haar ordinaire uitstraling, de vorm van haar figuur en de kleur van haar haar.

'Ja,' zei een tweede, 'verrekte ijskoud!'

Een van hen stak een sigaret op. Hij rook meteen de zure stank. Dat was ook niet toegestaan, zei hij tegen haar, terwijl hij haar boos aankeek via de spiegel.

'Wil je een hijs, lekker ding?' vroeg ze pruilend, en ze stak de sigaret naar hem uit.

'Ik rook niet,' zei hij.

'Te jong, zeker?' vroeg een andere, en ze begonnen te gieren van het lachen.

Hij bracht hen bijna naar de skeletachtige overblijfselen van de West Pier, een kilometer verderop langs de kust, gewoon om ze wat respect bij te brengen voor de inkomstenbron van een taxichauffeur. Maar dat deed hij niet, om slechts één reden.

De schoenen en het parfum dat dat dikkerdje droeg.

Schoenen die hij heel mooi vond. Fonkelende zwart met zilveren Jimmy Choos. Maat zevenendertig. Uh-huh. Hetzelfde als zijn moeder.

Yac vroeg zich af hoe ze er naakt uit zou zien, met alleen die schoenen aan. Zou ze dan op zijn moeder lijken?

Tegelijkertijd vroeg hij zich af of ze thuis een wc met een hoge of een lage stortbak had. Maar het punt met dronken mensen was dat je er geen fatsoenlijk gesprek mee kon voeren. Zonde van de tijd. Hij reed zwijgend, denkend aan haar schoenen. Hij snoof haar parfum op. Keek naar haar in de spiegel. Vond dat ze steeds meer leek op zijn moeder.

Hij ging rechtsaf North Street in en reed naar Steine Gardens, wachtte bij het verkeerslicht, ging rechtsaf en sloot in de rij voor de rotonde aan voordat hij tot stilstand kwam voor de felle lichtjes van Brighton Pier.

Slechts twee pond veertig op de meter. Hij had een halfuur in de rij gestaan bij de taxistandplaats. Het had hem niet veel opgeleverd. Hij was niet blij. En hij was nog minder blij toen iemand hem twee vijftig gaf en zei dat hij het wisselgeld mocht houden.

'Huh!' zei hij. 'Huh!'

De eigenaar van de taxi verwachtte hoge omzetten op zaterdagavond.

De meisjes werkten zich de auto uit terwijl hij afwisselde tussen kijken naar de Jimmy Choos en ongerust om zich heen speuren naar enig teken van politie. De meisjes vervloekten de koude wind, grepen hun haar vast, wankelden rond op hun hoge hakken en begonnen toen, terwijl ze het achterportier van de taxi openhielden, onderling te ruziën over waarom ze hierheen waren gegaan en niet in het café waren gebleven waar ze net vandaan kwamen.

Hij stak zijn hand uit, riep 'Pardon, dames!', trok het portier dicht en reed langs de zee, in een taxi die stonk naar Shalimar, sigarettenrook en alcohol. Een klein stukje verderop stopte hij op de dubbele gele streep, langs de balustrade van de promenade, en zette de motor af.

Allerlei gedachten raasden door zijn hoofd. Jimmy Choos, maat zevenendertig. Dezelfde maat als zijn moeder. Hij ademde diep in, genoot van de geur van Shalimar. Het was bijna zeven uur. Tijd voor zijn thee, elk uur op het hele uur. Dat was heel belangrijk. Hij had het nodig.

Maar hij had iets anders in gedachten wat hij nog harder nodig had. Uh-huh.

44

Zaterdag 10 januari 2009

Ondanks de kou en de stekende wind liepen er bij de ingang van de pier meerdere groepen mensen rond, vooral jongelui. Felle lichtjes fonkelden en twinkelden overal op het bouwwerk, dat zich een kilometer in de inktzwarte duisternis van het Engelse Kanaal uitstrekte. Een vlag klapperde in de wind. Een enorm sandwichbord pal voor de ingang kondigde een optreden van een liveband aan. De ijsverkoper deed niet veel zaken, maar er stonden slordige rijen voor de kassa's van Southern Fried Chicken, Doughnut, Meat Feast en de fish-and-chipstenten.

Darren Spicer, gekleed in een jekker, spijkerbroek, wollen wanten en een honkbalpet die hij laag over zijn ogen had getrokken, was high en merkte helemaal niets van de kou terwijl hij in de rij stond voor een zak patat. Het aroma van frituurvet was heerlijk en hij had honger. Hij stak zijn kromme sjekkie in zijn mond, wreef in zijn handen en keek op zijn horloge. Acht voor zeven. Hij moest om halfnegen terug zijn in de nachtopvang van St Patrick's, want dan ging de deur dicht. Als hij te laat kwam was hij zijn bed kwijt, en het was van hieraf vijfentwintig minuten stevig doorlopen, behalve als hij een bus nam of, extravaganter nog, een taxi.

In een van zijn grote binnenzakken had hij een *Argus* die hij uit een afvalbak bij het Grand Hotel had geplukt, waar hij zich eerder had ingeschreven om op maandag te beginnen, in een baan waar hij gebruik zou maken van zijn elektriciensvaardigheden. De bedrading in het hotel, veel daarvan al tientallen jaren oud, werd vervangen. Maandag zou hij in de kelder zijn om nieuwe kabels van de noodgenerator naar de wasruimte te trekken.

Het was een groot gebouw en ze hadden een personeelstekort. Dat betekende dat er niet veel mensen zouden zijn om een oogje op hem te houden. Dat betekende dat hij zo ongeveer zou kunnen doen wat hij wilde. Met al die rijkdommen daar. En hij zou toegang hebben tot het computersysteem. Nu had hij alleen nog een prepaid mobieltje nodig. En dat zou geen probleem zijn.

Hij voelde zich goed! Hij voelde zich geweldig! Op dit ogenblik was hij de machtigste man in de hele stad! En waarschijnlijk ook de geilste!

Een groepje schaars geklede meisjes dat uit een taxi rolde trok zijn blik. Een van hen was een mollig klein ding, haar tieten puilden bijna uit haar blouse en ze had pruilende lippen, alsof ze door een bij was gestoken. Ze wankelde bij de ingang rond op haar fonkelende hakken en greep naar haar haar, dat in de war werd geblazen door de wind. Ze zag eruit alsof ze een beetje te veel had gedronken.

Haar minirok werd omhoog geblazen en in een flits zag hij de bovenkant van haar been. Dat veroorzaakte een scherpe steek van lust. Ze was zijn type. Hij hield wel van een beetje vlees aan een vrouw. Ja, beslist zijn soort wijffie.

Ja.

Ze beviel hem wel.

Mooie schoenen.

Hij nam een lange trek van zijn sjekkie.

De taxi reed weg.

De meisjes ruzieden ergens over. Toen liepen ze allemaal naar de rij achter hem.

Hij kreeg zijn zak patat, stapte een stukje opzij, leunde tegen een paal en keek naar de meisjes in de rij, die nog steeds ruzieden en ellebogden. Maar hij keek vooral naar de mollige, voelde dat steekje van lust in hem groeien, steeds weer denkend aan die flits van bovenbeen die hij had gezien.

Hij had zijn patat op en had een volgend sjekkie opgestoken tegen de tijd dat de meisjes hun patat hadden gekregen en in hun tassen hadden gezocht naar kleingeld om ervoor te betalen. Toen liepen ze de pier op, met de mollige achteraan. Ze probeerde hen bij te houden, maar had er moeite mee op haar hakken.

'Hé!' riep ze naar de twee achterste meisjes. 'Hé, Char, Karen, niet zo snel. Ik kan jullie niet bijhouden!'

Een van de vier draaide zich lachend om, maar bleef doorlopen met haar vriendinnen. 'Zet 'm op, Mandy! Komt doordat je gewoon te vet bent, hè?'

Mandy Thorpe, met een tollend hoofd van te veel cocktails, begon te rennen en haalde haar vriendinnen in. 'Kappen over mijn gewicht! Ik ben niet te dik!' zei ze met geveinsde boosheid. Toen de stoeptegels van het toegangsgedeelte overgingen in de planken van de pier zelf, kwamen haar beide hakken in een spleet terecht, vlogen haar voeten uit haar schoenen en viel ze plat op haar gezicht. Haar handtas raakte de grond en alles vloog eruit, en haar patat schoot over de planken.

'Shit!' vloekte ze. 'Shit, shit, shit!'

Ze krabbelde overeind, dook ineen en schoof haar voeten weer in haar schoenen, bukte zich nog dieper om er helemaal in te komen en vervloekte die goedkope, slecht passende namaak-Jimmy Choos, die ze op vakantie in Thailand had gekocht en die zo'n pijn deden.

'Hé!' riep ze. 'Char, Karen, hé!'

Ze liet de rommel van patat en ketchup liggen en strompelde achter hen aan, nu goed lettend op de spleten tussen de planken. Ze volgde haar vriendinnen langs een speelgoedlocomotief, de felle lichtjes en het lawaai van de amusementsstraat in. Er klonk muziek, gerinkel van geld en gekletter van machines, kreten van blijdschap en boos gevloek. Ze liep langs een enorme, verlichte roze knalbonbon, toen een glazen machine vol teddyberen, een bord waarop £35 CASH JACKPOTS knipperde, en een kassaloket in de vorm van een victoriaans tramhokje.

Toen waren ze weer buiten in de ijzige kou. Mandy haalde haar vriendinnen in toen ze langs een rij kramen liepen, met in elk ervan keiharde muziek. VANG EEN EEND! KREEFTENPOT – TWEE BALLEN VOOR £1! HENNATATOEAGES!

In de verte, links aan de overkant van de zwarte leegte van de zee, waren de lichtjes van de mooie huizen van Kemp Town. Ze liepen verder langs de DOLPHIN DERBY in de richting van de draaimolen, achtbaan, botsautootjes, de CRAZY MOUSE-achtbaan en de TURBO SKYRIDE, waar Mandy een keer in was geweest en waarna ze urenlang misselijk was gebleven.

Rechts van hen was het spookhuis, het HORROR HOTEL.

'Ik wil naar het spookhuis!' riep Mandy.

Karen draaide zich om en haalde een pakje sigaretten uit haar tas. 'Wat kinderachtig. Dat spookhuis is helemaal niks. Geen bal aan. Ik wil nog wat drinken.'

'Ja, ik ook!' zei Char. 'Ik wil ook wat drinken.'

'En de Turbo dan?' vroeg een ander meisje, Joanna.

'Niks aan!' zei Mandy. 'Ik wil naar het spookhuis.'

Joanna schudde haar hoofd. 'Dat vind ik eng.'

'Het is niet écht eng,' zei Mandy. 'Ik ga wel alleen als jullie niet willen.'

'Dat durf je niet!' pestte Karen. 'Je bent een schijterd!'

'Wacht maar!' zei Mandy. 'Let maar es op!'

Ze strompelde naar het kaartjesloket. Geen van hen merkte de man op die op korte afstand achter hen stond en zorgvuldig zijn sigaret onder zijn hak doofde.

45

Dinsdag 6 januari 1998

Hij had nog nooit een lijk gezien. Nou, behalve zijn moeder dan. Ze was net een skelet geweest, weggeteerd door de kanker die vraatzuchtig door haar lijf raasde en zo ongeveer alles opvrat behalve haar huid. Die smerige kankercellen zouden haar huid waarschijnlijk ook nog hebben opgevreten als ze niet door de balsemvloeistof waren vernietigd.

Maar ze mochten haar hebben. Het was eigenlijk zonde om ze te verwoesten.

Zijn moeder had eruitgezien alsof ze sliep. Ze lag ingestopt in bed, in haar nachtjapon, in een kamer in de Kapel van Rust bij de uitvaartonderneming. Haar haar netjes gekapt. Een beetje make-up op haar gezicht om haar wat kleur te geven, en haar huid licht rozig getint van de balsemvloeistof. De uitvaartondernemer had gezegd dat ze er heel mooi zou uitzien.

Veel mooier dood dan levend.

Dood kon ze hem niet meer sarren. Kon ze niet meer tegen hem zeggen, terwijl ze bij hem in bed stapte, dat hij net zo nutteloos was als zijn bezopen vader. Dat zijn díngetje zielig was, dat het korter was dan haar naaldhakken. Soms nam ze een schoen met een hoge hak mee naar bed en dwong hem haar daarmee te bevredigen.

Ze begon hem Garnaaltje te noemen. Die naam werd al snel opgepikt op school. 'Hé, Garnaaltje,' riepen de andere kinderen hem dan toe, 'is hij al langer geworden?'

Hij had naast haar gezeten, op de stoel naast haar bed, net zoals hij naast haar had gezeten op de zaal van het ziekenhuis toen haar leven wegglipte. Hij had haar hand vastgehouden. Die was koud en bottig, alsof je de poot van een reptiel vasthield. Maar dan een die je niets meer kon doen.

Toen had hij zich naar voren gebogen en in haar oor gefluisterd: 'Volgens mij moet ik nu zeggen dat ik van je hou. Maar dat is niet zo. Ik haat je. Ik heb je altijd gehaat. Ik kan niet wachten op je crematie, want naderhand neem ik die urn met je as mee en flikker je in een vuilcontainer, waar je hoort.'

Deze nieuwe vrouw was anders. Hij haatte Rachael Ryan niet. Hij keek naar haar, naakt onder in de vrieskist die hij vanochtend had gekocht. Ze staarde naar hem op met ogen die gestaag met rijp werden bedekt. Dezelfde glans van rijp die zich over haar hele lichaam vormde.

Hij luisterde een tijdje naar het zoemen van de vriezermotor. Toen fluisterde hij: 'Rachael, ik vind het zo erg wat er is gebeurd, weet je? Echt waar. Ik heb je nooit willen vermoorden. Ik heb nog nooit iemand vermoord. Zo ben ik niet. Ik wil alleen maar dat je dat weet. Niks voor mij. Niet mijn stijl. Ik zal voor je op je schoenen passen, dat beloof ik.'

Toen besloot hij dat het hem niet beviel dat haar ogen zo vijandig naar hem keken. Alsof ze hem nog steeds beschuldigde, ook al was ze dood. Alsof ze hem beschuldigde vanaf een andere plek, de andere dimensie waar ze nu was.

Hij sloeg het deksel dicht.

Zijn hart ging tekeer. Het zweet gutste van hem af.

Hij had een sigaret nodig.

Hij moest heel, heel rustig nadenken.

Hij stak een sigaret op en rookte die langzaam, peinzend op. Peinzend. Peinzend.

Haar naam was overal. De politie zocht de hele stad naar haar af. Heel Sussex.

Hij trilde.

Stomme trut, dat je mijn masker hebt afgetrokken!

Kijk nou wat je hebt gedaan! Met ons allebei!

Ze mochten haar niet vinden. Ze zouden weten wie ze was als ze het lichaam vonden. Ze hadden allerlei technieken. Allerlei soorten wetenschap. Als ze haar vonden, dan zouden ze op een zeker moment ook hem vinden.

Door haar te koelen had hij in ieder geval een einde gemaakt aan de stank die van haar af was begonnen te komen. Bevroren vlees stonk niet. Dus nu had hij tijd. Eén optie was om haar gewoon hier te houden, maar dat was gevaarlijk. De politie had in de krant gemeld dat ze een wit busje zochten. Iemand had zijn busje misschien gezien. Iemand zou misschien tegen de politie zeggen dat hier soms een wit busje in en uit reed.

Hij moest haar hier weghalen.

Het was misschien een optie om haar in zee te gooien, maar dan spoelde ze mogelijk weer aan land. Als hij ergens in het bos een graf groef, dan vond iemands hond haar misschien. Hij had een plek nodig waar geen hond zou gaan snuffelen.

Een plek waar niemand zou zoeken.

46

Zaterdag 10 januari 2009

Misschien was dit toch niet zo'n goed idee, dacht Mandy toen ze haar kaartje aan de man in het loket van het spookhuis overhandigde.

'Is het eng?' vroeg ze hem.

Hij was jong en knap, met een buitenlands accent; misschien Spaans, dacht ze.

'Nee, is niet echt eng. Een beetje maar!' Hij glimlachte. 'Komt wel goed!'

'Ja?'

Hij knikte.

Ze strompelde langs de balustrades naar het eerste karretje. Het zag eruit als een ouderwetse houten badkuip op rubberen wielen. Ze klom er onhandig in, terwijl haar hart plotseling in haar keel bonsde, en zette haar tas op de stoel naast haar.

'Sorry, tas kan niet mee. Ik pas erop voor jou.'

Met tegenzin gaf ze hem haar tas. Toen trok hij de metalen veiligheidsbeugel omlaag en klikte hem vast, waardoor ze niet meer terug kon.

'Lachen!' zei hij. 'Is leuk! Komt goed, echt!'

Shit, dacht ze. Toen riep ze naar haar vriendinnen. 'Char! Karen!'

Maar de wind sloeg haar woorden uiteen. Het karretje begon naar voren te rollen en kletterde toen ineens door een stel dubbele deuren de duisternis in. De deuren klapten achter haar dicht en de duisternis was volkomen.

Buiten was de vlagerige zeewind, maar hierbinnen was het droog en rook het vaag naar warme elektriciteitskabels en stof.

Het donker drong zich van alle kanten aan haar op. Ze hield haar adem in. Toen maakte het karretje een scherpe bocht naar rechts en maakte het meer snelheid. Ze hoorde het bulderen van de wielen tegen de muren weerkaatsen; het was alsof ze in een metro zat. Strepen licht schoten aan weerskanten langs haar heen. Ze hoorde onheilspellend gelach. Tentakels veegden langs haar voorhoofd en haar, en ze gilde van angst en kneep haar ogen dicht.

Dit is belachelijk, dacht ze. Dit is zo stom. Waarom? Waarom heb ik dit gedaan?

Het karretje botste door een volgend stel dubbele deuren. Ze opende haar ogen en zag een stoffige dode man opstaan achter een bureau en zijn hoofd naar haar toe draaien. Ze dook ineen, sloeg haar handen voor haar ogen, haar hart ging tekeer en alle moed die de alcohol haar had gegeven had haar inmiddels verlaten.

Ze ging een steile helling af. Ze keek weer om zich heen en zag dat het licht snel vervaagde en ze weer in volkomen duisternis gehuld werd. Ze hoorde iets sissen. Een afzichtelijke, gloeiende, skeletachtige slang kwam omhoog uit het donker en siste naar haar, waarbij koude waterdruppeltjes haar gezicht raakten. Toen zwaaide er een helverlicht skelet uit de duisternis tevoorschijn en dook ze angstig ineen, ervan overtuigd dat het ding haar zou raken.

Ze ging door nog meer deuren. O hemel, hoelang zou dit nog doorgaan?

Ze ging snel heuvelafwaarts in het donker. Ze hoorde gekrijs, toen een afgrijselijke, kakelende lach. Nog meer tentakels raakten haar, alsof er een spin in haar haar kroop. Ze boste door een volgende deur, ging haaks linksaf en kwam heel plotseling tot stilstand. Even zat ze daar in het volslagen donker, te trillen als een rietje. En ineens voelde ze een arm om haar nek.

Een menselijke arm. Ze rook warme adem op haar wang. Toen fluisterde er een stem in haar oor.

Ze verstijfde van blinde paniek.

'Ik heb wat extra's voor je, schatje.'

Was dit een geintje van Char en Karen? Liepen ze hierbinnen rond om met haar te dollen?

Haar hoofd tolde. Ergens wist ze dat dit geen deel uitmaakte van de attractie. Dat er iets heel erg mis was. Het volgende moment hoorde ze een knal toen de veiligheidsbeugel omhoogging. Toen, jammerend van angst, werd ze uit het karretje gerukt en snel over een hard oppervlak gesleept. Iets scherps botste tegen haar rug en ze werd tussen gordijnen door een kamertje in gesleurd waar het naar olie rook. Ze werd op haar rug op een hard oppervlak gesmeten. De deur sloeg dicht. Ze hoorde een klik die klonk als een schakelaar, bijna onmiddellijk gevolgd door het geknars van zware machines. Toen scheen er een zaklantaarn in haar gezicht, waardoor ze tijdelijk werd verblind.

Ze staarde omhoog, bijna verlamd van verschrikkelijke angst en verwarring. Wie was dit? De medewerker die ze buiten had gezien?

'Doe me alsjeblieft geen pijn,' zei ze.

Achter de lichtbundel zag ze de omtrekken van het gezicht van een man, bedekt met wat eruitzag als een panty met sleuven erin.

Zodra ze haar mond opende om te gillen, werd er iets zachts met een vieze smaak in gepropt. Ze hoorde een scheurend geluid, en even later werd er plakband over haar lippen en langs de zijkanten van haar hoofd gevouwen. Ze probeerde opnieuw te gillen, maar het enige wat naar buiten kwam was een gedempt, verstikt geluid dat in haar hoofd leek te blijven rondkaatsen.

'Je snakt ernaar, hè, poppetje? Zoals je gekleed bent? Met die schoenen!'

Ze haalde naar hem uit met haar vuisten, sloeg hem, probeerde hem te krabben. Ineens zag ze iets glanzen in de duisternis. Het was de kop van een grote klauwhamer. Hij hield die in een hand die in een latexhandschoen was gestoken.

'Kappen, anders sla ik je, verdomme.'

Angstig hield ze op, starend naar het doffe metaal.

Plotseling voelde ze een klap tegen haar slaap. Ze zag sterretjes.

Toen stilte.

Ze voelde het niet toen hij bij haar binnendrong en naderhand haar schoenen uittrok.

47

Zaterdag 10 januari 2009

Garry Starling ging kort na negen uur 's avonds het drukke China Garden-restaurant binnen en haastte zich naar zijn tafel, alleen even stoppend om een Tsingtao-biertje te bestellen bij de manager, die hem kwam begroeten.

'U bent laat vanavond, meneer Starling!' zei de joviale Chinees. 'Ik geloof niet dat uw vrouw een erg blije dame is.'

'Alsof het wel eens anders is!' antwoordde Gary, die de man een briefje van twintig in de hand drukte.

Toen haastte hij zich het trapje naar zijn vaste tafel op en zag dat die vreetzakken al bijna klaar waren met de gemengde voorgerechten. Er lag nog één loempia in de enorme schaal, en het tafelkleed was bezaaid met stukjes zeewier en vlekken van gemorste saus. Ze zagen er alle drie uit alsof ze al behoorlijk wat gedronken hadden.

'Waar bleef jij verdorie nou?' vroeg zijn vrouw Denise, die hem begroette met haar gebruikelijke ijzige glimlach.

'Ik heb "verdorie" gewerkt, liever,' zei hij terwijl hij Maurice' stapelgekke aardmoeder-vrouw Ulla een plichtmatige kus gaf, Maurice de hand drukte en op de vrije stoel tussen hen plaatsnam. Hij kuste Denise niet. Hij begroette haar al sinds het jaar kruik niet meer met een kus.

Nadat hij zich had omgedraaid en nadrukkelijk zijn vrouw had aangekeken, zei hij: 'Werken, weet je wel? Wérken. Een woord dat niet in jouw vocabulaire voorkomt. Weet je wat dat betekent? De hypotheek betalen. Je stomme creditcardrekeningen.'

'En jouw stomme camper!'

'Camper?' vroeg Maurice stomverbaasd. 'Dat is niet jouw stijl, Garry.'

'Het is een Volkswagen. Een originele met een dubbele voorruit. Een prima investering, erg gewild bij verzamelaars. Ik dacht dat het goed voor Denise en mij zou zijn om de open wegen te verkennen, af en toe in de buitenlucht te slapen, terug te gaan naar de natuur! Ik had liever een boot gekocht, maar ze heeft last van zeeziekte.'

'Het is een midlifecrisis, meer niet,' zei Denise tegen Maurice en Ulla. 'Als hij denkt dat ik op vakantie ga in zo'n klotebusje, dan vergist hij zich! Net zoals vorig jaar, toen hij me achter op zijn motor wilde zetten om te gaan kamperen in Frankrijk, allemachtig!'

'Het is geen klotebusje!' zei Garry, die de laatste loempia greep voordat iemand anders hem kon pakken, hem per ongeluk in de hete saus doopte en in zijn mond propte.

Een kleine thermonucleaire explosie vond plaats tegen zijn verhemelte, en even kon hij geen woord meer uitbrengen. Denise maakte er meteen gebruik van.

'Je ziet er verschrikkelijk uit!' zei ze. 'Hoe kom je aan die schram op je voorhoofd?'

'Een stomme zolder op gekropen om een alarmkabel te vervangen die door de muizen was aangevreten. Er stak een spijker uit het dak.'

Denise boog zich naar hem toe en snoof. 'Je hebt gerookt!'

'Ik zat in een taxi waarin iemand had gerookt,' mompelde hij een beetje onhandig en met zijn mond vol.

'O ja?' Ze keek hem argwanend aan en wendde zich toen weer naar haar vrienden. 'Hij zegt steeds dat hij gestopt is, maar hij denkt zeker dat ik achterlijk ben! Hij gaat de hond uitlaten, of een stukje op de motor rijden, of fietsen, en komt een paar uur later stinkend naar rook weer thuis. Je ruikt het altijd meteen, hè?' Ze keek naar Ulla, toen naar Maurice, en gooide nog wat sauvignon achterover.

Garry's bier werd gebracht en hij nam een grote slok, eerst met een blik op Ulla, wier gestoorde haar er vanavond nog maffer uitzag dan anders, en toen naar Maurice, die nog meer op een pad leek dan normaal. Allebei, en Denise ook, zagen ze er vreemd uit, alsof hij ze door vervormd glas zag. Het zwarte T-shirt van Maurice was uitgerekt over zijn buik, zijn ogen puilden uit en zijn dure, afgrijselijke geruite jasje met glanzende Versace-knopen zat te strak. Het leek wel een afdankertje van zijn grote broer.

Maurice, die zijn vriend te hulp kwam, schudde zijn hoofd. 'Ik ruik niks.'

Ulla boog zich naar voren en rook aan Garry, als een loopse teef. 'Lekker luchtje!' zei ze ontwijkend. 'Maar het ruikt wel een beetje als een vrouwengeur.'

'Chanel Platinum,' antwoordde hij.

Ze snuffelde nog eens, fronste twijfelend en trok haar wenkbrauwen naar Denise op.

'Nou, en waar heb je nou uitgehangen?' wilde Denise weten. 'Je ziet er niet uit. Had je je haar niet even kunnen kammen?'

'Het waait als de ziekte buiten, voor het geval je het niet had gemerkt!' antwoordde Garry. 'Ik had een kwade klant – we waren vanavond niet met zo veel mensen, eentje heeft griep, de ander wat anders. Die dwarse Graham Lewis in Steyning, bij wie het alarm steeds zomaar afgaat, dreigde bij ons weg te lopen. Dus moest ik ernaartoe om het te regelen, oké? Bleken dus die kleremuizen te zijn.'

Ze tilde haar glas naar haar mond om het te legen en besefte dat het al leeg was. Op dat ogenblik verscheen er een ober met een nieuwe fles. Garry wees naar zijn eigen wijnglas en dronk tegelijkertijd zijn bier op. Hij was op van de zenuwen en had drank nodig. Een heleboel.

'Proost, jongens!' zei hij.

Maurice en Ulla hieven hun glas. 'Proost!'

Denise nam de tijd. Ze loerde naar Garry. Ze geloofde hem gewoon niet.

Maar, dacht Garry, wanneer had zijn vrouw hem voor het laatst nog ergens over geloofd? Hij dronk de helft van de droge witte wijn in één slok op, wat tijdelijk verlichting bracht in het brandende gevoel boven in zijn mond. Eigenlijk had ze hem waarschijnlijk voor het laatst geloofd op hun trouwdag, toen hij zijn geloften had uitgesproken.

Hoewel... Zelfs toen was hij er niet zeker van geweest. Hij wist nog hoe ze voor het altaar naar hem had gekeken, toen hij de ring om haar vinger schoof en de dominee hem vertelde wat hij moest zeggen. Het was niet de liefde in haar ogen die hij had mogen verwachten, maar eerder de voldoening van een jager die thuiskwam met een dood dier over haar schouder.

Hij was er toen bijna vandoor gegaan.

Twaalf jaar later ging er geen dag voorbij of hij wenste dat hij het gedaan had.

Maar hallo, het had ook voordelen om getrouwd te zijn. Dat moest hij nooit vergeten.

Getrouwd zijn maakte je respectabel.

48

Zaterdag 10 januari 2009

'Ik ben begonnen met de tekst voor de huwelijksuitnodigingen,' riep Cleo vanuit de keuken.

'Geweldig!' zei Roy Grace. 'Moet ik ernaar kijken?'

'Dat doen we wel als je hebt gegeten.'

Hij glimlachte. Eén ding dat hij over Cleo ontdekt had, was dat ze alles graag ver van tevoren voorbereidde. Het zou afwachten worden of ze konden trouwen voordat de baby kwam. Ze konden zelfs nog geen datum prikken, vanwege alle bureaucratie die moest worden doorlopen om Sandy eerst officieel dood te laten verklaren.

Humphrey lag nu tevreden naast hem op Cleo's huiskamervloer, met een maffe grijns, zijn kop opzij en zijn tong half uit zijn bek. Roy aaide over de zachte, warme buik van het blije beest terwijl een politicus van de Labourpartij op de flatscreentelevisie pontificeerde op het journaal van tien uur.

Maar hij luisterde niet. Hij had zijn jasje uit en zijn stropdas los, en zijn gedachten waren bij de avondbriefing en het werk dat hij mee naar huis had genomen, de pagina's naast hem op de bank uitgespreid. Hij was bezig met het bekijken van overeenkomsten tussen de Schoenenman en de nieuwe dader. Een aantal onbeantwoorde vragen stuiterde door zijn hoofd.

Als de Schoenenman terug was, waar was hij dan de afgelopen twaalf jaar geweest? Of als hij in de stad was gebleven, waarom had hij dan zo lang geen misdrijven gepleegd? Was het mogelijk dat hij nog andere vrouwen had verkracht, die geen aangifte hadden gedaan?

Grace betwijfelde of hij in de tussenliggende twaalf jaar meerdere verkrachtingen had kunnen plegen zonder dat iemand daar melding van had gemaakt. Maar tot nu toe doken er in de nationale database geen verkrachters op met een vergelijkbare werkwijze. Hij had natuurlijk in het buitenland kunnen zitten, maar het zou ongelooflijk veel tijd en mankracht kosten om dat uit te zoeken.

Vanavond was echter gebleken dat er één mogelijke verdachte in de stad was, dankzij de zoektocht van de analist in de databases van gewelds- en seksmisdrijven en het overkoepelende netwerk van MAPPA.

MAPPA was opgezet om overzicht te houden op voorwaardelijk uit de gevangenis vrijgelaten plegers van gewelddadige en zedenmisdrijven, en in die database werden de daders in drie categorieën ingedeeld. Klasse één stond voor vrijgelaten gevangenen die een laag risico op recidive vormden en die in de gaten werden gehouden om te zorgen dat ze zich aan de voorwaarden van hun vrijlating hielden. Klasse twee betrof degenen die een gemiddelde mate aan controle van diverse instanties nodig hadden. Klasse drie betrof de daders met een hoog risico op recidive.

Zoratti had ontdekt dat er een klasse twee voorwaardelijk was vrijgelaten uit de Ford Open-gevangenis, na drie jaar zitten, grotendeels in Lewes, voor inbraak en aanranding; een carrière-inbreker en drugsdealer genaamd Darren Spicer. Hij had geprobeerd een vrouw te zoenen in een huis waar hij had ingebroken, maar was ervandoor gegaan toen ze zich had verzet en op een verborgen alarmknop had gedrukt. Later had ze hem in een rij van mogelijke verdachten aangewezen.

Spicers huidige adres werd vanavond nagespeurd via de reclassering. Maar hoewel hij een verhoor waard was, was Grace er niet van overtuigd dat Darren Spicer aan veel voorwaarden voldeed. Hij had in de afgelopen twaalf jaar af en aan gezeten, dus waarom had hij dan in de tussentijd geen misdrijven gepleegd? Belangrijker nog, vond hij, was het feit dat de man geen eerdere zedenmisdrijven had gepleegd. De laatste overtreding die had bijgedragen aan Spicers veroordeling leek een eenmalig iets te zijn geweest; hoewel daar natuurlijk geen zekerheid over bestond. Met de grimmige statistiek dat slechts zes procent van alle slachtoffers van verkrachting ooit aangifte deed, was het best mogelijk dat hij al eerder dergelijke dingen had gedaan en ongestraft was gebleven.

Vervolgens dacht hij na over de theorie van een na-aper. Eén ding dat hem ernstig dwarszat, waren de ontbrekende pagina's uit het dossier van Rachael Ryan. De mogelijkheid bestond natuurlijk dat die gewoon op de verkeerde plek waren opgeborgen, maar er kon ook een veel duisterder reden voor zijn. Kon het zijn dat de Schoenenman zelf toegang had gekregen tot het dossier en er iets uit had gehaald wat hem mogelijk kon schaden? Als hij toegang had tot dat dossier, dan zou hij toegang hebben gehad tot alle dossiers over de Schoenenman.

Of was het heel iemand anders geweest? Iemand die om een of andere zieke reden had besloten de werkwijze van de Schoenenman te gaan nadoen?

Wie dan?

Een lid van zijn vertrouwde team? Hij dacht van niet, maar kon het natuurlijk niet uitsluiten. Er waren meer dan genoeg andere mensen die toegang hadden tot de gegevens van de afdeling Zware Criminaliteit; andere politieagenten, ondersteunende staf, schoonmakers. Dat mysterie oplossen, besefte hij, was nu een prioriteit voor hem.

'Heb je al honger, lieverd?' riep Cleo.

Cleo was een tonijnsteak voor hem aan het grillen. Roy vatte dat op als teken dat ze eindelijk genoeg begon te krijgen van Indiaas eten. De stank daarvan was verdwenen, en nu hing er een sterke geur van houtrook door de haard die Cleo enige tijd voor hij thuis was gekomen had aangestoken, en een lekker aroma van geurkaarsen die op verschillende plaatsen in de kamer brandden.

Hij nam nog een grote slok heerlijk koude wodka-martini die ze afgunstig voor hem had gemixt. Hij moest nu voor hen allebei drinken, had ze gezegd, en vanavond had hij daar geen moeite mee. Hij voelde de welkome verdoving van de alcohol en verzonk weer in gepeins terwijl hij werktuiglijk de hond bleef aaien.

Er was donderdagavond om negen uur een auto weggereden bij het huis van mevrouw Pearce aan de Droveway, wat precies overeenkwam met de tijd van de aanval. De auto had hard gereden en bijna een buurtbewoner geschept. De man was zo kwaad geweest dat hij had geprobeerd het kenteken te onthouden, maar hij kon alleen maar zeker zijn van twee cijfers en één letter. Vervolgens deed hij er niets mee, totdat hij in De *Argus* las over de verkrachting, waarna hij vanavond het coördinatiecentrum had gebeld.

Volgens hem was de bestuurder een man, maar door de getinte ruiten van de auto had hij diens gezicht niet goed kunnen zien. Ergens in de dertig of veertig, met kort haar, verder ging zijn signalement niet. Hij deed het veel beter met de auto en meldde dat het een lichtgekleurde Mercedes E-klasse was, een ouder model. Hoeveel van die Mercedessen zouden er zijn, vroeg Grace zich af. Een heleboel. Aangezien ze niet het volledige kenteken wisten, zou het tijd kosten om alle geregistreerde eigenaars ervan na te gaan. En hij had niet de luxe van tijd.

Door de toenemende druk vanuit de media na twee verkrachtingen in iets meer dan een week tijd, zetten de verhalen van de pers het publiek aan tot angst. De centralisten werden overspoeld door telefoontjes van ongeruste vrouwen die wilden weten of het wel veilig was om de straat op te gaan, en Grace was zich ervan bewust dat zijn twee superieuren, commandant Jack Skerritt en adjunct-hoofdcommissaris Peter Rigg, snel vooruitgang wilden zien in deze zaak.

De volgende persconferentie was gepland voor maandag om twaalf uur. Het zou een hoop rust geven als hij kon melden dat ze een verdachte hadden of, beter nog, dat ze een aanhouding hadden verricht. Oké, ze hadden Darren Spicer als mogelijke verdachte. Maar het was in de ogen van het publiek een verschrikkelijke afgang voor de politie wanneer ze een verdachte moesten laten gaan wegens gebrek aan bewijs of omdat het de verkeerde man was. De Mercedes was veelbelovender. Maar de bestuurder daarvan was niet per se de dader. Er kon een onschuldige verklaring zijn: misschien een vriend van de familie die langs was gereden, of gewoon iemand die een pakketje kwam afleveren.

Het feit dat er roekeloos met de auto was gereden, was een goede indicatie dat het misschien de verdachte was geweest. Het was een bekend gegeven dat daders onmiddellijk na het plegen van een misdaad vaak slecht reden vanwege het rode waas voor hun ogen.

Hij had zijn hele team naar huis gestuurd om te rusten, op de twee analisten na, die samen een vierentwintiguursdienst draaiden. Glenn Branson had hem uitgenodigd om snel nog even een biertje te gaan drinken op weg naar huis, maar hij had verontschuldigend de uitnodiging afgeslagen, omdat hij Cleo dit weekend nauwelijks had gezien. Nu de problemen in het huwelijk van zijn vriend van kwaad tot erger gingen, wist hij niet meer zo veel medelevende dingen tegen Glenn te zeggen. Scheiden was een grimmige optie, vooral voor iemand met jonge kinderen. Maar hij zag niet meer veel alternatieven voor zijn vriend, hoewel hij oprecht wenste van wel. Glenn zou de knoop moeten doorhakken en door moeten gaan met zijn leven. Gemakkelijk gezegd tegen iemand anders, maar voor die iemand zelf bijna onmogelijk te accepteren.

Hij kreeg plotseling zin in een sigaret, maar onderdrukte het gevoel. Cleo vond het niet erg als hij binnen rookte, of waar dan ook, maar hij dacht aan de baby in haar buik, alles wat hij had gehoord over meeroken en het voorbeeld dat hij moest stellen. Dus dronk hij nog wat en zette het uit zijn hoofd.

'Nog ongeveer vijf minuutjes!' riep ze vanuit de keuken. 'Wil je nog wat drinken?' Ze stak haar hoofd om de keukendeur.

Hij hield zijn glas omhoog om te laten zien dat het bijna leeg was. 'Als ik er nog een neem, lig ik zo onder de tafel!'

'Zo heb ik je het liefst!' antwoordde ze terwijl ze naar hem toe kwam.

'Je bent gewoon een controlfreak,' zei hij met een brede grijns.

Hij zou een kogel voor haar opvangen. Hij zou met alle plezier sterven voor Cleo, wist hij. Zonder een ogenblik te aarzelen.

Toen voelde hij een plotselinge steek van schuldgevoel. Had hij niet ooit hetzelfde over Sandy gedacht?

Hij probeerde zijn vraag aan zichzelf eerlijk te beantwoorden. Ja, het was een hel geweest toen ze verdween. Die ochtend op zijn dertigste verjaardag hadden ze gevreeën voordat hij naar zijn werk ging, en die avond, toen hij thuiskwam en zich verheugde op het feestje, was ze er niet meer; dat was echt verschrikkelijk geweest.

En dat gold ook voor de dagen, weken, maanden en jaren daarna. Als hij zich alle vreselijke dingen inbeeldde die haar mogelijk waren overkomen. En soms als hij zich voorstelde wat er misschien nog steeds met haar gebeurde in het hol van een of ander monster. Maar dat was slechts één van vele scenario's. Hij was de tel kwijtgeraakt van het aantal helderzienden dat hij in de afgelopen jaren had geraadpleegd en die hij readings had laten doen. Niet een van hen had gezegd dat ze aan gene zijde was. Ondanks hen allemaal was hij er vrij zeker van dat Sandy dood moest zijn.

Over een paar maanden was het alweer tien jaar geleden dat ze was verdwenen. Een heel decennium, waarin hij van een jongeman naar een ouwe zak van middelbare leeftijd was gegaan.

Waarin hij de mooiste, slimste, ongelooflijkste vrouw ter wereld had leren kennen.

Soms werd hij wakker en dacht hij dat hij het zich allemaal verbeeld moest hebben. Maar dan voelde hij Cleo's warme, naakte lichaam naast zich. Hij sloeg dan zijn armen om haar heen en hield haar stevig vast, zoals iemand misschien zou vasthouden aan zijn dromen.

'Ik hou zo veel van je,' fluisterde hij dan.

'Shit!' Cleo liep bij hem weg en verbrak de bezwering.

Hij rook een aangebrande geur toen ze terugrende naar de oven. 'Shit, shit, shit!'

'Geeft niet! Ik hou wel van een beetje knapperig. Liever geen vis waarvan het hart nog klopt.'

'Maar goed ook!'

De keuken hing vol zwarte rook en de stank van verbrande vis. Het rookalarm begon te piepen. Roy zette de ramen open en Humphrey rende naar buiten, woest blaffend naar iets met zijn piepende puppystem, rende toen weer naar binnen en draaide snelle rondjes om te blaffen tegen het alarm.

Een paar minuten later zat Grace aan tafel en zette Cleo een bord voor hem neer. Er lag een aangebrande tonijnsteak op, een klodder saus, een paar slap uitziende groenten en een hoopje gebarsten, gekookte aardappelen.

'Als je dat opeet,' zei ze, 'geloof ik dat dit echte liefde is!'

De televisie die boven de tafel hing stond aan, met het geluid weggedraaid. De politicus had plaatsgemaakt voor Jamie Oliver, die energiek demonstreerde hoe je sint-jakobsschelpen moest bereiden.

Humphrey duwde met zijn neus tegen Grace' rechterbeen en wilde opspringen.

'Af! Niet bedelen!' zei hij.

De hond keek hem onzeker aan en droop af.

Hij nam een hap vis. Het smaakte nog viezer dan het eruitzag, maar slechts een beetje. Geen twijfel mogelijk, Sandy was beter in koken geweest dan Cleo. Duizend keer beter. Maar het maakte hem geen bal uit.

'En hoe was je dag?' vroeg hij, terwijl hij argwanend nog een stukje verbrande vis in zijn mond stopte en bedacht dat dat Indiase eten zo slecht nog niet was geweest.

Ze vertelde hem over het lichaam van een man van dik tweehonderdzestig kilo die ze uit zijn huis hadden moeten halen. Ze hadden de brandweer moeten inschakelen.

Hij luisterde stomverbaasd naar haar verhaal en at wat sla, dat ze op een apart bordje had geserveerd. Dat had ze dan in ieder geval niet laten aanbranden.

Om van onderwerp te veranderen zei ze: 'Hé, er viel me iets in over de Schoenenman. Wil je het horen?'

Hij knikte.

'Oké, je Schoenenman, áls het dezelfde dader is als eerst en áls hij niet is verhuisd... Ik kan me niet voorstellen dat hij gewoon helemaal is opgehouden zijn kick te zoeken.'

'Hoe bedoel je?'

'Als hij is gestopt met verkrachten, om wat voor reden dan ook, dan moet hij toch die neigingen hebben gehad. Hij zou daar iets mee moeten doen. Dus misschien ging hij naar sm-kelders of dat soort plekken; rare seksplekken met fetisjen en zo. Probeer eens te doen alsof je in zijn schoenen staat, als het ware, niet grappig bedoeld. Je bent een viezerik die geilt op vrouwenschoenen. Oké?'

'Dat is een van de richtingen van ons onderzoek.'

'Ja, maar luister. Je hebt een leuke manier gevonden om het te doen, door vreemde vrouwen met dure schoenen te verkrachten en hun schoenen te stelen. Oké?'

Hij keek haar afwachtend aan.

'Dan, oeps, ga je een beetje te ver. Ze gaat dood. De media besteedt er enorm veel aandacht aan. Je besluit je koest te houden, af te wachten. Maar...' Ze aarzelde. 'Wil je de maar ook horen?'

'We weten niet zeker of er iemand dood is. We weten alleen dat hij is opgehouden. Maar vertel eens?' vroeg hij.

'Je kickt nog steeds op vrouwenvoeten. Volg je me?'

'In je voetsporen? In je schoenen?'

'Kappen, inspecteur!'

Hij stak zijn hand op. 'Ik hou mijn mond al.'

'Goed dan. Oké, dus jij bent de Schoenenman, je wordt nog steeds opgewonden van voeten, of schoenen. Vroeg of laat zal dat wat binnen in je zit, die drang, naar boven komen. Je zult die behoefte weer krijgen. Waar ga je dan naartoe? Internet, daar ga je naartoe! Dus je voert de woorden *voeten* en *fetisj* en misschien *Brighton* in. Weet je wat je dan krijgt?'

Grace schudde zijn hoofd, onder de indruk van Cleo's logica. Hij probeerde de walgelijke stank van verbrande vis te negeren.

'Een heleboel massagetenten en sm-kelders, waar ik ook wel eens lijken vandaan heb moeten halen. Je weet wel, van ouwe zakken die te opgewonden raken...'

Haar mobiele telefoon ging.

Ze verontschuldigde zich en nam op. Meteen ging haar gezicht in de werkmodus. Toen ze de verbinding had verbroken zei ze: 'Sorry, lieverd. Er ligt een lijk in een daklozenopvang aan zee. De plicht roept.'

Hij knikte.

Ze kuste hem. 'Ik kom zo gauw mogelijk terug. Ga maar vast naar bed. En niet doodgaan.'

'Ik zal proberen te blijven leven.'

'Een stukje van je, in ieder geval. Het stukje dat voor mij telt!' Ze raakte hem zachtjes aan, vlak onder zijn riem.

'Sloerie!'

'Geile smeerlap!'

Toen legde ze een uitdraai voor hem neer. 'Lees maar, en kras er gerust in als je wilt.'

Hij keek op het vel papier.

> *De heer en mevrouw Charles Morey*
> *nodigen u van harte uit*
> *voor het huwelijk van hun dochter*
> *Cleo Suzanne*
> *met Roy Jack Grace*
> *in de All Saints' Church, Little Bookham*

'Vergeet niet om Humphrey nog even uit te laten voordat je naar bed gaat!' zei ze.

Toen was ze verdwenen.

Kort nadat zij de deur uit was, ging ook zijn telefoon. Hij haalde het toestel uit zijn zak en keek op het schermpje. Er werd geen nummer weergegeven, wat bijna zeker betekende dat het iemand van zijn werk was.

Dat klopte.

En het was geen goed nieuws.

49

Zaterdag 10 januari 2009

In een ander deel van de stad, slechts een paar kilometer verderop in een rustige straat in Hove, besprak een ander stel ook hun trouwplannen.

Jessie Sheldon en Benedict Greene zaten tegenover elkaar in Sam's restaurant in Kemp Town en deelden een toetje.

Iedereen die naar hen keek zou twee aantrekkelijke mensen van achter in de twintig zien, die stapelverliefd waren. Het was duidelijk te zien aan hun lichaamstaal. Ze schenen zich niet bewust te zijn van hun omgeving of van andere mensen. Hun voorhoofden raakten elkaar bijna boven het hoge glas, en ze vulden om de beurt een lepel ijs, die ze teder en sensueel aan de ander voerden.

Ze waren geen van beiden opgedoft, ook al was het zaterdagavond. Jessie, die net van een kickboksles in de sportschool kwam, droeg een grijs trainingspak met een groot Nike-logo erop. Haar schouderlange, gebleekte haar was in een paardenstaart vastgezet, waar een paar lokken uit waren ontsnapt. Ze had een knap gezicht en zou bijna klassiek mooi zijn geweest, ware daar niet haar neus.

Jessie had haar hele jeugd een complex gehad over haar neus. Zij vond het niet zozeer een neus als wel een snavel. Als tiener had ze voortdurend van opzij naar haar spiegelbeeld in spiegels of etalages gekeken. Ze was vastbesloten geweest dat ze op een dag een neuscorrectie zou ondergaan.

Maar dat was toen, in haar leven vóór Benedict. Op haar vijfentwintigste gaf ze er niet meer om. Benedict zei dat hij gek was op haar neus, dat hij er niets over wilde horen dat ze hem wilde veranderen en dat hij hoopte dat hun kinderen haar neus zouden erven. Zij was minder ingenomen met die gedachte, dat haar kinderen dezelfde jaren van ellende zouden moeten doorstaan als zij.

Ik zou ze een neuscorrectie geven, beloofde ze zichzelf in stilte.

Het ironische was dat geen van haar beide ouders zo'n neus had, en haar grootouders ook niet. Het was haar overgrootvader, had ze van haar moeder gehoord, die een ingelijste, verkleurde foto van hem had. Dat stomme haakneusgen had twee generaties overgeslagen en was in haar DNA terechtgekomen.

Dank je feestelijk, overgrootopa!

'Weet je,' zei Benedict, 'ik vind je neus elke dag mooier.' Hij stak de lepel uit die ze net had schoongelikt en gaf haar die aan.

'Alléén mijn neus?' plaagde ze.

Hij haalde zijn schouders op en keek even peinzend. 'Andere delen ook, denk ik.'

Ze gaf hem een speelse schop onder de tafel. 'Welke andere delen?'

Benedict had een serieus, studentikoos gezicht en kort bruin haar. Toen ze hem leerde kennen, had hij haar doen denken aan die keurige, bijna onmogelijk perfect uitziende acteurs die in elke Amerikaanse serie speelden. Ze voelde zich zo goed bij hem. Hij gaf haar een veilig en geborgen gevoel, en ze miste hem elke seconde als ze niet bij elkaar waren. Ze keek met intens geluk uit naar een leven samen met hem.

Maar er was een probleempje.

Dat hing nu boven hen en wierp een schaduw over hen heen.

'En, heb je het gisteravond verteld?' vroeg hij.

Vrijdagavond. De sabbat. De rituele vrijdagavond bij haar vader en moeder, met haar broer, schoonzus en oma, die ze nooit oversloeg. De gebeden en de maaltijd. De gevulde karper die bij haar moeder, omdat ze absoluut niet kon koken, altijd naar kattenvoer smaakte. De gecremeerde kip en verschrompelde maïs. De kaarsen. De wrange wijn die haar vader kocht, die naar gekookt asfalt smaakte; alsof alcohol drinken op vrijdagavond een doodzonde was en hij er dus voor moest zorgen dat het spul smaakte als een straf.

Haar broer, Marcus, was het grote succes van de familie. Hij was advocaat, getrouwd met een braaf joods meisje, Rochelle, dat nu irritant zwanger was, en ze waren daar allebei irritant zelfingenomen over.

Ze was echt van plan geweest het nieuws bekend te maken, net zoals ze het al vier vrijdagen achtereen bekend had willen maken. Dat ze verliefd was op een goj en van plan was met hem te trouwen. En dan nog wel een arme goj. Maar ze had het weer niet gedurfd.

Ze haalde haar schouders op. 'Sorry. Ik wilde het doen, maar het was gewoon niet het juiste moment. Ik denk dat ze je eerst een keer moeten ontmoeten. Dan zien ze wel wat een aardige vent je bent.'

Hij fronste zijn voorhoofd.

Ze legde haar lepel neer en pakte zijn hand vast. 'Ik had je al gezegd dat het geen gemakkelijke mensen zijn.'

Hij legde zijn hand over de hare en keek in haar ogen. 'Heb je soms twijfels?'

Ze schudde woest haar hoofd. 'Nee, absoluut niet. Ik hou van je, Benedict, en ik wil de rest van mijn leven bij je blijven. Ik heb geen enkele twijfel.'

En dat had ze ook niet.

Maar ze had een probleem. Niet alleen was Benedict niet joods of rijk, hij was ook niet ambitieus in de zin die haar ouders konden – of zouden – begrijpen: de financiële zin. Hij had echter wel grote ambities in een andere richting. Hij werkte voor een liefdadigheidsinstelling die daklozen hielp. Hij wilde iets doen aan de moeilijkheden van kansarme mensen in zijn stad en droomde van de dag dat niemand in deze rijke stad meer op straat hoefde te slapen. Mede daarom hield ze van hem en bewonderde hem.

Haar moeder had gehoopt dat Jessie arts zou worden, wat ooit ook haar eigen droom was geweest. Toen had ze haar doelen bijgesteld en besloten een verpleegstersopleiding te gaan volgen aan de universiteit van Southampton. Haar ouders hadden dat geaccepteerd, al was haar moeder er iets minder blij mee geweest dan haar vader. Maar toen ze haar diploma had, besloot ze dat ze iets wilde doen om kansarme mensen te helpen. Ze nam een baan aan die slecht betaald was maar die ze geweldig vond, als verpleegster en maatschappelijk werkster bij een inloopcentrum voor drugsverslaafden bij de Old Steine in Brighton.

Een baan zonder vooruitzichten. Niet iets wat haar ouders eenvoudig konden begrijpen. Maar ze bewonderden haar toewijding, daarover bestond geen twijfel. Ze waren trots op haar. En ze verheugden zich op een schoonzoon, ooit, op wie ze even trots konden zijn. Ze gingen er als vanzelf van uit dat hij veel geld zou verdienen, voor haar kon zorgen en haar de levensstijl kon bieden waaraan ze gewend was. En dat was een probleem bij Benedict.

'Ik wil ze graag ontmoeten, dat weet je.'

Ze knikte en kneep in zijn hand. 'Je ziet ze volgende week bij het dansfeest. Dan wind je ze vast om je vinger.'

Haar vader was voorzitter van een grote liefdadigheidsinstelling die fondsen wierf voor joodse doelen overal ter wereld. Hij had een tafel gereserveerd bij een liefdadigheidsevenement in het Metropole, waarvoor Jessie was uitgenodigd en waar ze een introducé mee naartoe mocht nemen.

Ze had haar outfit al gekocht, en nu had ze alleen nog bijpassende schoenen nodig. Ze hoefde haar vader alleen maar om het geld te vragen, wetend dat hem dat oneindig veel genoegen zou doen. Maar daar kon ze zich gewoon niet toe zetten. Ze had eerder vandaag een paar schoenen van Anya Hindmarch zien staan in de januariuitverkoop bij Marielle Shoes, een plaatselijke winkel. Ze waren ontzettend sexy, maar tegelijkertijd chic. Zwart lakleer, hakken van twaalf centimeter, enkelbandjes en een open teen. Maar tweehonderdvijftig pond bleef een hoop geld. Ze hoopte dat als ze wachtte, de schoenen misschien nog verder zouden worden afgeprijsd. Als iemand anders ze in de tussentijd kocht, jammer dan. Dan zou ze wel iets anders vinden. In Brighton was geen gebrek aan schoenenwinkels. Ze vond echt wel iets!

De Schoenenman was het met haar eens.

Hij had eerder vandaag vlak achter haar gestaan bij de balie van Deja Shoes in Kensington Garden. Hij had haar tegen de winkelbediende horen zeggen dat ze iets wilde wat chic en sexy was, omdat ze volgende week met haar verloofde naar een belangrijk evenement ging. Vervolgens had hij achter haar gestaan bij Marielle Shoes, een stukje verderop.

En hij moest toegeven dat ze er heel sexy uitzag in die zwarte lakleren schoenen met riempjes die ze had gepast maar niet gekocht. Ontzettend sexy.

Veel te sexy om aan haar verloofde te verspillen.

Hij hoopte oprecht dat ze terug zou komen om ze te kopen.

Dan kon ze die schoenen voor hém dragen!

50

Zaterdag 10 januari 2009

De tekst op het meldschermpje in Yacs taxi luidde:

Rest. China Garden Preston St. 2 pass. Starling. Best. Roedean Cresc.

Het was tien voor halftwaalf 's avonds. Hij stond al enkele minuten te wachten en had de meter aangezet. De eigenaar van de taxi zei dat hij vijf minuten moest wachten en dan de meter moest starten. Yac wist niet zeker hoe nauwkeurig zijn horloge was en wilde zijn passagiers eerlijk behandelen, dus gaf hij ze altijd twintig seconden speling.

Starling. Roedean Crescent.

Hij had deze mensen al eerder opgepikt. Hij vergat nooit een passagier, en vooral deze mensen niet. Het adres: Roedean Crescent nummer 67. Dat had hij nog in zijn hoofd zitten. Zij droeg Shalimar-parfum. Hetzelfde luchtje als zijn moeder. Dat wist hij ook nog. Ze had de vorige keer schoenen van Bruno Magli aan. Maat zevenendertig. Dezelfde maat als zijn moeder.

Hij vroeg zich af wat voor schoenen ze vanavond droeg.

De opwinding in hem nam toe toen de restaurantdeur openging en het stel naar buiten kwam. De man hield zich aan de vrouw vast en zag er wat wankel uit. Ze hielp hem het trapje naar de stoep af, en hij bleef zich aan haar vastklampen terwijl ze de korte afstand door de vlagerige wind naar Yacs taxi overbrugden.

Maar Yac keek niet naar hem. Hij keek naar de schoenen van de vrouw. Ze waren mooi. Hoge hakken. Riempjes. Helemaal zijn smaak.

Meneer Starling tuurde door het raampje naar binnen, dat Yac had opengedraaid.

'Taksji voor Roedean Cresjent? Sjtarling?'

Hij klonk al even dronken als hij eruitzag.

De eigenaar van de taxi had gezegd dat hij geen dronken passagiers mee hoefde te nemen, vooral niet als het erop leek dat ze misschien gingen overgeven. Het kostte een heleboel geld om een taxi schoon te maken waarin was gekotst, want het ging overal in zitten; in de ventilatieopeningen, langs de ruiten in de portiervergrendeling, in de spleten naast de stoelen. Mensen stapten niet graag in een taxi die naar oud braaksel stonk. En het was ook niet prettig om erin te rijden.

Maar het was een rustige avond geweest. De eigenaar van de taxi zou boos zijn om zijn magere omzet. Hij had al geklaagd over hoe weinig Yac had binnengehaald sinds Nieuwjaar, en hij had tegen Yac gezegd dat hij nog nooit had meegemaakt dat een taxichauffeur zo weinig ritjes had op oudejaarsavond zelf.

Hij had alle ritjes nodig die hij kon krijgen, want hij wilde niet dat de eigenaar van de taxi hem ontsloeg en iemand anders liet rijden. Dus besloot hij een risico te nemen.

En hij wilde haar parfum ruiken. Wilde die schoenen bij hem in de taxi hebben!

De Starlings stapten achter in en hij reed weg. Hij stelde de spiegel bij zodat hij het gezicht van mevrouw Starling kon zien en zei: 'Mooie schoenen! Ik wed dat ze van Alberta Ferretti zijn!'

'Ben jij soms een of andere viezerik?' vroeg ze, bijna even aangeschoten als haar man. 'We zijn al eerder met jou meegereden, hè, pasgeleden? Vorige week, toch?'

'U droeg toen Bruno Magli's.'

'Je bent veels te persoonlijk! Het gaat je geen flikker aan wat voor schoenen ik aanheb!'

'U houdt zeker van schoenen, hè?' vroeg Yac.

'Ja, ze isj dol op sjchoenen,' mengde Garry Starling zich erin. 'Geeft al mijn poen eraan uit. Elke sjent die ik verdien gaat op aan die kloteschoenen!'

'Ja, liefeverd, maar dat komt omdat jij hem alleen overeind krijgt als... Au!' riep ze luid.

Yac keek nog eens naar haar in de spiegel. Haar gezicht was vertrokken van pijn. Ze was onbeschoft tegen hem geweest toen hij haar de vorige keer in de taxi had.

Het beviel hem wel dat ze pijn had.

51

Zaterdag 10 januari 1998

De afgelopen paar dagen had hij de hele tijd gedacht aan Rachael Ryan die in de vrieskist in zijn opslagplaats lag. Ze was moeilijk te vergeten. Haar gezicht staarde hem aan vanaf elke krant die hij zag. Haar ouders, in tranen, spraken hem persoonlijk toe, hem alleen, op elk televisiejournaal.

'Alstublieft, wie u ook bent, als u onze dochter hebt, geef haar dan aan ons terug. Ze is een lief, onschuldig meisje en we houden van haar. Doe haar alstublieft geen kwaad.'

'Het was haar eigen stomme schuld!' fluisterde hij terug. 'Als ze mijn masker niet af had getrokken, was er niks gebeurd. Dan was alles goed geweest! Ze zou nog steeds jullie lieve dochter zijn, en niet mijn verrekte probleem.'

Langzaam en geleidelijk had het idee dat hij gisteravond had gehad bij hem postgevat. Het kon de perfecte oplossing zijn! Hij overwoog steeds opnieuw alle risico's. Het plan bleef overeind bij elk probleem dat hij ertegen afzette. Het zou gevaarlijker zijn om te wachten dan te handelen.

In bijna alle kranten werd melding gemaakt van een wit busje. Het stond in de grote kop op de voorpagina van De *Argus*: HEEFT IEMAND DIT BUSJE GEZIEN? Het bijschrift luidde: *Gelijk aan het busje dat in Eastern Terrace is gezien.*

De politie zei dat ze werden overspoeld met telefoontjes. Hoeveel van die telefoontjes gingen over witte busjes?

Over zijn witte busje?

Witte Transits zag je overal. Maar de politie was niet achterlijk. Het was slechts een kwestie van tijd voordat een telefoontje hen naar zijn bergplaats zou leiden. Hij moest dat meisje daar weghalen. En hij moest iets aan dat busje doen; ze waren tegenwoordig slim met forensische technieken. Maar hij moest zich op één probleem tegelijk richten.

Buiten goot het van de regen. Het was nu zaterdagavond elf uur. Uitgaansavond in deze stad. Maar er zouden niet zo veel mensen als anders buiten zijn met dit verschrikkelijke weer.

Hij nam zijn besluit, verliet het huis en rende naar zijn oude Ford Sierra.

Tien minuten later trok hij de garagedeur achter de druipende auto dicht, sloot hem met een metalen galm en schakelde zijn zaklantaarn in, omdat hij niet het risico wilde nemen de plafondverlichting aan te doen.

De jonge vrouw in de vriezer was helemaal berijpt, haar gezicht doorschijnend in de felle lichtbundel.

'We gaan een stukje rijden, Rachael. Vind je dat cool?'

Toen grijnsde hij om zijn grapje. Ja. Cool. Hij voelde zich goed. Dit zou gaan lukken. Hij moest gewoon ook cool blijven. Hoe ging dat gezegde ook alweer dat hij ergens had gelezen: *als jij je hoofd koel kunt houden terwijl iedereen om je heen dat niet doet...*

Hij pakte zijn pakje sigaretten en probeerde er een op te steken. Maar zijn hand trilde zo erg dat hij eerst het wieltje van de aansteker niet kon draaien, en toen de vlam niet bij de sigaret kon krijgen. Het koude zweet gutste langs zijn nek omlaag alsof het uit een kapotte kraan lekte.

Een paar minuten voor middernacht, met zijn gereedschap aan zijn riem bevestigd, reed hij over Lewes Road langs de ingang van het gemeente-mortuarium van Brighton & Hove, met ruitenwissers die de regen van de ruit wisten, en ging toen linksaf de verharde oprit op naar zijn bestemming: J. Bund & Sons, uitvaartonderneming.

Hij trilde, helemaal op van de zenuwen en overvloedig zwetend. *Stomme trut, stomme Rachael, waarom moest je mijn masker eraf trekken?*

Op de muur boven de met gordijnen afgesloten voorruit van het gebouw zag hij het kastje van het inbraakalarm. Sussex Security Systems. Geen punt, dacht hij, terwijl hij voor de stalen poort met hangslot stopte. Dat slot was ook geen punt.

Recht ertegenover was een makelaarskantoor dat gesloten was, met wo-ningen op de twee verdiepingen erboven. In een ervan brandde licht. Maar ze zouden het wel gewend zijn dat er dag en nacht voertuigen af en aan reden bij de begrafenisondernemer.

Hij deed de koplampen uit, stapte uit de Sierra en ging de regen in om zich om het hangslot te bekommeren. Er reden een paar auto's en taxi's voorbij. Een ervan was een politiewagen met sirenes en zwaailicht. Hij hield zijn adem in, maar de politie besteedde geen aandacht aan hem en zoefde voor-bij, op weg naar een of ander noodgeval. Even later reed hij het terrein op en parkeerde tussen twee lijkwagens en een bestelwagen. Toen haastte hij zich door de regen terug om de poort te sluiten, trok de ketting er weer door maar liet het hangslot open. Zolang er niemand kwam, was er niets aan de hand.

Het kostte hem nog geen minuut om de Chubb op de dubbele achterdeur te openen. Hij stapte de donkere toegangshal in en trok zijn neus op bij de geur van balsemvloeistof en ontsmettingsmiddelen. Het alarm piepte. Al-leen maar het interne waarschuwingssignaal. Hij had zestig kostbare se-conden de tijd voordat de externe signalen zouden klinken. Het kostte hem er nog geen dertig om het voorpaneel van het alarmsysteem te verwijderen. Nog eens vijftien en het werd stil.

Te stil.

Hij sloot de deur achter zich. Nu was het nog stiller. Het zachte *klik-zoem* van een koeling. Een regelmatig *tik-tik-tik* van een klok of metertje.

Dit soort gebouwen gaf hem de rillingen. Hij herinnerde zich de laatste keer dat hij hier was geweest; hij was toen alleen, en doodsbang. Ze waren dood, alle mensen hier, dood zoals Rachael Ryan. Ze konden je niets doen of dingen over je zeggen.

Ze konden niet op je af springen.

Maar dat maakte het niet veel beter.

Hij liet de lichtbundel van zijn zaklantaarn door de gang verderop stuiteren en probeerde zich te oriënteren. Hij zag een rij ingelijste veiligheidsinstructies, een brandblusser en een waterkoeler.

Toen nam hij een paar passen naar voren, zijn gympen geruisloos op de tegelvloer, en luisterde aandachtig of hij binnen of buiten geluiden hoorde. Rechts van hem was een trap naar boven. Hij wist nog dat die naar de gescheiden kamers leidde – rustkapellen – waar vrienden en familieleden rustig afscheid konden nemen van hun dierbaren. In elke kamer lag een lijk in bed, mannen in pyjama's, vrouwen in nachthemden, hun hoofd onder de lakens uit, hun haar netjes gekapt, hun gezicht rozig van de balsemvloeistof. Ze leken wel ingecheckt in een of ander goedkoop hotel.

Maar ze zouden zeker de volgende morgen niet de benen nemen zonder de rekening te betalen, dacht hij, grijnzend ondanks zijn ongemak.

Toen hij met de zaklantaarn door een open deur links van hem scheen, zag hij een liggend, witmarmeren standbeeld. Maar toen hij nog eens wat beter keek, zag hij dat het geen standbeeld was. Het was een dode man op een tafel. Er hingen twee handgeschreven kaartjes aan zijn rechtervoet. Een oude man die met zijn mond open lag als een vis op het droge, met canules voor balsemvloeistof in zijn lichaam en een penis die nutteloos tegen zijn been lag.

Vlak bij hem stond een rij doodskisten, open en leeg, slechts één ervan met het deksel gesloten. Er zat een messing plaatje op het deksel met de naam van de overledene erop.

Hij bleef even staan luisteren. Het enige wat hij hoorde was het bonzen van zijn eigen hart en het bloed dat luider dan een kolkende rivier door zijn aderen stroomde. Hij hoorde niets van het verkeer buiten. Het enige wat hier van de buitenwereld binnenkwam, was een zwakke, spookachtige oranje gloed van de straatlantaarn op de stoep.

'Hallo allemaal!' zei hij, en hij voelde zich erg slecht op zijn gemak terwijl hij zijn licht liet rondgaan tot hij vond wat hij zocht. De witte A4'tjes die aan haakjes aan de muur hingen.

Gretig liep hij ernaartoe. Dit waren de registratieformulieren voor elk van de overledenen hier. Alles stond erop: naam, sterfdatum, plaats van overlijden, uitvaartinstructies, en een hele rij optionele kosten met aankruisvakjes. Organist, begraafplaats, kerkhof, geestelijke, kerk, dokter, verwijderen van pacemaker, crematie, grafdelver, bidprentjes, bloemen, bedankkaartjes, overlijdensberichten, kist, urn.

Hij bekeek snel het eerste formulier. Dat was niks: het vakje *balsemen* was aangevinkt. Datzelfde gold voor de volgende vier. De moed begon hem in de schoenen te zinken. Ze waren gebalsemd en werden pas later deze week begraven.

Maar bij de vijfde leek het erop dat hij geluk had:

Mrs. Molly Winifred Glossop
Gestorven op 2 januari 1998, leeftijd 81 jaar

En een stukje verder naar beneden:

Uitvaart op 12 januari 1998, 11:00 uur

Maandagochtend!

Zijn ogen schoten langs het formulier omlaag naar de term *begrafenis*. Niet zo best. Hij had liever een crematie gehad. Opgeruimd staat netjes. Veiliger.

Hij bekeek de overige zes formulieren, maar die deugden helemaal niet. Het waren allemaal uitvaarten die later in de week zouden plaatsvinden; te riskant, voor het geval de familie in zicht kwam. En op één na hadden ze allemaal een balsemverzoek ingediend.

Niemand had gevraagd om Molly Winifred Glossop te laten balsemen.

Dat ze niet werd gebalsemd, wees erop dat haar familie waarschijnlijk vrekkig was. Wat een aanwijzing kon zijn dat ze niet al te veel om haar lichaam gaven. Dus hopelijk zou er vanavond of morgenvroeg geen radeloos familielid naar binnen rennen om nog een laatste blik op haar te werpen.

Hij richtte zijn zaklantaarn op het messing plaatje op de gesloten kist, waarbij hij zijn uiterste best deed om het lijk dat vlakbij lag te negeren.

Molly Winifred Glossop, bevestigde het plaatje. *Overleden 2 januari 1998, 81 jaar oud.*

Het feit dat de kist gesloten was, met het deksel er al op geschroefd, was een goede aanwijzing dat er morgen niemand meer bij haar kwam kijken.

Hij haalde de schroevendraaier van zijn riem, draaide de glanzende messing schroeven uit het deksel, tilde het op en keek naar binnen, een cocktail

opsnuivend van pas gezaagd hout, lijm, nieuwe kleding en ontsmettings-
middel.

De dode vrouw lag in de roomwitte bekleding van de kist genesteld, met
haar hoofd uit het witte baarkleed dat de rest van haar lichaam omhulde.
Ze zag er onecht uit; ze leek wel een rare omapop, dat was zijn eerste reactie. Haar gezicht was uitgeteerd en bottig, een en al rimpels en hoeken,
met de kleur van een schildpad. Haar mond was dichtgenaaid; hij zag de
draadjes door haar lippen heen. Haar haar was een net helmpje van grijze
krullen.

Hij voelde een brok in zijn keel toen er een herinnering bij hem boven-
kwam. En nog een brok, deze keer van angst. Hij schoof zijn handen om
haar heen en begon te tillen. Ze was schokkend licht. Ze was helemaal niets,
helemaal geen vlees. Ze moest zijn overleden aan kanker, concludeerde hij
terwijl hij haar op de vloer legde. Shit, ze was een stuk lichter dan Rachael
Ryan. Vele kilo's lichter. Maar hopelijk zouden de baardragers er niet bij
stilstaan.

Hij haastte zich weer naar buiten, opende de kofferbak van de Sierra en
haalde Rachael Ryans lichaam eruit, dat hij in twee lagen dik plastic had gewikkeld om te voorkomen dat er water uit zou lekken terwijl ze ontdooide.

Tien minuten later was het alarmpaneel teruggeplaatst, het systeem gereset
en het hangslot weer aan de poort bevestigd, en reed hij de Ford Sierra het
drukke zaterdagavondverkeer op de kletsnatte weg in. Er was een last van
hem af gevallen. Hij accelereerde roekeloos, zwenkte over de rijbanen, stopte voor een rood verkeerslicht aan de andere kant van de weg.

Hij moest rustig blijven, want hij wilde geen aandacht trekken van de politie, vooral niet met Molly Winifred Glossop in de kofferbak van zijn auto.
Hij zette de radio aan en hoorde de Beatles. 'We Can Work It Out.'

Hij stompte op het stuur, uitgelaten van opluchting.

Ja! Ja! Ja! We komen er wel uit!

O ja!

Fase één was volgens plan verlopen. Nu hoefde hij zich alleen nog maar
druk te maken over fase twee. Dat was een grote zorg; er waren onbekende
factoren. Maar het was de beste van zijn beperkte opties. En, vond hij zelf,
best sluw.

52

De nachtopvang van St Patrick's handhaafde op zondag de regels minder strikt dan in de rest van de week. Hoewel de bewoners nog altijd om half-negen 's morgens het gebouw moesten verlaten, mochten ze om vijf uur 's middags al terugkomen.

Toch vond Darren Spicer dat nog een beetje streng, aangezien het een kerk was en zo, en hoorde een kerk niet te allen tijde toevlucht te bieden? Vooral wanneer het zulk rotweer was. Maar hij zou niet protesteren, want hij wilde geen negatieve aandacht trekken. Hij wilde zo'n MiPod hebben. Tien weken lang een eigen ruimte, en je mocht komen en gaan wanneer je wilde. Ja, dat zou fijn zijn. Dat zou hem in staat stellen zijn leven op te bouwen, hoewel niet op de manier die de leiding hier in gedachten had.

Het zeek van de regen buiten. En het was ijskoud. Maar hij wilde niet de hele dag binnenblijven. Hij had gedoucht, cornflakes en wat toast gegeten. De televisie stond aan en een paar bewoners bekeken de herhaling van een voetbalwedstrijd op het enigszins wazige scherm.

Voetbal, ja. Albion in Brighton & Hove was zijn team. Hij herinnerde zich de magische dag dat ze in Wembley de cupfinale hadden gespeeld, met een gelijke stand. De helft van de huiseigenaren van Brighton & Hove was er-heen gegaan om de wedstrijd te zien, en de andere helft zat thuis voor de televisie. Het was een van de beste inbraakdagen uit zijn carrière geweest.

Gisteren was hij zelfs meegegaan naar het stadion bij de sporthal van Withdean voor een wedstrijd. Hij hield van voetbal, al was hij niet zo'n sup-porter van Albion. Hij had liever Manchester United en Chelsea, maar giste-ren had hij zijn redenen. Hij moest een beetje *charlie* scoren – zoals cocaïne op straat werd genoemd – en de beste manier om eraan te komen was door zijn gezicht te laten zien. Zijn dealer was daar, op zijn vaste plek. Er was niets veranderd, behalve de prijs, die omhoog was gegaan, en de kwaliteit, die omlaag was gegaan.

Na de wedstrijd had hij een bolletje gekocht voor honderdveertig pond, een grote aanslag op zijn karige spaargeld. Hij had bijna meteen twee van de drieënhalve gram weggespoeld met een paar pinten bier en een stuk of wat whisky's. De laatste anderhalve gram had hij bewaard om zichzelf door deze saaie dag heen te helpen.

Hij trok zijn jekker aan en zette zijn honkbalpet op. De rest van de inwoners hing wat rond, zat in groepjes te praten, was in gedachten verzonken of keek tv. Net als hij hadden ook zij nergens om heen te gaan, vooral niet op zondag, als de bibliotheken gesloten waren; de enige warme plekken waar ze urenlang konden rondhangen zonder te worden lastiggevallen. Maar hij had plannen.

Volgens de ronde klok aan de wand boven het nu gesloten etensluik was het zeven voor halfnegen. Nog zeven minuten te gaan.

Op dit soort momenten miste hij de gevangenis. Het leven was daar makkelijk. Je zat warm en droog. Je had routine en gezelschap. Je had geen zorgen. Maar je had wel dromen.

Hij herinnerde zichzelf daar nu aan. Zijn dromen. De belofte die hij zichzelf had gedaan. Dat hij een toekomst voor zichzelf zou maken. Een voorraadje opbouwen en dan het rechte pad op gaan.

Terwijl hij de laatste paar minuten in de warmte rondhing, las Spicer een paar posters aan de muren.

VERDER MET JE LEVEN?
GRATIS CURSUS ZELFVERTROUWEN OPBOUWEN VOOR MANNEN
GRATIS CURSUS VOEDSELVEILIGHEID
GRATIS NIEUWE CURSUS
VOEL JE VEILIGER THUIS EN IN DE SAMENLEVING
INJECTEREN IN SPIEREN? LET OP
DENK JE DAT JE EEN PROBLEEM HEBT
MET COCAÏNE OF ANDERE DRUGS?

Hij snoof. Ja, hij had inderdaad een probleem met cocaïne. Niet genoeg ervan, dat was nu het probleem. Hij had geen geld voor nog meer, en dat zou echt een probleem worden. Dat had hij nodig, besefte hij. Ja. De coke die hij gisteren had gescoord had hem laten vliegen, hem een geweldig gevoel gegeven, hem geil gemaakt, op het gevaarlijke af. Maar wat donderde het?

Vanochtend was hij met een knal weer terug op aarde beland. Een diepe trog. Hij zou wat te drinken gaan halen, de rest van zijn *charlie* nemen, en dan zou hij niet meer malen om het rotweer; hij zou een paar delen van de stad gaan bekijken die hij had besloten tot doelwit te bestempelen.

Zondag was een gevaarlijke dag om bij huizen in te breken. Te veel mensen waren thuis. En zelfs als iemand weg was, dan waren hun buren misschien thuis. Hij zou vandaag besteden aan onderzoek, aan posten. Hij had van contactpersonen bij verzekeringsmaatschappijen een lijst van woningen gekregen, die hij in de gevangenis gestaag had opgebouwd om zijn kostbare tijd daar niet te verspillen. Een hele lijst van huizen en flats waar de eigenaren dure juwelen en tafelzilver hadden. In sommige gevallen had hij een hele lijst van al hun waardevolle voorwerpen. Er was heel wat te halen. Als hij voorzichtig was, zou het genoeg zijn om zijn nieuwe leven te beginnen.

'Darren?'

Hij draaide zich om, geschrokken toen hij zijn naam hoorde. Het was een van de vrijwilligers hier, een man van rond de dertig in een blauw overhemd en spijkerbroek, met kort haar en lange bakkebaarden. Hij heette Simon.

Spicer keek hem aan en vroeg zich af wat er mis was. Had iemand gisteravond over hem geklikt? Zijn verwijde pupillen gezien? Als ze je hier pakten met drugs, of als je zelfs maar high hier aankwam, dan konden ze je meteen de deur uit gooien.

'Er staan buiten twee heren voor je.'

Bij die woorden leek het wel alsof de zwaartekracht diep binnen in hem een plotselinge ruk opzij maakte. Alsof al zijn ingewanden in gelei waren veranderd. Het was hetzelfde gevoel dat hij altijd had als hij besefte dat het spel uit was en hij werd gearresteerd.

'O, oké,' zei hij, in een poging nonchalant en onverschillig te klinken.

Twee heren, dat kon maar één ding betekenen.

Hij liep achter de jongeman aan de gang in, en zijn maag ging nu echt tekeer. Zijn hoofd liep om. Hij vroeg zich af voor welke van de dingen die hij in de afgelopen dagen had gedaan ze hem kwamen halen.

Hier voelde het meer als een kerk. Een lange gang met een puntige boog aan het uiteinde. Het receptiekantoor was ernaast, met een glazen wand. Buiten stonden twee mannen. Aan hun pak en schoenen te oordelen waren het politieagenten.

Een van hen was mager en lang als een bonenstaak, met kort, piekerig haar dat alle kanten op stond; hij zag eruit alsof hij al maanden geen fatsoenlijke nachtrust meer had gehad. De andere was zwart, met een hoofd zo kaal als een biljartbal. Spicer herkende hem vagelijk.

'Darren Spicer?' vroeg de zwarte man.

'Ja.'

De man stak een insigne omhoog, maar Spicer nam amper de moeite ernaar te kijken.

'Brigadier Branson, recherche Sussex, en dit is mijn collega rechercheur Nicholl. Kunnen we even praten?'

'Ik heb het vrij druk,' zei Spicer, 'maar ik kan jullie wel even inpassen.'

'Dat is bijzonder coulant van je.'

'Ja, ik ben graag coulant met de politie en zo.' Hij snoof.

De vrijwilliger opende een deur en gebaarde dat ze konden doorlopen.

Spicer ging een kleine vergaderkamer binnen met een tafel en zes stoelen en een groot glas-in-loodraam in de muur. Hij ging zitten, en de twee politieagenten namen tegenover hem plaats.

'We hebben elkaar toch al eens eerder ontmoet, Darren?' vroeg brigadier Branson.

Spicer fronste zijn voorhoofd. 'Ja, misschien. Je komt me bekend voor. Maar ik weet niet meer waarvan.'

'Ik heb je een jaar of drie geleden verhoord, toen je in voorarrest zat. Je was net opgepakt voor inbraak en aanranding. Weet je het nu weer?'

'O ja, dat zegt me wel iets.'

Hij grijnsde naar de agenten, maar ze glimlachten geen van beiden terug. De mobiele telefoon van de man met het warrige haar ging. Hij keek op het schermpje en nam toen met gedempte stem op.

'Ik ben even bezig. Ik bel je terug,' mompelde hij voordat hij de telefoon weer in zijn zak stak.

Branson haalde een notitieblokje tevoorschijn en klapte het open. Hij keek er even in.

'Je bent op 28 december vrijgekomen, correct?'

'Ja, klopt.'

'We willen je graag spreken over je bewegingen sindsdien.'

Spicer snoof. 'Nou, weet je, ik hou geen agenda bij. Ik heb geen secretaresse.'

'Dat geeft niet,' zei de agent met het piekhaar, die een zwart boekje tevoorschijn haalde. 'Hier heb ik er een. Deze is van vorig jaar, en ik heb er nog een voor dit jaar. We kunnen je helpen met de data.'

'Dat is heel behulpzaam van je,' antwoordde Spicer.

'Daar zijn we voor,' zei Nick Nicholl. 'Om behulpzaam te zijn.'

'Laten we beginnen met kerstavond,' zei Branson. 'Ik heb begrepen dat je dagverlof had van de Ford Open-gevangenis en dat je tot aan je voorwaardelijke vrijlating op de onderhoudsafdeling van Hotel Metropole hebt gewerkt. Klopt dat?'

'Ja.'

'Wanneer was je voor het laatst in het hotel?'

Spicer dacht even na. 'Kerstavond,' zei hij.

'En oudejaarsavond, Darren?' vervolgde Glenn Branson. 'Waar was je toen?'

Spicer krabde aan zijn neus en snoof nog eens.

'Nou, ik was uitgenodigd om het in Sandringham te vieren met de koninklijke familie, maar toen dacht ik, neuh, ik moet niet de hele tijd met die rijkelui omgaan...'

'Kappen,' zei Branson scherp. 'Denk eraan dat je voorwaardelijk vrij bent. We kunnen dit praatje op de gemakkelijke of op de minder leuke manier houden. De gemakkelijke manier is hier, nu. Of we nemen je weer mee en doen het op het bureau. Voor ons maakt het niet uit.'

'We doen het wel hier,' zei Spicer haastig, opnieuw snuivend.

'Koutje gevat?' vroeg Nick Nicholl.

Hij schudde zijn hoofd.

De twee politieagenten keken elkaar aan, en toen zei Branson. 'Oudejaarsavond dus. Waar was je toen?'

Spicer legde zijn handen op tafel en staarde naar zijn vingers. Al zijn nagels waren afgekloven, en de huid eromheen ook.

'Drinken in de Neville.'

'De Neville-pub?' vroeg Nick Nicholl. 'Die bij het windhondenstadion?'

'Ja, klopt, bij de hondjes.'

'Kan iemand dat bevestigen?' vroeg Branson.

'Ik was er met een paar, je weet wel, kennissen, ja. Ik kan je wel een paar namen geven.'

Nick Nicholl wendde zich tot zijn collega. 'Misschien kunnen we dat controleren op de camerabeelden als ze die daar hebben. Volgens mij hebben ze die, meen ik me te herinneren van een oud onderzoek.'

Branson maakte een aantekening. 'Als ze die niet hebben gewist; bij veel bedrijven bewaren ze de banden maar een week.' Toen keek hij Spicer aan. 'Hoe laat ben je daar weggegaan?'

Spicer haalde zijn schouders op. 'Weet ik niet meer. Ik was bezopen. Eén uur, halftwee misschien.'

'Waar sliep je toen?' vroeg Nick Nicholl.

'Het hostel in Kemp Town.'

'Denk je dat iemand zich nog herinnert dat je thuiskwam?'

'Dat stel? Nee. Die herinneren zich helemaal niks.'

'Hoe ben je thuisgekomen?' vroeg Branson.

'Mijn chauffeur haalde me natuurlijk op met de Rolls, hè?'

Hij zei het zo onschuldig dat Glenn een grijns moest onderdrukken. 'Dus je chauffeur kan voor je instaan?'

Spicer schudde zijn hoofd. 'Ik ben komen lopen. De benenwagen.'

Branson bladerde een paar pagina's terug in zijn notitieblokje. 'Laten we naar afgelopen week gaan. Kun je vertellen waar je op donderdag 8 januari tussen zes uur 's avonds en middernacht was?'

Spicer antwoordde snel, want hij had al geweten welke vraag er zou komen. 'Ja, ik ben naar de hondjes geweest. *Ladies' night*. Ben daar tot zo'n beetje halfacht gebleven en toen hier teruggekomen.'

'Het windhondenstadion? Dus je stamkroeg is de Neville?'

'Een ervan, ja.'

Branson wist dat het windhondenstadion nog geen kwartier lopen was van de Droveway, waar Roxy Pearce op donderdagavond was verkracht.

'Heb je iets om te bewijzen dat je daar was? Gokbriefjes? Was er iemand bij je?'

'Ik heb er een meid opgepikt.' Hij zweeg.

'Hoe heette ze?' vroeg Branson.

'Ja, ach, dat is het punt. Ze is getrouwd. Haar man was die avond niet thuis. Maar ik denk niet dat ze blij zou zijn, weet je, als jullie vragen komen stellen.'

'Heb je morele standpunten gekregen, Darren?' vroeg Branson. 'Plotseling een geweten ontwikkeld?'

Hij dacht, maar zei niet hardop, dat het nogal een vreemd toeval was dat Roxy Pearce' echtgenoot die avond ook niet thuis was.

'Nee, niet moreel, maar ik wil jullie haar naam niet geven.'

'Dan kun je maar beter met ander bewijs komen dat je gedurende die tijd bij de honden was.'

Spicer keek hen aan. Hij had behoefte aan een sigaret.

'Mag ik weten waar dit over gaat?'

'Er is een reeks aanrandingen gepleegd in de stad. We proberen mensen uit te sluiten van ons onderzoek.'

'Dus ik ben verdachte?'

Branson schudde zijn hoofd. 'Nee, maar de datum van je voorwaardelijke vrijlating maakt je een mogelijke interessante partij.'

Hij vertelde Spicer niet dat zijn gegevens van 1997 en 1998 waren gecontroleerd en dat die aantoonden dat hij slechts zes dagen voor de vermoedelijk allereerste aanval van de Schoenenman uit de gevangenis was vrijgelaten.

'Laten we doorgaan naar gisteren. Kun je vertellen waar je tussen vijf uur 's middags en negen uur 's avonds was?'

Spicer was ervan overtuigd dat zijn gezicht gloeide. Hij voelde zich ingesloten, hield er niet van dat de vragen maar bleven komen. Vragen die hij niet kon beantwoorden. Ja, hij kon precies vertellen waar hij gisteren om vijf uur 's middags was. Hij was in een bosje achter een huis aan Woodland Drive, de zogenaamde miljonairswijk van Brighton, om *charlie* te kopen bij een van de bewoners daar. Hij betwijfelde of hij zijn volgende verjaardag zou halen als hij het adres zelfs maar noemde.

'Ik was naar de wedstrijd van Albion. Ging naderhand wat drinken met een maat. Tot ik hier terug moest zijn, ja? Kwam thuis, ging eten en toen naar bed.'

'Slechte wedstrijd was het, hè?' vroeg Nick Nicholl.

'Ja, dat tweede doelpunt, man...' Spicer stak wanhopig zijn handen op en snoof.

'Heeft die maat van je een naam?' vroeg Glenn Branson.

'Neuh. Weet je, het is heel raar. Ik zie hem vrij vaak, ken hem al jaren, en toch weet ik nog steeds niet hoe hij heet. Niet iets wat je iemand nog kan vragen als je al tien jaar af en aan wat met hem gaat drinken, hè?'

'Waarom niet?' vroeg Nicholl.

Spicer haalde zijn schouders op.

Er viel een lange stilte.

Branson bladerde in zijn notitieblokje. 'Je moet hier om halfnegen binnen zijn. Ik heb gehoord dat jij om kwart voor negen binnenkwam, dat je met een dubbele tong sprak en dat je pupillen verwijd waren. Je hebt geluk gehad dat ze je nog hebben binnengelaten. Bewoners hier mogen geen drugs gebruiken.'

'Ik gebruik geen drugs, meneer de agent.' Hij snoof opnieuw.

'Dat geloof ik meteen. Je hebt alleen maar een zware verkoudheid, hè?'

'Ja, dat moet het zijn. Precies. Een zware verkoudheid!'

Branson knikte. 'Je gelooft zeker ook nog in de Kerstman?'

Spicer grijnsde sluw naar hem, niet zeker waar dit naartoe ging. 'De Kerstman? Ja. Ja, waarom niet?'

'Volgend jaar moet je hem schrijven en een zakdoek voor kerst vragen.'

53

Zondag 11 januari 2009

Yac reed op zondag niet in zijn taxi, omdat hij dan *andere verplichtingen* had.

Hij had mensen die uitdrukking horen gebruiken en vond het een mooie. *Andere verplichtingen*. Het klonk goed. Soms vond hij het leuk om dingen te zeggen die mooi klonken.

'Waarom ga je nooit op zondagavond met de taxi op pad?' had de eigenaar van de taxi hem pasgeleden gevraagd.

'Omdat ik dan andere verplichtingen heb,' had Yac gewichtig gezegd.

En die had hij ook. Hij had belangrijke dingen te doen, die zijn zondagen vulden van het moment waarop hij opstond tot laat in de avond.

Het was nu laat in de avond.

Zijn eerste taak elke zondagochtend was het controleren van de woonboot op lekkage, zowel beneden de waterlijn als bij het dak. Dan maakte hij schoon. Deze woonboot was de schoonste in heel Shoreham. Dan waste hij zichzelf heel grondig. Hij was de schoonste, gladst geschoren taxichauffeur in heel Brighton & Hove.

Als de eigenaren van de *Tom Newbound* uiteindelijk terugkwamen van hun verblijf in India, dan hoopte Yac dat ze trots op hem zouden zijn. Misschien mocht hij wel hier bij hen blijven wonen, als hij beloofde iedere zondagochtend de boot schoon te maken.

Hij hoopte dat vurig. En hij kon nergens anders naartoe.

Een van zijn buren had tegen Yac gezegd dat de boot zo schoon was dat hij van het dek kon eten als hij dat wilde. Yac snapte dat niet. Waarom zou hij dat willen? Als hij eten op het dek legde, zouden er zeemeeuwen op af komen. Dan zou hij rommel van eten en meeuwen op het dek hebben en zou hij dat ook nog eens moeten opruimen. Dus negeerde hij die suggestie.

Hij had in de loop der jaren geleerd dat het verstandig was om suggesties te negeren. De meeste suggesties kwamen van idioten. Intelligente mensen hielden hun gedachten voor zich.

Zijn volgende taak, tussen het zetten van zijn thee elk uur door en het eten van zijn zondagsmaaltijd – altijd hetzelfde, lasagne uit de magnetron – was het uitpakken van zijn jeugdcollectie stortbakkettingen uit de schuilplaats in het onderruim. De *Tom Newbound*, had hij ontdekt, bood hem verschillende goede schuilplaatsen. Zijn schoenencollectie lag ook in een ervan.

Hij nam graag de tijd om de kettingen op de vloer van de zitruimte uit te leggen. Eerst telde hij ze om te controleren of er niemand tijdens zijn afwezigheid op de boot was geweest en iets had gestolen. Dan inspecteerde hij ze op roestvlekjes. Daarna reinigde hij ze, door zorgvuldig alle ketting-schakels in te wrijven met metaalpoets.

Als hij de kettingen weer goed had opgeborgen, ging Yac het internet op. De rest van de middag zat hij op Google Earth en keek na of er wijzigingen waren opgetreden in zijn kaarten. Dat was ook iets wat hij had ontdekt. Kaarten veranderden, net als al het andere. Je kon er niet op vertrouwen. Je kon nergens op vertrouwen. Het verleden was verschuivend zand. Dingen die je las, leerde en in je hoofd opsloeg konden veranderen, en dat gebeurde ook. Dat je iets ooit wist, betekende nog niet dat het nu nog steeds zo was. Net als met kaarten. Je was geen goede taxichauffeur als je alleen maar op kaarten vertrouwde. Je moest bijblijven, tot op de minuut!

Hetzelfde gold voor technologie.

Dingen die je vijf, tien of vijftien jaar geleden wist, daar had je nu niet altijd meer iets aan. De technologie veranderde. Hij had op de boot een hele archiefkast vol met bedradingsschema's van alarmsystemen. Hij puzzelde die graag uit. Hij zocht graag naar de gebreken erin. Lange tijd geleden had hij geconcludeerd dat als een mens iets ontwierp, er altijd ergens een gebrek in zat. Hij sloeg die gebreken gretig in zijn hoofd op. Informatie was kennis, en kennis was macht!

Macht over al die mensen die dachten dat hij niet deugde. Die naar hem sneerden of hem uitlachten. Hij merkte het soms, dat mensen in zijn taxi hem uitlachten. Hij zag ze in de spiegel, zittend op de achterbank, grijnzend en fluisterend tegen elkaar over hem. Ze dachten dat hij een beetje achterlijk was. Verknipt. Kierewiet. O ja.

Uh-huh.

Net zoals zijn moeder dacht.

Zij had dezelfde fout gemaakt. Ze dacht dat hij dom was. Ze wist niet dat hij soms, als zij overdag of 's avonds thuis was, naar haar keek. Ze wist niet dat hij een klein gaatje in het plafond van haar slaapkamer had gemaakt. Hij lag dan stil op de vliering boven haar en keek toe als ze een man pijn deed met haar schoenen. Hij keek toe als ze haar naaldhakken in de rug van een naakte man drukte.

Soms sloot ze Yac in zijn slaapkamer op met een bord eten en een emmer, en liet hem dan de hele nacht alleen achter. Hij hoorde het klikken van het slot en daarna haar voetstappen, haar hakken op de vloerplanken, steeds zachter.

Ze had nooit geweten dat hij verstand had van sloten. Dat hij elk specialistisch tijdschrift en elk instructiehandboek dat hij in de bibliotheek kon vinden had gelezen en uit zijn hoofd geleerd. Hij wist zo ongeveer alles wat er te weten viel over cilindersloten, tuimelsloten, pinsloten. Er was geen slot of alarmsysteem ter wereld, dacht Yac, dat hem kon weerstaan. Niet dat hij ze allemaal had geprobeerd. Dat leek hem veel werk, en het zou te lang duren.

Als ze wegging, hem alleen achterliet, met het klak-klak-klak van haar hakken dat tot stilte vervaagde, opende hij het slot van zijn slaapkamerdeur en ging naar haar kamer. Hij lag graag naakt op haar bed om de bedwelmende, muskusachtige geur in te ademen van haar Shalimar-parfum en de lucht die nog naar haar sigaretten rook, met een schoen van haar in zijn linkerhand, om zichzelf dan met zijn rechterhand te bevredigen.

Zo sloot hij tegenwoordig graag zijn zondagavonden af.

Maar vanavond was beter dan ooit! Hij had krantenknipsels over de Schoenenman. Hij had die gelezen en herlezen, en niet alleen uit De *Argus*, maar ook uit andere kranten. Zondagskranten. De Schoenenman verkrachtte zijn slachtoffers en nam hun schoenen mee.

Uh-huh.

Hij sproeide Shalimar door zijn kamer in de woonboot, kleine wolkjes in elke hoek, dan een langere naar het plafond toe, recht boven zijn hoofd, zodat kleine, onzichtbare druppeltjes van de geur overal om hem heen vielen.

Toen ging hij staan, opgewonden en trillend. Korte tijd later was hij gehuld in transpiratie, ademend met zijn ogen dicht omdat de geur zo veel herinneringen bij hem bovenbracht. Hij stak een Dunhill International op, inhaleerde de zoete rook diep en hield die enige tijd in zijn longen voordat hij uitblies door zijn neusgaten, zoals zijn moeder altijd deed.

Het rook hier nu zoals in haar kamer. Ja.

Tussen halen door, terwijl hij steeds meer opgewonden raakte, opende hij zijn gulp. Toen, liggend in zijn kooi, betastte hij zichzelf en fluisterde: 'O, mammie! O, mammie! O ja, mammie, ik ben zo'n stoute jongen!'

En al die tijd dacht hij aan het echt slechte wat hij zojuist had gedaan. En dat wond hem nog meer op.

54

Maandag 12 januari 2009

Roy Grace was om halfacht 's morgens in een sombere bui. Het nieuwe jaar was nog geen twee weken oud, en nu al had hij te maken met drie gewelddadige verkrachtingszaken.

Hij zat in het kantoor dat hem altijd een ongemakkelijk gevoel gaf, ook al was de vorige gebruiker ervan, de soms tirannieke Alison Vosper, daar niet langer. Haar vervanger achter het grote palissanderhouten bureau, dat er nu een stuk rommeliger uitzag, was adjunct-hoofdcommissaris Peter Rigg, die begon aan zijn tweede week hier. En voor het eerst ooit had Grace warempel iets te drinken aangeboden gekregen in deze kamer. Hij dronk nu dankbaar sterke koffie uit een sierlijk porseleinen kommetje.

De adjunct-hoofdcommissaris was een parmantig, nogal voornaam uitziend mannetje met een gezonde huid, blond haar dat netjes en conservatief was geknipt en een scherpe, chique stem. Hoewel hij een stuk kleiner was dan Grace had hij een kaarsrechte houding, die hem een militaire uitstraling gaf en waardoor hij langer leek dan hij was. Hij droeg een donkerblauw pak met discrete krijtstreepjes, een fris wit overhemd en een schreeuwerige stropdas. Te oordelen naar de rij foto's op zijn bureau en de nieuwe posters die nu aan de muren hingen hield de man van motorracen, wat Grace verheugde omdat het iets was wat ze gemeen hadden, hoewel hij nog niet de kans had gehad erover te beginnen.

'Ik heb de nieuwe directeur van de City Corporation aan de telefoon gehad,' vertelde Rigg vriendelijk maar zakelijk. 'Dat was nog voor de aanval in het spookhuis. Verkrachting is een heel emotioneel onderwerp. Brighton heeft het congres van de Labourpartij al verloren voor de komende jaren – niet dat dat ook maar iets met die verkrachtingen te maken heeft – en hij denkt dat het de toekomstige kansen van onze stad om congressen van naam aan te trekken enorm zou helpen als we kunnen aantonen hoe veilig het hier is. De angst voor misdaad schijnt een groot item te zijn in de congressenbusiness.'

'Ja meneer, dat begrijp ik.'

'Het zou ons goede voornemen voor het nieuwe jaar moeten zijn om ons te richten op de misdaden die angst zaaien in de gemeenschap, onder gewone, fatsoenlijke mensen. Dáár denk ik dat we onze middelen maximaal moeten inzetten. We moeten de boodschap uitdragen dat mensen in Brighton & Hove even veilig zijn als in hun eigen huis. Wat denk jij?'

Grace knikte instemmend, maar vanbinnen was hij bezorgd. De bedoelingen van de adjunct-hoofdcommissaris waren goed, maar zijn timing was niet geweldig. Roxy Pearce was overduidelijk niet veilig geweest in haar eigen huis. En wat hij net zei, dat was niet nieuw. Hij herhaalde alleen maar wat volgens Grace altijd al de hoofdtaak van de politie was. Het was in ieder geval beslist zijn eigen hoofddoel.

Toen hij pas was bevorderd naar de rang van inspecteur, had zijn directe leidinggevende Gary Weston, destijds hoofd van de recherche, hem heel beknopt zijn filosofie verteld: 'Roy, ik probeer als baas te bedenken wat het publiek van me wil en wat ze willen dat ik doe. Wat wil mijn vrouw? Mijn oude moeder? Ze willen zich veilig voelen, ze willen ongestoord hun leven leiden, en ze willen dat ik alle slechteriken opsluit.'

Grace had dat sindsdien altijd als mantra gebruikt.

Rigg hield een document omhoog, zes vellen papier met een paperclip eraan, en Grace wist meteen wat het was.

'Dit is een vierentwintiguursreview van de afdeling Misdaadbeleid en Review over Operatie Zwaardvis,' zei de adjunct-hoofdcommissaris. 'Ik heb die gisteravond laten bezorgen.' Hij glimlachte enigszins zorgelijk naar de hoofdinspecteur. 'Het is positief. Je hebt alles gedaan wat je moest doen; zoals ik ook had verwacht na alle goeie dingen die ik over je had gehoord, Roy.'

'Dank u, meneer!' zei Grace, aangenaam verrast. De man had kennelijk niet veel gesproken met de inmiddels vertrokken Alison Vosper, zijn grote fan – maar niet heus.

'Ik denk dat het politieke landschap een stuk lastiger zal worden als het nieuws over de derde verkrachting bekend wordt. En natuurlijk weten we niet hoeveel onze dader er nog gaat plegen voordat we hem opsluiten.'

'Of voordat hij weer verdwijnt,' antwoordde Grace.

De adjunct-hoofdcommissaris keek alsof hij in een hete peper had gebeten.

55

Maandag 12 januari 2009

Sussex Security Systems en Sussex Remote Monitoring Services waren gehuisvest in een groot gebouw uit de jaren tachtig van de negentiende eeuw, op een bedrijventerrein in Lewes, tien kilometer van Brighton.

Toen het bedrijfje dat Garry Starling jaren eerder in een klein pandje in Hove was begonnen, zich uitbreidde naar twee gescheiden branches, wist hij dat hij een groter gebouw nodig had. De perfecte kans presenteerde zich toen het gebouw in Lewes vrijkwam na een faillissement en de curator graag een deal wilde sluiten.

Maar wat hem nog meer aantrok dan de goede voorwaarden was de locatie zelf, nog geen halve kilometer van Malling House, het hoofdbureau van de politie van Sussex. Hij had al twee contracten bij hen binnengesleept voor het installeren en onderhouden van alarmsystemen in een paar kleinere politiebureaus die 's nachts gesloten waren, en hij was ervan overtuigd dat het geen kwaad kon om zo dicht bij het centrum van de hele politiemacht te zitten.

Hij had gelijk gehad. Een combinatie van bij mensen aanbellen, slijmen op de golfbaan en zeer concurrerende tarieven had veel meer werk zijn kant op gesluisd, en toen iets meer dan tien jaar geleden de recherche naar Sussex House verhuisde, hun nieuwe hoofdkantoor, was het SSS dat het contract voor de interne beveiliging in de wacht had gesleept.

Ondanks zijn succes hield Garry Starling niet van opvallende, dure auto's. Hij reed er nooit in, want hij vond dat je er alleen maar aandacht mee trok; en hoe flitsender je auto, hoe eerder je klanten zouden denken dat je te duur was. Voor hem betekende succes vrijheid. De mogelijkheid om mensen in te huren om het kantoorwerk te doen waar hijzelf geen zin in had. De vrijheid om naar de golfbaan te gaan wanneer hij maar wilde. En om andere dingen te doen die hij wilde. Hij liet het geld uitgeven aan Denise over. Ze was daar erg goed in.

Toen ze elkaar leerden kennen, was ze ontzettend sexy. Ze hield van dezelfde dingen die hem opwonden en was vreselijk geil, met maar weinig grenzen. Nu zat ze alleen maar op haar dikke reet, die elk uur dikker werd, en ze wilde niets meer weten van seks, althans, niet van de dingen waar hij van genoot.

Hij reed in zijn kleine grijze Volvo langs het bedrijventerrein, passeerde een Land Rover-dealer, de ingang naar Tesco en vervolgens Homebase. Hij ging rechts, toen links en verderop, aan het eind van de straat, zag hij zijn gebouw van één verdieping met een rij van negen witte busjes ervoor, elk met het bedrijfslogo erop.

Omdat hij zich altijd bewust was van het kostenplaatje, waren de busjes gewoon wit en stond de bedrijfsnaam op magnetische panelen die tegen de zijkanten waren bevestigd. Dat betekende dat hij er geen nieuwe logo's op hoefde te laten zetten elke keer als hij een nieuw busje kocht; hij kon de panelen er gewoon afhalen en hergebruiken.

Het was negen uur 's ochtends en hij was niet blij te zien dat er nog zo veel wagens voor de deur stonden. Ze hadden op pad moeten zijn om installaties te doen of servicebezoeken te brengen. Dat kwam door de recessie.

Er was tegenwoordig niet veel wat hem blij maakte.

Dunstan Christmas had jeuk aan zijn kont, maar hij durfde niet te krabben. Als hij tijdens zijn dienst zijn gewicht langer dan twee seconden van de stoel haalde, zonder eerst uit te loggen, dan ging het alarm af en zou zijn chef komen aanrennen.

Je moest het de kerel die dit bedacht had nageven, gaf Christmas met tegenzin toe, het was een verrekt goed systeem. Onfeilbaar, zo ongeveer.

En dat moest het natuurlijk ook zijn, want daarvoor betaalden de klanten van Sussex Remote Monitoring Services: getrainde beveiligers zoals hij die in uniform op een stoel zaten en keken naar beelden van hun huizen of bedrijfspanden, in real time, de klok rond. Christmas was zesendertig jaar oud en woog honderddertig kilo. Op zijn kont zitten beviel hem wel.

Hij zag de zin van het uniform niet zo in, aangezien hij nooit deze ruimte verliet, maar meneer Starling, de grote baas, wilde dat iedereen hier, zelfs de receptionistes, een uniform droeg. Het gaf de mensen een gevoel van trots en doelgerichtheid, zei meneer Starling, en het maakte indruk op bezoekers. Iedereen deed wat meneer Starling zei.

Naast de cameraselectieknop op het paneel voor hem zat een microfoon. Ook al stonden de huizen en bedrijfspanden op de twintig schermen vele kilometers verderop, met één klik op de microfoontoets kon hij elke indringer een rolberoerte bezorgen door hem aan te spreken. Dat vond hij leuk aan zijn baan. Het kwam niet zo vaak voor, maar als het gebeurde, joh, wat was het leuk om ze te zien schrikken! Dat was een bonus.

Christmas werkte in ploegen van acht uur, wisselend tussen dag-, avond- en nachtdienst, en hij was best tevreden met zijn salaris, maar de baan zelf... Allemachtig. Soms, vooral 's nachts, kon dit werk slaapverwekkend saai zijn. Twintig verschillende programma's op tv, en nergens gebeurde iets! Alleen maar een beeld van een fabriekspoort op de ene. De oprit van een huis op een andere. De achterkant van een groot landhuis aan Dyke Road op een volgende. Af en toe liep er een kat of een vos langs, of een das, of een knaagdier.

Met scherm nummer 17 had hij een beetje een emotionele band. Daarop waren beelden te zien van de oude cementfabriek in Shoreham, die al negentien jaar gesloten was. Er hingen zesentwintig beveiligingscamera's op het enorme terrein, een voor de vooringang en de rest bij alle belangrijke binnendoorgangen. Op het ogenblik toonde het beeld de voorzijde, een hoog stalen hek met prikkeldraad erop en een kettingslot eraan.

Zijn vader werkte daar vroeger als cementwagenbestuurder, en soms reed Dunstan mee in de cabine als zijn vader een vrachtje ging halen. Hij was dol op die plek. Hij vond het altijd net de set van een James Bond-film, met de enorme cementslakkenovens, molens en opslagsilo's, de bulldozers, kiepwagens en graafmachines, en het was er altijd druk.

De cementfabriek stond in een enorme uitgegraven laagte in afgelegen plattelandsgebied, een paar kilometer landinwaarts en even ten noordwesten van Shoreham. Het terrein was enkele tientallen hectaren groot en stond vol met reusachtige, vervallen gebouwen. Er ging een gerucht dat er plannen bestonden om alles weer in gebruik te nemen, maar sinds de laatste vrachtwagen daar was weggereden, bijna twintig jaar geleden, lag het er verlaten bij. Een grijs spookdorp van grotendeels vensterloze gebouwen, roestige onderdelen, oude voertuigen en met onkruid overwoekerde paden. De enige bezoekers waren vandalen en dieven die er systematisch de elektromotoren, kabels en loden buizen hadden gestolen, en daarom was ook dat uitgebreide beveiligingssysteem geïnstalleerd.

Maar deze maandagochtend was interessanter dan normaal. Zeker op één bepaald scherm, nummer 11.

Elk van de schermen was aangesloten op tien verschillende panden. De bewegingsdetectiesoftware zou een pand onmiddellijk op het scherm toveren als er beweging was, zoals een voertuig dat aankwam of vertrok, iemand die langskwam, of zelfs een vos of grote hond. Er was voortdurend activiteit geweest op scherm 11 sinds hij om zeven uur vanochtend was begonnen. Dat was het vooraanzicht van de woning van Pearce. Hij zag het politielint en een bewaker van de politie. Een adviseur voor plaatsen delict en drie leden van de technische recherche, in blauwe overalls en met rubberen handschoenen aan, zochten op handen en knieën elke centimeter van de grond af naar eventuele sporen van de indringer die mevrouw Pearce afgelopen donderdagavond in haar eigen huis had aangevallen. Hier en daar staken ze kleine bordjes met getallen in de grond.

Hij graaide in de grote zak Kettle-chips naast het controlepaneel, stopte de chips in zijn mond en spoelde ze weg met een slok cola. Hij moest plassen, maar besloot het nog even op te houden. Hij kon zich afmelden bij het systeem voor een gemakspauze, zoals dat werd genoemd, maar dat zou worden opgemerkt. Anderhalf uur was te snel na het begin van zijn dienst; hij moest het iets langer rekken, want hij wilde indruk maken op zijn baas.

Hij schrok van de stem vlak achter hem.

'Ik ben blij te zien dat de verbinding met de Droveway is hersteld.'

Dunstan Christmas draaide zich om en zag zijn baas, Garry Starling, de eigenaar van het bedrijf, over zijn schouder meekijken.

Starling had hier een gewoonte van gemaakt. Hij bespioneerde zijn werknemers altijd. Kwam zachtjes achter hen aan sluipen, soms in een overall of in een wit overhemd, spijkerbroek en gympen, soms in een net pak. Maar altijd geruisloos, stilletjes, op schoenen met rubberen zolen als een of andere rare stalker. Zijn grote, uilachtige ogen tuurden naar de rij schermen.

'Ja meneer Starling, het werkte weer toen ik begon.'

'Weten we al wat het probleem was?'

'Ik heb Tony nog niet gesproken.'

Tony was de hoofdmonteur van het bedrijf.

Starling keek enige tijd knikkend naar de activiteit bij het huis van Pearce.

'Niet best, hè meneer?' vroeg Christmas.

'Ongelooflijk,' zei Garry Starling. 'Het ergste wat ooit is gebeurd in de panden die wij bewaken, en dan doet dat stomme systeem het niet. Onvoorstelbaar!'

'Slechte timing.'

'Dat kun je wel zeggen.'

Christmas zette een tuimelschakelaar op het paneel om en zoomde in op iemand van de technische recherche, die iets in een zakje deed wat te klein was om te onderscheiden.

'Nogal interessant om te zien, hoe grondig die lui zijn,' zei hij.

Er kwam geen reactie van zijn baas.

'Het lijkt *CSI* wel.'

Weer kwam er geen reactie.

Hij keek om en zag tot zijn verbazing dat Garry Starling de kamer had verlaten.

56

Heden

Met dure schoenen met hoge hakken voel je je sexy, hè? Je denkt dat het een investering is om daar geld aan uit te geven, hè? Allemaal onderdeel van je valstrik. Weet je wat jullie zijn? Jullie allemaal? Vleesetende planten. Dat zijn jullie.

Heb je wel eens goed gekeken naar de blaadjes van een venusvliegenvanger? Die zijn roze vanbinnen. Doet dat je ergens aan denken? Ik zal je zeggen waar ze mij aan doen denken: aan vagina's met tanden. En dat is natuurlijk precies wat ze zijn. Akelige tanden helemaal rondom, als de tralies van een cel.

Zodra er een insect binnenkomt en een van de haartjes op die uitnodigende, sensuele roze lippen aanraakt, klapt de val dicht. Alle lucht wordt naar buiten geperst. Zoals jullie allemaal doen. Dan gaan de verteringssappen aan het werk, die langzaam de prooi doden als die niet het geluk heeft om meteen te stikken. Net zoals jullie allemaal doen! De zachte, binnenste delen van het insect lossen op, maar niet de taaie buitenkant, het exoskelet. Aan het eind van het verteringsproces, na een paar dagen of soms een paar weken, absorbeert de val de verteringsvloeistoffen weer en gaat open. De resten van het insect waaien weg in de wind of worden weggespoeld door de regen.

Daarom trekken jullie die schoenen aan, hè? Om ons in de val te lokken, alle vloei-
stof uit ons te zuigen en dan onze resten weer af te scheiden.
Nou, ik heb een nieuwtje voor jullie.

57

Maandag 12 januari 2009

Coördinatiecentrum 1 bood ruimte aan drie onderzoeken van de afdeling
Zware Criminaliteit tegelijkertijd. Maar met Roy Grace' snel groeiende team
had Operatie Zwaardvis de hele ruimte nodig. Gelukkig had hij de stafofficier, Tony Case, die alle vier de ruimten voor Zware Criminaliteit in de gemeente beheerde, altijd te vriend gehouden.

Case was zo vriendelijk om het enige andere grote onderzoek dat momenteel in Sussex House plaatsvond – de moord op een tot nog toe onge-
identificeerde man – naar het kleinere Coördinatiecentrum 2 verderop
langs de gang te verplaatsen.

Hoewel Grace gisteren twee briefings had gehouden, waren enkele leden
van zijn team afwezig geweest voor belangrijke externe onderzoeken. Vanochtend had hij iedereen verzocht aanwezig te zijn.

Hij ging op een vrije plek achter een van de werkstations zitten en legde
zijn agenda en beleidsboek voor zich neer. Ernaast stond zijn derde kop
koffie van vandaag. Cleo berispte hem doorlopend om hoeveel koffie hij
dronk, maar na zijn eerdere, aangename doch korzelige gesprek met adjunct-hoofdcommissaris Rigg had hij behoefte aan een volgende cafeïne-
stoot.

Hoewel Coördinatiecentrum 1 al enkele jaren niet was gerenoveerd of
opgeknapt, hing in de ruimte altijd de steriele, vage medische geur van moderne kantoren. Een groot contrast met politiebureaus voordat het rookverbod was ingegaan, vond hij. Die stonken bijna allemaal naar rook en er
hing een permanent bedompte lucht. Maar ze hadden wel sfeer, en in sommige opzichten miste hij dat. Alles in het leven werd veel te steriel.

Hij knikte begroetend naar verschillende leden van zijn team die binnen
kwamen druppelen. De meesten, onder wie ook Glenn Branson, die weer

een van zijn eindeloze ruzies met zijn vrouw leek te hebben, praatten in hun telefoon.

'Goeiemorgen ouwe,' zei Branson toen hij de verbinding had verbroken. Hij stopte zijn telefoon in zijn zak, klopte toen op zijn eigen geschoren hoofd en fronste zijn voorhoofd.

Grace fronste terug. 'Wat is er?'

'Geen gel. Vergeten?'

'Ik had vanochtend meteen een afspraak met de nieuwe adjunct-hoofd-commissaris, dus leek het me beter om een beetje conservatief te zijn.'

Branson, die Roy Grace enkele maanden eerder een complete mode-makeover had gegeven, schudde zijn hoofd. 'Weet je, soms ben je gewoon echt sneu. Als ik de nieuwe adjunct-hoofdcommissaris was, dan zou ik agenten willen hebben met een beetje pit, geen kerels die eruitzien als mijn opa.'

'Rot op!' zei Grace grijnzend. Toen geeuwde hij.

'Zie je!' zei Branson vrolijk. 'Het komt door je leeftijd. Je kunt het niet meer bijbenen.'

'Heel grappig. Luister, ik moet me even een paar minuten concentreren, oké?'

'Weet je aan wie je me doet denken?' vroeg Branson onverstoord.

'George Clooney? Daniel Craig?'

'Nee. Brad Pitt.'

Even keek Grace vrij opgetogen. Toen voegde de brigadier eraan toe: 'Ja, in *The Curious Case of Benjamin Button*, wanneer hij eruitziet als honderd en nog niet jonger is geworden.'

Grace schudde zijn hoofd en onderdrukte een grijns, en vervolgens nog een geeuw. De maandag was de dag waar de meeste mensen tegen op-zagen. Maar de meeste normále mensen begonnen de week in ieder geval uitgerust en fris. Hij had de hele zondag gewerkt. Eerst was hij naar de pier gereden om de onderhoudsruimte van het spookhuis te bekijken, waar Mandy Thorpe was verkracht en ernstig verwond, en daarna was hij bij haar op bezoek gegaan in het Royal Sussex County-ziekenhuis, waar ze onder politiebewaking lag. Ondanks een ernstige hoofdwond had de jonge vrouw een vrij gedetailleerde eerste verklaring kunnen geven aan de SOLO die aan haar was toegewezen, die op haar beurt de informatie aan Grace had door-gespeeld.

Nog los van het trauma bij die arme slachtoffers voelde Roy Grace zelf een ander soort trauma: de druk om deze zaak op te lossen en een arrestatie te verrichten. Om het nog erger te maken had de hoofdverslaggever van De *Argus*, Kevin Spinella, inmiddels drie boodschappen op zijn voicemail ingesproken met de dringende vraag of hij kon terugbellen. Grace wist dat als hij bij dit onderzoek de medewerking van de belangrijkste plaatselijke krant wilde hebben, in plaats van alleen maar een sensationele krantenkop in de editie van morgen, hij heel zorgvuldig met Spinella zou moeten omgaan. Dat betekende dat hij hem een exclusief beetje informatie moest geven naast de dingen die hij 's middags bij de persconferentie zou vertellen, en op het ogenblik had hij niets voor de man. Althans, niets waarvan hij wilde dat het publiek het wist.

Hij belde de journalist snel terug en werd meteen doorgeschakeld naar zijn voicemail. Hij liet een boodschap voor Spinella achter met het verzoek om tien minuten voor aanvang van de persconferentie naar zijn kantoor te komen. Tegen die tijd zou hij wel iets bedacht hebben.

En binnenkort zou hij een geschikte valstrik moeten bedenken. Iemand bij de politie lekte regelmatig informatie aan Spinella. Dezelfde persoon, daarvan was Grace overtuigd, die in het afgelopen jaar over elke grote misdaadzaak had gelekt aan de jonge misdaadverslaggever, steeds al binnen enkele minuten nadat de politie ter plaatse was gekomen. Het moest iemand bij de centrale of bij de IT-afdeling zijn, die toegang had tot de van minuut tot minuut bijgewerkte gegevens. Het kon een rechercheur zijn, maar dat betwijfelde Grace, want de gelekte informatie ging over élke serieuze misdaad, en geen enkele rechercheur kreeg zo vroeg al informatie over andere zaken dan die hij zelf behandelde.

Het enige positieve was dat Kevin Spinella gewiekst was, een krantenverslaggever met wie de politie zaken kon doen. Tot dusverre hadden ze geluk gehad, maar op een dag was hij er misschien niet meer, en iemand die minder medewerking verleende kon in zijn positie veel schade aanrichten.

'Dat stomme Albion, wat is er toch met die lui?' Michael Foreman beende naar binnen, zoals altijd strak in het pak en met glanzende zwarte Oxfordschoenen aan.

In de beginfasen van een onderzoek droegen de meeste rechercheurs een pak, omdat je nooit wist wanneer je ineens de deur uit moest om iemand te ondervragen, vooral naaste familieleden van een misdaadslachtoffer, die respect verdienden. Sommigen, zoals Foreman, kleedden zich altijd zo.

'Dat tweede doelpunt!' Rechercheur Nick Nicholl, die normaal rustig was, praatte geanimeerd en schudde zijn gebalde vuisten in de lucht. 'Wat moest dát nou voorstellen? Hallo!'

'Ja, nou, ik ben voor Chelsea,' zei de analist van het hoofdbureau, John Black. 'Albion heb ik lang geleden al opgegeven; de dag dat ze uit Goldstone Ground weggingen.'

'Maar als ze verhuizen naar dat nieuwe stadion, dat wordt me wat, hè?' zei Michael Foreman. 'Geef ze de kans om daar te wennen, dan krijgen ze hun trots wel terug.'

'Gay Pride, dat is alles waar ze goed voor zijn,' gromde Norman Potting, die als laatste hoofdschuddend naar binnen sjokte, omgeven door de walm van pijptabak. Hij liet zich zwaar in een stoel tegenover Grace zakken. 'Sorry dat ik zo laat ben, Roy. Vrouwen! Ik heb het echt gehad. Ik trouw nooit meer. Afgelopen! Vier is genoeg!'

'De vrouwelijke helft van de bevolking van Engeland zal erg opgelucht zijn dat te horen,' mompelde Bella Moy, zo luid dat iedereen het verstond.

Potting negeerde haar en keek somber naar Grace. 'Weet je nog waar we het voor kerst over hadden, Roy?'

Grace knikte, hoewel hij geen zin had om te worden afgeleid door de laatste update in de lange reeks van rampen in het liefdesleven van de rechercheur.

'Ik wil graag nog een beetje wijsheid van je lenen, ergens in de komende week of zo, als het je uitkomt. Als je even tijd hebt, Roy.'

Als ik even tijd heb, wil ik slapen, dacht Grace vermoeid. Maar hij knikte naar Potting en zei: 'Tuurlijk, Norman.' Ondanks het feit dat de rechercheur hem vaak irriteerde, had hij medelijden met de man. Potting was lang nadat hij had kunnen uittreden bij de politie gebleven, omdat, zo vermoedde Grace, zijn werk het enige in zijn leven was wat hem een doel verschafte.

De laatste die binnenkwam was dokter Julius Proudfoot, met een leren tas over zijn schouder. De forensisch psycholoog – zoals gedragsanalisten nu werden genoemd – had in de afgelopen twintig jaar aan een groot aantal zeer belangrijke zaken gewerkt, waaronder de zaak van de oorspronkelijke Schoenenman. De laatste tien jaar had hij in de media een soort status als beroemdheid en genoot hij van de opbrengst van een lucratieve boekendeal. In zijn vier autobiografieën, verhalend over zijn carrière tot nu toe, klopte hij zijn prestaties op en beweerde dat ze een cruciale rol hadden gespeeld bij het voor de rechter brengen van veel van de ergste misdadigers in Engeland.

Een paar hogere politieagenten hadden onder vier ogen gezegd dat zijn boeken in de boekwinkel op de fictieschappen zouden moeten staan, niet bij de non-fictie. Ze vonden dat hij ten onrechte de eer opeiste voor verschillende zaken waar hij eigenlijk maar een kleine rol bij had gespeeld, en dan nog niet eens altijd met succes.

Grace was het daar niet mee oneens, maar omdat Proudfoot eerder betrokken was geweest bij de zaak van de Schoenenman, Operatie Houdini, dacht hij dat de man van nut kon zijn bij Operatie Zwaardvis. De psycholoog was ouder geworden in de twaalf jaar dat ze elkaar niet hadden gezien, en hij was ook behoorlijk aangekomen, dacht Grace terwijl hij hem aan de andere teamleden voorstelde. Toen bekeek hij de agenda.

'Ten eerste wil ik jullie allemaal bedanken voor het opofferen van je weekend. Ten tweede doet het me deugd te melden dat de afdeling Misdaadbeleid en Review geen problemen heeft gemeld. Ze zijn tot nu toe tevreden met alle aspecten van ons onderzoek.' Hij keek snel in zijn aantekeningen. 'Oké, het is halfnegen 's morgens op maandag 12 januari. Dit is onze zesde briefing van Operatie Zwaardvis, het onderzoek naar de verkrachting van twee vrouwen, Nicola Taylor en Roxy Pearce, en misschien nu een derde, Mandy Thorpe genaamd.'

Hij wees naar een van de whiteboards waarop gedetailleerde gegevens over de drie vrouwen hingen. Om hun privacy te beschermen, had Grace besloten hun foto's er niet bij te hangen, omdat hem dat respectloos leek. Hij zei: 'Foto's van de slachtoffers zijn beschikbaar als je ze nodig hebt.'

Proudfoot stak zijn hand op en wiebelde met zijn mollige vingers. 'Pardon, Roy, maar waarom zeg je misschíén een derde slachtoffer? Ik geloof niet dat er veel twijfel bestaat over Mandy Thorpe, voor zover ik weet.'

Grace keek Proudfoot aan.

'De methode is heel anders,' antwoordde Roy Grace. 'Maar daar kom ik straks nog op, als je het niet erg vindt. Het staat op de agenda.'

Proudfoot opende en sloot zijn kleine roze lippen een paar keer, richtte zijn kraalogen op de inspecteur en leek ontstemd omdat hij was teruggefloten.

Grace vervolgde zijn verhaal. 'Ten eerste wil ik bekijken hoe ver we zijn met de verkrachting van Nicola Taylor op oudejaarsavond, en die van Roxy Pearce afgelopen donderdag. We hebben op het moment zeshonderdnegentien mogelijke verdachten. Dat aantal bestaat uit de personeelsleden van het Metropole en de gasten die daar die nacht logeerden, plus feestgangers in het hotel op oudejaarsavond, onder wie, zoals we weten, enkele hoge politiefunctionarissen. We hebben ook namen die zijn doorgebeld door het publiek, sommige rechtstreeks aan ons, sommige via *Crimestoppers*. Onder de verdachten van nu zijn ook alle geregistreerde zedenovertreders in het gebied rondom Brighton & Hove. En twee andere viezeriken die telefoontjes hebben gepleegd naar schoenenwinkels in Brighton, die inmiddels aan de hand van telefoongegevens zijn geïdentificeerd door het externe onderzoeksteam.'

Hij nam een slok koffie.

'Eén verdachte op deze lijst is van specifiek belang. Een bekende inbreker en kleine drugsdealer uit de buurt, Darren Spicer. Ik neem aan dat een aantal van jullie hem kent.'

'Dat misbaksel!' bromde Norman Potting. 'Ik heb hem twintig jaar geleden opgepakt. Had een reeks inbraken gepleegd in de buurt van Shirley Drive en Woodland Drive.'

'Hij heeft honderdtweeënzeventig veroordelingen op zijn naam staan,' zei de analist, Ellen Zoratti. 'Een echte charmeur. Hij is voorwaardelijk vrij na de aanranding van een vrouw in een huis in Hill Brow waar hij had ingebroken. Had geprobeerd haar te zoenen.'

'Wat helaas een veelvoorkomend patroon is,' zei Grace, kijkend naar Proudfoot. 'Inbrekers die verkrachters worden.'

'Precies,' zei Proudfoot, daarop inhakend. 'Ze beginnen met het penetreren van huizen, en dan gaan ze verder met het penetreren van de vrouwen die ze toevallig in die huizen aantreffen.'

Grace merkte de fronsende blikken van enkele van zijn collega's op, die dit kennelijk maar geklets vonden. Maar hij wist dat het helaas waar was.

'Spicer is op 28 december voorwaardelijk vrijgelaten uit de Ford Opengevangenis. Brigadier Branson en rechercheur Nicholl hebben hem gistermorgen gehoord.'

Hij knikte naar Glenn.

'Klopt,' antwoordde Branson. 'We hebben niet veel uit hem gekregen. Eigenlijk had hij alleen maar een grote mond. Beweert dat hij een alibi heeft voor alle drie de misdrijven, maar ik ben niet overtuigd. We hebben gezegd dat hij bewijs moet leveren. Hij had kennelijk afgelopen donderdagavond een afspraakje met een getrouwde vrouw, maar weigert ons haar naam te geven.'

'Heeft Spicer een voorgeschiedenis van zedenovertredingen, op dat laatste na?' vroeg Bella Moy. 'Of huiselijk geweld, of fetisjen?'

'Nee,' antwoordde de analist.

'Is het niet waarschijnlijker dat onze dader enige achtergrond heeft als viezerik, dokter Proudfoot, gesteld dat verkrachters niet zo vaak schoenen meenemen?' vroeg Bella Moy.

'Trofeeën, van wat voor soort dan ook, zijn niet ongebruikelijk bij serie-overtreders,' antwoordde Proudfoot. 'Maar u hebt gelijk, het is zeer onwaarschijnlijk dat dit de enige overtredingen zijn die hij heeft begaan.'

'Er is iets wat heel belangrijk kan zijn ten aanzien van Spicer,' zei Ellen Zoratti. 'Gisteravond heb ik de verklaring van het slachtoffer doorgelezen. Die van de vrouw die Spicer drie jaar geleden aanrandde in haar huis: Marcie Kallestad.' Ze keek Roy Grace aan. 'Ik begrijp niet waarom nog niemand het verband heeft gelegd.'

'Welk verband?'

'Ik denk dat je het beter zelf kunt lezen. Toen Marcie Kallestad Spicer van zich af had gevochten, smeet hij haar op de vloer, griste haar schoenen van haar voeten en rende ermee weg. Het waren Charles Jourdans met hoge hakken, waar ze driehonderdvijftig pond voor had betaald. En ze had ze net diezelfde dag gekocht bij een winkel in Brighton.'

58

Maandag 12 januari 2009

De stemming in de briefingruimte veranderde voelbaar. Roy Grace bespeurde de plotselinge, ongrijpbare opwinding. Dat gebeurde elke keer dat er een mogelijke doorbraak kwam in een onderzoek. Maar hij was op het moment het minst enthousiaste lid van zijn team.

'Jammer dat we dit gisteren niet wisten,' zei Glenn Branson. 'Dan hadden we Spicer in de hoek kunnen drukken.'

Nick Nicholl knikte instemmend.

'We hebben nu toch wel genoeg om hem te arresteren, baas?' vroeg Michael Foreman.

Grace keek Ellen aan. 'Weten we of die schoenen later zijn teruggevonden?'

'Nee, ik vrees van niet,' antwoordde ze. 'Die informatie heb ik niet.'

'Kan hij ze verkocht hebben?' vroeg Nick Nicholl.

'Zeker weten,' zei Bella Moy. 'Er zijn meer dan genoeg tweedehands kledingwinkels in de stad die gloednieuwe Charles Jourdans zouden kopen, voor een zacht prijsje. Ik kom er ook wel eens. Je kunt er schitterende koopjes vinden.'

Grace keek even naar Bella. Begin dertig, single en nog thuiswonend, waar ze zorgde voor haar oude moeder. Hij had een beetje medelijden met haar, want ze was niet onaantrekkelijk maar leek buiten haar werk eigenlijk geen leven te hebben.

'Tien procent van de verkoopprijs, Bella?' vroeg hij.

'Ik weet niet, maar veel zullen ze niet betalen. Twintig pond misschien, op z'n hoogst.'

Grace dacht na. Deze nieuwe informatie was beslist genoeg om een arrestatie van Darren Spicer te rechtvaardigen. En toch... het voelde niet goed. Spicer leek hem bijna te voor de hand liggend. Goed, die boef was precies op tijd uit de gevangenis vrijgelaten om de eerste verkrachting op oudejaarsavond te hebben kunnen plegen. Bovendien had hij in het Metropole gewerkt, waar het was gebeurd. En nu hadden ze net gehoord dat hij de schoenen van zijn laatste inbraakslachtoffer had meegenomen. Maar, piekerde Grace, zou die vent echt zo stom zijn?

Belangrijker nog, Spicer had een strafblad als carrière-inbreker en drugsdealer. Hij verdiende de kost, voor zover je dat zo kon noemen, met inbreken in panden en de kluizen die er stonden, en hij nam sieraden, horloges, tafelzilver en geld mee. Nicola Taylor en Roxy Pearce hadden tot nu toe niet gemeld dat er andere dingen dan hun schoenen waren gestolen, en in Nicola's geval ook haar kleding. Hetzelfde gold voor Mandy Thorpe op zaterdagavond. Alleen haar schoenen waren weg. Behalve als Spicer als nieuw mens de gevangenis uit was gekomen – wat met zijn achtergrond te betwijfelen viel – dan leek hem dit niet Spicers aanpak.

Aan de andere kant, hoe kon hij er zeker van zijn dat Spicer geen andere zedenvergrijpen had gepleegd waarvoor hij nooit was gepakt? Kon Spicer de Schoenenman zijn? De gegevens van Ellen wezen erop dat hij op vrije voeten was ten tijde van de verkrachtingen door de Schoenenman. Maar de Schoenenman verkrachtte zijn slachtoffers op smerige manieren. Hij probeerde ze niet alleen maar te kussen, zoals Spicer had gedaan. Wederom kwam de werkwijze niet overeen.

Ja, ze konden hem arresteren. Het zou de hoge heren blij maken als er zo snel al een aanhouding werd verricht, maar die blijdschap kon van korte duur zijn. Hoe moest hij dan verder met Spicer? Hoe zou hij de bewijzen moeten vinden die hij nodig had voor een veroordeling? De dader droeg een masker en zei amper iets, dus ze konden niet uitgaan van een signalement of stem. Ze hadden niet eens een betrouwbare schatting van hoe lang de dader was. Gemiddeld, dat leek de beste gok. Tengere bouw. Weinig lichaamsbeharing.

De resultaten van het forensisch onderzoek toonden aan dat de dader geen sperma bij de drie slachtoffers had achtergelaten. Tot nu toe waren er geen DNA-matches, haren, vezels of nagelschraapsels; hoewel het nog vroeg was. Het zou nog een paar weken duren voordat alle monsters waren onderzocht, en zo lang konden ze Spicer zonder aanklacht niet vasthouden. Het openbaar ministerie zou beslist niet vinden dat ze genoeg hadden voor een tenlastelegging.

Ze konden hem verhoren en vragen waarom hij de schoenen van Marcie Kallestad had meegenomen, maar als hij echt de Schoenenman was, dan zouden ze hem daarmee waarschuwen. Datzelfde gold wanneer ze een huiszoekingsbevel aanvroegen voor zijn kluisje in de nachtopvang. Voor zover Glenn en Nick hadden gerapporteerd, dacht Spicer dat hij slim was geweest en dat hij hun vragen tot tevredenheid had beantwoord. Nu was hij misschien niet bang om nog een misdrijf te plegen. Als ze te veel belangstelling voor hem toonden, dan kon dat ervoor zorgen dat hij zich koest hield of de stad verliet. En wat Grace bovenal nodig had waren resultaten, niet nog eens twaalf jaar van stilte.

Hij dacht nog even na en vroeg toen aan Glenn Branson: 'Heeft Spicer een auto, of kan hij eraan komen?'

'Ik kreeg niet de indruk dat hij wat dan ook had. Ik betwijfel het, baas.'

'Hij zegt dat hij overal te voet heen gaat om het geld voor de bus in zijn zak te kunnen houden,' voegde Nick Nicholl eraan toe.

'Hij kan er waarschijnlijk wel aan komen als hij er een nodig heeft,' zei Ellen Zoratti. 'Hij is twee keer veroordeeld voor voertuigdiefstal; een keer een busje en een keer een personenwagen.'

Het was goed dat hij geen vervoer had, dacht Grace. Dat zou het veel gemakkelijker maken om hem in de gaten te houden.

'Ik denk dat we meer kans hebben op resultaten als we hem voorlopig in het oog houden in plaats van hem te arresteren. We weten waar hij tussen halfnegen 's avonds en halfnegen 's morgens is, dankzij de avondklok bij de nachtopvang. Hij heeft zijn rehabilitatiebaan bij het Grand Hotel, dus we weten waar hij doordeweeks overdag is. Ik zal de surveillance hem laten schaduwen als hij van zijn werk weggaat, en om te kijken of hij 's nachts de opvang niet verlaat.'

'Als hij echt een interessante partij is, inspecteur, wat het geval lijkt te zijn,' zei Proudfoot, 'dan denk ik dat u beter snel kunt handelen.'

'Ik hoop dat ze vandaag nog kunnen beginnen,' antwoordde Grace. 'Dit zou een goed moment zijn om ons te vertellen wat u denkt.'

De forensisch psycholoog stond op en liep naar een whiteboard, waar een groot vel ruitjespapier op hing. Met verschillende kleuren inkt waren er een aantal piekende lijnen op getekend. Hij nam de tijd voordat hij begon, alsof hij zichzelf zo belangrijk vond dat hij zich niet hoefde te haasten.

'De dadermatrix van de Schoenenman en jullie huidige dader komt in veel opzichten overeen,' zei hij. 'Deze grafiek toont de overeenkomende factoren tussen de twee, tot nu toe. Elke kleur is een ander aspect: de locatie, tijd, hoe hij de slachtoffers benadert, zijn manier van aanvallen, zijn uiterlijk.'

Hij wees ze om beurten aan, stapte opzij en vervolgde: 'De misdrijven van de Schoenenman hebben een aantal kenmerken die nooit openbaar zijn gemaakt, maar die toch blijken uit de werkwijze van jullie huidige dader. Daaruit leid ik met enige zekerheid af dat er voldoende overeenkomstige factoren zijn om in dit stadium aan te nemen dat we met één en dezelfde persoon te maken hebben. Een van de belangrijkste is dat dezelfde naam, Marsha Morris, in het hotelregister stond van het Grand in 1997 en wederom in het Metropole afgelopen oudejaarsavond. Die naam was nooit bekendgemaakt.'

Hij liep nu naar een leeg whiteboard.

'Ik ben er ook vrij zeker van dat de dader hier woont of vroeger in deze plaats heeft gewoond.'

Met een zwarte stift tekende hij snel een paar kleine vierkantjes in de bovenste helft van het whiteboard en nummerde die van 1 tot 5.

'De eerste verkrachtingspoging door de Schoenenman, op 15 oktober 1997, werd verijdeld. Die sla ik hier even over, en ik richt me alleen op de geslaagde. Zijn eerste geslaagde was in het Grand Hotel in de vroege uurtjes van 1 november 1997.' Hij schreef GH boven het eerste vierkantje. 'Zijn tweede was twee weken later, in een particuliere woning aan Hove Park Road.' Hij schreef HPR boven het tweede vierkantje. 'De derde was onder de Palace Pier, nog eens twee weken later.' Boven het derde vierkantje schreef hij PP. 'De vierde was in de parkeergarage van Churchill Square, weer twee weken later.' Daarbij schreef hij CS. 'Een mogelijke vijfde aanval vond plaats op kerstochtend, wederom twee weken later, aan Eastern Terrace, hoewel die nog niet is bevestigd.' Hij schreef ET boven het vijfde vierkantje. Toen wendde hij zich weer naar het team, maar hij hield zijn blik op Roy Grace gericht.

'We weten dat alle vijf die vrouwen onmiddellijk voor de aanvallen dure schoenen hadden gekocht in een van de schoenenwinkels in Brighton. Het lijkt me waarschijnlijk dat de dader die plekken kende. Hij kan natuurlijk een vreemde in de stad zijn geweest, maar ik denk van niet. Historisch gezien blijven vreemdelingen niet rondhangen. Ze plegen hun daad en reizen dan verder.'

Grace wendde zich tot Michael Foreman, de leider van het team voor extern onderzoek. 'Michael, ben jij naar de winkels geweest waar onze huidige slachtoffers hun schoenen hadden gekocht, om te kijken of ze beveiligingscamera's hebben?'

'Dat wordt nagegaan, baas.'

Julius Proudfoot tekende een cirkel om alle vijf de vierkantjes. 'Opmerkelijk is het relatief kleine gebied binnen de stad waar die aanvallen plaatsvonden. Nu komen we bij de huidige reeks verkrachtingen.'

Met een rode stift tekende hij drie vakjes onder aan het whiteboard en nummerde die van 1 tot 3. Hij draaide zich kort naar zijn publiek om, en toen weer naar het bord.

'De eerste aanval vond plaats in Hotel Metropole, dat zoals jullie weten naast het Grand staat.' Hij schreef HM boven het eerste vakje. 'De tweede aanval, ongeveer een week erna, was in een particuliere woning in een chique straat, de Droveway.' Hij schreef DW boven het tweede vakje. 'De derde aanval – en ik geef toe dat er verschillen in de aanpak waren – was slechts twee dagen later op de Palace Pier, of Brighton Pier, zoals het er nu schijnbaar heet.' Hij schreef BP boven het derde vakje en draaide zich weer naar het team om.

'De Droveway is slechts één straat verwijderd van Hove Park Road. Je hoeft geen genie te zijn om de geografische overeenkomsten in die aanvallen te herkennen.'

Rechercheur Foreman stak zijn hand op. 'Dokter Proudfoot, dit is heel interessant. Wat kunt u ons, vanuit uw aanzienlijke ervaring, over de dader zelf vertellen?'

Proudfoot glimlachte toen het gevlei de g-plek van zijn ego bereikte. 'Nou,' zei hij met een weids armgebaar, 'hij zal bijna zeker een verstoorde jeugd hebben gehad. Zeer waarschijnlijk in een eenoudergezin, of met een zeer repressieve religieuze opvoeding. Hij is mogelijk seksueel misbruikt door een of beide ouders, of door een naast familielid. Hij is waarschijnlijk betrokken geweest bij kleinere vergrijpen in zijn verleden, beginnend met dierenmishandeling in zijn jeugd en mogelijk diefstal van klasgenootjes. Hij is ongetwijfeld een einzelgänger geweest, met weinig tot geen jeugdvrienden.'

Hij zweeg even en schraapte zijn keel. 'Vanaf zijn vroege adolescentie is hij waarschijnlijk geobsedeerd geweest door gewelddadige pornografie, en de kans is groot dat hij toen al kleinere zedenvergrijpen heeft gepleegd: potloodventen, aanranden, dat soort dingen. Hij zal zijn doorgegaan naar prostituees en dan waarschijnlijk diegenen die sadomasochistische diensten boden. En hij is hoogstwaarschijnlijk een drugsgebruiker, vermoedelijk cocaïne.'

Een korte onderbreking. 'Het feit dat hij zich vermomt in vrouwenkleding wijst erop dat hij in een fantasiewereld leeft, maar ook dat hij intelligent is. Hij heeft mogelijk een pervers gevoel voor humor, dat van belang kan zijn voor zijn keuze van locaties in 1997 en nu en in zijn timing. Het feit dat hij zo forensisch bewust is, is nog een indicatie dat hij slim is en dat hij kennis over of zelfs rechtstreeks ervaring heeft met politiemethoden.'

Rechercheur Emma-Jane Boutwood stak haar hand op. 'Hebt u misschien theorieën, als hij de Schoenenman is, waarom hij twaalf jaar niets heeft gedaan en toen weer is begonnen?'

'Dat is niet ongewoon. Er was eens een seksueel gerichte seriemoordenaar in Amerika, ene Dennis Rader, die twaalf jaar geen misdrijven pleegde omdat hij getrouwd was en kinderen had gekregen. Hij stond op het punt weer te beginnen toen hij die relatie beu werd, maar gelukkig werd hij gepakt voordat dat gebeurde. Dit kan ook bij onze dader het scenario zijn. Maar het is ook mogelijk dat hij is verhuisd naar een ander deel van de gemeente, of zelfs naar het buitenland, en daar is doorgegaan met zijn misdaden, en dat hij nu terug is.'

Na afloop van de briefing vroeg Grace de forensisch psycholoog om nog even naar zijn kantoor te komen. Grace sloot de deur. Het was een stormachtige dag en de regen kletterde tegen de ramen toen hij achter zijn bureau plaatsnam.

'Ik wilde niet met u in discussie gaan in het bijzijn van het team, dokter Proudfoot,' zei hij ferm, 'maar ik heb echt twijfels over de derde aanval, die in het spookhuis. Alles aan de methode is anders.'

Proudfoot knikte met een zelfingenomen glimlach, als een vader tegenover een eigenwijs kind.

'Zeg maar wat u denkt dat de belangrijkste verschillen zijn, inspecteur.'

Grace vond zijn toon neerbuigend en irritant, maar hij probeerde niet te happen. Hij stak zijn vinger op en zei: 'Ten eerste had Mandy Thorpe, anders dan de overige slachtoffers, de schoenen die ze tijdens de aanval droeg niet recent gekocht; en bij de andere slachtoffers betrek ik ook Rachael Ryan, over wie we nog onzeker zijn. Alle vijf de vrouwen hadden destijds nieuwe designerschoenen gekocht in de uren of dagen voordat ze werden aangevallen. Dat geldt ook voor de eerste twee huidige slachtoffers, Nicola Taylor en Roxy Pearce. Mandy Thorpe was anders. Ze had die schoenen maanden geleden al gekocht, op vakantie in Thailand.'

Hij stak nog een vinger op. 'Ten tweede, en ik denk dat dit belangrijk kan zijn, Mandy Thorpes schoenen waren nep; kopieën van Jimmy Choos.'

'Met alle respect, Roy. Ik ben geen expert in die dingen, maar ik dacht dat het hele punt van neppers was dat mensen het verschil niet konden zien.'

Grace schudde zijn hoofd. 'Het gaat niet om het zien van het verschil. Het gaat erom dat hij zijn slachtoffers uitzoekt in dure schoenenwinkels. Ten derde, en dat is heel belangrijk, hij dwong Mandy Thorpe niet om te masturberen met haar schoenen. Daar ligt zijn kick, in de macht over zijn slachtoffers.'

Proudfoot haalde zijn schouders op, op een manier waaruit niet bleek of hij het eens of oneens was met Grace. 'De jonge vrouw was bewusteloos, dus we weten niet echt wat hij heeft gedaan.'

'Monsters uit de vagina tonen aan dat ze is gepenetreerd door iemand met een condoom. Er is vaginaal of anaal geen spoor gevonden van penetratie met een deel van een schoen.'

'Hij kan zijn gestoord en er snel vandoor zijn gegaan,' antwoordde Proudfoot.

Grace stak nog een vinger op en vervolgde: 'Misschien. Ten vierde is Mandy Thorpe gezet, of bot gezegd dik. Zwaarlijvig. Alle vorige slachtoffers waren slank.'

De psycholoog schudde zijn hoofd. 'Haar figuur is niet de significante factor. Hij is op jacht. Wat belangrijk is, is de timing. Voorheen bij de Schoenenman waren het tussenperiodes van twee weken. Deze nieuwe reeks is begonnen met een week ertussen, en nu zijn het nog maar twee dagen. We weten niet wat hij in de tussenliggende twaalf jaar heeft uitgespookt, maar het kan zijn dat zijn drang sterker is geworden; ofwel doordat hij hem zo lang heeft onderdrukt, of door zelfvertrouwen als hij is blijven verkrachten en ongestraft is gebleven. Eén ding waar ik zeker van ben is dat hoe meer een dader als deze kan flikken, hoe onoverwinnelijker hij zich voelt, en hoe meer hij zal willen.'

'Ik heb om twaalf uur een persconferentie, dokter Proudfoot. Wat ik dan zeg, kan ons opbreken. Ik wil accurate informatie geven die ons zal helpen de dader te pakken, en ik wil het publiek enigszins geruststellen. Ik neem aan dat u omwille van uw reputatie ook wilt dat ik zo juist mogelijke informatie verstrek; u wilt niet voor gek staan omdat u iets verkeerds hebt geopperd.'

Proudfoot schudde zijn hoofd. 'Ik vergis me maar zelden, inspecteur. Als u naar mij luistert, zult u er niet ver naast zitten.'

'Dat is geruststellend om te horen,' zei Grace koeltjes.

'U bent een oude beroeps, net als ik,' vervolgde Proudfoot. 'U hebt te maken met allerhande politieke en commerciële druk. Ik weet dat het zo is, want dat gold voor elke hoogste onderzoeksrechercheur met wie ik te maken heb gehad. Dit is waar het om gaat: wat is erger voor het publiek? Het idee dat er één verkrachter rondloopt die zich aan jonge vrouwen vergrijpt, of twee?' De psycholoog keek Grace strak aan en trok zijn wenkbrauwen op. 'Ik weet waar ik zelf voor zou kiezen als ik probeerde de reputatie van mijn stad te beschermen.'

'Ik laat me niet door de politiek dwingen het verkeerde besluit te nemen,' antwoordde Grace.

'Roy... Mag ik je tutoyeren?'

Grace knikte.

'Je hebt hier niet te maken met een doorsnee crimineel, Roy. Dit is een slimme kerel. Hij jaagt op slachtoffers. Iets in zijn hoofd zet hem ertoe aan om nu weer te doen wat hij voorheen deed, maar omdat hij niet achterlijk is, weet hij dat hij variatie moet aanbrengen in zijn routine of zijn methoden. Hij zou zich rot lachen als hij ons gesprek nu hoorde. Hij geniet niet alleen van macht over vrouwen, maar ook van zijn macht over de politie. Het is allemaal onderdeel van zijn zieke spelletje.'

Grace dacht even na. Vanuit zijn opleiding was hij geneigd naar experts te luisteren maar zich er niet door te laten beïnvloeden, en altijd zijn eigen mening te vormen.

'Ik begrijp wat je bedoelt,' zei hij.

'Ik hoop dat het luid en duidelijk is, Roy. Kijk maar naar mijn successen tot nu toe als je nog twijfels hebt. Ik durf heel stellig te zijn over deze dader. Hij is iemand die een vertrouwde zone nodig heeft, een beetje routine. Hij houdt zich aan hetzelfde patroon als vroeger. Dat is zijn vertrouwde zone. Hij zal zijn slachtoffers uitzoeken op dezelfde of gelijksoortige plekken. Nog voor het einde van de week zal iemand worden overmeesterd en verkracht in een parkeergarage in het centrum van de stad, en daarna neemt hij haar schoenen mee. Dat mag je ze op die persconferentie uit mijn naam voorspellen.'

De zelfingenomenheid van de man begon Grace danig op de zenuwen te werken, maar hij had hem nodig. Hij had nu alles nodig waar hij zich aan kon vastklampen.

'Ik kan niet het hele centrum in de gaten laten houden, want daar hebben we gewoon de mankracht niet voor. Als we in de stad gaan patrouilleren met uniformen, dan pakken we hem niet. Dan gaat hij gewoon ergens anders heen.'

'Ik denk dat jullie dader slim en brutaal genoeg is om het recht onder jullie neus te doen. Hij krijgt er misschien zelfs een kick van. Zelfs als jullie de hele stad vol zetten met politieagenten, dan nog krijgt hij zijn slachtoffer te pakken.'

'Dat is geruststellend,' zei Grace. 'Wat stel je dan voor?'

'Je zult een paar aannames moeten doen en hopen dat je geluk hebt, of...' Hij zweeg even peinzend. 'Het geval van Dennis Rader in Amerika. Dat was een bijzonder akelig individu dat zichzelf VMM noemde; initialen die voor "verblinden, martelen en moorden" stonden. Hij werd na twaalf jaar radiostilte gepakt toen de plaatselijke krant iets over hem schreef wat hem niet beviel. Het was maar speculatie...'

'Wat dan?' vroeg Grace, die ineens erg nieuwsgierig was.

'Ik geloof dat de mannelijkheid van de dader in twijfel werd getrokken. Iets in die trant. Je kunt van één ding op aan: dat je huidige dader met argusogen de media volgt en elk woord in de plaatselijke kranten leest. Dat ego hoort bij het vakgebied.'

'Denk je niet dat als we hem opjutten, hij nog meer vrouwen gaat verkrachten?'

'Nee, ik denk van niet. Hij heeft die aanvallen twaalf jaar geleden ongestraft kunnen plegen. God weet wat hij sindsdien nog meer heeft uitgevreten. En nu deze nieuwe verkrachtingen. Ik vermoed dat hij denkt dat hij onoverwinnelijk is, superslim, oppermachtig. Zo komt hij ook over in de persartikelen tot nu toe. Maak een demon van onze Schoenenman, maak van hem het monster van Brighton & Hove, en voilà, de krantenverkopen overal in het land schieten omhoog, en de kijkcijfers van het journaal ook. En al die tijd hebben we eigenlijk te maken met een akelig, gestoord stuk vreten met een steekje los.'

'Dus we moeten zorgen dat de plaatselijke krant iets vernederends zegt over zijn mannelijkheid? Dat hij een klein pikkie heeft, of zoiets?'

'Of wat dacht je van de waarheid, dat hij hem niet omhoog kan krijgen of houden? Geen enkele vent zal het fijn vinden om zoiets te lezen.'

'Gevaarlijk,' zei Grace. 'Hij kan er dol van worden.'

'Hij is al gevaarlijk genoeg, Roy. Maar nu is hij slim, berekenend, neemt hij de tijd, maakt hij geen fouten. Maak hem kwaad, zorg dat hij zijn zelfbeheersing verliest, dan gaat hij fouten maken. En dan heb je hem.'

'Of hén.'

59

Maandag 12 januari 2009

Sussex Square was een van de parels in de architecturale kroon van Brighton. Het bestond uit één rij en twee schitterende bochten met regencyhuizen, elk met uitzicht over twee hectare eigen grond en het Engelse Kanaal daarachter. Het plein was oorspronkelijk aangelegd om weekendhuizen aan de kust te kunnen bieden aan modieuze, rijke victorianen. Nu waren de meeste gebouwen opgedeeld in appartementen, maar niets van de praal ervan was daarbij verloren gegaan.

Hij reed in zijn busje langzaam langs de hoge, imposante voorpuien, die allemaal wit waren geschilderd, en keek naar de huisnummers. Op zoek naar nummer 53.

Hij wist dat het nog steeds één enkel huis was van vijf verdiepingen, met kamers voor personeel bovenin. Een mooi huis, dacht hij, dat paste bij de status van een man als Rudy Burchmore, de vicepresident Europa van American & Oriental Banking, en zijn societyvrouw Dee. Een perfect huis om in stijl gasten te ontvangen. Om indruk op mensen te maken. Om dure schoenen in te dragen.

Hij reed nog eens om het plein heen, rillend en klam van opwinding, en deze keer stopte hij voor het huis, op een parkeerplaats aan de tuinzijde van de weg. Dit was een goede plek. Hij kon haar auto zien staan en de voordeur in het oog houden, maar zij zou hem niet opmerken, of ze nu uit het raam keek of de voordeur uit kwam.

Hij was onzichtbaar!

Hij had geleerd dat bepaalde dingen voor de bewoners van de gefortuneerde wereld onzichtbaar waren. Er bestonden onzichtbare mensen, zoals straatvegers, kantoorschoonmakers en bouwvakkers. En er waren onzichtbare voertuigen, zoals melkwagens, witte busjes en taxi's. Drugsdealers maakten vaak gebruik van taxi's, omdat die nooit argwaan wekten als ze 's avonds laat rondreden. Maar het busje was voor zijn bedoelingen op het ogenblik geschikter.

Hij glimlachte, steeds meer opgewonden, en zijn ademhaling versnelde. Hij rook haar Armani Code nog steeds. Hij rook het heel sterk, alsof zijn hele busje ermee vol hing.

O ja, kreng! dacht hij. O ja! O ja! O ja!

Hij zou ervan genieten die geur op te snuiven terwijl hij haar dwong dingen bij zichzelf te doen met die schoenen, en als hij daarna dingen met haar deed. De angst zou haar doen zweten, en haar zweet zou de geur nog sterker maken.

Hij kon zich inbeelden hoe ze de voordeur uit zou komen met die blauwe Manolo's aan, geurend naar Armani Code. Hij kon zich inbeelden hoe ze achter het stuur van haar auto plaatsnam. Dan op een veilige plek zou parkeren, zoals afgelopen zaterdag, in een parkeergarage.

Hij wist precies wanneer ze die schoenen zou dragen. Hij had haar zaterdag in de winkel gehoord toen ze ze had gekocht. Voor haar *volgende speciale gelegenheid*, had ze tegen de winkelbediende gezegd. De *dameslunch* waar ze een toespraak moest houden. De dameslunch waar ze een *goddelijke blauwe jurk* voor had gekocht en waar ze nu bijpassende schoenen bij had.

Het zou leuk zijn als Dee Burchmore op dit moment de voordeur uit kwam, dacht hij, alleen zou ze vandaag die nieuwe blauwe Manolo's niet dragen.

Ze was zo vriendelijk om op haar website een pagina bij te houden met haar afspraken erop. Daarnaast had ze een pagina op Facebook waar ze ze ook aankondigde. En ze vertelde de hele wereld over haar bewegingen, soms elk uur, op Twitter. Ze was zo hulpvaardig!

Dee had op haar website en op Facebook bevestigd dat haar volgende grote sociale evenement op donderdag was, als ze een speech zou geven bij een lunch ten behoeve van een plaatselijk verpleeghuis, het Martlet. Ze had er al tweets over gestuurd. De grote namen uit de vrouwelijke bevolking van Brighton & Hove zouden er zijn. Een van de eregasten was de vrouw van de huidige Lord Lieutenant van Sussex.

De lunch werd gehouden in het Grand Hotel, waar een grote ondergrondse parkeergarage achter lag.

Het kon echt niet handiger!

60

Maandag 12 januari 2009

Het had iets schaamteloos, hoe Kevin Spinella om tien voor twaalf het kantoor van Roy Grace binnenstapte, onuitgenodigd een stoel naar achteren schoof en ging zitten. Spinella ergerde hem altijd, en toch had de ambitieuze jonge verslaggever eigenschappen die Grace in weerwil van hemzelf wel aanstonden.

Spinella hing nonchalant onderuitgezakt in zijn stoel tegenover Grace' bureau, met zijn handen in de zakken van zijn regenjas. Eronder droeg hij een pak met een losse, onhandig geknoopte stropdas. Spinella was tenger met een smal gezicht, begin twintig, met alerte ogen en dun zwart haar dat met gel in piekjes was gedraaid. Zijn scherpe hoektanden maalden zoals altijd druk op een stukje kauwgom.

'Zo, en wat heb u voor me, inspecteur?'

'Jij bent de man die alles weet,' antwoordde Grace om hem te testen. 'Wat heb jij voor mij?'

De verslaggever hield zijn hoofd schuin. 'Ik hoor dat de Schoenenman terug is.'

'Zeg eens, Kevin, wie is je bron?'

De verslaggever glimlachte en tikte tegen de zijkant van zijn neus.

'Ik kom er wel achter, dat weet je toch?' zei Grace op ernstige toon.

'Ik dacht dat u me wilde spreken omdat u zaken wilde doen.'

'Klopt.'

'Nou?'

Grace hield met moeite zijn hoofd koel en besloot het onderwerp van de lekkende politiemedewerker voorlopig even te laten zitten. Hij veranderde van onderwerp. 'Ik wil je hulp. Als ik je iets vertrouwelijks vertel, beloof je dan dat je dat zo houdt totdat ik het je laat weten? Ik moet je hierin absoluut kunnen vertrouwen.'

'Dat kunt u toch altijd?'

Nee, niet altijd, eigenlijk, herinnerde Grace zich. Hoewel, hij moest toegeven dat Spinella het afgelopen jaar steeds woord had gehouden.

'Meestal,' gaf hij toe.

'Wat schiet De *Argus* ermee op?'

'Mogelijk krediet voor hulp bij de arrestatie van de dader. Daar zou ik je zeker een interview over geven.'

'Dus er is maar één dader?' vroeg Spinella nadrukkelijk.

Shit, dacht Grace, die zich afvroeg hoe de journalist dáár nu weer bij kwam. Wie had daarover gespeculeerd na de briefing van vanochtend? Was het een van de teamleden? Waar was dat in vredesnaam vandaan gekomen? Hij begon boos te worden, maar aan Spinella's gezicht was te zien dat die man niets zou loslaten. Voorlopig moest hij het inslikken.

'In dit stadium denken we dat één dader verantwoordelijk is voor alle aanvallen.'

Spinella's gewiekste ogen gaven aan dat hij hem niet geloofde.

Grace negeerde dat en vervolgde: 'Oké, ik zal je zeggen hoe het zit.' Hij aarzelde even, wetend dat hij een enorme gok nam. 'Ik heb twee exclusieve feiten voor je. Het eerste mag je pas publiceren als ik het zeg, en van het tweede wil ik graag dat je het meteen in je krant zet. Ik geef geen van die beide dingen prijs tijdens de persconferentie.'

Het bleef even stil terwijl de twee mannen elkaar aanstaarden. Spinella hield zelfs op met kauwen.

'Deal?' vroeg Grace.

Spinella haalde zijn schouders op. 'Deal.'

'Oké. Het eerste, dat je niet moet publiceren, is dat we denken dat er misschien deze week nog een aanval komt. Dat zal waarschijnlijk in het centrum van de stad gebeuren, mogelijk in een parkeergarage.'

'Dat is niet bepaald hogere wiskunde als er al drie zijn geweest in de afgelopen twee weken,' kaatste Spinella sarcastisch terug.

'Nee, dat klopt.'

'Stelt als exclusief feitje niet veel voor. Dat had ik zelf ook wel kunnen voorspellen.'

'Maar je staat er goed op als het gebeurt. Dan kun je zo'n stuk schrijven in de trant van "een hoge politiefunctionaris had De Argus vooraf gewaarschuwd dat deze aanval waarschijnlijk was", zoals je ze in het verleden altijd zo knap verzon.'

Spinella had het fatsoen te blozen. Toen haalde hij zijn schouders op. 'Parkeergarage? Dus u denkt dat hij dezelfde reeks volgt als vroeger?'

'Dat denkt de forensisch psycholoog wel.'

'Dokter Proudfoot schijnt nogal een rukker te zijn, hè?'

'Jij zegt het, niet ik.' Grace' ogen twinkelden.

'Wat gaat u doen om die volgende aanval te voorkomen?'

'Alles wat we kunnen, op het afsluiten van het centrum van Brighton voor het publiek na. We gaan er zo veel mogelijk middelen voor inzetten, maar wel onzichtbaar. We willen hem grijpen. Het is niet de bedoeling dat hij ervandoor gaat en we hem kwijtraken.'

'Hoe gaan jullie het publiek waarschuwen?'

'Ik hoop dat we de steun krijgen van de pers en de media na de persconferentie die we zo meteen geven, en de mensen zo kunnen waarschuwen op een algemene, niet-specifieke manier.'

Spinella knikte en haalde zijn notitieblokje tevoorschijn. 'Vertel dan nu maar wat ik wel mag plaatsen.'

Grace glimlachte. 'De dader heeft een klein pikkie.'

De verslaggever wachtte, maar Grace zei verder niets.

'Is dat alles?' vroeg Spinella.

'Dat is alles.'

'Dat meent u niet.'

De inspecteur trok zijn wenkbrauwen op.

'Dat is mijn exclusieve verhaal? Dat de dader een klein pikkie heeft?'

'Ik hoop dat ik geen gevoelige snaar bij je raak,' antwoordde Grace.

61

Dinsdag 13 januari 1998

De oude dame zat achter het stuur van het gestolen busje, boven aan de steile heuvel, met haar veiligheidsgordel zo strak mogelijk vast. Haar handen lagen op het stuur, de motor draaide stationair, maar de koplampen waren uit.

Hij stond naast haar en hield het portier open, verschrikkelijk zenuwachtig. Het was een donkere nacht met zware bewolking. Hij had wel wat maanlicht kunnen gebruiken, maar daar viel niets aan te doen.

Hij tuurde de duisternis in. Het was twee uur 's nachts en de plattelandsweg, een paar honderd meter ten noorden van de ingang naar golfclub Waterhall, vijf kilometer van de buitenwijken van Brighton vandaan, was verlaten. De weg daalde ongeveer een kilometer steil af, met onderaan een scherpe bocht naar links, en daarna ging hij kronkelend verder door de vallei tussen de heuvels van de South Downs. Het mooie van deze plek was dat hij aan beide kanten al op een kilometer afstand koplampen zou zien als er iemand aan kwam. Alles was momenteel rustig.

Tijd voor actie!

Hij stak zijn hand over haar benen, liet de handrem zakken en sprong naar achteren toen het busje meteen naar voren rolde, snel vaart maakte en het portier met een doffe knal dichtsloeg. De wagen zwenkte onrustbarend naar de verkeerde rijbaan en bleef daar terwijl hij nog meer vaart maakte.

Het was maar goed dat er geen auto de heuvel op kwam, want het oude vrouwtje zou niet in staat zijn een uitwijkmanoeuvre te maken, of op wat voor manier dan ook te reageren, vanwege het feit dat ze al tien dagen dood was.

Hij sprong op zijn fiets en zette af. Dankzij het extra gewicht van zijn rugzak ging hij zonder te hoeven trappen de heuvel af, achter haar aan, steeds sneller.

Verderop zag hij de omtrekken van het busje dat hij van een bouwplaats had gestolen. Het zwenkte naar de berm toe en even was hij ervan overtuigd dat het in de dikke heg zou belanden en dan mogelijk tot stilstand zou komen. Maar toen, wonder boven wonder, zwenkte het even naar links, maakte een lichte correctie en suisde kaarsrecht verder naar beneden, alsof

214

de vrouw echt stuurde. Alsof ze de rit van haar leven maakte. Of eigenlijk, dacht hij, van haar dood!

'Ga maar, schatje! Toe maar, Molly!' juichte hij. 'Geniet ervan!'

Het busje, waar de bedrijfsnaam Bryan Barker Builders op stond, bleef snelheid maken. Hij ging zelf nu zo hard dat hij bang werd de controle te verliezen, kneep de remmen van de mountainbike in om wat vaart te minderen en liet het busje uitlopen. De afstand was moeilijk in te schatten. De heggen vlogen langs hem heen. Iets flapperde vlak langs zijn gezicht. Wat was dat, verdorie? Een vleermuis? Een uil?

De koude, vochtige wind gierde in zijn ogen, waardoor ze gingen tranen en hij half verblind werd.

Hij remde harder. Ze naderden de bodem, de bocht naar links. Het busje ging rechtdoor. Hij hoorde het kraken, scheuren, krijsen van prikkeldraad langs de lak toen het door de heg en het hek van een boer ploegde. Hij kwam slippend tot stilstand met zijn fiets, met zijn gympen een paar meter stuiterend over het asfalt, en wist maar net te voorkomen dat hij over de kop sloeg.

Met zijn tranende ogen, die inmiddels gewend waren aan de duisternis, zag hij een enorme zwarte omtrek verdwijnen. Toen hoorde hij een mat, rommelend, metalig galmend geluid.

Hij sprong van zijn fiets, smeet die in de heg, greep zijn zaklantaarn en klauterde door het gat in de heg. Hij scheen zijn licht op het busje.

Perfect! O ja, perfect! Geweldig! O ja, schatje, ja! Molly, lieverd! Het is je gelukt, Molly! Het is je gelukt!

Het busje lag op de kop, met vier draaiende wielen.

Hij rende ernaartoe, maar toen bleef hij staan, deed de zaklantaarn uit en keek om zich heen. Nog geen koplampen te zien. Toen scheen hij met de lantaarn naar binnen. Molly Glossop hing ondersteboven in de veiligheidsgordel, haar mond nog dicht door de hechtingen in haar lippen, haar haar warrig omlaag in korte grijze pieken.

'Bedankt!' fluisterde hij alsof zijn stem tien kilometer ver zou dragen. 'Knap gereden!'

Hij deed zijn rugzak af en prutste met trillende, gehandschoende vingers onhandig de gespen open. Toen haalde hij er de vijfliterjerrycan met benzine uit, haastte zich door de kletsnatte wintertarwe en de plakkerige modder naar het portier aan de bestuurderskant en probeerde het te openen.

Er zat geen beweging in.

Vloekend zette hij de jerrycan neer en rukte met beide handen aan de klink, uit alle macht, maar het portier kwam maar een paar centimeter naar buiten en het verwrongen metaal krijste protesterend.

Het maakte niet uit, want het raampje stond open; dat was genoeg. Hij keek nog eens nerveus in beide richtingen. Nog steeds geen auto's te zien.

Met een sissend geluid kwam de dop van de jerrycan eraf, en hij goot de inhoud door het raam naar binnen, waarbij hij zo veel mogelijk benzine over het hoofd en lichaam van de oude vrouw schudde.

Toen de jerrycan leeg was, deed hij de dop er weer op en stopte hem terug in zijn rugzak, maakte de gespen weer vast en deed de rugzak om.

Vervolgens liep hij een paar meter bij het omgeslagen busje weg, haalde een pakje sigaretten tevoorschijn, pakte er een uit en stak die in zijn mond. Zijn handen trilden zo hevig dat hij moeite had om de aansteker aan te krijgen. Eindelijk verscheen er een vlammetje, maar het werd meteen uitgeblazen door de wind.

'Shit! Kut! Nee!'

Hij probeerde het nog eens, schermde de aansteker af met zijn hand en kreeg eindelijk de sigaret aan. Na twee lange halen controleerde hij nog eens of er geen verkeer aan kwam.

Shit.

Er kwam een auto de heuvel af.

Zie ons niet. Zie ons alsjeblieft niet.

Hij dook plat op zijn buik in de tarwe. Hoorde het brullen van de motor. Voelde de gloed van koplampen over hem heen komen, en toen keerde de duisternis terug.

Het motorgeluid vervaagde.

Hij stond op. Even zag hij rode achterlichten, toen verdwenen ze. Hij zag ze een paar seconden later weer. Daarna bleven ze voorgoed weg.

Hij wachtte nog een paar seconden voordat hij naar het busje liep, gooide de sigaret door het open raampje naar binnen en rende een paar meter weg. Hij bleef staan en keek om.

Er gebeurde niets. Geen vlammetje te zien. Helemaal niets.

Hij wachtte wel een eeuwigheid. Nog steeds gebeurde er niets.

Doe me dit niet aan!

Nu kwamen er koplampen van de andere kant.

Laat dit niet de auto zijn die daarstraks langskwam, die is omgedraaid om te komen kijken naar het gat in de heg!

Tot zijn opluchting was dat niet het geval. Het was een auto die klonk alsof de motor betere tijden had gekend en die ploffend de heuvel op kwam. Uit de zwakke achterlichten leidde hij af dat het een of ander oud barrel was met een elektrisch circuit dat niet van vocht hield.

Hij wachtte nog een volle minuut en rook de toenemend sterke stank van benzine, maar nog steeds gebeurde er niets. Toen stak hij weer een sigaret op, stapte behoedzaam naar het busje toe en gooide hem naar binnen. Het resultaat bleef gelijk. Niets.

Hij begon in paniek te raken. Was die benzine niet goed?

Een derde auto kwam de heuvel af en reed langs.

Nu pakte hij zijn zakdoek, stapte voorzichtig naar het busje toe, scheen met zijn zaklantaarn naar binnen en zag beide sigaretten kletsnat en gedoofd in het plasje benzine in het dak van het busje liggen. Wat moest dit nou voorstellen? In de film ontplofte benzine altijd als je er een sigaret in gooide! Hij doopte de zakdoek in de plas benzine, stapte achteruit en stak hem aan.

Er volgde zo'n woeste ontbranding dat hij de zakdoek van schrik op de grond liet vallen. Het textiel brandde zo intens dat hij niets anders kon doen dan toekijken terwijl het door de vlammen werd verteerd.

Nu kwam er verdorie al weer een auto de heuvel af! Hij stampte snel op de brandende zakdoek, steeds opnieuw, om hem te doven. Met bonzend hart wachtte hij tot de koplampen voorbij waren en het motorgeluid was vervaagd.

Hij deed zijn rugzak af, trok zijn parka uit, maakte er een prop van, boog zich door het raampje naar binnen en drukte de jas een paar seconden in de plas benzine. Toen stapte hij achteruit, met de jas op armlengte, en schudde hem uit. Hij stak de aansteker aan, en er volgde een luide *woemf*.

Vlammen sprongen op hem af, schroeiden zijn gezicht. Hij negeerde de pijn en smeet de brandende parka door het raam, en deze keer kwam het resultaat onmiddellijk.

De hele binnenkant van het busje werd verlicht als een oven. Hij zag Molly Glossop een paar seconden heel duidelijk voordat haar haar verdween en haar huid donkerder werd. Hij bleef gebiologeerd staan kijken naar de vlammen, naar hoe zij steeds donkerder werd. Toen gebeurde ineens waar hij op had gehoopt. De brandstoftank ontplofte, en het hele busje veranderde in een helse vlammenzee.

Hij greep zijn rugzak, strompelde terug naar de plek waar hij zijn fiets had neergesmeten, sprong erop en fietste zo hard mogelijk weg. In de heerlijk koele, windstille lucht volgde hij de geplande omweg terug naar Brighton.

Het hele stuk naar de hoofdweg kwam hij geen ander verkeer tegen. Hij luisterde aandachtig of hij sirenes hoorde. Niets.

62

Dinsdag 13 januari 2009

'Remi' zat aan een tafeltje voor het raam van het café en stak haar vork in een enorme salade met waterkers en friséesla die over de randen van het bord puilde. Het leek wel alsof ze een haardos zat te eten.

Ze kauwde peinzend, pakte tussen happen door haar iPhone en keek naar iets op het schermpje. Haar schouderlange, gebleekte haar was in een paardenstaart gedraaid met een paar losse plukken eromheen, net zoals de vorige keer dat hij haar had gezien, afgelopen zaterdag bij Marielle Shoes.

Ze had een knap gezicht, ondanks haar merkwaardige haakneus, en was nonchalant gekleed, bijna slonzig, in een vormeloze, mouwloze grijze tuniek over een zwarte coltrui, een spijkerbroek en gympen met lovertjes. Hij zou moeten zorgen dat ze die uittrok! Vrouwen met gympen, daar had hij gewoon niets mee.

Het was duidelijk dat Jessie Sheldon niet gaf om haar uiterlijk als ze aan het werk was, of misschien was het wel opzettelijk. Haar albums op Facebook bewezen dat ze er heel aardig uit kon zien met haar haar los en in andere kleding. Mooi, soms. Prachtig. Echt een heel sexy dame!

En ze was ook eigenlijk niet echt Remi, hoewel ze er nu wel zo uitzag, zoals ze daar in haar eentje zat. Ze had tweehonderdeenenvijftig vrienden toen hij voor het laatst, eerder vandaag, op haar Facebook-site keek. Een van hen, Benedict Greene, was haar verloofde; nou, zo goed als, want ze waren nog niet officieel verloofd, zoals ze had uitgelegd op de site. *Sssst! Niet tegen mijn ouders zeggen!*

Ze was goed in netwerken. Ze hield al haar vrienden dagelijks op de hoogte van wat ze deed. Iedereen wist wat ze over drie uur, over zes uur, over vierentwintig uur en in de komende paar weken ging doen. En net als Dee Burchmore twitterde ze. Meestal, momenteel, over haar dieet. *Jessie overweegt een KitKat te eten... Jessie heeft weerstand geboden aan de KitKat... Een halve kilo eraf vandaag!... Shit, een halve kilo erbij vandaag! De rest van de week eet ik vegetarisch!*

Ze was een lief meisje, zo hulpvaardig! Ze twitterde veel meer dan Dee Burchmore. Haar laatste tweet was van een uur geleden: *Ik hou me aan mijn dieet! Vandaag vegetarische lunch bij Lydia, mijn huidige favoriet!*

Ze tikte nu iets in op haar iPhone. Misschien twitterde ze weer?

Hij hield graag een oogje op zijn vrouwen. Vanochtend was Dee Burchmore naar de spa van Hotel Metropole om een Thalgo Indocéane Complete Body Ritual te ondergaan. Hij vroeg zich af of hij dat zelf ook moest doen, maar bedacht zich. Hij had vandaag dingen te doen; in feite zou hij hier niet eens moeten zijn. Maar het voelde zo lekker! Hoe kon hij dit weerstaan?

Eerder had ze getwitterd: *Ga tijdens de lunch weer naar die schoenen kijken, hopelijk staan ze er nog!*

Ze stonden er nog! Hij had gezien dat ze er een foto van had genomen met haar iPhone, en toen had ze tegen de winkelbediende gezegd dat ze er tijdens de lunch over zou nadenken. Ze had gevraagd of ze de schoenen tot twee uur voor haar konden vasthouden. De winkelbediende had dat beloofd.

Ze waren ontzettend sexy! Die zwarte met enkelriempjes en staalgrijze hakken van twaalf centimeter. De schoenen die ze wilde dragen, had ze tegen de medewerker gezegd, als ze naar een feest ging met haar vriend, die dan voor het eerst haar ouders zou ontmoeten.

Remi tikte iets in op het toetsenbord en tilde het toestel toen naar haar oor. Even later klaarde haar gezicht op. 'Hoi, Roz! Ik heb je net een foto van die schoenen gestuurd! Heb je hem? Ja! Wat vind je ervan? Ja? Echt? Oké, ik ga ze kopen! Ik neem ze vanavond na het squashen mee, dan kun je ze zien! Welke film gaan we kijken? Heb je *Final Destination*? Geweldig!'

Hij glimlachte. Ze hield van horrorfilms. Misschien zou ze zelfs plezier beleven aan het voorstellinkje dat hij voor haar had voorbereid! Hoewel het niet zijn hoofddoel was om iemand te plezieren.

'Nee, de auto is weer in orde, helemaal gerepareerd. Ik rij wel even langs de afhaal. Ik zal zeggen dat hij ons het zeewier gratis moet geven, want dat was hij vorige week vergeten,' vervolgde ze. 'Ja, oké, sojasaus. Ik zal vragen of hij er wat extra in doet.'

Zijn eigen telefoon ging. Hij keek op het schermpje. Werk. Hij drukte op de rode toets en liet de voicemail opnemen.

Toen keek hij naar De *Argus* die hij net had gekocht. De schreeuwerige kop op de voorpagina luidde: POLITIE VOERT WAAKZAAMHEID OP NA DERDE VERKRACHTING IN DE STAD.

Hij fronste zijn voorhoofd en begon te lezen. De derde aanval had dit weekend plaatsgevonden in het spookhuis op de pier. Er werd druk gespeculeerd dat de zogenoemde Schoenenman, die in 1997 en 1998 vijf en mogelijk zes verkrachtingen had gepleegd – en mogelijk meer die nooit waren gemeld – terug was. Inspecteur Roy Grace, de hoogste onderzoeksrechercheur, verklaarde dat het nog te vroeg was voor dergelijke speculaties. Hun onderzoek volgde verschillende richtingen, zei hij, en hij verzekerde het publiek dat de politie van Sussex alle mogelijke middelen inzette. De veiligheid van de vrouwen in de stad was hun hoogste prioriteit.

De volgende alinea raakte hem als een stomp in zijn maag.

In een exclusief interview met de Argus verklaarde inspecteur Grace dat de dader een fysieke, seksuele mismaaktheid heeft. Hij wilde niet specifieker zijn, maar zei tegen de verslaggever dat het draait om een buitengewoon klein geslachtsdeel. Hij voegde eraan toe dat elke vrouw die betrekkingen met de dader had gehad zich dat kenmerk nog zou herinneren. Een psycho-seksueel therapeut zei dat zo'n onvolkomenheid iemand ertoe kan aanzetten op gewelddadige wijze te compenseren. Iedereen die denkt zo'n persoon te kennen, wordt verzocht te bellen met 0845 6070999 en te vragen naar het coördinatiecentrum van Operatie Zwaardvis of anoniem te bellen naar het nummer van Crimestoppers.

Zijn telefoon piepte twee keer om aan te geven dat hij een bericht had. Hij negeerde het en loerde met stijgende woede naar de krant. *Seksuele mismaaktheid?* Was dat wat iedereen over hem dacht? Nou, misschien kwam inspecteur Grace tekort op een ander gebied, namelijk zijn hersens. De politie had hem twaalf jaar geleden niet gepakt, en dat zou ook nu niet gebeuren.

Klein pikkie, kleine hersens, meneer Grace.

Hij las het artikel nog eens, woord voor woord, van begin tot eind. Toen nog eens. En nog eens.

Een vriendelijke vrouwenstem met een Zuid-Afrikaans accent liet hem schrikken. 'Wilt u al bestellen, mevrouw?'

Hij keek de jonge serveerster aan. Toen keek hij naar het tafeltje naast hem, bij het raam.

Remi was vertrokken.

Het maakte niet uit. Hij wist waar hij haar later weer kon vinden. Op de parkeerplaats bij de sporthal Withdean na haar squashwedstrijd van vanavond. Het was een goede parkeerplaats, open en groot. Het zou er op dat uur rustig en heel donker moeten zijn. Met een beetje geluk kon hij pal naast de kleine zwarte Ka van die trut parkeren.

'Ja, doe maar een biefstuk met friet, *rare*.'

'Ik vrees dat dit een vegetarisch restaurant is.'

'Wat doe ik hier verdorie dan?' zei hij, totaal vergetend zijn stem damesachtig te laten klinken.

Hij stond op en beende naar buiten.

63

Dinsdag 13 januari 2009

Voorbij Kensington Gardens ging hij linksaf en liep Trafalgar Street in, op zoek naar een telefooncel. Hij zag er een aan het eind en stapte naar binnen. Er zaten kaarten met halfnaakte dames die *Franse les*, *Oriëntaalse massage* of *Disciplineles* gaven in het kozijn. 'Hoeren,' zei hij terwijl hij zijn blik erlangs liet glijden. Het duurde even voor hij erachter was wat hij moest doen om te bellen. Toen groef hij een muntje uit zijn zak en duwde het enige wat hij had, een pond, in de gleuf. Vervolgens, nog steeds bevend van woede, keek hij naar het eerste telefoonnummer in De *Argus* en belde dat.

Toen er werd opgenomen, vroeg hij te worden doorverbonden met het coördinatiecentrum van Operatie Zwaardvis en wachtte af.

Nadat de telefoon drie keer was overgegaan, nam er een man op. 'Coördinatiecentrum, rechercheur Nicholl.'

'Ik wil dat u een boodschap doorgeeft aan inspecteur Grace.'

'Ja, meneer. Wie kan ik zeggen dat er heeft gebeld?'

Hij wachtte even omdat er een politieauto met loeiende sirene langsscheurde, gaf zijn boodschap door, hing op en haastte zich weg bij de telefooncel.

64

Het hele team, dat zich om halfzeven 's morgens in Coördinatiecentrum 1 had verzameld voor een briefing over Operatie Zwaardvis, zweeg terwijl Roy Grace de recorder aanzette. Het bandje dat door de centrale was opgestuurd, begon te spelen.

Er klonk achtergrondgeruis van verkeer, en toen een mannenstem die de indruk wekte dat het hem moeite kostte om rustig te blijven. Het geraas van het verkeer maakte hem lastig te verstaan.

'Ik wil dat u een boodschap doorgeeft aan inspecteur Grace,' zei de man.

Ze hoorden de stem van Nick Nicholl, die antwoordde: 'Ja meneer. Wie kan ik zeggen dat er heeft gebeld?'

Enkele momenten stilte, op het bijna oorverdovende geloei van een passerende sirene na, en toen klonk de mannenstem weer, luider dit keer. 'Zeg maar tegen hem dat hij helemaal niet klein is.'

Dat werd gevolgd door een luid gekletter, een scherpe klik en vervolgens een verbroken verbinding.

Niemand lachte.

'Is dit echt of een grap?' vroeg Norman Potting.

Even later zei Julius Proudfoot: 'Ik durf te wedden dat het echt was, door de manier waarop hij sprak.'

'Mogen we het nog eens horen, baas?' vroeg Michael Foreman.

Grace speelde het bandje nog eens af. Daarna wendde hij zich tot Proudfoot. 'Kun je daar iets over zeggen?'

De forensisch psycholoog knikte. 'Jawel. Het eerste, aangenomen dat hij het is, is dat je er duidelijk in bent geslaagd hem op stang te jagen. Daarom denk ik dat het echt is, en geen grap. Ik hoor echte woede in zijn stem. Veel emotie.'

'Dat was mijn bedoeling, hem op stang jagen.'

'Je hoort het in zijn stem, doordat zijn intonatie omhooggaat,' vervolgde de forensisch psycholoog. 'Hij zit vol met woede. En het feit dat het klonk alsof hij de hoorn onhandig op de haak hing wijst erop dat hij beeft van kwaadheid. Ik kan ook horen dat hij nerveus is, onder druk staat, en dat je dus een gevoelige snaar hebt geraakt. Is die informatie over hem waar? Iets wat jullie uit verklaringen van de slachtoffers hebben?'

'Niet met zo veel woorden, maar ja, het blijkt wel uit de getuigenverklaringen uit 1997 en nu.'

'Waarom heb je dat aan De *Argus* gegeven, Roy?' vroeg Emma-Jane Boutwood.

'Omdat ik vermoed dat die engerd zichzelf heel erg slim vindt. Hij is voorheen ongestraft gebleven, en nu is hij ervan overtuigd dat hij ook deze nieuwe verkrachtingen ongestoord kan plegen. Als dokter Proudfoot gelijk heeft en hij ook de verkrachting in het spookhuis op zijn geweten heeft, dan voert hij overduidelijk de snelheid en brutaliteit van zijn aanvallen op. Ik wilde zijn ego een beetje doorboren en hem hopelijk uit de tent lokken. Mensen die kwaad zijn, maken eerder fouten.'

'Of worden bruter tegen hun slachtoffers,' zei Bella Moy. 'Is dat geen risico?'

'Als hij de vorige keer heeft gemoord, Bella, en ik denk dat dat waarschijnlijk is,' antwoordde Grace, 'dan bestaat er een grote kans dat hij weer zal moorden, of wij hem nu uit de tent lokken of niet. Als iemand al een keer een ander heeft gedood, dan is hij een persoonlijke grens gepasseerd. De tweede keer is het veel makkelijker. Vooral als hij er de eerste keer wel van heeft genoten. We hebben hier te maken met een akelig gestoord stuk vreten, maar hij is niet dom. We moeten proberen hem te laten struikelen. Het is niet mijn doel om te voorkomen dat hij zijn slachtoffers bruut behandelt, ik wil dat hij geen slachtoffers meer máákt, punt uit. We moeten hem grijpen voordat hij weer toeslaat.'

'Heeft iemand zijn accent kunnen thuisbrengen?' vroeg Nick Nicholl.

'Klinkt plaatselijk,' zei rechercheur Foreman, 'maar het is lastig te bepalen met al dat achtergrondgeluid. Kunnen we de opname laten verbeteren?'

'Daar wordt al aan gewerkt,' antwoordde Grace. Toen wendde hij zich tot Proudfoot. 'Kunnen we hieruit een schatting afleiden van zijn leeftijd?'

'Dat is een lastige. Ergens tussen de dertig en de vijftig, zou ik zeggen,' antwoordde hij. 'Ik denk dat je dit naar een lab moet sturen, bijvoorbeeld J.P. French, die zich specialiseren in het analyseren van stemmen. Zij zouden ons behoorlijk wat informatie kunnen geven uit een telefoontje zoals dit. Waarschijnlijk de regionale en etnische afkomst van de man, om te beginnen.'

Grace knikte. Hij had die specialistische firma al eerder ingeschakeld, met nuttige resultaten. Hij kon ook een stemprint van het lab krijgen, en die zou even uniek zijn als een vingerafdruk of DNA. Maar konden ze dat voor elkaar krijgen in de korte tijd die hij vermoedde dat hij had?

'Ze hebben wel eens grootschalige DNA-screenings gehouden,' zei Bella Moy. 'Kunnen we zoiets niet proberen in Brighton, met een stemprint?'

'Daarvoor hoeven we alleen maar elke kerel in Brighton & Hove dezelfde zin te laten uitspreken, Bella,' zei Norman Potting. 'Er zijn maar een stuk of honderdveertigduizend mannen in de stad. Kost ons maar een jaar of tien.'

'Mag ik het nog eens horen, baas?' vroeg Glenn Branson, die tot nu toe heel stil was geweest. 'Was het niet in die film met Gene Hackman, The Conversation, waarin ze uitzochten waar iemand was aan de hand van de verkeersgeluiden op de achtergrond van de opname?'

Grace speelde het bandje nog eens af.

'Hebben we het telefoontje kunnen traceren?' vroeg Ellen Zoratti.

'Het nummer was onbekend. Maar er wordt aan gewerkt. Het is een grote klus, met alle telefoontjes die ieder uur op de centrale binnenkomen.' Grace speelde de opname nog eens af.

Toen hij afgelopen was, zei Glenn Branson: 'Het klinkt als ergens in het centrum van Brighton. Als ze het nummer niet kunnen natrekken, dan hebben we nog die sirene en de tijd. Het klinkt alsof die sirene vlak langs komt. We moeten kijken welke voertuigen er met sirene en zwaailichten op weg waren om precies vijf voor twee 's middags en de route nagaan, dan weten we dat hij ergens langs die route was. Misschien heeft een beveiligingscamera iemand met een mobiele telefoon gespot, en dan is het bingo.'

'Goed idee,' zei Grace. 'Hoewel het meer klonk als een vaste lijn dan als een mobieltje, zoals hij ophing.'

'Ja,' zei Michael Foreman. 'Dat gekletter, dat klonk als een ouderwetse hoorn die op de haak werd gesmeten.'

'Hij kan ook zijn mobieltje hebben laten vallen, als hij zo nerveus was als dokter Proudfoot zegt,' zei rechercheur Boutwood. 'Ik denk niet dat we een mobiele telefoon moeten uitsluiten.'

'Of het is een telefooncel,' zei Foreman. 'En in dat geval zijn er misschien vingerafdrukken te vinden.'

'Als hij kwaad is,' zei Proudfoot, 'dan denk ik dat het nog waarschijnlijker is dat hij binnenkort weer zal toeslaan. En het staat vrijwel vast dat hij zijn patroon van de vorige keer zal herhalen. Hij weet dat dat is gelukt. Alles komt goed als hij het weer op dezelfde manier doet. En dat betekent dat hij nu in een parkeergarage zal toeslaan, zoals ik al eerder heb gezegd.'

Grace liep naar een kaart van het centrum van Brighton en staarde ernaar, kijkend naar de grote parkeergarages. Het station, London Road, New Road, Churchill Square, North Road. Er waren er tientallen, groot en klein, sommige onder beheer van de gemeente, andere van NCP, enkele bij supermarkten en hotels. Hij draaide zich weer naar Proudfoot om.

'Het is onmogelijk om elke parkeergarage in de stad in de gaten te houden, en nog onmogelijker om elke verdieping daarin te bewaken,' zei hij. 'Zo veel surveillanten hebben we gewoon niet. En we kunnen ze ook moeilijk sluiten.'

Hij voelde zich ineens heel onrustig. Misschien was het een vergissing geweest om dat gisteren aan Spinella te vertellen. Stel dat het de Schoenenman ertoe aanzette weer te moorden? Dan zou het zíjn schuld zijn.

'Het beste wat we kunnen doen is agenten in burger naar de bewakingsruimten sturen van de parkeergarages waar beveiligingscamera's hangen, de surveillance opvoeren en zo veel mogelijk onopvallende politieauto's laten rondrijden,' zei Grace.

'Ik zou je team ook opdragen vanavond uit te kijken naar iemand die opgefokt is, inspecteur. Iemand die vreemd rijdt. Ik denk dat onze man nu in zeer opgewonden toestand is.'

65

Heden

Je denkt dat je slim bent, hè, inspecteur Roy Grace? Je denkt dat je me kwaad kunt maken door me te beledigen, hè? Ik doorzie al die bullshit heus wel.

Je moet maar eens toegeven dat je een lamlul bent. Je collega's hebben me de vorige keer niet gepakt, en jij pakt me nu niet. Ik ben zo veel slimmer dan jij ooit zult worden. Je beseft namelijk niet dat ik je een plezier doe!

Ik ruim het gif in je buurt op! Ik ben je nieuwe beste vriend! Op een dag zul je dat beseffen! Op een dag lopen jij en ik langs de kliffen van Rottingdean en praten we hierover. Die wandeling die je vaak op zondag met je geliefde Cleo maakt! Zij houdt ook van schoenen. Ik heb haar wel eens gezien in de winkels waar ik kom. Ze is best dol op schoe-nen, hè? Je moet van haar worden gered, maar dat besef je nog niet. Dat komt nog wel.

Ze zijn allemaal gif, weet je. Alle vrouwen. Ze verleiden je met hun venusvliegen-vangervagina's. Je kunt het niet verdragen om niet bij ze te zijn. Je belt en sms't ze elke paar minuten van de dag omdat je moet horen hoeveel ze nog steeds van je houden.

Ik zal je een geheimpje vertellen.

Geen enkele vrouw houdt ooit van je. Ze wil je alleen maar beheersen. Je kunt me minachten. Je kunt de grootte van mijn geslacht in twijfel trekken. Maar ik zal je iets vertellen, inspecteur. Op een dag zul je me dankbaar zijn. Dan lopen we arm in arm langs de Undercliff Walk in Rottingdean en zul je me bedanken omdat ik je tegen jezelf in bescherming heb genomen.

66

Dinsdag 13 januari 2009

Jessie voelde een diep en aanhoudend verlangen als ze niet bij Benedict was. Het laatste sms'je aan hem moest al een uur geleden zijn, dacht ze. De dinsdagavond was de enige avond dat ze niet bij elkaar waren. Dan ging ze squashen met een recent getrouwde vriendin, Jax, daarna haalde ze Chinees eten en ging ze naar het huis van Roz om een dvd te kijken; iets wat ze al zo lang als ze zich kon herinneren elke dinsdagavond deden. Benedict, die graag gitaarmuziek componeerde, had op de dinsdagavonden ook al jaren een vaste afspraak: dan werkte hij tot laat in de avond samen met zijn part-ner en schreven ze nieuwe nummers. Op het ogenblik waren ze bezig een album samen te stellen waarvan ze hoopten dat het hun doorbraak werd.

Soms trad Benedict in het weekend met een band op in cafés in Sussex. Ze genoot ervan hem op het podium te zien. Hij was net een drug waar ze gewoon geen genoeg van kon krijgen. Nog steeds, na acht maanden, kon ze bijna dag en nacht met hem vrijen; tijdens die zeldzame gelegenheden dat ze zo veel tijd samen hadden. Hij kon het beste zoenen, was de beste min-naar van een miljoen mannen; niet dat ze zo veel vergelijkingsmateriaal had. Vier, om precies te zijn, en geen daarvan memorabel.

Benedict was vriendelijk, attent, bedachtzaam, grootmoedig, en hij maakte haar aan het lachen. Ze hield van zijn gevoel voor humor. Ze was dol op de geur van zijn huid, zijn haar, zijn adem en zijn transpiratie. Maar wat haar het liefst aan hem was, was zijn karakter.

En natuurlijk vond ze het heerlijk dat hij echt, oprecht, waarachtig haar neus mooi scheen te vinden.

'Je vindt hem toch niet echt mooi, hè?' had ze hem een paar maanden geleden in bed gevraagd.

'Jawel!'

'Dat kan niet!'

'Ik vind je mooi.'

'Dat ben ik niet. Ik heb een gok als de Concorde.'

'Voor mij ben je mooi.'

'Ben je de laatste tijd nog wel eens bij de opticien geweest?'

'Ik heb laatst iets gelezen wat me aan jou deed denken,' zei hij.

'Wat dan?'

'Het is schoonheid die de aandacht trekt, maar persoonlijkheid die het hart vangt.'

Ze glimlachte nu bij die herinnering terwijl ze in de duisternis met neonverlichting in de file stond, en de verwarming in haar Ford Ka luidruchtig zoemde zodat haar voeten werden geroosterd. Ze luisterde half naar het nieuws op Radio 4, waar Gordon Brown werd bestookt met vragen over Afghanistan. Ze mocht hem niet, ook al was ze een aanhanger van de Labourpartij, en schakelde over naar Juice. Ze draaiden Air, met 'Sexy Boy'.

'Yeah!' Ze grijnsde, liet haar hoofd deinen en trommelde in de maat van de muziek met haar vingers op het stuur. *Sexy boy, dat ben jij ook, lekker ding!*

Ze hield van hem met hart en ziel, daarvan was ze overtuigd. Ze wilde de rest van haar leven bij hem zijn; ze was nog nooit ergens zo zeker van geweest. Het zou haar ouders kwetsen dat ze niet met een joodse jongen ging trouwen, maar daar viel niets aan te doen. Ze had respect voor de familietradities, maar ze geloofde in geen enkele religie. Ze geloofde dat je de wereld een betere plek voor iedereen moest maken, en ze was nog geen geloofsstroming tegengekomen die daartoe in staat leek of dat als doel had.

Haar iPhone, die naast haar op de passagiersstoel lag, piepte omdat er een sms'je binnenkwam. Ze glimlachte.

De files op London Road waren vanwege wegwerkzaamheden nog erger dan normaal. Het verkeerslicht verderop was van groen naar rood, naar groen en nu weer rood gegaan, en ze was geen centimeter opgeschoten. Jessie stond nog steeds naast de helverlichte etalage van Sussex Stationers. Ze had wel tijd om even een blik op haar telefoon te werpen, besloot ze.

Ik hoop dat je wint! xxxxxxxxx

Ze glimlachte. De motor draaide stationair en de ruitenwissers maakten schrapende en piepende geluiden en pletten de druppeltjes regen op de voorruit tot een ondoorzichtig waas. Benedict zei dat ze nieuwe wisserbladen nodig had en dat hij die voor haar zou regelen. Ze had ze nu wel kunnen gebruiken.

Ze keek op haar horloge. Tien voor zes al. Shit. Normaal gesproken had ze meer dan genoeg aan een halfuur om van het kantoor van de liefdadigheidsinstelling bij de Old Steine, waar ze gratis kon parkeren, naar de sporthal van Withdean te komen. Maar nu was ze al vijf minuten niet vooruitgekomen. Ze moest om zes uur op de baan zijn. Hopelijk zou het beter gaan als ze eenmaal langs de wegwerkzaamheden was.

Jessie was niet de enige die onrustig werd door de verkeersopstopping. Iemand die op haar wachtte bij de sporthal, iemand die niet haar squashpartner was, was in een heel slecht humeur. En dat humeur verslechterde met de seconde.

67

Dinsdag 13 januari 2009

Het had hier donker moeten zijn! Het was donker toen hij gisteravond was gaan kijken. De langste nacht van het jaar was nog geen maand geleden. Het was dertien januari, in vredesnaam! Om zes uur 's avonds zou het volkomen donker moeten zijn. Maar die stomme parkeerplaats bij de sporthal van Withdean baadde verdorie in het licht. Waarom moesten ze nou net vanavond uitkiezen om atletiektraining te houden op het buitenveld? Had niemand ze dan nog verteld over de opwarming van de aarde?

En waar bleef ze, verdomme?

De parkeerplaats was een stuk voller dan hij had verwacht. Hij was al drie keer rondgereden om te kijken of hij de kleine zwarte Ka niet over het hoofd had gezien. Ze was er beslist nog niet.

Ze had op Facebook duidelijk gemeld dat ze hier om kwart voor zes met Jax had afgesproken. De baan stond gereserveerd voor zes uur. *Zoals gewoonlijk.*

Hij had ook foto's van Roz op Facebook opgezocht. *Bekijk foto's van Roz (121). Stuur Roz een bericht. Geef Roz een por. Roz en Jessie zijn vrienden.* Roz was best een sexy meid, dacht hij. Ze was gaaf! Er stonden een paar foto's bij waarin ze helemaal was opgedoft voor een dansavond.

Hij concentreerde zich weer terwijl hij door de voorruit tuurde. Twee mannen haastten zich voor hem langs, elk met een sporttas en hun hoofd gebogen tegen de regen, en gingen het hoofdgebouw in. Ze zagen hem niet. Witte busjes waren altijd onzichtbaar! Hij kwam in de verleiding hen naar binnen te volgen om te kijken of hij Jessie Sheldon misschien toch was misgelopen en ze al op de baan was. Ze had iets over haar auto gezegd, dat die was gerepareerd. Stel dat er weer iets mis mee was en dat ze een lift had gekregen, of met een bus of taxi was gekomen?

Hij zette zijn bestelwagen naast een rij geparkeerde voertuigen, op een plek waar hij goed uitzicht had op de inrit naar de parkeerplaats, zette de motor af en deed de koplampen uit. Het was een afgrijselijk koude, regenachtige avond, en dat was perfect. Niemand zou het busje opmerken, of er nu schijnwerpers stonden of niet. Iedereen hield zijn hoofd omlaag en rende naar de gebouwen of hun auto toe. Iedereen behalve die stomme atleten op de baan.

Hij was helemaal voorbereid. Hij droeg zijn latexhandschoenen al. De wattenprop met chloroform zat in een luchtdicht zakje in de zak van zijn parka. Hij stopte zijn hand erin om het nog eens te controleren. Zijn bivakmuts zat in een andere zak. Dat ging hij ook nog een keer na. Slechts één ding baarde hem zorgen: hij hoopte dat Jessie zou douchen na haar wedstrijdje, want hij hield niet van bezwete vrouwen. Hij hield niet van de ongewassen geur die ze dan hadden. Ze moest vast wel douchen, want ze ging meteen erna Chinees halen en dan een film kijken bij Roz.

Er naderden koplampen op de inrit. Hij verstijfde. Was zij dat? Hij draaide de autosleutel naar het contact om de ruitenwissers over de natte voorruit te kunnen halen.

Het was een Range Rover. De koplampen verblindden hem even, en toen hoorde hij de auto brullend langskomen. Hij liet de ruitenwissers lopen. De verwarming pompte welkome warme lucht naar binnen.

Een vent in een wijde korte broek en met een honkbalpet op slenterde over de parkeerplaats, met een sporttas over zijn schouder en druk in gesprek op zijn mobieltje. Hij hoorde een zacht *piep-piep* en zag de lampen knipperen van een donkere Porsche, waarna de man het portier opende.

Rukker, dacht hij.

Hij staarde weer naar de inrit. Keek op zijn horloge: vijf over zes. Shit. Hij sloeg met zijn vuisten op het stuur. Hoorde een vaag, hoog gefluit in zijn oren. Dat kreeg hij soms als hij heel gespannen was. Hij kneep zijn neus dicht en blies hard, maar het had geen effect en het gefluit werd alleen maar luider.

'Kappen! Opzouten! Kappen!'

Het werd nog luider.

Buitengewoon klein lid!

Dat maakt Jessie wel uit.

Hij keek nog eens op zijn horloge: tien over zes.

Het gefluit was nu zo luid als het fluitje van een voetbalscheidsrechter.

'Kop dicht!' riep hij. Hij voelde zich bibberig en zijn zicht vertroebelde van woede.

Toen hoorde hij plotseling stemmen en het geknerp van schoenen.

'Ik heb gezegd dat ze een watje is.'

'Ze zegt dat ze verliefd op hem is! Dus ik zeg, ja hoor es, ik bedoel, wát?'

Er klonk een dubbele piep. Hij zag een kortstondige oranje gloed links van hem. Toen hoorde hij autoportieren open klikken en even later weer dichtslaan. Het korte gezoem van een startmotor, toen het gerammel van een diesel. Hij rook de stank van dieselgassen. En toen hoorde hij een claxon.

'Rot op,' zei hij.

De claxon ging nog twee keer, links van hem.

'Rot op! Val dood! Sodemieter op!'

Er hing een waas voor zijn ogen, in zijn hoofd. De ruitenwissers snerpten en veegden de regen weg. Er viel nog meer. Dat veegden ze ook weg. Er viel nog meer.

Toen hoorde hij de claxon weer.

Hij draaide zich woedend om en zag achteruitrijlichten. En toen snapte hij het. Een grote, lelijke bus wilde achteruitrijden, en hij stond er vlak achter geparkeerd en versperde de weg.

'Val dood! Krijg de klere!' Hij startte de motor, duwde de versnellingspook naar voren, reed met een ruk een stukje vooruit, en de motor sloeg af.

Zijn hoofd trilde, het gefluit was nog luider geworden en hakte als een kaassnijder zijn hersens aan stukjes. Hij startte de motor opnieuw. Iemand klopte aan de passagierskant op zijn ruit. 'Val dood!' Hij ramde de versnellingspook in z'n één en schoot naar voren. Toen reed hij door, nu bijna verblind van kwaadheid, en schoot de parkeerplaats af.

In zijn woede zag hij helemaal niets van de koplampen van de kleine zwarte Ford Ka die de inrit op scheurde, in de tegenovergestelde richting, en hem passeerde.

68

'Sorry dat ik laat ben, lieverd,' zei Roy Grace toen hij door de voordeur binnenkwam.

'Als ik een pond kreeg elke keer als je dat zei, dan zou ik nu miljonair zijn!' Sandy glimlachte gelaten en gaf hem een zoen.

Er hing een warme geur van geurkaarsen in huis. Sandy stak die bijna elke avond aan, maar vanavond leken er meer te staan dan normaal, voor deze speciale gelegenheid.

'Jeetje, wat zie je er mooi uit,' zei hij.

En dat was ook zo. Ze was naar de kapper geweest en had pijpenkrullen in haar lange blonde haar. Ze droeg een kort zwart jurkje waarin elke ronding van haar lichaam te zien was en had zijn lievelingsluchtje opgedaan, Poison. Ze tilde haar pols op om hem het dunne zilveren armbandje te laten zien dat hij voor haar had gekocht bij een moderne juwelier in de Lanes.

'Mooi!' zei hij.

'Vind ik ook.' Ze bewonderde het sieraad in de spiegel aan de victoriaanse kapstok in de gang. 'Het is prachtig. Je hebt een uitstekende smaak, brigadier Grace!'

Hij nam haar in zijn armen en drukte zijn neus tegen haar blote nek. 'Ik heb zin om nu meteen met je te vrijen, hier op de vloer.'

'Dan kun je maar beter opschieten. Over een halfuur staat de taxi voor de deur.'

'Taxi? We hebben geen taxi nodig. Ik rij wel.'

'Drink je niets op mijn verjaardag?'

Ze hielp hem uit zijn jas, hing die aan een haak aan de kapstok en leidde hem aan de hand mee naar de woonkamer. De jukebox die ze een paar jaar geleden op de zaterdagmarkt in Kensington Gardens hadden gekocht en vervolgens hadden opgeknapt, speelde een van zijn favoriete nummers van de Rolling Stones, hun versie van 'Under the Boardwalk'. Het licht was gedimd en overal brandden kaarsen. Op de salontafel stonden een geopende fles champagne, twee glazen en een schaaltje olijven.

'Ik dacht dat we nog iets konden drinken voordat we gingen,' zei ze mijmerend. 'Maar het geeft niet. Ik zet het wel in de koelkast, dan kun je er een nemen als we terug zijn. Je kan het van mijn naakte lichaam drinken!'

'Hmm,' zei hij. 'Wat een heerlijk idee. Maar ik heb dienst, schat, dus ik kan niet drinken.'

'Roy, ik ben járig!'

Hij kuste haar nog eens, maar zij stapte achteruit. 'Je hebt geen dienst op mijn verjaardag. Je hebt met kerst ook gewerkt. En je bent vandaag al heel vroeg naar je werk gegaan. Nu ben je vrij!'

'Zeg dat maar tegen Popeye.'

Popeye was zijn directe baas, hoofdrechercheur Jim 'Popeye' Doyle. Hij was aangesteld als hoogste onderzoeksrechercheur van Operatie Zonsondergang, het onderzoek naar de verdwijning van Rachael Ryan, dat momenteel alle werkuren van Grace in beslag nam; en hem elke nacht wakker hield omdat zijn hoofd omliep.

'Geef me zijn nummer maar, dan bel ik hem!'

Grace schudde zijn hoofd. 'Liever, alle verloven zijn ingetrokken. We zijn de klok rond met deze zaak bezig. Het spijt me. Maar als jij de ouders van Rachael Ryan was, dan zou je dat ook van ons verwachten.'

'Je wilt toch niet zeggen dat je helemaal niets met me kunt drinken op mijn verjaardag?'

'Ik ga me even opfrissen en omkleden.'

'Jij gaat nergens naartoe voordat je belooft dat je vanavond iets met me drinkt!'

'Sandy, als ik ergens naartoe moet en iemand alcohol bij me ruikt, dan ben ik mijn baan kwijt. Begrijp dat toch alsjeblieft.'

'"Begrijp dat toch alsjeblieft!"' spotte ze. 'Als ik ook een pond kreeg elke keer dat je dat zei, dan zou ik nu multimiljonair zijn!'

'Bel die taxi maar af. Ik rij zelf.'

'Je rijdt niet!'

'Ik dacht dat we geld wilden besparen voor de hypotheek en voor al het werk aan het huis.'

'Ik denk niet dat één taxi veel verschil zal maken!'

'Eigenlijk zijn het twee taxi's, een voor de heenweg en een terug.'

'Nou en?' Ze zette opstandig haar handen in haar zij.

Op dat moment kwam knetterend zijn mobilofoon tot leven. Hij haalde hem uit zijn zak en meldde zich.

'Roy Grace.'

Ze keek hem aan met een blik die zei: *Waag het niet, wat het ook is.*

Het was zijn baas.

'Goedenavond, meneer,' zei hij.

De ontvangst was slecht, en Jim Doyles stem klonk krakerig.

'Roy, er is net een uitgebrand busje op een akker gevonden, door een boer die op konijnenjacht was. Volgens het register is de auto gistermiddag gestolen. Er zit een lichaam in waarvan hij denkt dat het een vrouw is; hij heeft bij het tankbataljon in Irak gezeten en weet kennelijk wat van die dingen. Het zou best eens onze vermiste Rachael Ryan kunnen zijn, dus we moeten onmiddellijk naar dat voertuig toe. Het is vlak bij de Saddlescombe Road, een kilometer ten zuiden van golfclub Waterhall. Ik ben er nu op weg naartoe. Kun je me daar ontmoeten? Hoelang heb je nodig?'

'U bedoelt nú, meneer?' vroeg Grace moedeloos.

'Wat denk je zelf? Over een week of drie?'

'Nee, meneer, alleen... Mijn vrouw is jarig.'

'Feliciteer haar maar van me.'

69

Norman Potting kwam Coördinatiecentrum 1 binnen met een kop koffie die hij net in de kitchenette verderop in de gang had gehaald in zijn hand. Hij liep voorovergebogen, met de dampende mok op armlengte, alsof hij die niet vertrouwde. Hij gromde een paar keer terwijl hij door de kamer liep, scheen op het punt te staan iets te zeggen en bedacht zich dan weer.

Net als de meeste leden van het team zat ook hij al sinds voor zevenen achter zijn bureau. Het was nu bijna halfnegen, tijd voor de ochtendbriefing. Roy Grace was tijdelijk afwezig uit de kamer, want hij had een vroege bespreking met de adjunct-hoofdcommissaris, Peter Rigg, en Julius Proudfoot kon ieder moment arriveren.

Er klonk een luidruchtige ringtone van een trompetfanfare. Iedereen keek op. Beschaamd plukte Nick Nicholl het lawaaitoestel uit zijn zak en legde dat het zwijgen op.

Toen Roy Grace de kamer binnenkwam, ging er nog een telefoon, nu met de herkenningsmelodie van *Indiana Jones* als ringtone. Potting had het fatsoen te blozen; het was zijn toestel.

Hij mompelde een verontschuldiging tegen Roy Grace, rukte het toestel uit zijn zak en keek op het schermpje. Toen stak hij zijn vinger op. 'Deze moet ik even snel aannemen... Iemand heeft misschien een aanwijzing.'

Er ging nog een telefoon. Het was die van Julius Proudfoot. De forensisch psycholoog kwam net binnen, peuterde het apparaatje uit zijn tas, nam op en ging zitten.

De laatste die arriveerde was de SOLO, Claire Westmore, die alle drie de verkrachtingsslachtoffers had gesproken. Dit was de eerste briefing die ze bijwoonde.

Potting, die zijn toestel tussen schouder en oor geklemd hield, schreef iets op zijn blocnote. 'Ja, dat is heel bruikbaar. Bedankt.'

Hij stopte zijn telefoon weg en wendde zich met een blij gezicht naar Roy. 'We hebben er weer een verdachte bij, chef!'

'O ja?'

'Ik hoor dit net van een vent die ik ken, een van mijn contactpersonen.' Potting tikte tegen de zijkant van zijn neus. 'Rijdt voor Streamline Taxi's. Hij zegt dat er een kerel werkt – kennelijk nogal een onderwerp van spot bij de andere chauffeurs – die John Kerridge heet. Maar hij gebruikt een rare bijnaam: Yac. Nou, schijnbaar rijdt die Yac nachtdiensten en kletst hij altijd over vreemde dingen, waaronder vrouwenschoenen.'

Nu had hij de volledige aandacht van iedereen in de kamer.

'Er zijn een paar klachten over hem geweest van passagiers, omdat hij een beetje te persoonlijk wordt over bepaalde dingen, met name de toiletten die ze thuis hebben en hun schoenen. Ik heb de taxiambtenaar van de gemeente gesproken. Hij zegt dat die chauffeur niet echt iemand oneerbare voorstellen heeft gedaan, maar dat hij wat persoonlijker is dan zijn passagiers zouden willen. De gemeente wil dat mensen – vooral vrouwen – zich veilig voelen in de taxi's waarvoor zij vergunningen afgeven. Hij zegt dat hij van plan is een woordje met die vent te spreken.'

'Heb je een adres van die Kerridge?' vroeg Grace.

Potting knikte. 'Een woonboot bij Shoreham.'

'Goed werk,' zei Grace. 'Verdachten staan ook op de agenda, dus we zetten hem op de lijst als we bij dat punt zijn aangekomen.' Hij legde zijn aantekeningen op het werkblad voor zich neer, samen met zijn beleidsboek. 'Oké, het is halfnegen, woensdag 14 januari. Dit is onze tiende briefing van Operatie Zwaardvis, het onderzoek naar de verkrachting van drie vrouwen. Het gaat om Nicola Taylor, Roxy Pearce en Mandy Thorpe. Ik heb Claire Westmore gevraagd om aanwezig te zijn zodat zij ons kan bijpraten over de gesprekken met de slachtoffers.'

Hij knikte naar haar.

'Alle drie, zoals jullie je kunnen voorstellen, zijn ze ernstig getraumatiseerd door wat ze hebben doorstaan; de verkrachtingen en de indringende procedures erna,' zei de SOLO met haar zachte Scouse-accent. 'Ik zal beginnen met het eerste slachtoffer, Nicola Taylor, die zich nog steeds maar heel weinig herinnert van de aanval in het Metropole. Haar trauma heeft zich verdiept sinds het eerste gesprek met haar, waarvan jij en brigadier Branson een deel hebben gezien. Op het moment zit ze met kalmeringsmiddelen thuis, waar ze vierentwintig uur per dag wordt verzorgd door een vriendin, en al twee keer heeft ze geprobeerd zichzelf iets aan te doen. Ze moet misschien een tijdje naar een psychiatrische inrichting voordat we met een volledig interviewproces kunnen beginnen.'

Ze onderbrak haar relaas om haar aantekeningen te raadplegen. 'Ik denk dat we wat vooruitgang boeken bij Roxanna Pearce, die afgelopen donderdagavond thuis in de Droveway werd aangevallen. Wat interessant is aan haar situatie, is dat toen de dader toesloeg, zij bezig was zich om te kleden. Haar man was op zakenreis naar Scandinavië, en in haar keuken zijn bewijzen gevonden dat ze een gast verwachtte.'

Hier en daar gingen wenkbrauwen omhoog. Toen zei Bella: 'Ze kan ook gewoon een vriendin hebben uitgenodigd. Waarom die insinuaties?'

'Nou,' zei Claire Westmore, 'de dingen die klaarstonden wijzen volgens mij niet op een onschuldig avondje met een vriendin. Er stonden Italiaanse hapjes in een tas op de keukentafel. Twee biefstukken op een bord. Een geopende fles heel dure wijn en nog een fles in de koelkast. Ik heb haar gevraagd voor wie ze die biefstukken ging klaarmaken, en toen werd ze heel defensief. Ze blijft maar herhalen dat ze van plan was haar man te verwennen als hij thuiskwam. Maar hij zou pas de volgende dag terugkeren.'

'Zo lang laat je wijn niet chambreren. Dan is hij stuk,' zei Michael Foreman. 'Een hobby van me. Maakt niet uit hoe goed hij is, een uur of twee is het maximum. Zo lang? Nooit. Ik heb het verslag gelezen. Die geopende fles kost meer dan honderd pond. Het is geen slobber die je bij een simpel etentje drinkt.'

'Ja, nou, ik weet niet veel van wijn,' zei Westmore, 'maar ik ben het met je eens. Ik denk dat ze iemand verwachtte.'

'Bedoel je een minnaar?' vroeg Nick Nicholl.

'Je opent geen fles wijn voor iemand die je gaat verkrachten,' zei Emma-Jane Boutwood.

'Misschien plande ze een kinky avondje,' opperde Norman Potting.

'In je dromen,' kaatste Bella Moy terug.

'Het is duidelijk dat ze je niet de waarheid zal vertellen als ze iets uitvrat terwijl haar man de stad uit was,' vervolgde Potting. 'En ze wil niet dat hij er nu achter komt, hè?'

'Kan het zijn dat ze een kinky seksspelletje deden dat uit de hand is gelopen?' vroeg Proudfoot.

'Ik denk van niet,' antwoordde Claire Westmore. 'Die indruk gaf ze niet.'

'Wie was dan haar mysterieuze tafelgast?' vroeg Nick Nicholl.

'Ze ontkent dat die er was.'

Glenn Branson liet van zich horen. 'We zijn bezig geweest met de Mercedes die een buurman rond de tijd van de aanval bij haar huis zag wegrijden, waar we alleen twee cijfers en een letter van het kenteken van hebben. We hebben dat nu teruggebracht naar drieëntachtig voertuigen in Brighton & Hove. Alle geregistreerde eigenaren worden gebeld en gehoord. Natuurlijk kunnen we niet zeker weten dat het een auto van hier was, maar het lijkt waarschijnlijk.'

'Hoeveel zijn er al geëlimineerd?' vroeg Roy Grace.

'Eenenzeventig, meneer,' zei Alan Ramsay, een jonge rechercheur. 'De rest zou binnen de komende vierentwintig uur afgehandeld moeten zijn.'

'Dus het kan de dader zijn, of haar tafelgast,' zei Grace.

'Als het haar gast was, waarom reed hij dan weg?' vroeg Michael Foreman.

'Het lijkt erop, als Claire gelijk heeft, dat we de kans zullen krijgen om hem dat zelf te vragen.' Grace keek haar aan. 'Heb je nog iets over het derde slachtoffer?'

'Mandy Thorpe ligt nog in het ziekenhuis, onder observatie voor haar hoofdwond, maar ze gaat vooruit, al is het alleen maar fysiek en niet mentaal,' zei de SOLO. 'Maar ze reageert goed op mijn vragen.'

'Had ze nog iets nieuws?'

'Nee.'

'Ik ben nog steeds niet gelukkig met het verband tussen de eerste twee en haar. Ik ben er gewoon niet van overtuigd dat het dezelfde dader was.' Grace keek naar Proudfoot, die niets zei. 'Oké, laten we doorgaan met de verdachtenlijst. Mag ik eerst een update over hoe ver we zijn met Darren Spicer?'

Glenn Branson antwoordde. 'Nick en ik hebben hem gisteravond weer gesproken bij de opvang van St Patrick's. We hadden eerst gekeken of hij die hele dag had gewerkt in het Grand Hotel, gewoon om te controleren of hij woord hield over dat hij het rechte pad op wilde. We hebben hem gevraagd waarom hij de schoenen van zijn laatste slachtoffer – Marcie Kallestad – had meegenomen nadat hij haar had aangerand.'

'En?'

'Hij zei dat hij wilde voorkomen dat ze achter hem aan zou rennen.'

Er werd hier en daar gelachen.

'Geloofde je hem?' vroeg Grace.

'Voor geen meter. Hij vertelt je alles wat je wilt horen. Maar ik kreeg niet de indruk dat hij ze om een of andere perverse reden had meegenomen.'

Hij wendde zich naar Nick Nicholl, die zijn hoofd schudde en zei: 'Ik ook niet.'

'Heeft hij verteld wat hij ermee heeft gedaan?'

Nicholl knikte. 'Hij zei dat hij ze had verkocht aan een winkel in Church Street.'

'Bestaat die nog?' vroeg Grace. 'Kunnen we dat nagaan?'

'Denk je dat ze nu nog iets weten over een paar schoenen van twaalf jaar geleden?'

Grace knikte. 'Daar zeg je wat. Oké. Norman, wat kun jij ons vertellen over die taxichauffeur, Johnny Kerridge, of Yac?'

'Voor zover ik heb gehoord is het een rare snuiter. Ik ben van plan vanochtend even met hem te gaan babbelen.'

'Mooi. Als je genoeg hebt voor een arrestatie, neem hem dan mee. De adjunct-hoofdcommissaris hijgt in mijn nek. Maar alleen als je echt denkt dat je genoeg hebt, begrepen?'

'Ja, chef.'

'En een huiszoekingsbevel? Dan is hij onvoorbereid en kan hij geen bewijzen wegmoffelen.'

'Ik weet niet of we daar genoeg voor hebben,' zei Potting.

'Wat ik tot nu toe heb gehoord lijkt me voldoende reden. We pakken alle verdachten nu hard aan, dus dat is je volgende actie, Norman.' Grace bekeek zijn aantekeningen. 'Oké, hoe ver zijn we met andere zedenovertreders in het register? Is er iemand gestegen op de lijst van verdachten?'

'Nee,' antwoordde Ellen Zoratti. 'We werken nog aan de lijst. Ik heb een mogelijke kandidaat in Shrewsbury, vier jaar geleden. Heel gelijksoortige aanpak en nooit een verdachte gearresteerd, en nog een in Birmingham van zes jaar geleden. Ik wacht nog op meer gegevens.'

Grace knikte. 'Een belangrijke vraag, Ellen, is of we tot nu toe alle daders in onze jurisdictie hebben gepakt. Weten we zeker dat we niemand hebben gemist? We weten dat slechts zes procent van alle verkrachtingen wordt gemeld. Hoe krijgen we belangrijke informatie over de andere vierennegentig procent? We hebben tot nu toe ook gesproken met onze zusterbureaus in Kent, Surrey, Hampshire en Londen. Dat heeft niets opgeleverd.' Hij keek de jonge analist aan. 'Ellen, jij hebt SCAS afgespeurd naar verkrachtingen door vreemden. Heb je daar iets gevonden?'

SCAS was de afdeling Serious Crime Analysis Section die voor alle gemeenten in Engeland werkte, op de Londense politie na, die er niet aan waren verbonden.

'Tot nu toe niets,' zei ze, 'maar ik wacht nog op bericht van een paar politiebureaus.'

'Laat het me weten zodra je iets hebt.'

Proudfoot hoestte en nam het woord. 'Zoals ik al zei, ik zou erg verbaasd zijn als onze man in de afgelopen twaalf jaar stil heeft gezeten. Echt heel verbaasd. Je kunt er bijna van uitgaan.'

'Bedoelt u dat hij vrouwen heeft verkracht?' vroeg Emma-Jane Boutwood.

'Die drang gaat niet zomaar over,' zei Proudfoot. 'Hij heeft er een uitlaatklep voor nodig gehad.' Zijn telefoon ging weer. Na een snelle blik op het schermpje drukte hij de oproep weg. 'Ik neem aan dat je contacten onderhoudt met *Crimewatch*, Roy? Zij zouden hierbij kunnen helpen.'

'We hebben een uitstekende relatie met ze, Julius,' antwoordde Grace. 'Helaas is hun volgende uitzending pas over twee weken. Ik hoop onze dader lang voor die tijd te hebben.'

Hij had eraan kunnen toevoegen dat adjunct-hoofdcommissaris Peter Rigg, korpschef Tom Martinson, en de hoge heren van Brighton & Hove datzelfde hoopten, maar hij deed het niet.

Zijn eigen telefoon ging.

Het was zijn vroegere baas uit 1997, Jim Doyle, die nu deel uitmaakte van het recent samengestelde cold case-team.

'Roy,' zei hij. 'Die ontbrekende pagina's uit het cold case-dossier van Rachael Ryan, over het witte busje dat op kerstochtend in 1997 bij haar flat was gezien?'

'Ja?'

'We weten wie dat dossier als laatste heeft meegenomen. Ik denk dat je hier wel blij mee zult zijn.'

70

Woensdag 14 januari 2009

'Ik ben een en al oor,' zei Roy Grace.

De volgende woorden van Jim Doyle maakten hem sprakeloos. Toen de boodschap eindelijk tot hem doordrong, zei hij: 'Dat meen je niet, Jim.'

'Zeker weten.'

In de negentien jaar dat hij nu bij de politie werkte, had Roy Grace geconstateerd dat agenten doorgaans goede, fatsoenlijke mensen waren en dat hij ze meestal zowel op het werk als daarbuiten graag om zich heen had. Natuurlijk waren er wel idioten bij: sommigen, zoals Norman Potting, die in ieder geval nog mee had dat hij een goede rechercheur was, en anderen, zo heel af en toe, die gewoon onbenullig waren. Maar er waren slechts twee mensen van wie hij oprecht kon zeggen dat hij een hekel aan ze had.

De eerste was de zure voormalige adjunct-hoofdcommissaris, Alison Vosper, die zich vanaf het begin leek te hebben voorgenomen dat zij en Grace elkaar nooit zouden mogen; de tweede was een rechercheur van de

Londense politie die hier vorig jaar korte tijd had gewerkt en heel erg zijn best had gedaan om alles voor Grace te verzieken. Die man heette Cassian Pewe.

Grace verontschuldigde zich, stapte de kamer uit en deed de deur achter zich dicht.

'Cassian Pewe? Meen je dat, Jim? Wil je zeggen dat Cassian Pewe als laatste dat dossier heeft opgehaald?'

'*Inspecteur* Cassian Pewe. Hij werkte hier toch in het najaar?' zei Doyle. 'Was hij hier niet heen gekomen vanaf de Metropolitan Police, om je te helpen bij cold cases?'

'Niet om me te helpen, Jim, maar om ze van me over te nemen, en niet alleen de cold cases, maar alles. Dat was zijn plan, dankzij Alison Vosper! Hij wilde mijn baan hebben!'

'Ik had al gehoord dat er wat frictie was.'

'Dat kun je wel zeggen.'

Grace had Pewe een paar jaar geleden voor het eerst ontmoet, toen de man nog rechercheur was. De politie in Londen had versterking gestuurd om de orde in Brighton te handhaven tijdens een congres van de Labourpartij, en Pewe was een van hen. Grace had een aanvaring met hem gehad en de man ontzettend arrogant gevonden. Toen was Pewe vorig jaar, tot wanhoop van Grace, naar Sussex gekomen met de rang van inspecteur. Alison Vosper had hem Grace' cold cases gegeven; en voorts het duidelijke signaal dat Pewe steeds meer taken van Grace zou gaan overnemen.

Cassian Pewe dacht dat hij nogal goed lag bij de vrouwtjes. Hij had goudblond haar, engelachtige blauwe ogen en altijd een zongebruind kleurtje. Hij koketteerde en paradeerde, had een natuurlijk air van gezag en deed altijd alsof hij de leiding had, zelfs als het niet zo was. Achter Grace' rug om had Pewe het op zich genomen om Grace' carrière te verpesten, door te proberen een onderzoek naar de verdwijning van Sandy te heropenen en de verdenking op Grace te leggen. Toen Grace afgelopen oktober van een reisje naar New York terugkeerde, constateerde hij tot zijn stomme verbazing dat Pewe een zoekeenheid van de politie had opgetrommeld om zijn tuin te scannen en overhoop te halen, op zoek naar het stoffelijk overschot van Sandy.

Gelukkig bleek dat een brug te ver. Kort daarna verliet Pewe het bureau van Sussex en keerde met zijn staart tussen zijn benen terug naar Londen.

Na nog een paar vragen aan Jim Doyle hing Grace op en bleef even staan nadenken. In dit stadium kon hij hierover met geen mogelijkheid openlijk iets tegen zijn team zeggen. Het verdacht maken van een andere agent met een zo hoge rang als Pewe moest discreet gebeuren, ongeacht zijn persoonlijke gevoelens over die man.

Hij zou dit zelf doen, en hij zou ervan genieten.

71

Woensdag 14 januari 2009

twitter
jessiesheldonuk
Overwerken vandaag. Audit – zooo saai! Maar Benedict neemt me mee uit voor sushi bij Moshi Moshi. Joepie!

Hij las de tweet die net op zijn telefoon was binnengekomen. Sushi, dacht hij schamper. Hij begreep dat spul niet. Wat had het voor zin om naar een restaurant te gaan en daar rauwe vis te eten? Het leek hem makkelijk verdiend voor de kok. Hij had ergens gelezen dat er in Japan restaurants waren waar je sushi kon eten van het lichaam van blote vrouwen. Hij wist wel betere dingen om te doen met blote vrouwen.

Hij keek ernaar uit die dingen te doen met Jessie Sheldon.

Jammer dat Jessie het vanavond druk had. Maar het maakte niet uit. Dee Burchmore hield morgen haar toespraak bij de dameslunch. Ze zou haar blauwe satijnen Manolo Blahniks met de glittergespen dragen. Hij wist waar ze zou parkeren, en het was de perfecte plek. Hij zou van haar genieten.

Intussen zou Jessie Sheldon hem op de hoogte houden. Ze had driehonderdtweeëntwintig volgers op Twitter. Het was ontzettend aardig van haar om hem op de hoogte te houden van al haar bewegingen.

72

Terug in zijn kantoor na de ochtendbespreking verzonk Grace in diep ge-peins. Was het mogelijk dat een politieagent de Schoenenman was?

Er waren wel rotte appels geweest bij de politie van Sussex, zoals die er eigenlijk altijd wel waren op alle politiebureaus in het land. Moordenaars, verkrachters, dieven, pornobazen, drugsdealers en fraudeurs die zich ver-borgen achter een van de beste façades van respectabiliteit en vertrouwen. Het was zeldzaam, maar met alleen al in Sussex een team van vijfduizend mensen kon je het nooit helemaal uitsluiten.

En het paste. De vertrouwelijke informatie over de Schoenenman die in 1997 aan de pers was gelekt, en nu over het huidige onderzoek, kon zijn ge-leverd door iedereen die een toegangscode had voor het computernetwerk in Sussex. Cassian Pewe had er in oktober vorig jaar toegang toe gehad. Wie weet wat hij destijds had gekopieerd of meegenomen?

Grace belde het centrale nummer van de politie in Londen, want er stond hem helder voor ogen wat hij van plan was te zeggen.

Nadat hij twee minuten lang via diverse verbindingen was doorgeleid, hoorde hij de stem van inspecteur Pewe, scherp en indringend als de boor van een tandarts en even charmant als een pipet vol zwavelzuur.

'Roy! Leuk om je weer eens te spreken. Heb je me daar weer nodig?'

Hij besloot er geen doekjes om te winden. 'Nee, ik heb wat informatie van je nodig. Toen je bij ons was, heb je een cold case-dossier uit de opslag meegenomen. Jouw handtekening is de laatste op het formulier. Het gaat om een vermiste persoon, Rachael Ryan, die op kerstochtend 1997 verdween. Gaat er al een belletje bij je rinkelen?'

'Ik heb een heleboel dossiers bekeken in de korte tijd dat ik bij jullie was, Roy.' Hij klonk beledigd.

'Nou, uit deze ontbreken twee pagina's, Cassian. Ik vroeg me af of je die misschien aan iemand anders had gegeven. Misschien aan een onderzoeker?'

'Even denken. Nee, absoluut niet. Uitgesloten! Ik wilde alles zelf bekijken.'

'Heb je dat dossier ook gelezen?'

'Ik weet het echt niet meer.'

'Doe je best.'

Pewe klonk ineens onbehaaglijk. 'Waar gaat dit over, Roy?'

'Ik stel je een vraag. Heb je dat dossier doorgelezen? Het is nog maar een paar maanden geleden.'

'Het zegt me wel iets,' zei hij defensief.

'Zou het je zijn opgevallen als de laatste twee pagina's ontbraken?'

'Ja, natuurlijk.'

'Dus ze ontbraken nog niet toen jij het dossier las?'

'Ik geloof van niet.'

'Weet je nog wat erin stond?'

'Nee, nee, dat niet.'

'Het is heel belangrijk dat je probeert het je te herinneren, want die pagina's kunnen wel eens van cruciaal belang zijn in een lopend onderzoek.'

'Roy!' Hij klonk gekwetst. 'Kom op. Herinner jij je alles nog wat je drie maanden geleden hebt gelezen?'

'Ja, toevallig wel. Ik heb een goed geheugen. Dat horen rechercheurs toch ook te hebben?'

'Sorry Roy. Ik heb het nu heel druk met een rapport dat ik om twaalf uur klaar moet hebben.'

'Zou het je geheugen helpen opfrissen als ik je laat arresteren en hierheen laat halen?'

Grace hoorde een geluid als van een grasmaaiermes dat een half begraven kiezel raakt. 'Ha ha! Dat is toch een grapje?'

Bij een operatie afgelopen oktober had Roy Grace het leven van Cassian Pewe gered, waarbij hij zichzelf in groot gevaar had gebracht. Toch had Pewe hem amper bedankt. Hij kon zich moeilijk voorstellen dat hij ooit meer minachting voor iemand zou voelen dan voor deze man. Grace hoopte dat het zijn oordeelsvermogen niet in de weg stond, hoewel het hem op dit ogenblik niet echt kon schelen als het zo was.

'Tony Case, onze stafofficier, die je je nog wel herinnert uit je tijd bij ons, heeft me verteld dat sinds Sussex House in 1996 werd geopend, alle cold case-dossiers beneden in de kelder worden bewaard, in een beveiligde ruimte. De toegang daartoe wordt strikt bewaakt vanwege de bewijsketen. Er zit een digitaal alarm op, en iedereen die er naar binnen gaat heeft een toegangscode nodig, die wordt geregistreerd. Hij heeft een logboek, dat jij hebt ondertekend, waarin staat dat jij afgelopen oktober het dossier van de

Schoenenman weer bij een van zijn assistenten hebt ingeleverd. Niemand heeft daarna nog naar dat dossier gekeken, tot het cold case-team dat deze week weer deed. Oké?'

Hij werd beantwoord met stilte.

'Jij was toch in Brighton tijdens het congres van de Labourpartij in 1997? Uitgezonden door de Met toen je voor de politieke veiligheidspolitie werkte? Meteen daarna bleef je in Brighton werken aan een onderzoek naar een reeks gewapende roofovervallen op juweliers uit Londen, die relaties hadden met Brighton. Je hebt toen een flat gekocht met de bedoeling om hier te komen wonen. Correct?'

'Ja, en?'

'De data dat jij in de stad was, komen precies overeen met de data waarop de Schoenenman zijn misdrijven beging. Je was op kerstavond 1997 toch ook in Brighton?'

'Dat weet ik niet zo uit mijn hoofd.'

'Een van mijn stafleden kan het verifiëren, Cassian. Bella Moy? Ken je haar nog?'

'Moet dat dan?'

'Je hebt rond middernacht geprobeerd een nummertje met haar te maken achter in je auto, na een avondje zuipen met een stel plaatselijke agenten. Je hebt haar thuisgebracht en toen geprobeerd haar in je auto te houden. Weet je het nu weer?'

'Nee.'

'Dat is waarschijnlijk maar goed ook. Zij weet het nog heel goed. Je hebt geluk dat ze je niet heeft aangeklaagd voor seksuele intimidatie.'

'Kom op, Roy, zeg nou niet dat jij nooit in een dronken bui hebt geprobeerd een vrouw te zoenen.'

Grace negeerde dat en zei: 'Ik wil weten wat je hebt gedaan nadat je Bella bij het huis van haar moeder achterliet. De uren tussen middernacht en kerstochtend. Ik wil weten wat je deed met Halloween in 1997. Ik heb nog meer data voor je. Ik wil weten waar je twee weken geleden was, op oudejaarsavond. Waar was je afgelopen donderdagavond, acht januari? Waar was je afgelopen zaterdagavond, tien januari? Ik hoop dat je meeschrijft, Cassian.'

'Je verspilt politietijd, Roy!' Hij probeerde luchtig te klinken. 'Kom op. Verwacht je echt van me dat ik je kan vertellen waar ik op enig moment twaalf jaar geleden was? Kun jij nog vertellen waar jíj was?'

'Ja Cassian, dat zou ik je precies kunnen vertellen. Dus zeg eens, waar heb je oudejaarsavond doorgebracht?'

Het bleef lange tijd stil. Toen zei Pewe met tegenzin: 'In Brighton, toevallig.'

'Kan iemand dat bevestigen?'

Weer een lange stilte. 'Sorry Roy, maar ik stop nu met dit gesprek. Je toon bevalt me niet. Je vragen bevallen me niet.'

'En jouw antwoorden bevallen mij niet,' zei Roy.

73

Woensdag 14 januari 2009

Yac was moe. Tot drie uur 's nachts was het rustig geweest in de stad. De tweede dinsdag van januari, en de mensen bleven thuis. Hij had toch rondgereden, want de eigenaar van de taxi werd boos als hij te vroeg stopte, maar hij had sinds middernacht maar twee ritjes gehad, en dat was amper genoeg om de brandstof terug te verdienen. Hij had op het punt gestaan naar huis te gaan, toen er een melding was binnengekomen dat twee mensen naar het vliegveld van Luton moesten. Even voor zeven uur 's morgens was hij pas bij de woonboot teruggekomen. Uitgeput had hij de kat gevoerd en was toen in bed gedoken.

Hij werd wakker van voetstappen. Een regelmatig *klos, klos, klos* op het dek boven hem. Hij ging zitten en keek op de klok. Twee uur 's middags.

Thee, was zijn eerste gedachte. Zijn tweede was: wie is er verdorie op de boot?

Hij kreeg nooit bezoek. Nooit. Behalve de postbode en pakketjesbezorgers. Maar hij verwachtte geen pakketje.

Het klonk als een hele groep mensen daarboven. Waren het jongelui? Er waren een paar keer jongelui op de boot geweest, die tegen hem hadden gejoeld en geschreeuwd voordat hij ze had weggejaagd.

'Ga weg!' schreeuwde hij naar het dak. 'Opzouten! Opgesodemieterd! Optiefen! Lazer op! Oprotten, jongens!' Hij gebruikte graag woorden die hij in de taxi had gehoord.

Toen hoorde hij geklop. Een scherp, indringend tok, tok, tok.

Boos zwaaide hij zijn benen van zijn bed, wankelde de salon in en liep in zijn onderbroek en T-shirt op blote voeten over de houten vloer, die deels bedekt was met kleden.

Tok, tok, tok.

'Loop naar de hel!' brulde hij. 'Wie is daar? Heb je me niet gehoord? Wat moet je? Ben je doof? Ga weg! Ik slaap nog!'

Tok, tok, tok!

Hij klom het houten trapje naar de zonneserre op. Die was voorzien van glazen schuifdeuren, er stond een grote bruine bank en de ruiten rondom boden uitzicht op de grijze moddervlakten. Het was laagtij.

Buiten stond een man van in de vijftig, kalend met over zijn hoofd ge-kamde lokken, gekleed in een haveloos tweedjasje, een grijze flanellen broek en versleten bruine gaatjesschoenen. Hij stak een zwartleren porte-monneetje omhoog en zei iets wat Yac niet verstond. Achter de man stond een hele groep mensen in gele vesten met POLITIE erop en petten met blauw en wit geruite banden. Een van hen had een grote gele cilinder in zijn handen die wel een brandblusser leek.

'Ga weg!' schreeuwde Yac. 'Ik lig te slapen!'

Toen draaide hij zich om en liep de trap weer af. Hij hoorde het tok, tok, tok nog eens. Het begon hem te ergeren. Ze hoorden niet op zijn boot. Dit was privé-eigendom!

Bij het geluid van brekend glas bleef hij stokstijf staan, net toen hij de vloer van de woonkamer op stapte. Meteen werd hij woedend. Die idioot. Die idioot had te hard geklopt! Nou, die zou hij even een lesje leren!

Maar terwijl hij zich omdraaide, hoorde hij het gestamp van leren en rub-beren schoenzolen.

Een stem riep: 'Politie! Blijf staan! Politie!'

De man met het over zijn kale kop gekamde haar draafde het trapje af, gevolgd door enkele politieagenten in gele vesten. De man hield nog al-tijd die portemonnee omhoog. Er zat een soort insigne in en er stond iets op.

'John Kerridge?' vroeg de man.

'Yac,' antwoordde hij. 'Ik heet Yac. Ik ben taxichauffeur.'

'Ik ben brigadier Potting van de politie in Sussex.' De man stak een vel papier omhoog. 'Ik heb een huiszoekingsbevel.'

'Je zult met de eigenaars moeten praten. Ik pas alleen maar voor ze op de boot. Ik moet de kat voeren. Daar ben ik al laat mee, want ik heb uitgeslapen.'

'Ik wil je graag spreken, Yac. Kunnen we even ergens gaan zitten?'

'Eigenlijk moet ik nu terug naar bed, want ik heb mijn slaap nodig. Het is heel belangrijk voor mijn nachtdienst, snap je.' Yac keek naar de politieagenten die in de salon naast en achter hem stonden. 'Sorry,' zei hij, 'maar ik moet met de eigenaars praten voordat ik jullie op de boot laat. Jullie zullen buiten moeten wachten. Het kan lastig zijn om ze te pakken te krijgen, want ze zitten in Goa.'

'Yac,' zei Norman Potting, 'we kunnen dit goedschiks of kwaadschiks doen. Ofwel je werkt mee en helpt ons, of ik arresteer je. Zo simpel is het.'

Yac hield zijn hoofd schuin. 'Hoe simpel?'

Potting keek hem argwanend aan en vroeg zich af of die man wel helemaal goed bij zijn hoofd was. 'De keus is aan jou. Wil je vannacht in je eigen bed slapen, of in een cel?'

'Ik moet vannacht werken,' zei hij. 'De eigenaar van de taxi wordt heel boos als ik niet werk.'

'Oké, zonnestraaltje, dan kun je maar beter meewerken.'

Yac keek hem aan. 'De zon schijnt niet altijd.'

Potting fronste zijn voorhoofd en negeerde die opmerking. 'Je bent een visser, hè?'

'Ik ben taxichauffeur.'

Potting wees met zijn duim naar het dek. 'Je hebt vislijnen uitstaan.'

Yac knikte.

'Wat vang je hier? Krabben vooral?'

'Schol,' antwoordde Yac. 'Bot. Soms tong.'

'Goed visgebied? Ik vis zelf ook wel eens, maar nooit zo ver deze kant op.'

'Jullie hebben mijn schuifdeuren stukgemaakt. Die kunnen jullie maar beter repareren, anders worden ze heel boos. Ik mag niets stukmaken.'

'Om je de waarheid te zeggen, kerel, geef ik geen moer om je schuifdeuren. Ik geef eigenlijk ook niet veel om jou, en je draagt een lelijke onderbroek, maar laten we niet persoonlijk worden. Ofwel je werkt mee, of ik arresteer je en haal dan plank voor plank die drijvende afvalcontainer uit elkaar.'

'Dan zinkt hij,' zei Yac. 'Je hebt die planken nodig. Behalve als je goed kunt zwemmen.'

'Komiek, zeker?' zei Potting.

'Nee, taxichauffeur. Ik rij 's nachts.'

Potting hield zich met enige moeite in. 'Ik zoek iets op deze boot. Heb je hier iets waar je me over wilt vertellen, of wat je me wilt laten zien?'

'Ik heb mijn stortbakkettingen, maar dat is privébezit. Die mogen jullie niet zien, behalve die ik in mijn kooi heb. Die kan ik wel laten zien.' Ineens klaarde Yacs gezicht op. 'Er is een heel mooi toilet met een hoge stortbak vlak bij Worthing Pier; daar kan ik je heen brengen om hem te laten zien?'

'Ik spoel je zo door je eigen plee als je niet ophoudt,' zei Potting.

Yac staarde hem even aan en begon toen te grijnzen. 'Dat past niet,' zei hij. 'De afvoer is te smal!'

'Niet meer tegen de tijd dat ik met je klaar ben.'

'Ik... Wedden?'

'Ja hoor, zonnestraaltje. Ik wed dat we hier iets zullen vinden, oké? Dus ik stel voor dat je ons allemaal een hoop tijd bespaart door te laten zien waar je de damesschoenen hebt.'

Hij zag de uitdrukking die over het gezicht van de man trok en meteen wist hij dat hij een gevoelige snaar had geraakt.

'Ik heb geen schoenen. Geen damesschoenen.'

'Weet je dat zeker?'

Yac keek hem even aan en richtte zijn blik toen op de vloer. 'Ik heb geen damesschoenen.'

'Dat is fijn om te horen, kerel. Ik zal mijn team dat even laten controleren, en dan vertrekken we.'

'Ja,' zei Yac, 'maar ze mogen niet aan mijn stortbakkettingen komen.'

'Dat zal ik ze vertellen.'

Yac knikte, en het zweet liep over zijn rug. 'Ik verzamel ze al heel lang, snap je.'

'Stortbakkettingen?' vroeg Norman Potting.

Yac knikte.

De brigadier staarde hem enige tijd aan. 'Wat denk je? Zal ik je nu dan maar door de plee spoelen?'

74

Roy Grace kwam hier echt niet graag. Hij kreeg de kriebels elke keer als hij door de smeedijzeren hekken reed. Door de gouden letters leek het wel de ingang van een of ander statig huis, totdat je wat beter keek naar wat er stond: BRIGHTON AND HOVE MORTUARY.

Zelfs het bandje van Rod Stewart dat hij had opgezet om zichzelf op te vrolijken, had geen effect op zijn sombere bui. Er stonden auto's op alle parkeerplekken dicht bij de ingang, dus moest hij naar het uiteinde rijden en naast de deuren van de overdekte ontvangstbaai parkeren. Om het nog erger te maken ging het harder regenen, in massieve, kletterende striemen. Hij zette de motor af en 'Maggie May' stierf mee. De ruitenwissers kwamen op de ruit tot stilstand. Hij legde zijn hand op de portierklink en aarzelde.

Hij keek hier echt niet naar uit. Zijn maag voelde naar.

Vanwege de hitte van het brandende busje en de moeite die ze hadden gehad om brandslangen over de akker te leiden, was het voertuig pas gistermiddag voldoende afgekoeld voor een inspectie, waarop was geconstateerd dat het was gestolen. De stank van verschroeid gras, verbrand rubber, autolak, brandstof, plastic en gebraden mensenvlees had hem een paar keer aan het kokhalzen gemaakt. Aan sommige geuren wende je nooit, hoe vaak je ze ook rook. En aan sommige taferelen ook niet. De ongelukkige persoon in het busje had geen fraaie aanblik geboden.

Dat gold trouwens ook voor Sandy's gezichtsuitdrukking toen hij woensdag om vier uur 's nachts thuiskwam om nog een paar uur te pitten voordat hij weer terug moest naar de plaats van de melding.

Ze had niets gezegd. Als ze heel boos was zweeg ze altijd, zei ze gewoon niets meer tegen hem, sloot hem buiten, soms dagenlang. Zelfs de enorme bos bloemen die hij voor haar had meegebracht had haar niet ontdooid.

Hij had niet kunnen slapen, maar dat kwam niet door Sandy. Ze zou zich er uiteindelijk wel overheen zetten, zoals altijd, en dan was het vergeten. Hij had de hele nacht in bed maar één gedachte gehad, steeds opnieuw. Was het lichaam in het busje de vermiste Rachael Ryan?

Verkoolde menselijke resten waren wat hem betrof het ergste wat er bestond. Als jonge agent had hij moeten helpen bij de berging van de overschotten van twee kinderen van vijf en zeven, uit een uitgebrand huis in Portslade na brandstichting; het afgrijzen was tien keer erger geweest omdat het om kinderen ging. Hij had er maandenlang nachtmerries over gehad.

Hij wist dat wat hij nu in het mortuarium zou zien een gelijksoortig effect zou hebben, en dat het hem een hele tijd zou bijblijven. Maar hij had geen keus.

Hij was al laat omdat Jim Doyle een vroege vergadering had belegd die was uitgelopen, dus stapte hij uit, deed de auto op slot en haastte zich naar de voordeur van het mortuarium, met de kraag van zijn regenjas strak om zijn nek.

De bespreking was bijgewoond door een brigadier van de afdeling Ongevallenonderzoek, het team dat forensisch onderzoek deed naar alle voertuigen die betrokken waren geweest bij ernstige ongelukken. Het was nog te vroeg om iets met zekerheid te zeggen, volgens de brigadier, maar hun eerste indruk was dat de brand zeer waarschijnlijk niet door het ongeluk was ontstaan.

Hij belde aan en even later werd er opengedaan door de patholoog zelf, Elsie Sweetman. Ze droeg een groen schort, een blauwe overall en hoge witte rubberlaarzen.

Elsie was achter in de veertig, had een krullenkop en een vriendelijk gezicht. Ze was meestal heel opgewekt, als je naging met wat voor vreselijke dingen ze elke dag – en nacht – te maken had. Roy Grace was nooit vergeten hoe aardig ze voor hem was toen hij bijna van zijn stokje ging bij de allereerste lijkschouwing die hij ooit had bijgewoond. Ze had hem naar haar kamer meegenomen, een kop thee voor hem gezet en gezegd dat hij zich niet druk moest maken, omdat de helft van alle politieagenten wel eens hetzelfde was overkomen.

Hij stapte naar binnen door de voordeur, die leek op die van een willekeurige bungalow in een buitenwijk, maar in de smalle gang eindigden de overeenkomsten, te beginnen met de doordringende stank van ontsmettingsmiddelen. Vandaag bespeurde zijn neus ook nog iets anders, en het gedraai in zijn maag werd erger.

In de kleine kleedruimte wurmde hij een groen schort over zijn hoofd en bond het vast. Hij zette een gelaatsmasker op, bond ook dat stevig vast en stak toen zijn voeten in lage witrubberen laarzen die hem te groot waren. Hij kloste door de gang en ging rechtsaf langs de afgesloten kamer met glazen wanden, waar mensen die mogelijk aan besmettelijke ziekten waren overleden werden onderzocht. Daarna ging hij de grootste autopsiezaal in, waarbij hij probeerde alleen door zijn mond te ademen.

Er stonden drie roestvrijstalen tafels op wielen, en twee ervan waren opzij geduwd tegen een kast. De derde stond midden in de kamer en de vrouw die erop lag, op haar rug, werd omringd door mensen die gelijksoortige kleding droegen als hij.

Grace slikte. De aanblik deed hem rillen. Ze zag er niet menselijk uit; de verkoolde resten leken wel een afschuwelijk monster dat door het special effects-team van een horror- of sciencefictionfilm was gemaakt.

Ben jij dat, Rachael? Wat is er gebeurd? Als jij het bent, hoe kwam je dan in die gestolen bus?

Over haar heen gebogen, met een operatieve sonde in zijn ene hand en een pincet in de andere, stond de patholoog, dokter Frazer Theobald; Grace vond hem altijd sprekend op Groucho Marx lijken.

Bij Theobald stonden een vijftigjarige oud-politieman, Donald Whitely, die nu ambtenaar voor de patholoog-anatoom was, Elsie Sweetman, haar assistent Arthur Trumble, een man van eind veertig met droge humor en enorme bakkebaarden, en fotograaf James Gartrell, die zijn lens richtte op een deel van het linkerbeen van de vrouw, waar een liniaal op lag.

Bijna al het haar van de dode vrouw was weg, en haar gezicht leek wel van gesmolten, zwarte was. Haar gelaatstrekken waren moeilijk te zien. Grace' maag voelde nu nog slechter. Hoewel hij door zijn mond ademde en een masker droeg, was de geur niet buiten te houden. De geur van de zondagse lunch vroeger bij zijn ouders thuis, van gebakken bacon en aangebrande braadkorsten.

Dat was een obscene gedachte, wist hij. Maar de geur stuurde verwarrende signalen naar zijn hersens en zijn maag. Hij werd steeds weeïger en begon te transpireren. Hij keek nog eens naar haar, toen weer weg, ademde diep in door zijn mond. Hij keek naar de anderen in de kamer. Allemaal roken ze hetzelfde, met dezelfde associaties; dat wist hij, want ze hadden het er al eens over gehad, maar niemand anders scheen er zo veel last van te hebben als hij. Waren ze er allemaal al zo aan gewend?

'Dit is interessant,' zei de patholoog nonchalant. Hij hield met zijn pincet een ovalen voorwerp omhoog, ongeveer tweeënhalve centimeter groot.

Het was doorschijnend, verschroeid en deels gesmolten.

'Ziet u dit, brigadier Grace?' Theobald scheen zich speciaal tot hem te richten.

Schoorvoetend stapte hij dichter naar de sectietafel toe. Het leek wel een soort contactlens.

'Dit is heel curieus,' zei de patholoog. 'Niet wat ik had verwacht aan te treffen bij iemand achter het stuur van een auto.'

'Wat is het dan?' vroeg Grace.

'Een oogschildje.'

'Oogschildje?'

Theobald knikte. 'Die gebruiken ze in uitvaartcentra. De ogen verschrompelen na de dood vrij snel, dus stoppen ze deze dingen tussen het ooglid en de oogbol, zodat de dode er mooier uitziet.' Hij glimlachte droogjes. 'Zoals ik al zei, niet wat je bij de bestuurder van een motorvoertuig verwacht aan te treffen.'

Grace fronste zijn voorhoofd. 'Waarom zou die vrouw dat in hebben gehad?'

'Het is eventueel mogelijk dat ze een kunstoog had, of een of andere reconstructieve ingreep had ondergaan, dat het er voor cosmetische doeleinden zat. Maar niet in beide ogen.'

'Bedoelt u dat ze blind was, dokter Theobald?' vroeg Arthur Trumble.

'Sterker nog, vrees ik,' antwoordde hij. 'Ze was al vrij lange tijd dood voordat ze in het voertuig werd geplaatst.'

Er viel een langdurige stilte.

'Weet u dat heel zeker?' vroeg Whiteley.

'Er is een beetje longweefsel intact gebleven, en dat zal ik in het lab moeten onderzoeken, maar voor zover ik met het blote oog kan zien, zijn er geen sporen van inhalatie van rook of vuur. Bot gezegd, ze ademde niet meer toen de auto in brand vloog.'

'Dus u wilt zeggen dat ze al dood was voordat ze aan haar rit begon?'

'Ja,' zei hij. 'Daar ben ik van overtuigd.'

Grace, die probeerde het bij te benen, vroeg: 'Kunt u haar leeftijd schatten, dokter Theobald?'

'Ik zou zeggen dat ze vrij oud is: achter in de zeventig, begin tachtig. Zonder onderzoek kan ik niet specifiek zijn, maar ze is zeker niet jonger dan vijfenvijftig. Over een paar dagen kan ik nauwkeuriger zijn.'

'Maar beslist niet jonger dan vijfenvijftig?'

Theobald schudde zijn hoofd. 'Beslist niet.'

'En gebitsgegevens?' vroeg Grace.

De patholoog wees met zijn sonde naar haar kaak. 'Ik vrees dat een van de effecten van intense hitte is dat kronen ontploffen. Ik zie hier niets waar jullie iets aan hebben voor gebitsgegevens. Ik denk dat DNA jullie de beste kans biedt.'

Grace staarde weer naar het lijk. Zijn walging begon een heel klein beetje af te nemen terwijl hij enigszins wende aan de aanblik.

Als je Rachael Ryan niet bent, wie dan wel? Wat deed je in dat busje? Wie heeft je daarin gezet?

En waarom?

75

Roy Grace volgde Tony Case via de stenen trap aan de achterkant naar de kelder van het recherchehoofdkwartier. Niemand kon de politie van Sussex ervan beschuldigen dat ze hier met geld smeten voor de inrichting, merkte hij droog op terwijl hij langs de gescheurde muren met ontbrekende brokken pleisterwerk liep.

Toen leidde de stafofficier hem door de vertrouwde, somber verlichte gang, die aanvoelde alsof je in een kerker was. Case bleef voor een gesloten deur staan en wees naar het digitale alarmpaneel aan de muur, waarna hij zijn wijsvinger opstak.

'Oké, Roy, punt één. Iedereen die hier naar binnen wil, heeft hiervoor een code nodig. Slechts een handjevol mensen hebben die, onder wie jijzelf, en die heb ik ze persoonlijk gegeven.'

Case was een stevig gebouwde man van halverwege de vijftig, met kort haar en ruige, knappe gelaatstrekken. Hij droeg een geelbruin pak, een overhemd en een das. Hij was ooit politieagent geweest en had zich na zijn vervroegde uittreding als burger weer bij de politie aangesloten. Met een klein team leidde hij het hoofdbureau en hij was verantwoordelijk voor alle apparatuur hier en in de drie andere coördinatiecentra voor Zware Criminaliteit in de gemeente. Hij kon een grote hulp zijn voor agenten die hij respecteerde, en een enorm struikelblok voor degenen die zijn respect niet verdienden, en hij had het meestal bij het juiste eind. Gelukkig voor Roy Grace kon hij het goed met de man vinden.

Tony Case stak nog een vinger op. 'Iedereen die hier komt – monteurs, schoonmakers, dat soort mensen – wordt altijd begeleid.'

'Oké, maar er moeten ook momenten zijn dat ze alleen worden gelaten, dat ze de kans hebben om in dossiers te snuffelen.'

Case keek hem twijfelend aan. 'Niet op een plek zo gevoelig als deze bewijsopslag, nee.'

Grace knikte. Vroeger kon hij hier geblinddoekt de weg vinden, maar het nieuwe team had het archief gereorganiseerd. Case opende de deur en ze gingen naar binnen. Roodgeverfde kooien van de vloer tot het plafond, allemaal met hangsloten, strekten zich tot in de verte uit. Op de schappen achter hen stonden rode en groene kratten met dossiers en verzegelde bewijszakken opgestapeld.

'Wilde je iets specifieks zien?'

'Ja, de dossiers over de Schoenenman.' Hoewel Grace een overzichtsdossier op zijn kantoor had, werden alle echte bewijzen veilig hier bewaard.

Case liep een paar meter door, bleef staan, koos een sleutel uit de bos die aan zijn riem bungelde en opende een slot. Toen trok hij de deur van de kooi open.

'Ik ken ze,' zei hij, 'want je team heeft er momenteel toegang toe.'

Grace knikte. 'Ken je inspecteur Cassian Pewe nog, die hier afgelopen herfst was?'

Case keek hem verward aan. 'Ja, die zal ik niet gauw vergeten. Behandelde me als zijn persoonlijke lakei. Probeerde me zover te krijgen dat ik posters voor hem ophing in zijn kantoor. Ik hoop dat hem niets is overkomen. Bijvoorbeeld dat hij in een ravijn is gevallen en dat jij er deze keer niet bij was om hem te redden.'

Grace grijnsde. Pewes leven redden was het minst populaire gebleken wat hij ooit had gedaan.

'Helaas niet.'

'Ik snap niet waarom je er geen medaille voor hebt gekregen, Roy.'

'Ik wel.' Grace glimlachte. 'Die had ik alleen maar gekregen als ik hem had laten vallen.'

'Maak je niet druk. Hij is een stuk stront. En weet je wat ze zeggen over stront?'

'Nou?'

'Stront valt uiteindelijk altijd, door zijn eigen gewicht.'

76

Woensdag 14 januari 2009

Een halfuur later zat Grace tegenover adjunct-hoofdcommissaris Peter Riggs enorme bureau in Malling House, het hoofdkwartier van de politie van Sussex. Het was vier uur 's middags.

'Zo, Roy. Je wilde me spreken? Heb je goed nieuws over de Schoenenman?'

'Mogelijk, meneer.' Grace praatte hem bij en zei dat hij hoopte meer te hebben na de avondbriefing van halfzeven. Toen vervolgde hij: 'Ik heb een nogal gevoelige kwestie aan de hand die ik graag aan u wil voorleggen.'

'Ga je gang.'

Grace gaf hem achtergrondinformatie over Cassian Pewe en wat er was gebeurd in de korte tijd dat de man bij de recherche van Sussex had gezeten. Toen zette hij zijn huidige zorgen over Pewe uiteen.

Rigg luisterde aandachtig en maakte af en toe aantekeningen. Toen Grace klaar was, zei hij: 'Eens kijken of ik het goed begrijp. Inspecteur Pewe was op de juiste plaatsen om mogelijk verdachte te zijn voor de oorspronkelijke aanvallen van de Schoenenman in 1997?'

'Daar lijkt het op.'

'En in de afgelopen twee weken zouden zijn bewegingen wederom over-een kunnen komen met de huidige aanvallen?'

'Ik heb hem gevraagd waar hij was tijdens de drie recente aanvallen, ja.'

'En jij denkt dat Pewe degene zou kunnen zijn die de pagina's uit het dossier heeft verwijderd waar mogelijk cruciale informatie op staat?'

'Pewe was er één van een handjevol mensen met toegang tot dat dossier.'

'Denk je dat hij verantwoordelijk zou kunnen zijn voor het lekken van informatie naar de pers, toen en nu?'

'Ja, dat is mogelijk,' zei Grace.

'Waarom? Wat zou hij daaraan hebben?'

'Ons voor schut zetten. Vooral mij, misschien.'

'Maar waarom?'

'Ik heb er een vrij helder beeld van. Als hij me incompetent kan laten lijken door me op verschillende manieren te dwarsbomen, dan krijgt hij het misschien voor elkaar om me te laten overplaatsen, weg van het hoofdbureau en veilig uit de buurt van de cold case-dossiers die hem mogelijk verdacht maken.'

'Is dat alleen maar een theorie, of heb je iets concreets?'

'Op het ogenblik is het alleen nog maar een theorie, maar het past wel.' Hij haalde zijn schouders op. 'Ik hoop alleen dat ik mijn oordeelsvermogen niet door onze voorgeschiedenis in de weg laat staan.'

De adjunct-hoofdcommissaris keek hem aan. Hij had een wijs gezicht. Toen glimlachte hij vriendelijk naar Roy. 'Je moet dit niet persoonlijk laten worden, weet je.'

'Dat wil ik ten koste van alles voorkomen.'

'Ik weet dat je niet echt fijne ervaringen met hem hebt – en dat je een groot risico hebt genomen om hem te redden, wat is opgemerkt – maar hij wordt als agent alom gerespecteerd. Vijanden maken is nooit een goed idee. Ken je dat oude gezegde?'

Grace bedacht dat hij vanmiddag al heel wat gezegden had gehoord. 'Nee?'

'*Duizend vrienden is te weinig; één vijand is te veel.*'

Grace glimlachte. 'Dus ik moet dat van Pewe laten vallen, ook al vermoed ik dat hij misschien onze man is?'

'Nee, helemaal niet. Ik wil onze werkrelatie beginnen op een voet van wederzijds vertrouwen. Als je echt denkt dat hij onze dader kan zijn, dan moet je hem arresteren en zal ik je steunen. Maar dit is een politiek gevoelige kwestie, en het is niet slim als we het verklooien.'

'U bedoelt als ík het verklooi.'

Rigg lachte. 'Als jij het verklooit, betrek je daarbij automatisch mij en de korpschef. Dat is alles wat ik zeggen wil. Ga je feiten heel goed na. We gaan ontzettend af als je het mis hebt.'

'Maar nog meer als ik gelijk heb en er wordt nog een vrouw verkracht terwijl wij niets hebben gedaan.'

'Zorg gewoon dat je bewijzen tegen hem even waterdicht zijn als je logica.'

77

Het uitdijende team van Operatie Zwaardvis onder leiding van Roy Grace was nu te groot geworden om nog fatsoenlijk in Coördinatiecentrum 1 te passen, dus hield hij de briefing van halfzeven 's avonds in de grote vergaderkamer.

De rode stoelen rondom de rechthoekige tafel boden plaats aan vijfentwintig personen, en dan waren er nog eens dertig staplaatsen. De ruimte werd onder meer door de afdeling Zware Criminaliteit gebruikt voor persconferenties, en als visueel hulpmiddel stond er tegenover het videoscherm een tweekleurig blauw bord van twee meter hoog en een meter breed, met daarop in vette letters de website van de politie van Sussex en het logo en telefoonnummer van *Crimestoppers*.

De inspecteur zat hier met zijn rug naartoe en zijn gezicht naar de deur terwijl zijn team binnenkwam, de helft van hen in gesprek op hun mobiele telefoons. Een van de laatsten die binnenkwam was Norman Potting, die erg met zichzelf ingenomen leek te zijn.

Om precies halfzeven opende Roy Grace de vergadering door aan te kondigen: 'Team, voordat ik met de agenda begin, heeft brigadier Potting nieuws voor ons.' Hij gebaarde dat Norman het woord kon nemen.

Potting hoestte en zei: 'Ik ben blij te melden dat ik een verdachte heb gearresteerd.'

'Mooi zo!' zei Michael Foreman.

'Hij zit nu in voorarrest terwijl wij verdergaan met het doorzoeken van zijn woning, een woonboot op de Adur bij Shoreham Beach.'

'Wie is het, Norman?' vroeg Nick Nicholl.

'John Kerridge, de man die ik bij de briefing van vanochtend noemde. Een taxichauffeur hier ter plaatse. Hij heeft een bijnaam voor zichzelf: Yac. We hebben zijn woning doorzocht en zevenentachtig paar damesschoenen met hoge hakken gevonden, verstopt in zakken in het onderruim.'

'Zevenentachtig paar?' vroeg Emma-Jane Boutwood.

'Misschien liggen er nog meer. We zoeken nog verder,' zei hij. 'Ik vermoed dat we die van onze eerste twee slachtoffers, en misschien nog oudere, ook nog wel zullen vinden.'

'Heb je die nog niet?' vroeg Nick Nicholl.

'Nee, maar we vinden ze wel. Hij heeft een heleboel courante kranten-knipsels over de Schoenenman, en ook een stapel afdrukken van internet over de verkrachtingen door de Schoenenman in 1997.'

'Woont hij alleen?' vroeg Bella Moy.

'Ja.'

'Geen vrouw? Ex? Vriendin, vriend?'

'Het lijkt er niet op.'

'Wat gaf hij voor reden voor die knipsels en schoenen?' vroeg ze.

'Geen. Toen ik hem die vraag stelde, ging hij mokken en wilde hij niet meer praten. We hebben ook een groot aantal stortbakkettingen gevonden, verstopt net als de schoenen, en daar raakte hij erg overstuur door.'

Branson fronste zijn voorhoofd en maakte toen een doortrekbeweging met zijn hand. 'Stortbakkettingen? Bedoel je kettingen om de plee mee door te spoelen?'

Potting knikte.

'Waarom?' vroeg Branson.

Potting keek een beetje aarzelend om zich heen en staarde toen naar Roy Grace. 'Ik weet niet of het politiek correct is om dat te zeggen, chef.'

'We kunnen de spanning niet aan,' antwoordde Grace goedgeluimd.

Potting tikte tegen zijn slaap. 'Hij is niet helemaal goed snik.'

Er werd hier en daar gelachen. Potting glimlachte trots. Grace keek naar hem en was blij dat de man zijn waarde aan het team had bewezen. Maar tegelijkertijd peinsde hij over Pewe en maakte zich zorgen. Hoewel de huidige verdachte aan veel voorwaarden voldeed, bleef er een belangrijke vraag onbeantwoord.

Hij richtte zijn aandacht weer op Pottings arrestant. Het was geweldig dat ze een aanhouding hadden verricht, en het was een verhaal waar De *Argus* morgenochtend mee kon komen. Maar hij was ervaren genoeg om te weten dat er een grote kloof bestond tussen de arrestatie van een verdachte en het vaststellen dat hij de dader was.

'Hoe reageert hij, Norman?' vroeg hij.

'Hij is kwaad,' zei Potting. 'En we hebben mogelijk een probleem. Zijn advocaat is Ken Acott.'

'Shit,' zei Nick Nicholl.

Er waren voor verdachten een aantal pro-Deoadvocaten beschikbaar, met een zeer uiteenlopende vakbekwaamheid en houding. Ken Acott was de slimste van het hele stel en de last in het leven van elke politieman die een aanhouding had verricht.

'Wat zegt hij?' vroeg Grace.

'Hij verzoekt om een medisch onderzoek van zijn cliënt voordat hij verder met ons praat,' antwoordde de brigadier. 'Dat ben ik aan het regelen. Intussen hou ik Kerridge vannacht vast. Hopelijk vindt het zoekteam nog meer bewijzen.'

'Misschien krijgen we een DNA-match,' zei rechercheur Foreman.

'Tot nu toe lijkt de Schoenenman veel van de forensische wetenschap af te weten,' zei Grace. 'Een van de grootste problemen is dat we nooit iets van hem hebben bemachtigd. Nog geen haar of vezeltje.' Hij bekeek zijn aantekeningen. 'Oké, uitstekend werk, Norman. Laten we even doorgaan. Glenn, jij hebt iets te melden over een andere mogelijke verdachte.'

'Ja, baas. Het verheugt me te kunnen melden dat we de bestuurder van de Mercedes E-klasse hebben geïdentificeerd. De man die op hoge snelheid wegreed bij het huis aan de Droveway rond het tijdstip van de aanval op Roxanna Pearce. We hebben hem inmiddels gehoord. Het verklaart het romantische diner voor twee dat ze had voorbereid, maar het is geen nieuws waar we veel mee kunnen, vrees ik.' Branson haalde zijn schouders op. 'Hij heet Iannis Stephanos, een restauranthouder hier ter plaatse. Hij is de eigenaar van Timon's in Preston Street en van Thessalonica.'

'Dat ken ik!' zei rechercheur Foreman. 'Ik ben er vorige week nog met mijn vrouw geweest voor onze trouwdag!'

'Ja, nou, E-J en ik hebben Stephanos vanmiddag gesproken. Hij gaf enigszins beschaamd toe dat hij en mevrouw Pearce een verhouding hadden. Zij heeft dat later bevestigd. Ze had hem uitgenodigd omdat haar man op zakenreis was, en we weten dat hij dat inderdaad was. Stephanos belde aan maar kwam er niet in. Hij zei dat hij even buiten is gebleven, een paar keer heeft aangebeld en geprobeerd heeft haar te bellen. Hij was er zeker van dat ze thuis was, want hij zag schaduwen bewegen achter de gordijnen. Uiteindelijk wist hij niet zeker wat er aan de hand was, toen bedacht hij plotseling in paniek dat haar man misschien eerder thuis was gekomen, en daarom vertrok hij zo snel.'

'Geloof je hem?' Grace keek eerst hem aan, en toen Emma-Jane Boutwood. Ze knikten allebei.

'Het is ook niet logisch dat hij haar zou verkrachten als hij was uitgenodigd.'

'Weet je zeker dat ze niet liegt over die verkrachting, omdat haar man terugkwam en ze zich schuldig voelde?' vroeg Michael Foreman.

'Haar man kwam pas terug nadat wij de volgende dag contact met hem hadden opgenomen,' antwoordde Branson.

'Weet hij van die verhouding?' vroeg Grace aan Glenn.

'Ik heb geprobeerd discreet te zijn,' zei die. 'Ik denk dat we dat voorlopig maar even voor ons moeten houden.'

'Ik heb Pearce al een paar keer aan de telefoon gehad. Hij wil weten hoe het ervoor staat,' zei Grace. Hij keek Claire Westmore aan. 'Heb jij er vrede mee als we proberen het stil te houden?'

'Ik zie er het nut niet van in om in dit stadium de zaak nog erger te maken voor mevrouw Pearce,' zei ze.

Na de vergadering vroeg Grace of rechercheur Foreman naar zijn kantoor wilde komen. Hij stelde hem in vertrouwen op de hoogte van zijn vermoedens over inspecteur Pewe.

Foreman was er nog niet in de tijd dat Cassian Pewe het team in Sussex versterkte, dus niemand zou hem kunnen beschuldigen van vooroordelen over die man. Hij was de perfecte keus.

'Michael, ik wil dat je alle alibi's van Cassian Pewe natrekt, van 1997 en nu. Ik maak me zorgen over hem, omdat er zo veel past. Maar als we hem arresteren, dan moet dat met waterdichte bewijzen. Die hebben we nog niet. Kijk wat je kunt vinden. En denk eraan, je krijgt te maken met een heel sluwe en manipulatieve vent.'

'Ik kan hem vast wel aan, baas.'

Grace glimlachte. 'Daarom heb ik jou ook voor dit klusje gekozen.'

78

Dinsdag 20 januari 1998

De labtesten bevestigden de leeftijd van de verbrande vrouw uit het busje: tussen de tachtig en vijfentachtig.

Wie ze ook was – of was geweest – ze was niet de vermiste Rachael Ryan. En dus zat brigadier Roy Grace nu met nog een probleem. Wie was ze, wie had haar in die bestelwagen gezet, en waarom?

Drie grote open vragen.

Tot nu toe had geen enkele uitvaartonderneming melding gemaakt van een vermist lichaam, maar Grace kon het beeld van die vrouw niet uit zijn hoofd zetten. In de afgelopen paar dagen was hij wat meer over haar aan de weet gekomen. Ze was één meter vijfenzestig lang. Blank. Labtesten die dokter Frazer Theobald op haar longweefsel en de kleine hoeveelheid intact vlees van haar rug had uitgevoerd, toonden aan dat ze al aanzienlijke tijd dood was voordat het busje in brand vloog; enkele dagen al. Ze was overleden aan kankeruitzaaiingen.

Maar het leek wel alsof het in de gemeente Sussex barstte van de kleine oude dametjes die ongeneeslijk ziek waren. Sommige dorpjes, zoals Worthing, Eastbourne en Bexhill, met hun grote aantallen bejaarden, werden grappend de wachtkamers van God genoemd. Het was een enorme klus om contact op te nemen met elke uitvaartonderneming en elk lijkenhuis. Vanwege de bevindingen van de patholoog werd deze zaak eerder gezien als iets bizars dan als een ernstige misdaad, dus waren de middelen ervoor beperkt. Eigenlijk kwam het alleen op Roy Grace aan.

Ze was iemands kind geweest, dacht hij. Iemands dochter. Ze had zelf kinderen gehad, dus was ze iemands vrouw of minnares geweest. Iemands moeder. Misschien wel iemands oma. Waarschijnlijk een liefhebbende, fatsoenlijke vrouw.

Hoe kon ze dan op het laatst op de bestuurdersstoel van een gestolen busje zijn geëindigd?

Was het een misselijke grap van jongelui?

Maar als dat zo was, waar hadden ze haar dan vandaan gehaald? Als er was ingebroken bij een begrafenisonderneming en er een lijk was gestolen, dan zou dat toch wel snel bij de politie zijn gemeld? Maar er was niets te vinden. Hij had alle gegevens tot drie weken terug bekeken.

Hij snapte er helemaal niets van.

Hij breidde zijn onderzoek uit naar uitvaartondernemingen en lijkenhuizen buiten Sussex, naar de omliggende gemeenten, maar zonder succes. Die vrouw moest familie hebben gehad. Misschien waren die allemaal dood, maar hij hoopte van niet. Die gedachte maakte hem somber. Het bedroefde hem ook te denken dat de begrafenisondernemer haar niet had gemist. De vernedering van wat er op het laatst met haar was gebeurd, maakte het nog erger.

Als ze geen hulpeloos slachtoffer van een zieke grap was, zag hij dan iets over het hoofd? Hij speelde het scenario in gedachten steeds opnieuw af. Wat voor reden zou iemand in vredesnaam kunnen hebben om een busje te stellen en er dan een dood oud vrouwtje in te zetten?

Hoe stom moest je zijn om niet te weten dat er testen bestonden om te bewijzen dat die oude vrouw niet zelf kon hebben gereden, en dat haar leeftijd achterhaald zou worden?

Een grap was het meest waarschijnlijk. Maar waar hadden ze het lichaam vandaan? Elke dag breidde hij zijn zoektocht naar uitvaartondernemingen en lijkenhuizen uit. Er moest er een zijn, ergens in dit land, waar een lichaam werd vermist. Dat kon toch niet anders?

Het was een mysterie dat de volgende twaalf jaar bij hem zou blijven.

79

Donderdag 15 januari 2009

Norman Potting zat op een groene stoel in de verhoorkamer van het cellenblok achter het recherchehoofdkwartier. Er was een hoog venster en er hingen een beveiligingscamera en een microfoon. De dikke groene deur met een klein zichtvenstertje erin was dicht en op slot gedaan.

Tegenover de brigadier, aan een granietkleurig tafeltje, zat John Kerridge. Hij droeg een slecht passende blauwe papieren overall en gympen. Naast hem zat de advocaat die hem was toegewezen, Ken Acott.

Anders dan veel van zijn pro-Deocollega's, die meestal niet zo veel aandacht aan hun uiterlijk besteedden omdat ze geen indruk op hun cliënten hoefden te maken, was de vierenveertigjarige Acott altijd onberispelijk gekleed. Vandaag droeg hij een goed gesneden donkerblauw pak met een fris wit overhemd en een stropdas. Met zijn korte donkere haar en joviale, knappe uiterlijk vonden veel mensen hem op de acteur Dustin Hoffman lijken, en hij had ook iets theatraals over zich, of hij nu de rechten van een cliënt verdedigde in een verhoorkamer of de rechtbank toesprak. Van alle strafpleiters in de stad was Ken Acott degene die de meeste agenten liever niet tegenover zich kregen.

Kerridge scheen moeite te hebben stil te blijven zitten. Hij was ongeveer veertig, met kort haar dat naar voren was geborsteld. Hij zat te wurmen, te wippen, alsof hij zich probeerde te bevrijden van denkbeeldige boeien, en keek herhaaldelijk op zijn horloge.

'Ze hebben mijn thee nog niet gebracht,' zei hij gespannen.

'Het komt eraan,' verzekerde Potting hem.

'Ja, maar het is al tien over,' zei Yac nerveus.

Op tafel stond een recorder met sleuven voor drie cassettes: één voor de politie, één voor de verdediging en één voor het archief. Potting stak in elke sleuf een cassette. Hij stond op het punt de opname te starten, toen de advocaat het woord nam.

'Brigadier Potting, voordat u te veel tijd van mijn cliënt verspilt, en van mij, denk ik dat u eerst even hiernaar moet kijken. Dit is vannacht uit de woonboot van mijn cliënt gehaald.'

Hij schoof een grote bruine envelop over tafel naar Potting toe.

Aarzelend maakte Potting hem open en haalde de inhoud eruit.

'Neem de tijd,' zei Acott, met een zelfvertrouwen waar Potting onbehaaglijk van werd.

Het eerste was een A4'tje, waar hij naar staarde. Het was een aankoopbewijs van een transactie op eBay, voor een paar hooggehakte schoenen van Gucci.

In de volgende twintig minuten bekeek Norman Potting met toenemende somberheid de bonnen van tweedehands kledingwinkels en eBay-verkopen voor drieëntachtig van de zevenentachtig paar schoenen die ze uit de woonboot hadden gehaald.

'Kan uw cliënt de laatste vier paar ook verantwoorden?' vroeg Potting, die best wist dat hij aan de verliezende hand was.

'Er is me verteld dat die waren achtergebleven in zijn taxi,' zei Ken Acott. 'Maar aangezien geen van deze paren, of de andere, overeenkomt met de beschrijvingen van de schoenen in de recente reeks aanvallen, verzoek ik u mijn cliënt onmiddellijk in vrijheid te stellen zodat hij geen verdere inkomstenderving lijdt.'

Potting stond erop met het verhoor door te gaan. Maar Acott liet zijn cliënt elke vraag beantwoorden met: 'Geen commentaar.' Na anderhalf uur vertrok Potting om met Roy Grace te overleggen. Toen keerde hij terug en gaf zijn nederlaag toe.

'Ik ben bereid hem voorlopig te laten gaan, op voorwaarde dat hij over twee maanden terugkomt als ons onderzoek verder is gevorderd,' opperde Potting als compromis.

'Hij wil ook zijn eigendommen terug,' zei Ken Acott. 'Is er enige reden waarom hij de schoenen, de krantenknipsels, zijn computer en zijn mobiele telefoon niet terug zou kunnen krijgen?'

Ondanks een woede-uitbarsting van Kerridge stond Potting erop de schoenen en krantenknipsels te houden. De telefoon en laptop waren geen probleem, want de technische recherche had al alle benodigde gegevens uit de telefoon gehaald en de harde schijf van de laptop gekloond voor analyse.

Acott gaf toe op de schoenen en knipsels, en twintig minuten later werd Yac vrijgelaten. De advocaat bracht hem en zijn computer en telefoon naar huis.

80

Donderdag 15 januari 2009

Het was haasten om er te komen, want hij had verkeerd ingeschat hoe druk het op weg naar het strand zou zijn. Misschien verbeeldde hij het zich, maar er leek meer politie op straat te zijn dan normaal.

Hij reed kort na drie uur 's middags de parkeergarage achter het Grand Hotel in, bang dat ze misschien al vertrokken was. Met haar nieuwe blauwsatijnen Manolo's aan. Tot zijn opluchting zag hij haar zwarte Volkswagen Touareg staan.

De auto stond op een uitstekende plek voor zijn doeleinden. Ze had geen betere parkeerplek kunnen kiezen. Goed zo. Het was op deze verdieping een van de weinige gedeelten die uit het zicht lagen van de bewakingscamera's.

Beter nog, de plek naast die van haar was leeg.

En hij had haar autosleutel in zijn zak. De extra sleutel die hij had gevonden waar hij had gehoopt dat hij zou liggen, in de la van een tafeltje in de gang.

Hij reed het busje achteruit de parkeerplek op en liet voldoende ruimte vrij om de achterportieren te kunnen openen. Toen stapte hij snel uit voor een controle, zich ervan bewust dat hij niet veel tijd had, en keek behoedzaam om zich heen. Er was niemand.

Dee Burchmore zou zo meteen terugkomen van haar dameslunch, want ze moest naar huis; ze had daar om vier uur een vergadering van het West Pier Trust. Daarna moest ze om zeven uur weer naar het centrum voor een borrel in de burgemeesterssalon van het gemeentehuis van Brighton, waar ze naar een *Crimestoppers*-evenement van het politiemuseum zou gaan. Ze was een modelburger, die allerlei goede doelen in Brighton steunde. En de winkels.

En ze was zo'n brave meid, door al haar agenda's op Facebook te zetten.

Hij hoopte dat ze niet van gedachten was veranderd en dat ze die blauwsatijnen Manolo Blahniks met glinsterende gespen droeg. Vrouwen bedachten zich wel vaker; dat was een van de vele dingen aan hen die hem niet bevielen. Hij zou heel boos zijn als ze andere schoenen droeg en zou haar dan een lesje moeten leren over dat het heel onfatsoenlijk was om mensen teleur te stellen.

Natuurlijk zou hij haar nog meer straffen als ze ze wél droeg.

Hij drukte op de knop van haar sleutel om de portieren te openen. De knipperlichten flitsten en er klonk een zachte *pok*. Toen ging de interieurverlichting aan.

Hij trok het massief aanvoelende portier aan de bestuurderskant open en stapte in, waar hij de geur opsnoof van de leren stoelbekleding en sporen van haar parfum, Armani Code.

Hij keek door de voorruit om te controleren of de kust vrij was, bekeek de interieurverlichting en drukte op de knop waarmee de verlichting uit bleef.

Alles klaar.

Zo veel om aan te denken. Vooral al die beveiligingscamera's overal. Het was niet genoeg om alleen maar valse kentekenplaten op de bus te schroeven. Veel surveillancewagens hadden tegenwoordig ANPR. Dat systeem las automatisch kentekens en haalde in een fractie van een seconde alle gegevens over het voertuig op bij het registratiekantoor in Swansea. Als de registratie niet overeenkwam met het voertuig, dan wisten ze dat meteen. Dus de kentekenplaten op zijn busje waren kopieën van het kenteken van een gelijksoortige bus, die hij in een straat in Shoreham geparkeerd had zien staan.

Voor de zekerheid, om te zorgen dat het busje in Shoreham de komende paar dagen nergens naartoe zou gaan – want ze konden eens allebei gezien worden door dezelfde surveillancewagen – had hij een paar zakken suiker in de tank ervan gegooid. Hij probeerde altijd aan alle mogelijkheden te denken. Zo bleef je op vrije voeten. Je moest altijd je sporen verbergen. Altijd overal een verklaring voor hebben.

Hij klom naar de achterbank, trok de zwarte kap over zijn hoofd en schoof de sleuven voor zijn ogen en mond. Toen perste hij zich op de vloer tussen de voorstoelen en de achterbank, zodat hij niet zichtbaar was als iemand naar binnen keek; al zag je toch niet veel door de getinte ruiten. Hij haalde diep adem en drukte op de knop van de centrale deurvergrendeling.

Nog heel even.

81

Donderdag 15 januari 2009

Dee Burchmore had een gouden regel: nooit drinken voordat je een toespraak moet geven. Maar naderhand, tjonge, dan had ze behoefte aan een borrel! Het maakte niet uit hoe vaak ze het al had gedaan, spreken in het openbaar maakte haar altijd nerveus. En vandaag was ze om een of andere reden – misschien omdat dit een heel groot en prestigieus evenement was – nog zenuwachtiger voor haar toespraak voor het Martlet-verpleeghuis.

Dus naderhand was ze, hoewel ze eigenlijk snel naar huis had gewild om haar gasten van vier uur op tijd te kunnen ontvangen, nog even met vrienden blijven kletsen. Voordat ze het wist had ze drie grote glazen sauvignon blanc gedronken. Niet slim, want ze had amper gegeten.

Ze liep de parkeergarage in en voelde zich beslist draaierig, en bovendien zag ze wat wazig. Ze zou de auto moeten laten staan, besefte ze, en een taxi moeten nemen of te voet moeten gaan; zo ver was het niet. Maar het was net gaan regenen en ze wilde niet dat haar splinternieuwe Manolo's nat werden.

Toch was het geen goed idee om te gaan rijden. Nog los van het gevaar dacht ze ook aan de schade die ze haar man zou berokkenen als ze werd aangehouden. Ze stapte naar de betaalautomaat en zocht in haar tas naar het parkeerkaartje. Toen ze het eruit haalde, viel het uit haar hand.

Vloekend hurkte ze neer, maar toen had ze moeite het papiertje op te rapen.

Ik ben zat!

Ze probeerde zich te herinneren of er een paraplu in de auto lag. Ja, ze wist zeker van wel. En natuurlijk lagen haar platte rijschoenen er ook in! Uitstekend! Ze zou die aantrekken en naar huis lopen; dat zou haar meteen weer nuchter maken.

Ze stopte het kaartje weer in haar tas en liep wankel naar de tweede verdieping.

82

Donderdag 15 januari 2009

Hij hoorde het galmende *klak-klak-klak* van haar hakken op het beton. Ze kwam eraan. Ze liep snel.

Hij hield van het geluid van naderende hakken. Dat had hij altijd een mooi geluid gevonden. Zo veel beter dan wanneer ze in de verte vervaagden. Maar tegelijkertijd had het geluid hem als kind angst aangejaagd. Het vervagende getik van hakken betekende dat zijn moeder wegging. Als het geluid luider werd, betekende dat dat ze terugkwam.

Wat betekende dat ze hem waarschijnlijk ging straffen. Of hem zou dwingen dingen bij haar te doen.

Zijn hart bonsde. Hij voelde de adrenalinevloed, als een drug. Hij hield zijn adem in. Ze kwam dichterbij.

Dit moest haar zijn. *Draag alsjeblieft die blauwe satijnen Manolo's.*

KLONK.

Hij schrok van het geluid. Het leken wel vijf gelijktijdige pistoolschoten om hem heen toen de sloten van alle portieren tegelijkertijd opengingen. Hij gaf bijna een gil.

Toen nog een geluid.

Klak-klak-klak.

Voetstappen die naar de achterkant van de auto liepen. Gevolgd door het gesis van de pneumatische armen van de achterklep. Wat legde ze erin? Boodschappen? Nog meer schoenen?

Bijna geruisloos duwde hij met een geoefende hand het deksel van het zeepdoosje in zijn zak eraf en peuterde er met zijn handschoen de prop watten met chloroform uit. Toen hield hij zich klaar. Zo meteen zou ze instappen, het portier dichttrekken en haar gordel omdoen. Dat was het moment waarop hij zou toeslaan.

Tot zijn opperste verbazing opende ze niet het portier aan de bestuurderskant, maar het achterportier. Hij staarde op in haar geschrokken gezicht. Toen ze hem zag, stapte ze geschokt achteruit.

Een tel later gilde ze.

Hij hees zich op en wilde de watten tegen haar gezicht drukken, maar hij had de afstand van de auto tot de grond verkeerd ingeschat, viel voorover en belandde op zijn gezicht. Terwijl hij overeind krabbelde ging zij achteruit, gilde nog een keer, draaide zich om en rende gillend weg, met klak-klak-klak-kende schoenen.

Shit, shit, shit, shit, shit.

Hij keek haar na, bleef ineengedoken in de ruimte tussen de Touareg en zijn busje zitten en overwoog of hij achter haar aan moest gaan. Ze was nu vol in het zicht van de camera's. Iemand zou haar vast horen gillen.

Shit, shit, shit, shit, shit.

Hij probeerde helder na te denken, maar dat lukte niet. Zijn hersens werkten niet mee.

Ik moet weg. Weg hier.

Hij rende naar de achterkant van zijn busje, klom naar binnen en trok de deuren dicht. Toen strompelde hij naar voren, klom over de rugleuning van de stoel, schoof achter het stuur en startte de motor. Hij schoot vooruit de parkeerplek af en ging linksaf, flink gas gevend, over de pijlen naar de helling omlaag en de uitgang.

Toen hij linksaf ging zag hij haar halverwege de helling, strompelend op haar hakken en hysterisch zwaaiend met haar armen. Hij hoefde alleen maar snelheid te maken, dan kon hij haar scheppen. Het idee schoot even door zijn hoofd. Maar dat zou meer complicaties met zich meebrengen dan oplossen.

Ze draaide zich om toen ze de motor van zijn auto hoorde en begon nog woester met haar armen te zwaaien.

'Help! Help me alsjeblieft!' gilde ze, en ze stapte voor hem.

Hij moest abrupt remmen om haar niet aan te rijden.

Toen ze door de voorruit naar binnen tuurde, werden haar ogen groot van afgrijzen.

Het kwam door zijn bivakmuts, besefte hij. Hij was vergeten dat hij die nog ophad.

Ze ging bijna in slow motion achteruit, draaide zich om en rende weg zo snel ze kon, struikelend, hinkend en gillend. Haar schoenen vielen van haar voeten, eerst de linker en toen de rechter.

Plotseling ging er rechts van hem een branddeur open en kwam er een politieagent in uniform naar buiten rennen.

Hij trapte het gaspedaal helemaal in, ging met gierende banden de hoek om en scheurde naar de slagbomen van de uitgang.

En ineens besefte hij dat hij zijn kaartje niet had betaald.

Er zat niemand in het hokje, maar hij had hoe dan ook geen tijd. Hij hield zijn voet op het gaspedaal en zette zich schrap voor de botsing. Maar er kwam geen harde botsing. De slagboom vloog eraf alsof het karton was en hij sjeesde door, de straat op en verder, zwenkend naar links, toen rechts langs de achterkant van het hotel, tot hij de verkeerslichten bij de kust bereikte.

Toen herinnerde hij zich zijn bivakmuts. Snel trok hij die af en propte hem in zijn zak. Iemand achter hem toeterde kwaad. Het licht was op groen gesprongen.

'Oké, oké, oké!'

Hij liet de koppeling te snel opkomen en de motor sloeg af. De auto achter hem toeterde nog eens.

'Val dood!'

Hij startte de motor, schoot met een ruk naar voren, ging rechtsaf en reed westwaarts langs de zee naar Hove. Zijn ademhaling kwam in snelle, hortende stoten. Een ramp. Dit was een ramp. Hij moest hier zo snel mogelijk weg. Hij moest die bus van de weg halen.

De verkeerslichten verderop sprongen op rood. De motregen had zijn voorruit in melkglas veranderd. Even overwoog hij door rood te rijden, maar er was al een lange vrachtwagen met aanhanger de kruising op gereden. Hij stopte, klopte nerveus met zijn handen op het stuur en zette de ruitenwissers aan.

Het duurde een eeuwigheid voor die vrachtwagen over de kruising was. Door die stomme trailer!

Vanuit zijn ooghoeken zag hij iets. Iemand rechts van hem zwaaide naar hem. Hij draaide zijn hoofd opzij en zijn bloed verkilde.

Het was een politieauto.

Hij stond vast. Die stomme vrachtwagen met trailer, van een circus of zoiets, reed zo traag als een slak. Pal achter hem stond nog een grote vracht-wagen.

Moest hij uitstappen en ervandoor gaan?

De agent achter het stuur bleef naar hem zwaaien en glimlachend wij-zen. Hij wees naar zijn schouder, toen naar hem, toen weer naar zijn eigen schouder.

Hij fronste zijn voorhoofd. Wat moest dit voorstellen?

Toen snapte hij het.

De agent wilde dat hij zijn veiligheidsgordel omdeed!

Hij zwaaide terug en deed snel de gordel om. *Klonk-klik.*

De agent stak zijn duim naar hem op. Hij deed het terug. Brede glimlach.

Eindelijk was de vrachtwagen voorbij en werd het licht weer groen. Hij reed rustig door, niet te hard, totdat de politieauto tot zijn opluchting ergens afsloeg. Toen trapte hij het gas wat verder in en reed zo snel als hij durfde.

Nog een kilometer. Nog een kilometer en dan was hij veilig.

Maar dat kreng zou niet veilig zijn.

83

Donderdag 15 januari 2009

Roy Grace was altijd al in stilte doodsbang als Glenn Branson reed, maar nog meer sinds hij zijn certificaat voor achtervolgingen had behaald. Hij hoopte nooit de pech te hebben om bij zijn collega in de auto te zitten als die daar gebruik van moest maken.

Maar op deze donderdagmiddag, terwijl de brigadier de onopvallende zilvergrijze Ford Focus door het spitsuur in Brighton loodste, zweeg Grace om een andere reden. Hij was diep in gedachten. Hij reageerde niet eens toen er een oud vrouwtje achter een bus vandaan stapte en snel weer achter-uitsprong terwijl zij ver boven de maximaal toegestane snelheid langsreden.

'Geen angst, ouwe, ik had haar gezien!' zei Glenn.

Grace gaf geen antwoord. Norman Pottings verdachte was omstreeks het middaguur vrijgelaten en nu was er vanmiddag, precies op de plek die Julius Proudfoot had voorspeld, weer bijna een vrouw aangevallen.

Het hoefde natuurlijk geen verband te houden met de Schoenenman, maar door het weinige wat hij tot nu toe had gehoord leek het daar wel op. Hoe zou het eruitzien als de man die ze net hadden vrijgelaten dezelfde was die dit nu had gedaan?

Glenn zette de sirene en zwaailichten aan om hen door de verkeersopstopping bij de rotonde voor de pier te loodsen, waarbij hij elke paar seconden op een knop drukte om de tonen van de sirene af te wisselen. De helft van de bestuurders in de stad was te dom om achter het stuur te stappen, of doof, of blind; en sommige waren alle drie, dacht Grace. Ze kwamen langs Hotel Old Ship. Glenn bleef op de Kingsway en ging op de kruising met West Street aan de verkeerde kant langs het verkeerseiland, waardoor ze bijna suïcidaal vlak voor een tegemoetkomende vrachtwagen belandden.

Waarschijnlijk was het niet zo'n slim idee om je te laten rijden door iemand wiens huwelijk was stukgelopen en die dacht dat hij niets meer had om voor te leven, dacht Grace ineens. Maar gelukkig waren ze bijna op hun bestemming. Het begon erop te lijken dat hij in één stuk uit de auto zou kunnen stappen in plaats van eruit te worden geknipt door de brandweer.

Even later gingen ze de weg langs het Grand Hotel in en stopten bij wat eruitzag als een grootscheepse belegering. Er stonden ontelbaar veel politieauto's en -busjes bij de ingang naar de parkeergarage, allemaal met flitsende zwaailichten.

Grace was de auto al uit voordat die helemaal stilstond. Een groepje agenten in uniform, sommige in neonkleurige jassen en andere in steekwerende vesten, stond voor een blauw met wit geruit politielint, samen met enkele toeschouwers.

De enige die scheen te ontbreken was verslaggever Kevin Spinella van De *Argus*.

Een van de agenten, dienstdoend rechercheur Roy Apps, wachtte hem op.

'Tweede verdieping, chef. Ik ga wel voor.'

Met Glenn Branson achter hen doken ze onder het lint door en haastten zich de garage in. Het rook er naar motorolie en droog stof. Onderweg praatte Apps hem bij.

'We hebben geluk,' zei hij. 'Een heel slimme jonge politieagent, Alec Davies, die met een garagemedewerker in de monitorruimte zat, dacht dat hier mogelijk meer achter kon zitten en heeft alles afgesloten voordat wij kwamen.'

'Heb je al iets gevonden?'

'Ja. Iets wat mogelijk interessant is. Ik zal het je laten zien.'

'En het busje?'

'De centrale monitorruimte bij de gevangenis van Brighton heeft hem opgepikt terwijl hij over King's Parade in de richting van Hove reed. Hij is voor het laatst gezien toen hij rechtsaf Queen Victoria Avenue op ging. We hebben alle beschikbare wagens en een auto van de verkeerspolitie erheen gestuurd om hem te onderscheppen, maar tot nu toe is er geen contact.'

'Hebben we gegevens?'

'Ja. Hij staat geregistreerd op naam van een behanger die in Moulse-coomb woont. Ik heb een wagen bij zijn huis gezet. De verkeerspolitie houdt alle afslagen in de gaten in de richting waarheen hij reed, en we hebben Hotel 900 omhoog gestuurd.'

Hotel 900 was de politiehelikopter.

Ze kwamen op de tweede verdieping aan, die was afgezet met nog een tweede politielint. Een lange jonge agent in uniform en met een clipbord stond ervoor.

'Dat is die jongen,' zei Roy Apps.

'Agent Davies?' vroeg Grace.

'Ja, meneer.'

'Goed werk.'

'Dank u, meneer.'

'Kun je me het voertuig laten zien?'

De agent aarzelde. 'De technische recherche is op weg hierheen, meneer.'

'Dit is inspecteur Grace. Hij is de hoogste onderzoeksrechercheur van Operatie Zwaardvis,' stelde Apps hem gerust.

'Ah, oké, juist. Sorry, inspecteur. Deze kant op.'

Ze doken onder het lint door en Grace liep achter hem aan naar een rij lege parkeerplekken, met aan het einde een glanzende Volkswagen Touareg met de achterdeur open.

Agent Davies stak een waarschuwende hand op toen ze dichterbij kwamen en wees naar een voorwerp op de grond, vlak onder de deur. Het leek wel een prop watten. Hij pakte zijn zaklantaarn en scheen zijn licht erop.

'Wat is dat?' vroeg Grace.

'Het ruikt vreemd, meneer,' zei de agent. 'Omdat het zo dicht bij de plek van de aanval lag, dacht ik dat het misschien belangrijk was, dus heb ik er niet aan gezeten. Voor het geval er vingerafdrukken of DNA op zitten.'

Grace keek naar het ernstige gezicht van de jongeman en glimlachte. 'Je hebt alles in je om een goeie rechercheur te worden, jongen.'

'Dat wil ik ook graag, meneer, na mijn twee jaar in uniform.'

'Wacht maar niet tot dan. Als je een jaar achter de rug hebt kan ik je misschien versneld bij de recherche binnenloodsen.'

Het gezicht van de agent klaarde op. 'Dank u, meneer. Heel hartelijk bedankt!'

Roy Grace knielde neer en hield zijn neus vlak bij de prop. Er kwam een geur af die tegelijkertijd zoet en scherp was. En bijna meteen werd hij een heel klein beetje duizelig. Hij stond op en voelde zich een paar seconden wat wankel. Hij was er vrij zeker van dat hij die geur herkende van een cursus toxicologie die hij een paar jaar geleden had gevolgd.

De verklaringen van Nicola Taylor en Roxy Pearce leken erg op elkaar. Ze kwamen overeen met verklaringen van enkele slachtoffers van de Schoenenman uit 1997. Het was dezelfde geur die zij hadden geroken toen er iets tegen hun gezicht was gedrukt.

Chloroform.

84

Heden

Je weet niet wie ik ben of waar ik ben, hè, inspecteur Roy Grace? Geen idee! Eén arrestatie. En toen moest je hem laten lopen wegens gebrek aan bewijs. Je raakt in paniek.

En ik niet.

Ik heb een beetje geblunderd vanmiddag, dat geef ik toe. Maar ik heb wel ergere dingen overwonnen. Ik ben twaalf jaar van de radar af geweest en nu ben ik terug. Misschien vertrek ik wel weer, maar maak je geen zorgen. Hasta la vista, baby! Ik kom gewoon weer terug! Misschien volgende week, misschien volgende maand, of volgend jaar, of over tien jaar! En als ik terugkom, dan zul je heel veel spijt krijgen dat je hebt gezegd dat ik een kleine piemel heb.

Maar ik ben nu nog niet weg. Ik wil geen dingen onafgemaakt laten voordat ik ga.

Ik wil niet weggaan zonder je iets te geven om echt over in paniek te raken. Iets waardoor je afgaat tegenover je nieuwe baas. Wat voor woord gebruikte je vanavond ook weer in de Argus? Jagen! Je zei dat de Schoenenman op jacht was.

Nou, je hebt gelijk. Dat klopt! Ik jaag!

Ik heb haar niet te pakken gekregen bij de sporthal van Withdean, maar ik krijg haar morgenavond wel.

Ik weet namelijk waar ze naartoe gaat.

85

Vrijdag 16 januari 2009

Roy Grace was niet vaak chagrijnig, maar tijdens de briefing op deze vrijdagochtend was hij echt in een pesthumeur, en de slapeloze nacht die hij had gehad hielp daar niet bepaald bij. Hij was tot zeker één uur 's nachts met enkele teamleden in Coördinatiecentrum 1 gebleven, om nog eens alles te bekijken wat ze van vroeger en nu over de Schoenenman hadden. Toen was hij naar Cleo's huis gegaan, maar zij was binnen een paar minuten na zijn thuiskomst weggeroepen om een lijk te bergen dat bij een begraafplaats was gevonden.

Hij was nog een uur opgebleven, had whisky gedronken en de ene sigaret na de andere gerookt, denkend, denkend, denkend over wat hij misschien over het hoofd zag, terwijl Humphrey naast hem luid lag te snurken. Toen had hij een lang rapport van de technische recherche herlezen. Hun undercover internetonderzoeker had een hele lijst van websites voor voet- en schoenfetisjisten, chatforums en sociale netwerken samengesteld. Het waren er honderden. In de afgelopen dagen had de agent nog maar een klein percentage van het totaal kunnen bekijken, en tot nu toe had hij niets beslissends te melden.

Grace had met enige verbazing het rapport neergelegd. Misschien had hij een te beschut leven geleid, maar hij wist niet of hij een eventuele fetisj zou willen delen met volslagen vreemden. Toen was hij naar bed gegaan en had geprobeerd te slapen. Maar zijn hersens waren op volle toeren blijven malen. Cleo was om een uur of halfvijf thuisgekomen, had een douche genomen, was in bed gestapt en in slaap gevallen. Hij stond er altijd paf van hoe ze elk soort lijk aankon, hoe afgrijselijk de toestand ervan of de omstandigheden van de dood van die persoon ook waren geweest, en dan thuis meteen in slaap kon vallen. Misschien was het haar vermogen om het uit te schakelen dat haar in staat stelde om te gaan met alles wat ze in haar werk tegenkwam.

Nadat hij nog een halfuur rusteloos was blijven liggen, volkomen opgefokt, had hij besloten het bed uit te gaan en een eindje te gaan hardlopen langs de zee, om zijn hoofd helder te krijgen en een beetje uit te waaien voor de komende dag.

En nu, om halfnegen, had hij een knallende hoofdpijn en was hij bibberig door te veel cafeïne; maar dat weerhield hem er niet van om nog een mok sterke zwarte instantkoffie te drinken terwijl hij in de volgepakte vergaderkamer zat. Zijn onderzoeksteam bestond nu uit meer dan vijftig agenten en ondersteunende stafleden.

Een exemplaar van De *Argus* van vanochtend lag voor hem, naast een stapel documenten, waarvan de bovenste er een was van de afdeling Misdaadbeleid en Review. Het was hun 'weekreview' van Operatie Zwaardvis, dat net met enige vertraging was binnengekomen.

Op de voorpagina van De *Argus* stond een foto van een witte Ford Transit met het bijschrift: *Gelijk aan die waarin de verdachte rijdt.*

In een separaat kader had de krant, met uitstekend dramatisch effect, een reproductie geplaatst van de kentekenplaat, met het verzoek of iedereen die dit voertuig gisteren tussen twee en vijf uur 's middags had gezien dringend de politiemeldkamer of *Crimestoppers* wilde bellen.

De eigenaar van de bus wiens kenteken was gekloond, was niet blij. Hij was een behanger die niet weg had gekund van de plek waar hij aan het werk was om materialen te kopen die hij dringend nodig had, omdat zijn busje niet wilde starten. Maar hij had in ieder geval wel het perfecte alibi. Van twee tot vijf gistermiddag had hij langs de weg gestaan, in het gezelschap van iemand van de pechhulp die de benzinetank had laten leeglopen en de carburateur had gereinigd. Hij constateerde dat iemand zo vriendelijk was geweest om een zak suiker in de tank te gooien.

Was dat weer een trucje van de Schoenenman?

Het enige goede nieuws dat ze vandaag hadden gehad, was dat de weekreview positief was. Alles wat zijn team had gedaan in deze zaak – althans in de eerste zeven dagen – was goed beoordeeld. Maar nu waren ze nog eens negen dagen verder. De volgende review zou bij achtentwintig dagen zijn. Hopelijk kreeg de Schoenenman lang voor die tijd te maken met gevangenisschoeisel.

Hij nam nog een slok koffie en toen, omdat er zo veel mensen in de kamer waren voor de briefing, stond hij op om het woord te nemen.

'Zo,' zei hij, zonder zijn normale inleiding, 'is dit even geweldig? We laten onze verdachte om twaalf uur 's middags vrij, en een paar uur later wordt de volgende vrouw aangevallen. Ik ben hier niet blij mee. Wat moet dit voorstellen? Neemt die John Kerridge ons in de maling? De *Argus* lacht zich in ieder geval rot!'

Hij stak de krant omhoog. Op de voorpagina stond met chocoladeletters: VIERDE SLACHTOFFER SCHOENENMAN NIPT ONTKOMEN?

Niemand twijfelde er eigenlijk nog aan dat de man die Dee Burchmore gisteren in haar auto had opgewacht de Schoenenman was. De plek en de noodanalyse door het pathologisch lab, die bevestigde dat de stof op de watten chloroform was, wezen er allebei op. De auto stond nu in de werkplaats, waar hij enkele dagen zou blijven om te worden onderzocht op kleding- vezels, haren, huidcellen of andere sporen die de dader misschien had achtergelaten, hoe microscopisch klein ook.

Uit de tijdslijn die door Norman Potting was opgesteld, bleek dat John Kerridge hier niet bij betrokken kon zijn. De advocaat van de taxichauffeur, Ken Acott, had hem naar zijn woonboot gebracht. Een buurman had zijn alibi bevestigd, dat hij op de boot was tot gistermiddag halfzes, waarna hij was vertrokken om zijn nachtdienst in de taxi te beginnen.

Maar er was nog iets anders, iets persoonlijks, wat Roys stemming be- drukte. Rechercheur Michael Foreman had gemeld dat Pewe helemaal niet meewerkte. Tot zover had hij geen enkele vooruitgang geboekt bij de in- specteur.

De verleiding om Pewe te arresteren was heel groot. Maar de woorden van zijn nieuwe adjunct-hoofdcommissaris waren sterker.

'Je moet dit niet persoonlijk laten worden, hè?'

Hij moest toegeven dat als hij Pewe nu arresteerde, op basis van het scha- mele bewijs dat hij tot nog toe had, dat zeker naar een persoonlijke vendetta zou stinken. En als hij een tweede verdachte arresteerde en die weer moest laten gaan, dan zou het lijken alsof ze in paniek waren. In plaats daarvan had hij Foreman met tegenzin laten weten dat hij eraan moest blijven werken.

Om nog meer zout in de wonde te wrijven, had Nick Nicholl gemeld dat hij de camerabeelden uit de Neville-pub had bekeken. Het beeld was slecht en hij liet het nog verbeteren, maar er was iemand op te zien die Darren Spi- cer kon zijn, en die daar op oudejaarsavond tot halftwee 's nachts had zitten drinken. Als hij het inderdaad bleek te zijn, dan zou dat de serie-inbreker vrijpleiten van betrokkenheid bij de aanval op Nicola Taylor. Maar de man had niemand die zijn alibi voor de tijd van de verkrachting van Roxy Pearce kon bevestigen. Het enige wat hij had gedaan, was herhalen dat hij toen bij het windhondenstadion was; slechts een kwartier lopen van haar huis. Hij had ook geen sluitend alibi voor afgelopen zaterdagavond, voor het tijdstip waarop Mandy Thorpe werd verkracht in het spookhuis op Brighton Pier.

Die tijdslijn vond Roy Grace interessant. Ze was rond halfacht 's avonds aangevallen, één uur voor sluitingstijd van de nachtopvang van St Patrick's, waar Spicer woonde. Hij hád die verkrachting kunnen plegen en nog op tijd bij de opvang terug kunnen zijn.

Maar de bewijzen waren op dit ogenblik te indirect om de man te kunnen arresteren. Een slimme advocaat zoals Ken Acott zou niets van hen heel laten. Ze hadden veel meer nodig, en nu hadden ze dat gewoon nog niet.

'Oké,' zei Grace. 'Ik wil de feiten bekijken die we tot nu toe hebben. Feit één: onze analisten hebben vastgesteld dat alle vijf de bekende slachtoffers van de Schoenenman uit 1997, en het mogelijke zesde slachtoffer, Rachael Ryan, die spoorloos verdween, binnen een week voordat ze werden aangevallen dure designerschoenen hadden gekocht in winkels in Brighton.'

Hier en daar werd bevestigend geknikt.

'Feit twee: drie van onze vier slachtoffers en mogelijke slachtoffers in de afgelopen zestien dagen – ook mevrouw Burchmore – hebben hetzelfde gedaan. De uitzondering is Mandy Thorpe. Ik neem haar nu nog mee in ons onderzoek, hoewel ik persoonlijk vermoed dat zij niet is aangevallen door de Schoenenman. Maar dat laat ik voorlopig even rusten.'

Hij keek Julius Proudfoot aan. De forensisch psycholoog loerde enigszins vijandig naar hem terug.

'Feit drie: de locatie van de aanval van gisteren komt precies overeen met de voorspelling die onze forensisch psycholoog had gedaan. Julius, misschien kun jij hier iets over zeggen.'

Proudfoot blies zelfingenomen zijn borst op. 'Ja, nou, het punt is, ik denk dat hier meer achter zit dan wij beseffen. We hebben een hoop vraagtekens, maar we weten een paar belangrijke dingen over de Schoenenman. Om te beginnen is hij een ernstig beschadigd individu. Ik vermoed dat hij nu heel boos is omdat hij is gedwarsboomd. Als we, zoals ik denk, te maken hebben met iemand die is geschaad door zijn moeder, dan kan hij nu gekwetst zijn in de trant van "mama heeft me verstoten". Een kind zou daarop reageren door te mokken, maar een volwassene reageert heel anders. Ik vermoed dat hij nu in een heel gevaarlijke en gewelddadige stemming is. Hij heeft gisteren niet zijn zin gekregen, maar hij is vast van plan binnenkort wel zijn zin te krijgen.'

'Bij hetzelfde slachtoffer?' vroeg Michael Foreman.

'Nee, ik denk dat hij een andere vrouw kiest. Hij kan mogelijk in de toekomst terugkeren naar dit slachtoffer, Dee Burchmore, maar niet meteen. Ik denk dat hij een gemakkelijker doelwit zal zoeken.'

'Weten we hoe het met mevrouw Burchmore gaat?' vroeg Bella Moy.

Claire Westmore, de SOLO, beantwoordde die vraag. 'Ze is erg getraumatiseerd, zoals te verwachten valt. Er zijn ook nog vragen over hoe de dader in haar auto is gekomen, een Volkswagen Touareg met alle moderne snufjes. Kennelijk is de reservesleutel verdwenen.'

'Vrouwen raken altijd hun sleutels kwijt,' zei Norman Potting.

'O, en mannen nooit?' kaatste Bella Moy terug.

'De Burchmores bewaarden de reservesleutel in een la in hun huis,' vervolgde Claire Westmore, die hen allebei negeerde. 'En dat roept de vraag op of de dader misschien in hun huis is geweest en hem heeft gestolen. Ze zijn allebei ontzettend van slag door die mogelijkheid.'

'Het huis van het slachtoffer penetreren!' verklaarde Proudfoot met een triomfantelijke glimlach. 'Dat zou de Schoenenman wel leuk vinden. Het maakt allemaal deel uit van zijn voldoening.'

'We weten dat hij een goede inbreker is,' zei Bella Moy. 'Dat zien we aan zijn aanval op Roxy Pearce en die in een woning in 1997.'

'Darren Spicers specialiteit,' zei Glenn Branson. 'Toch? Dit past bij hem.'

'Er is nog iets anders wat van belang kan zijn,' vervolgde Proudfoot. 'In 1997 vonden alle vijf de aanvallen van de Schoenenman laat op de avond plaats. Deze nieuwe golf, behalve die op oudejaarsavond, pleegt hij halverwege de middag of vroeg in de avond. Dat wijst wat mij betreft op de mogelijkheid dat hij getrouwd is, wat zou kunnen verklaren waarom hij zich een paar jaar koest heeft gehouden. Er is iets mis in zijn huwelijk, en daarom is hij weer begonnen.'

Bella Moy stak haar hand op. 'Sorry, maar die redenering begrijp ik niet; over waarom hij eerder aanvalt omdat hij getrouwd is.'

'Omdat hij 's avonds thuis moet zijn om geen verdenking te wekken,' antwoordde Proudfoot.

'Of op tijd terug moet zijn voordat de nachtopvang van St Patrick's de deuren sluit?' speculeerde Bella.

'Dat is ook mogelijk,' gaf Proudfoot toe.

'Hoe kan hij dat op oudejaarsavond dan geflikt hebben als hij getrouwd is?' vroeg Michael Foreman. 'Heeft iemand de meter van Kerridge' taxi gecontroleerd? Zou daar niet in te zien moeten zijn wat hij deed ten tijde van de aanval op Nicola Taylor in het Metropole?'

'Ik heb de eigenaar van zijn taxi gesproken en het volledige logboek sinds 31 december opgevraagd,' antwoordde Potting. 'In dit stadium hebben we gewoon niet genoeg bewijs om inbeslagname van de taxi en analyse van de meter te rechtvaardigen.'

'Wat hebben we volgens jou nodig, Norman?' vroeg Roy Grace.

'De schoenen van de slachtoffers, baas. Of forensisch bewijs dat Kerridge ermee in verband brengt. Dat hebben we nog niet. Niet zonder hem nog eens te arresteren. Hij wekt de indruk dat hij een onschadelijke mafketel is die van schoenen houdt. Zijn advocaat zegt dat hij geestelijke problemen heeft. Hij zit in het spectrum van autisten.'

'Geeft hem dat enige immuniteit voor vervolging?' vroeg Glenn Branson.

'Het maakt het verhoorproces een stuk moeilijker,' zei Grace. 'We zouden hem moeten laten beoordelen, die hele procedure doorlopen. Norman heeft gelijk. We hebben niet genoeg bewijs tegen hem.

'Norman, heb jij kunnen vaststellen of Kerridge misschien een of meerdere van de slachtoffers als passagier in zijn taxi heeft gehad?'

'Ik heb hem alle foto's laten zien,' zei hij. 'Hij beweert ze geen van allen te herkennen.'

Grace wendde zich tot rechercheur Nicholl. 'Hoe snel krijg je de verbeterde camerabeelden uit de Neville-pub?'

'Later vandaag, hoop ik.'

Proudfoot vervolgde zijn verhaal. 'Ik ben verdergegaan met mijn geografische profiel, en ik denk dat dat van pas komt.'

Hij draaide zich om en wees naar een grote kaart van het centrum van de stad, die op het whiteboard achter hem hing. Er waren vijf rode cirkels op getekend.

'Ik heb de dadermatrix van de Schoenenman in 1997 en de huidige aanvallen al uiteengezet. Na zijn verijdelde aanval vond de eerste gemelde verkrachting door de Schoenenman in 1997 plaats in het Grand Hotel. Zijn eerste gemelde aanval van dit jaar was in het Metropole, bijna pal ernaast. Zijn tweede gemelde aanval in 1997 was in een huis aan Hove Park Road en zijn tweede gemelde aanval dit jaar was in een huis in de Droveway, één straat verderop. Zijn derde aanval van toen was onder de pier, destijds bekend als de Palace Pier. Zijn derde aanval nu was in het spookhuis op diezelfde pier. Zijn vierde aanval toen was in de parkeergarage van Churchill Square. Nu hebben we de aanval van gisteren, in de parkeergarage achter het Grand Hotel. Een paar honderd meter naar het zuiden.'

Hij zweeg even om dit tot de toehoorders te laten doordringen. 'De vijfde aanval, als hoofdinspecteur Grace gelijk heeft, vond plaats in Eastern Terrace, vlak bij Paston Place en St James's Street.' Hij draaide zich naar de kaart om en wees naar de vijfde cirkel. 'Bij gebrek aan betere informatie voorspel ik dat de volgende aanval van de Schoenenman zal plaatsvinden op een locatie hier dichtbij. Hij is gekwetst door zijn recente falen. Hij is kwaad. Hij zal waarschijnlijk weer voor iets gaan wat vertrouwd is.' Proudfoot wees naar een straat boven en een straat onder St James's. 'Eastern Road en Marine Parade. Aan Marine Parade staan maar langs één kant gebouwen, want aan de andere kant ligt de promenade. Eastern Road lijkt het meest op St James's. Er ligt een doolhof van straten achter, en ik denk dat de kans het grootst is dat hij daar vanavond of morgen zal toeslaan. Ik vermoed eerder morgen, omdat het dan wat drukker zal zijn en hij meer dekking heeft.'

'Eastern Road is een lange straat,' zei rechercheur Foreman.

'Als ik een kristallen bol had, zou ik u een huisnummer geven,' zei Proudfoot met een zelfingenomen grijns. 'Maar als ik de leiding had over deze operatie, dan zou ik me dáárop concentreren.'

'Denk je dat hij zijn volgende slachtoffer al heeft gekozen?' vroeg Grace.

'Daar heb ik misschien iets interessants over te melden,' zei de analist, Ellen Zoratti. 'Iets wat jullie moeten zien.'

86

Vrijdag 16 januari 2009

Ellen Zoratti pakte een afstandsbediening en drukte op een knop. Een wit scherm schoof over Julius Proudfoots kaart omlaag.

'We weten dat de kamer waar het eerste slachtoffer van de Schoenenman werd verkracht, in het Grand Hotel in 1997, was gereserveerd op naam van Marsha Morris,' zei ze. 'We weten ook dat de kamer waar Nicola Taylor werd verkracht, in het Metropole op nieuwjaarsochtend, op diezelfde naam was gereserveerd. Ik heb nu camerabeelden van de receptie van het Metropole. Helaas zit er geen geluid bij.'

Ellen drukte op een volgende knop. Er verscheen een korrelig zwartwitbeeld. Er waren mensen te zien met bagage, in de rij voor de receptie van het hotel. Ze legde de afstandsbediening neer, pakte een laseraanwijzer en scheen met de rode punt op het hoofd van een vrouw in de rij. Ze had getoupeerd, schouderlang blond haar, een enorme donkere bril die een groot deel van de bovenste helft van haar gezicht verborg, en een sjaal om haar hals die het grootste deel van haar mond en kin aan het oog onttrok.

'Ik denk dat dit Marsha Morris is, die incheckt in het Metropole om drie uur 's middags op oudejaarsdag, iets meer dan twee weken geleden. Kijk nu heel goed naar haar haar, oké?'

Ze drukte op een knop en het beeld ging over naar een reeks camerabeelden uit East Street, een van de drukste winkelgebieden in Brighton.

'Dit kwam ik tegen tussen de beelden van alle camera's in de buurt van schoenenwinkels in de stad. Binnen een radius van een paar honderd meter van deze camera hangen nog een paar andere. Onder andere bij Last, L.K. Bennett, Russell & Bromley en Jones. Kijk nu hier eens naar.'

De beelden vertoonden een elegant geklede vrouw van in de veertig, met springerig blond haar, een lange donkere jas en hooggehakte laarzen. Ze liep met zelfverzekerde passen richting de camera, en toen erlangs.

'Dat is Dee Burchmore, die gisteren is aangevallen,' zei Ellen Zoratti. 'Deze beelden zijn van afgelopen zaterdag, 10 januari. Blijf kijken!'

Even later kwam er een slanke vrouw met licht, getoupeerd haar in een lange camelkleurige jas, met een sjaal om haar hals, een schoudertas en glanzende wetlooklaarzen in beeld. Ze had iets vastberadens over zich, alsof ze op een missie was.

Een tel later botste ze tegen een man die de andere kant op liep en viel op de grond. Het getoupeerde haar, dat een pruik was, rolde op de stoep. Een voetganger bleef staan en blokkeerde hun uitzicht op het hoofd van de vrouw.

Binnen enkele seconden had zij – of, zoals het er nu uitzag, hij – de pruik gegrepen en die enigszins scheef weer op haar hoofd gedrukt. Toen krabbelde ze overeind, controleerde haar handtas en haastte zich het beeld uit, met haar handen omhoog om de pruik recht te zetten.

Door de hoek van de camera en de slechte kwaliteit van het beeld was het gezicht van die persoon onmogelijk te zien. Alleen dat het beslist mannelijk was.

'Marsha Morris?' vroeg Michael Foreman.

'Je kunt die travestietenflikkers altijd herkennen aan hun adamsappel,' zei Potting. 'Die verraadt ze.'

'Ik heb gelezen dat ze die tegenwoordig operatief kunnen verwijderen, Norman,' zei Bella Moy, 'of in ieder geval verkleinen. En waarom noem je ze eigenlijk flikkers?'

'Deze persoon droeg een coltrui,' zei Nick Nicholl, die hen beiden negeerde. 'Of hij – of zij – een adamsappel had, is niet te zien.'

'Is dat het verbeterde beeld, Ellen?' vroeg Grace.

'Ik vrees van wel,' antwoordde ze. 'Dit is het beste wat het lab ervan kon maken. Niet geweldig, maar we weten nu een paar belangrijke dingen. Het eerste is dat de Schoenenman zijn slachtoffers misschien verkleed als vrouw stalkt. Het tweede is dat mevrouw Burchmore die dag een paar dure schoenen kocht. Kijk maar eens naar de volgende beelden. Ik vrees dat de beeldkwaliteit wederom te wensen overlaat. Dit komt van de bewakingscamera in de winkel zelf.'

Ze drukte op de afstandsbediening en op het scherm verscheen het interieur van een schoenenwinkel, wederom in een reeks beelden van een stationaire camera.

'Dit is een van de Profile-winkels in Duke's Lane,' zei Ellen.

Een blonde vrouw zat op een stoel, voorovergebogen over wat eruitzag als een iPhone of BlackBerry, tikkend op de toetsen. Ellen wees met de rode laserpunt naar haar gezicht.

'Dit is Dee Burchmore. Het is vijf minuten later dan de beelden die we net uit East Street hebben gezien.'

Een winkelbediende verscheen in beeld met een paar hooggehakte schoenen.

Op de achtergrond was een vrouw met getoupeerd haar te zien, in een lange jas, met een donkere bril en een sjaal over de onderkant van haar gezicht, die de winkel binnenkwam. Het was dezelfde persoon die ze net hadden zien vallen.

Ellen wees met de laserpunt.

'Die goeie ouwe Marsha Morris weer!' zei rechercheur Foreman. 'Met haar pruik nu weer recht!'

De travestiet liep heen en weer op de achtergrond terwijl Dee Burchmore schoenen kocht. Dee kletste met de winkelbediende achter de kassa terwijl de jonge vrouw gegevens invoerde in het systeem. Marsha Morris stond in de buurt en leek een paar schoenen te bekijken, maar het was overduidelijk dat ze meeluisterde.

Toen vertrok Dee Burchmore met haar aankopen in een tas.

Na een paar seconden vertrok ook Marsha Morris. Ellen zette de opname stil.

'Weten we,' vroeg Norman Potting, 'of degene die Dee Burchmore gisteren aanviel ook vrouwenkleding droeg?'

'Hij droeg een donkere kap met oogspleten over zijn hoofd,' zei Claire Westmore. 'Dat is het enige signalement dat ze tot nu toe heeft kunnen geven. Maar historisch gezien vonden de enige twee aanvallen waarbij de Schoenenman zich als vrouw had verkleed plaats in het Grand Hotel in 1997 en op nieuwjaarsdag in het Metropole. Geen van de latere slachtoffers heeft het over een travestiet gehad.'

'Volgens mij is het zijn vermomming,' zei Proudfoot. 'Hij doet het niet voor de seksuele kick. Hij kan er zonder argwaan te wekken damesschoenenwinkels mee in, en het is een goede vermomming in hotels.'

Grace knikte instemmend.

Proudfoot vervolgde: 'Als je naar het dossier uit 1997 kijkt, dan blijkt daaruit dat het slachtoffer dat in de garage bij Churchill Square is aangevallen een gewoontedier was. Ze parkeerde altijd in dezelfde garage, op de bovenste verdieping omdat daar de meeste plek was. Er valt een parallel te trekken met Dee Burchmore, die altijd op de tweede verdieping van de garage achter het Grand Hotel parkeerde. Allebei maakten ze het eventuele stalkers heel makkelijk.'

De SOLO voegde eraan toe: 'Dee zegt dat ze regelmatig op sociale netwerken, Facebook en Twitter, meldt wat ze gaat doen. Ik heb een paar van haar berichten van de afgelopen week bekeken, en je hoeft geen genie te zijn om bijna van uur tot uur te weten waar ze zal zijn. Alle drie de vorige slachtoffers hadden ook een tijdje een Facebook-account, en Mandy Thorpe twitterde regelmatig.'

'Zo,' zei Nick Nicholl. 'Dan hebben we het volgende slachtoffer van de Schoenenman teruggebracht naar iemand die in de afgelopen week dure schoenen heeft gekocht en op Facebook of Twitter zit, of allebei.'

'Misschien kunnen we nog specifieker zijn,' zei Ellen Zoratti. 'De leeftijd van de slachtoffers kan van belang zijn. Nicola Taylor is achtendertig, Roxy Pearce is zesendertig, Mandy Thorpe is twintig, en Dee Burchmore is tweeënveertig. Die vier leeftijden komen vrij nauwkeurig overeen met de leeftijden van de slachtoffers uit 1997.'

De misdaadanalist liet dit even bezinken en vervolgde toen: 'Als inspecteur Grace gelijk heeft, dat Rachael Ryan in 1997 het laatste slachtoffer van de Schoenenman was, dan kan ons dat misschien helpen vaststellen wie nu het volgende slachtoffer zal zijn; gesteld dat er een volgend slachtoffer komt.'

'Dat komt er,' zei Proudfoot vol vertrouwen.

'Rachael Ryan was tweeëntwintig,' zei Ellen. Ze wendde zich tot de forensisch psycholoog. 'Dokter Proudfoot, u zei al dat u denkt dat de Schoenenman dit patroon mogelijk herhaalt omdat het vertrouwd voor hem is. Kan dat vertrouwde zich uitstrekken tot de leeftijd van het volgende slachtoffer? Iemand met ongeveer dezelfde leeftijd als zijn vijfde slachtoffer in 1997? Iemand van tweeëntwintig?'

Proudfoot knikte peinzend. 'We kunnen natuurlijk niet zeker zijn van Rachael Ryan,' zei hij gewichtig, met een nadrukkelijke blik op Roy Grace, 'maar als we even aannemen dat Mandy Thorpe een slachtoffer van de Schoenenman was en dat Roy gelijk heeft over Rachael Ryan, dan moeten we je aanname zeker overwegen, Ellen. Het is heel goed mogelijk dat hij voor iemand van die leeftijd gaat. Als hij die arme Rachael Ryan heeft aangevallen en ze nooit is gevonden, en hij nooit is gepakt voor wat hij dan ook met haar gedaan heeft, dan is het na de tegenvaller van gisteren vrij waarschijnlijk dat hij voor het vertrouwde gaat. Iemand die kwetsbaarder is dan een ervaren vrouw van middelbare leeftijd. Iemand die zachter is. Ja, ik denk dat we ons daarop moeten richten. Jonge vrouwen met hoge hakken die actief zijn op Facebook.'

'Dat is dus zo ongeveer elke jonge vrouw in Brighton & Hove. En overal elders in de gemeente,' zei E-J.

'Zo veel vrouwen kunnen er niet zijn die zich de schoenen kunnen veroorloven waar de Schoenenman op valt,' zei Bella Moy. 'Ik denk dat we misschien van lokale schoenenwinkels wel een lijst van recente klanten kunnen krijgen die in die leeftijdscategorie vallen.'

'Goed idee, Bella, maar daar hebben we geen tijd voor,' zei Grace.

'We kunnen de lijst misschien verkleinen,' zei Ellen Zoratti. 'De connectie kan die persoon met de blonde pruik zijn. Als we beelden kunnen vinden van een vrouw van begin twintig in een winkel, en die persoon daarbij, dan hebben we misschien iets.'

'Het team Externe Onderzoeken heeft alle beelden bekeken van camera's in schoenenwinkels, maar het is een nachtmerrie, vanwege de januariuitverkoop,' zei Bella Moy. 'Ik ben in de monitorruimte van het politiebureau van Brighton geweest en heb beelden bekeken van camera's in de buurt van schoenenwinkels. Er lopen honderden mensen van die leeftijd te winkelen. En het probleem is dat er vele honderden uren camerabeelden zijn.'

Grace knikte.

'Chef,' zei Claire Westmore, 'veel schoenenwinkels registreren tegenwoordig de gegevens van hun klanten voor hun mailinglijst. De kans is groot dat de winkel die schoenen aan het volgende potentiële slachtoffer heeft verkocht, of nog zal verkopen, haar naam en adres in het systeem heeft staan.'

Grace dacht hierover na. 'Ja, dat is een poging waard. We hebben een lijst van alle winkels in de stad waar ze dure designerschoenen verkopen.' Hij raadpleegde zijn aantekeningen. 'Eenentwintig stuks. Het slachtoffer zal haar schoenen waarschijnlijk in de afgelopen week hebben gekocht, of nog helemaal niet. We kunnen proberen bij alle winkels, de namen en adressen boven water te halen van alle klanten die passen in dit profiel en schoenen hebben gekocht, maar met de mankracht die we hebben zal dat dagen in beslag nemen. Ons probleem is dat we die tijd niet hebben.'

'Kunnen we niet een paar lokvogels inzetten?' vroeg rechercheur Boutwood.

'Lokvogels?'

'Een paar agenten uit winkelen sturen.'

'Je bedoelt dat we je op pad moeten sturen om dure schoenen te kopen?' Ze knikte stralend. 'Ik wil me daar wel voor opwerpen!'

Grace trok een grimas. 'Vrouwen en mooie schoenen in de januariuitverkoop. Dat is zoeken naar een speld in een hooiberg! We zouden tientallen lokvogels nodig hebben om op de juiste tijden in de juiste winkels te zijn. Dokter Proudfoot denkt dat de Schoenenman vanavond of morgen alweer toeslaat.' Hij schudde zijn hoofd. 'Het is een interessant idee, E-J, maar de kans is gewoon te klein, en we hebben de tijd niet. We moeten om drie uur vanmiddag beginnen met het observeren van het gebied rondom Eastern Road.'

Hij keek op zijn horloge. Het was al bijna negen uur. Hij had nog maar zes uur de tijd.

De bewakingscamera was een slimme uitvinding, vond Roy Grace. Maar er was ook een groot nadeel aan verbonden. Er hingen honderden camera's in de stad, die vierentwintig uur per dag opnamen maakten. Maar er was gewoon niet genoeg mankracht om alle beelden te bekijken, en bovendien was de helft ervan ook nog eens van slechte kwaliteit. Hij zou een of ander supercomputerprogramma moeten hebben om ze automatisch te analyseren, en dat had hij niet. Hij had alleen een beperkt aantal mensen, die zich maar beperkte tijd konden concentreren.

'Jij was toch zelf betrokken bij de zaak rond Rachael Ryans verdwijning?' vroeg Ellen Zoratti.

Grace glimlachte. 'Dat ben ik nog steeds. Het dossier is nog niet gesloten. Maar ja, ik was er zeker bij betrokken. Ik heb de twee vriendinnen met wie ze die kerstavond uit was een paar keer gesproken. Rachael was dol op schoenen, en daarom heb ik altijd het vermoeden gehouden dat het iets met de Schoenenman te maken had. Ze had een week eerder heel dure schoenen gekocht bij Russell & Bromley in East Street, geloof ik.' Hij haalde zijn schouders op. 'Dat is nog een reden dat ik er niet zo zeker van ben dat we er iets aan hebben om vandaag mensen uit winkelen te sturen. Ik denk dat hij dingen van tevoren plant.'

'Behalve als hij gefrustreerd is over gisteren, chef,' zei Glenn Branson. 'En gewoon besluit om zomaar iemand te grijpen.'

'Onze beste hoop op dit moment,' zei Proudfoot, 'is dat hij na gistermiddag overstuur is en nu misschien onvoorbereid te werk gaat. Misschien heb je hem kwaad gemaakt door zijn mannelijkheid te beledigen in De *Argus*, en heeft hij daarom die fout gemaakt.'

'Dan denk ik dat we iets moeten bedenken om hem nog eens kwaad te maken, maar nu nog erger,' zei Grace.

87

Vrijdag 16 januari 2009

De baan bij het Grand Hotel leverde niet op wat Darren Spicer had gehoopt. Ze hadden beveiligingssystemen waardoor hij geen kamersleutels kon namaken, en er liep een chef rond die hem en zijn collega's in de gaten hield vanaf het moment waarop hij 's morgens binnenstapte tot de minuut dat hij 's avonds uitklokte.

Goed, hij kreeg betaald voor zijn werk, het renoveren van het verouderde elektriciteitssysteem in het hotel, het vervangen van kilometers kabels in het labyrint van keldergangen waar de wasruimte, de keukens, de ketelruimte, de noodgeneratoren en de opslagruimten waren. Maar toen hij deze baan had aangenomen, had hij gehoopt wat meer te kunnen doen dan de hele dag nieuwe elektriciteitskabels van grote spoelen afrollen en zoeken naar bedrading die door muizen was aangevreten.

Hij had zich voorgesteld dat hij toegang zou krijgen tot de tweehonderd-achtendertig hotelkamers en de inhoud van de kluisjes van gefortuneerde gasten, maar tot nu toe had hij in zijn eerste week nog geen mogelijkheden gezien. Hij moest geduld hebben, wist hij. En dat kon hij best. Hij was heel geduldig als hij zat te vissen, of als hij bij een huis postte waar hij wilde in-breken zodra de bewoners de deur uit gingen.

Maar er was hier zo veel verleiding dat hij popelde om te beginnen.

Want tweehonderdachtendertig hotelkamers, dat betekende tweehon-derdachtendertig kluisjes! En het was druk in het hotel, met het hele jaar door een bezetting van tachtig procent.

Een kameraad in de gevangenis had hem verteld hoe hij hotelkluisjes moest aanpakken. Niet hoe hij ze open kon breken, want dat had hij niet nodig, met alle gerei die hij voor de kluisjes in het Grand had. Nee, dit ging erom hoe je uit kluisjes kon stelen zonder gesnapt te worden.

Het was simpel: je stal maar een beetje. Je moest niet hebberig worden. Als iemand tweehonderd pond cash of buitenlandse valuta had liggen, dan pakte je maar een klein bedragje. Altijd cash, nooit sieraden; mensen misten sieraden, maar twintig pond van tweehonderd zouden ze niet missen. Als je dat tien keer per dag deed, dan verzamelde je ook aardig wat. Duizend pond per week. Vijftigduizend per jaar. Ja. Niet gek.

Hij had besloten dat hij deze keer uit de gevangenis zou blijven. Vrij blij-ven. Tuurlijk, de Lewes-gevangenis bood meer comfort dan de nachtopvang bij St Patrick's, maar binnenkort kreeg hij zijn MiPod en dan zou hij hope-lijk een paar maanden later genoeg geld hebben voor een aanbetaling op een woning. Iets eenvoudigs om mee te beginnen. En dan een vrouw. Spa-ren, misschien genoeg geld bij elkaar schrapen om een flat te huren. En er zelfs misschien op een dag een kopen. Ha! Dat was zijn droom.

Maar op dit moment, terwijl hij om halfzeven op deze ijskoude, droge vrijdagavond over Western Road terugsjokte naar St Patrick's, met zijn schouders opgetrokken en zijn handen in de zakken van zijn jekker, leek die droom heel ver weg.

Hij ging bij een pub naar binnen, de Norfolk Arms op Norfolk Square, en nam een pilsje met een scheut whisky. Die smaakten allebei goed. Dit miste hij als hij in de bak zat. De vrijheid om iets te gaan drinken in een kroeg. Dat soort simpele dingen. De kleine genoegens van het leven. Hij bestelde nog een pilsje, nam het mee naar buiten en rookte een sigaret. Een oude man, ook met een pilsje en puffend aan een pijp, probeerde een gesprekje te beginnen, maar Spicer negeerde hem. Hij dacht na. Hij kon het niet alleen van het hotel laten afhangen, maar moest ook andere dingen gaan doen. Moedig geworden van de drank dacht hij: waarom zou ik er niet meteen mee beginnen?

Wintermiddagen tussen vier en vijf uur waren uitstekende momenten om in huizen in te breken. Het was donker, maar iedereen was nog op zijn werk. Dit was een slecht moment voor huizen. Maar er was een plek die hij had gezien toen hij afgelopen zondag door zijn buurt in Hove had gewandeld, toen hij op zoek was naar kansjes. Een plek die om halfzeven op een vrijdagavond bijna zeker verlaten zou zijn. Een plek die hem had geïntrigeerd.

Een plek, daarvan was hij overtuigd, die mogelijkheden had.

Hij dronk ongehaast zijn glas leeg en rookte zijn sigaret op. Hij had meer dan genoeg tijd om naar St Patrick's te gaan en zijn tas te halen met alle specialistisch gereedschap dat hij in de loop der jaren had aangeschaft of gemaakt. Hij kon die klus klaren en nog voor sluitingstijd bij de nachtopvang zijn. Ja, beslist.

Sluitingstijd, dacht hij, toen de drank hem een beetje wazig maakte. Sluiting, opsluiting.

Hij grijnsde.

'Mag ik meelachen?' vroeg de oude man met de pijp.

Spicer schudde zijn hoofd. 'Neuh,' zei hij. 'Het is niks.'

88

Om kwart voor zeven 's avonds zat Roy Grace, lopend op adrenaline en cafeïne, in een kantoortje aan het uiteinde van het coördinatiecentrum op de derde verdieping van het politiebureau van Brighton. De locatie van het enorme gebouw van zes verdiepingen aan John Street, aan de rand van Kemp Town en een paar honderd meter van Edward Street – een deel van het gebied waar de Schoenenman volgens Julius Proudfoot zou toeslaan – maakte het ideaal voor de huidige operatie.

In de korte tijd sinds de briefing van vanochtend, met wat hulpvaardige druk op de juiste plaatsen door adjunct-hoofdcommissaris Rigg, had de inspecteur een team van twintig agenten verzameld, dat hij nu voor morgen aan het uitbreiden was naar vijfendertig.

Hij had momenteel een surveillanceteam van acht man op straat, te voet en in auto's. Nog eens twaalf man, onder wie enkele leden van zijn eigen onderzoeksteam en andere agenten, hulpagenten en wijkagenten die hij had gestrikt, zaten in gebouwen op strategische plekken langs Edward Street, Eastern Road en enkele zijstraten. De meesten, zoals vaker gebeurde bij een surveillance, zaten op de bovenverdieping van particuliere woningen of flats, met toestemming van de bewoners.

Een rij monitoren besloeg het grootste deel van de muur tegenover zijn bureau. Grace kon er ogenblikkelijk beelden oproepen van elk van de driehonderdvijftig camera's die in het centrum van de stad hingen, en hij kon ermee inzoomen, uitzoomen en draaien. Deze ruimte werd gebruikt voor de leidinggevend officier, de commandant, bij alle grote evenementen zoals partijpolitieke congressen, voor het monitoren van demonstraties en voor grote operaties in de stad, zoals deze nu was geworden.

Zijn nummer twee in deze zaak was het hoofd Misdaad en Operaties van John Street, die momenteel in het coördinatiecentrum zat en via een beveiligde radioverbinding overlegde met de twee onderbevelhebbers die aan hem rapporteerden. Een van hen, een vrouwelijke rechercheur die vanuit het hoofdbureau van recherche de leiding had over de surveillanceteams, was op pad in een onopvallende wagen en coördineerde het surveillance-team op straat. De andere, Roy Apps, een rechercheur van John Street, gaf leiding aan het statische team, dat vanuit hun observatiepunten alles meldde wat interessant kon zijn.

Tot nu toe was alles rustig. Tot Grace' opluchting regende het niet; veel politieagenten noemden slecht weer voor de grap *politieweer*. De misdaadcijfers daalden altijd als het hard regende. Het leek erop dat boeven net zo'n hekel hadden aan rotweer als ieder ander. Hoewel de Schoenenman, zo bleek uit het verleden, wel een voorkeur scheen te hebben voor lichte motregen.

Het spitsuur liep ten einde en het werd rustiger op Eastern Road. Grace zapte langs alle monitoren met uitzicht op plekken dicht bij zijn observatiepunten. Hij stopte toen hij een onopvallende politieauto zag die vaart minderde en parkeerde.

Hij nam een korte pauze om Cleo te bellen en te zeggen dat het wel laat zou worden en dat ze niet op hem moest wachten. Ze was uitgeput na gisteravond, vertelde ze, en ging vroeg naar bed.

'Ik zal proberen je niet wakker te maken,' zei hij.

'Ik wíl dat je me wakker maakt,' antwoordde zij. 'Ik wil weten dat je veilig thuis bent.'

Hij maakte een kusgeluidje en richtte zich weer op zijn werk.

Plotseling ging zijn vaste telefoon. Het was zijn onderbevelhebber.

'Chef,' zei hij, 'ik krijg net een melding van een van de surveillancewagens. Hij heeft de taxi van John Kerridge gespot, die net linksaf is gegaan vanaf de zee richting de Old Steine.'

Grace was meteen gespannen; het holle gevoel dat hij vaak in zijn maag kreeg als de actie begon.

'Oké, waarschuw de teamhoofden.'

'Doe ik.'

Grace schakelde zijn radio in om alle communicatie tussen de teamhoofden en teamleden te kunnen horen. Hij was net op tijd om de opgewonden stem op te vangen van een surveillant, over een verbinding die kraakte van de ruis: 'Doelwit gaat rechtsaf, rechtsaf, Edward Street in!'

Even later kwam er een reactie van een observatiepunt even ten oosten van John Street. 'Doelwit passeert en rijdt richting het oosten. Wacht even, hij stopt. Hij pikt een mannelijke passagier op.'

Shit, dacht Grace. Shit, shit!

Als Kerridge passagiers oppikte, dan was hij dus niet op jacht. Maar het leek toch merkwaardig dat hij juist het gebied in was gereden waar ze vermoedden dat de volgende aanval zou plaatsvinden.

Toeval?

Hij was er niet zo zeker van. Iets aan die John Kerridge zat hem niet lekker. Door zijn jarenlange ervaring wist hij dat daders zoals de Schoenenman meestal merkwaardige eenlingen bleken te zijn, en Kerridge was dat ook. Ze hadden hem dan misschien moeten laten gaan vanwege een gebrek aan bewijs, maar dat betekende nog niet dat hij hun man niet was.

Als ik taxichauffeur was, op zoek naar vrachtjes, waarom zou ik dan op dit uur op een vrijdagavond over de bijna verlaten Eastern Road rijden? Waarom niet over St James's Street, één straat verderop, waar het altijd barst van de mensen? Of North Street, of London Road, of Western Road?

Hij belde Streamline Taxi's, maakte zich bekend en vroeg of John Kerridge naar Eastern Road was gestuurd om iemand op te halen. De centraliste bevestigde dat.

Grace bedankt haar. Dus er was een onschuldige verklaring voor waarom die chauffeur daar was.

Maar toch hield hij een naar gevoel over Kerridge.

89

Vrijdag 16 januari 2009

Spicer transpireerde ondanks de kou. De onopvallende supermarkttas van Tesco die hij bij zich had, vol gereedschap, was loodzwaar, en de tocht van St Patrick's naar de kruising met de Drive en Davigdor Road leek vanavond veel langer dan afgelopen zondag. De twee glazen bier en de scheut whisky, die hem een uur geleden zo moedig hadden gemaakt, zogen nu zijn energie weg.

Het oude flatgebouw doemde links van hem op. Er was weinig verkeer op straat, en hij was op weg hierheen ook niet veel voetgangers tegengekomen. Een stuk of zes auto's rechts van hem, die noordwaarts gingen over de Drive, stonden te wachten voor een rood stoplicht. Spicer vertraagde zijn pas en wachtte ook tot het groen werd, wilde niet het risico nemen dat iemand hem opmerkte, gewoon voor de zekerheid. Je wist maar nooit...

Eindelijk reden de auto's door. Gehaast ging hij linksaf, stak de parkeerplaats aan de voorzijde van het gebouw over en liep langs de zijkant, de steile inrit langs het gebouw af naar de rij garageboxen aan de achterzijde die in bijna volslagen duisternis lagen. Het enige licht kwam van enkele woonkamers in de flat erboven.

Hij liep naar de box helemaal aan het uiteinde, de box die tijdens de verkenningstocht op zondag zijn belangstelling had gewekt. Alle andere garageboxen waren voorzien van een eenvoudig slot in de deurklink. Maar op deze zaten vier zware hangsloten, twee aan elke kant. Je zette geen sloten van dat kaliber op een garagebox, behalve als je er iets echt waardevols in bewaarde.

Natuurlijk kon het gewoon een antieke auto zijn, maar zelfs dan kende hij wel een dealer die goed betaalde voor oude onderdelen: sturen, versnellingspoken, merktekens, motorkapmascottes en al het andere dat eraf kon. Maar als hij geluk had, vond hij misschien wel waardevolle spullen. Hij wist uit ervaring dat inbrekers zoals hij een voorkeur hadden voor anonieme garageboxen als opslagplaatsen. Hij had er zelf ook vele jaren een gehad. Het waren goede plekken om waardevolle spullen te bewaren die snel zouden worden herkend door hun eigenaars, totdat de rust was teruggekeerd en hij ze kon verkopen, soms wel een jaar later.

Hij bleef in de duisternis staan, opkijkend naar het flatgebouw, speurend naar schaduwen achter een raam die erop konden wijzen dat er iemand naar buiten keek. Hij zag niemand.

Snel groef hij in zijn tas en ging aan het werk met het eerste slot. Het ging binnen een minuut open. De rest volgde vrij gemakkelijk.

Darren stapte terug in de schaduw en keek nog eens om zich heen en naar boven. Niemand in zicht.

Hij trok de roldeur open en bleef toen een tijdje in stomme verbazing staan om te verwerken waar hij naar keek. Dit was helemaal niet wat hij had verwacht.

Hij stapte zenuwachtig naar binnen, rukte de deur achter zich omlaag, pakte de zaklantaarn uit zijn tas en schakelde die in.

'O shit,' zei hij toen de lichtbundel zijn vermoeden bevestigde.

Doodsbang ging hij weer naar buiten, en zijn hoofd liep om. Met trillende handen deed hij de deur weer op slot, omdat hij geen sporen wilde achterlaten. Toen haastte hij zich weg, de nacht in.

90

Facebook
Jessie Sheldon
Bekijk foto's van mij (128)
Jessie heeft nu 253 vrienden op Facebook
Benedict maakt vanavond op het liefdadigheidsbal voor het eerst kennis met mijn ouders. Ik ben zenuwachtig!!! Eerst nog kickboksles, dus als er gedoe komt en ze rottig tegen hem gaan doen, moeten ze uitkijken. En... ik trek mijn nieuwe Anya Hindmarch-schoenen met twaalf centimeter hoge naaldhakken aan!!!

Met een flauwe glimlach las hij de meest recente toevoeging van Jessie op Facebook. *Je bent zo lief voor me, Jessie. Je hebt me laten zitten bij de sporthal van Withdean, maar vanavond laat je me niet zitten, hè? Je komt op de gebruikelijke tijd van je kickboksles, dan loop je een kilometer terug naar je flat aan Sudeley Place en kleed je je om in je mooie jurk en je nieuwe schoenen; om door een ringetje te halen. Dan ga je naar buiten en stap je in Benedicts auto, die voor de deur zal staan. Dat is je plan, hè?*
Sorry, maar ik ga roet in het eten gooien...

91

Vanwege de surveillanceoperatie had Roy Grace de briefing van gisteravond uitgesteld. Nu, op de zaterdagbriefing van halfnegen 's morgens, had het team vierentwintig uur van activiteiten te bespreken.

Een heleboel activiteit, maar weinig vooruitgang.

Ellen Zoratti en haar collega-analist hadden nog altijd geen resultaten behaald met hun landelijke zoektocht naar zedenvergrijpen die mogelijk met de Schoenenman in verband konden worden gebracht, en de technische recherche had nog steeds geen aanwijzingen voor hen.

De ondervraging van managers en meisjes bij alle tweeëndertig bekende bordelen in de stad was voltooid en had nog niets tastbaars opgeleverd. Er waren meerdere vaste klanten met schoen- of voetfetisjen, maar aangezien geen van de managers namen en adressen van hun klanten bijhield, konden ze alleen maar beloven te bellen als een van hen zijn gezicht weer liet zien.

Het leek er steeds meer op dat de Schoenenman datgene wat hij mogelijk in de afgelopen twaalf jaar had uitgespookt verrekt goed geheim had gehouden.

Gisteravond was ook rustig geweest. De hele stad had wel een begraafplaats geleken. Het leek erop dat de burgers van de stad, in ieder geval gisteravond, thuisbleven om bij te komen van de feestdagen en om het rustig aan te doen vanwege de recessie. En ondanks de lange dienst van het team was taxichauffeur John Kerridge – Yac – na zijn eerdere korte verschijning in de buurt niet meer gezien.

Eén positief punt was dat Grace nu het surveillanceteam van vijfendertig agenten compleet had, dat nodig was om vanavond de hele buurt rondom Eastern Road in de gaten te houden. Als de Schoenenman opdook, dan zou zijn team klaar voor hem zijn.

Dokter Julius Proudfoot bleef ervan overtuigd dat hij zou komen.

Aan het eind van de bijeenkomst begon er een interne telefoon te rinkelen. Glenn Branson liep naar de uitgang van de volle vergaderzaal om Ari te bellen; hij had tijdens de vergadering een telefoontje van haar weggedrukt. Hij wist waarvoor ze belde, namelijk om te vragen of hij de kinderen vandaag kon nemen. Uitgesloten, dacht hij droevig. Hij had er alles voor overgehad om ze te kunnen ophalen.

Maar toen hij de deur uit stapte, riep Michael Foreman hem na: 'Glenn! Het is voor jou!'

Hij perste zich weer tussen de vertrekkende mensen door en pakte de hoorn, die Foreman op tafel had gelegd.

'Brigadier Branson,' antwoordde hij.

'O ja. Eh, hallo, agent Branson.'

Hij fronste zijn voorhoofd toen hij die ruige stem herkende.

'Brigadier Branson,' corrigeerde hij.

'Met Darren Spicer. We hebben elkaar gesproken, bij de...'

'Ik weet wie je bent.'

'Luister, ik heb hier eh, een gevoelige situatie, zou je kunnen zeggen.'

'Fijn voor je.'

Branson wilde dit gesprek beëindigen en Ari bellen. Ze had er vreselijk de pest aan als hij haar telefoontjes wegdrukte. Er had in het huis van Roy Grace ook weer een onwelkome brief van haar advocaat op hem liggen wachten toen hij gisteravond eindelijk thuis was gekomen, of eigenlijk vanochtend vroeg, en hij wilde haar daarover spreken.

Spicer lachte halfhartig en onzeker. 'Ja, nou, ik heb een probleem. Ik moet je wat vragen.'

'Vraag maar.'

'Ja, nou, zie je, ik heb een probleem.'

'Dat zei je al. Wat is je vraag?'

'Nou, het zit zo. Als ik nou eens zou zeggen dat ik zeg maar wat had gezien, ja? Of dat iemand die ik ken wat had gezien, zeg maar, terwijl hij ergens was waar hij niet hoorde te zijn? Ja? Als hij, zeg maar, informatie kon geven die jullie echt nodig hebben, zouden jullie hem dan nog arresteren omdat hij ergens was waar hij niet hoorde te zijn?'

'Probeer je me te vertellen dat je ergens was waar je niks te zoeken had en iets hebt gezien?'

'Niet dat ik de voorwaarden van mijn vrijlating schond of zo. Zo was het niet.'

'Kun je ter zake komen?'

Spicer zweeg even, en toen zei hij: 'Als ik iets heb gezien wat jullie mogelijk kan helpen bij het pakken van de Schoenenman, zouden jullie me dan immuniteit geven? Van vervolging, bedoel ik?'

'Dat gezag heb ik niet. Je belt zeker voor de beloning?'

Het bleef even stil aan de andere kant van de lijn, en toen vroeg Spicer: 'Beloning?'

'Dat zei ik.'

'Beloning waarvoor?'

'Een beloning voor informatie die leidt tot de arrestatie van de man die mevrouw Dee Burchmore donderdagmiddag heeft aangevallen. Die wordt uitgeloofd door haar man. Vijftigduizend pond.'

Nog een stilte, gevolgd door: 'Daar wist ik niks van.'

'Niemand weet het nog, want hij heeft het pas vanochtend bevestigd. We staan op het punt het aan de plaatselijke media door te geven, dus je hebt een voorsprong. Nou, en was er nog iets wat je me wilde vertellen?'

'Ik wil niet weer de bak in. Ik wil buiten blijven, weet je, proberen het te redden,' zei Spicer.

'Als je informatie hebt, kun je ook anoniem met Crimestoppers bellen. Dan geven zij het wel weer aan ons door.'

'Maar dan krijg ik de beloning toch niet, als het anoniem is?'

'Eigenlijk misschien wel. Maar je weet toch wel dat het een misdrijf is om informatie achter te houden, hè?' vroeg Branson.

Meteen bespeurde hij de toenemende paniek in de stem van de oude bajesklant.

'Ja, maar wacht even. Ik bel je toch, om te helpen en zo.'

'Wat altruïstisch van je.'

'Wat?'

'Ik denk dat je gewoon moet vertellen wat je weet.'

'En als ik je nou eens een adres geef? Kom ik in aanmerking voor de beloning als jullie daar iets vinden?'

'Als je nou eens ophoudt met dat gesodemieter en gewoon vertelt wat je weet?'

92

Zaterdag 17 januari 2009

Even na twee uur 's middags reed Roy Grace de oprit op naar een groot, vermoeid uitziend flatgebouw, Mandalay Court, en toen over een helling langs de zijkant omlaag, zoals hem was verteld. Hij was nieuwsgierig te zien wat de tip die Darren Spicer had gegeven zou onthullen.

Terwijl hij langs de achterzijde van het gebouw reed en zijn ruitenwissers kleine spatjes motregen van de ruit veegden, zag hij een lange rij vervallen garageboxen die eruitzagen alsof ze al jaren niet meer waren gebruikt. Aan het uiteinde stonden drie wagens: Glenn Bransons onopvallende zilverkleurige Ford Focus, identiek aan de auto waar Grace zelf in reed, een blauw busje waarvan hij aannam dat het van de slotenmaker was, en een witte politiebus met twee leden van het ondersteunende team. Zij waren opgeroepen voor het geval ze moesten inbreken en hadden een stormram bij zich. Niet dat er veel deuren waren, in Grace' ervaring, die de altijd opgewekte Jack Tunks konden weerstaan; overdag onderhield hij de sloten in de Lewes-gevangenis.

Tunks, gekleed in een dikke blauwe overall en met een rommelige tas vol gereedschap op de grond naast zich, was bezig met het bekijken van de sloten.

Grace stapte uit met zijn zaklantaarn, begroette zijn collega en knikte naar de laatste garagebox in de rij. 'Is dit hem?'

'Ja. Nummer 17, al zie je dat niet zo duidelijk.' Branson keek nog eens op het huiszoekingsbevel dat een halfuur geleden door een plaatselijke rechter was ondertekend. 'Ja.'

'Allemachtig,' zei Tunks. 'Wat heeft hij hier? De kroonjuwelen soms?'

'Het zijn inderdaad wel veel sloten,' beaamde Grace.

'De eigenaar van die box is geen amateur. Ik garandeer je dat de deur zelf ook aan de achterkant is versterkt.'

Grace bespeurde iets van schoorvoetend respect in Tunks' stem. De erkenning van het werk van de ene beroeps door de andere.

Terwijl Tunks zich op zijn werk richtte, wreef Grace in zijn handen tegen de kou. 'Wat weten we van de eigenaar van deze box?' vroeg hij aan Branson.

'Daar zit ik nog op. Twee hulpagenten gaan nu hierboven langs de deuren om te vragen of iemand weet wie de eigenaar of huurder van de box is. Anders moet ik kijken wat ik online bij het kadaster kan vinden.'

Grace knikte, veegde met zijn zakdoek een druppel van zijn neus en snoof. Hij hoopte dat hij niet verkouden werd; en hij wilde vooral Cleo niet aansteken nu ze zwanger was.

'Heb je gekeken of dit de enige ingang is?'

De brigadier, die een lange beige regenjas met epauletten en glanzende bruinleren handschoenen droeg, maakte een ja natuurlijk-beweging met zijn hoofd. 'Ik weet dat ik niet altijd de slimste ben, ouwe, maar ja, dat heb ik nagekeken.'

Grace grijnsde en liep toen naar de zijkant om het zelf na te gaan. Het was een lange garagebox, maar er zaten geen ramen of een achterdeur in. Toen hij terugkwam bij Branson, vroeg hij: 'En? Nog nieuws over Ari?'

'Heb je *War of the Roses* gezien?'

Hij dacht even na. 'Met Michael Douglas?'

'Die, ja. En Kathleen Turner en Danny DeVito. Alles gaat aan puin. Zo ongeveer is het bij ons ook, maar dan erger.'

'Ik wou dat ik je goede raad kon geven, maat,' zei Grace.

'Ik kan jou wel goeie raad geven,' antwoordde Glenn. 'Neem maar niet de moeite om te trouwen. Zoek gewoon een vrouw die de pest aan je heeft en geef haar je huis, je kinderen en de helft van je inkomen.'

De slotenmaker meldde dat hij klaar was en trok de deur een stukje omhoog om te laten zien dat hij open was. 'Wil een van jullie de honneurs waarnemen?' vroeg hij. Hij stapte opzij, een beetje behoedzaam, alsof hij bang was dat er een monster naar buiten zou springen.

Branson haalde diep adem en trok de deur omhoog. Die was een stuk zwaarder dan hij had verwacht. Tunks had gelijk: de deur was versterkt met stalen platen.

Terwijl de deur op wieltjes langs het dak rolde en tot stilstand kwam, staarden ze allemaal naar binnen.

De box was leeg.

In de schaduwen achterin zagen ze een onregelmatige donkere vlek, die eruitzag als olie die uit een auto was gelekt. Roy Grace bespeurde vaag de geur van een warme motor. Aan de rechterkant van de muur aan het uiteinde bevonden zich houten schappen van de vloer tot het plafond. Een oude, kaal uitziende band stond tegen de linkerkant. Aan haken aan de muur links van hen hingen een paar moersleutels en een oude klauwhamer. Verder niets.

Glenn staarde somber de leegte in. 'Hij neemt ons in de maling, hè?'

Grace zei niets terwijl hij met zijn zaklantaarn langs de muren en vervolgens het plafond scheen.

'Ik ruk Spicer z'n kop eraf!' zei Glenn.

Ze zagen het allebei tegelijk op het moment dat de lichtbundel op twee eenvoudige, platte stukken plastic op de vloer scheen. Ze stapten naar voren. Grace trok een paar latexhandschoenen aan, knielde neer en raapte het eerste stuk op.

Het was de kentekenplaat van een voertuig, met zwarte letters op een reflecterende witte achtergrond.

Hij herkende de nummerplaat meteen. Het was het gekloonde kenteken van het busje dat donderdagmiddag was weggescheurd uit de garage achter het Grand Hotel, bijna zeker bestuurd door de Schoenenman.

Het andere stuk plastic was het kenteken van de achterkant van het voertuig.

Hadden ze het hol van de Schoenenman gevonden?

Grace liep naar de achterste muur. Op een schap stond een rij grijze rollen tape. De rest van de schappen was leeg.

Glenn Branson liep langs de linker muur. Grace hield hem tegen. 'Niet overal rondstampen, vriend. Laten we proberen op onze schreden terug te keren en alles zo onaangetast mogelijk te houden voor de technische recherche; ik wil ze hier meteen naartoe halen.'

Hij keek om zich heen en dacht na. 'Denk je dat Spicer dit gezien had? Die kentekenplaten?'

'Hij lijkt me niet slim genoeg om één en één bij elkaar op te tellen aan de hand van alleen maar kentekenplaten. Ik denk dat hij iets anders heeft gezien.'

'Zoals?'

'Hij wil pas praten als we hem immuniteit geven. Ik moet zeggen dat het in ieder geval wel slim van hem was om de deur weer op slot te doen.'

'Ik zal met de adjunct-hoofdcommissaris praten,' zei Grace, die zo omzichtig mogelijk weer naar buiten liep. 'We moeten weten wat hij hier gezien heeft. We moeten weten wat er misschien is geweest en nu weg is.'

'Bedoel je dat hij iets heeft gejat?'

'Nee,' antwoordde hij. 'Ik denk niet dat Spicer heeft gejat wat hier was. Ik denk dat hij waarschijnlijk een wit busje heeft zien staan. Er heeft hier de afgelopen uren nog een motor gedraaid. Als die bus weg is, waar is hij dan gebleven? En belangrijker nog, waaróm is hij weg? Ga met hem praten. Zet hem onder druk. Zeg maar dat als hij die beloning wil hebben, hij zal moeten vertellen wat hij gezien heeft, anders gaat het niet door.'

'Hij is bang dat hij weer de bak in gaat voor inbraak.'

Grace keek zijn kameraad aan. 'Zeg maar dat hij mag liegen, dat hij mag zeggen dat de deur niet op slot zat. Ik hoef hem niet zo nodig te hebben voor inbraak.'

Branson knikte. 'Oké, ik ga wel met hem praten. Maar ik bedenk net iets. Als je de technische recherche hierheen haalt en de Schoenenman terugkomt en ze ziet, dan gaat hij ervandoor. Is het niet slimmer om iemand ongezien de boel in het oog te laten houden? Om Tunks de boel weer te laten afsluiten zodat hij niet weet dat we hier zijn geweest?'

'Aangenomen dat hij nu niet naar ons kijkt,' zei Grace.

Branson keek onbehaaglijk om zich heen. 'Ja, dat wel.'

Het eerste wat Grace deed toen hij twintig minuten later terug was in de controlekamer aan John Street, was zijn onderbevelhebbers informeren dat elke witte Ford Transit die de rest van die dag in de buurt van East Road werd gezien goed in de gaten moest worden gehouden. Toen verspreidde hij een verzoek onder alle surveillancewagens in de stad om uit te kijken naar witte Ford Transits van een nieuw model.

Twaalf jaar geleden, als hij gelijk had, had de Schoenenman een wit busje gebruikt. Het zou passen in Proudfoots theorie van symmetrie als hij datzelfde vanavond weer deed.

Was dat waarom die specifieke pagina's uit het dossier waren verwijderd? Die waarin een ooggetuigenverslag stond over een vrouw die was ontvoerd met een wit busje? Bevatten die pagina's essentiële aanwijzingen over zijn gedrag? Zijn werkwijze? Het busje?

Iets wat hem had dwarsgezeten aan de garagebox zat hem nu nog meer dwars. Als de Schoenenman het busje de box uit had gereden, waarom had hij dan alle vier die sloten er weer op gedaan? Er viel verder niets te stelen, behalve twee nutteloze kentekenplaten.

Dat snapte hij echt niet.

93

Zaterdag 17 januari 2009

De enige passagiers waar Yac een grotere hekel aan had dan aan dronken lui, waren mensen die high waren van de drugs. En het meisje op de achterbank stuiterde bijna door het dak heen.

Ze praatte en praatte en praatte. Ze had onophoudelijk gekletst sinds hij haar had opgepikt op een adres dicht bij het strand in Lancing. Ze had lang, piekerig haar met de kleur van tomatenketchup en erwtensoep. Ze kletste onzin en ze droeg waardeloze schoenen. Ze stonk naar sigaretten en Dolce & Gabbana Femme, en ze zag er niet uit. Ze leek wel een barbiepop die uit de vuilnisbak was geplukt.

Ze was zo van de wereld dat hij betwijfelde of ze het wel zou merken als hij met haar naar de maan reed, alleen wist hij niet hoe hij naar de maan moest komen. Daar was hij nog niet achter.

'Weet je wat het is,' ging ze door, 'het barst hier in de stad van de gasten die je willen belazeren. Je wilt goeie acid hebben. Je zegt tegen ze dat je bruin wilt, en ze geven je gewoon shit. Ja, shit. Heb jij dat ook wel eens?'

Yac wist niet zeker of ze in haar mobiele telefoon praatte, wat ze een groot deel van de rit had gedaan, of tegen hem. Dus reed hij zwijgend door, keek op de klok en maakte zich druk. Als hij haar had afgezet in Kemp Town zou hij even parkeren, oproepen van de centralist op het datascherm negeren, wachten tot zeven uur en dan thee drinken.

'Nou?' vroeg ze met stemverheffing. 'Wel eens meegemaakt?'

Hij voelde een por in zijn rug. Daar hield hij niet van. Hij hield er niet van als passagiers hem aanraakten. Vorige week had hij een dronken vent die maar bleef lachen en op zijn schouder meppen. Hij was zich gaan afvragen hoe die man zou reageren als hij hem op zijn gezicht sloeg met de zware moersleutel die achterin lag.

Hij begon zich af te vragen hoe dat meisje zou reageren als hij dat nu deed. Hij kon gemakkelijk stoppen en dat ding uit de kofferbak halen. Ze zou waarschijnlijk gewoon blijven zitten kletsen als hij haar sloeg. Hij had dat eens in een film of op televisie gezien.

Ze porde hem nog eens. 'Hé! Nou? Wel eens meegemaakt?'

'Wat?'

'O shit, je luisterde niet. Nou, oké. Oké, shit. Heb je geen muziek in die kar?'

'Maat zevenendertig?' vroeg hij.

'Maat zevenendertig? Zevenendertig wat?'

'Schoenen. Dat heb jij.'

'Ben je soms schoenmaker als je niet rijdt?'

Haar schoenen waren echt afgrijselijk. Nep-luipaardbont, plat en helemaal gerafeld langs de randen. Hij zou die meid kunnen vermoorden, besloot hij. Hij zou het best kunnen. Het zou heel makkelijk zijn. Hij had heel vaak passagiers die hij niet mocht, maar dit was de eerste bij wie hij dacht dat hij haar misschien best zou willen vermoorden.

Alleen was het waarschijnlijk beter om het niet te doen. Je kwam in de problemen als je mensen vermoordde en werd gepakt. Hij keek vaak naar CSI, naar *Waking the Dead* en naar andere series over forensische wetenschap. Je kon daar een hoop van leren. Je kon leren hoe je een stom mens zoals deze vrouw kon vermoorden, met haar stomme haar en haar stomme zwarte nagellak en die tieten die bijna uit haar knalrode behacups knapten.

Toen hij linksaf ging op de rotonde voor Brighton Pier en om de Old Steine heen reed, zweeg ze plotseling. Hij vroeg zich af of ze gedachten kon lezen.

94

Zaterdag 17 januari 2009

Roy Grace, die in zijn kantoor aan het uiteinde van het coördinatiecentrum zat, werkte zich door een berg afschuwelijk slijmerige en bijna steenkoude bami met kip en garnalen heen, die een goed bedoelende agent voor hem had gehaald. Als hij niet zo uitgehongerd was, zou hij die troep hebben weggegooid. Maar hij had niets meer gegeten sinds een kom cornflakes die ochtend en had de brandstof nodig.

Alles was rustig gebleven bij de garagebox achter Mandalay Court. Maar het aantal en de kwaliteit van de sloten op de deur bleef aan hem knagen. Adjunct-hoofdcommissaris Riggs was er meteen mee akkoord gegaan om Darren Spicer te laten vertellen wat hij had gezien zonder hem daarna te arresteren, maar tot nu toe had Glenn hem nog niet kunnen vinden. Grace hoopte dat de veelpleger geen macaber spelletje met hen speelde.

Hij groef met zijn plastic vork in de bak van aluminiumfolie en staarde naar het korrelige beeld op het computerscherm voor hem. Alle auto's en de vijfendertig agenten in deze operatie waren uitgerust met transponders, waardoor hij tot op de meter nauwkeurig wist waar ze waren. Hij controleerde de locatie van elk van hen en keek vervolgens naar de beelden van de stadsstraten op de beveiligingscamera's. Het beeld op de schermen tegen de muur was bij nacht even helder als bij dag. Het was beslist drukker in de stad vandaag. Gisteravond waren de mensen dan misschien thuisgebleven, maar deze zaterdag begon het erop te lijken dat ze weer uitgingen.

Terwijl hij op een uitgedroogde garnaal kauwde, kwam krakend zijn mobilofoon tot leven en riep een opgewonden stem: 'Doelwit één in zicht! Hij gaat rechtsaf Edward Street in!'

Doelwit één was de code die was toegewezen aan John Kerridge; Yac. Doelwit twee en verder zouden van toepassing zijn op elke witte bus of eventueel verdachte voetganger.

Meteen zette Grace de bak bami neer en klikte op wat toetsen om op een van de monitoren tegen de muur de beelden op te roepen van de camera op de kruising van Edward Street en de Old Steine. Hij zag een Peugeot-taxi in het turkoois en wit van Brighton, die de straat door reed en uit het zicht van de camera verdween.

'Eén vrouwelijke passagier. Hij gaat oostwaarts!' hoorde hij.

Even later zag Grace een kleine Peugeot dezelfde kant op rijden. De transponder in het raster toonde aan dat dit een van zijn onopvallende wagens was, de nummer vier.

Hij riep het volgende beeld in de reeks van schermen op en zag dat de taxi de kruising met Egremont Place overstak, waar Edward Street overging in Eastern Road.

Bijna precies hetzelfde als gisteravond, dacht Grace. Maar deze keer, hoewel hij niet had kunnen zeggen waarom, voelde hij dat er een verschil was. Tegelijkertijd maakte hij zich nog steeds zorgen om het vertrouwen dat hij in het oordeel van Proudfoot had gesteld.

Hij pakte een interne telefoon en sprak tegen zijn onderbevelhebber. 'Hebben we van de taxicentrale gehoord wat zijn bestemming is?'

'Nee, chef. Ik wilde ze niet waarschuwen, voor het geval de centralist iets tegen de chauffeur zegt. We hebben genoeg dekking om hem in zicht te houden als hij in de buurt blijft.'

'Oké.'

Een volgende opgewonden stem knetterde over de mobilofoon. 'Hij gaat rechts, rechts naar... hoe heet die straat... Montague, geloof ik. Ja, Montague! Hij stopt! Achterportier gaat open! Ze is de auto uit! O shit, ze rent weg!'

95

Zaterdag 17 januari 2009

Hij was vroeg in de middag gekomen om zeker te weten dat hij een parkeerplaats dicht bij haar flat zou hebben. Een parkeerplaats waar zij langs zou moeten lopen op de weg terug van haar kickboksles.

Maar ze waren verdorie allemaal vol toen hij aankwam. Dus had hij aan het eind van de straat gewacht, langs een gele streep.

Deze buurt ten zuiden van Eastern Road was een wirwar van smalle straten en victoriaanse huizen van twee en drie verdiepingen, populair bij studenten en singles, en in het hart van de homogemeenschap. Er hingen veel borden van makelaars op huizen die te koop of te huur waren. Auto's, voornamelijk klein en oud, en een paar busjes stonden langs beide kanten van de weg geparkeerd.

Hij had meer dan een uur moeten wachten, tot bijna halfvier 's middags, voordat er tot zijn opluchting een roestige oude Land Cruiser was weggereden en een plek had vrijgemaakt die groot genoeg voor hem was. Die was slechts drie meter van de voordeur van het lichtblauwe huis met serre waar Jessie Sheldon in het bovenste appartement woonde. De goden zagen glimlachend op hem neer!

Het was perfect. Hij had genoeg geld in de meter gegooid tot halfzeven, en daarna was het vrij parkeren. Het was nu even na halfzeven.

Een uur en tien minuten geleden was Jessie in trainingspak en gympen haar voordeur uit gekomen en was ze pal langs hem gelopen op weg naar het kickboksen; wat ze elke zaterdagmiddag deed en waar ze over kletste op Facebook. Hij had haar toen al kunnen grijpen, maar het was nog niet donker genoeg en er waren mensen op straat.

Maar nu was het donker, en voorlopig was de straat verlaten.

Ze zou zich naar huis moeten reppen, wist hij. Ze had de hele wereld laten weten dat ze moest opschieten om zich om te kleden voor haar afspraakje met Benedict, zodat hij eindelijk haar ouders kon ontmoeten.

Ik ben zoooo zenuwachtig voor als ze elkaar zien! had ze op Facebook gezet. *Stel dat ze hem niet leuk vinden?*

Ze voegde eraan toe dat ze zoooo blij was met de schoenen van Anya Hindmarch die ze had gekocht.

Hij was ook zoooo blij met de schoenen van Anya Hindmarch die ze had gekocht. Ze lagen op de vloer achter hem op haar te wachten! En hij was ook zoooo zenuwachtig. Maar dan zenuwachtig op een fijne, opgewonden, overalkriebels-manier.

Waar ben jij vanavond, meneer de inspecteur Roy Grace met de grote pik? Niet hier, hè? Je hebt geen idee! Alweer niet!

Hij had het busje zo geparkeerd dat hij haar kon zien aankomen door de spleet tussen de gordijntjes achterin, hoewel die amper nodig waren. Hij had een dikke laag privacyfolie op alle zij- en achterruiten geplakt. Je kon van buitenaf onmogelijk naar binnen kijken, zelfs op klaarlichte dag. Natuurlijk, wist hij, zouden liefhebbers van klassieke Volkswagenbusjes de getinte ruiten afschuwelijk vinden, maar zij konden de pot op.

Hij keek op zijn horloge, trok zijn latexhandschoenen aan, zette zijn honkbalpet op en keek door zijn nachtkijker. Ze kon nu elk moment de hoek om komen, lopend of misschien wel rennend. Het was tweehonderd meter van de straathoek naar haar voordeur. Als ze rende had hij twintig seconden, als ze gewoon liep iets langer.

Het enige wat belangrijk was, was dat ze alleen was en dat de straat nog verlaten zou zijn.

Zo niet, dan zou hij moeten overschakelen op zijn alternatieve plan, om haar in haar eigen huis te grijpen. Maar dat zou het dan moeilijker maken om haar weer naar buiten te krijgen en ongezien het busje in te werken. Moeilijker, maar niet onmogelijk; dat had hij ook al uitgedacht.

Hij trilde van opwinding toen hij nog eens langs zijn checklist ging. Zijn hart bonsde toen hij uitstapte. Hij opende de schuifdeur, greep de nepkoelkast die hij van spaanplaat had gemaakt en schoof die dichter naar de deur. Vervolgens zette hij zijn honkbalpet af, trok de bivakmuts over zijn hoofd en drukte de pet er weer op, zodat er zo weinig mogelijk van te zien zou zijn. Toen keek hij naar de schoenen op de laadvloer. Precies dezelfde als die zij had gekocht.

Hij was er klaar voor. Na de mislukking op donderdag had hij vandaag veel beter voorbereid, zoals hij normaal deed. Hij had aan alles gedacht, daar was hij van overtuigd.

96

Zaterdag 17 januari 2009

'Hé!' schreeuwde Yac woedend. 'Hé! Hé!'

Hij kon het niet geloven. Ze ging ervandoor! Hij had haar helemaal hierheen gereden vanuit Lancing, een ritje van vijftien pond, en toen hij was gestopt op het adres dat ze hem had gegeven, had ze het portier opengegooid en de benen genomen.

Nou, dat pikte hij niet!

Hij rukte zijn gordel los, smeet het portier open en struikelde de stoep op, bevend van woede. Zonder zelfs maar de motor af te zetten of het portier te sluiten, sprintte hij achter de snel verdwijnende jonge vrouw aan.

Ze racete over de stoep, de heuvel af, en ging linksaf op de drukke kruising met St George's Road, waar het feller verlicht was en er winkels en restaurants aan beide kanten waren. Hij dook langs een paar mensen heen en liep op haar in. Ze keek achterom en schoot plotseling de weg op, vlak voor een bus die naar haar toeterde. Yac maalde er niet om maar rende achter haar aan, tussen de achterkant van de bus en de auto erachter door, en hij hoorde het gekrijs van remmen.

Hij liep in!

Hij wou dat hij de moersleutel bij zich had om haar te slaan. Dat zou haar wel tegenhouden!

Hij was nu nog maar enkele meters achter haar.

Bij een van de scholen waar hij op had gezeten hadden ze hem gedwongen rugby te spelen, wat hij verschrikkelijk had gevonden. Maar hij was goed in tackelen. Hij was zo goed geweest in tackelen dat ze hem hadden verboden nog rugby te spelen, omdat ze zeiden dat hij de andere jongens pijn deed en bang maakte.

Ze keek nog een keer om en haar gezicht werd verlicht door een straatlantaarn. Hij zag angst.

Ze renden nu over een volgende donkere straat met woonhuizen in de richting van de felle lichtjes van de belangrijkste kustweg, Marine Parade. Hij hoorde de voetstappen die achter hem naderden niet. Zag de twee mannen in spijkerbroeken en windjekkers die aan het eind van de straat voor haar verschenen niet. Hij was volkomen geconcentreerd op zijn passagier.

Op zijn vijftien pond.

Ze zou niet ontkomen.

Hij haalde haar in!

Haalde haar in!

Hij stak zijn hand uit en sloeg die om haar schouder. Hoorde haar gillen van angst.

Toen, plotseling, lagen er armen als stalen klemmen om zijn middel. Hij smakte met zijn gezicht op de stoep en alle lucht werd uit hem geperst door een enorm gewicht op zijn rug.

Toen werden zijn armen ruw naar achteren gerukt. Hij voelde koud, scherp staal om zijn polsen. Hoorde een klik.

Hij werd overeind gesleurd. Zijn gezicht prikte en zijn lichaam deed pijn.

Drie mannen in vrijetijdskleding stonden om hem heen, allemaal buiten adem. Een van hen hield zijn arm vast in een pijnlijk stevige greep.

'John Kerridge,' zei hij, 'u staat onder arrest op verdenking van aanranding en verkrachting. U hoeft niets te zeggen, maar het kan uw verdediging schaden als u tijdens uw verhoor iets verzwijgt waar u later in de rechtbank op terug wilt komen. Alles wat u zegt kan tegen u worden gebruikt. Is dat duidelijk?'

97

Zaterdag 17 januari 2009

Ineens zag hij haar. Ze kwam in draf de hoek om, een slanke groene gestalte die afstak tegen de grijstinten van de nacht, zoals hij haar zag door zijn nachtkijker.

Hij draaide zich om, in paniek nu het allemaal gebeurde, en keek snel de straat door. Behalve Jessie, die snel naderde, was die verlaten.

Hij schoof de zijdeur open, greep met beide handen de nepkoelkast vast en wankelde een stap achteruit de stoeprand op, waarna hij een kreet van pijn slaakte. 'O, mijn rug, mijn rug! O lieve hemel, help me!'

Jessie bleef abrupt staan toen ze een onhandig uitziende figuur zag in een jekker, spijkerbroek en honkbalpet, die een koelkast half in en half uit een Volkswagenbusje had getrokken.

'O lieve hemel!' schreeuwde hij opnieuw.

'Kan ik helpen?' vroeg ze.

'O, alsjeblieft, snel. Ik hou hem niet meer!'

Ze haastte zich naar hem toe om hem bij te staan, maar toen ze de koelkast aanraakte voelde die vreemd, helemaal niet als een koelkast.

Een hand greep haar achter in haar nek en smeet haar het busje in. Ze schoof over de laadvloer en stootte haar hoofd tegen iets wat hard was en niet meegaf. Voordat ze tijd had om bij zinnen te komen, belandde er een groot gewicht op haar rug, en toen werd er iets weeïgs zoets en vochtigs tegen haar gezicht gedrukt, wat prikte in haar neus en keel en waarvan de tranen haar in de ogen sprongen.

Ze werd gegrepen door doodsangst.

Ze probeerde zich de bewegingen te herinneren die ze had geleerd. Ze deed nog maar net aan kickboksen, was nog een beginneling, maar ze had één basisregel geleerd: *doorbuigen voordat je trapt*. Je had niet genoeg kracht als je gewoon trapte. Je moest je knieën optrekken en dan je benen lanceren. Hoestend, sputterend, terwijl ze probeerde de giftige, prikkende lucht niet in te ademen, maar met nu al een wazig gevoel, drukte ze haar ellebogen hard in haar ribben en rolde opzij. Ze zag bijna niets terwijl ze probeerde zich los te rukken, boog haar knieën en trapte hard naar voren.

Ze voelde dat ze iets raakte. Hoorde een grom van pijn. Hoorde iets op de vloer kletteren, schopte nog eens, schudde met haar hoofd, draaide, voelde zich nu duizeliger en zwakker. De weeïg zoete vochtigheid werd weer tegen haar gezicht gedrukt en prikte in haar ogen. Ze rolde opzij, maakte zich ervan los, trapte hard met beide voeten, werd nu nog duizeliger.

Het gewicht ging van haar rug af. Ze hoorde iets schuiven en vervolgens het dichtslaan van een portier. Ze probeerde overeind te komen. Een gezicht keek van achter een kap naar haar, met ogen die door spleten tuurden. Ze wilde gillen, maar haar hersens werkten in slow motion en leken losgekoppeld van haar mond. Er kwam geen geluid naar buiten. Ze staarde naar de zwarte kap, die helemaal wazig was. Haar hersens probeerden te snappen wat er gebeurde, maar haar hoofd tolde. Ze voelde een diepe, misselijke draaierigheid.

Toen die weeïge, prikkende vochtigheid weer.

Ze werd slap. Werd overspoeld door een draaikolk van duisternis. Viel er dieper in. Buitelde als in een achtbaan de leegte in.

98

Zaterdag 17 januari 2009

Er hing een bijna feestelijke sfeer in het coördinatiecentrum op het politiebureau van Brighton. Roy Grace liet het surveillanceteam stoppen met hun werk en naar huis gaan. Maar hij was niet in de stemming om in hun opgetogenheid te delen, en het zou nog wel even duren voordat hij zelf naar huis kon.

Die John Kerridge – Yac – had hem de hele tijd al dwarsgezeten. Ze hadden hem te gemakkelijk laten gaan, zonder hem grondig genoeg te verhoren en onderzoek naar hem te doen. Hij dankte de hemel dat die engerd was gepakt voordat hij nog een slachtoffer kon maken, waardoor zij er allemaal nog veel slechter op zouden hebben gestaan.

Zoals het er nu voor stond zouden er al lastige vragen worden gesteld, waarop hij met verrekt goede antwoorden zou moeten komen.

Hij vervloekte zichzelf omdat hij Norman Potting het eerste verhoor had laten doen, en omdat hij zo bereidwillig was meegegaan in Pottings besluit dat Kerridge moest worden vrijgelaten. Hij nam zich voor om van nu af aan volledig betrokken te zijn bij het voorbereiden van de verhoorstrategie en het hele proces rondom deze verdachte.

Peinzend verliet hij het politiebureau van Brighton en reed naar het cellenblok achter Sussex House, waar Kerridge naartoe was gebracht. Hij verwachtte ieder moment een telefoontje van Kevin Spinella van De Argus.

Even na zeven uur 's avonds parkeerde hij de Ford Focus voor het langwerpige hoofdkwartier van twee verdiepingen. Hij belde Cleo om te melden dat hij met een beetje geluk vroeger thuis zou zijn dan gedacht, in ieder geval voor middernacht, en stapte uit. Terwijl hij dat deed, ging zijn telefoon. Maar het was niet Spinella.

Het was rechercheur Rob Leet, Golf 99; de dienstdoend rechercheur die alle kritieke incidenten in de stad overzag. Leet was een rustige en zeer vaardige agent.

'Voor het geval dit gerelateerd is, ik heb net een melding gekregen uit sector Oost: een eenheid staat bij een brandend busje op een afgelegen akker ten noorden van Patcham.'

Grace fronste zijn voorhoofd. 'Wat heb je daarover?'

'Het schijnt dat het al een tijdje bezig is en het busje bijna geheel uitgebrand is. De brandweer is op weg. Maar ik dacht dat het mogelijk van belang kon zijn omdat het een nieuw model Ford Transit is; klinkt als net zo een waar je die melding over had verspreid.'

Dat nieuws gaf Grace een onbehaaglijk gevoel. 'Zijn er slachtoffers?'

'Hij lijkt leeg te zijn.'

'Is er niemand bij weggerend?'

'Niemand heeft iets gezien.'

'Valt er iets uit het kenteken op te maken?'

'De kentekenplaten zijn te erg verbrand, is me verteld.'

'Oké, bedankt,' zei hij. 'We hebben onze man in hechtenis. Mogelijk staat het er los van. Maar hou me op de hoogte.'

'Zal ik doen.'

Grace verbrak de verbinding en ging de voordeur van Sussex House door, knikkend naar de nachtwaker.

'Hoi Duncan. Hoe gaat het met hardlopen?'

De lange, atletische veertigjarige glimlachte trots naar hem. 'Afgelopen weekend een halve marathon gelopen. Als vijftiende van de zevenhonderd geëindigd.'

'Geweldig!'

'Ik werk naar de marathon van Londen van dit jaar toe. Ik hoopte dat u misschien ook zou willen sponsoren, voor verpleeghuis St Wilfred's?'

'Absoluut!'

Grace liep door naar de achterzijde van het gebouw, ging de deur uit en stak het binnenplein over. Hij kwam langs de containers en voertuigen van de technische recherche die daar altijd stonden en liep de steile helling naar het cellenblok op. Terwijl hij zijn toegangspasje tegen het beveiligings-paneel hield om de deur te openen, ging zijn telefoon opnieuw.

Het was rechercheur Rob Leet nog een keer.

'Het leek me beter om je meteen te bellen. Ik weet dat je de Schoenenman in hechtenis hebt, maar we hebben een eenheid ter plaatse in Sudeley Place, Kemp Town, bij een Klasse Een.'

Dit was de hoogste categorie noodoproep, waar onmiddellijke aandacht voor vereist was. Grace kende Sudeley Place. Het lag pal ten zuiden van Eastern Road. De toon van Leets stem baarde hem zorgen. Wat de dienst-doend rechercheur te zeggen had, maakte die zorgen nog groter.

'Kennelijk keek een bewoonster hier uit het raam en zag ze een vrouw die met een man vocht om een koelkast.'

'Een koelkast?'

'Hij was met een busje – een soort campertje – maar ze weet niet veel van auto's, dus ze kon niet zeggen welk merk. Ze dacht te zien dat hij de vrouw sloeg en vervolgens op hoge snelheid wegreed.'

'Met haar in de auto?'

'Ja.'

'Wanneer was dat?'

'Ongeveer vijfendertig minuten geleden, even na halfzeven.'

'Dan kan hij nu wel overal zijn. Heeft ze het kenteken genoteerd?'

'Nee. Maar ik behandel dit als een mogelijke ontvoering en heb dat deel van de stoep afgezet. Ik heb de verkeerspolitie gevraagd alle camperbusjes te controleren die ze in de buurt van de stad tegenkomen. We gaan ook kijken of we camerabeelden kunnen krijgen.'

'Oké. Luister, ik weet eigenlijk niet waarom je mij hiervoor belt. We hebben onze verdachte Schoenenman in hechtenis. Ik ga nu naar hem toe.'

'Er is een reden waarom ik denk dat dit voor jou van belang kan zijn.' Leet aarzelde. 'Mijn agenten ter plaatse hebben een damesschoen op de stoep gevonden.'

'Wat voor schoen?'

'Een hele nieuwe, kennelijk. Zwart lakleer, met een hoge hak. De getuige zag hem uit het busje vallen.'

Grace kreeg een raar gevoel diep in zijn buik. Zijn hoofd tolde. Ze hadden de Schoenenman. Ze waren nu bezig John Kerridge op te sluiten.

Maar dat van dat brandende busje beviel hem niet.

En dat nieuwste incident beviel hem nog minder.

99

Zaterdag 17 januari 2009

In de monitorruimte van Sussex Remote Monitoring Services verschoof Dunstan Christmas zijn honderddertig kilo op de stoel, waarbij hij er wel voor oppaste dat hij niet zijn hele gewicht van de stoel haalde, want dan zou het alarm afgaan. Het was pas halfacht 's avonds. Shit. Nog anderhalf uur wachten voordat hij werd afgelost en een gemakspauze van vijf minuten kon nemen.

Hij had eigenlijk nog twee weken geen nachtdiensten hoeven draaien, maar hij had beloofd in te vallen voor iemand die ziek was, omdat hij het extra geld goed kon gebruiken. De tijd kroop traag voorbij; het voelde alsof de tijd zelfs helemaal stilstond. Misschien ging de tijd zelfs wel achteruit, zoals in die sciencefictionfilm die hij laatst op Sky had gezien. Het zou een lange nacht worden.

Maar als hij aan het geld dacht, vrolijkte dat hem op. Meneer Starling was dan misschien een merkwaardige baas, maar hij betaalde goed. Hij verdiende hier leuk; veel beter dan in zijn vorige baan, als bekijker van röntgenbeelden van koffers op het vliegveld van Gatwick.

Hij graaide een handvol Dorito's uit de gezinszak die voor hem lag, kauwde erop en spoelde ze weg met een slok cola uit een tweeliterfles, en toen liet hij een boer. Terwijl hij routinematig zijn blik langs alle twintig schermen liet gaan, met zijn hand vlak bij de microfoonknop voor het geval hij een indringer zag, merkte hij op dat nummer 17, die het niet deed toen hij met zijn werk begon, nog steeds geen beeld vertoonde. Het was de oude cementfabriek in Shoreham, waar zijn vader chauffeur was geweest.

Hij drukte op de besturingsknop om het beeld van het scherm te wijzigen, voor het geval slechts één van de zesentwintig beveiligingscamera's daar stuk was. Maar het scherm bleef zwart. Hij pakte de telefoon en belde de nachtmonteur.

'Hoi Ray, met Dunstan in monitorruimte 2. Ik heb al sinds ik vandaag ben begonnen geen beeld op monitor 17.'

'Opdracht van meneer Starling,' zei de monteur. 'De klant heeft zijn rekeningen niet betaald. Al vier maanden niet meer, schijnbaar. Meneer Starling heeft de dienstverlening stopgezet. Maak je er maar niet druk over.'

'Oké, bedankt,' zei Dunstan Christmas. 'Dat is duidelijk.'

Hij at nog wat Dorito's.

100

Zaterdag 17 januari 2009

Jessie werd gewekt door een verschrikkelijke pijn, alsof haar hoofd in een bankschroef zat. Even, volkomen gedesoriënteerd, had ze geen idee waar ze was.

In Benedicts kamer?

Ze was duizelig en misselijk. Wat was er gisteravond gebeurd? Wat was er bij het diner dansant gebeurd? Had ze te veel gedronken?

Ze voelde een ruk. Beneden haar hoorde ze een constant, ruisend geluid. Ze hoorde het gestage rommelen van een motor. Zat ze in een vliegtuig?

Haar misselijkheid verergerde. Ze moest bijna overgeven.

Nog een ruk, en nog een. Een knallend geluid, als van een deur. De angst wurmde zich door haar heen. Er voelde iets helemaal niet goed; er was iets verschrikkelijks gebeurd. Terwijl ze helderder werd, sijpelden haar herinneringen met tegenzin terug, alsof iets probeerde ze op afstand te houden.

Ze kon haar armen en benen niet bewegen. Haar angst werd groter. Ze lag op haar buik op iets hards en ging de hele tijd heen en weer. Haar neus zat verstopt en ze kreeg steeds meer moeite met ademhalen. Ze probeerde door haar mond te ademen, maar er zat iets overheen en er kwam geen lucht binnen. Nu kon ze ook niet meer door haar neus ademen. Ze probeerde te roepen, maar hoorde alleen een zacht gekerm en voelde haar mond trillen.

In paniek, trillend, snakkend naar adem, snoof ze harder. Ze kon niet genoeg lucht door haar neus krijgen om haar longen te vullen. Ze kronkelde, kermde, draaide op haar zij, toen op haar rug, snuivend, snuivend, snuivend, snakkend naar lucht, op het punt bewusteloos te raken. Toen ze even op haar rug had gelegen, werd de verstopping in haar neus iets minder en kwam er meer lucht binnen. Haar paniek nam wat af. Ze haalde een paar keer diep adem, kalmeerde een beetje en probeerde nog eens te roepen. Maar het geluid bleef in haar mond en keel gevangenzitten.

Een fel licht doorbrak de duisternis, en even zag ze het dak van een auto. Toen werd het weer donker.

Nog een fel licht en ze zag een ineengedoken gestalte op de bestuurdersstoel, alleen maar schouders en de achterkant van een honkbalpet. Het licht verdween en werd meteen vervangen door een volgend licht. Koplampen van tegemoetkomende auto's, besefte ze.

Plotseling waren er rechts van haar felle lichten doordat een auto hen inhaalde. Heel even zag ze een deel van zijn gezicht in de binnenspiegel. Ze verstijfde van angst. Hij droeg nog steeds die zwarte kap.

Hij keek naar haar.

'Gewoon lekker blijven liggen en genieten van de rit!' zei hij met een neutrale, ijle stem.

Ze probeerde nog eens te praten, worstelde om haar armen te bewegen.

Ze zaten achter haar rug, met haar polsen tegen elkaar gedrukt. Er zat geen speling in, nergens houvast. Ze probeerde haar benen te bewegen, maar die voelden alsof ze bij de enkels en knieën aan elkaar waren gelast.

Hoe laat was het? Hoelang was ze hier al? Hoelang geleden...

Ze zou nu op het diner dansant moeten zijn. Benedict zou kennismaken met haar ouders. Hij kwam haar ophalen. Wat dacht hij nu? Wat deed hij nu? Stond hij voor haar flat op de bel te drukken? Haar te bellen? Terwijl een volgend stel koplampen het interieur verlichtte, keek ze om zich heen. Zag wat leek op een klein keukentje; een kastdeurtje zwaaide heen en weer, klapte dicht maar ging weer open. Nu minderden ze vaart. Ze hoorde hem schakelen, hoorde een richtingaanwijzer klik-klikken.

Haar angst werd nog groter. Waar gingen ze naartoe?

Toen hoorde ze een sirene loeien; eerst zacht, maar steeds dichterbij. Hij zat achter hen. Nog luider! En ineens kreeg ze hoop. Ja! Benedict was haar komen ophalen en had de politie gebeld toen hij merkte dat ze er niet was. Ze kwamen eraan! Ze was veilig. O, Godzijdank! Godzijdank!

Flinters blauw licht, als van een kroonluchter, schoten door de binnenkant van het busje, en de lucht werd vervuld van het gegil van de sirene. Toen waren de blauwe lichten ineens weer weg. Jessie hoorde de sirene in de verte vervagen.

Nee, idioten! Nee, nee, nee, nee. Alsjeblieft. Kom terug! Kom alsjeblieft terug!

Ze schoof over de vloer naar links toen het busje een scherpe bocht naar rechts maakte. Twee harde rukken en ze kwamen tot stilstand. Ze hoorde het ratelgeluid van de handrem. *Kom alsjeblieft terug!* Toen scheen er een zaklantaarn in haar gezicht, waardoor ze even werd verblind.

'We zijn er bijna!' zei hij.

Het enige wat ze zag toen hij het licht uit haar gezicht haalde, waren zijn ogen achter de sleuven van zijn kap. Ze probeerde tegen hem te praten. 'Alsjeblieft, wie ben je? Wat wil je? Waar heb je me naartoe gebracht?' Maar alles wat naar buiten kwam, was een trillend gekerm, als een gedempte misthoorn.

Ze hoorde het portier aan de bestuurderskant opengaan. De stationair draaiende motor maakte tikkende geluiden. Toen hoorde ze metaal rammelen; het klonk als een ketting. Dat werd gevolgd door het gepiep van roestige scharnieren. Een poort die werd geopend?

Plotseling hoorde ze een bekend geluid. Een zacht, raspend gezoem. De hoop vlamde in haar op. Het was haar mobiele telefoon! Ze had hem op de trilstand gezet voor haar kickboksles. Het klonk alsof het van ergens voorin kwam. Lag hij op de passagiersstoel?

O jeetje, wie was dat? Benedict? Die zich afvroeg waar ze was? Het zoemen stopte na vier keer overgaan en de telefoon schakelde automatisch door naar de voicemail.

Even later sprong de man weer in de auto, reed een stukje door, stapte opnieuw uit en liet de motor stationair draaien. Waar ze zich ook bevonden, ze waren nu aan de andere kant van dat afgesloten hek, besefte ze met stijgende angst. Ergens op een besloten terrein. Ergens waar de politie niet langs zou rijden. Haar mond was droog en ze had het gevoel dat ze moest overgeven. De gal kwam omhoog in haar keel, scherp en bitter. Ze slikte het weg.

Het busje hotste, hotste nog eens – verkeersdrempels, dacht ze – en ging een helling af, waardoor ze naar voren schoof en haar schouder pijnlijk ergens tegenaan botste, en toen weer omhoog, zodat ze hulpeloos weer achteruit schoof. Toen reden ze over een gladde ondergrond, met elke paar ogenblikken een regelmatig *bonk-bonk*, als naden in beton. Het was hier stikdonker, en hij leek te rijden zonder koplampen.

Even ging haar angst over in boosheid, en vervolgens in woeste, primitieve woede. *Laat me eruit! Laat me gaan! Maak me los! Je hebt hier verdorie geen recht toe!* Ze verzette zich tegen haar boeien, trok aan haar polsen, haar armen, met al haar kracht, trillend, kronkelend. Maar dat wat eromheen zat, gaf niet mee.

Ze bleef slap liggen, snoof lucht naar binnen terwijl haar ogen zich vulden met tranen. Ze had vanavond naar dat diner dansant moeten gaan. In haar mooie jurk en nieuwe schoenen, aan Benedicts arm terwijl hij charmant met haar ouders praatte en ze om zijn vinger wond, zoals ze zeker wist dat hij zou doen. Benedict was ongelooflijk zenuwachtig geweest. Ze had geprobeerd hem te verzekeren dat ze hem zouden mogen. Haar moeder zou hem op handen dragen en haar vader, nou, die leek heel stoer als je hem voor het eerst ontmoette, maar vanbinnen was hij een lieverd. Ze zouden dol op hem zijn, had ze hem beloofd.

'Ja, dat zal best, totdat ze ontdekken dat ik niet joods ben,' had hij geantwoord.

Het busje reed verder. Ze gingen nu linksaf. De koplampen gingen heel even aan en ze zag de muur van een hoog, vervallen vierkant gebouw met ingegooide ruiten. Bij die aanblik trok er een ijzige rilling door haar heen. Het leek wel zo'n gebouw als waarin die film *Hostel* zich afspeelde. Het gebouw waar onschuldige mensen die waren ontvoerd naartoe werden gebracht en gemarteld door rijke sadisten die daar veel geld voor overhadden.

Haar verbeelding dook in een vrije val. Ze was altijd dol geweest op horrorfilms. Nu dacht ze aan alle gestoorde moordenaars die ze in die films had gezien, die hun slachtoffers ontvoerden en dan in alle rust martelden en vermoordden. Zoals in *Silence of the Lambs*, *The Texas Chainsaw Massacre*, *The Hills Have Eyes*.

Haar hersens maakten kortsluiting van angst. Ze ademde in korte, scherpe, paniekerige teugen, met een hart dat bonsde, bonsde, bonsde, en ze was zo kwaad vanbinnen.

Het busje stopte. Hij stapte weer uit. Ze hoorde het rammelen van een metalen deur, toen een verschrikkelijk geknars van metaal tegen een ander hard oppervlak. Hij stapte weer in, sloeg het portier dicht en reed verder, waarbij hij de koplampen weer aandeed.

Ik moet met hem praten, hoe dan ook.

Nu zag ze door de voorruit dat ze in een groot, leegstaand fabrieksgebouw waren, zo hoog als een vliegtuighangar, of misschien wel meerdere hangars. De koplampen schenen even op een stalen looppad met balustrade dat hoog langs de muur liep en een netwerk van wat eruitzag als reusachtige, stoffige brandstofcilinders voor raketten die zich tot in de verte uitstrekten, ondersteund door enorme stalen en betonnen staanders. Toen ze afsloegen zag ze spoorrails in het stof en puin verdwijnen en een verroeste open containerwagon vol graffiti, die eruitzag alsof hij al in geen jaren meer bewogen had.

Het busje stopte.

Ze trilde zo verschrikkelijk van angst dat ze niet meer helder kon nadenken.

De man zette de motor af en stapte uit. Ze hoorde hem weglopen, toen het kreunende geluid van metaal en een luide, galmende knal gevolgd door het gekletter van een ketting of zoiets. Ze hoorde hem teruglopen naar de camper.

Even later hoorde ze de deur openschuiven, en nu zat hij achterin bij haar. Hij scheen met de zaklantaarn eerst in haar gezicht en toen op haar lichaam. Ze staarde op naar die kap over zijn gezicht en beefde van angst.

Ze kon hem schoppen, dacht ze woest. Hoewel haar benen aan elkaar gebonden waren, kon ze haar knieën buigen en naar hem uithalen, maar als haar armen nog vastzaten, wat had ze er dan aan? Ze zou hem alleen maar kwaad maken.

Ze moest met hem praten. Ze herinnerde zich tips uit krantenartikelen, van gijzelaars die hun gevangenschap hadden overleefd. Je moest proberen een band te krijgen met je ontvoerders. Het was moeilijker voor ze om je iets aan te doen als je wat contact met hen kreeg. Op een of andere manier moest ze hem zover krijgen dat hij haar mond bevrijdde zodat ze met hem kon praten. Uitzoeken wat hij wilde.

'Je had me niet moeten trappen,' zei hij ineens. 'Ik heb mooie nieuwe schoenen voor je gekocht, dezelfde als die je vanavond zou dragen om Benedict aan je ouders voor te stellen. Jullie zijn allemaal hetzelfde, jullie vrouwen. Jullie denken dat je zo machtig bent. Je trekt die sexy dingen aan om een man te strikken, en tien jaar later zijn jullie vet en lelijk, met cellulitis en een slappe buik. Iemand moet jullie een lesje leren, al moet ik het dan met maar één schoen doen.'

Ze probeerde nog eens om iets te zeggen.

Hij boog zich naar voren en, met een plotselinge beweging die haar verraste, draaide haar op haar buik en ging op haar benen zitten. Hij pinde ze tegen de vloer en plette ze pijnlijk onder zijn gewicht. Ze voelde dat er iets om haar enkels werd gedraaid en stevig aangetrokken. Hij stond op, en ineens werden haar benen naar links gerukt. Even later voelde ze dat ze naar rechts werden gerukt. Ze probeerde ze te bewegen, maar dat lukte niet.

Toen hoorde ze gerammel van metaal, en even later werd er iets koud en hards om haar nek gedraaid en strakgetrokken. Er klonk een scherpe klik als van een slot dat dichtging. Plotseling werd haar hoofd naar voren gerukt, en toen naar rechts. Ze hoorde nog een klik. Toen werd haar hoofd naar links gerukt. Nog een klik.

Ze lag uitgestrekt, als op een middeleeuwse pijnbank. Ze kon niets bewegen; haar hoofd, haar benen of haar armen niet. Toen ze probeerde adem te halen, merkte ze dat haar neus weer verstopt raakte. De paniek nam toe.

'Ik moet nu weg. Ik word voor het eten verwacht,' zei hij. 'Tot morgen. *Hasta la vista!*'

Ze kreunde van angst en probeerde te smeken. *Nee, alsjeblieft! Nee, laat me alsjeblieft niet op mijn buik liggen. Ik kan niet ademen. Alsjeblieft, ik heb claustrofobie. Alsjeblieft...*

Ze hoorde de deur dichtschuiven.

Voetstappen. In de verte een geschuif en gekletter van metaal.

Vervolgens het geluid van een motorfiets die werd gestart, gas gaf en in de verte verdween, met een motorgebrul dat al snel vervaagde. Terwijl ze daarnaar luisterde, trillend van angst en vechtend om adem te krijgen, voelde ze ineens een onplezierige warmte die zich vanuit haar kruis over haar bovenbenen verspreidde.

101

Zaterdag 17 januari 2009

Roy Grace zat in de kleine verhoorkamer van het cellenblok naast rechercheur Michael Foreman, die net als hij een getraind verhoorder van verdachten en getuigen was. Maar op het moment hadden ze geen van beiden iets aan die opleiding. John Kerridge had de *geen commentaar*-modus gestart. Met dank aan, maar niet heus, zijn wijsneuzige advocaat Ken Acott.

De taperecorder met drie lege cassettes stond op tafel. Hoog tegen de muur keken twee camera's als nieuwsgierige vogels op hen neer. Er hing een gespannen sfeer. Grace was dol van woede. Hij zou graag John Kerridge over de smalle tafel heen bij de keel grijpen en dat ettertje wurgen tot hij de waarheid zei, of hij nu een beperking had of niet.

Zijn cliënt zat in het autismespectrum, had Ken Acott hun laten weten. John Kerridge, die bleef volhouden dat ze hem Yac moesten noemen, leed aan het syndroom van Asperger. Acotts cliënt had hem laten weten dat hij een passagier achtervolgde die was weggerend zonder te betalen. Het was overduidelijk dat die klant had moeten worden gearresteerd, en niet zijn cliënt. Zijn cliënt werd gediscrimineerd en geslachtofferd vanwege zijn handicap. Kerridge zou geen commentaar geven zonder dat er een medisch specialist bij aanwezig was.

Grace concludeerde dat hij ook die hufter van een Ken Acott wel wilde wurgen. Hij staarde naar de gladde advocaat in zijn elegante maatpak, zijn overhemd en stropdas, en rook zelfs zijn aftershave. Naast hem sloeg zijn cliënt, ook in een pak, overhemd en stropdas, maar een modderfiguur. Kerridge had kort, donker haar dat naar voren was gekamd, en een merkwaardig getergd gezicht dat best knap had kunnen zijn als zijn ogen niet een beetje te dicht bij elkaar stonden. Hij was mager, met afhangende schouders, en scheen geen moment helemaal stil te kunnen zitten. Hij zat te wurmen als een verveeld schooljochie.

'Het is negen uur,' zei Acott. 'Mijn cliënt heeft een kop thee nodig. Hij moet er elk uur op het hele uur een hebben. Dat is zijn ritueel.'

'Ik heb nieuws voor je cliënt,' zei Grace, die indringend naar Kerridge staarde. 'Dit is geen vijfsterrenhotel. Hij kan buiten de normale theetijden thee krijgen als en wanneer ik besluit dat het mag. Als je cliënt zich wat hulpvaardiger opstelt – of misschien als zijn advocaat zich wat hulpvaardiger opstelt – dan kan er vast wel iets worden gedaan om de kwaliteit van onze roomservice te verbeteren.'

'Ik heb al gezegd dat mijn cliënt geen commentaar heeft.'

'Ik moet mijn thee hebben,' zei Yac ineens.

Grace keek hem aan. 'Die krijg je wanneer ik het zeg.'

'Ik moet om negen uur thee hebben.'

Grace staarde naar de man. Het bleef even stil, toen keek Yac Grace aan en vroeg: 'Hebt u thuis toiletten met hoge of lage spoelbakken?'

Er klonk een kwetsbaarheid in de stem van de taxichauffeur door, iets wat een gevoelige snaar raakte bij Grace. Sinds het nieuws over de gemelde ontvoering in Kemp Town van twee uur geleden, en de vondst van een schoen op de stoep waar die ontvoering naar verluidt had plaatsgevonden, waren er nieuwe ontwikkelingen geweest. Een halfuur na de ontvoering was er een jongeman ten tonele verschenen om zijn verloofde voor een gala op te halen, en ze had niet opengedaan. Ze nam ook haar mobiele telefoon niet op, die doorschakelde naar de voicemail.

Er was al vastgesteld dat de laatste persoon die haar had gezien haar kickboksleraar bij de plaatselijke sportschool was. Ze was vrolijk geweest, had zich verheugd op haar avondje uit, hoewel ze volgens de trainer ook nerveus was omdat haar verloofde voor het eerst zou kennismaken met haar ouders.

Dus misschien had ze niet gedurfd, overwoog Grace. Maar ze klonk niet als het soort meisje dat haar vriendje liet zitten en haar familie teleurstelde. Hoe meer hij hierover hoorde, des te minder het hem beviel hoe dit hele scenario zich ontwikkelde. En dat maakte hem nog kwader.

Kwaad over de zelfingenomenheid van Ken Acott.

Kwaad op die engerd van een verdachte die zich verstopte achter *geen commentaar* en zijn aandoening. Grace kende een kind met het syndroom van Asperger. Een collega-agent en zijn vrouw, met wie Sandy en hij bevriend waren geweest, had een tienerzoon met die aandoening. Hij was een merkwaardige maar heel lieve jongen, met een obsessie met batterijen. Een jongen die niet heel goed was in het inschatten van andere mensen, die geen normale sociale vaardigheden had. Een jongen die moeite had om in bepaalde aspecten van zijn gedrag onderscheid te maken tussen goed en kwaad. Maar wel iemand, dacht hij, die in staat was de grens tussen goed en kwaad te begrijpen als het op dingen als verkrachting of moord aankwam.

'Waarom heb je belangstelling voor toiletten?' vroeg Grace aan Kerridge.

'Stortbakkettingen! Ik heb een verzameling. Die kan ik u wel een keer laten zien.'

'Ja, die zou ik graag zien.'

Acott wierp hem giftige blikken toe.

'U hebt nog niet geantwoord,' vervolgde Kerridge. 'Hebt u thuis hoge of lage stortbakken?'

Grace dacht even na. 'Lage.'

'Waarom?'

'Waarom hou je van damesschoenen, John?' zei hij ineens.

'Sorry,' zei Acott, met een stem geknepen van woede, 'maar ondervraging laat ik niet toe.'

Grace negeerde hem en drong aan. 'Vind je ze sexy?'

'Sexy mensen zijn slecht,' antwoordde Yac.

102

Zaterdag 17 januari 2009

Roy Grace verliet de verhoorkamer met een nog onbehaaglijker gevoel dan hij er naar binnen was gestapt. John Kerridge was een vreemd heerschap, en hij bespeurde wat gewelddadige trekjes bij de man. Maar hij had niet het gevoel dat Kerridge de sluwheid of subtiliteit bezat die de Schoenenman nodig had gehad om ongestraft zijn misdaden van twaalf jaar geleden of van de afgelopen paar weken te kunnen plegen.

Een belangrijke zorg die hij nu had, was het laatste nieuws over de mogelijke ontvoering van Jessie Sheldon van vanavond. Het was vooral die schoen op de stoep die hem dwarszat. Jessie Sheldon had een trainingspak en gympen gedragen. Dus van wie was dan die schoen? Een splinternieuwe damesschoen met een hoge hak. Het soort schoenen waar de Schoenenman van hield.

Maar er knaagde nog iets anders aan hem, erger nog dan John Kerridge en Jessie Sheldon. Hij kon zich niet herinneren wanneer het hem precies te binnen was geschoten; ergens tussen zijn vertrek uit de garage achter Mandalay Court vanmiddag en zijn aankomst in het coördinatiecentrum op het politiebureau. En nu zat het hem nog meer dwars.

Hij liep Sussex House uit naar zijn auto. De motregen was bijna gestopt en nu stak er wind op. Hij stapte in en startte de motor. Terwijl hij dat deed, knetterde zijn politieradio. Het was een update van een van de agenten bij de brandende bus op de akker ten noorden van Patcham. Het voertuig was nog te heet om binnenin te kijken.

Korte tijd later, rond kwart over tien 's avonds, parkeerde hij de onopvallende Ford Focus op de hoofdweg, de Drive, even ten zuiden van zijn bestemming. Met zijn zaklantaarn in de zak van zijn regenjas verstopt legde hij de laatste paar honderd meter naar Mandalay Court te voet af. Hij probeerde een gewone voetganger te lijken, omdat hij de Schoenenman niet wilde waarschuwen, of wie die garage dan ook gebruikte, mocht die besluiten terug te komen.

Hij had de surveillanceagent ter plaatse al gesproken om te zeggen dat hij eraan kwam, en de lange gestalte van rechercheur Jon Exton van het team in burger stapte uit de schaduw om hem te begroeten toen hij de helling af kwam.

'Alles rustig,' meldde Exton.

Grace zei dat hij op de uitkijk moest blijven staan en hem moest waarschuwen als er iemand naderde, en toen liep hij om het blok flats heen en langs de garageboxen naar nummer 17 aan het uiteinde.

Hij liep langs de zijkant en telde zijn passen. De garage was ongeveer achtenhalve meter lang. Hij controleerde het op de terugweg nog eens, liep toen naar de voorkant en trok latexhandschoenen aan.

Jack Tunks, de slotenmaker, had de garage voor hen opengelaten. Grace tilde de roldeur omhoog, sloot die achter zich en scheen binnen met zijn zaklantaarn om zich heen. Toen telde hij zijn passen tot aan de achterste muur.

Zes meter.

Zijn hartslag versnelde.

Tweeënhalve meter verschil.

Hij klopte met zijn knokkels op de muur. Die klonk hol. Vals. Hij bekeek de houten schappen aan de rechterkant van de muur. De afwerking ervan was slecht en oneffen, alsof ze zelfgemaakt waren. Hij bekeek de rollen grijze tape; een favoriet hulpmiddel van ontvoerders. Toen zag hij in de lichtbundel van de zaklantaarn iets wat hij bij zijn bezoek eerder vandaag niet had opgemerkt. De schappen waren voorzien van houten achterpanelen, waardoor ze zeker tweeënhalve centimeter van de muur af begonnen.

Grace had nooit veel geklust, maar hij had er voldoende verstand van om zich af te vragen waarom de waardeloze klusser die deze schappen had geplaatst er een achterwand achter had gemaakt. Je deed dat toch alleen om een lelijke muur te verbergen? Waarom zou je die moeite nemen in een vieze oude garagebox?

Met de zaklantaarn in zijn mond geklemd greep hij een van de schappen en gaf er een stevige ruk aan. Er gebeurde niets. Hij trok nog harder, maar nog altijd niets. Toen greep hij de plank erboven en voelde meteen dat er wat speling in zat. Hij wiebelde ermee, en plotseling schoof hij los. Hij trok de plank eruit en zag, in de groef waar de plank in paste, de grendel van een schuifdeur. Hij zette de plank tegen de muur en maakte de grendel open. Toen probeerde hij eerst te trekken en vervolgens te duwen tegen het schappenrek. Er zat geen beweging in.

Grace controleerde de overige planken en merkte dat de onderste ook loszat. Die schoof hij eruit, waarop hij een tweede grendel ontdekte, ook in de groef verstopt. Hij schoof hem open, stond op, pakte de twee planken die nog vastzaten en duwde ertegen. Er gebeurde niets.

Daarna trok hij eraan, en hij viel bijna achterover toen de hele schappenconstructie naar hem toe draaide.

Het was een deur.

Hij pakte zijn zaklantaarn en scheen die in de leegte erachter. En zijn hart stond stil.

Zijn bloed verkilde.

IJzige vingers kriebelden langs zijn ruggengraat terwijl hij om zich heen keek.

Er stond een grote kist op de grond. Bijna elk stukje van de muren was bedekt met oude, vergeelde krantenknipsels. De meeste daarvan kwamen uit De *Argus*, maar enkele waren afkomstig uit landelijke kranten. Hij stapte naar voren en las de koppen. Het eerste artikel was van 14 december 1997. LAATSTE SLACHTOFFER SCHOENENMAN BEVESTIGD DOOR POLITIE.

Overal waar hij zijn zaklantaarn op richtte schreeuwden krantenkoppen hem toe vanaf de muren. Nog meer knipsels, sommige met foto's van de slachtoffers. Er waren foto's bij van Jack Skerritt, de hoogste onderzoeksrechercheur. En op een prominente plek hing een grote foto van Rachael Ryan onder een vette kop uit De Argus van januari 1998: IS DE VERMISTE RACHAEL RYAN HET 6^e SLACHTOFFER VAN DE SCHOENENMAN?

Grace staarde naar haar foto en toen naar de krantenkop. Hij herinnerde zich nog wanneer hij deze krantenpagina voor het eerst had gezien. Die verkillende kop. Het was hetzelfde geweest bij elke krantenkiosk in de stad.

Hij controleerde het deksel van de kist. Die zat niet op slot. Hij tilde het deksel omhoog en keek met grote ogen naar wat erin lag.

De kist zat vol met hooggehakte damesschoenen, verpakt in cellofaan. Hij duwde met zijn zaklantaarn een paar pakketjes opzij. In sommige zaten een schoen en een slip. In andere een paar schoenen. Al die schoenen zagen eruit alsof ze amper waren gedragen.

Trillend van opwinding moest hij weten hoeveel het er waren. Omdat hij geen forensische bewijzen wilde aantasten, telde hij ze en legde ze verpakt en wel op de vloer. Tweeëntwintig pakketjes.

Ook in een met plakband afgesloten stuk cellofaan zaten een jurk, panty, slip en beha. Misschien de vermomming van de Schoenenman. Of waren dit de kleren van Nicola Taylor, meegenomen uit het Metropole?

Hij knielde neer en staarde een tijdje naar de schoenen. Toen ging hij terug naar de krantenknipsels aan de muur, omdat hij zeker wilde weten dat hij niets belangrijks over het hoofd zag wat hem naar de dader zou kunnen leiden.

Hij bekeek ze stuk voor stuk, met speciale aandacht voor de knipsels over Rachael Ryan, groot en klein, die een flink deel van een muur bedekten. Toen viel zijn blik op een vel A4 dat anders was dan de rest. Het was geen krantenknipsel; het was een formulier, deels ingevuld met balpen. Er stond boven: J. BUND & SONS, UITVAARTONDERNEMING.

Hij liep ernaartoe zodat hij de kleine lettertjes kon lezen. Onder de naam stond:

Registratieformulier
Ref. D5678
Mrs. Molly Winifred Glossop
Gestorven op 2 januari 1998, leeftijd 81 jaar

Hij las elk woord op het formulier. Het was een gedetailleerde lijst:

☑ Arts
☐ Verwijderen pacemaker
☐ Crematie
☑ Grafdelver
☑ Gedrukte kerkprogramma's
☑ Bloemen
☑ Bidprentjes
☑ Rouwadvertenties
☑ Kist
☐ Urn
☐ Organist
☑ Begraafplaats
☐ Kerkhof
☑ Geestelijke
☑ Kerk

Uitvaart op: 12 januari 1998, 11:00 uur, Lawn Memorial-begraafplaats, Woodlingdean.

Hij las het formulier nog eens. Toen nog eens, gebiologeerd.

Zijn gedachten snelden terug naar twaalf jaar geleden. Naar een verkoold lichaam op de tafel van de lijkschouwer van Brighton & Hove. Een oud dametje van wie het verkoolde lichaam was gevonden in een uitgebrande Ford Transit en dat nooit was geïdentificeerd. Zoals gebruikelijk was ze twee jaar bewaard en vervolgens begraven op de begraafplaats van Woodvale, betaald door de gemeente.

Maar nu, terwijl hij hier achter in deze vervallen garagebox stond, begon hij het eindelijk te snappen.

Hij had het vermoeden dat hij nu wist wie ze was.

Molly Winifred Glossop.

Maar wie was er dan om elf uur 's ochtends op maandag 12 januari 1998 op de Lawn Memorial-begraafplaats in Woodlingdean begraven?

Grace was er vrij zeker van dat hij het antwoord wist.

103

In het halfduister hoorde Jessie het trillende geluid van haar telefoon opnieuw. Ze had ontzettende dorst en had geen idee hoe laat het was. Ze zag een heel vaag grijs licht. Was het ochtend? Af en toe viel ze onrustig in slaap, werd dan in verschrikkelijke paniek weer wakker, niet in staat te ademen door haar verstopte neus en snakkend naar lucht.

Ze had helse pijn in haar schouders omdat haar armen voor haar uit gestrekt lagen. Overal om zich heen hoorde ze geluiden: gekletter, gekraak, gebons, geknars. Bij elk nieuw geluid werd ze doodsbang dat die man terugkwam, dat hij misschien nu wel achter haar was en aan kwam sluipen. Haar gedachten tolden rond in een constante draaikolk van angst en verwarde gedachten. Wie was hij? Waarom had hij haar hierheen gebracht, waar ze ook was? Wat was hij van plan? Wat wilde hij?

Ze bleef maar denken aan alle griezelfilms die ze het engst had gevonden. Ze probeerde die beelden buiten te sluiten, te denken aan gelukkiger tijden. Zoals haar laatste vakantie met Benedict op het Griekse eiland Naxos. De bruiloft waar ze het over hadden gehad, hun verdere leven.

Waar ben je nu, mijn lieve Benedict?

Het trillende geluid ging door. Vier keer, toen stopte het weer. Betekende dat dat er een bericht was? Was het Benedict? Haar ouders? Ze probeerde steeds opnieuw, in wanhoop, om zichzelf te bevrijden. Schuddend en rukkend, worstelend om de boeien om haar polsen losser te krijgen, een hand vrij te krijgen. Maar het enige wat het opleverde was dat ze pijnlijk heen en weer stuiterde, haar schouders bijna uit de kom werden getrokken en haar lichaam steeds weer op de harde vloer dreunde, totdat ze uiteindelijk uitgeput was.

Nu kon ze alleen nog maar volkomen gefrustreerd blijven liggen. De vochtige plek bij haar kruis en bovenbenen was niet langer warm en begon te jeuken. Ze had ook jeuk op haar wang en wilde dolgraag krabben. En al die tijd vocht ze tegen de gal die in haar keel omhoogkwam, want daar kon ze in stikken als ze overgaf met dat plakband over haar mond.

Ze huilde weer, en haar ogen voelden rauw van het zout van haar tranen. *Help me alsjeblieft. Iemand, alsjeblieft.*

Even vroeg ze zich af of ze gewoon maar moest overgeven, zodat ze erin zou stikken en dood zou gaan. Dan was het allemaal afgelopen, voordat die man terugkwam en de vreselijke dingen zou doen die hij in gedachten had. Dan kreeg hij dat plezier tenminste niet.

Maar in plaats daarvan stelde ze haar zwakke vertrouwen in de man van wie ze hield, sloot haar ogen en bad voor het eerst sinds ze zich kon heugen. Het duurde even voordat ze zich alle woorden weer goed herinnerde.

Ze was nog niet klaar of haar telefoon ging opnieuw. Weer vier keer zoemen en dan niets. Toen hoorde ze iets anders.

Een geluid dat ze herkende.

Een geluid waarbij ze verstarde.

Het gebrul van een motorfiets.

104

Zondag 18 januari 2009

De patholoog voor de stad Brighton & Hove was een geduchte dame. Als ze in een slechte bui was, joeg ze een flink aantal leden van haar staf angst aan, en ook veel taaie politieagenten. Maar Grace wist dat ze een goed verstand en mededogen had, en persoonlijk had hij nog nooit problemen met haar gehad, tot nu toe.

Misschien kwam het doordat hij haar net thuis had gebeld, na middernacht, en haar had gewekt; zo te horen aan haar slaperige stem. Terwijl ze wakkerder werd, werd ze steeds dominanter. Maar ze was professioneel genoeg om goed te luisteren en hem alleen te onderbreken wanneer ze ergens opheldering over wilde.

'U vraagt nogal wat, inspecteur,' zei ze toen hij klaar was, nu zeer beslist op frikkerige toon.

'Dat weet ik.'

'We hebben dat tot nog toe in Sussex nog maar twee keer gedaan. Voor zoiets krijg je niet zomaar toestemming. U vraagt een heleboel.'

'Normaal gesproken is het ook geen kwestie van leven of dood, mevrouw,' zei Grace, die besloot haar formeel te benaderen, 'maar nu denk ik echt van wel.'

'Alleen maar op basis van een verklaring van de vriendin van het vermiste meisje?'

'In onze zoektocht naar Jessie Sheldon hebben we contact gehad met enkele van haar vriendinnen, op basis van een lijst die haar verloofde ons heeft gegeven. Haar beste vriendin heeft afgelopen dinsdag een sms'je van Jessie gekregen met een foto van een paar schoenen die ze specifiek voor vanavond had gekocht. De schoenen op die foto zijn identiek aan de ene schoen die op de stoep voor haar huis is gevonden, precies waar haar gemelde ontvoering plaatsvond.'

'En u bent ervan overtuigd dat haar verloofde er op geen enkele manier iets mee te maken heeft?'

'Ja, hij is uitgesloten als verdachte. En alle drie de huidige hoofdverdachten voor de Schoenenman zijn ook uitgesloten.'

Cassian Pewe volgde een cursus op het politietrainingscentrum in Bramshill. Darren Spicer was om halfacht 's avonds teruggekeerd bij de nachtopvang van St Patrick's, lang voor het tijdstip van de ontvoering, en John Kerridge zat al in hechtenis.

Even later zei de patholoog: 'Die dingen worden altijd 's morgens gedaan, meestal bij zonsopgang, om het publiek zo min mogelijk van streek te maken. Dat zou op z'n vroegst maandagmorgen betekenen.'

'Zo lang kunnen we niet wachten. Dan duurt het nog dertig uur voordat we kunnen beginnen met zoeken naar forensische bewijzen die ons misschien kunnen helpen. En dan hebben we pas op z'n vroegst medio volgende week mogelijke matches. Ik denk dat elk uur cruciaal kan zijn. We kunnen niet zo lang wachten. Dit kan echt het verschil maken tussen leven en dood.'

Het bleef lange tijd stil. Grace wist dat hij ontzettend veel vroeg. Hij nam ook persoonlijk een grote gok door dit verzoek te doen. Hij wist nog altijd niet honderd procent zeker dat Jessie Sheldon was ontvoerd. Na twaalf jaar was het zeer waarschijnlijk dat er toch geen forensische bewijzen meer zouden worden gevonden waar hij in dit onderzoek iets aan had. Maar hij had Joan Major gesproken, de forensisch archeoloog die de politie van Sussex regelmatig inschakelde, en die had gezegd dat het in ieder geval een poging waard was.

Met de druk die op hem lag was hij bereid elke kans aan te grijpen. Maar hij dacht wel dat wat hij nu vroeg nog veel verder ging.

Zeer uit de hoogte zei de patholoog: 'U wilt dit op een openbare begraafplaats doen, bij klaarlichte dag op een zondag, hoofdinspecteur? Wat denkt u dat eventuele rouwende bezoekers bij de graven van hun geliefden op de dag des Heeren daarvan zouden vinden?'

'Ze zullen vast erg overstuur zijn,' antwoordde hij. 'Maar niet half zo overstuur als die jonge vrouw, Jessie Sheldon, die vermist wordt. Ik denk dat de Schoenenman haar heeft ontvoerd, maar ik kan het mis hebben. We kunnen al te laat zijn. Maar als er een kans bestaat om haar leven te redden, dan is dat belangrijker dan dat we even op de tenen trappen van een paar rouwende mensen die waarschijnlijk na hun bezoek aan de begraafplaats doorrijden naar ASDA of Tesco, of waar ze dan ook winkelen op de dág dés Hééren,' zei hij, om zijn punt te maken.

'Oké,' zei ze. 'Ik zal goedkeuring geven. Wees wel zo discreet mogelijk, al ben ik ervan overtuigd dat u dat zult zijn.'

'Natuurlijk.'

'Ik zie u over een halfuur op mijn kantoor. Ik neem aan dat u nog nooit eerder met zoiets te maken hebt gehad?'

'Nee, dat klopt.'

'U zult verbaasd zijn over de bureaucratie die erbij komt kijken.'

Dat geloofde Grace wel. Maar op dit moment had hij meer belangstelling voor het redden van Jessie Sheldon dan voor het tevredenstellen van een stel pennenlikkers. Hij wilde echter niet het risico nemen dat hij iets doms zei. Hij bedankte de patholoog en zei dat hij er over een halfuur zou zijn.

105

Zondag 18 januari 2009

Jessie hoorde het bekende knarsende gekletter van de zijdeur van het busje die openging. Toen wiebelde het voertuig een beetje en hoorde ze voetstappen pal naast haar. Ze beefde van angst.

Even later werd ze verblind door het licht van een zaklantaarn die recht in haar gezicht scheen.

Hij klonk woedend. 'Je stinkt,' zei hij. 'Je stinkt naar urine. Je hebt in je broek gepist, smerige koe.'

Het licht ging weg bij haar ogen. Knipperend keek ze omhoog. Hij richtte het licht nu expres op de kap over zijn gezicht, zodat ze hem kon zien.

'Ik hou niet van vieze vrouwen,' zei hij. 'Dat is jullie probleem, hè? Jullie zijn allemaal vies. Hoe denk je me te kunnen behagen als je zo stinkt?'

Ze smeekte met haar ogen. *Maak me alsjeblieft los. Bevrijd mijn mond alsjeblieft. Ik zal alles doen. Ik zal me niet verzetten. Alles. Alsjeblieft. Wat je maar wilt, maar laat me gaan, oké? Goed? Doen we dat?*

En ineens moest ze weer ontzettend nodig plassen, ook al had ze al een eeuwigheid niets gedronken en voelde haar mond kurkdroog. Hoe laat was het? Het was ochtend, vermoedde ze, door het licht dat een paar minuten geleden even tot de bus was doorgedrongen.

'Ik heb een zondagslunch,' zei hij. 'Ik heb nu geen tijd om je op te knappen, ik zal later moeten terugkomen. Jammer dat je niet mee kunt. Heb je honger?'

Hij scheen weer met de zaklantaarn in haar gezicht.

Ze smeekte met haar ogen om water. Probeerde het woord te vormen in haar vastgesnoerde mond, haar keel, maar er kwam alleen een langgerekt gekerm naar buiten.

Ze had verschrikkelijke dorst en ze beefde, probeerde haar blaas onder controle te houden.

'Ik versta je niet zo best. Wens je me smakelijk eten?'

'Grnnnmmmooooowhh.'

'Wat lief van je!' zei hij.

Ze smeekte nog eens met haar ogen. *Water. Water.*

'Je wilt zeker water. Ik wed dat je dát zegt. Maar weet je, als ik je water geef, dan plas je toch alleen maar weer in je broek, hè?'

Ze schudde haar hoofd.

'Nee? Nou, we zullen zien. Als je belooft heel lief te zijn, dan krijg je misschien wat.'

Ze bleef wanhopig proberen haar blaas onder controle te houden. Maar terwijl ze het geluid hoorde van de schuifdeur die dichtging, voelde ze alweer een warme vochtigheid rondom haar kruis.

106

Zondag 18 januari 2009

De Lawn-begraafplaats in Woodlingdean lag hoog, langs de oostgrens van Brighton, met een mooi uitzicht over het Engelse Kanaal. Niet dat de bewoners van deze begraafplaats dat uitzicht zouden kunnen waarderen, dacht Roy Grace grimmig terwijl hij de lange, vlindervormige blauwe tent uit en de wind in stapte. Hij liep naar de kleinere tent die als omkleed- en koffieruimte dienstdeed, met zijn blauwe papieren overall met capuchon tot aan zijn hals dichtgeritst.

De patholoog had niet overdreven toen ze het over de bureaucratie rondom een opgraving had gehad. Goedkeuring krijgen en het formulier laten ondertekenen waren de eenvoudigste stappen geweest. Veel lastiger, zo vroeg op een zondagochtend, was het samenstellen van het vereiste team.

Er bestond een commercieel bedrijf dat zich specialiseerde in opgravingen en dat voornamelijk graven naar nieuwe locaties verplaatste voor bouwbedrijven of voor kerken die niet langer werden gebruikt. Maar dat bedrijf kon pas morgenochtend beginnen, of tegen een afschrikwekkend weekendtarief vandaag.

Grace wilde niet wachten. Hij belde de adjunct-hoofdcommissaris, en Rigg gaf toestemming voor de extra kosten.

Het team dat zich had verzameld voor de briefing die hij een uur geleden in John Street had gegeven, was groot geweest. Een ambtenaar van de patholoog, twee technisch rechercheurs, onder wie een forensisch fotograaf, vijf medewerkers van het opgravingsbedrijf, een vrouw van het ministerie van Milieu die duidelijk maakte dat ze niet blij was met haar verloren zondag, een verplichte ambtenaar van Gezondheid en Veiligheid en, omdat het gewijde grond was, een geestelijke. Hij had ook Joan Major erbij gehad, de forensisch archeologe, en Glenn Branson, die hij had opgedragen het publiek weg te houden, en Michael Foreman, die hij als officieel toezichthouder had aangesteld.

Cleo, Darren Wallace – haar nummer twee in het lijkenhuis – en Walter Hordern, die de begraafplaatsen in de stad overzag en in de discrete donkergroene bus van de lijkschouwer rondreed om lichamen te bergen, waren er ook bij. Grace had maar twee van hen nodig, maar omdat niemand van het lijkenhuistrio ooit een opgraving had bijgewoond, wilden ze er graag bij zijn. Het was duidelijk, overwoog Grace, dat ze geen van allen genoeg konden krijgen van dode mensen. Wat zei dat, vroeg hij zich soms af, over Cleo's liefde voor hem?

Niet alleen de staf van de lijkschouwer was nieuwsgierig. Hij had de hele ochtend telefoontjes gekregen van andere politiemensen terwijl het nieuws de ronde deed, om te vragen of zij er misschien ook bij mochten zijn. Voor velen van hen was het een kans die je maar eens in je carrière kreeg, maar hij moest hen allemaal teleurstellen vanwege ruimtegebrek, en in zijn vermoeide en steeds prikkelbaardere toestand had hij er bijna bij gezegd dat het verdorie geen circus was.

Er was een dubbele omheining van politielint om de locatie heen gezet. De ingangen naar de begraafplaats werden bewaakt door politie, en tot nu toe had het publiek eerder nieuwsgierig dan boos gereageerd. Dan hing er nog een reep politielint direct om de twee tenten heen. De pers werd op de straat gehouden.

Het team in de hoofdtent naderde de bodem van het graf. Ze hoefden hierover niet te worden ingelicht, want iedereen rook de steeds erger wordende stank. De geur van de dood was de ergste stank die er bestond, vond hij altijd, en hij ving er nu nog vlagen van op terwijl hij in de buitenlucht stond. Het was de stank van een lang verstopte afvoer die ineens ontstopt werd, van het bedorven vlees in een koelkast na een stroomuitval van twee weken in de zomer, een zware, loden geur die je energie leek op te slurpen.

Geen van de experts had kunnen voorspellen in wat voor toestand het lijk in de kist zou verkeren, want er waren te veel variabelen. Ze wisten niet wat voor lichaam erin zou liggen – als er al een lichaam was – of hoelang diegene al dood was geweest voordat hij of zij werd begraven. De vochtigheid van de grond op de begraafplaats zelf speelde ook een grote rol. Maar hier was de grond kalkachtig en lag het terrein hoog, dus hopelijk lag het lichaam boven de grondwaterspiegel en was het relatief droog gebleven. Aan de steeds zwaardere stank te oordelen zou hij het over een paar minuten weten.

Hij dronk zijn thee op en stond op het punt weer naar binnen te gaan, toen zijn telefoon ging. Het was Kevin Spinella.

'Heeft het wonderkind van De *Argus* uitgeslapen?' vroeg Grace bij wijze van begroeting.

De wind raasde om hem heen en vlakbij stond een enorme mobiele generator te brommen.

'Sorry?' riep de verslaggever. 'Dat verstond ik niet!'

Grace herhaalde het.

'Eigenlijk heb ik een tour langs plaatselijke begraafplaatsen gemaakt om u te vinden, inspecteur. Bestaat er een kansje dat ik mag binnenkomen?'

'Tuurlijk, reserveer hier een plek en laat je dan aanrijden door een bus.'

'Ha ha! Ik bedoel nu.'

'Sorry, nee.'

'Oké. Maar wat hebt u dan voor me?'

'Niet veel meer dan wat je zelf vanaf de buitenrand kunt zien. Bel me over een uur nog maar eens, misschien heb ik dan meer voor je.'

'Pardon, maar ik dacht dat jullie op zoek waren naar de jongedame die gisteravond is verdwenen, Jessie Sheldon? Waarom zijn jullie hier een vrouw van tachtig aan het opgraven?'

'Jij doet jouw werk door dingen op te graven, en soms doe ik mijn werk ook zo,' antwoordde Grace, die zich afvroeg hoe de journalist al weer aan die vertrouwelijke informatie kwam.

Joan Major stapte de ingang van de hoofdtent uit en zwaaide naar hem. 'Roy!' riep ze.

Hij verbrak de verbinding.

'Ze hebben de kist bereikt! Goed nieuws. Hij is intact! En op het plaatje staat *Molly Winifred Glossop*, dus we hebben de goeie!'

Grace liep achter haar aan naar binnen. De stank was nu afgrijselijk, en toen de flap achter hem dichtviel probeerde hij alleen door zijn mond te ademen. Door de drukte in de tent voelde het er als een filmset, met de rij felle lampen op standaarden rondom het graf, de berg aarde aan het uiteinde en een paar vaste videocamera's die alles vastlegden wat er gebeurde.

De meeste mensen binnen hadden moeite met de stank, met uitzondering van de vier agenten van de specialistische eenheid. Zij droegen witte beschermende pakken met ademhalingsapparatuur. Twee van hen knielden op het deksel van de kist om zware bouten in de zijkanten te schroeven, waar kabels aan vast zouden worden gebonden voor de lier als de zijkanten van de kist waren vrijgemaakt. De andere twee brachten de lierconstructie in positie, een dikke meter boven de rand van het graf.

Joan Major nam het nu over en besteedde het volgende uur aan het behoedzaam uitgraven van de zijkanten en de voor- en achterzijde van de kist, zodat daar tilriemen omheen konden worden geslagen. Tijdens het werken stopte ze zorgvuldig grondmonsters van onder, boven en langs de zijkanten van de kist in zakjes, die later zouden worden onderzocht op mogelijke gelekte vloeistoffen uit de kist.

Toen ze klaar was, bevestigden twee opgravingsspecialisten touwen aan elk van de vier haken en de voor- en achterzijde van de kist en klommen het graf uit.

'Oké,' zei een van hen, die achteruitstapte. 'Klaar.'

Iedereen ging achteruit.

De politiekapelaan stapte naar voren met een gebedenboek. Hij vroeg om stilte en las toen, staand bij het graf, een kort, algemeen gebed op om degene die in de kist lag weer welkom te heten op aarde.

Grace vond het gebed merkwaardig ontroerend, alsof ze een reiziger verwelkomden die lang verloren was geweest.

De andere leden van het opgravingsteam begonnen aan een stevig touw te trekken. Er volgde een kort, spannend moment toen er niets gebeurde. Vervolgens klonk er een vreemd, zuigend geluid dat meer als een zucht klonk, alsof de aarde slechts met veel tegenzin iets losliet wat was geclaimd. En plotseling kwam de kist geleidelijk omhoog.

Hij kwam zwaaiend, schrapend langs de zijkanten van het graf aan de krakende lier omhoog, totdat de bodem van de kist een paar centimeter boven het gat hing. De kist zwaaide heen en weer. Iedereen in de tent keek met zwijgend ontzag toe. Een paar klompen aarde vielen terug in het graf.

Grace keek naar het lichte hout. Het zag er opmerkelijk goed geconserveerd uit, alsof de kist maar een paar dagen in het graf had gelegen in plaats van twaalf jaar. En wat voor geheimen bevat jij, vroeg hij zich af. Alsjeblieft, laat het iets zijn wat ons naar de Schoenenman zal leiden.

De patholoog-anatoom, Nadiuska De Sancha, was al gebeld en zou meteen naar het mortuarium gaan zodra het lichaam in de wagen van de berger was geladen.

Plotseling klonk er een oorverdovend gekraak, als een donderslag. Iedereen in de tent schrok.

Iets met de vorm en afmetingen van een menselijk lichaam, gehuld in plastic en grijze tape, viel door de bodem van de kist en verdween weer in het graf.

107

Zondag 18 januari 2009

Jessie had opnieuw moeite met ademhalen. In paniek kronkelde ze en probeerde ze haar hoofd opzij te draaien zodat de verstopping in haar neus wat zou verlichten. *Benedict, Ben, Ben, kom alsjeblieft. Help me alsjeblieft. Laat me hier niet doodgaan. Alsjeblieft.*

Het deed ontzettend veel pijn, en elke spier in haar nek voelde alsof hij werd losgetrokken van haar schouders. Maar nu kreeg ze in ieder geval wat lucht. Nog steeds niet genoeg, maar haar paniek werd even verlicht. Ze had ongelooflijke dorst. Haar ogen waren rauw van het huilen. De tranen biggelden over haar wangen, tergden haar, maar ze proefde ze niet met die tape over haar mond.

Ze bad nog eens. *Alsjeblieft, God. Ik heb juist zo ontzettend veel geluk gevonden. Ben is zo'n goede man. Haal me alsjeblieft niet bij hem weg, niet nu. Help me alsjeblieft.*

In haar levende hel probeerde ze haar gedachten te richten, helder na te denken. Op enig moment, ze wist niet wanneer maar waarschijnlijk al snel, zou haar ontvoerder terugkeren.

Als hij haar het water gaf waar hij het over had gehad, behalve als hij haar er alleen maar mee wilde pesten, dan zou hij haar moeten losmaken; in ieder geval zodanig dat ze kon gaan zitten om te drinken. Als ze een kans kreeg, dan was het op dat moment.

Slechts één kans.

Ook al deed elke spier in haar lichaam pijn, ook al was ze uitgeput, ze had nog altijd kracht. Ze probeerde zich verschillende scenario's in te beelden. Hoe slim was hij? Wat voor spelletje kon ze spelen om hem om de tuin te leiden? Doen alsof ze dood was? Alsof ze een epileptische aanval kreeg? Er moest iets zijn. Iets waar ze nog niet aan had gedacht.

Waar hij niet aan had gedacht.

Hoe laat was het? In de oneindige, donkere leegte waarin ze opgesloten zat voelde ze plotseling een dringende behoefte om de tijd te meten. Om te bepalen hoe laat het was, hoelang ze hier al zat.

Zondag. Dat was het enige wat ze zeker wist. De lunch waar hij het over had. Was hij al een uur weg? Een halfuur? Twee uur? Vier? Er was een vaag grijs licht geweest, maar nu niet meer. Ze lag in volslagen duisternis.

Misschien kon ze iets afleiden uit de geluiden om haar heen. Het eindeloze, grotendeels gedempte gekletter, gekraak en gebons van open ramen, deuren, ijzeren platen of wat het dan ook was. Er was er maar één bij waar enig ritme in leek te zitten, merkte ze op. Een van die trillende knalgeluiden. Ze hoorde het nu weer en ging tellen.

Tweeëntwintig, tweeëntwintig, tweeëntwintig, tweeëntwintig. Knal. Tweeëntwintig, tweeëntwintig, tweeëntwintig, tweeëntwintig. Knal.

Haar vader was dol geweest op fotograferen. Toen zij klein was, voordat de digitale fotografie zijn intrede deed, had haar vader een donkere kamer waar hij zelf foto's ontwikkelde. Ze vond het altijd leuk om met hem in de doka te staan, in het pikkedonker of in de gloed van een zwakke rode lamp. Als hij een filmrolletje opende, stonden ze in het volslagen duister en liet haar vader haar de seconden aftellen. Als je langzaam 'tweeëntwintig' zei, dan kwam dat vrij precies overeen met één seconde.

Dus nu kon ze berekenen dat die knal elke vier seconden terugkwam. Vijftien keer per minuut.

Ze telde één minuut af. Toen vijf. Tien. Twintig minuten. Een halfuur. Toen werd ze ineens boos om de zinloosheid van wat ze deed. *Waarom ik, God, als je verdomme al bestaat? Waarom wil je de liefde tussen Benedict en mij verwoesten? Omdat hij niet joods is, gaat het dáárom? Ben jij even een zieke god! Benedict is een goed mens. Hij heeft zijn leven eraan gewijd mensen te helpen die het minder goed hebben dan hij. Dat probeer ik ook te doen, voor het geval je het verdorie niet in de gaten had.*

Toen begon ze weer te huilen.

En automatisch te tellen, alsof het geknal een metronoom was. Vier seconden. *Knal.* Vier seconden. *Knal.* Vier seconden. *Knal.*

Toen een luide, schuivende bons.

Het busje wiegde.

Voetstappen.

108

Het mortuarium van Brighton & Hove had recent een vrij ingrijpende renovatie ondergaan. De reden daarvoor was dat steeds meer mensen zich dood aten en dan te dik waren voor de koelcellen. Dus waren er nieuwe, extra ruime koelcellen geplaatst.

Niet dat er een extra ruime koelcel nodig was voor de uitgedroogde overblijfselen van de vrouw die om halfzes op deze zondagmiddag op de roestvrijstalen tafel lag, midden in de grootste, gerenoveerde autopsiezaal.

Zelfs na een halfuur hierbinnen was Grace nog niet gewend aan de verschrikkelijke geur, en door zijn mond ademen hielp slechts een beetje. Hij begreep wel waarom bijna alle pathologen vroeger rookten en hun werk aan de lijken uitvoerden met een sigaret tussen hun lippen. Degenen die althans geen klodder Vicks op hun bovenlip smeerden. Maar die traditie scheen te zijn opgehouden tegelijk met de invoering van het rookverbod een paar jaar geleden. Hij had nu beslist wel iets kunnen gebruiken.

Was hij de enige hier die er last van had?

In de zaal, allemaal gehuld in overalls, met maskers en rubberlaarzen, waren de ambtenaar van de lijkschouwer, forensisch archeoloog Joan Major, fotograaf James Gartrell, die afwisselend videobeelden en foto's van elke fase van het onderzoek maakte, Cleo en haar assistent Darran Wallace, en in het midden Nadiuska De Sancha. De patholoog-anatoom was van Russische afkomst, een statige schoonheid die door bijna elke mannelijke politieagent in Sussex met wellustige ogen werd bekeken; en iedereen werkte graag met haar, want ze was snel en goedgeluimd.

Ook aanwezig was Glenn Branson. Niet dat hij hier nu per se bij moest zijn, maar Grace had besloten dat het beter was om hem bezig te houden, zodat hij niet in zijn eentje zou zitten mokken over zijn rampzalige scheiding.

Het was altijd een merkwaardige ervaring om een autopsie bij te wonen als Cleo aan het werk was. Ze was dan bijna een vreemde voor hem, zo efficiënt en onpersoonlijk als ze rondrende. Behalve dat ze af en toe naar hem glimlachte.

Sinds het begin van de lijkschouwing had Nadiuska zorgvuldig elke centimeter huid van de vrouw van plakband voorzien en elk stripje afzonderlijk in een zakje gedaan, in de hoop dat er misschien een verdwaald huid- of zaadmonster op zat dat je met het blote oog niet zag, of een haar of kledingvezel.

Grace staarde gebiologeerd naar het lichaam. De huid was bijna zwart verdroogd, zo ongeveer gemummificeerd. Haar borsten, hoewel ze verschrompeld waren, waren nog steeds duidelijk zichtbaar, net als haar schaamhaar en bekken.

Er zat een deuk aan de achterkant van de schedel, die kon zijn ontstaan door een harde klap of val. Voordat Nadiuska verderging met een gedetailleerd onderzoek zei ze dat die verwonding van dat deel van de schedel, voor zover ze nu kon zien, voldoende zou zijn om een normaal mens om te brengen.

Joan zei dat het gebit erop wees dat de vrouw twintig tot vijfentwintig jaar oud was geweest.

Rachael Ryans leeftijd.

Is dat hoe Rachael Ryan er nu uit zou zien?

Dood, zoals jij?

In een poging om de leeftijd nauwkeuriger te bepalen, verwijderde Nadiuska nu wat huid van de hals van het lijk om het sleutelbeen bloot te leggen. Joan Major keek aandachtig toe.

Ineens werd de forensisch archeoloog zeer opgewonden.

'Ja, kijk! Zie je dat sleutelbeen? Er is geen spoor van fusie in het midden, of zelfs maar het begin ervan. Dat vindt normaal gesproken rond het dertigste levensjaar plaats. Dus we kunnen er vrij zeker van zijn dat ze ver onder de dertig was, begin twintig zou ik schatten. Ik zal het nauwkeuriger kunnen bepalen als we meer van het skelet hebben blootgelegd.'

Grace staarde naar het gezicht van de dode vrouw en werd almaar droeviger.

Rachael Ryan, ben jij dat?

Hij raakte er steeds meer van overtuigd.

Hij herinnerde zich nog zo goed dat hij in die verschrikkelijke dagen na haar verdwijning in december 1997 met haar doodongeruste ouders had gesproken. Hij herinnerde zich haar gezicht, elk detail ervan, ondanks alles wat er in de tussenliggende jaren was gebeurd. Dat glimlachende, blije, mooie gezicht; zo'n jong gezicht, zo vol van leven.

Heb ik je dan eindelijk gevonden, Rachael? Te laat, ik weet het. Het spijt me dat het veel te laat is. Het spijt me echt. Ik heb mijn best gedaan.

Een DNA-test zou bewijzen of hij gelijk had, en het zou geen probleem zijn om een goed monster te verkrijgen. Zowel de patholoog als de forensisch archeologe waren onder de indruk van de conditie van het lijk. Nadiuska zei dat het beter geconserveerd was dan sommige lijken die pas enkele weken oud waren, en dat schreef ze toe aan het feit dat het in twee lagen plastic gewikkeld was geweest en op een droge plek begraven had gelegen.

Op dit moment haalde ze schraapsels uit de vagina, die ze zorgvuldig in zakjes deed en labelde terwijl ze zich dieper naar binnen werkte.

Grace bleef naar het lichaam staren, en de twaalf tussenliggende jaren vielen weg. En plotseling vroeg hij zich af of hij op een dag ergens in een mortuarium zou staan, naar een lichaam zou kijken en zou bevestigen dat het Sandy was.

'Dit is echt opmerkelijk!' verklaarde Nadiuska. 'De vagina is volkomen intact!'

Grace kon zijn blik niet van het lichaam losmaken. Het lange bruine haar zag er bijna obsceen fraai uit vergeleken met de verdroogde hoofdhuid waar het aan ontsprong. Er bestond een mythe dat je haar en nagels na je dood nog lange tijd bleven groeien. De prozaïsche waarheid was dat de huid terugweek, en dat was alles. Alles stopte bij de dood, behalve de parasiterende cellen in je lichaam, die opleefden doordat je hersens niet langer antilichaampjes lanceerden om je lijf ervan te ontdoen. Dus terwijl je huid langzaam kromp, verschrompelde, van binnenuit werd weggevreten, werd er meer van je haar en nagels onthuld.

'O hemel!' riep Nadiuska ineens. 'Kijk eens wat we hier hebben!'

Grace keek haar geschrokken aan. In haar gehandschoende hand hield ze een klein metalen instrumentje met dunne handvatten omhoog. Er bungelde iets aan. Eerst dacht hij dat het een stukje gescheurd weefsel was.

Toen hij wat beter keek, besefte hij wat het echt was.

Een condoom.

109

Hij rukte de tape los die over Jessies mond zat en bij de laatste laag, die hij van haar huid, lippen en haar trok, kermde ze. Een tel later, bijna zonder iets te merken van de stekende pijn, begon ze lucht naar binnen te zuigen. Tijdelijke opluchting omdat ze eindelijk normaal kon ademen.

'Leuk om eindelijk echt kennis te maken,' zei hij met zijn ijle stem door de mondspleet in zijn kap.

Hij deed de interieurverlichting van het busje aan, en voor het eerst kon ze hem goed zien. Terwijl hij op een stoel zat en naar haar keek, leek hij niet overdreven groot of sterk, zelfs gekleed in zijn stoere leren motorpak. Maar die kap gaf haar de rillingen. Ze zag zijn helm op de vloer liggen, met dikke handschoenen erin gevouwen. Hij droeg nu alleen nog operatiehandschoenen.

'Dorst?'

Hij had haar op de vloer gezet, met haar rug tegen de wand, maar hij had haar vastgebonden gelaten. Ze keek wanhopig naar de geopende waterfles in zijn hand en knikte. 'Alsjeblieft.' Praten ging moeilijk doordat ze zo'n verschrikkelijk droge mond had. Toen schoten haar ogen naar het kartelige jachtmes dat hij in zijn andere hand hield. Niet dat hij dat nodig had; haar armen waren achter haar rug gebonden en haar benen zaten nog bij de knieën en ellebogen vast.

Ze kon hem trappen, wist ze. Ze kon haar knieën buigen en uithalen en hem echt goed raken. Maar wat zou ze daarmee opschieten? Zou ze hem alleen maar kwaad maken, waardoor hij nog ergere dingen met haar ging doen dan hij al in gedachten had?

Het was ontzettend belangrijk dat ze haar kruit droog hield. Ze wist uit haar tijd als verpleegster waar zijn zwakke plekken zaten; en door haar kickbokstraining waar ze een venijnige trap kon geven waarmee ze hem, als ze de juiste plek raakte, zeker een paar seconden of misschien wel langer kon uitschakelen.

Als ze de kans kreeg.

Ze zou maar één kans krijgen. Het was verschrikkelijk belangrijk dat ze die niet verpestte.

Ze slikte het water gretig door, klokkend, klokkend, tot ze niet meer snel genoeg kon slikken en het over haar kin stroomde. Ze verslikte zich en hoestte. Toen ze uitgehoest was dronk ze nog wat, want ze was nog steeds uitgedroogd. Ze bedankte hem glimlachend en keek hem aan alsof hij haar nieuwe beste vriend was, wetend dat ze op een of andere manier moest proberen contact met hem te krijgen.

'Doe me alsjeblieft geen pijn,' kraste ze. 'Ik doe alles wat je wilt.'

'Ja,' antwoordde hij. 'Dat weet ik.' Hij boog zich naar voren en hield het mes voor haar gezicht omhoog. 'Dit is scherp,' zei hij. 'Wil je weten hoe scherp?' Hij drukte het plat van het koude staal tegen haar wang. 'Het is zo scherp dat je je ermee kunt scheren. Je zou al je walgelijke lichaamshaar kunnen afscheren, vooral je schaamhaar vol urine. Weet je wat ik er nog meer mee zou kunnen doen?'

Hij hield het lemmet tegen haar gezicht toen ze, bevend van angst, bijna fluisterend antwoordde: 'Nee.'

'Ik zou je kunnen besnijden.'

Hij liet dat even bij haar bezinken.

Ze zei niets. Haar gedachten schoten alle kanten op. *Contact. Ik moet contact maken.*

'Waarom?' vroeg ze. Ze probeerde kalm te blijven, maar het klonk hijgend. 'Ik bedoel, waarom zou je dat willen doen?'

'Dat doen ze toch ook bij joodse jongetjes?'

Ze knikte en voelde het lemmet in haar huid bijten, vlak onder haar rechteroog.

'Traditie,' zei ze.

'Maar bij meisjes niet?'

'Nee. In sommige culturen wel, maar niet bij de joden.'

'Is dat zo?'

Het lemmet drukte zo hard tegen haar huid dat ze haar hoofd niet meer durfde te bewegen. 'Ja.' Het geluid bleef echter van angst in haar keel steken.

'Als je een vrouw besnijdt, beleeft ze geen seksueel genot meer. Een besneden vrouw kan geen orgasme krijgen, dus na een tijdje probeert ze het niet eens meer. Wat betekent dat ze ook niet probeert haar man te bedriegen, want het heeft toch geen zin. Wist je dat?'

Wederom kwam haar antwoord haar keel niet uit. 'Nee,' zei ze geruisloos.

'Ik weet hoe het moet,' zei hij. 'Ik heb onderzoek gedaan. Je wilt vast niet dat ik je besnijd, hè?'

'Nee.' Dit keer was het een zachte fluistering. Ze trilde, probeerde rustig te ademen, rustig te worden. Helder na te denken. 'Dat is niet nodig,' zei ze, nu iets luider. 'Ik zal lief voor je zijn, dat beloof ik.'

'Was je je voor me?'

'Ja.'

'Overal?'

'Ja.'

'Scheer je je schaamhaar voor me af?'

'Ja.'

Met het mes nog tegen haar wang zei hij: 'Ik heb water hier. Warm, stromend water. Zeep. Een spons. Een handdoek. Een scheermesje. Je mag je zo uitkleden, zodat je je kunt wassen. En dan gaan we met die schoen spelen.' Hij wees met de waterfles naar de vloer. 'Herken je die? Dezelfde als die jij dinsdag bij Marielle Shoes in Brighton hebt gekocht. Jammer dat je er een uit de wagen hebt geschopt, anders hadden we met een paar schoenen kunnen spelen. Maar we vermaken ons ook wel met eentje, hè?'

'Ja,' zei ze, en toen, in een poging opgewekt te klinken, voegde ze eraan toe: 'Ik hou van schoenen. Jij ook?'

'O ja. Vooral die met hoge hakken. Die vrouwen als dildo kunnen gebruiken.'

'Als dildo? Je bedoelt bij zichzelf?'

'Ja, dat bedoel ik.'

'Is dat wat je wilt doen?'

'Ik vertel je wel wat je moet doen als ik er klaar voor ben,' snauwde hij ineens met een woede die uit het niets opkwam. Toen haalde hij het mes van haar wang en begon de tape om haar knieën los te snijden.

'Ik waarschuw je maar één keer, Jessie,' zei hij, nu weer heel vriendelijk. 'Ik wil niet dat ons plezier wordt bedorven, ja? Het sessietje dat we gaan houden, oké?'

Ze tuitte haar lippen en knikte instemmend, waarna ze zo breed glimlachte als ze kon opbrengen.

Hij hield het mes pal voor haar neus. 'Als je iets probeert, als je probeert me pijn te doen of te ontsnappen, dan bind ik je weer vast, maar dan zonder trainingsbroek of ondergoed, ja? En dan besnijd ik je. Denk dan maar eens aan je huwelijksreis met Benedict. En elke keer als je man met je vrijt, voor de rest van je leven. Denk maar aan wat je dan zult missen. Begrijpen we elkaar?'

'Ja,' fluisterde ze.

Maar ze dacht na.

Hij was niet groot. Hij was een pestkop.

Ze was op school gepest. Gepest vanwege haar haakneus, gepest omdat ze rijke ouders had die haar in dure auto's kwamen ophalen. Maar ze had geleerd hoe ze met pestkoppen moest omgaan. Pestkoppen verwachtten altijd hun zin te krijgen. Ze waren niet voorbereid op mensen die tegen hen in opstand kwamen. Ze had de grootste pestkop bij haar op school, Karen Waldergrave, een keer tijdens een wedstrijd met een hockeystick op haar knie geslagen. Zo hard dat ze het bot had verbrijzeld en Karen een kunstknieschijf nodig had gehad. Natuurlijk was dat een ongelukje geweest. Zoiets wat nu eenmaal kan gebeuren tijdens het sporten; althans, zo leek het voor de leraren. Niemand pestte haar daarna nog.

Zodra ze haar kans kreeg, zou die kerel haar ook niet meer pesten.

Hij sneed de tape om haar enkels los. Terwijl ze dankbaar haar benen begon te bewegen om de bloedsomloop weer op gang te brengen, liep hij naar de gootsteen en draaide de kraan open. 'Ik zal zorgen dat het water lekker warm is!' Hij draaide zich om en keek haar aan. 'Nu maak ik je handen los, zodat je je kunt wassen en scheren. Weet je nog wat ik heb gezegd?'

Ze knikte.

'Zeg het hardop.'

'Ik weet nog wat je hebt gezegd.'

Hij sneed de boeien om haar polsen door en zei dat ze zelf de tape moest verwijderen.

Ze schudde een paar seconden met haar handen om er weer gevoel in te krijgen, pulkte aan de uiteinden van de tape en trok het los. Hij hield al die tijd het mes omhoog en streelde met zijn gehandschoende vinger over het lemmet.

'Gooi maar neer,' zei hij, toen hij zag dat ze niet wist wat ze met de krullende repen tape aan moest.

Toen raapte hij de leren schoen van de grond en gaf die aan Jessie. 'Ruik eraan!' zei hij.

Ze fronste haar voorhoofd.

'Hou hem onder je neus. Geniet van de geur!'

Ze snoof en rook de sterke geur van nieuw leer.

'Lekker hè?'

Even was zijn blik op de schoen gericht, en niet op haar. Ze zag een glinstering in zijn ogen. Hij was afgeleid. Op dit ogenblik was de schoen het richtpunt voor zijn aandacht, niet zij. Ze hield de schoen weer onder haar neus, deed alsof ze van de geur genoot en verplaatste onopvallend haar greep, zodat ze hem bij de neus vasthield. Tegelijkertijd begon ze, alsof ze de bloedsomloop in haar benen op gang wilde helpen, haar knieën te buigen.

'Ben jij die vent waar ze over schreven in de kranten, met dat kleine pikkie?' vroeg ze ineens.

Hij draaide zich met een ruk naar haar toe bij die belediging. Terwijl hij dat deed, kromde ze haar rug en boog haar knieën, gooide allebei haar benen zo hard mogelijk naar voren en raakte hem met de neuzen van haar gympen onder zijn kin. Hij werd fysiek opgetild en sloeg met zijn hoofd tegen het dak van het busje. Hij viel versuft op de vloer en het mes stuiterde kletterend bij hem weg.

Voordat hij de kans had om zich te herstellen, stond ze weer overeind en rukte de kap van zijn hoofd. Hij zag er bijna sneu uit, als een geschrokken mol. Toen ramde ze de schoen, met de naaldhak naar voren, zo hard ze kon in zijn rechteroog.

Hij krijste. Een verschrikkelijke kreet van pijn, shock en woede. Er spoot bloed uit zijn gezicht. Ze griste het mes van de vloer, rukte de schuifdeur open, sprong naar buiten en tuimelde bijna halsoverkop de volslagen duisternis in. Achter haar hoorde ze het afgrijselijke krijsen van pijn van een dol geworden, gewond beest.

Ze rende weg en botste tegen iets massiefs aan. Ineens schoten er bundels fel licht om haar heen.

Shit, shit, shit.

Wat stom van haar! Ze had die zaklantaarn mee moeten nemen!

In de lichtbundel zag ze even de oude goederenwagon op de stoffige rails. Een kraan. Een stuk van de stalen omloop tegen de muur. Wat eruitzag als enorme, hangende turbines.

Waar was de deur?

Ze hoorde geschuifel. Hij brulde van pijn en woede. 'JE DENKT DAT JE WEGKOMT, MAAR DAT LUKT JE NIET, KRENG!'

Ze greep het mes stevig vast. De lichtbundel scheen recht in haar gezicht en verblindde haar. Ze draaide zich om. Zag enorme dubbele deuren boven de spoorrails, voor het in- en uitrijden van wagons. Ze rende eropaf, en het licht wees haar de weg.

Helemaal tot aan de ketting met hangslot die tussen de deuren hing.

110

Jessie draaide zich om en keek recht in het licht, terwijl allerlei gedachten door haar hoofd stuiterden. Hij had geen pistool, daar was ze vrij zeker van, anders had hij haar daarmee wel bedreigd in plaats van met het mes. Hij was gewond. Hij was niet groot. Zij had het mes. Ze wist iets van zelfverdediging. Maar toch was ze bang voor hem.

Er moest nog een andere uitgang zijn.

Toen ging de zaklantaarn uit.

Ze knipperde met haar ogen in de duisternis, alsof die daardoor weg zou gaan of misschien lichter zou worden. Haar hart bonsde, en ze hoorde dat ze hijgde. Ze probeerde uit alle macht rustiger te ademen.

Nu waren ze gelijkwaardig, maar hij had een voordeel. Hij kende het hier waarschijnlijk.

Sloop hij nu op haar af?

In het licht had ze links een enorme ruimte gezien met wat eruitzag als een soort silo aan het uiteinde. Ze zette een paar passen en struikelde bijna. Er klonk een luide metalen *ping* toen er iets onder haar voeten wegrolde en een paar seconden later met een plons in water viel.

Shit.

Ze bleef staan. Toen dacht ze weer aan haar telefoon!

Als ze terug kon komen naar de bus, kon ze hulp inroepen. Maar toen, met stijgende paniek, dacht ze: wie dan? Waar was ze? Opgesloten in een of ander belachelijk groot oud fabrieksgebouw ergens. Wat moesten ze daarmee als ze het alarmnummer belde?

Hij was al terug bij het busje. Zijn hoofd bonsde van pijn en met zijn rechteroog zag hij niets, maar dat kon hem niet schelen; althans nu niet. Hij gaf nergens om, behalve om dat kreng te grijpen. Ze had zijn gezicht gezien.

Hij moest haar zoeken. Moest zorgen dat ze niet wegkwam.

Dat moest, want ze kon hem nu schaden.

En hij wist hoe.

Hij wilde zijn positie niet verraden door de zaklantaarn te gebruiken, dus bewoog hij zich langzaam, tastte rond in het busje tot hij vond wat hij zocht. Zijn nachtkijker.

Daarmee had hij haar binnen een paar tellen in zicht. Een groene gestalte door de nachtkijkerlens, langzaam naar links schuifelend, lopend in slow motion.

Dus je denkt dat je zo slim bent, hè?

Hij keek om zich heen op zoek naar een wapen. Iets zwaars en massiefs. Hij opende het kastje onder de gootsteen, maar het was te donker daarbinnen, zelfs met zijn nachtkijker. Dus schakelde hij even de zaklantaarn in. De nachtkijker flitste op, er belandde schel licht in zijn rechteroog, en hij schrok zo dat hij de zaklantaarn liet vallen en achteroversloeg.

Jessie hoorde de bons. Ze keek die kant op en zag licht in het busje. Ze haastte zich verder in de richting van de silo die ze had gezien, tastend, ergens over struikelend, en toen stootte ze haar hoofd tegen iets scherps wat uitstak. Ze onderdrukte een kreet. Toen ging ze verder, tastend met haar handen in de duisternis tot ze een rechte stalen staander voelde.

Een van de poten van de silo?

Ze schuifelde naar voren, voelde de bolling van de onderkant van de silo en kroop eronder. Toen, nog steeds om zich heen tastend, stond ze op en ademde een droge, stoffige geur in. Ze voelde iets wat op de sport van een ladder leek.

Hij bleef zoeken met de zaklantaarn, opende lukraak alle laden. In de laatste vond hij gereedschap. Er lag een grote, zware moersleutel tussen. Hij pakte die terwijl de pijn in zijn oog met de seconde erger werd en hij het bloed over zijn gezicht voelde stromen. Vervolgens pakte hij de nachtkijker mee en liep naar de deur om naar buiten te kijken.

Dat kreng was verdwenen.

Het maakte niet uit. Hij vond haar wel. Hij kende deze cementfabriek als zijn broekzak. Hij had de installatie van de bewakingscamera's hier overzien. In dit gebouw stonden de enorme ovens waarin de kalksteen, klei, zand en as werden verhit tot vijftienhonderd graden Celsius, waarna het naar twee enorme koelturbines ging, vervolgens naar de molens en na verwerking naar een reeks opslagsilo's, vanwaaruit het in wachtende vrachtwagens werd geladen. Als dat kreng zich wilde verstoppen, dan waren er meer dan genoeg schuilplaatsen.

Maar er was maar één uitgang.
En hij had de sleutels van het hangslot in zijn zak.

III

Zondag 18 januari 2009

Roy Grace stelde de briefing van zondagavond uit tot halfacht, zodat hij tijd had om de bevindingen van de opgraving te melden.

Hij liet Glenn Branson in het mortuarium achter om eventuele nieuwe ontwikkelingen mee te maken, want de sectie was nog niet voltooid en zou nog wel een tijdje doorgaan. Het lijk had een gebroken kaakbot en een schedelfractuur, en ze was hoogstwaarschijnlijk omgekomen door die klap op de schedel.

Zijn beste kans, zowel voor het identificeren van de dode vrouw als voor het behalen van zijn doel met deze opgraving, lag in de haarzakjes en huidmonsters die van het lijk waren verzameld, samen met het condoom dat, dachten zowel Nadiuska De Sancha als Joan Major, mogelijk intacte spermasporen bevatte. De forensisch archeologe zei dat hoewel het twaalf jaar oud was, er nog een goede kans bestond dat er intact DNA in gevonden zou worden.

De monsters waren in een gekoelde kist per koerier naar het DNA-lab gebracht dat Grace vaak gebruikte omdat ze snel waren en hij een goede werkrelatie met hen had, Orchid Cellmark Forensics. Ze hadden beloofd ermee te beginnen zodra de monsters binnenkwamen. Maar het *sequencing*-proces ging traag, en zelfs als het lab de hele nacht doorwerkte zou hij op zijn vroegst morgenmiddag, maandag, resultaten kunnen verwachten. Grace was ervan overtuigd dat ze hem telefonisch op de hoogte zouden stellen zodra dat kon.

Hij nam plaats en sprak zijn team toe, bracht hen op de hoogte en vroeg om voortgangsrapporten.

Bella Moy deelde foto's uit van een jonge vrouw met wild haar. 'Deze foto hangt op het politiebureau van Brighton. Ze wordt gezocht. Haar huidige naam – ze heeft er al verschillende gebruikt – is Donna Aspinall. Ze is een bekende drugsgebruikster met een reeks veroordelingen voor zwartrijden in taxi's en treinen. Ze staat bekend om haar antisociale gedrag en wordt momenteel gezocht voor drie gevallen van geweldpleging en mishandeling. Ze is gisteravond herkend door twee politieagenten in burger – een van hen heeft ze zelfs in zijn arm gebeten – als degene die John Kerridge, de taxichauffeur, achtervolgde.'

Grace staarde naar de foto en besefte wat dit betekende. 'Dus Kerridge vertelt de waarheid?'

'Dit wijst erop dat hij de waarheid spreekt over deze passagier.'

Hij dacht even na. Kerridge werd nu al vierentwintig uur vastgehouden. De maximale tijd dat je een verdachte kon vasthouden zonder tenlastelegging en zonder verlenging aan te vragen bij de rechter was zesendertig uur. Ze zouden de taxichauffeur morgen om halftien moeten laten gaan, behalve als ze genoeg aanwijzingen hadden om een rechter ervan te overtuigen dat ze hem langer moesten houden. Ze hadden nog geen bewijzen dat de verdwijning van Jessie Sheldon het werk van de Schoenenman was. Maar als de advocaat van Kerridge, Acott, hier lucht van kreeg – wat ongetwijfeld zou gebeuren en waarschijnlijk al was gebeurd – dan zouden ze een gevecht moeten leveren om die verlenging te krijgen. Hij moest hierover nadenken en vanavond een spoedzitting bij de rechter regelen om verlenging aan te vragen.

'Oké, bedankt. Goed werk, Bella.'

Toen stak Norman Potting zijn hand op. 'Baas, ik heb vandaag een heleboel hulp gehad van de telefoonmaatschappij, O_2. Vanochtend heb ik met de verloofde van Jessie Sheldon gesproken, die zei dat ze daar een abonnement voor haar iPhone heeft. Ze hebben me een halfuur geleden een rapport over de locatie van haar toestel gestuurd. We hebben hier misschien iets.'

'Ga door,' zei Grace.

'De laatste oproep die ze pleegde was om twee over halfzeven gisteravond, naar het nummer van haar verloofde, Benedict Greene. Hij bevestigt dat hij rond die tijd door haar is gebeld, en dat ze zei onderweg naar huis te zijn van haar kickboksles. Hij zei dat ze moest opschieten, want hij zou haar om kwart over zeven ophalen. Daarna is de telefoon in de standby-modus blijven staan. Er is niet meer mee gebeld, maar de locatie ervan is bekend door contact met de basisstations in de stad. Hij ging gestaag naar het westen vanaf ongeveer kwart voor zeven gisteravond, de tijd van de ontvoering. Om kwart over zeven kwam hij tot stilstand, en sindsdien heeft hij niet meer bewogen.'

'Waar?' vroeg Grace.

'Nou,' zei de brigadier, 'dat zal ik laten zien.'

Hij stond op en wees naar een kaart aan een whiteboard tegen de muur.

Een kronkelende blauwe lijn liep over de hele lengte ervan. Er was een rood ovaal op de kaart getekend, met boven- en onderaan een rode x.

'De twee kruisen stellen de masten van O_2 voor, waar Jessie Sheldons telefoon mee in contact staat,' zei Potting. 'Het is een vrij groot gebied, en helaas is er geen derde mast binnen bereik, anders hadden we een driehoek gehad en hadden we haar positie nauwkeuriger kunnen bepalen.'

Hij wees naar de blauwe kronkellijn. 'Dit is de rivier de Adur, die ook langs Shoreham stroomt.'

'Daar woont John Kerridge,' zei Bella Moy.

'Ja, maar daar hebben we niks aan, want hij zit vast,' antwoordde Potting op neerbuigende toon. 'Aan beide kanten van de rivier ligt open akkerland, en Combes Road, een drukke hoofdweg tussen die twee masten. Een paar vrijstaande particuliere woningen, een rijtje arbeidershuisjes die vroeger bij de cementfabriek hoorden, en de cementfabriek zelf. Het lijkt erop dat Jessie Sheldon, of in ieder geval haar mobiele telefoon, ergens binnen deze cirkel is. Maar het is een groot gebied.'

'Die cementfabriek kunnen we wel vergeten,' zei Nick Nicholl. 'Ik ben er een paar jaar geleden eens geweest na een melding. Er is ontzettend veel beveiliging en het terrein wordt vierentwintig uur per dag in de gaten gehouden. Als er een vogel poept, gaat er al een alarm af.'

'Uitstekend, Nick,' zei Grace. 'Dank je. Oké. Onmiddellijke actie. We moeten zodra het licht wordt dat hele gebied laten doorzoeken. Een zoekteam bestaande uit alle agenten in uniform, speciale bijstand en zo veel hulpagenten als we kunnen krijgen. Ik wil dat die rivier wordt afgespeurd; daar sturen we de speciale zoekeenheid naartoe. En we sturen nu meteen een helikopter de lucht in. Die kunnen zoeken met schijnwerpers.'

Grace maakte een paar aantekeningen en keek naar zijn team.

'Volgens het kadaster is de garagebox eigendom van een vastgoedmaatschappij,' meldde Emma-Jane Boutwood. 'Ik zal morgenochtend meteen naar hun kantoor gaan.'

Hij knikte. Ondanks voortdurende surveillance was er niemand bij de garagebox gezien. Hij was ook niet erg hoopvol dat dat nog zou gebeuren.

Hij wist eigenlijk niet wat hij moest denken.

Toen wendde hij zich tot de forensisch psycholoog. 'Julian, heb jij iets?'

Proudfoot knikte. 'De man die Jessie Sheldon heeft ontvoerd, dát is jullie man,' zei hij nadrukkelijk. 'Niet die vent die jullie nu in hechtenis hebben.'

'Je klinkt erg overtuigd.'

'Let op mijn woorden. De juiste locatie, de juiste tijd, de juiste persoon,' zei hij, zo zelfingenomen dat Grace heel even wenste dat hij die kerel een poepie kon laten ruiken.

Toen Grace na afloop van de briefing terugkeerde in zijn kantoor, zag hij dat er een pakje van FedEx op hem wachtte.

Nieuwsgierig ging hij zitten en maakte het open. En toen werd zijn avond nog een heel stuk minder plezierig.

Er zat een handgeschreven briefje in, op briefpapier van het politietrainingscentrum in Bramshill, en daar zat een uitdraai aan vast van een e-mail van oktober vorig jaar.

Die e-mail was aan hem gericht, afkomstig van inspecteur Cassian Pewe. Hij werd erin geïnformeerd dat er enkele pagina's ontbraken uit het dossier van de Schoenenman dat Grace hem had gevraagd te bekijken. Dezelfde essentiële pagina's met de verklaring van de getuige die het busje had gezien waarin Rachael Ryan mogelijk in 1997 was ontvoerd.

Het handgeschreven briefje meldde luchtig: *Ik vond dit in mijn mapje met verzonden berichten, Roy! Hoop dat je er iets aan hebt. Misschien is je geheugen niet meer zo best, maar hallo, dat kan de beste overkomen! Groetjes, Cassian.*

Na tien minuten zoeken door zijn e-mailbestanden vond Grace het origineel tussen honderden andere die hij nooit had gelezen. Het was in die tijd een chaos geweest, en Pewe scheen ervan te genieten hem te bombarderen met tientallen berichtjes per dag. Als hij die allemaal had gelezen, was hij niet meer aan werken toegekomen.

Toch zat hij nu met een schaamtevolle blos en een verdachte minder.

112

Zondag 18 januari 2009

Jessie had altijd erge hoogtevrees gehad en was blij, al was het alleen maar om die reden, dat het zo donker was. Ze had geen idee waar ze was, maar was gewoon geklommen, de ene sport na de andere, een ladder in de silo op.

Ze had er zo lang over gedaan dat ze het idee kreeg dat de ladder naar de hemel reikte, en ze was blij dat ze de bodem niet kon zien. Elke paar sporten keek ze om, bang dat hij misschien al achter haar aan kwam, maar er was niets van hem te zien of te horen.

Toen ze eindelijk boven was aangekomen, had ze een balustrade en een metalen vloerrooster gevoeld, waar ze zich op had gesleept. Ze was halsoverkop in een stapel zo te ruiken en voelen oude cementzakken beland en erbovenop gekropen. En daar lag ze nu, turend in de duisternis en luisterend, zo stil mogelijk zodat de zakken niet kraakten.

Maar ze hoorde niets anders dan de normale geluiden van haar gevangenis. Het regelmatige gekletter, gebons, gepiep en geknal, dat hierboven nog luider klonk dan toen ze in het busje lag, doordat de wind overal om haar heen kapotte metalen platen in beweging zette.

Ze dacht koortsachtig na. Wat was hij van plan? Waarom gebruikte hij zijn zaklantaarn niet?

Was er nog een andere weg naar boven?

Het enige wat ze kon ontwaren, was de lichtgevende wijzerplaat van haar horloge. Het was bijna halftien zondagavond, dacht ze; dat moest wel. Meer dan vierentwintig uur sinds haar ontvoering. Wat gebeurde er thuis en met Benedict? Hij zou geen contact hebben met haar ouders, wist ze, en ze wenste nu dat ze hen eerder aan elkaar had voorgesteld, zodat ze samen iets hadden kunnen doen.

Was de politie gewaarschuwd? Dat moest wel. Ze kende haar vader. Hij zou elke noodhulpdienst in het land erbij slepen.

Hoe ging het met hen? Wat dacht haar moeder? Haar vader? Benedict?

Ze hoorde in de verte het geluid van een helikopter. Dat was al de tweede keer in het afgelopen halfuur.

Misschien zocht die haar.

Hij hoorde het geluid van de helikopter ook weer. Een zware machine, niet zo'n kleinere leshelikopter van de vliegschool bij de luchthaven van Shoreham. En er waren ook niet veel helikopters die 's nachts vlogen. Vooral militaire, reddingsdiensten, luchtambulances en politie.

De politiehelikopter van Sussex stond in Shoreham. Als hij die hoorde, dan was er geen reden tot paniek. Daar konden allerlei aanleidingen voor zijn. Het geluid vervaagde nu; de helikopter vloog naar het oosten.

Toen hoorde hij een nieuw geluid, dat hem veel meer zorgen baarde.

Een scherp, indringend gezoem. Het kwam van voor in de bus. Hij liet zijn nachtkijker zakken en zag een zwak, pulserend licht van die plek komen.

'O, shit! Nee, nee, nee!'

Het was de mobiele telefoon van dat kreng, die hij uit haar zak had gehaald. Hij dacht dat hij dat klereding had uitgezet.

Hij stommelde naar voren, naar het oplichtende display van het toestel, greep het, smeet het woedend op de vloer, stampte erop en plette het ding als een reuzenkever.

Hij stampte er nog eens op. En nog eens. En nog eens.

Woest op de pijn in zijn oog, op dat kreng en op zichzelf bleef hij bevend staan. Shit! O, shit! O, shit! Hoe had hij zo stom kunnen zijn?

Door een mobiele telefoon wisten ze waar je was, zelfs als je toestel standby stond. Het zou een van de eerste dingen zijn die een intelligente politieagent zou nagaan.

Maar misschien konden telefoonmaatschappijen zulke gedetailleerde gegevens niet inzien op zondag?

Hij wist echter dat hij het risico niet kon nemen. Hij moest Jessie Sheldon hier zo snel mogelijk weghalen. Vannacht nog. Terwijl het donker was.

En dat maakte het nog dringender dat hij haar snel vond.

Ze had al meer dan een uur geen geluid meer gemaakt. Speelde heel sluw verstoppertje. Ze dacht misschien dat ze slim was, omdat zij het mes had. Maar hij had voorlopig twee veel waardevollere hulpmiddelen. De zaklantaarn en de nachtkijker.

Hij had nooit veel opgehad met literatuur en dat soort troep. Maar er was een regel die hij ergens van had onthouden, ondanks zijn pijn: *in het land der blinden is eenoog koning.*

Dat was hij nu.

Hij stapte uit de bus de betonnen vloer op en zette de kijker voor zijn gezicht. Ging op jacht.

113

De avond verstreek traag voor Roy Grace. Hij zat in zijn kantoor en bekeek de stamboom van Jessie Sheldon, die een van zijn teamleden voor hem had samengesteld. Haar computer werd momenteel onderzocht door twee leden van de overwerkte en onderbemande technische recherche, die hun zondag hadden opgeofferd voor die taak.

Het enige wat hij tot nu toe had gehoord, was dat Jessie heel actief was op sociale netwerken; iets wat ze gemeen had met Dee Burchmore, de vrouw die donderdagmiddag bijna het slachtoffer van de Schoenenman was geworden.

Was dat hoe hij zijn slachtoffers volgde?

Mandy Thorpe was actief op Facebook en nog twee andere sites. Maar Nicola Taylor, die op nieuwjaarsdag in het Metropole was verkracht, en Roxy Pearce, die thuis aan de Droveway was verkracht, deden niets met sociale netwerken of Twitter.

Het kwam steeds terug op hetzelfde wat die vrouwen met elkaar gemeen hadden. Ze hadden allemaal pasgeleden dure schoenen gekocht bij winkels in Brighton. Allemaal behalve Mandy Thorpe.

Ondanks dokter Proudfoots vasthouden aan het tegendeel, bleef Grace geloven dat Mandy Thorpe niet door de Schoenenman, maar door iemand anders was verkracht. Misschien door een na-aper. Of mogelijk was de timing toeval.

Zijn telefoon ging. Het was rechercheur Michael Foreman uit Coördinatiecentrum 1.

'Ik heb net een melding gehad van Hotel 900, die moet landen om te tanken. Tot nu toe hebben ze niets te melden, behalve twee mogelijke anomalieën in de oude cementfabriek.'

'Anomalieën?' vroeg Grace, die zich afvroeg wat de helikopterbemanning daarmee bedoelde.

Hij wist dat ze thermische beeldapparatuur aan boord hadden, waarmee je ook in het pikkedonker of in dichte mist mensen kon zien door de lichaamswarmte die ze afstraalden. Helaas werd die apparatuur, hoewel het handig was voor het volgen van boeven die wegvluchtten bij een gestolen auto of probeerden zich te verstoppen in het bos, gemakkelijk om de tuin geleid door dieren of alles wat warmte vasthield.

'Ja, maar ze weten niet zeker of het mensen zijn. Het kunnen ook vossen, dassen, katten of honden zijn.'

'Oké, stuur er een eenheid naartoe om te gaan kijken, en hou me op de hoogte.'

Een halfuur later belde rechercheur Foreman terug. Er was een surveillancewagen naar de ingang van de oude cementfabriek gereden, die had gemeld dat alles rustig was. Er stonden drie meter hoge hekken met prikkeldraad erop, en overal hingen camera's.

'Wat voor camera's?' vroeg Grace.

'Verbonden met een alarmcentrale. Een bedrijf in Brighton met een goede reputatie. Sussex Remote Monitoring Services. Als daarbinnen iets loos was, dan zouden zij dat inmiddels al hebben opgepikt.'

'Ik ken die naam,' zei Grace.

'De politie gebruikt ze ook. Ik geloof dat de deurpanelen van Sussex House door hen zijn geïnstalleerd.'

'Oké.' Net als iedereen in de stad kende hij de cementfabriek. Het was een van de grote landschapskenmerken als je richting het westen reed, en er ging een gerucht dat de fabriek na bijna twintig jaar in de mottenballen zou worden heropend. Het was een reusachtig gebouwencomplex in een kalksteengroeve in de Downs, met gebouwen die elk zo groot waren als een voetbalveld. Hij wist niet eens zeker wie de huidige eigenaar was, maar er zou ongetwijfeld een bord hangen.

Als hij daar wilde rondkijken zou hij ofwel toestemming moeten vragen, of een huiszoekingsbevel moeten regelen. En om er effectief te kunnen zoeken zou hij een groot team nodig hebben. Dat zou bij daglicht moeten gebeuren.

Hij maakte een aantekening dat hij het de volgende morgen zou regelen.

114

'Jessie!' riep hij. 'Telefoon voor je!'

Hij klonk zo geloofwaardig dat ze er bijna in trapte.

'Jessie! Het is Benedict! Hij wil een deal met me maken om je te laten gaan! Maar eerst wil hij zeker weten dat alles goed met je is. Hij wil je spreken!'

Ze bleef stil en probeerde dit te overdenken. Had Benedict gebeld, wat heel goed mogelijk was, en had die engerd haar telefoon opgenomen?

Ging dit om losgeld?

Benedict had geen geld. Wat voor deal kon hij nou maken? En hoe dan ook, die kerel was een viezerik, de Schoenenman of zo. Hij wilde dat ze masturbeerde met die schoen. Over wat voor deal had hij het? Het sloeg nergens op.

En ze wist dat als ze terugriep, hij zou weten waar ze zat.

Liggend op de oude cementzakken, met kramp en ontzettende dorst, besefte ze dat ze in ieder geval voorlopig, ondanks alles, hier veilig was. Ze had hem bijna twee uur horen rondsluipen, eerst beneden, daarna op de verdieping boven haar, toen op een andere verdieping ergens niet ver onder haar. Op een bepaald moment was hij zo dichtbij geweest dat ze zijn ademhaling had kunnen horen. Maar hij was de meeste tijd stil geweest, had alleen af en toe zijn positie verraden door ergens tegenaan te lopen of ergens op te trappen, of door een *ping* van metaal tegen metaal. Hij had zijn zaklantaarn niet gebruikt.

Een tijdje had ze zich afgevraagd of hij de lantaarn had laten vallen, of dat de batterij leeg was. Maar toen had ze iets gezien waar ze de rillingen van kreeg.

Een heel vage, rode gloed.

Het was geen technologie waar ze veel van wist, maar ze had een keer een film gezien waarin een van de personages een nachtkijker had gebruikt, en die had een nauwelijks zichtbare rode gloed verspreid. Gebruikte hij dat nu ook?

Iets waarmee hij haar kon zien zonder zelf te worden gezien?

Waarom had hij haar dan nog niet beslopen? Daar kon maar één reden voor zijn: hij had haar nog niet kunnen vinden.

Daarom deed hij alsof Benedict had gebeld.

Hij wist één ding zeker. Hij had elke centimeter van deze verdieping afgespeurd, en hier was ze niet. Ze moest naar boven zijn geklommen, maar waar? Er waren boven twee enorme ruimten met lange koelbuizen en ovens waar het cement werd verhit. Een heleboel schuilplaatsen, maar hij dacht dat hij ze allemaal had gehad.

Ze was slim, dat kreng. Misschien bleef ze in beweging. Hij werd met de minuut onrustiger en wanhopiger. Hij moest haar hier weg krijgen en op een andere plek opsluiten. En hij moest morgen naar zijn werk. Het werd een heel belangrijke dag. Een grote nieuwe klant en een belangrijke vergadering bij de bank over zijn uitbreidingsplannen. Hij zou voor die tijd nog wat moeten slapen.

En hij moest iemand naar zijn oog laten kijken. De pijn werd almaar erger.

'Jessie!' riep hij nog eens, heel vriendelijk. 'Het is voor jou-houuuu!'

Na een korte stilte riep hij: 'Ik weet waar je zit, Jessie! Ik zie je daarboven! Oké, als Mohammed niet naar de berg komt, dan komt de berg wel naar Mohammed toe!'

Niets dan stilte. Toen het klapperen van een metalen plaat. Vier seconden later klapperde hij weer.

'Je maakt het alleen maar erger voor jezelf, Jessie. Ik zal niet blij zijn als ik je vind. Echt waar niet!'

Jessie hield zich stil. Ze besefte één ding. Al die tijd dat het donker was, was die engerd in het voordeel. Maar zodra het dag werd en er wat licht naar binnen kwam, hoe weinig ook, dan veranderde alles. Ze was bang voor hem en wist niet waar hij toe in staat was, maar ze wist zeker dat ze zijn oog ernstig had toegetakeld. En ze had het mes nog, dat op de vloer bij haar hand lag.

Het was middernacht. Om een uur of zeven zou het licht worden. Ze moest op een of andere manier de kracht vinden om haar razende dorst en vermoeidheid te vergeten. Slapen was geen optie.

Morgen kwam er misschien wat licht door een spleet in de muur. Het was een vervallen gebouw. Half verzakt. Er moest ergens een gat zijn waar ze doorheen kon kruipen. Zelfs al was het op het dak.

115

Ondanks heftige protesten van Ken Acott, de advocaat van de taxichauffeur, had Grace geweigerd John Kerridge te laten gaan en had hij bij de rechter om een verlenging van zesendertig uur gevraagd. Die was vrij eenvoudig ingewilligd aangezien ze nog niet hadden kunnen beginnen met het verhoor van Kerridge, omdat de advocaat erop stond dat daar een medisch specialist bij aanwezig was.

Grace was nog altijd niet blij met deze verdachte, hoewel hij moest toegeven dat de bewijzen tegen Kerridge er tot nu toe niet erg sterk uitzagen. De mobiele telefoon van de man had niets opgeleverd. Hij had er maar vier nummers in staan. Een ervan was van de eigenaar van de taxi, twee van de eigenaars van de boot waar hij woonde, die in Goa waren – een mobiel nummer en een vast nummer – en een van een therapeut waar hij al meer dan een jaar niet was geweest.

De computer van de chauffeur had ook niets interessants opgeleverd. Alleen maar eindeloze bezoeken aan websites over damesschoenen – en dan niet zozeer de fetisjvariant als wel de modieuze – en bezoeken aan eBay. Daarnaast was hij veel op parfumsites, sites over victoriaanse toiletten en sites met landkaarten geweest.

Een medisch expert, een psycholoog die zich specialiseerde in patiënten met het syndroom van Asperger, was op weg hierheen. Als zij kwam en vond dat Kerridge verhoord kon worden, dan zou Acott dat toelaten. Hopelijk zouden ze dan meer te weten komen.

Net toen hij na de ochtendbriefing op zijn kantoor terugkwam, ging zijn mobiele telefoon.

'Roy Grace,' meldde hij zich.

Het was een technicus die hij kende bij het forensisch laboratorium, en ze klonk erg tevreden. 'Roy, ik heb DNA-resultaten voor je!'

'Van wat we jullie gisteravond hebben gestuurd?' vroeg hij stomverbaasd.

'Het is een nieuw apparaat dat nog wordt getest en nog niet betrouwbaar genoeg is voor strafrechtelijke processen. Maar we hadden zulk goed DNA van die beide monsters dat we een deel hebben gebruikt om mee te experimenteren, omdat we wisten hoe dringend het was.'

'En?'

'We hebben twee matches, één voor elk monster. Het ene is compleet, een honderd procent match, en het andere is gedeeltelijk, een familiematch. Die complete match is van het DNA uit een haarzakje van het lijk. Ze heet Rachael Ryan. Ze verdween in 1997. Heb je daar iets aan?'

'Weet je het zeker?'

'De machine weet het zeker. We voeren nog conventioneel onderzoek uit op de rest van het DNA, en dat resultaat komt later vandaag. Maar ik ben er vrij zeker van.'

Hij gaf zichzelf maar een paar seconden de tijd om dat tot zich door te laten dringen. Het was wat hij had verwacht, en toch was het nog een schok. Een bevestiging van zijn falen om het leven van die jonge vrouw te redden. Hij nam zich voor contact op te nemen met haar ouders, in de hoop dat die allebei nog leefden en nog bij elkaar waren. Nu zouden ze het in ieder geval kunnen afsluiten.

'En die familiematch?' vroeg hij.

Een familiematch, wist hij, betekende een bijna-match, maar geen exacte. Normaal gesproken was dat dan een match tussen broers en zussen of ouder en kind.

'Die komt van het zaad uit het condoom dat we in het lichaam hebben gevonden, van Rachael Ryan, zoals we nu weten. Het is van een vrouw, en ze heet Elizabeth Wyman-Bentham.'

Grace schreef die naam op en controleerde de spelling, zo opgewonden dat zijn hand trilde. Toen gaf de technicus hem haar adres.

'Weten we waarom ze in de database staat?'

'Dronken achter het stuur.'

Hij bedankte haar, en zodra hij had opgehangen belde hij nummerinformatie en gaf hun de naam en het adres van Elizabeth Wyman-Bentham.

Even later had hij het nummer en draaide het.

Hij werd meteen doorgeschakeld naar de voicemail. Hij liet een boodschap achter met zijn naam en functie en het verzoek of ze hem dringend wilde terugbellen op zijn mobiele nummer. Toen ging hij zitten en googelde haar naam om te kijken of hij iets over haar kon ontdekken, en dan met name waar ze werkte. Het was kwart over negen 's ochtends. Als ze een baan had, dan was ze daar waarschijnlijk al, of op weg ernaartoe.

Even later verscheen er op zijn scherm: *Over Lizzie Wyman-Bentham, directeur van WB Public Relations.*

Hij klikte erop en bijna meteen verscheen er een foto van een glimlachende vrouw met kroeshaar, samen met een lijst van koppelingen voor meer informatie over het bedrijf. Net toen hij op *Contact* klikte, ging de telefoon.

Hij nam op en hoorde een nogal buiten adem klinkende, uitbundige vrouwenstem. 'Sorry dat ik uw belletje had gemist. Ik hoorde de telefoon overgaan terwijl ik net de deur uit ging! Wat kan ik voor u doen?'

'Dit klinkt misschien een beetje vreemd,' zei Roy Grace, 'maar hebt u een broer of een zoon?'

'Een broer.' Toen sloeg haar stem om in paniek. 'Is alles goed met hem? Is er iets gebeurd? Heeft hij een ongeluk gehad?'

'Nee, voor zover we weten is er niets aan de hand. Ik moet hem alleen spreken in verband met een politieonderzoek.'

'Gut, ik maakte me heel even zorgen!'

'Weet u waar ik hem kan bereiken?'

'Een onderzoek, zegt u? Ach ja, natuurlijk, waarschijnlijk iets met zijn werk. Dom van me! Ik geloof dat hij wel eens voor jullie werkt. Hij heet Garry Starling en zijn bedrijven – hij heeft er twee, Sussex Security Systems en Sussex Remote Monitoring Services – zitten allebei in hetzelfde gebouw in Lewes.'

Grace schreef die gegevens op, en ook Starlings telefoonnummer op kantoor.

'Ik snap alleen niet helemaal... Waarom belt u mij eigenlijk?'

'Dat ligt een beetje ingewikkeld,' zei Grace.

Haar stem werd minder vrolijk. 'Garry zit toch niet in de nesten, hè? Ik bedoel, hij is een gerespecteerd zakenman, heel bekend in de stad.'

Omdat hij verder niets wilde verraden, verzekerde hij haar dat nee, haar broer zat niet in de nesten. Hij verbrak de verbinding en belde meteen naar Starlings kantoor. De telefoon werd opgenomen door een aardig klinkende vrouw. Hij zei niet wie hij was, maar vroeg alleen of hij Garry Starling kon spreken.

'Hij is er nog niet,' zei ze, 'maar hij kan ieder moment binnenkomen. Normaal is hij er rond deze tijd al. Ik ben zijn secretaresse. Kan ik een boodschap aannemen?'

'Ik bel wel terug,' zei Grace. Hij moest moeite doen om rustig te blijven.

Zodra hij had opgehangen, repte hij zich naar Coördinatiecentrum 1, en op weg door de gangen stelde hij zijn plan samen.

116

Er was minder licht dan Jessie had verwacht, wat in bepaalde opzichten misschien juist goed was. Als ze heel, heel voorzichtig deed, volkomen stil bleef, dan kon ze een stukje over de omloop sluipen en de bus beneden zien staan.

Hij stond daar, beige en vuil, met de zijdeur open. Het was het soort camperbusje dat vroeger een symbool van de hippietijd was; flowerpower, ban de bom, al die dingen die ze zich herinnerde te hebben gelezen over de jaren zestig en zeventig.

Die smeerlap leek haar bepaald geen hippie.

Hij was momenteel in het busje. Had hij geslapen? Ze betwijfelde het. Ze was in het donker één of twee keer bijna ingedommeld, en af en toe had ze zowat een kreet geslaakt als er een of ander dier langs haar arm streek. Een tijdje later, toen er met het ochtendgloren een zwak, grijs waas van licht te zien werd, was er een rat bij haar komen kijken.

Ze vond ratten doodeng, en na dat incident viel ze niet meer in slaap.

Wat was hij nu van plan? Wat gebeurde er in de buitenwereld? Ze had de helikopter niet meer gehoord, dus misschien was die toch niet naar haar op zoek geweest. Hoelang zou dit nog doorgaan?

Misschien had hij levensmiddelen in het busje. Ze wist dat hij water had, dus misschien ook eten. Hij kon dit eindeloos volhouden als hij geen baan had of een leven waarin hij werd gemist. Ze wist echter dat zij het niet veel langer zou uithouden zonder water of eten. Ze voelde zich zwak. Gespannen, maar beslist zwakker dan gisteren. En hondsmoe. Ze liep op adrenaline.

En vastberadenheid.

Ze zou met Benedict trouwen. Die engerd hield haar niet tegen. Niets hield haar tegen.

Ik kom hier weg.

Er stond een straffe wind vandaag, en die leek nog verder aan te wakkeren. De kakofonie van geluiden om haar heen werd luider. Mooi, want dat zou eventuele geluiden die ze zelf maakte als ze zich verplaatste maskeren.

Plotseling hoorde ze een enorme brul van woede. 'OKÉ, KRENG, IK HEB GENOEG VAN DIE SPELLETJES VAN JE! IK KOM JE HALEN. HOOR JE ME? IK WEET WAAR JE ZIT EN NU KOM IK JE HALEN!'

Ze trippelde terug naar haar eerdere plek en keek omlaag. Tot haar schrik zag ze hem, nog steeds zonder kap en met een grote rode plek om zijn rechteroog. Hij rende over de begane grond, met een moersleutel in zijn ene hand en een vleesmes in de andere.

Hij ging recht op de ingang van de silo beneden haar af.

Toen hoorde ze hem weer schreeuwen, met een galmend geluid alsof hij door een tunnel brulde: 'O, HEEL SLIM, KRENG. EEN LADDER IN DE SILO! HOE HEB JE DIE GEVONDEN?'

En even later hoorde ze het gekletter van ijzeren sporten.

117

Maandag 19 januari 2009

Glenn Branson wachtte Roy Grace al op in een onopvallende auto bij de ingang naar het bedrijventerrein. Hij had de ondertekende huiszoekingsbevelen in zijn zak.

De kaart die ze eerder hadden bestudeerd, toen ze haastig plannen hadden gemaakt voor deze operatie, toonde aan dat er slechts twee mogelijke routes in of uit waren naar Garry Starlings hoofdkantoor voor zijn twee bedrijven; Sussex Security Systems en Sussex Remote Monitoring Services. Discreet uit het zicht, voorlopig, stonden de wagens van het team dat hij had verzameld om de arrestatie te verrichten zodra Starling verscheen.

Hij had al vier politieagenten in burger op het terrein geplaatst. In een zijstraat geparkeerd en klaar om in actie te komen als Starling opdook, waren twee hondenteams om de uitgangen van zijn kantoorgebouw in de gaten te houden. Grace had ook een busje van het plaatselijke ondersteuningsteam met zes agenten met kogelwerende vesten erin, en vier onopvallende auto's die de toegangen bewaakten naar het netwerk van wegen vanaf het industrieterrein, voor het geval Starling probeerde ervandoor te gaan.

Grace liet zijn burgerauto in de volgende straat staan en stapte bij Glenn Branson in. Hij voelde zich gespannen. Opgelucht, maar toch aangeslagen door de bevestiging dat Rachael Ryan dood was. Hij overpeinsde het plan. Er was meer dan genoeg wat hem zorgen baarde.

'Gaan we?'

Grace knikte verstrooid. De Schoenenman had nooit DNA-sporen achtergelaten. Zijn slachtoffers zeiden dat hij geen erectie in stand had kunnen houden. Betekende dat dat Garry Starling niet de Schoenenman was? Of dat de moord op Rachael Ryan – aangenomen dat hij de moordenaar was – hem zodanig had opgewonden dat hij had geëjaculeerd?

Waarom was hij vanochtend niet op zijn werk?

Als hij twaalf jaar geleden seks had gehad met een vrouw die vervolgens dood was gevonden, hoe moesten ze dan bewijzen dat Starling haar had vermoord? Als hij dat al had gedaan. Wat zou de openbaar aanklager daarvan vinden?

Duizend onbeantwoorde vragen.

Hij had alleen maar een toenemende overtuiging dat de man die Rachael Ryan had vermoord ook de man was die Jessie Sheldon had ontvoerd. Hij hoopte vurig dat hij haar wel levend zou terugvinden – als daar nog een kans op bestond – anders dan bij Rachael Ryan. En dat hij haar niet pas over twaalf jaar ergens uit een graf zou halen.

Terwijl ze naar de fraaie ingang van Sussex Security Systems en Sussex Remote Monitoring Services reden, zag hij de auto's op hun vaste parkeerplekken staan, en de lege plek met een bordje waarop DIRECTEUR stond. Maar waar hij vooral naar keek, was naar de rij witte busjes met het dubbele logo van het bedrijf erop.

Het was een wit busje geweest dat op donderdag na de mislukte aanval op Dee Burchmore met grote snelheid uit de parkeergarage was weggereden. En een wit busje waarin Rachael Ryan twaalf jaar geleden was ontvoerd.

Ze stapten uit en liepen de voordeur door. Een receptioniste van middelbare leeftijd zat achter een gebogen balie met de twee logo's erop. Rechts van haar was een zitgedeelte met op tafel een *Sussex Life* en enkele kranten van vandaag, waaronder De *Argus*.

Grace had het grimmige vermoeden dat ze De *Argus* van morgen waarschijnlijk niet zouden neerleggen, met de kop die daar ongetwijfeld in zou staan.

'Kan ik u helpen, heren?'

Grace liet zijn insigne zien. 'Is meneer Starling er al?'

'Nee, eh, nog niet,' zei ze zenuwachtig.

'Is dat ongebruikelijk?'

'Nou, normaal gesproken, op een gewone maandagochtend, is hij als eerste binnen.'

Grace stak het huiszoekingsbevel omhoog en gaf haar even de tijd om het te bekijken. 'We hebben een huiszoekingsbevel voor dit pand. Ik zou het fijn vinden als u iemand zou kunnen roepen die ons rondleidt.'

'Ik... Ik zal de manager bellen, meneer.'

'Prima. Wij beginnen vast. Zeg maar dat hij ons opzoekt.'

'Ja, oké, dat zal ik doen. Als meneer Starling verschijnt, zal ik het u dan laten weten?'

'Dat hoeft niet,' zei Grace. 'Dat weten we wel.'

Ze leek niet te weten wat ze daarop moest zeggen.

'Waar is uw monitorruimte?' vroeg Grace.

'Op de eerste verdieping. Ik zal meneer Addenberry oppiepen, dan kan hij u erheen brengen.'

Glenn wees naar de deur van het trappenhuis. 'Eerste verdieping?'

'Ja, boven rechtsaf. De gang door, langs de boekhouding en de centrale, en dan komt u er vanzelf.'

Beide rechercheurs renden de trap op. Zodra ze aan het eind van een gang met kantoren aan beide zijden aankwamen, schuifelde er een klein, nerveus uitziend en kalend mannetje van begin veertig, in een grijs pak met een rij pennen in zijn borstzak, naar hen toe.

'Dag heren. Wat kan ik voor u doen? Ik ben John Addenberry, de general manager.' Hij klonk een beetje temerig.

Toen Grace vertelde wie ze waren en dat ze een huiszoekingsbevel hadden, vertrok Addenberry's gezicht alsof hij op een elektriciteitssnoer stond.

'Juist,' zei hij. 'Juist. Natuurlijk. We doen veel werk voor de politie van Sussex. Belangrijke klanten. Erg belangrijk.'

Hij ging hun voor naar de monitorruimte. Op een stoel voor een rij van twintig televisieschermen zat een enorme kerel, gekleed in een slecht passend uniform en met vettig haar, die er veel te oud uitzag om nog babydons op zijn lip te hebben. Op tafel voor hem stond een grote fles cola, en er lag een enorme zak Dorito's naast een microfoon, een klein controlepaneel en een toetsenbord.

'Dit is Dunstan Christmas,' zei Addenberry. 'Hij is de dienstdoend bewaker.'

Maar Grace had zijn aandacht al op de rij monitoren gericht. En hij fronste toen hij naar één bepaald scherm keek. De voorkant van een mooi, ultramodern huis. Hij wees ernaar. 'Scherm zeven, is dat Droveway nummer 76, het huis van meneer en mevrouw Pearce?'

'Ja,' zei Christmas. 'Zij is verkracht, hè?'

'Ik heb geen camera's gezien toen ik daar was.'

Christmas kauwde op zijn nagel terwijl hij antwoordde. 'Nee, dat kan kloppen. Ik geloof dat ze bij dat huis allemaal verborgen zijn.'

'Waarom heeft niemand me dat verteld? Daar konden bewijzen op te zien zijn van de aanval!' zei Grace kwaad.

Christmas schudde zijn hoofd. 'Nee, die avond deden ze het niet. Vanaf halverwege de middag lag de verbinding eruit. Tot de volgende morgen.'

Grace staarde hem aan, en hij zag dat Branson hetzelfde deed. Verborg hij iets? Of was hij gewoon argeloos? Toen keek hij weer naar het scherm. Het beeld was omgeschakeld naar de achtertuin.

De boel lag plat op de avond dat zij werd aangevallen. Het bedrijf was eigendom van hun nieuwe hoofdverdachte.

Dat was een te groot toeval.

'Gaan die dingen vaak stuk?'

Christmas schudde zijn hoofd en kauwde weer op zijn nagel. 'Nee, maar heel zelden. Het is een goed systeem, en normaal gesproken is er een back-up.'

'Maar die back-up werkte ook niet, die avond dat mevrouw Pearce werd aangevallen?'

'Dat is wat ik heb gehoord.'

'En die daar?' vroeg Glenn Branson, wijzend naar een zwart scherm met het nummer 17.

Grace knikte. 'Ja, ik wilde net hetzelfde vragen.'

'Ja, die is uitgeschakeld.'

'Waar is die mee verbonden?'

'De oude cementfabriek in Shoreham,' antwoordde Christmas.

118

Jessie wist wat ze moest doen, maar terwijl het moment naderde kreeg haar lichaam last van de paniek en verstijfde het.

Hij kwam dichterbij. Elke stap op de sporten klonk traag, gestaag, vastbesloten. Ze hoorde hem nu ademen. Hij kwam dichterbij. Dichterbij. Bijna boven.

Boven haar hoorde ze een geluid, en het klonk weer als die helikopter. Maar ze negeerde het, want ze durfde zich niet te laten afleiden. Ze draaide zich om, met het mes in haar hand, en durfde eindelijk naar beneden te kijken. En liet bijna van schrik haar mes vallen. Hij was vlak onder haar.

Zijn rechteroogbol was in een groteske hoek gedraaid, bijna alsof hij achteromkeek in zijn eigen oogkas, half verzonken in een korst van geronnen bloed en grijze vloeistof, en het hele oog werd omringd door een vurige paarsblauwe plek. De grote moersleutel stak uit de bovenste zak van zijn jekker. Hij hield de sporten met één hand vast en het vleesmes met de andere, terwijl hij naar haar opkeek met een blik van ontzettende haat.

Het was een heel eind naar beneden. Haar hoofd liep om. Ze probeerde helder te denken, zich haar lessen te herinneren, maar er was haar nooit geleerd hoe ze moest trappen in een situatie als deze. Als ze beide voeten hard in zijn gezicht kon zetten, dan kon ze hem van de ladder duwen, dacht ze. Het was haar enige kans.

Snel hurkte ze neer, vocht tegen de duizeligheid toen ze omlaag keek, probeerde zich te concentreren op hem en niet op de diepte beneden. Ze zette al haar gewicht op haar handen, zette zich schrap, boog haar knieën en trapte toen zo hard ze kon, zich vasthoudend aan het rooster met haar vingers.

Meteen voelde ze een hete pijnscheut in de bal van haar rechtervoet.

Ze slaakte een kreet toen ze een greep als van een bankschroef om haar linkerenkel voelde. Hij trok aan haar. Probeerde haar los te rukken. En ze besefte op dat ogenblik dat ze een grote fout had gemaakt. Hij had zijn mes in haar rechtervoet gestoken en de sporten losgelaten, en nu hield hij allebei haar enkels vast. Hij was veel sterker dan hij eruitzag. Hij trok aan haar.

Wilde haar lostrekken. Het was een suïcidale actie, besefte ze ineens. Hij nam een gok. Ofwel hij trok haar los en ze vielen allebei, of zij zou hem omhoog moeten trekken.

Toen voelde ze nog een hete pijnscheut in de bal van haar rechtervoet, gevolgd door vreselijke pijn in haar rechterscheenbeen. En nog een keer. Hij hield haar vast met zijn linkerhand en hakte met het mes op haar voet in. Plotseling voelde ze een afschuwelijke pijn achter in haar rechterenkel en werd haar voet slap.

Hij had haar achillespees doorgesneden.

Wanhopig ging ze met een ruk achteruit. En viel op haar rug. Hij had losgelaten.

Ze krabbelde overeind en viel meteen weer om. Ze hoorde iets kletteren toen haar mes bij haar wegstuiterde en toen, tot haar afgrijzen, van de omloop viel. Even later hoorde ze ver beneden een knal. Haar rechtervoet, die verschrikkelijk pijn deed, wilde haar niet langer dragen.

O, shit. Help me alsjeblieft.

Hij sleepte zich over de rand, het rooster op, met het vleesmes nog in de hand.

Ze probeerde wanhopig helder na te denken, ondanks de pijn, en probeerde zich uit alle macht haar lessen te herinneren. Dit was een betere positie. Haar linkerbeen functioneerde nog.

Hij was nu op het platform, vlak bij haar, zat op zijn knieën en kwam overeind.

Ze bleef liggen en keek naar hem.

Keek naar de grijns op zijn gezicht. Hij glimlachte weer. Hij had de controle terug. Kwam op haar af.

Hij stond nu rechtop en torende boven haar uit, met het bebloede mes in zijn hand, terwijl hij met zijn andere hand de moersleutel uit zijn zak haalde. Hij zette een dreigende stap naar haar toe en tilde de moersleutel omhoog.

Over minder dan een seconde, schatte ze, zou hij die moersleutel op haar hoofd laten belanden.

Jessie boog haar linkerknie en trapte naar voren met elk beetje kracht dat ze nog had, richtend op een punt ongeveer een meter achter zijn rechterknieschijf. Ze hoorde de knal toen ze contact maakte, dreef haar voet in de knieschijf net zoals ze al die jaren geleden haar hockeystick tegen de knie van de pestkop op school had gedreven.

Ze zag de schok op zijn gezicht. Hoorde zijn verschrikkelijke brul van pijn toen hij achteroverviel en met een galmende klap op het rooster belandde. Toen sleurde ze zichzelf overeind met behulp van de balustrade, hield zich vast en begon slepend met haar rechtervoet bij hem weg te hinken.

'Auuu! Mijn knie! Auuuu, jij smerige, smerige, smerige teef!'

Er was een verticale ladder die ze eerder al aan het uiteinde van deze omloop had gezien. Ze sprong erop, zonder omlaag te kijken, en negeerde de hoogte. Ze greep de buitenste staanders met beide handen vast en ging half springend, half glijdend omlaag, omlaag, omlaag.

Hij was nog steeds niet boven haar verschenen.

Toen ze beneden stond, grepen een paar handen haar om haar middel vast.

Ze gilde van angst.

Een rustige, vriendelijke, onbekende stem vroeg: 'Jessie Sheldon?'

Ze draaide zich bevend om. En staarde op naar een lange man met zilvergrijs haar dat onder zijn zwarte honkbalpet uitstak. Op de voorkant van zijn pet was POLICE te lezen.

Ze liet zich snikkend in zijn armen vallen.

119

Vrijdag 23 januari 2009

'Je bent ongelooflijk, weet je dat? Je bent gewoonweg ongelooflijk, verdorie! Weet je hoeveel bewijzen ze tegen je hebben? Ongelooflijk! Smerige viezerik! Monster!'

'Doe eens rustig,' antwoordde hij op gedempte toon.

Denise Starling staarde haar man aan, die in zijn vormeloze blauwe gevangenisoverall, met een zwarte lap over zijn rechteroog, tegenover haar zat in de grote, lelijk gemeubileerde open bezoekruimte. Een camera aan het plafond hield hen in de gaten en een microfoon nam alles op wat ze zeiden. Ze zaten aan weerskanten van een blauwe plastic tafel.

Om hen heen zaten andere gevangenen met vrienden en familie te praten.

'Heb je de kranten gelezen?' vroeg ze. 'Ze brengen jou in verband met de verkrachtingen van de Schoenenman uit 1997. Die heb jij ook gedaan, hè?'

'Praat verdorie niet zo hard.'

'Waarom niet? Ben je bang voor wat ze met je zullen doen in de bak? Ze houden daar niet van viezeriken, hè? Verkrachten ze je met damesschoenen onder de douche? Maar daar zou jij waarschijnlijk van genieten.'

'Hou je kop, mens. We hebben dingen te bespreken.'

'Ik heb niks met jou te bespreken, Garry Starling. Je hebt ons te gronde gericht. Ik heb altijd wel geweten dat je een viespeuk was, maar ik wist niet dat je ook een verkrachter en moordenaar was. Heb je je vermaakt met haar in dat spookhuis? Je hebt mij op een van onze eerste afspraakjes ook meegenomen naar het spookhuis en je vinger in mijn doos gestoken, weet je nog? Kick je soms op spookhuizen?'

'Ik weet niks van een spookhuis. Dat was ik niet, dat moet je geloven!'

'Ja, tuurlijk, ik geloof je. Ha! Ha ha, jeetje!'

'Dat was ik niet. Dat heb ik niet gedaan.'

'Tuurlijk joh. En in die cementfabriek, dat was jij ook niet, zeker? Alleen maar iemand die op jou leek.'

Hij zei niets.

'Al dat gelazer met me vastbinden. Dat gedoe met schoenen terwijl jij toekeek en met jezelf speelde.'

'Denise!'

'Het kan me niet schelen. Iedereen mag het horen! Je hebt mijn leven verpest. Mijn beste jaren van me afgepakt. En dat gezeik dat je geen kinderen wilde omdat jij zo'n ongelukkige jeugd had gehad. Je bent een monster, en je zit precies waar je hoort. Ik hoop dat je in de hel rot. En je kunt maar beter een goeie advocaat zoeken, want ik blijf niet bij je. Ik pak je elke cent af die je hebt.'

Toen begon ze te huilen.

Hij bleef zwijgend zitten. Hij had niets te zeggen. Als het mogelijk was geweest, dan had hij zich graag over de tafel gebogen om dat kreng met zijn blote handen te wurgen.

'Ik dacht dat je van me hield,' snikte ze. 'Ik dacht dat we samen oud zouden worden. Ik wist wel dat je beschadigd was, maar ik dacht dat als ik maar genoeg van je hield, ik je dan misschien kon veranderen. Dat ik je iets kon bieden wat je nooit had gehad.'

'Kappen!'

'Nee, echt. Je was ooit eerlijk tegen me. Twaalf jaar geleden, toen we trouwden, zei je dat ik de enige was die rust in je leven bracht. Die je begreep. Je zei dat je moeder je dwong haar te neuken omdat je vader impotent was. Dat je daarna walgde van vrouwelijke geslachtsdelen, zelfs die van mij. We hebben samen die hele toestand bij de psycholoog doorstaan.'

'Denise, kop dicht!'

'Nee, ik hou mijn kop niet dicht. Toen we pas bij elkaar waren, begreep ik dat schoenen het enige waren waar je opgewonden van werd. Ik aanvaardde dat omdat ik van je hield.'

'Denise, trut! Bek dicht!'

'We hebben zo veel goeie jaren gehad. Ik wist niet dat ik met een monster was getrouwd.'

'We hebben het ook goed gehad,' zei hij ineens. 'Tot voor kort. Toen veranderde jij.'

'Veranderde ík? Hoe bedoel je, dat ík veranderde? Je bedoelt omdat ik het zat werd om mezelf te neuken met mijn schoenen? Bedoel je dát met veranderen?'

Hij zweeg weer.

'Wat voor toekomst heb ik nu nog?' vroeg ze. 'Ik ben nu mevrouw Schoenenman. Ben je daar trots op? Dat je mijn leven hebt verpest? Weet je nog, onze goede vrienden Maurice en Ulla? Die twee met wie we elke zaterdagavond bij de China Garden gaan eten? Ze bellen me niet meer terug.'

'Misschien mochten ze je wel nooit,' antwoordde hij. 'Misschien mochten ze mij wel, en tolereerden ze jou alleen als mijn drammende heks van een vrouw.'

Snikkend zei ze: 'Weet je wat ik ga doen? Ik ga naar huis en pleeg zelfmoord. Kan dat je wat schelen?'

'Zorg dan wel dat je het goed doet,' zei hij.

120

Vrijdag 23 januari 2009

Denise Starling reed roekeloos naar huis in haar zwarte Mercedes cabrio. Ze staarde door haar waas van tranen naar de natte weg. De ruitenwissers zwiepten over de voorruit. Een opgewekte vrouw kletste op Southern Counties Radio over rampzalige vakanties die mensen hadden beleefd en nodigde luisteraars uit om te bellen.

Ja, elke vakantie met die eikel van een Garry Starling was een ramp. Het leven met Garry Starling was een ramp. En nu wordt het nog erger.

Shit, smerige klootzak.

Drie jaar na hun huwelijk was ze zwanger geworden. Hij had haar zover gekregen dat ze een abortus had laten plegen. Hij wilde geen kinderen op de wereld zetten. Hij had een of ander gedicht geciteerd, van een dichter van wie ze de naam niet meer wist, over dat je ouders je leven verpestten.

Wat er in Garry's jeugd was gebeurd had hem ernstig verstoord, dat stond vast. Hem beschadigd op manieren die zij nooit zou kunnen begrijpen.

Ze reed veel te hard over London Road, langs Preston Park, en schreeuwde 'Val dood!' toen de snelheidscamera daar, die ze volkomen was vergeten, haar flitste. Toen ging ze Edward Street in en reed langs de gerechtshoven, Brighton College en het Royal Sussex County-ziekenhuis.

Een paar minuten later ging ze rechtsaf, tegenover de East Brighton Golf Club waar Garry lid van was. Maar niet lang meer, dacht ze met enige grimmige voldoening; laat hem nu ook maar eens een paria zijn! Vervolgens ging ze de heuvel op, draaide Roedean Crescent in en sloeg uiteindelijk rechts af, de oprit van hun grote tudorhuis op, langs de dubbele garagedeur, waarna ze achter Garry's grijze Volvo stopte.

Met nog steeds betraande ogen opende ze de voordeur van haar huis. Ze had even moeite om het alarm uit te schakelen. *Typisch! De enige keer dat we last hebben met het alarm, is Garry er niet om het op te lossen!*

Ze sloeg de voordeur dicht en schoof de veiligheidsketting ervoor. *De pot op, wereld. Willen jullie me negeren? Best! Ik ga jullie ook negeren. Ik trek een fles van Garry's duurste wijn open en zuip me helemaal lam!*

Toen zei een rustige stem pal achter haar: 'Shalimar! Ik hou van Shalimar! Dat rook ik ook toen ik je voor het eerst zag!'

Er werd een arm om haar nek geslagen. Iets vochtigs met een weeïg zoete geur werd tegen haar neus gedrukt. Ze verzette zich even, maar het werd wazig in haar hoofd.

Terwijl ze bewusteloos raakte, hoorde ze alleen nog: 'Je bent net als mijn moeder. Je doet slechte dingen met mannen. Slechte dingen waardoor mannen slechte dingen gaan doen. Je bent walgelijk. Je bent kwaadaardig, net als mijn moeder. Je was onbeschoft tegen me in mijn taxi. Je hebt het leven van je man verwoest, weet je dat? Iemand moet je tegenhouden voordat je nog meer levens verwoest.'

Haar ogen waren gesloten, dus fluisterde hij in haar oor: 'Ik ga iets met je doen wat ik ook een keer bij mijn moeder heb gedaan. Ik had een beetje lang gewacht bij haar, dus moest ik het anders aanpakken. Maar naderhand voelde het goed. Ik weet dat ik me hierna ook goed zal voelen. Misschien nog wel beter. Uh-huh.'

Yac sleepte haar slappe lichaam de trap op, luisterend naar het *bonk-bonk-bonk* van haar zwarte Christian Louboutins op de treden.

Hij bleef zwetend staan toen hij op de overloop was. Toen bukte hij zich en raapte het blauwe sleeptouw op dat hij in de garage had gevonden, en knoopte het ene uiteinde stevig om de plafondbalk die hij gemakkelijk vanaf de trap kon bereiken. Hij had het andere eind al in een strop geknoopt. En de afstand gemeten.

Hij legde de strop om de nek van de slappe vrouw en hees haar met enige moeite over het traphekje.

Hij zag haar vallen, met een ruk tot stilstand komen en toen rond en rond draaien.

Het duurde een paar minuten voordat ze volledig stil hing.

Hij staarde naar haar schoenen. Hij herinnerde zich haar schoenen toen ze voor het eerst in zijn taxi stapte. Voelde de behoefte om ze af te pakken.

Slaphangend, vrij dood voor zover hij kon zien, deed ze hem weer aan zijn moeder denken.

Ze kon niemand meer iets doen.

Net zoals zijn moeder toen.

'Bij haar heb ik een kussen gebruikt,' riep hij tegen Denise. Maar ze reageerde niet. Dat verwachtte hij ook niet echt.

Hij besloot de schoenen achter te laten, hoewel ze wel verleidelijk waren. Het was immers de stijl van de Schoenenman om ze mee te nemen, niet die van hem.

121

Zondag 25 januari 2009

Het was een mooie zondagochtend. Het was hoogwater en de baby op de boot van de buren huilde niet. Misschien was hij wel dood, dacht Yac. Hij had wel eens iets gehoord over wiegendood. Misschien was de baby daar dood aan gegaan. Misschien ook niet. Maar hij hoopte van wel.

Hij had exemplaren van alle *Argussen* van deze week op de salontafel uitgespreid. Bosun, de kat, was eroverheen gelopen. Dat gaf niet. Ze hadden een verstandhouding. Bosun liep niet meer over zijn stortbakkettingen heen. Maar als hij over de kranten wilde lopen, dan mocht dat best.

Hij was blij met wat hij las.

De vrouw van de Schoenenman had zelfmoord gepleegd. Dat was begrijpelijk. De arrestatie van haar man was erg traumatisch voor haar geweest. Garry Starling was vroeger een grote naam in de stad. Een lid van de beau monde. De schande van zijn arrestatie zou voor elke echtgenote zwaar te verduren zijn geweest. Ze had tegen mensen gezegd dat ze zelfmoordneigingen had, en toen had ze zich verhangen.

Volkomen begrijpelijk.

Uh-huh.

Hij was het gelukkigst bij hoogwater, als de *Tom Newbound* dreef.

Dan kon hij zijn vislijnen binnenhalen.

Hij had twee vislijnen uitstaan, elk met gewichten eraan zodat ze bij laagtij diep in de modder zakten. Natuurlijk was hij ongerust geweest elke keer als de politie de boot doorzocht. Maar dat was niet nodig geweest. Ze hadden alle planken van de vloer van het onderruim getrokken. Elke holte doorzocht die er was. Maar geen van hen had eraan gedacht om een vislijn op te trekken, zoals hij nu deed.

Maar goed ook.

De tweede lijn was aan het uiteinde vastgebonden aan een verzwaarde, waterbestendige tas. Daarin zaten de schoenen van Mandy Thorpe. Nep-Jimmy Choos. Hij hield niet van nepschoenen. Ze verdienden het om in de modder begraven te liggen.

En ze had de straf verdiend die hij had uitgedeeld omdat ze ze droeg.

Maar hij moest toegeven dat het fijn had gevoeld om haar te straffen. Ze had hem zo aan zijn moeder doen denken. Ze was een dikkerdje, net als zijn moeder. Dezelfde geur als zijn moeder. Hij had een hele tijd gewacht om dat bij zijn moeder te doen, te voelen hoe dat was. Maar hij had te lang gewacht, en ze was te ziek tegen de tijd dat hij genoeg moed bij elkaar had geschraapt. Maar het was fijn geweest bij Mandy Thorpe. Het had gevoeld alsof hij zijn moeder strafte. Heel fijn.

Maar niet zo fijn als Denise Starling straffen.

Hij had het mooi gevonden hoe ze rond en rond had gedraaid, als een tol.

Hij had het alleen niet fijn gevonden om gearresteerd te zijn. Had niet fijn gevonden dat de politie zo veel van zijn spullen van de boot had gehaald. Dat ze alles hadden doorzocht en zijn verzamelingen in de war hadden gegooid. Dat was niet goed.

Maar hij had nu in ieder geval alles weer terug. Het voelde alsof hij zijn leven terug had.

Het beste nieuws van alles was nog wel dat hij was gebeld door de eigenaars van de woonboot, om te zeggen dat ze nog minstens twee jaar in Goa bleven. Daar werd hij heel blij van.

Het leven voelde plotseling heel goed. Heel vredig.

En het was hoogwater. Het mooiste wat er was.

Uh-huh.

122

Vrijdag 20 februari 2009

Darren Spicer was in een goede bui. Hij maakte een tussenstop bij de pub, intussen een vaste gewoonte op weg terug vanuit zijn werk, voor zijn inmiddels gebruikelijke twee pilsjes en scheutjes whisky. Hij begon een gewoontedier te worden! Je hoefde niet in de gevangenis te zitten om een routine te hebben; dat kon buiten ook.

Hij genoot van zijn nieuwe routine. Vanuit de nachtopvang naar het Grand, altijd te voet, om geld te besparen en fit te blijven. In het hotel werkte een kamermeisje dat Tia heette en dat hij wel leuk begon te vinden, en hij dacht dat ze ook wel belangstelling voor hem had. Ze was een knappe Filippijnse van begin dertig, en ze was bij haar vriendje weggegaan omdat die haar sloeg. Ze begonnen elkaar aardig te leren kennen, hoewel ze het nog niet echt gedáán hadden, zogezegd. Maar dat was nu alleen nog maar een kwestie van tijd.

Morgen hadden ze een afspraakje. Dat was lastig voor 's avonds te regelen, omdat hij op tijd terug moest zijn voordat de nachtopvang zijn deuren sloot, maar morgen zouden ze de hele dag samen zijn. Ze woonde in een flatje in de buurt van Lewes Road en had hem giechelend verteld dat haar kamergenootje het hele weekend weg zou zijn. Met een beetje geluk, schatte hij, zouden ze morgen de hele dag in bed doorbrengen.

Hij nam nog een whisky om het te vieren, deze keer een goede, een single malt: Glenlivet. Hij moest niet te veel drinken, wist hij, want als je dronken bij St Patrick's aankwam, werd je eruit gesmeten. En nu kreeg hij bijna zijn felbegeerde MiPod. Dus maar één Glenlivet. Niet dat geld geen bezwaar was, maar zijn financiële situatie verbeterde almaar.

Hij had een baan weten te krijgen bij het kameronderhoud in het hotel, want die kwamen personeel tekort. Hij had een plastic sleutelkaartje gekregen waarmee hij elke kamer in het hotel in kon. En hij had de opbrengst uit de kluisjes die hij vandaag had geopend in zijn zak. Hij was voorzichtig geweest. Hij was van plan zich aan zijn belofte aan zichzelf, om deze keer voorgoed uit de gevangenis te blijven, te houden. Hij nam maar een heel klein beetje geld mee van de bedragen die hij in de kluisjes vond. Natuurlijk was hij wel in de verleiding gekomen bij enkele van die dure horloges en sieraden, maar hij had ze kranig weerstaan en was trots op zijn zelfdiscipline.

In de afgelopen vierenhalve week had hij bijna vierduizend pond verstopt in zijn afgesloten koffer in het kluisje bij St Patrick's. Dankzij de recessie waren de huizenprijzen omlaag gegaan. Met wat Tia verdiende en wat hij als aanbetaling kon doen, zou hij over ongeveer een jaar ergens in de omgeving van Brighton een flatje moeten kunnen kopen. Of misschien verhuizen naar ergens waar het een stuk goedkoper was. En warmer.

Spanje of zo.

Misschien wilde Tia ook wel naar een warm land.

Natuurlijk was het allemaal een luchtkasteel. Hij had het met haar nog helemaal niet over de toekomst gehad. Verder dan de gedachte dat hij haar hopelijk morgen kon naaien kwam hij eigenlijk niet. Maar hij had een goed gevoel over haar. Ze had iets warms over zich waardoor hij blij werd als hij bij haar was of met haar praatte. Soms moest je op je intuïtie afgaan.

En zijn intuïtie, toen hij tien minuten later op Western Road rechts afsloeg naar Cambridge Road, vertelde hem dat er iets niet in de haak was.

Het kwam door de glanzende Ford Focus die bijna pal voor de voordeur van St Patrick's dubbel geparkeerd stond, met iemand achter het stuur.

Als je je hele leven je best doet om niet te worden gepakt, dan ontwikkel je een soort extra zintuig en zijn je voelsprieten altijd alert op politie in burger en hun voertuigen. Zijn blik ging naar de vier korte antennes op het dak van de Ford.

Shit.

Hij werd overmand door angst. Even overwoog hij zich om te draaien, weg te rennen en zijn zakken te legen. Maar hij had te lang gewacht. De potige kale zwarte politieman die bij de deur stond, had hem al gezien. Spicer besloot dat hij zich er maar doorheen moest bluffen.

Shit, dacht hij nog eens, terwijl zijn droom verpieterde. En die wip morgen met Tia. De grimmige groene muren van de Lewes-gevangenis sloten zich om zijn geest.

'Hallo Darren,' begroette brigadier Branson hem met een brede, vrolijke grijns. 'Hoe gaat het?'

Spicer keek hem argwanend aan. 'Best,' zei hij. 'Ja, best.'

'Ik wilde even met je babbelen.' Hij wees naar de deur. 'We mogen de vergaderkamer gebruiken. Is dat goed?'

'Ja.' Spicer haalde zijn schouders op. 'Waar gaat het over?'

'Alleen maar even kletsen. Ik heb nieuws voor je, en ik denk dat je het wel zult willen horen.'

Spicer ging trillend en ontzettend slecht op zijn gemak zitten. Hij kon helemaal niets bedenken wat hij van brigadier Branson zou willen horen.

Branson sloot de deur en nam tegenover hem aan tafel plaats. 'Weet je nog dat we elkaar gesproken hebben? Dat je me die tip gaf over de garagebox achter Mandalay Court? Over dat witte busje dat er stond?'

Spicer keek hem behoedzaam aan.

'Ik had toch gezegd dat er een beloning was? Vijftigduizend pond? Voor informatie die zou leiden tot de arrestatie en veroordeling van de man die heeft geprobeerd mevrouw Burchmore aan te vallen? Die was uitgeloofd door haar man?'

'Ja?'

'Nou, ik heb goed nieuws voor je. Het lijkt erop dat je ervoor in aanmerking komt.'

Spicer begon te grijnzen, ontzettend opgelucht.

'Neem je me in de maling?'

Branson schudde zijn hoofd. 'Nee. Inspecteur Grace heeft zelf je naam voorgedragen. Dankzij jou hebben we onze verdachte gepakt. Hij is gearresteerd en aangeklaagd.'

'Wanneer krijg ik het geld?' vroeg Spicer ongelovig.

'Als hij veroordeeld is. Ik geloof dat het proces ergens in het najaar plaatsvindt. Ik laat het je wel horen als we meer weten. Maar er bestaat niet veel twijfel over dat we de juiste man hebben.' Branson glimlachte. 'En, zonnestraaltje, wat ga je doen met al dat geld? Het opsnuiven zeker, zoals gewoonlijk?'

'Neuh,' zei Spicer. 'Ik ga een flatje kopen, weet je wel, als investering voor de toekomst. Ik kan dat geld gebruiken voor de aanbetaling. Wauw!'

Branson schudde zijn hoofd. 'Droom maar lekker verder. Je geeft het toch uit aan drugs.'

'Nee, deze keer niet! Ik ga niet terug de bak in. Ik ga een eigen huis kopen en blijf op het rechte pad. Zeker weten.'

'Weet je wat? Nodig ons uit voor je housewarming. Dan kunnen we zelf zien dat je veranderd bent.'

Spicer grijnsde. 'Nou, dat kan wel eens lastig worden. Als het een feestje is, weet je, dan liggen daar misschien dingen. Je weet wel, feestspulletjes. Het zou je in verlegenheid kunnen brengen, als politieman en zo.'

'Ik ben niet zo timide.'

Spicer haalde zijn schouders op. 'Vijftigduizend. Ongelooflijk! Tering!'

De brigadier richtte zijn blik op de oude bajesklant. 'Weet je wat? Ik heb gehoord dat ze niet de moeite hebben genomen om het bed in je cel te verschonen. Ze weten dat je toch wel terugkomt.'

'Deze keer niet.'

'Ik zal uitkijken naar je uitnodiging. De directeur van de Lewes-gevangenis heeft mijn adres.'

Spicer grijnsde. 'Dat is heel grappig.'

'Alleen maar de waarheid, zonnestraaltje.'

Glenn liep de kamer uit en ging naar buiten, waar Roy Grace in de auto zat te wachten. Hij verheugde zich op een vrijdagborrel met zijn kameraad.

123

Heden

Ik ben gaan praten. Om slechts één reden, namelijk om wraak op jou te nemen, jij arrogante kwast van een inspecteur Roy Grace.

Het is hier niet zo geweldig in de voorarrestvleugel. Ze zijn hier niet bepaald dol op kerels zoals ik. Smeerlappen, noemen ze ons. Ik heb mijn tong opengehaald aan een stukje scheermes dat in mijn eten zat. Ik hoor geruchten dat mensen in mijn soep pissen. Eén kerel heeft gedreigd mijn andere oog ook uit te steken.

Ik heb gehoord dat het beter zal gaan na mijn proces. Dan word ik met een beetje geluk (ha!) in de smeerlappenvleugel geplaatst, zoals ze die noemen. Alle zedenovertreders samen. Dat wordt vast geweldig. Feesten!

Soms slaap ik hele nachten niet. Ik heb zo veel woede overal; om me heen en diep vanbinnen. Ik ben kwaad op wie het dan ook was die die meid in het spookhuis heeft verkracht. Daardoor wemelde het naderhand op de pier van de politie, waardoor al mijn plannen in de war werden gegooid. Het ging tot dan toe allemaal zo vlekkeloos. Maar daarna niet meer.

Ik ben kwaad omdat dat kreng de vernedering bespaard is gebleven die haar te wachten stond als iedereen wist dat ze mijn vrouw was. Dat klopt niet. Hoewel het me niet echt kan schelen, en ik denk dat ook niemand anders erom maalt.

Maar ik heb een nog veel grotere woede vanbinnen die gericht is tegen jou, inspecteur Grace. Je dacht dat je slim was door de hele wereld te vertellen over het formaat van mijn pik. Dat soort dingen kun je niet ongestraft flikken.

Daarom praat ik nu. Ik beken al die andere keren dat ik wijven verkracht heb en hun schoenen heb meegenomen. Vooral die in het spookhuis. Je zult me niet kunnen pakken met strikvragen. Er is van alles bekend over alle misdaden van de Schoenenman, althans de recente, over details van zijn daden. En elk detail van wat er in dat spookhuis is gebeurd.

Dus ik ben volledig op de hoogte!

Je snapte niet waarom ik mijn aanpak had veranderd, van slechts één schoen en een slip naar beide schoenen. Maar het was ook niet de bedoeling dat je het zou snappen. Ik was niet van plan het je makkelijk te maken door precies hetzelfde nog eens te doen. Verandering van spijs doet eten, hè?

Maar ik ben wel degelijk je man! Ik hoop alleen dat die klootzak die die griet in het spookhuis heeft verkracht nog eens toeslaat.

Dan sta je mooi voor lul, inspecteur Grace.

En dan zal ik grijnzen.

Wie heeft er dán het kleinste pikkie?

124

'Fijn om je zo ontspannen te zien, lieverd,' zei Cleo.

Het was avond. Ze hadden de hele middag samen aan de gastenlijst voor de bruiloft gewerkt. Roy Grace zat met zijn voeten op tafel en een glas rode wijn in zijn hand te kijken naar *The Antiques Roadshow*, een van zijn lievelingsprogramma's. Het leukste vond hij het als mensen de waarde van hun gekoesterde – of niet – erfstuk te horen kregen. Die blik van verbazing als een of andere afgrijselijke schaal die ze als voerbak voor de hond hadden gebruikt een paar duizend pond waard was. De blik van onthutsing als een schitterend schilderij, dat al generaties lang in de familie was, werd ontmaskerd als nep, met een waarde van een paar pond.

'Jazeker!' Hij glimlachte en wenste dat hij zich ook ontspannen voelde. Dat was niet het geval. De twijfels knaagden nog steeds aan hem, ondanks het feit dat de Schoenenman was gepakt. En de zelfmoord van Starlings vrouw ijlde nog na. Hij had naar de opname uit de gevangenis geluisterd, waarin ze had gezegd dat ze naar huis zou gaan en zelfmoord zou plegen. Het had als een loos dreigement geklonken. Maar toen had ze het gedaan. Geen briefje, niets.

'Ik bedoel,' zei ze, terwijl ze voorzichtig Humphrey aan de kant schoof en naast hem op de bank kroop, 'zo ontspannen als jij ooit wordt.'

Hij haalde zijn schouders op en knikte. 'In ieder geval heeft de Schoenenman een beetje zijn verdiende loon gekregen. Hij is blijvend blind in zijn ene oog.'

'Droevig, eigenlijk. Jammer dat die vrouw hem niet gecastreerd heeft terwijl ze toch bezig was,' zei Cleo. 'Al zijn slachtoffers zijn op de een of andere manier beschadigd, en een van hen is dood.'

'Ik wou alleen dat we wisten wie het allemaal zijn,' zei Grace. 'Hij is gaan praten, maar ik denk eigenlijk niet dat hij ons alles vertelt. Hij is een van de akeligste smeerlappen die ik ooit ben tegengekomen. Zijn computers thuis en op kantoor staan vol gestoorde zooi. Allerlei sites over voet- en schoenfetisjen en chatrooms, veel ervan sadistisch. En hij heeft een hele cocktail van slaapmiddelen en verkrachtingsdrugs in de koelkast op zijn werk staan.'

'Gaat hij schuld bekennen, en zijn slachtoffers de ellende besparen dat ze moeten getuigen?'

'Weet ik niet. Dat hangt van zijn advocaat af, die goeie ouwe Ken Acott weer. We hebben een heleboel bewijzen tegen hem. Die garagebox staat op zijn naam. We hebben de ontbrekende pagina's uit het dossier over de Schoenenman uit 1997 in een kluis op zijn kantoor gevonden. Er staan koppelingen naar de Facebook- en Twitterpagina's van enkele van de recente slachtoffers op zijn iPhone. Er is DNA-bewijs van Rachael Ryans lichaam.'

Hij nam een slokje wijn.

'Maar we zullen moeten wachten op het psychiatrische onderzoek om te kijken of hij wel voor de rechter kan staan. Geweldig! Garry Starling kan een van de grootste bedrijven in de stad leiden, vicepresident van zijn golfclub en penningmeester van de Rotary Club zijn, maar misschien is hij geestelijk niet in staat om voor de rechter te verschijnen! Onze juridische processen zijn klote.'

Cleo glimlachte medelevend. Ze begreep wel iets van zijn frustraties over het strafrechtsysteem.

'Jessie Sheldon verdient een medaille. Hoe gaat het met haar? Heeft ze haar beproeving goed doorstaan?'

'Opmerkelijk goed. Ik ben vanmiddag bij haar thuis geweest. Ze is geopereerd aan haar enkel, en hopelijk komt dat weer goed. Ze leek trouwens bijzonder vrolijk, als je nagaat. Ze verheugt zich op haar bruiloft van de zomer.'

'Was ze verloofd?'

'Kennelijk. Ze zei dat haar verlangen om te trouwen haar in leven heeft gehouden.'

'Nou, maak je dan niet druk om de verwonding aan zijn oog.'

'Doe ik ook niet. Niet daarover. Ik heb gewoon niet het gevoel dat we alles weten.'

'Vanwege die andere schoenen?'

'Daar maak ik me niet zo druk om. Als we hem uiteindelijk aan het praten krijgen, komt daar misschien ook helderheid over.'

Hij nam nog een slokje wijn en wierp een blik op de televisie.

'Zit je nog met dat meisje in het spookhuis? Hoe heette ze ook alweer?'

'Mandy Thorpe. Ja. Ik geloof nog steeds niet dat de Schoenenman haar heeft verkracht. Ook al zegt hij van wel. De forensisch psycholoog zit ernaast, daar ben ik nog steeds van overtuigd.'

'Wat betekent dat die dader nog vrij rondloopt?'

'Ja, dat is precies het probleem. Als Proudfoot het mis heeft, dan loopt hij nog vrij rond. En misschien doet hij het dan nog eens.'

'Als hij daarbuiten nog rondloopt, dan krijg je hem wel. Ooit.'

'Ik wil hem pakken voordat hij het nog eens doet.'

Cleo tuitte speels haar lippen. 'Je bent mijn held, inspecteur Grace. Jij pakt ze uiteindelijk altijd.'

'In je dromen.'

'Nee, niet in mijn dromen. Ik ben een realist.' Ze klopte op haar buik. 'Over een maand of vier wordt de kleine geboren. Ik reken erop dat jij zorgt dat de wereld veilig voor hem is, of voor haar.'

Hij gaf Cleo een kus. 'Er zullen altijd nare kerels blijven.'

'En nare meiden!'

'Ja, ook. De wereld is gevaarlijk. We kunnen ze nooit allemaal opsluiten. Er zijn altijd slechteriken die niet gestraft worden voor hun misdaden.'

'En goeieriken die worden opgesloten?' vroeg ze.

'Er blijven altijd vage grenzen. Er zijn meer dan genoeg goeie slechteriken en slechte goeieriken. Het leven is niet zwart-wit, en maar zelden eerlijk,' zei hij. 'Ik wil niet dat ons kind opgroeit met de illusie dat het anders is. Er is altijd wel wat.'

Cleo lachte naar hem. 'Er wás altijd wel wat. Maar sinds ik jou ken niet meer. Je bent de beste!'

Hij grijnsde. 'Rare meid. Soms vraag ik me af waarom je van me houdt.'

'O ja, inspecteur Grace? Nou, ik niet. Geen seconde. En ik denk ook niet dat dat ooit verandert. Ik voel me veilig bij jou. Dat is al zo vanaf de dag dat ik je leerde kennen, en dat zal altijd zo blijven.'

Hij glimlachte. 'Wat ben je toch snel tevreden.'

'Ja, en ik ben goedkoop. Ik heb niet eens één paar designerschoenen.'

'Wil je die van me hebben?'

Ze keek hem vragend aan.

Hij keek haar weer aan en grijnsde. 'Om de goeie redenen!'

Nawoord van de auteur

Verkrachtingen door vreemden zijn zeer ongebruikelijk. In Sussex, de gemeente waarin *Doodskus* zich afspeelt, zijn aanvallen zoals ik die in mijn boek beschrijf gelukkig zeldzaam. De zeer droevige waarheid is dat bijna alle verkrachtingen worden gepleegd door een man die het slachtoffer kent, dikwijls iemand die ze recentelijk heeft ontmoet in het sociale leven. Als vrouwen zich op hun best voelen, kunnen ze juist het kwetsbaarst zijn. Alcohol heeft als belangrijk effect dat het je onvoorzichtiger maakt, een gevoel van onoverwinnelijkheid geeft, maar vaak leidt tot slecht doordachte keuzes die verwoestende gevolgen kunnen hebben.

Men denkt dat veruit de meest algemene vorm van verkrachting voorkomt in de huiselijke kring, wat vaak leidt tot herhaalde aanvallen door een 'naaste'. De grote meerderheid van verkrachtingsslachtoffers beschrijft dat ze zijn verkracht door iemand die ze kennen, met wie ze bevriend zijn of met wie ze zelfs een relatie hebben. Het wantrouwen dat door dit soort verkrachtingen ontstaat, kan het een slachtoffer heel moeilijk maken om later in het leven nog nieuwe relaties op te bouwen.

Het is onmogelijk te begrijpen hoe dit trauma zich kan manifesteren. Eén belangrijk punt bij het inschatten van hoe mensen naar verwachting op een verkrachting zullen reageren, is te onthouden dat die inschatting wordt gemaakt vanuit een normale gemoedstoestand, niet vanuit een toestand van angst, crisis en vernedering. Er bestaat geen normale reactie op zo'n abnormale, verschrikkelijke daad; we gaan allemaal anders om met situaties. Logisch gezien denkt men vaak dat iedereen zou gillen en zich verzetten in plaats van zich te 'laten' verkrachten, maar wat er vaak gebeurt is dat ons overlevingsinstinct ons ingeeft om heel stil te blijven liggen. De logica speelt geen rol meer in zo'n overstelpend bedreigende situatie.

Dit soort emoties en reacties van verkrachtingsslachtoffers zijn voor hen ongelooflijk moeilijk uit te leggen, vooral aan hun familie en de politie. Ze kunnen besluiten het hele voorval te negeren, in de hoop dat ze het kunnen vergeten, en dan niet meteen aangifte te doen. Vaak gebruikt de verdediging bij de rechtbank dit dan als middel om de integriteit van het slachtoffer te ondermijnen. Dit is te vaak onverdedigbaar. Het trauma dat het slachtoffer heeft doorstaan, wordt alleen maar aangescherpt door hun onvermogen om het opnieuw te beleven.

Er zijn organisaties die steun bieden aan slachtoffers van verkrachting, zoals Rape Crisis. Een organisatie in Sussex is Lifecentre, die slachtoffers van verkrachting weer 'opbouwt'. Ik heb besloten hen te steunen, want ze leveren een essentiële dienst en worden ongelooflijk genoeg niet door de overheid gesubsidieerd. Donaties zijn altijd welkom: ga naar hun website www.lifecentre.uk.com als je wilt helpen. Dank je wel.

Dankwoord

Zoals altijd zijn er veel mensen aan wie ik dank verschuldigd ben voor hun hulp bij mijn research voor dit boek.

Mijn eerste dankjewel gaat uit naar Martin Richards, korpschef in Sussex, die me zo veel waardevolle inzichten in de wereld van zijn politiemacht heeft geboden.

Mijn goede vriend, voormalig inspecteur David Gaylor, is zoals altijd een rots in de branding en een zuil van wijsheid geweest, en af en toe zette hij me harder onder druk dan mijn uitgeverij om me aan deadlines te houden!

Heel veel agenten van de politie in Sussex hebben me hun tijd en wijsheid geschonken, getolereerd dat ik om hen heen hing, en mijn eindeloze vragen beantwoord. Het zou bijna onmogelijk zijn om ze allemaal te noemen, maar ik ga het toch proberen, en vergeef me alsjeblieft als ik iemand heb overgeslagen. Kevin Moore, Graham Bartlett, Chris Ambler, Trevor Bowles – een ster en een rots in de branding –, Stephen Curry, Paul Furnell, Brian Cook, Stuart Leonard, Tony Case, William Warner, Nick Sloan, Jason Tingley, Steve Brookman, Andrew Kundert, Roy Apps, Phil Taylor, Ray Packham, Dave Reed, James Bowes, Georgie Edge, Rob Leet, Phil Clarke, Mel Doyle, Tony Omotoso, Ian Upperton, Andrew King, Sean McDonald, Steve Cheesman, Andy McMahon, Justin Hambloch, Chris Heaver, Martin Bloomfield, Ron King, Robin Wood, Sue Heard, Louise Leonard, James Gartrell.

Brigadier Tracy Edwards heeft me fantastisch geholpen bij het begrijpen van het werkelijke leed van slachtoffers van verkrachtingen, net als Maggie Ellis van het Life Centre en Julie Murphy van de Metropolitan Police in Londen.

Eoin McLennan-Murray, voormalig directeur van de Lewes-gevangenis, en onderdirecteur Alan Setterington hebben me enorm geholpen met de psychologie van mijn verdachten, net als Jeannie Civil en Tara Lester, die me zo geholpen hebben met de psychologie van daders, en advocaat Richard Cherrill. Ik heb ook van dokter Dennis Friedman enorm veel hulp gehad bij de psychologie van daders.